인생독본

2

이 도서의 국립중앙도서관 출판예정도서목록(CIP)은
서지정보유통지원시스템 홈페이지(http://seoji.nl.go.kr)와
국가자료종합목록 구축시스템(http://kolis-net.nl.go.kr)에서 이용하실 수 있습니다.
(CIP제어번호: CIP2020041158)

레프 톨스토이

박형규 옮김

인생 독본

2

문학동네

일러두기

1. 번역 대본으로는 모스크바 정치문헌출판사에서 1991년에 전2권으로 발간한 판본을 사용했다(Толстой Л. Н., Круг чтения в 2-х томах, М.: Издательство политической литературы, 1991).

2. 원주 표시가 없는 주석은 모두 옮긴이주다.

3. 외래어 표기는 국립국어원 외래어 표기법에 준했으나, 일부는 현지 발음이나 관용에 따랐다.

4. 러시아어 외 외국어는 이탤릭체로 처리했고, 강조 부분은 고딕체로 처리했다.

5. 성서의 인용은 공동번역에 따랐다.

차례

8
월

8월 1일

오직 이성만이 인간을 자유롭게 한다. 삶이 비이성적일수록 인간은 자유롭지 못하다.

1 어떻게 하면 자유를 얻을 수 있는가? 대중의 의견을 따르지 말고 스스로 선악을 구별할 수 있어야 한다.   세네카

2 허영이라는 악에 대한 욕망이 없다면 어떠한 선행도 할 수 있다.

중국의 격언

3 자신을 이겨내는 것이 지지 않을 수 있는 최고의 방법이다. 자신을 억제하는 것이 누구에게도 지배받지 않을 수 있는 최고의 방법이다.

동양의 금언

4 특정한 사상만 고집하는 것은 말뚝에 자신을 매는 것과 같다. 인간이 누리는 자유의 정도는 그가 맨 줄의 길이에 달렸다. 만인을 위한 행복이라는 사상에 자신을 맨 자는 최대의 자유를 누린다.   루시 맬러리

5 기쁘게 자신의 의무를 수행하는 자, 깊이 생각하며 인생의 길을 찾는 자, 두려워서가 아니라 당연하기 때문에 도덕을 존중하고 따르는 자, 자신의 희망과 판단 외에 어떠한 권력에도 지배되지 않는 자만이 자유로운 삶을 산다.

키케로

6 자신이 하고 싶은 것을 하는 사람만이 자유롭다. 이성적인 사람은 언제나 자신이 원하는 대로 살아간다. 자신이 얻을 수 있는 것만을 바라기 때문이다. 그러므로 오직 이성적인 사람만이 자유롭다.

죄인이 되고 싶은 사람은 없다. 미망에 빠져 올바르지 않게 살고 싶은 사람은 없다. 일부러 슬프고 괴로운 삶을 선택하는 사람은 없다. 추악하고 타락한 생활을 원하는 사람도 없다. 그러므로 올바르지 않은 삶을 사는 사람들은 모두 자신의 의지를 거스르며 살고 있는 것이다. 그들은 슬픔과 두려움을 원하지 않지만 줄곧 슬퍼하고 두려워한다. 자신들이 원하지 않는 것을 하고 있기 때문에 자유롭지 못하다.

현자 디오게네스는 "언제라도 죽을 각오가 되어 있는 자만이 진정으로 자유롭다"고 말했다. 또 그는 페르시아 왕에게 이런 편지를 썼다. "당신은 물고기를 노예로 삼을 수 없는 것과 마찬가지로 진정으로 자유로운 사람들을 노예로 만들 수 없습니다. 아무리 잡아가둔다 해도 그들을 당신의 노예로 만들지 못합니다. 사로잡히자마자 죽어버린다면 잡아가둔들 무슨 이득이 있겠습니까?"

바로 이것이 자유로운 사람이 하는 말이다. 그는 진정한 자유를 알고 있었다.

에픽테토스

7 우리는 정신적으로나 육체적으로나 인간의 본성에 반하는 삶을 만

들었고, 그 속에 빠져 살면서도 자유로워지고 싶어한다.

8 선과 진리에 대한 순종은 좋고 필요한 것이다. 악과 거짓에 대한 순종은 가장 비열하고 타락한 것이다.

칼라일

9 정욕의 불길에 사로잡힌 자, 쾌락을 갈망하는 자는 끊임없이 육욕을 불태우며 스스로를 쇠사슬로 얽어맨다.

　오직 마음의 평화만을 생각하는 자, 깊이 사유하며 다른 사람들이 행복으로 보지 않는 것에서 행복을 찾는 자는 죽음의 쇠사슬을 영원히 끊어내버릴 것이다.

『법구경』

10 자유는 자유가 아니라 진리를 찾을 때 얻어진다. 자유는 목적이 아니라 결과가 될 수 있을 뿐이다.

✐ 자유는 인간이 인간에게 줄 수 있는 것이 아니다. 인간은 자기 자신만을 자유롭게 할 수 있다.

8월 2일

인간이 육체적 존재일 뿐이라면 죽음은 모든 것의 끝이다. 인간이 정신적인 존재이고 육체는 그 존재가 잠시 머무는 곳이라면 죽음은 하나의 변화일 뿐이다.

1 우리의 육체는 영혼이라는 정신적인 근원을 제한한다. 마치 그릇이 그 안에 담긴 액체나 기체에 일정한 형태를 주듯이, 육체는 그 안에 담긴 정신적인 근원에 형태를 준다. 그릇이 깨지면 안에 담긴 것은 원래의 형태를 잃고 흘러버린다. 그것이 다른 것과 결합하는지, 새로운 형태로 바뀌는지는 알 수 없다. 형태를 제한하던 것이 부서지면 지금까지 그 안에 있었던 것이 형태를 잃어버린다는 사실을 알 뿐, 그것이 어떻게 되는지는 알 수 없다. 죽음 이후 영혼은 이전과는 다른, 우리가 판단할 수 없는 어떤 것이 된다.

2 영원한 삶을 확신하고 있던 에머슨에게 누군가 물었다. "하지만 이 세계가 끝나면 어떻게 됩니까?" 에머슨이 대답했다. "영원히 사는 데 세계는 필요하지 않습니다."

3 겸허는 삶뿐만 아니라 죽음에도 필요하다. 신의 집으로 들어가기 위해서는 사람들에 대해, 자기 자신에 대해 아이처럼 겸허해야 한다. 자신을 버려야만 신과 하나가 될 수 있다. 자신을 부정할수록 더욱 신에게 가까워지고 죽음도 편안해진다.

4 죽음은 우리가 끊임없이 발전하며 내딛는 한 걸음에 지나지 않는다. 출생 역시 그러한 한 걸음이었다. 둘의 차이라면 출생은 하나의 존재

형태가 죽는 것이고, 죽음은 또다른 존재 형태로 태어나는 것이다.

죽어가는 사람에게 죽음은 행복이다. 지금 죽음으로써 언젠가 죽을 존재이기를 멈추게 되기 때문이다. 나는 그 변화를 두려워하지 않는다. 죽음은 더 나은 것으로의 변화다. 죽음에 대한 준비를 운운하는 것은 어리석은 일이 아닐까? 우리의 할일은 사는 것이다. 사는 법을 아는 자는 죽는 법도 안다. 나는 살길 바란다. 우리의 영혼은 결코 우리에게 죽음을 말하지 않는다. 죽어가는 것은 감각이다. 그 감각이 죽음을 만들어낸다. 그러니 이성이 있다면 죽음을 두려워할 이유가 있겠는가?

파커

5 임종은 사멸이 아니라 변화다.

키케로

6 죽음은 영혼(그 자체로 사는 정신적 존재의 근원)을 육체적인 자아의 조건들로부터 해방하는 일이다.

✐ 정신적인 삶을 사는 사람에게는 죽음이 존재하지 않는다.

8월 3일

우리는 선과 악의 대가를 시간 속에서 찾지만 발견하지 못한다. 선과 악은 시간을 초월한 정신적 영역에서 행해진다. 비록 그 영역에서 선과 악의 대가가 명백히 보이지 않더라도 우리는 양심 속에서 그것을 확실히 의식한다.

1 부끄러움을 모르는 자, 허세부리는 자, 교활한 자, 비방을 일삼는 자, 뻔뻔한 자, 빈둥거리는 자의 삶은 쉬워 보인다. 순결한 삶을 위해 끊임없이 정진하고, 늘 온화하고, 총명하고, 욕심 없는 자의 삶은 답답해 보인다. 하지만 그렇게 보일 뿐이다. 첫번째 부류의 사람은 언제나 번뇌하고, 두번째 부류의 사람은 언제나 평화롭다. 『법구경』

2 아무리 사소하더라도 선한 일은 서둘러 행하고 악한 일에서는 서둘러 달아나라. 선한 일은 또다른 선한 일을 부르고, 악한 일은 또다른 악한 일을 부르기 때문이다. 선행의 대가는 선행이고, 죄악의 대가는 죄악이다. 『탈무드』

3 진정한 벌은 네가 얻을 수도 있었을 커다란 행복을 놓쳤다는 의식이다. 더 큰 벌을 기다리지 마라. 그것보다 더 무거운 벌은 없다.

4 너는 악의 원인을 찾고 있지만, 그것은 언제나 네 안에 있다. 루소

5 남에게 하는 일은 곧 자신에게 하는 일이다. 그래서 남에게 베푸는 자비는 자기 안의 선을 느끼게 하고, 잔인한 행위는 자기 안의 악을 느끼게 한다. 루시 맬러리

6 선을 행할 때는 사람을 고르지 마라. 너의 선행은 네가 잊더라도 사라지지 않는다.

7 선행은 반드시 행복을 가져다주는 유일한 행위다.

8 뿌린 대로 거둔다. 남을 때리면 반드시 너도 괴로울 것이다. 남에게 봉사하면 너도 봉사로 돌려받을 것이다. 봉사하는 삶을 산다면 아무리 달아나려 해도 반드시 그 보상을 받을 것이다.   에머슨

9 누군가에게 선을 베풀면 반드시 결실을 맺을 텐데 너는 왜 또다른 칭찬과 보상을 구하는가?   아우렐리우스

/ 선행에 대해 눈에 보이는 대가를 구하지 마라. 선행을 하는 동시에 너는 이미 그 대가를 받았다. 네가 저지른 죄의 대가가 눈에 보이지 않는다고 해서 없을 거라 생각하지 마라. 그 대가는 이미 네 마음속에 있다. 네 마음의 고통을 다른 원인으로 돌리지 마라.

8월 4일

자기부정이란 자신이 아니라 자기 안의 동물적 본성을 부정하는 것이다.

1   인간은 누구나 내면적으로 모든 인류의 삶을 의식한다. 그 의식은 영혼 깊은 곳에 분명히 존재한다. 그러므로 이르건 늦건 인간은 보다 광대한 삶의 의식에 도달할 것이다.

    자아의 목적을 부정하는 인간은 그가 이제부터 살려고 하는 보다 고결한 삶으로 곧 보상받는다.

    자신의 배타적인 개성을 부정하는 인간은 살아 있는 진정한 개성이 될 수 있고, 다른 존재의 삶을 자기 삶으로 인식함으로써 무한하고 영원한 생명을 의식하게 된다.   카펜터

2   자신의 이익만 추구하는 사람은 결코 행복할 수 없다. 자신을 위하고 싶다면 다른 사람을 위해야 한다.   세네카

3   인간이 도달할 수 있는 최대의 행복, 가장 완전한 자유와 행복의 경지는 자기부정과 사랑이다. 이성은 이 행복에 도달하는 유일한 길을 인간에게 계시하고, 감정은 인간을 그 길로 향하게 한다.

4   사람들은 삶에서 개성을 빼면 아무것도 남지 않는다고, 개성이 없으면 삶이 없다고 생각한다. 그러나 자기부정의 기쁨을 경험하지 못한 사람들만 그렇게 여길 뿐이다. 개성을 버리고 개성을 부정한다면, 삶에서 최고의 행복인 사랑을 알게 될 것이다.

5   **진정한 삶은 자기부정에서 시작된다.**   칼라일

6 마음속 빛이 꺼지면 어둠이 너의 길을 가릴 것이다. 무서운 어둠을 조심하라. 모든 이기심이 사라지지 않는 한 이성의 어떤 빛도 네 마음에서 생기는 어둠을 몰아낼 수 없다.　　　　　　　브라만의 지혜

7 자신의 행복만을 위해 사는 것은 동물적 본성을 지속시키는 것이다. 인간으로서의 진정한 삶은 그 본성을 부정하면서 시작된다.　　아미엘

8 남에게는 많이 주고 자신은 적게 가져야 한다. 자신이 많이 갖는 것은 좋지 않다. 그러나 사람들은 그러지 않는다. 온갖 교활한 논리는 다 생각해내면서도 누구나 다 아는 당연한 이치는 이상하리만큼 모른다. 사람들은 소비를 자제할 필요가 없다고 주장한다. 노동자의 처지를 동정하고 그들 편에서 연설하고 책을 쓰면서도 그들을 파멸시키는 가혹한 노동의 결과물은 얼마든지 써도 괜찮다고 생각한다.

／ 자기부정이란 동물적 '자아'에서 정신적 '자아'로 의식을 옮기는 것이다. 그렇게 되면 뭔가를 부정하는 것이란 단지 불필요한 것을 자연스레 멀리한다는 것임을 깨닫게 된다.

큰곰자리(국자)

옛날 옛적에 큰 가뭄이 찾아왔다. 모든 강과 시내와 샘의 물이 말라 버렸고 풀도 나무도 말라 죽고 사람도 동물도 목이 말라 죽어갔다.

어느 밤, 한 소녀가 병든 어머니에게 줄 물을 구하기 위해 국자를 들고 집을 나섰다. 하지만 어디에도 물은 없었다. 소녀는 지칠 대로 지쳐 풀밭에 누워 잠이 들었다. 잠에서 깬 소녀는 무심코 국자를 들었는데, 하마터면 물이 엎질러질 뻔했다. 국자에 맑고 깨끗한 물이 가득 담겨 있었던 것이다. 소녀는 기뻐서 자기도 모르게 물을 마시려다가 어머니를 떠올리고 집으로 뛰어갔다. 하지만 너무 서두르다 있는지도 몰랐던 발밑의 개에게 걸려 국자를 손에서 놓쳐버렸다. 개는 슬프게 짖어댔다. 소녀는 국자를 움켜잡았다.

소녀는 물이 엎질러졌을 거라 생각했지만, 국자가 바닥으로 똑바로 떨어진 덕분에 물은 그대로 있었다. 소녀는 손바닥에 물을 조금 따라 개에게 주었다. 개는 한 방울도 남기지 않고 아주 기쁜 듯이 핥아먹었다. 소녀가 국자를 다시 들었을 때, 나무국자는 은국자로 바뀌어 있었다. 소녀는 은국자를 들고 집에 돌아가 어머니에게 건넸다. 어머니는 "나는 어차피 죽을 몸이니 안 마셔도 괜찮다. 네가 마시렴" 하고 국자를 도로 소녀에게 주었다. 그러자 은국자는 금국자로 바뀌었다. 소녀가 갈증을 참다못해 결국 국자에 입을 갖다대려는 순간, 한 나그네가 집에 들어와 물을 달라고 사정했다. 소녀는 침을 삼키면서 나그네에게 국자를 건넸다. 그러자 갑자기 국자에서 일곱 개의 커다란 다이아몬드가 굴러떨어지고 맑은 물이 강물처럼 흘러나오기 시작했다.

일곱 개의 다이아몬드는 하늘로 올라가 큰곰자리가 되었다.

영국의 옛날이야기

참새

나는 사냥에서 돌아와 정원의 오솔길을 거닐고 있었다. 개는 앞장서서 뛰어갔다.

개가 사냥감을 감지했는지 별안간 걸음을 늦추고 살금살금 다가가기 시작했다. 오솔길 저쪽에 부리가 노랗고 머리에 솜털이 난 새끼 참새가 있었다. 참새는 둥지에서 떨어져(거센 바람에 자작나무가 흔들리고 있었다) 다 자라지도 않은 날개를 힘없이 파닥거리며 가만히 웅크리고 있었다.

개는 천천히 새끼 참새에게 다가갔다. 그때 갑자기 옆에 있는 나무에서 가슴이 검은 어미 참새가 개의 코끝을 향해 돌멩이처럼 날아와 온몸의 털을 곤두세우고 미친듯이 짹짹대며 입을 쩍 벌리고 필사적으로 개의 입으로 두어 번 달려들었다.

새끼를 구하려고 목숨을 걸고 날아내려온 어미 참새의 작은 몸뚱이는 공포로 떨리고 있었고 거친 울음소리는 날카로웠다. 새끼를 대신해 죽으려는 것이었다! 참새에게는 개가 얼마나 거대한 괴물처럼 보였을까! 그래도 어미 새는 나뭇가지 위에 가만히 앉아 있을 수 없었던 것이다…… 자신의 의지보다 더 강한 힘이 어미 새를 나뭇가지에서 뛰어내리게 했을 것이다.

개는 멈칫하더니 뒷걸음치기 시작했다…… 개도 그 커다란 힘을 느낀 모양이었다.

나는 주저하는 개를 얼른 불렀고, 감동을 느끼며 그 자리를 떠났다.

그렇다, 나는 그 고결한 작은 새 앞에서, 그 사랑의 열정 앞에서 숙연해졌던 것이다.

'사랑이란,' 나는 생각했다. '죽음보다, 죽음의 공포보다 강하다. 생명은 오직 사랑에 의해서만 유지되고 움직이는 것이다.'

이반 투르게네프

8월 5일

해롭고 거짓된 의견은 대부분 암시에 의해 널리 퍼지고 암시에 의해 유지된다.

1 우리는 함께 생활하는 사람들이 공유하는 견해와 사상을 자기 것이라고 여기는 경향이 있는데, 그 견해와 사상을 심화시키려는 노력은 하지 않는다. 그래서 우리의 성격과 삶도 보잘것없는 것이 되어버린다.

2 영혼은 다른 영혼의 영향을 쉽게 받는다. 그러므로 인간은 오직 혼자 있을 때 완전히 자유롭다.

3 여론을 좇으며 살거나 혼자서 자기 생각대로 사는 것은 쉽다. 군중 속에서도 혼자 있을 때의 온유함과 독자성을 유지하는 사람이 강한 사람이다.

에머슨

4 복되어라. 악을 꾸미는 자리에 가지 아니하고 죄인들의 길을 거닐지 아니하며 조소하는 자들과 어울리지 아니하면(「시편」 1:1) 안 될 일이 무엇이랴. 본보기보다 전염력이 강한 것은 없다. 좋은 본보기는 생각지도 못했던 좋은 행위로 우리를 이끈다.

5 너를 모욕하는 자의 기분에 끌려가지 마라. 그가 너를 끌고 가려는 길에 발을 들이지 마라.

아우렐리우스

6 인간은 최악의 삶에도 익숙해질 수 있다. 특히 주위에 있는 모든 사람이 그렇게 살고 있을 때는 더욱 그렇다.

7 내가 얼마나 자주 나의 신념을 저버렸는지, 낡고 굳은 옛 제도와 관습에 얼마나 쉽게 굴종했었는지 생각하면 너무도 부끄럽다.

에머슨

8 암시에 의해 퍼진 거짓된 관념과 해로운 풍조는 그 현란함과 거창함으로 쉽게 알아볼 수 있다. 진리는 어떤 장식도 필요 없다.

✒ 암시는 사회생활에 필수적인 조건이지만, 암시를 사용할 때는 아주 신중해야 한다. 도덕적인 인간은 남에게 영향을 미칠 수 있는 자신의 언행에 두 배로 엄격하다.

8월 6일

개인의 삶이든 집단의 삶이든 이성은 삶을 이끄는 유일한 지도자다.

1 몸의 등불은 눈이다. 네 눈이 성하면 온몸이 밝을 것이며 네 눈이 병
들었으면 온몸이 어두울 것이다. 그러니 네 안에 있는 빛이 어둠이
아닌지 잘 살펴보아라. 「누가복음」11:34~35

2 인간도 식물처럼 다양한 양분을 흡수하며 성장해서 지상에 종족을 남
기고 마침내 늙어 사멸한다. 그런데 인간은 모든 존재 중에서도 자신
의 목적을 달성하는 일이 가장 적다. 타고난 탁월한 능력을 한껏 사용
하는 인간보다 다른 존재들이 훨씬 확실하고 훌륭하게 목적을 달성한
다. 만일 인간이 오직 인간에게만 고유하고 스스로도 가능하다고 생
각하는 이성적인 삶을 부분적으로라도 실현하지 않고, 언젠가 완전히
실현하리라 희망하지도 않는다면, 진정한 예지자의 눈에 인간은 모든
존재 중에서 가장 경멸스러운 존재로 비칠 것이다. 칸트에 의함

3 우리는 모두 함께 사는 동시에 따로 살고 있다. 인간도 따로 살고, 벌
레도 따로 산다. 모든 개별 존재들은 자신만이 살아 있는 유일한 존
재라고 생각하고 자신만을 위해 모든 것을 추구하면서 끊임없이 죽
음과 파멸을 향해 다가간다.
　만약 이 세계에 이성이 없다면 이 같은 모순은 해결되지 않았을 것
이다. 그러나 인간의 이성이 이 모순을 해결해준다.

4 이성적인 삶은 저만치 앞서가며 등불을 들고 내가 가는 길을 비춰주
는 사람과 같다. 그러니 나는 빛의 끝자락을 밟을 일이 없다. 빛은 언
제나 내 앞에서 비추기 때문이다. 이성적인 삶이 그렇다. 그런 삶에

는 죽음이 존재하지 않는다. 등불은 마지막 순간까지 쉬지 않고 비출 것이고, 평생 그래왔듯 마지막 순간에도 나는 평온하게 등불 뒤를 따라갈 수 있기 때문이다.

5 사람들은 어떤 부분에서는 자신의 생각을 좇아, 또 어떤 부분에서는 남들의 생각을 좇아 행동한다. 자신의 생각을 좇느냐 남들의 생각을 좇느냐에 따라 중요한 차이가 생겨난다. 대부분의 사람들은 지적 유희의 대상으로만 자신의 생각을 사용하고 그것을 마치 전동벨트가 풀린 굴림바퀴처럼 여길 뿐 실제 행동에서는 관습과 전통과 법률을 따른다. 또다른 사람들은 자신의 생각을 모든 활동의 모터로 여기고 이성의 요구에 귀기울이며 그 목소리에 따르고, 이따금 필요한 경우에만 비판적으로 충분히 검토한 뒤에 남들의 생각을 따른다.

✎ 인간은 인류의 총체적 이성이 만들어낸 모든 것을 저마다 이용할 수 있고 또 이용해야 한다. 그러는 동시에 선인들이 발견한 진리를 자신의 이성으로 검토할 수 있고 또 검토해야 한다.

8월 7일

허영심이 강한 사람들은 칭찬을 바란다. 칭찬을 받으려면 사람들이 좋게 봐주어야 한다. 사람들은 자기 마음에 드는 것을 좋아하고 그들의 마음에 들려면 그들을 좋게 봐주어야 한다. 그래서 허영심의 만족만큼 허망한 것도 없다.

1 부끄러워하지 않을 것을 부끄러워하고 부끄러워해야 할 것을 부끄러워하지 않는 자는 파멸의 길로 떨어진다.　　　　『법구경』

2 허영심이 강한 사람은 자신에 대한 생각으로 가득차서 다른 어떤 것도 받아들이지 못한다.　　　　페인

3 남을 부리지 말고 너 자신을 부려라.　　　　속담

4 '남들처럼 하면 된다'는 말은 거의 언제나 나쁜 짓을 하라는 말이다.
　　　　라브뤼예르

5 한 사람이 다른 사람에게 왜 공감하지도 않는 행동을 하느냐고 물었다.
　　"모두 그렇게 하니까." 다른 사람이 대답했다.
　　"아니, 모두는 아니야." 첫번째 사람이 말했다. "나만 해도 그렇지 않고, 나 같은 사람들이 또 있거든."
　　"물론 전부는 아니지만 대다수가 그래."
　　"그럼 묻겠네," 첫번째 사람이 다시 물었다. "세상에는 현명한 사람이 많을까 어리석은 사람이 많을까?"
　　"물론 어리석은 사람이 많지!"
　　"그럼 자네는 어리석은 사람들을 흉내내고 있는 거로군."　　K.

6 똑똑한 사람들이 나를 실제보다 더 훌륭하게 여기도록 만드는 것은, 내가 실제로 남들에게 보이고 싶은 모습이 되는 것보다 훨씬 어렵다.

리히텐베르크

7 이해심이 부족할수록 자만심이 강하다.　　　　　　　　　　　포프

8 예나 지금이나 말을 안 해도 비난받고, 말이 많아도 비난받고, 말이 적어도 비난받는다. 세상에 비난받지 않는 사람은 없다.

　　평생 칭찬만 받는 사람이 없듯 평생 비난만 받는 사람도 없다. 전에도 없었고 지금도 없고 앞으로도 없을 것이다.　　　　　　『법구경』

9 대중의 여론만큼 그릇된 인생 지침은 없다.

10 자기애에 빠지지 않기란, 칭찬에 무심하기란 정말 어렵다.　　　아미엘

11 오만은 쉽게 극복할 수 없는 인간의 묘한 특성이다. 하나의 틈을 메우면 어느새 다른 틈에서 새로운 오만이 얼굴을 내밀고, 그것을 메우면 또다른 틈에서 얼굴을 내민다.　　　　　　　　　　리히텐베르크

12 누군가를 칭찬하는 이면에는 그가 자신과 닮았다는 전제가 있다. 그

러므로 누군가를 존경한다는 것은 그 사람과 자신이 동등하다는 뜻인 경우가 많다.   라브뤼예르

13 진정한 덕행은 결코 자신의 그림자, 즉 명성을 돌아보지 않는다. 괴테

✎ 세상의 명성이나 칭찬에 마음을 쓰는 것은 어리석은 일이다. 똑같은 것을 두고도 누구는 좋게 여기고 누구는 나쁘게 여기기 때문이다.

8월 8일

많은 사람들이 위대하다고 인정하는 작가들에게 특별하고 독자적인 의의와 중요성을 부여하는 것은 진리를 아는 데 큰 장애가 된다. 신의 진리는 평범한 사람들의 대화나 편지, 어린아이의 혀짤배기소리, 바보의 지껄임, 미치광이의 헛소리에서도 나타날 수 있다. 오히려 위대하거나 신성하다고 인정받는 책에서 아주 빈약하고 거짓된 사상을 만날 수도 있다.

1 모두가 인정하는 진리 중에는 우리가 한 번도 진지하게 생각하지 않았기 때문에 의심할 나위 없다고 여겨지는 것이 무척 많다.   에두아르 로드

2 복음서는 사도들이 썼기 때문이 아니라 진리를 담고 있기 때문에 신

성한 것이다. 부처와 마호메트, 그 밖의 모든 사람이 이야기한 진리
도 복음서의 진리와 마찬가지로 중요하다.

3 법전에 존재하는 케케묵은 법들을 적용해야 한다고 주장하는 것은
몇 세대 전 조상이 살던 집에 살면서 그들이 썼던 물건을 사용하라
고 강요하는 것이나 다름없다.   루시 맬러리

4 인류 대다수에게 종교는 관습이다. 아니, 관습이 곧 종교다. 이상한
말 같겠지만, 나는 도덕적 완성을 향하는 첫걸음은 우리를 길러온 종
교로부터 자신을 해방시키는 거라고 확신한다. 그러지 않고는 누구
도 완성으로 나아가지 못한다.   소로

5 복음서,『성경』『쿠란』『우파니샤드』^{고대인도의 경전} 등의 사상은 신성하
다고 인정받는 책에 쓰여 있어서 진리인 것이 아니다. 신성하다고 인
정받는 책에 기록된 모든 것을 진리로 생각하는 것은 다른 모든 우
상숭배보다 해로운, 책에 대한 우상숭배다.

／ 누구의 사상이든 비판받을 수 있고, 누구의 사상이든 주목받을 수 있
어야 한다.

8월 9일

악행은 나쁜 의지에 의해서가 아니라 사람들 사이에 진리라고 퍼져 있는 거짓된 사상에 의해 행해진다.

1 물질적 결과는 눈에 보이지 않는 힘이 발현된 것일 뿐이다. 총성이 들렸을 때 총알은 이미 날아가고 있다. 결정적인 사건은 생각 속에서 이루어진다. 아미엘

2 마음에서 나오는 것은 살인, 간음, 음란, 도둑질, 거짓 증언, 모독과 같은 여러 가지 악한 생각들이다. 「마태복음」 15:19

3 행위는 우리의 욕망처럼 선하지도 악하지도 않다. 보브나르그

4 악행을 낳는 생각은 악행보다 훨씬 나쁘다. 악행은 뉘우치고 다시 되풀이하지 않을 수 있지만 나쁜 생각은 계속 악행을 낳는다. 악행은 악행으로 가는 길을 냈을 뿐이지만, 나쁜 생각은 언제나 우리를 이 길로 가차없이 끌고 간다.

5 형태가 없는 생각은 멀리서 조용히 와 마음속 깊은 곳에 숨는다. 이 것을 극복하고 통제하는 사람은 유혹에서 벗어날 수 있다. 『법구경』

6 좋은 생각은 선행으로 발전한다.

7 모든 것은 생각에 있다. 생각이 모든 것의 근원이다. 그리고 모든 것은 생각으로 지배할 수 있다. 그러므로 자기완성에서 중요한 것은 생각의 활동이다.

불행이 닥쳤을 때는 네 행위가 아니라 너를 그렇게 행동하게 만든 생각에서 원인을 찾아라. 마찬가지로 어떤 일이 너를 슬프게 하거나 화나게 할 때도 사람들의 행위가 아니라 그 행위를 불러일으킨 생각에서 원인을 찾아라.

8월 10일

인간이 자유롭지 못한 것은 인간의 모든 행위에 그보다 앞선 원인이 있기 때문이라고 말하는 사람이 있다. 그러나 현재는 원래 시간 밖에 있는 것이고 과거와 미래라는 두 시간의 접점에 지나지 않기 때문에, 인간에게 현재의 순간은 언제나 자유롭다.

1 사람들이 현자에게 인생에서 어떤 때, 어떤 사람, 어떤 일이 가장 중요하냐고 물었다.

현자는 대답했다. "가장 중요한 때는 현재다. 인간은 오직 현재에서만 자신을 지배할 수 있기 때문이다. 가장 중요한 사람은 현재 너와 관계를 맺고 있는 사람이다. 언제 또다른 누구와 관계를 갖게 될지는 아무도 알 수 없다. 가장 중요한 일은 현재 너와 관계를 맺고 있는 사람과 서로 사랑하는 일이다. 인간은 모든 사람과 서로 사랑하기 위해 세상에 왔기 때문이다."

2 낭비한 시간은 결코 되돌릴 수 없고, 저질러진 악행은 결코 바로잡을 수 없다.

러스킨

3 자신의 영원성을 믿을 때 비로소 우리는 순간순간의 시간을 이용할 수 있게 된다.

영성에 대한 의식을 가지고 영원성 속으로 들어설 때 우리는 비로소 하찮은 의무도 결코 하찮게 보지 않게 된다.

마티노

4 인간이 가장 먼저 빠지는 흔한 유혹은 삶 그 자체가 아니라 삶에 대한 준비라는 유혹이다.

'내가 해야 할 것과 내 영혼이 요구하는 것을 지금은 잠깐 미뤄도 괜찮을 것이다. 아직은 준비가 되지 않았으니까.' 인간은 이렇게 스스로에게 말한다. '준비가 되면 그때부터 완벽하게 양심에 따라 살면 된다.'

이러한 유혹의 허위는 인간이 유일한 실제적 삶인 현재에서 떠나 원래 인간의 것이 아닌 미래로 삶을 가져가려 한다는 데 있다.

이러한 유혹에 빠지지 않으려면, 인간에게는 원래 준비할 시간이 주어지지 않았다는 것, 현재의 상태에서 최선을 다해 살아야 한다는

것, 인간에게 유일하게 필요한 자기완성은 오직 사랑 안에서의 완성
뿐이라는 것, 그리고 그 완성은 오직 현재에서만 성취되는 것임을 깨
닫고 기억해야 한다. 언제 어느 때 우리가 다른 사람들에게 봉사하지
못하게 될지 알 수 없다. 우리는 사람들에게 봉사하기 위해 세상에
온 것이다. 그러므로 미루지 말고 신을 위해, 즉 우리를 필요로 하는
모든 사람을 위해 현재의 모든 순간을 참되게 살아야 한다.

/ 현재란 우리의 신적 본성이 나타나는 유일한 상태다. 현재 앞에 머리
를 숙여라. 신은 현재에 존재한다.

8월 11일

인간은 죽을 때 혼자이듯, 내적이고 정신적인 삶에서도 언제나 혼자다.

1 물자를 수입할 필요가 거의 없거나 완전히 없는 나라가 가장 행복한
나라다. 마찬가지로 내면의 풍요로움에 만족하고 생존을 위해 외부
로부터 뭔가를 받아들일 필요가 거의 없거나 완전히 없는 사람이 가
장 행복한 사람이다. 외국에서 들여오는 것은 비싸고, 의존성을 낳
고, 위험성과 거부감이 있어 결국 자국산의 대용물 역할밖에 하지 못
한다. 어떤 일에서도 타인이나 외부로부터는 많은 것을 기대하지 마
라. 한 사람이 남을 위해 할 수 있는 역할은 지극히 한정적이기 때문
이다. 결국 사람은 오직 자기 자신과 남게 되며, 중요한 것은 그때의
상대방, 즉 자신이 **어떤 사람인가** 하는 것이다.   쇼펜하우어

2 불쾌한 일이 일어나거나 어려운 상황에 처하면 우리는 자신 안의 뭔가가 질서를 잃었기 때문이라고 생각하지 못하고, 외적인 원인을 찾으며 타인이나 운명을 탓한다.　　　　　　　　　　에픽테토스

3 인간은 자신이 만들어낸 것만을 다스릴 수 있다. 자신 안에 존재하고 자신과 함께 자라는 것 외에는 어떠한 것도 결코 확고한 선[善]일 수 없다.　　　　　　　　　　에머슨

4 스스로 악을 행하면 스스로 더러워지고, 스스로 악을 행하지 않으면 스스로 깨끗해진다. 깨끗함과 더러움은 자신에게 달려 있다. 아무도 남을 깨끗하게 할 수 없다.　　　　　　　　　　『법구경』

5 가장 해롭고 흔한 오류는 세상에 자신의 자유와 행복을 방해하는 것이 있다고 생각하는 것이다.

6 인간은 신이나 다른 사람들이 자신을 도와주기를 바라지만, 그 자신 외에는 아무도 도울 수 없다. 그를 도울 수 있는 것은 그의 선한 생활뿐이며, 그것은 오직 그 자신만이 할 수 있기 때문이다.

7 인간에게는 저마다 남에게 그 본질을 전할 수 없는 심오한 내적 삶이 있다. 때로는 그것을 다른 사람에게 알리고 싶은 욕구를 느끼지

만, 그것을 완전하게 알리는 것은 불가능하다는 것을 알게 된다.

그 욕구는 신과 교류하려는 욕구다. 신과의 교류를 구하고, 다른 것을 구하지 마라.

고독

독신자 모임에서 즐거운 식사가 끝난 뒤 내 오래된 친구가 말했다.

"샹젤리제를 거닐지 않겠나?"

우리는 잎이 거의 떨어진 나무들 사이의 긴 가로숫길을 천천히 걸었다. 끊임없이 술렁거리는 도시 파리의 희미한 소음이 있을 뿐 주변은 조용했다. 신선한 미풍이 얼굴을 스치고 금빛 별들이 하늘 가득 흩뿌려져 있었다.

친구가 입을 열었다.

"왜 그런지 모르겠지만 밤에 이곳에 오면 다른 곳에 있을 때보다 마음이 가벼워. 내 사유가 뻗어나가는 느낌이 들거든. 어떤 순간에는 내 머리 위로 찬란한 빛이 쏟아지는 것 같아. 그런 순간에는 삶의 신성한 비밀을 안 것 같은 기분이 드는데, 곧 창문이 탁 닫히면…… 그것으로 그만이지."

나무들 사이로 이따금 두 사람의 그림자가 보였다. 우리는 벤치 옆을 지나갔다. 그 벤치에 붙어앉아 있는 남녀는 하나의 검은 그림자로 보였다.

친구가 말했다.

"가엾은 사람들! 나는 저들에게 혐오가 아니라 연민을 느껴. 인생에는 많은 비밀이 있지만 나는 이 한 가지만은 알았네. 우리가 느끼는 생존의 고통은, 인간은 영원히 고독한 존재이고 인간이 하는 모든 일은 고독에서 벗어나기 위해서라는 것. 저기 넓은 밤하늘 아래 벤치에 앉아 있는 연인들도 모든 살아 있는 존재가 그렇듯 한순간이라도 고독에서 벗어나길 바라지만 저들 역시 영원히 고독한 존재야. 우리처럼.

어떤 사람들은 그것을 강하게 느끼고, 어떤 사람들은 약하게 느낀다는 차이뿐이지.

언제부턴가 나는 견딜 수 없는 고통을 느끼게 되었어. 무서운 고독을 느끼고 깨달았지만, 세상 무엇으로도 그것을 막을 수 없다는 것도 알았지—이해하겠나?—어떤 시도도 노력도, 달콤한 속삭임이니 포옹이니 전부 다 소용없어—우리는 언제나 혼자야.

내가 자네에게 산책하자고 한 건 집에 돌아가고 싶지 않아서였어. 이제 나는 집안에 혼자 있는 게 못 견디게 괴롭거든. 하지만 그건 아무래도 좋아. 내가 하고 싶은 말은, 지금 나는 말하고 자네는 들으면서 이렇게 나란히 걷고 있지만 우리 둘 다 혼자라는 거야. 이해하겠나?

성서에서는 '마음이 가난한 사람은 행복하다'고 말하지. 사람들은 아직도 행복에 대한 환상을 잃어버리지 않았어. 그들은 아직 고독의 슬픔을 모르고, 그들은 나처럼 인생의 길 위에서 방황하지 않지. 나는 사람들과 그저 팔꿈치만 스치며 내 영원한 고독을 깨닫고 이해하고 통찰하고 그 고독이라는 의식 때문에 한없이 괴로워하면서 이기적인 만족 외에는 아무 기쁨도 느끼지 못하는데 말이야.

자네는 내 머리가 이상해졌다고 생각할 거야. 그렇지?

그러나 들어주게. 나는 내 존재의 고독을 느끼면서부터 어두운 지하로, 끝도 보이지 않고 출구도 없는 지하로 매일 빨려들어가고 있는 것 같아. 그 지하로 빨려들어 걸어가는데 내 옆에 살아 있는 것은 하나도 없어. 그 지하가 바로 우리 인생이지. 가끔 소음과 이야기 소리, 외치는 소리가 들려…… 그래서 손을 더듬으며 서둘러 가려고 하지만 그 소리가 어디서 들려오는지 대체 알 수가 없어. 나는 아무와도 마주치지 않고 나를 에워싼 어둠 속에서 누군가의 손을 만질 수도 없어. 이해하겠나?

이 무서운 고통을 통찰한 사람도 있었지. 뮈세프랑스 시인, 소설가, 극작가는 이런 시를 썼어.

저기 누가 지나가는가? 나를 부르는가? ─아무도 없다,
나는 여전히 혼자이고 ─시계종이 울렸다.
오, 이 고독! 오, 이 공허!

그러나 뮈세에게 그것은 순간의 의혹이었을 뿐 나에게처럼 완전히 확실한 것은 아니었어. 그는 인생을 환영과 꿈으로 가득 채우는 시인 이었으니까. 그는 결코 나처럼 철저하게 고독에 젖어보지 못했어.

귀스타브 플로베르는 세상에서 가장 불행한 인간이었어. 왜냐하면 그는 앞을 내다볼 줄 아는 얼마 안 되는 위인 중 하나였거든. 그는 한 여자 친구에게 이런 절망적인 편지를 썼어. '우리는 완전한 공허 속에 있습니다. 아무도 다른 사람을 이해하지 못합니다.'

그래, 아무도 다른 사람을 이해하지 못해. 우리가 무엇을 생각하건 무엇을 말하건 아무도 다른 사람을 이해하지 못해. 지구는 그 광활한 공간에 꽃가루처럼 흩뿌려진 무수한 별에서 무슨 일이 일어나고 있는지 알고 있을까? 무수한 별은 무한 속에 모습을 감추고 있는데 우리는 그 머나먼 별들 중에서도 가장 무의미한 일부만 보고 있는 게 아닐까? 그리고 그 무수한 별들은 한 유기체의 분자들처럼 하나의 전체를 이루고 있는 게 아닐까?

지구가 무수한 별에서 무슨 일이 일어나고 있는지 모르는 것처럼 인간도 다른 사람들에게 무슨 일이 일어나고 있는지 몰라. 우리는 그 천체보다 서로 더 멀리, 더 뿔뿔이 흩어져 있어. 왜냐하면 생각에는 끝이 없으니까.

끊임없이 접촉하는데도 결코 서로 하나가 될 수 없는 것보다 무서운 일이 있을까? 우리는 서로 연결되어 있기라도 한 것처럼 서로에게 손을 뻗고 사랑을 하지만, 결코 하나가 될 수는 없어. 하나가 되고 싶다는 간절한 욕구가 우리를 괴롭히지. 하지만 아무리 노력해도 소용없고 사랑은 열매를 맺지 못하고 감정은 무익하고 포옹은 힘이 없고 친절도 공허해. 우리는 하나가 되고 싶어하지만 아무리 노력해도 서로를 밀어낼 뿐이야. 내가 가장 강하게 고독을 느끼는 건 누군가에게 내 진심을 바치려고 할 때야. 그럴 때 서로 하나가 될 수 없다는 사실이 더 명료해지거든. 그 사람은 밝은 눈으로 나를 보지만 나는 그 밝은 눈 뒤에 있는 그의 마음을 몰라. 그는 내가 하는 말을 들어. 하지만 그는 무슨 생각을 할까? 그래, 대체 무슨 생각을 할까? 자네 그 괴로움을 아나? 어쩌면 나를 싫어하고 경멸하고 비웃고 있을지도 모르지 않나? 그가 내 말을 듣고 나를 판단하고 냉소하고 비난하고, 나를 평범한 사람이나 바보라고 생각할지도 모르지 않나? 그가 무슨 생각을 하는지 내가 어떻게 알겠나? 내가 그를 사랑하는 것처럼 그가 나를 사랑하는지, 그 작고 둥근 머릿속에서 뭐가 움직이고 있는지 내가 어떻게 알겠나? 자신이 알 수 없는 타인의 생각이란, 알 수도 통제할 수도 억제할 수도 없는 타인의 감춰진 자유로운 생각이란 정말이지 무서운 비밀이야.

그러면 나는?…… 아무리 마음의 문을 열려고 노력해도 나는 그럴 수가 없어. 내 마음 깊은 곳, 저 아래 밑바닥에는 언제나 '나'라는 비밀의 장소가 있고, 그곳엔 아무도 들어올 수 없어. 그 문을 열고 들어오는 사람은 없어. 왜냐하면 나는 누구와도 닮지 않았고, 누구도 다른 사람을 이해할 수 없으니까.

하다못해 이 순간만큼이라도 자네는 나를 이해하고 있을까? 아닐 거야. 자네는 내 머리가 어떻게 됐다고 생각하고 있겠지! 나를 힐끔

힐끔 살펴보고 경계하잖나! 자네는 속으로, 이 친구 무슨 일이 있나? 하고 있겠지. 그러나 언제고 자네가 나의 이 무섭고 복잡한 고통을 이해하는 날이 온다면, 그때는 나에게 와서 '자네를 이해했다'고 한마디만 해주게. 그러면 나도 그 순간만큼은 행복할 거야.

여자는 특히나 나에게 깊은 고독을 느끼게 해.

아, 그 슬픔이란! 여자 때문에 내가 얼마나 고통받았는지 자네는 모를 거야! 여자는 남자보다 더 내 가슴에 나는 고독하지 않다는 그릇된 희망을 불러일으키지.

연애를 할 때 자신의 존재가 확장되고 인간을 뛰어넘은 듯한 행복감에 빠지는 이유가 무엇인지 아나? 그 커다란 행복감이 어디서 오는지 아나? 그것은 이제 자신이 고독하지 않다고 믿는 데서 오는 거야. 인간의 소외감이, 고독이 사라진 느낌이 드는 거지. 그 얼마나 가엾은 착각인가!

여자들은 우리 남자들보다 더 영원한 사랑의 욕구로 괴로워한다네. 그 사랑의 욕구는 우리의 심장을 갉아먹지. 바로 그 여자라는 존재가 우리에게 가장 거짓된 환상을 심어놓는 거야.

자네 역시 눈만 마주쳐도 우리를 미쳐버리게 하는 긴 머리의 매혹적인 존재와 얼굴을 맞대는 달콤한 순간을 알고 있을 테지. 미칠 듯한 환희가 이성을 흐려놓지! 놀라운 환상이 우리를 사로잡아! 그녀와 내가 드디어 하나가 된 것 같지. 그러나 그것은 느낌일 뿐, 기대와 희망과 거짓 기쁨에 찬 몇 주가 지나면 나는 전보다 더 고독한 자신을 느끼게 된다네.

키스할 때마다, 포옹할 때마다 고독감은 더욱 커지지. 얼마나 무섭고 괴로운 일인가! 시인 쉴리 프뤼돔은 이렇게 노래했어.

모든 애무는 한낱 광기의 격발,

몸을 섞어 마음과 하나로 결합하려는,
　　가엾은 사랑의 헛된 모험.

그러고 나면 이별이지. 모든 것이 끝이야! 한때 나의 모든 것이자 진
지한 사색의 대상이었던 여자, 저속한 상상의 대상으로 떠올려본 적
도 없는 그 여자는 이제 내 기억에서 거의 사라져버려.
　심지어 우리의 존재가 비밀스럽게 결합하고, 모든 욕망과 충동이
완전히 하나로 섞여 그녀 영혼 가장 깊숙한 곳까지 들어간 것 같았
던 순간에도 단 한마디, 그녀가 무심코 내뱉은 단 한마디가 우리의
자기기만을 폭로하고 어둠 속 번갯불처럼 우리 사이에 가로놓인 심
연을 비추기 시작하지.
　그래도 역시 사랑하는 여자와 함께 있는 밤보다, 말을 하지 않아도
내 옆에 그녀가 있다는 사실만으로도 행복한 밤보다 좋은 건 없어.
그 이상을 바라선 안 돼. 두 존재가 하나가 된다는 것은 절대로 불가
능한 일이니까!
　나에 대해 말하자면, 나는 지금 모든 사람에게 마음의 문을 닫고
있네. 내가 무엇을 믿고 무엇을 생각하는지, 무엇을 사랑하는지 누구
에게도 말하지 않아. 나는 내가 무서운 고독을 선고받았다는 것을 알
기에 모든 것을 냉담하게 바라보고 말없이 있어. 남의 의견이니 논쟁
이니, 만족이니 신앙이니 하는 게 나와 무슨 상관인가. 남과 아무런
교류도 하지 않는 내가 무슨 일에 관심을 갖겠나. 눈에 보이지 않는
내 생각은 알려지지 않고 남아 있지. 나는 흔해빠진 질문에 틀에 박
힌 대답을 하고, 대답하고 싶지 않을 때는 미소를 지을 뿐이야.
　자네는 나를 이해하겠나?"
　우리는 긴 오솔길을 지나 에투알광장의 개선문까지 걸어간 뒤 콩
코르드광장으로 내려갔고, 친구는 느릿한 어조로 그 밖에도 많은 이

야기를 했지만 이제는 기억이 나질 않는다.

이윽고 친구는 파리의 도로 위에 서 있는 화강암 오벨리스크 앞에서 발을 멈췄다. 타국에 유배 온 기념비의 기다란 이집트식 옆얼굴이 별빛을 받아 어렴풋이 보였는데, 옆면에 기묘한 기호들로 그 나라의 역사가 쓰여 있었다. 친구는 갑자기 손을 들어 오벨리스크를 가리키며 소리쳤다.

"우리는 모두 이 돌탑 같은 존재야!"

그러고는 아무 말도 하지 않고 걸어갔다.

그때 그가 술에 취해 있었는지, 정신이 이상했는지 아니면 아주 맑았는지 나는 지금도 모른다. 가끔은 그의 말이 옳다고 여겨지고, 또 가끔은 그의 정신이 이상했다고 여겨진다.

기 드 모파상

8월 12일

인간이 짊어지고 있는 십자가는 신의 의지를 나타내는 긴 세로 부분과 인간의 의지를 나타내는 짧은 가로 부분으로 이루어져 있다. 자신의 의지를 신의 의지와 같은 방향으로 향하게 하면 십자가는 사라질 것이다.

1 외적인 번영에서 행복을 찾는 사람은 모래 위에 집을 짓는 사람과 같다. 진정한 행복은 내적인 삶과 신의 의지를 일치시키는 데서 온다.

루시 맬러리

2 내 편에 서지 않는 사람은 나를 반대하는 사람이며 나와 함께 모아들이지 않는 사람은 해치는 사람이다. 「누가복음」 11:23

3 인간의 삶에는 좋은 것과 나쁜 것이 늘 섞여 있다. 그러나 무언가를 목표로 나아가는 것은 그렇지 않다. 신의 의지대로 나아갈 때는 모든 것이 선이고, 신의 의지와 일치하지 않는 자신의 의지로 나아갈 때는 모든 것이 악이다.

4 너희가 내 이름으로 아버지께 구하는 것이면 아버지께서 무엇이든지 주실 것이다. 「요한복음」 16:23

5 운명은 우리의 욕망을 거부하거나 이루어주면서 우리를 이중으로 파멸시킨다. 그러나 신이 바라는 것만을 바라는 자는 어떤 파멸도 피하며, 모든 것이 복이 된다.

아미엘

6 네가 타인에게 아무것도 기대하지 않고 아무것도 받으려 하지 않는다면, 마치 벌에게 벌이 무섭지 않고 말에게 말이 무섭지 않듯 사람도 두렵지 않을 것이다. 하지만 네 행복이 타인의 손아귀에 있다면 너는 분명 사람이 두려울 것이다.

그러므로 우선 다음과 같은 일부터 시작해야 한다. 우리에게 속하지 않은 모든 것에 대해 그것이 우리의 주인이 되지 않을 정도로 거리를 두어라. 자신의 육체와 육체에 필요한 모든 것에 대한 집착을 버리고, 부와 명예, 지위, 영화에 대한 애착을 버려라. 그런 의미에서 자식과 배우자, 형제에게도 거리를 두어라. 그 모든 것이 나의 소유물이 아니라고 스스로에게 말하라.

그렇게 되면 우리는 폭력으로 인간의 폭력을 물리쳐야 할 필요가 없게 된다. 감옥이 있다 하자. 그 사실이 나에게, 나의 영혼에 어떤 해를 끼치겠는가? 무엇 때문에 감옥을 무너뜨리고, 무엇 때문에 폭력을 휘두르는 사람들을 공격해야 하겠는가? 그들의 감옥과 쇠사슬과 무기는 나의 영혼을 노예로 만들지 못한다. 나의 육체를 가둘 수는 있지만 영혼은 가둘 수 없다. 누구도, 무엇으로도 나의 자유를 방해할 수 없고, 나는 내가 원하는 대로 살 수 있다.

그런데 나는 어떻게 그 경지에 도달했는가? 나는 나의 의지를 신의 의지에 종속시켰다. 신이 내가 열병을 앓기를 바란다면, 나도 그것을 바란다. 신이 나에게 저 일이 아니라 이 일을 하길 바란다면, 나도 그것을 바란다. 신이 바라지 않으면 나도 바라지 않는다. 신이 내

가 죽길 바라고 고문당하길 바란다면, 나도 죽길 바라고 고문당하길
바란다. 에픽테토스

7 신에게 자신을 내맡기는 영혼은 위대하다. 반대로 세계를 지배하는
신의 법칙을 거스르고 비난하며 자신이 아니라 신을 바로잡으려는
영혼은 보잘것없고 저열하다. 세네카

8 하느님의 뜻을 실천하려는 사람이면 이것이 하느님으로부터 나온 가르침인
지 또는 내 생각에서 나온 가르침인지를 알 것이다. 「요한복음」7:17

9 고생하며 무거운 짐을 지고 허덕이는 사람은 다 나에게로 오너라. 내
가 편히 쉬게 하리라. 나는 마음이 온유하고 겸손하니 내 멍에를 메
고 나에게 배워라. 그러면 너희의 영혼이 안식을 얻을 것이다. 내 멍
에는 편하고 내 짐은 가볍다. 「마태복음」11:28~30

／ 자신의 의지를 신의 의지와 일치시키면 불행을 피하고 안식을 얻을
것이며, 오직 이 길을 통해서만 신을 인식하고 불멸에 대한 믿음을
얻을 수 있다.

8월 13일

모든 사람이 네 생활을 비난하더라도 이성에 따라 사는 것이 생활의 지혜다.

1 진리가 반박할 수 없는 형태로 나타나면 진리의 적들은 최후의 수단을 취한다. 즉 진리를 말하는 사람들을 비방하는 것이다. 그러나 진리를 말하는 사람들을 매도하는 것은 진리의 씨앗에 흙을 끼얹어주는 것과 같아서 그 씨앗은 더욱 빠르게 자라난다. 루시 맬러리

2 하늘은 우리의 악행에 분노하지만 세상은 우리의 선행에 분노한다.

『탈무드』

3 너를 따르는 사람들의 수보다 어떤 사람들이 너를 따르는가가 중요하다. 어리석은 사람들이 너를 따르지 않는 것은 자랑스러워할 일이다.

세네카

4 인간의 이성은 신의 등불과 같다. 그 빛은 사물의 가장 깊은 곳까지 비춘다.

동양의 금언

5 그들이 나를 박해했으면 너희도 박해할 것이고 내 말을 지켰으면 너희의 말도 지킬 것이다. 「요한복음」15:20

6 움직이는 배 안에서 어떤 물체를 볼 때는 우리 자신의 움직임은 느껴지지 않는다. 그러나 우리와 함께 움직이지 않는 배 밖의 물체, 가령 해안을 볼 때는 우리의 움직임을 느낄 수 있다. 인생도 마찬가지다. 모두가 올바르게 살고 있지 않을 때는 그것이 이상하게 느껴지지 않는다. 그러나 단 한 사람이 깨닫고 신의 뜻대로 살기 시작하면 다른 사람들이 얼마나 악하게 사는지 확실히 보이고, 그것 때문에 사람들은 그 한 사람을 박해한다.

파스칼

7 그리스도는 모든 사람에게 칭찬받는 사람은 불행하다고 말했다.

이 말은 사람들의 불완전하고 모순된 취향과 욕망과 충동에 비위를 맞추고 환심을 사려는 외적인 목표가 아니라, 신의 유일하고 완전한 의지에 순종하면서 기쁘게 따르는 내적인 목표를 지향해야 한다는 뜻이다.

석공이 돌을 자를 때 제각각의 형태가 아니라 모든 돌을 반듯하게 사각으로 잘라야 건물을 지을 수 있듯, 세속적 명성의 모순되고 변덕스러운 요구에 맞추려 애쓰지 말고 양심과 이성을 통해 인식되는 만인에게 공통된 선과 진리의 반듯한 법칙에 따라 자기완성을 위해 노력할 때 비로소 우리는 자식들과 함께 이 땅에 신의 나라를 세울 수 있을 것이다.

스트라호프

/ 지혜에 대한 박해와 공격과 억압을 슬퍼하지 마라. 추악한 삶의 광기를 폭로하지 않는 지혜는 지혜가 아니다. 잘못이 드러나도 자신의 삶을 바꾸지 않고 비난을 아무렇지 않게 여긴다면 그들은 인간이 아니다.

8월 14일

사람들은 삶의 외적 질서를 폭력으로 유지하는 데 길들여져 폭력 없는 삶은 있을 수 없다고 생각한다. 그러나 폭력으로 정의로운(외관상) 질서를 수립했다 하더라도, 그것을 수립한 사람들은 정의가 무엇인지 알아야 하며 그들 스스로가 정의로워져야 한다. 만약 그들이 무엇이 정의인지 알고 스스로 정의로운 사람이 될 수 있다면 다른 이들이 그러지 못할 이유가 있겠는가?

1 힘은 무지한 자가 자신의 추종자들에게 본성에 어긋나는 행동을 강제할 때 쓰는 무기다. 그러나 그 무기가 작동을 멈추면 (물을 높은 곳으로 흐르게 하려는 것처럼) 그 효과도 바로 사라진다. 반대로 설득은 우리의 관심과 노력 없이도 자연스럽게 물이 흘러가도록 기울어진 강바닥 같은 것이다. 인간의 활동을 이끄는 방법은 오직 두 가지다. 하나는 인간을 본래의 성향이나 판단과는 반대로 행동하도록 강제하는 것이고, 다른 하나는 그의 성향을 파악하고 이치로 설득하는 것이다. 첫번째 방법은 야만적이고 그 결과는 환멸뿐이지만, 두번째 방법은 경험이 증명하듯, 결과는 언제나 성공이다. 아이가 장난감 앞에서 떼를 쓰면서 우는 건 그것을 손에 넣기 위해서다. 부모가 자식을 때리는 것은 힘으로 자식의 행실을 고치기 위해서다. 술 취한 남편이 아내를 때리는 것은 힘으로 아내를 제압하기 위해서다. 죄인에게 형벌을 가하는 것은 힘으로 세상의 불법을 다스리기 위해서다. 어떤 사람이 누군가와 재판으로 다투는 것은 힘으로 정의를 판가름하기 위해서다. 성직자가 지옥의 무서운 공포에 대해 설교하는 것은 힘으로 청중인 신자들을 천국으로 데려가기 위해서다. 한 나라가 다른 나라와 싸우는 것은 힘으로 자기 나라에 유리한 상태를 얻기 위해서

다. 그런데 놀라운 일은 오늘날까지 무지는 폭력의 길로 인류를 이끌었고, 지금도 이끌고 있으며, 그 길은 언제나 환멸로 이어졌고 또 이어지고 있다는 것이다.

콩브

2 강자의 권리는 항의와 저항에 부딪히지 않는 동안에만 권리다. 그것은 난방과 조명과 지렛대가 없을 때 견뎌야 했던 추위와 어둠, 무게 같은 것이다. 인류의 모든 산업은 자연의 지배로부터의 해방이며, 정의의 진보는 강자의 지배가 제한되어온 역사의 과정이다.

　　의학의 목적이 질병의 극복이듯 인간의 행복은 맹목적인 동물적 본성과 무분별한 동물적 욕망의 극복에 있다. 그래서 나는 언제나 하나의 법칙만을 본다. 인간은 점점 더 해방되고, 인류는 행복과 정의와 지혜에 점점 가까이 다가가고 있다.

아미엘

3 신이 없다면, 폭력으로 다스릴 수는 있지만 설득은 할 수 없다. 폭군이 있을 수는 있지만 교육자는 있을 수 없다.

마치니

4 폭력은 정의와 유사한 것을 만들어내 폭력 없이 바르게 살 수 있는 가능성을 제거한다.

✒ 인간은 이성적 존재이므로 반드시 폭력을 버리고 이성을 좇아 자유로운 합의로 나아가야 한다. 지금의 모든 폭력은 그날이 오는 것을 늦추고 있다.

8월 15일

삶의 기쁨은 동물과 어린아이와 성인^{聖人}에게 고유한 것이다. 동물은 잘못 사용하면 삶의 기쁨을 앗아가는 이성이란 것이 처음부터 없고, 어린아이는 다행히도 아직 이성이 타락하지 않았고, 성인은 삶 자체가 그들이 원하는 것, 즉 신을 향해 다가가는 것과 자기완성의 가능성이기 때문이다.

1 지나간 슬픔은 과거, 미래, 현재의 쾌락과 더불어 회상 속에서는 즐거운 것이 된다. 우리를 괴롭히는 것은 미래와 현재의 슬픔이다. 이 세계에는 쾌락이 압도적으로 넘친다. 우리는 쾌락을 얻기 위해 끊임없이 노력하고 그 기쁨은 확실히 예상하지만, 우리에게 닥칠 슬픔은 좀처럼 예상하지 못하기 때문이다.   리히텐베르크

2 신이 인간의 눈으로 볼 수 있는 것보다 훨씬 많은 아름다운 것을 창조했다는 사실에 기뻐하라. 인간이 자신의 영혼으로 이해하고 행동으로 바로잡을 수 있는 것보다 훨씬 많은 잘못을 저질렀다는 사실에 슬퍼하라.   러스킨

3 행복이란 후회 없는 만족을 말한다.

4 오, 우리를 미워하는 자들을 미워하지 않고 살 수 있다면 얼마나 행복할까! 우리를 미워하는 자들과 함께 산다면 얼마나 행복할까!⋯⋯

오, 탐욕스러운 자들 사이에서 탐욕으로부터 자유롭다면 얼마나 행복할까! 탐욕에 먹힌 자들 사이에서 탐욕으로부터 자유롭게 산다면!……

오, 어떤 것도 내 것이라 부르지 않는 우리는 얼마나 행복한가! 신성함을 흠뻑 마신 우리는 빛나는 신들을 닮았다!……　　『법구경』

5 "또다른 비유를 들겠다. 어떤 지주가 포도원을 하나 만들고 울타리를 둘러치고는 그 안에 포도즙을 짜는 큰 확을 파고 망대를 세웠다. 그리고는 그것을 소작인들에게 도지로 주고 멀리 떠나갔다. 포도 철이 되자 그는 그 도조를 받아오라고 종들을 보냈다. 그런데 소작인들은 그 종들을 붙잡아, 하나는 때려주고 하나는 죽이고 하나는 돌로 쳐 죽였다. 지주는 더 많은 종들을 다시 보냈다. 소작인들은 이번에도 그들에게 똑같은 짓을 했다. 주인은 마지막으로 '내 아들이야 알아보겠지' 하며 자기 아들을 보냈다. 그러나 소작인들은 그 아들을 보자 '저자는 상속자다. 자, 저자를 죽이고 그가 차지할 이 포도원을 우리가 가로채자' 하면서 서로 짜고는 그를 잡아 포도원 밖으로 끌어내어 죽였다. 그렇게 했으니 포도원 주인이 돌아오면 그 소작인들을 어떻게 하겠느냐?" 사람들은 이렇게 대답하였다. "그 악한 자들을 모조리 죽여버리고 제때에 도조를 바칠 다른 소작인들에게 포도원을 맡길 것입니다."　　「마태복음」 21:33~41

사람들에게 주어진 포도원은 그들이 가꾼 것이 아니었다. 따라서 그들은 포도원에 주어진 조건만 이행하면 삶을 즐길 수 있었다. 그러나 그들은 그 조건을 이행하지 않고 자신들이 아니라 포도원 주인이 나쁘다고 말한 것이다.

6 너는 천국을 찾으며 고통도 원한도 없는 그곳에 가고 싶어한다. 마음
을 자유롭고 깨끗하고 맑게 하라. 그러면 이미 지상에서 네가 바라는
천국에 살게 될 것이다.

❚ 삶이 위대하거나 과분한 기쁨으로 느껴지지 않는다면, 네 이성의 방
향이 잘못되었기 때문이다.

8월 16일

우리는 모든 사람뿐만 아니라 생명이 있는 모든 존재와 정신적으로
굳게 이어져 있다.

1 언젠가 누군가 나에게, 모든 인간 안에는 아주 선한 것, 박애적인 것
이 있지만 동시에 매우 악한 것, 악의에 찬 것이 있어서 기분에 따라
한쪽씩 얼굴을 드러낸다고 말했다. 정말 맞는 말이다!

누군가 고통스러워하는 모습은 여러 사람에게, 적어도 한 사람의
마음에 한없는 연민을 불러일으키지만, 때로는 잔인한 악의가 가져
오는 만족감을 불러일으키기도 한다.

나도 때로는 연민을 가지고 모든 존재를 바라보지만, 때로는 극도
의 무관심으로, 때로는 증오와 악의를 품고 바라본다.

이것은 우리에게 두 개의 서로 다른, 아니 서로 완전히 모순되는
인식의 방법이 있음을 명백히 보여준다. 하나는 개별성과 분리성, 소
외성의 원리에 의한 것으로, 모든 사람이 나에게 완전히 타인이고,

나와 전혀 다른 존재라는 인식이다. 즉 그들에 대해 우리는 냉담이나 질투, 증오, 악의 외에는 아무것도 느끼지 못한다.

다른 하나는 모든 사람이 하나라는 의식에 의한 것으로, 이 방법으로 인식할 때 모든 존재는 우리의 자아와 동일한 것으로 보이고, 그들의 모습은 우리의 마음에 연민과 사랑을 불러일으킨다.

첫번째 인식은 우리를 서로 통할 수 없는 벽으로 갈라놓고, 두번째 인식은 벽을 허물어 우리를 하나로 결합시킨다. 하나의 방법은 개개의 존재들을 모두 나라고 느끼도록 가르치는 반면, 또하나의 방법은 그것은 내가 아니라고 느끼도록 가르치는 것이다.　　　쇼펜하우어

2　모든 인간은 하나의 근원을 갖고 하나의 법칙에 따르고 하나의 목적을 지향하도록 만들어졌다. 그러므로 우리는 하나의 신앙과 하나의 행동 목표를 가지고 하나의 깃발 아래서 싸워야 한다.　　　마치니

3　우리는 나와 남을 구별하지 말고 언제나 공통된 것을 찾기 위해 힘써야 한다.
　　　러스킨

4　원한다 해도 너는 너의 삶을 인류에게서 분리할 수 없다. 너는 인류 속에서, 인류에 의해, 그리고 인류를 위해 살고 있는 것이다. 너의 영혼은 그런 조건에서 벗어날 수 없다. 왜냐하면 우리는 모두 눈, 손, 발처럼 상호작용을 하도록 창조되었기 때문이다. 서로를 적대하는 것, 화를 내거나 외면하는 것은 자연을 거스르는 행동이다.　　　아우렐리우스

✓ 원숭이, 개, 말, 새를 인간의 형제가 아니라고 말하지 마라. 우리와 그들 사이에 아무 관계가 없다고 한다면, 왜 아프리카 흑인들은 우리의 형제가 아니라고 말하지 않는가? 만약 흑인들이 우리의 형제가 아니라면 우리와 피부색이 다른 모든 사람도 우리의 형제가 아닐 것이다. 그러면 대체 이웃은 누구인가? 이에 대한 대답은 오직 하나, 사마리아인의 우화「누가복음」10:30~37가 있을 뿐이다. 누가 이웃이냐고 물어서는 안 된다. 살아 있는 모든 것과 자신의 동일성을 인정하고 연민을 가지고 봉사하라.

8월 17일

선량함이란 모든 음식에 빠져서는 안 될 양념 같은 것이다! 아무리 좋은 것도 선량함이 없으면 아무 가치가 없고, 아무리 나쁜 것도 선량함이 있으면 쉽게 용서받는다.

1 유전적 소질, 튼튼한 소화력, 성공적인 일 등 외적, 육체적 원인에서 오는 자연스러운 선량함이 있다. 이런 선량함은 직접 경험하는 사람이나 함께 있는 사람에게 아주 기분좋은 것이지만 쉽게 사라지기도 한다. 한편 내적, 정신적 활동에서 비롯되는 선량함은 그보다 매력은 덜하지만 절대 사라지지 않고 끊임없이 커진다

2 좋다고 생각하는 일을 할 때도, 네가 남에게 적의를 느끼거나 남이 네게 적의를 느낀다면 당장 그만두어라. 그것은 아직 네가 그 일을

잘할 수 없다는 것을 뜻한다. 일을 하면서 육체적으로 고통이 느껴진다면 그만두고 고통 없이 일하는 법을 배워라. 좋지 않은 감정을 불러일으키는 다른 모든 일도 마찬가지다. 그것은 네가 그 일을 할 수 있는 능력이 아직 없다는 것을 뜻하는 확실한 표지다. 아직 더 배워야 하는 것이다.

3 누군가 베푸는 선이 표면적인 것 같더라도 존중해야 한다. 존중을 끌어내고자 하는 그의 행동이, 어쩌면 부당한 존중일 수도 있는 거짓된 선이 결국 진지한 뭔가를 이끌어낼 수도 있기 때문이다. 그러나 나 자신의 거짓된 선은 가차없이 버리고, 자기애가 자신의 결점을 덮지 못하도록 덮개를 벗겨내야 한다. 칸트

4 선행은 기쁨을 주지만 만족을 주지는 않는다. 언제나 부족한 것 같은 아쉬움이 남는다.

5 선행은 아무리 해도 부족하다고 느끼게 된다. 공자

6 원래 인간에게는 도덕적으로 악한 행위를 하려는 성향은 없지만, 선한 행위를 하려는 성향은 확실히 있다. 칸트

7 인간을 비롯해 살아 있는 모든 존재에게 기쁘게 봉사하려면 무엇보

다 인간과 그 밖의 생명에게 악을 행하지 않도록, 자신의 삶을 그들의 고통과 삶 위에 세우지 않도록 자신을 단련해야 한다.

/ 선량함은 영혼의 본성이다. 선량하지 않다면 기만이나 유혹이나 정욕에 굴복해 본성이 파괴된 것이다.

8월 18일

그리스도교가 진리인 것은, 가장 추상적인 문제에 답하면서 가장 실제적인 삶의 문제에도 해답을 제시하기 때문이다. 그리스도교는 개개인의 영적 세계 안에, 사람들의 사회적 삶 속에 신의 나라를 세운다.

1 그리스도교도라고 자칭하는 수백만 명에게 그리스도교가 무엇이냐고 물어보아라. 그들은 그리스도교도는 특정한 가르침에 따르는 사람이라고 대답할 것이다. 그러나 그 그리스도교를 믿는다는 사람들의 의견은 제각각이다. 어떤 사람들은 이렇게 믿어야 한다고 말하고 또 어떤 사람들은 저렇게 믿어야 한다고 말한다. 이러한 불일치에서 비난과 증오, 급기야 피 흘리는 박해가 발생한다. 만일 그들이 진정한 그리스도교도라면, 그들의 그리스도가 어떻게 인류가 기다려오던 민중의 해방자이고 구원자일 수 있겠는가? 실제로 그리스도도 자신이 이 땅에 온 사명은 그런 것이 아니라고 우리에게 말한다. 그는 가난한 자들에게 **복된 소식**을 가져다주기 위해, 고통과 고난과 박해에

부서진 마음을 치유해주기 위해, 장님들을 눈뜨게 해 빛을 볼 수 있게 하기 위해, 사람들을 가축과도 같은 무지 속에 가두고 멍에를 짊어지게 하려고 권력자들이 그들에게서 빼앗은 빛을 다시는 빼앗기지 않도록 하기 위해, 쇠사슬에 매인 자들을 해방하고 전 세계의 노예제도를 자유로 바꾸기 위해 지상에 온 것이었다. 그것이 그리스도의 사명이었다. 그런데 과연 그의 이름으로 그것이 잘 실천되고 있는가? 민중이 기다렸던 그의 사명은 과연 완수되었는가? 가난한 사람들은 복된 소식을 들었는가? 부서진 마음은 치유되었는가? 장님들은 빛을 보게 되었는가? 쇠사슬은 벗겨졌는가? 갇힌 자는 자유를 얻었는가? 아니다. 그리스도는 지금도 십자가 위에서 자신의 사도들이 오기를 기다리고 있다. 사도들이여 어서 오라, 한시라도 빨리 오라. 사람들의 고통은 너무나 크고 신의 시대의 여명을 기다리며 동녘을 바라보는 두 눈은 너무나 지쳐 있다.   라므네

2 **종교는 성자들이 설교했기 때문에 진리인 것이 아니라, 진리이기 때문에 성자들이 설교한 것이다.**   레싱

3 모든 불행은 신앙이 없다는 데서 나온다. 신앙 없이 살아서는 안 된다. 신앙은 선악을 구별하게 하고, 신앙의 바탕 위에서 인간은 비로소 자신이 하고 싶은 일을 선택할 수 있다. 신앙은 이기주의를 버리게 하고, 이타적으로 살아갈 수 있게 한다. 신앙은 죽음의 공포를 없애며, 삶의 의미를 부여한다. 신앙은 인간의 평등을 확립하며, 우리를 모든 박해에서 해방해준다.

✒ 모든 사람에게 가장 단순하고 실제적인 행복을 실현해주는 가르침이 있다면 어찌 믿지 않겠는가.

진실하고 뛰어난 하나의 가르침이 있다.

그 가르침은 그리스도교다.

가톨릭교와 그리스도교

역사적 사실로서의 그리스도교와 그것이 발생한 기원을 혼동해서는 안 된다. 오늘날 '가톨릭 신앙'이라 불리는 것을 신성시하는 건 당치도 않은 기만이다. 그리스도는 무엇을 부정했는가? 바로 오늘날 가톨릭교회라고 불리는 그것을 부정했다.

가톨릭교는 그리스도교의 근본적 가르침과 완전히 반대된다. 가톨릭교의 그리스도 정신은 근원적으로 그리스도 정신이 아니다. 가톨릭교회에는 상징 대신 물건과 인물들이 있다. 영원한 것 대신에 역사가 있고, 실천적인 삶 대신 가톨릭교의 규칙과 의식과 교의가 있다. 그리스도교는 본질적으로 제사와 사제, 교회, 예배에 무관심하다.

그리스도교의 실천에는 어떠한 환상도 필요하지 않다. 그것은 오직 행복을 얻기 위한 수단일 뿐이다.

'남의 것과 네 것을 구별하지 마라. 화내지 마라. 사람을 업신여기지 마라. 자선은 남모르게 하라. 맹세하지 마라. 심판하지 마라. 화해하고 용서하라. 숨어서 기도하라.'

예수는 사물의 본질에, 인간의 마음속에 있는 '신의 나라'에 집중한다. 신의 나라에 이르는 길은 그가 인정하지 않는 유대교회의 율법 준수 같은 외면적인 길이 아니라 내면적인 길이다. 그는 외면적인 것이 아니라 오직 내면적인 것을 중히 여겼다.

마찬가지로 그는 신과의 교류라고 하는 모든 어리석은 양식을 배척했다. 그는 스스로를 '신성을 지닌 존재로' 느끼며 살아야 한다고 가르쳤다. 그는 자책을 통해서는 그 상태에 도달할 수 없으며, 신성을 지니기 위해서는 무엇보다 자기부정이 중요하다고 가르쳤다.

가톨릭교의 뿌리에는 그리스도가 행하고 바라던 것과는 다른 무언가가 있다. 그리스도교는 그 자체로 위대한 반反이교적 운동이다. 그러나 이 가르침, 그리스도의 삶과 말은 그리스도교에는 완전히 낯선 목적들을 위해 자의적으로 뒤집혀버렸고 나중에는 기존 종교들의 언어로 번역되어버렸다.

예수는 평화와 행복을 가르쳤지만, 가톨릭교는 삶에 대한 어두운 견해, 특히 약한 자와 힘없는 자, 억압받는 자, 고통받는 자의 견해를 표현했다.

복음서는 학대받는 자, 가난한 자에게도 행복에 이르는 길이 열려 있다고 가르친다. 그러기 위해서는 상류계급이 전통적으로 행해온 보살핌에서 해방되어야 한다. 소유, 재산, 조국, 계층, 처지, 재판, 경찰, 국가, 교회, 교육, 예술, 군대 등 이 모든 것은 행복을 획득하는 데 방해가 되는 미망이자 복음서가 최후의 심판을 통해 경계하고 있는 악마의 유혹이다.

가톨릭교는 그리스도교에서 결국 국가와 화해하는 가르침을 만들어냈다. 가톨릭교는 전쟁을 일으키고 심판하고 고문하고 저주하고 증오한다.

가톨릭교는 죄악에 대한 개념을 첫번째 자리로 내세워야 했다. 그리고 그리스도의 가르침에 따른 새로운 삶이 아니라 새로운 우상숭배, 기적적인 변용(신앙을 통한 '속죄')이 필요했다.

가톨릭교는 그리스도의 삶과 죽음에서 가장 마음에 드는 것만 골라 제멋대로 해석을 붙이고 곳곳에서 무게중심을 바꾼다. 한마디로, 근원적인 초대 그리스도교를 파괴한 것이다.

이교도와 유대교의 사제들과 그들 교회와의 투쟁은 가톨릭교 때문에 새로운 사제와 신학, 새로운 지배계급, 새로운 교회를 만드는 일로 이어졌다.

바로 여기에 비극적인 유머가 있다. 가톨릭교는 그리스도가 파괴한 모든 것을 대체로 소생시킨 것이다. 그리고 마침내 가톨릭교회가 새로이 세워졌을 때 그것은 국가마저 지배하며 군림하게 되었다.

가톨릭교는 그리스도의 가르침과는 상반된 것, 즉 그리스도가 제자들에게 싸우라고 명했던 것의 하나에 지나지 않는다.

예수와 함께 십자가에 못박힌 도적이 고통스러운 죽음을 앞두고도 '예수처럼 불평도 분노도 없이 선과 순종으로써 고통 속에 죽는 것이 옳다'고 생각할 때, 그는 복음서의 말을 확신하며 하늘나라로 올라가는 것이다.

그리스도교는 모든 순간에 실현된다. 그것은 형이상학도 금욕주의도 '자연과학'도 필요로 하지 않는다. 그리스도교는 곧 삶이다. 그것은 어떻게 행동해야 할지 가르친다.

'나는 전쟁을 혐오한다.' '나는 남을 심판하지 않는다.' '경찰 같은 것은 필요 없다.' '나는 나의 내면세계를 파괴하는 짓은 결코 하지 않는다.' '고뇌만큼 나를 평화롭게 하는 것은 없다.' 이렇게 말하는 사람이 진정한 그리스도교도다.

프리드리히 니체

8월 19일

삶은 운동이다. 따라서 삶의 행복은 일정한 상태가 아니라 올바른 방향으로 나아가는 운동이다.

　그것은 자신이 아니라 신을 향한 봉사다.

1　어떤 사람은 행복과 쾌락을 권력에서 찾고, 어떤 사람은 학문에서, 또 어떤 사람은 육욕에서 찾는다. 그러나 진정한 행복에 다가간 사람은 행복이 소수만의 것이 아님을 안다. 진정한 행복은 모든 사람이 차별 없이, 부러워할 필요도 없이 다 같이 소유할 수 있는 것임을 안다. 진정한 행복은 결코 잃어버릴 수 없는 것이다.　　　파스칼

2　보통의 행복은 자기 개인을 위해 바라는 것이고, 진정한 행복은 모든 사람을 위해 바라는 것이다. 보통의 행복은 투쟁을 통해 얻어지고, 진정한 행복은 오직 순종으로 얻어진다.

3　진정한 행복은 흔하지 않다. 진정한 행복은 모든 사람에게 좋고 선한 것이어야 한다.

　그러므로 사람들에게 이로운 존재가 되고 싶다면 만인의 행복을 위한 것만을 행하라. 그러면 자신도 행복을 얻을 것이다.　　아우렐리우스

4　참된 선은 신에 대한 봉사다. 빛이 뭔가를 태움으로써 얻어지는 것처럼 봉사도 언제나 자신의 동물적 삶을 희생함으로써 얻어진다.

5 이웃에게 선을 행하면 오히려 자신에게 더 큰 선이 된다. 『성현의 사상』

6 선을 행할 때는 사람을 고르지 마라. 그 사람이 네 선행을 잊더라도
선행은 사라지지 않는다.
　　선행만이 행복해질 수 있는 유일하고 진실한 수단이다.

✎ 인간이 행하는 것이 진정한 행복에 가까울수록 그 행복을 다른 사람
들과 나누고 싶은 마음이 든다.

8월 20일

진정 중요한 일을 하는 사람의 삶은 단순하다. 쓸데없는 일을 생각할
겨를이 없기 때문이다.

1 욕구는 만족하면 가라앉지만, 악은 만족할수록 늘어난다.　　아미엘

2 모든 새로운 욕망은 새로운 결핍의 시작, 새로운 슬픔의 발단이다.
　　　　　　　　　　　　　　　　　　　　　　　　　　　볼테르

3 정욕의 노예는 노예 중에서도 가장 비천한 노예다.　　『탈무드』

4 욕망에 휩싸일수록 더욱더 노예 상태가 된다. 더 많은 것을 원할수록 자유는 줄어들기 때문이다. 완전한 자유는 아무것도 바라지 않을 때 찾아오지만, 그에 버금가는 자유는 적은 것을 바라는 것이다.

크리소스토모스

5 사람들은 향락과 사치를 행복이라 생각한다. 그러나 아무것도 바라지 않는 것이야말로 최고의 행복이다. 바라는 것이 적을수록 최고의 행복에 가까이 다가갈 수 있다.

소크라테스

6 우리는 육체를 위해서 사는 것이 아니라, 어쩔 수 없이 육체와 조화를 이루며 살 수밖에 없다는 듯이 살아야 한다. 에피쿠로스는 말했다. "자연의 순리에 따라 산다면 결코 가난하지 않을 것이다. 그러나 세상의 관습에 따라 산다면 결코 부유해지지 않을 것이다. 자연은 조금만 요구하지만 관습은 끝없이 요구한다."

세네카

7 채식만으로도 배부르고 건강하게 살 수 있다.

크리소스토모스

✓ 절제하는 생활을 하면 누구나 결핍과 부러움 없이 살 수 있다.

8월 21일

충실한 기도를 하면 네가 가장 좋은 순간에 얻었던 삶의 의미를 네 의식 속에서 재현할 수 있다.

1 내적이고 형식적인 예배로서의 기도, 그렇기 때문에 은총을 구하는 수단에 불과한 기도는 공허한 미신과 같다. 그런 기도는 원래 어떤 말도 필요하지 않은 신에게 말로 청원하는 것일 뿐이기 때문이다. 그런 기도는 본질적으로 아무것도 하지 않는 것이며, 또 우리에게 주어진 신의 법칙을 수행한 것이 아니므로 신에 대한 봉사도 아니다.

우리의 모든 행위로 신을 기쁘게 하려는 마음, 즉 어떤 행위를 하든 언제나 신에게 봉사하겠다는 열망이야말로 기도의 정신이다. 이런 열망을 언어와 형식으로 포장하는 것은(마음속으로 그러는 것도 마찬가지다) 그런 기분을 불러일으키기 위한 수단일 뿐 그 이상의 의미는 없다.

칸트

2 제단에 예물을 드리려 할 때 너에게 원한을 품고 있는 형제가 생각나거든 그 예물을 제단 앞에 두고 먼저 그를 찾아가 화해하고 나서 돌아와 예물을 드려라.

「마태복음」 5:23~24

3 이따금 어린아이처럼 누군가에게(신에게) 호소해 도움을 청하고 싶을 때가 있다. 이러한 감정은 좋은 것일까? 좋지 않다. 그것은 나약함이자 불신이다. 신앙과 매우 비슷해 보이는 것, 즉 무언가를 바라는 기도는 곧 불신이다. 즉 악은 없고, 아무것도 바랄 것이 없다는 것에

대한 불신이다. 네게 무언가 나쁜 일이 일어난다면 그것은 네가 스스로를 바로잡아야 한다는 것이고, 마땅히 일어날 일이 일어났을 때 마땅히 해야 할 일을 해야 한다는 것이다.

4 너희는 기도할 때 이방인들처럼 빈말을 되풀이하지 마라. 그들은 말을 많이 해야만 하느님께서 들어주시는 줄 안다. 그러니 그들을 본받지 마라. 너희의 아버지께서는 구하기도 전에 벌써 너희에게 필요한 것을 알고 계신다.　　　　　　　　　　　　　　　「마태복음」6:7~8

5 숭배가 행위로 잘 드러나지 않을 때는, 솔직하고 진지하게 사색하는 한 시간이 열렬한 몇 주간의 숭배보다 귀중하다.　　　　　　　　　　해리슨

6 그리스도교적 삶에서 필수조건인 신의 의지에 대한 복종은 뭔가를 바라는 기도와 결코 양립할 수 없다.

／ 매시간 기도하라. 가장 필요하지만 어려운 기도는 일상에서 신에 대한, 신의 법칙에 대한 자신의 의무를 떠올리는 일이다. 놀라거나, 화나거나, 혼란스럽거나, 뭔가에 열중할 때, 나는 누구이고 무엇을 해야 하는지를 떠올려라. 그것이 기도다. 처음에는 어렵지만 곧 습관이 될 수 있다.

8월 22일

우리의 삶은 여러 물질적 힘들의 산물이라는 생각이 사람들 사이에 퍼지는 것은 매우 해로운 일이다. 이런 잘못된 생각이 학문이라는 이름으로 신성한 지식인 것처럼 널리 퍼진다면 그 해악은 더욱 무섭다.

1 우리 시대의 학자들처럼 삶의 의미와 선악에 대해 혼란스러운 관념을 가진 사람들도 없다. 바로 그렇기에 우리 시대의 학문이 물질계의 여러 원리를 밝혀냈으면서도 인간의 삶에 도움이 되기는커녕 오히려 해로운 것이다.

2 오늘날 모세의 자리에 앉아 있으면서도 르네상스 시대에 부활한 이교적 세계관에 사로잡힌 학자들이야말로 우리 그리스도교 세계의 진보를 방해한다. 그들에 따르면, 그리스도교 사회는 사람들이 이미 경험한 것이고, 반대로 그들이 주장하는 이교적이고 사회적인 고대의 낡은 인생관은 최고의 인생관이다. 사실은 이것이 인류 사회가 이미 경험한 것인데도 이 인생관을 견지해나가야 한다는 그들의 주장은 망상이다.

3 거짓된 학문과 거짓된 종교는 신앙이 없는 자에게 뭔가 신비하고 중요하고 매력적으로 보이는 교의를 과장된 말로 설파한다. 학자들의 논의는 그것을 듣는 사람들은 물론이고 그들 자신도 잘 이해하지 못한다. 현학자는 라틴어나 어려운 용어들을 구사하면서 마치 사제들이 배움이 없는 신자들 앞에서 라틴어 기도를 올리듯이 원래 아주

쉽고 단순한 것을 이해하기 어렵게 만든다. 비밀스러움은 지혜의 표지가 아니다. 지혜로운 사람은 자신의 생각을 쉬운 말로 표현한다.

루시 맬러리

4 별다른 노력 없이 빠르게 얻은 지식은 결실을 맺지 못한다.

아무리 많이 배웠다 하더라도 열매를 맺지 못하고 잎만 달려 있는 것과 같다.

살다보면 피상적이지만 놀랄 만큼 많은 것을 아는 사람과 종종 마주치게 된다. 그러나 스스로 사유해서 얻은 지식만이 인간의 지성에 흔적을 남기고 다른 상황에서도 인간을 이끄는 지침이 된다.

리히텐베르크

5 후손 앞에서 조상의 악업을 찬양하느니 우리 시대의 악을 근절하기 위해 노력하라! 여러 민족의 불행 위에서 유명해지고 온 나라를 휩쓰는 홍수나 많은 생명을 집어삼키는 화재 못지않게 인류에게 재앙이 되었던 필리포스왕이나 알렉산드로스왕의 파괴적인 침략행위를 찬양하느니 자연의 징벌을 찬양하라!

세네카

6 학식은 자신을 치장할 관冠이나 양식을 얻기 위한 도끼가 아니다.

『탈무드』

7 외적인 이득을 목적으로 삼는 지식은 언제나 해롭다. 내적인 요구로 쌓은 지

식만이 자신과 이웃에게 이롭다.

8   학문은 이제 무위의 면허장을 나눠주는 수단으로 전락했다.

/   학문의 올바른 목적은 인간의 행복에 도움이 되는 진리를 일깨우는
    것이다. 학문의 잘못된 목적은 인간의 삶에 악을 초래하는 기만을 변
    호하는 것이다. 법학과 정치경제학, 특히 신학이 그러하다.

8월 23일

사람들이 완전하게 도덕적이라면 결코 진리를 벗어나는 일은 없을
것이다.

1   빛이 세상에 왔지만 사람들은 자기들의 행실이 악하여 빛보다 어둠
    을 더 사랑했다. 이것이 벌써 죄인으로 판결받았다는 것을 말해준다.
    그러나 진리를 따라 사는 사람은 빛이 있는 데로 나아간다. 그리하여
    그가 한 일은 모두 하느님의 뜻을 따라 한 일이라는 것이 드러나게
    된다.   「요한복음」 3:19~21

2   신분이 높거나 낮거나, 부유하거나 가난하거나, 배웠거나 못 배웠거
    나 어떤 사람도 두려워하지 마라. 모든 사람을 존중하고 모든 사람

을 사랑하되, 누구도 두려워하지 마라. 이성이 너에게 계시하는 진리를 따르고 모든 일에 신념을 지켜라. 군중의 동조를 기대하지 마라. 진리를 지지하는 목소리가 작을수록 더 목소리를 높여라. 진리는 미망이나 편견, 육욕보다 강하다는 것을 믿고 수난을 각오하라. 진리는 장소나 시간의 제약을 받지 않는 영원불변한 것, 어떤 세계에서도 동일한 것, 신과 하나인 것으로서 그 권능을 지닌다. 채닝

3 썩어가는 책이 아니라 사색을 통해 진리를 찾아라. 달을 보려면 물웅덩이가 아니라 하늘을 보아야 한다. 페르시아의 격언

4 네가 진리에서 뒷걸음치는 즉시 네가 태어나서 쌓아온 선행의 성과는 모두 사라질 것이다. 네 안에 살고 너와 하나인 지고의 정신은 네가 행하는 모든 선과 악을 관찰하고 있다. 『마누법전』

5 진리는 문답이 아니라 오직 노동과 관찰로 얻어진다. 하나의 진리를 알면, 다른 두 가지 진리가 반드시 네 앞에 나타날 것이다. 러스킨

✒ 진리는 악을 행하는 사람에게만 방해가 된다. 선을 행하는 사람은 진리를 사랑한다.

8월 24일

눈에 띄지는 않지만 인류는 끊임없이 사랑의 합일에 기초한 신의 나라를 건설하기 위해 나아가고 있다.

1 성장의 가능성은 신적이고 무한하므로 모든 인간은 현단계에 머무르지 말고 낮은 상태에서 높은 상태로 변화하고 옮겨가야 한다. 모든 상태는 이전 상태의 결과다. 성장은 배아의 성장과 마찬가지로 눈에 띄지 않게 끊임없이 일어나며, 누구도 그 끊임없는 발전 상태들의 연쇄를 파괴하지 못한다. 그러나 운명으로 정해진 모든 인간의 변화는 노동과 고뇌 속에서 이루어질 것이다.

위대함이라는 옷을 입기 전에, 빛을 향하기 전에, 영혼을 구원하기 위해 어둠 속을 걸으며 박해를 견디고 육체를 버려야 한다. 더욱 강하고 완전한 생명으로 다시 태어나려면 죽어야 한다. 십자가 위에서 죽어야 한다. 예수는 말과 실천으로 그것을 가르쳐주었다. 이후 천팔백 년이 지나 오늘날 하나의 발전 단계를 끝낸 인류는 또하나의 단계를 수행하려 하고 있다. 낡은 조직, 낡은 사회, 낡은 세계는 이미 무너지고 있고, 아니 이미 무너졌고, 사람들은 폐허 속에서, 공포와 수난 속에서 살고 있다. 이미 완성되었거나 완성될 이러한 죽음과 폐허를 보고 용기를 가져라. 떠나가는 것은 썩지 않는 존재의 다 해진 옷이며, 떨어지는 것은 가을의 나뭇잎이다. 해가 낮아지면 겨울이 온다. 그러나 겨울이 가면 봄과 생명을 불어넣는 입김이 온다. 그때가 도래하는 것이다.

라므네

2 아니다, 전능한 신의 말은 아직 끝나지 않았고, 신의 생각은 완전히

계시되지 않았다. 신은 인간의 지성이 미치지 못하는 영원한 시간 속에서 창조했고, 또한 창조할 것이다. 지나간 시대는 창조의 단편을 우리에게 보였을 뿐이다. 우리의 일은 결코 끝나지 않을 것이다. 우리는 그 원천을 모르고 있으며 그 최종 목적도 전혀 알지 못한다. 지식과 여러 발견은 그 경계를 넓힐 뿐이다. 우리가 조금밖에 알지 못하는 이치를 찾으면서 우리의 일은 세기에서 세기로, 우리가 알지 못하는 운명들로까지 거슬러올라간다.

마치니

3 언제나 빠른 발걸음으로 앞으로 나아가라. 절대 멈추지 말고 뒤돌아보지 말고 방향을 바꾸지 마라. 서는 자는 앞으로 나아가지 못하고, 계속하지 못하는 자는 뒷걸음치며, 성을 내는 자는 방향을 바꾼다.

   지금과 다르고 싶다면 언제나 지금의 자신에게 불만을 품어라. 너는 네가 멈춘 곳에서 계속 멈춰 있을 것이기 때문이다. 네가 스스로 만족스럽다고 말한다면 너는 파멸한 사람이다.

아우구스티누스

4 네 일을 사랑하라. 그러나 과거에 했던 일은 사랑하지 마라. 마콥스키

5 나는 이 세상에 불을 지르러 왔다. 이 불이 이미 타올랐다면 얼마나 좋았겠느냐? 내가 이 세상을 평화스럽게 하려고 온 줄 아느냐? 아니다, 사실은 분열을 일으키러 왔다.

「누가복음」12:49, 51

6 개인의 삶과 마찬가지로 인류의 삶도 정신과 육체의 끊임없는 싸움이다. 이

싸움에서 승자는 언제나 정신이다. 그러나 승리는 결코 최종적인 것이 아니다. 이 싸움은 끝이 없으며 그것이 삶의 본질이다.

7 삶의 목적은 삶의 모든 현상을 사랑으로 꿰뚫는 것이고, 악한 삶을 선한 삶으로 서서히 한 발씩 변화시키는 것이며, 진정한 삶을 가꾸고(오직 사랑하는 삶만이 진정한 삶이므로) 사랑의 삶을 만드는 것이다.

8 인간의 이성과 정욕 사이에서는 언제나 싸움이 벌어진다. 인간에게 이성만 있고 정욕이 없다거나, 정욕만 있고 이성이 없다면 인간은 평안을 얻을 수 있을 것이다. 그러나 인간의 내면에는 양자가 공존하므로 그 싸움을 피할 수 없고, 한쪽과 싸우지 않고는 다른 쪽과 평온할 수 없다. 인간은 언제나 자기분열과 자기모순 속에 산다. 파스칼

/ 세계는 점진적으로 완성을 향해 나아가고 있다. 완성에 대한 의식은 인간에게 가장 큰 기쁨 중 하나이며, 완성에 참가할 수 있다는 사실이 그 기쁨을 키워준다.

8월 25일

노동은 육체적 삶의 필수조건이다. 로빈슨 크루소가 노동을 하지 않았다면 분명 얼어죽거나 굶어죽었을 것이다. 노동은 정신적 삶을 위

해서도 반드시 필요하지만 사람들은 그렇게 여기지 않는다.

1 육체노동을 하지 않는 것은 힘과 진리를 상실하지 않고는 있을 수
   없는 일이며, 심지어 예언자들에게도 마찬가지다. 나는 우리의 문학
   과 철학이 지닌 오류와 결함―과도한 섬세함, 유약함, 우울함―이
   문단의 허약하고 병적인 습관의 결과라 믿어 의심치 않는다. 책은 훌
   륭하지 않더라도 그것을 쓰는 사람은 좀더 유능하고 뛰어난 사람이
   길 바란다. 오늘날 우리가 보듯 책을 쓰는 사람이 그가 쓴 책에 비해
   우스꽝스럽지 않길 바랄 뿐이다.   에머슨

2 우리는 육체노동을 통해 외부 세계를 배운다.
      부의 은혜는 부를 거저 얻은 사람이 아니라 부를 생산하는 자에게
   주어지는 것이다.
      삽을 들고 밭에 나가 이랑을 고를 때, 나는 큰 기쁨과 건강한 육체
   를 느낀다. 나는 왜 지금까지 내 손으로 할 수 있는 일을 남에게 시켜
   이런 행복을 자신에게서 빼앗았던 걸까? 그것은 자기만족이나 건강이
   아니라 교육의 문제다.
      나는 나무꾼과 농부와 요리사에게 항상 부끄럽다. 그들은 스스로
   자신을 만족시키며 내 도움 없이도 그날그날을 훌륭하게 살 수 있는
   데, 나는 멀쩡한 사지를 가지고도 그들에게 의존하며 아무 역할도 하
   지 못하기 때문이다.   에머슨

3 일하기 싫어하는 사람은 먹지도 마라.   「데살로니가후서」3:10

4 아무 일도 하지 않는 사람은 나쁜 짓을 하게 된다.

5 아무 일도 하지 않는 사람은 언제나 많은 사람의 도움을 필요로 한다. 게으른 자의 머리는 악마가 살기에 좋은 곳이다.

6 자연은 멈추지 않고 움직이면서 온갖 무위를 벌한다. 괴테

/ 우리는 육체적인 불결함이 아니라 도덕적인 불결함, 즉 타인의 노동에 편승하는 육체적 나태를 부끄러워해야 한다.

토지제도에 대해

민중은 자신들의 불행이 토지 사유제도에서 비롯되었다는 것을 깨닫기 시작해 '땅은 신의 것'이라고 말하고 있다. 불행의 원인은 특정한 사람들이 많은 땅을 소유한 데 있으며, 그들은 그 땅을 잘 경작하는 일에 관심도 없고, 그럴 필요도 없다. 해마다 땅값이 올라 굳이 경작하지 않아도 그들에게 이익을 가져다주기 때문이다. 한편으로는 아무 도움이 되지 않을 만큼 좁은 땅밖에 없는 사람도 있다. 그래서 그들은 도시로 나가 공장과 사무실에서 일하며 곳곳에서 서로의 임금을 깎아내리고 있다. 그것이 그들이 불행한 주된 원인이다.

그런 일이 생기지 않도록 하려면, 또 모든 사람이 평등하게 땅을 이용하도록 하려면 어떻게 해야 하는가? 많은 땅을 가진 사람에게서 땅을 빼앗아 농민들이 농촌공동체에서 하듯 실제로 경작할 사람들에게 공평하게 분배해야 할까? 그러나 한마을에서조차 주민들 모두에게 공평하게 땅을 분배하는 것은 어려우며, 더구나 밭둑으로 구획된 땅들 사이의 경계를 침범하지 않으면서 공평하게 땅을 할당하기란 더욱 어려운 노릇이다. 오늘날에도 마을에 따라서는 경작지가 이삼십 개씩 구획되어 있는 것을 볼 수 있는데, 그 구획이 너무 어지러운 나머지 아무리 연구해도 효과적으로 땅을 이용할 수 없는 실정이다. 그렇다면 어떻게 해야 필요한 모든 사람에게 공평하게 땅을 할당할 수 있을까? 세계의 모든 땅은 한 마을의 땅들보다 질적으로 더 큰 차이를 보인다. 1데샤티나에 15~20루블 하는 모래땅이 있는가 하면, 300~400루블이나 하는 흑토도 있다. 천 루블이 넘는 비옥한 목초지가 있고, 수만 루블을 호가하는 광산지대나 유전지대나 석탄지

대가 있고, 1사젠 러시아의 길이 단위. 1사젠은 약 2.13미터에 천 루블이 넘는 도시의 땅도 있다. 도시는 시골보다 비싸고 땅값이 자주 바뀐다는 문제도 있다. 철도가 놓이면 사람들이 몰리며 땅값이 올라간다.

그뿐만이 아니다. 땅이 필요하지 않은 기술자, 대장장이, 철공, 재봉사, 목수, 수위, 직공, 교사, 사무원과 같은 도시에 사는 사람들이 있다. 이런 사람들에게는 경작을 위한 땅은 필요하지 않지만 그들도 역시 땅이 주는 혜택을 다른 사람들과 마찬가지로 누리길 원한다.

이런 경우에는 어떻게 해야 하는가? 땅이 주는 혜택을 모두가 고루 누리려면 어떻게 해야 하는가?

그러기 위해 땅을 가진 사람들에게서 땅을 빼앗아 모든 사람에게 분배할 필요는 없다. 그들은 그냥 두어라. 그리고 밭을 갈든 뜰을 만들든 가축을 치든 씨앗을 뿌리든 마음대로 하게 하라. 광산을 가진 자에게는 광석을, 금을, 석유 또는 석탄을 캐게 하라. 모두 지금까지 하던 대로 땅을 갖게 하고, 다만 그 땅에 대해 일 년 토지세에 상당하는 것을 공익을 위해 내놓게 하면 된다. 이를테면 경작지는 한 해에 3, 5, 10루블, 비옥한 목초지는 50, 80, 100루블, 광산지대와 도시의 땅은 만약 천 루블의 가치라면 이용자들에게 그만한 금액을 해마다 공익을 위해 내놓게 하면 된다. 만일 몇 해 동안 자기 땅에 건축을 하거나 개량하지 않고 남에게 임대해줘 수백, 수천 루블을 받고 있다면, 그 수백, 수천 루블을 공익을 위해 내놓게 하면 된다. 땅이 5, 6루블밖에 하지 않으면 5, 6루블만 내게 하면 된다. 땅을 소유한 기간에 그 땅에 대해 토지세를 매기는 것이다. 예를 들어 어떤 사람이 올해 10~15루블의 토지세를 냈는데, 이듬해에 그 땅을 20~30루블을 내고 사용하겠다는 사람이 나타난다고 치자. 그럴 때 그가 계속 그 땅을 사용하길 원한다면 오른 금액을 내도록 하면 된다.

그런 식으로 하면 땅은 모든 사람에게 골고루 돌아갈 것이다. 왜

나하면 지금 땅을 가지고 있으면서 그 땅을 이용해 일하지 않는다면 그 땅에서 토지세를 벌 수 없으므로 이내 포기하게 될 것이고, 그러면 실제로 그 땅을 이용해 일할 사람이 인수하게 될 것이다.

땅에서 걷히는 돈은 공익을 위해 쓰여야 한다. 그 수입은 다른 모든 조세와 세금을 충분히 대신할 수 있을 것이다. 러시아의 토지세는 오늘날 여러 가지 다른 세금의 형태로 걷히는 것보다 두 배 내지 세 배 많다. 모스크바에서만 약 2천만 루블은 걷힐 것이다. 이 제도가 시행되면 농민들은 경작할 땅이 충분해지고, 또 세금이나 조세를 낼 필요가 없으니 기술자와 직공 같은 도시 주민들의 삶도 나아질 것이다. 그렇게 되면 많은 사람들이 농촌으로 돌아올 것이고, 소규모든 대규모든 도시 공장으로 몰려들어 오늘날처럼 스스로 노동의 가치를 떨어뜨리는 일도 없을 것이다. 그때는 임금도 공장주가 아니라 노동자들이 정하게 될 것이고, 조세도 상품세도 없어지므로 생활용품 가격도 당연히 내려갈 것이다.

이와 같은 토지제도를 실시한다면, 사람들은 원래 신에게 부여받은 땅의 혜택을 공평하게 누릴 수 있다. 농노제도와 노예제도처럼 어떤 사람들은 모든 것을 갖고, 또 어떤 사람들은 아무것도 갖지 못하는 사회가 되지는 않을 것이다. 그리고 지금처럼 일부 사람들이 땅에서 일하고자 하는 사람들에게서 땅을 빼앗아 독점하고 사유하는 불합리는 사라질 것이다.

헨리 조지의 사상에 따라 세르게이 니콜라예프 씀(톨스토이 편집)

8월 26일

정의는 정의를 향한 지향이 아니라 사랑에 의해 실현된다.

1 과녁을 맞히려면 과녁보다 약간 위를 겨냥해야 하듯이 공정하려면
   자기희생이 있어야 한다. 즉 자신에게는 오히려 불공정할 만큼 엄격
   해야 한다. 그렇지 않으면 결국 자신에게는 관대해지고 다른 사람에
   게는 불공정해진다.

2 모든 일에서 항상 정의로울 수 있는 사람은 없다. 그러나 진실한 사
   람은 진실만을 말하려고 노력하기 때문에 거짓말하는 사람과 구별
   되듯이, 정의로운 사람은 정의로워지려고 노력하기 때문에 정의롭지
   못한 사람과 구별된다.

3 부정보다 나쁜 것은 사이비 그리스도교 세계에서 흔히 볼 수 있는
   거짓 선행, 거짓 사랑, 신에 대한 거짓 봉사다. 그들은 사랑의 법칙을
   실천하고 있다고 착각하거나 혹은 그런 체하면서 정의의 요구를 외
   면하고 자기만족을 위해 불의를 저지른다. 그들은 교회에 헌금하고
   가난한 사람들에게 자선을 베풀지만, 그들이 내놓는 것은 그의 형제
   들이 흘린 피와 눈물의 대가다.

4 어떤 일을 심판할 때는 문제의 한 면만 보아야 정의에 따를 수 있다.
   그러나 삶의 문제에서는 똑같이 정의로운 여러 해결이 존재한다. 어

느 측면에서 문제를 보느냐에 따라 다양한 해결이 나올 수 있기 때문이다.

5 삶에서 중요한 것은 끊임없이 세상 속 거짓과 불의와 부딪쳐도 지치지 않고 온유함을 유지하는 것뿐이다. 아우렐리우스

6 불의에 괴로움을 느낄 때는 스스로를 위로하라. 진짜 불행한 인간은 불의에 괴로워하는 인간이 아니라 불의를 저지르는 인간이다.

✏ 엄밀히 맞춘 듯 정의로울 수는 없다. 부족하거나 넘치거나 둘 중 하나다. 그러나 정의에 어긋나는 죄를 짓지 않는 유일한 방법은 **언제나 지나칠 만큼 정의롭고자** 노력하는 것이다.

8월 27일

인간은 무엇보다 자기 자신, 즉 영적 자아를 연구해야 한다.

1 모든 학문을 다 알아도 자기 자신을 모르면 무지몽매한 사람이다. 아무것도 몰라도 자기 자신, 즉 영적 자아를 안다면 완전히 깨우친 사람이다.

2 대부분의 사람들은 신을 알고 싶어하면서 자기 자신은 알려 하지 않는다. 그러나 자기 안의 선을 인식하고 그것을 기르는 것이 곧 신을 아는 일이다. 신을 인식하는 길은 그것뿐이다.　　　루시 맬러리

3 인간이 자연을 향해 인간이란 무엇이냐고 묻는다면, 그는 대답을 얻지 못할 것이다. 왜냐하면 그 자신이 그 질문에 대한 답이기 때문이다. 인간은 스스로 자신을 알아야 한다.　　　루시 맬러리

4 폭력의 유혹을 느낄 때는 그 자리에서 떠나라.　　　소로

5 명예로 가는 길은 궁전으로 통하고, 행복으로 가는 길은 저잣거리로 통하고, 선으로 가는 길은 광야로 통한다.　　　중국의 속담

6 내적 세계는 너무 넓어서 연구할 엄두를 내지 못하는 대양 같다. 그러나 언젠가는 그곳에 들어가 그때까지 외적 세계에서 찾아 헤맸던 하늘의 피난처를 찾아야 한다.　　　루시 맬러리

7 인간에게는 언제나 불행에서 벗어날 피난처가 있다. 그곳은 그 자신의 영혼이다.

✓ 인간으로서 자신이 누구인지를 깨닫는다면, 자신의 고뇌가 얼마나 하찮은 것인지 알게 될 것이다.

8월 28일

신앙이 삶을 결정한다.

1 종교적 인식은 다른 모든 인식의 바탕이다. 그렇기 때문에 종교적 인식은 다른 모든 인식에 선행한다.

2 인간은 평등하다는 것, 봉사하는 삶 속에서 남이 아니라 자신을 희생하는 것이 낫다는 것을 깨닫기 위해서는 세계에 대한 자신의 태도를 확립해야 한다. 세계에 대한 인간의 태도를 결정하는 것은 신앙뿐이다.

3 도덕의 기초를 종교 밖에 두려는 시도는 마음에 드는 나무를 옮겨 심으면서 그 나무에서 마음에 들지 않고 쓸모없어 보이는 뿌리를 잘라내 뿌리 없는 식물을 땅에 꽂는 것이나 다름없다. 뿌리가 없으면 진짜 식물이 아니듯 종교적 기초가 없으면 참되고 진정한 도덕이 아니다.

4 한 사제가 바르게 사는 착한 농부의 고해를 받던 중 하느님을 믿느냐는 흔한 물음을 던졌다.

"죄송합니다, 저는 하느님을 믿지 않습니다." 농부가 대답했다.

"뭐라고요? 믿지 않는다고요?"

"믿지 않습니다, 신부님. 믿는다면 제가 이렇게 살겠습니까? 저 자신만 생각하는데요. 먹고 마시면서 하느님이고 형제고 모두 잊고 사는데요."

모든 사람이 이 농부처럼 신앙을 이해하고 그리스도의 법칙을 믿는다면 어떻게 될까?

5 두 가지 신앙이 있다. 하나는 사람들이 말하는 것을 믿는 신앙, 곧 사람들에 대한 신앙인데 그런 잡다한 신앙은 많다. 다른 하나는 나를 세상에 보낸 존재, 내가 그 존재에게 의지하고 있다고 믿는 신앙이다. 이것이 바로 신을 믿는 것이며, 모든 사람에게 유일하고 동일한 신앙이다.

6 신앙은 영혼의 필연적 특성이다.

인간은 필연적으로 뭔가를 믿는다. 믿지 않을 수 없다. 왜냐하면 인간은 언제나 자신이 알고 있는 대상 외에도 자신이 알 수는 없지만 분명 존재하는 그것과 관계를 맺지 않을 수 없기 때문이다. 이 알 수 없는 것과의 관계가 신앙이다.

7 인간은 불가해하고 가장 중요한 존재의 위대함과 마찬가지로, 이해

되는 모든 것의 무의미함도 언제나 느낀다.

8 어떤 처지에 놓이건 해야 할 행위와 하지 말아야 할 행위에 대한 가장 믿을
만한 지침을 얻으려면 예수그리스도의 가르침만으로도 충분하다. 항해를 할
때는 주변에 보이는 것이 아니라 나침반을 믿어야 하듯, 오직 예수의 가르침
을 온전히 믿어야 한다.

9 신앙이 없다고 단언하는 사람들이 있다. 그러나 그것은 진실이 아니
다. 그들은 자신들의 신앙에 대해 잘 모르거나 그것을 표현하지 못하
거나 표현하고 싶어하지 않을 뿐이다. 신앙은 누구에게나 있다. 그런
사람은 자신의 신앙이 자랑스럽지 않을 뿐이다.

10 인간의 '종교'는 그가 의심하거나 믿으려고 노력하는 많은 것이 아니
라, 적지만 그가 확신하는 것, 어떤 어려움도 느끼지 않고 믿는 것들
로 이루어진다.
                                                              칼라일

✒ 신앙을 삶의 명분으로 인식한다면, 그 신앙이 잘못될 때는 그것을 바
로잡을 수 있고, 그 신앙이 옳을 때는 그 안에서 더욱 굳건히 살 수
있다.

8월 29일

자신의 영혼에서 신을 의식하고 느끼는 사람은 세계의 모든 사람과 자신의 결합을 의식하고 느낄 수 있다.

1 모든 영혼은 하나의 가족이고 하나의 기원, 하나의 성질을 가지며, 하나의 빛이 부여한 생명으로서 하나의 중심, 하나의 행복을 지향한다. 모든 종교의 바탕에 깔린 가장 위대한 이 진리는 이성에 의해 증명될 뿐만 아니라 우리의 본성이다.

채닝

2 지고한 자를 숭배하는 사람의 마음에서는 햇빛 아래 모닥불빛처럼 오만이 사라진다. 마음이 맑고 겸손한 사람, 온유하고 견실하고 순수한 사람, 모든 존재를 친구로 생각하고 모든 영혼을 자신의 영혼처럼 사랑하는 사람, 모두에게 자애로운 사람, 선행을 하고 허영심을 버린 사람의 마음에는 생명의 주인이 산다.

대지가 자신이 낳은 아름다운 초목으로 장식되듯 마음속에 생명의 주인이 사는 사람의 삶은 덕행으로 장식된다.

『비슈누 푸라나』

3 생명의 신은 네 안에도 내 안에도, 모든 사람 안에 있다. 너는 나에게 헛되이 화를 내고 내가 다가가는 것을 꺼리지만, 우리는 모두 평등하다는 것을 알아야 한다. 아무리 높은 자리에 있더라도 오만해서는 안 된다.

마흐무트 파샤

4 영혼이 태어난 흔적을 지상에서 찾는 것은 불가능하다. 영혼에 지상에서 태어나 성장하는 요소 같은 것은 전혀 없다. 물, 공기, 불과 유사한 것도 없다. 물속에도 불속에도 공기 속에도 기억하고 이해하고 생각하고 과거를 간직하고 미래를 내다보고 현재를 파악하고 해석할 능력을 갖춘 것은 아무것도 없다. 이 모든 것은 오직 정신적 존재에게만, 즉 신에게 고유한 것이며, 신이 아닌 다른 곳에서 그 발생의 기원을 아무리 탐구해본들 소용없다. 그러므로 모든 존재는 그것이 감각하고 생각하고 살아 있고 행동하는 한, 그 기원은 하늘에 있고 신에게 있으며 따라서 영원한 것일 수밖에 없다. 신은 덧없는 것들은 조금도 섞여 있지 않은 자유로운 영적 존재다. 인간의 영혼도 마찬가지다.

키케로

5 하나의 위대한 생각이 내 영혼을 차지했다. 그 생각은 내 영혼의 위대함에 대한 의식으로, 신에 대한 맹목적인 복종이 아니라 신을 받아들이는 능력, 자기완성의 능력, 무한하고 위대한 사명과 그 불멸성에서 생겨나는, 신과 하나라는 의식이다.

아미엘

/ 인간은 모두 한 아버지의 자식들이다. 그러므로 형제를 사랑하지 않는 것은 자연의 법칙에 어긋난다.

8월 30일

사람들은 인류의 선한 삶이 어떤 것이고 어떻게 달성될 수 있는지 알고 있다. 그렇기에 언젠가는 그런 삶을 달성할 것이다.

1 그리스도는 이미 그 도덕적 기초가 흔들리던 낡은 사회의 종말을 내다보았다. 그는 사람들이 만든 생활 질서의 물질적 상징인 신전은 더욱 완전한 것으로 다시 지어지기 위해 반드시 무너져야 한다고 제자들에게 말했다. 그리고 조만간 실현될 그 예언에 훨씬 훗날에 일어날 비슷한 예언을 덧붙이며, 당시 사람들이 세계의 종말을 상상할 때 떠올렸던 모습으로 그것을 제시했다.

   우리는 지금 그리스도가 예언한 시대에 살고 있다. 세계의 한끝에서 다른 한끝까지 모든 것이 흔들리고 있다. 모든 민족의 사회적 삶의 기초가 되는 모든 법과 제도는 살펴보면 튼튼한 것이 하나도 없다. 사람들은 모든 것이 곧 허물어져 이 신전 안에 아무것도 남지 않으리라는 것을 느끼고 있다. 그러나 예루살렘, 그리고 살아 있는 신이 떠나버린 예루살렘의 신전이 붕괴된 덕분에 모든 세대, 모든 민족이 스스로 모여들어 새로운 도시와 새로운 신전의 건설을 준비할 수 있었다. 마찬가지로 오늘날의 여러 신전과 도시의 폐허에서 전 세계의 신전, 인류의 공통된 고향이 될 새로운 도시와 새로운 신전이 생겨날 것이다. 그런데 오늘날 인류는 형제를 남으로 만들고 그 사이에 불경한 증오와 혐오스러운 전쟁의 씨앗을 뿌리는 서로 적대적인 가르침들 때문에 더욱 분열되고 있다. 여러 민족을 결합시킬 하나의 신전, 하나의 도시가 언제 도래하는지는 오직 신만이 알고 있으며, 그때 그리스도는 왕좌에 앉고 그의 일이 최종적으로 이루어질 것이다. 그는 사람들에게 사랑의 법칙 안에서 하나가 되라고 가르치기 위해 세상에 온 것이었다. 그런데 이 거룩한 사회의 탄생이 커다란 고통을 동반한다면 어떻게 될까? 바야흐로 일어날 선과 악의 마지막 싸움을 두려워하지 마라. 너희의 의무는 싸우는 것이다. 너희 한 사람 한 사람은 신의 전사다. 그러나 광기와 저열한 독선이 판치는 우리 시대의 사이비 그리스도들과 사이비 예언자들을 조심하라. 그리스도는 광야에 있지 않다. 그는 숨겨진 곳에도 없고 다른 사람들로부터 멀리 떨어져 구원은 자신들만의 것이라 생각하고 그리스도를 부정하는 사람들의 집회에도 없다. 그리스도는 사람들 사이의 모든 장벽을 부수었고, 무엇보다도 신과 이웃을 자기 자신처럼 사랑하는 이중의 사랑을 모든 행위 속에 구현할 사람들에게만 평화와 영원한 기쁨을 약속했기 때문이다. 사랑이 있는 곳에 그리스도가 있다. 다른 곳에서 그를 찾지 마라. 기만의 그림자만 보게 될 것이다. — 라므네

2 산꼭대기에 있는 사람은 평지에 있는 사람보다 더 일찍 해돋이를 본다. 정신적으로 높은 곳에 있는 사람도 마찬가지다. 그들은 육체적 삶을 살고 있는 사람들보다 더 일찍 영적인 해돋이를 본다. 그러나 때가 되어 해가 높이 솟아오르면 모두가 볼 수 있다.

〈세계의 선진 사상〉

3 남을 위해 죽는 것이 어려운 일이 아니라는 것을 깨달은 사람들이 있었듯, 남을 위해 산다는 것이 어렵지 않다는 것을 우리가 깨닫는 날이 오지 않을까? 신이 하나로 묶어준 우리의 형제들에게 고결하고 훌륭한 봉사를 하기 위해서는 자신의 영혼을 드높이고 밝히는 것으로 충분하다. — 브라운

4   나는 온유한 사람들이 땅을 물려받는 행복한 시대를 아직은 머릿속에 그릴 수 없다. 그러나 그날은 반드시 올 것이고 가난한 사람들의 희망은 헛되지 않을 것이다. 신은 폭력과 권력이 아니라 마음이 온유한 사람들을 그 심판의 자리에 불러 그들에게 길을 알려줄 것이다.

러스킨

5   강력한 힘이 세계에 작용하고 있다. 아무도 그 힘을 저지할 수 없다. 그리스도교에 대한 새로운 이해, 인간에 대한 존중, 새로운 인류의 형제애, 모든 이의 아버지인 신 앞에 만인이 평등하다는 사상 등이 그 증거다. 우리는 그것을 보고 느낀다. 그리고 그것 앞에서 모든 압제는 힘을 잃는다. 말없이 그러한 정신으로 충만해진 사회는 영원한 싸움을 평화로 바꿀 것이다. 모든 것을 사로잡고 패배하지 않을 것 같던 이기심은 신의 힘에 굴복할 것이다. "하늘 높은 곳에는 하느님께 영광, 땅에서는 그가 사랑하시는 사람들에게 평화"「누가복음」 2:14는 언제까지나 공상만으로 남지는 않을 것이다.

채닝

／   지난날보다 한결 높은 이상이 인류 앞에 제시되면 과거의 이상은 태양 앞에서 별빛이 사라지듯 빛을 잃고 사람들은 태양을 보지 않고 살 수 없듯 한결 높은 이상을 인식하지 않을 수 없다.

8월 31일

평론가들이 치켜세우는 가짜 예술작품은 위선적인 예술가들이 곧장 달려드는 문이다.

1 말하기도 끔찍하지만, 우리 시대 우리 집단의 예술에서는 어머니가
될 여성에게 주어진 매력을 쾌락을 찾는 자들의 만족을 위해 사고파
는 일이 실제로 벌어지고 있다.

  우리 시대 우리 집단의 예술은 창녀로 전락했다. 이 비유는 가장
미세한 부분에 이르기까지 들어맞는다. 예술은 창녀처럼 항상 화려
하게 치장한 채 팔리기 위해 나오고 사람을 유혹하고 파멸시키며 언
제든 손님을 맞을 준비를 하고 있다.

  진정한 예술작품은 여성이 아이를 잉태하는 것처럼, 예술가의 영
혼에 새로운 생명의 결정체로서 아주 드물게 나타난다.

  가짜 예술은 수요만 있으면 기술자나 직공에 의해 얼마든지 생산
될 수 있다.

  진정한 예술은 사랑하는 남편이 있는 아내처럼 화려하게 치장할
필요가 없다. 가짜 예술은 창녀처럼 언제나 치장해야 한다.

  진정한 예술이 출현하는 이유는 여성의 잉태가 사랑에서 비롯되
는 것처럼, 축적된 감정을 표현하려는 내적 욕구 때문이다.

  가짜 예술이 출현하는 이유는 매춘과 마찬가지로 탐욕 때문이다.

  진정한 예술의 결과는 아내에 대한 사랑의 결과가 새로운 생명의
탄생이듯 세상에 새로운 감정을 잉태시키는 것이다. 가짜 예술의 결
과는 인간의 타락, 쾌락의 추구, 인간 정신의 쇠락이다.

  인간을 휩쓸고 타락시키는 음탕한 예술의 더러운 물결에서 벗어
나기 위해 우리 시대 우리 집단은 이러한 사실을 인지해야 한다.

2 예술로 생계를 해결하려는 것은 생계를 위한 모든 시도 중에서 가장 저열하다. 어느 시대에나 주목할 만한 예술작품을 만드는 사람은 극히 소수다. 이 소수는 현재의 수요에 개의치 않은 채 쓰고, 노래 부르고, 그림을 그린다. 그들은 우화에 나오는 귀뚜라미처럼 굶을지언정 노래를 그만두지는 않는다. 그러니 그런 예술가들에게는 특별한 관심까지는 아니더라도 빵 한 조각이라도 베풀어야 한다. 그러나 생계만을 위해 쓰거나 그리는 사람들은 스스로 걸인보다 훨씬 고귀하고 멸시받지 않는 존재라고 생각하지만, 사실 본질적으로는 성가시고 해로운 걸인에 지나지 않는다. 나는 빈민가에 사는 사람들은 기꺼이 도울 준비가 되어 있지만, 그들이 오르간을 치거나 풍자화로 내 눈과 귀를 어지럽히고, 하찮은 소설로 젊은 여자들을 꾀거나, 더러운 거짓말로 가득한 엄청난 인쇄물로 민중을 퇴폐에 빠뜨린다면 한 푼도 내줄 수 없다. 만일 정당한 노동으로 빵을 벌 능력이 없다면 길가로 나와 아우성치지 말고 입을 다물고 아무것도 하지 않는 두 손을 공손히 내밀어라. 그러면 자비가 먹을 것을 건넬 것이다.　　　　러스킨

3 재능을 팔아서는 안 된다. 재능을 파는 것은 신성모독이자 매음행위다. 노동은 팔 수 있지만 영혼은 팔 수 없다.　　　　러스킨

/ 장사치들을 몰아내지 않는 한 예술의 신전은 신전이 아니다. 미래의 예술은 그들을 몰아낼 것이다.

**9
월**

9월 1일

이성은 삶의 법칙에서 벗어나려 할 때 지적한다. 그러나 우리는 삶의 법칙에서 벗어나는 것이 너무 익숙하고 편한 나머지, 방해하는 이성을 억누르려 한다.

1 인간은 잘못된 삶을 살 때 자신이 빠진 처지를 보지 않으려고 눈을 가린다. 이는 구원이자 형벌이다.

2 삶이 양심에 부합하지 않을 때 양심은 마비되고 그 삶을 따라 일그러진다.

3 맹렬한 포화를 피해 숨어든 곳에서 아무런 할일이 없는 병사들은 위험을 잊기 위해 애써 일거리를 찾는다. 보통 사람들도 마찬가지다. 어떤 사람은 명예욕으로, 어떤 사람은 카드놀이로, 어떤 사람은 법률 문서로, 어떤 사람은 여자로, 어떤 사람은 노름으로, 어떤 사람은 경마로, 어떤 사람은 사냥으로, 어떤 사람은 술로, 어떤 사람은 정치로 그렇게 한다.

4 술과 담배, 아편으로 이성을 마비시키고 해치는 일을 멈출 때 인간사

회에는 상상하기도 어려울 만큼 유익한 변화가 생길 것이다.

5 어떤 종파의 신자들은 집회를 마치면 불을 끄고 음란한 행위를 한다. 우리 사회도 음란한 행위를 하기 위해 계속 중독물질로 이성의 불을 끄고 있다.

6 현대인의 삶을 개선하기 위해서는 무엇보다도 중독 상태에서 벗어나야 한다. 하지만 사람들은 담배와 와인과 보드카로 스스로를 더욱 중독 상태로 몰아넣는다.

7 정부가 인간의 정신과 육체를 타락시키고 파괴하는 알코올을 전매해 이익을 얻는다는 사실만으로도, 정부가 입으로 떠벌리는 것과는 달리 국민의 도덕과 행복을 배려하고 있지 않으며 정부 구성원들의 이익을 위해 국민에게 해악을 끼치고 있다는 것이 명백하다.

8 **무엇으로건 자신을 중독시키는 행위는 아직 범죄에 이르지 않았더라도 온갖 죄를 준비하는 행위와 같다.**

9 악덕으로 가득한 삶, 특히 그 무의미함은 주로 사람들이 자신을 끊임없이 중독에 빠뜨리려 하는 데서 비롯된다. 그렇지 않은 사람은 오늘날 우리 사회에서 일어나는 아주 작은 죄도 꺼릴 것이다.

／ 술과 담배는 자신을 해치고 남에게 나쁜 본보기가 되는 해악이지만, 너희는 술을 마시거나 마시지 않거나, 담배를 피우거나 피우지 않거나 하는 건 대수롭지 않은 일이라고 말한다. 그렇다면 그것을 당장 그만두는 것도 쉬운 일이 아니겠는가?

사람들은 왜 스스로를 마비시키는가?

삶에서 의식이 깨어나는 시기가 되면 인간은 종종 자기 안에서 두 개의 서로 다른 존재를 본다. 하나는 맹목적인 동물적 존재이고, 다른 하나는 관찰하는 정신적 존재다. 맹목적인 동물적 존재는 기계가 시동이 걸리면 움직이듯 먹고, 마시고, 쉬고, 자고, 번식하고 활동한다. 이 동물적 존재와 연결되어 있는 관찰하는 정신적 존재는 스스로는 아무것도 하지 않지만 동물적 존재의 활동을 인정할 때는 호응하고, 인정하지 않을 때는 등을 돌리고 그 활동에 대해 비판한다.

관찰하는 정신적 존재는 한쪽 끝은 남쪽을 가리키고 다른 쪽 끝은 정반대인 북쪽을 가리키는 나침반의 바늘과 같다. 나침반은 전체가 금속판으로 되어 있고 바늘이 가리키는 방향으로 올바르게 갈 때는 움직임이 없지만, 올바른 방향에서 벗어나는 순간 움직이며 모습을 드러낸다.

우리가 흔히 양심이라고 부르는 관찰하는 정신적 존재의 발현도 마찬가지다. 그 한쪽 끝은 선을 가리키고 다른 쪽 끝은 악을 가리키고 있으며, 우리가 악으로 방향을 돌리지 않는 한 모습을 드러내지 않는다. 그러나 양심이 가리키는 방향에서 어긋나는 행동을 하는 순간 정신적 존재의 의식이 나타나, 양심의 방향에서 벗어났다고 알린다. 마치 항해자가 진로에서 벗어난 것을 안 뒤에는 나침반의 지침을 따라 배를 돌리거나, 그것을 무시하지 않는 한 키든 기관이든 돛이든 어느 것도 계속 조종할 수 없게 되는 것과 마찬가지로, 인간도 한번 자신의 양심과 동물적 활동의 분열을 느낀 뒤에는 그 활동을 양심의 요구에 일치시키거나 동물적 삶의 잘못을 지적하는 양심을 무시하지 않는 한 그때까지의 활동을 계속할 수 없게 된다.

모든 인간의 삶은 다음 두 가지로 이루어진다. 1)자신의 활동을 양심의 요구에 일치시키는 것, 2)삶을 이어가기 위해 양심이 가리키는 것을 외면하는 것이다.

어떤 사람들은 전자를 선택하고 어떤 사람들은 후자를 선택한다. 전자를 실천하기 위해서는 자기 안의 빛을 키우고 그 빛이 비추는 것으로 주의를 돌리는 정신적 계몽이라는 하나의 방법만 있다. 후자, 즉 양심이 가리키는 것을 외면하는 방법은 두 가지다. 양심이 가리키는 것에서 주의를 돌리기 위해 다른 일에 몰두하는 외적인 방법, 양심 자체를 흐리게 하는 내적인 방법이 그것이다.

인간은 자기 눈앞에 있는 것을 두 가지 방법으로 보이지 않게 할 수 있다. 하나는 더 눈길을 끄는 다른 것으로 시선을 돌리는 외적인 방법이고, 다른 하나는 그것을 아예 외면하는 방법이다. 양심이 가리키는 것 또한 두 가지 방법으로 피할 수 있다. 여러 가지 일이나 걱정거리, 오락이나 유희 등으로 주의를 돌리는 외적인 방법, 주의력 자체의 활동을 저지하는 내적인 방법이 그것이다. 도덕적 감정이 무딘 사람들은 잘못된 삶에 대한 양심의 지적을 외적 방법만으로도 충분히 피할 수 있지만, 도덕적으로 민감한 사람들은 이 방법으로 충분하지 않다.

외적인 방법은 양심의 요구와 삶이 조화를 이루지 못한다는 의식에서 주의를 돌리기에 부족하다. 이 의식이 삶을 방해하기 때문이다. 그래서 사람들은 어떻게든 살아가기 위해 뭔가로 뇌를 마비시켜 양심 자체를 흐리게 하는 확실한 내적 방법에 매달린다.

삶은 양심의 요구에 따라 늘 합치하는 것도 아니고, 양심의 요구가 삶을 전환할 힘을 가진 것도 아니다.

그 불일치에서 주의를 돌리는 여러 가지 방법으로도 충분하지 않거나 싫증이 나면 사람들은 잘못된 삶에 대한 양심의 지적을 무시하고 어떻게든 계속 살아가기 위해 양심의 기관 자체를 마비시켜 그 기능을 정지시키는데, 이는 마치 보고 싶지 않은 것을 보지 않겠다고 일부러 눈을 감아버리는 것과 같다.

레프 톨스토이

9월 2일

진리에 가까운 사람일수록 타인의 잘못에 더 너그럽고, 진리에서 멀수록 반대의 모습을 보인다.

1 신앙이 없는 사람들, 즉 삶의 정신적 기초를 믿지 않고 익숙한 외적 관습을 신앙하는 사람들은 편협해질 수 있다. 진정한 신앙은 인간의 의지와 무관하다는 것을 알지 못하기 때문이다. 그렇기 때문에 그리스도를 괴롭힌 바리새파 사람들부터 오늘날 세속적인 지배자에 이르기까지 신앙이 없는 사람들은 언제나 신앙을 가진 사람들을 박해해왔고 지금도 박해하고 있다. 그러한 박해는 사람들의 신앙을 약화시키기는커녕 오히려 강화해왔고 지금도 강화하고 있다.

2 신은 양심과 이성을 통해 인간의 마음에 신앙을 끌어들인다. 폭력과 위협으로는 신앙을 끌어들일 수 없다. 폭력과 위협으로 끌어들이는 것은 공포다. 신앙이 없는 자, 길 잃은 자를 비난하고 책망하지 마라. 그들은 자신들의 미망 때문에 이미 충분히 불행하다. 만일 그 미망이 그들에게 이익을 가져다줄 때는 책망해도 상관없겠지만, 대부분의 경우 비난과 책망은 오히려 그들을 반발하게 하는 독이 될 뿐이다.

파스칼

3 언제나 기억해야 할 확고한 규칙이 있다. 선한 일이 선을 배반하지 않고는 이루어질 수 없다면 그것은 선한 일이 아니거나 아직은 그 일을 할 때가 아닌 것이다.

4 우리의 조상이 진리라고 생각했던 것이 허위라는 것을 알고 슬퍼하는 일만큼 이성적 존재에게 어울리지 않는 일도 없다.

오히려 과거의 것을 대신할 새로운 조화의 기초를 탐구하는 편이 낫다.　　　　　　　　　　　　　　　　　　　　　　　마티노

5 신앙은 사랑과 마찬가지로 억지로 불러일으킬 수 있는 것이 아니다. 그러므로 국가적 수단으로 신앙을 도입하거나 확립하는 것은 위험한 일이다. 왜냐하면 사랑을 강요하면 증오를 불러일으키듯이 신앙을 강요하면 불신을 불러일으키기 때문이다.　　　　　　　쇼펜하우어

6 사람들이 종교를 부정하는 것은 성직자의 편협함과 권력욕이 낳은 자연스러운 결과다.　　　　　　　　　　　　　　　　　　워버턴

7 신앙이 없는 사람은 광신자와 마찬가지로 편협하다.　　　뒤클로

／ 진정한 신앙은 폭력이나 장엄한 치장 같은 외적인 지지를 필요로 하지 않는다. 신앙을 보급하기 위해 고심할 필요도 없다(신에게는 천 년도 일 년과 같다). 자신의 신앙을 폭력 혹은 치장으로 지지하려는 사람, 또 그 신앙을 보급하려고 서두르는 사람은 신앙이 없는 사람이다.

9월 3일

신은 인간의 지혜로는 이해할 수 없는 존재이며, 우리는 신이 존재한다는 것만 알고 있다. 바라건 바라지 않건 그것만은 확실히 알고 있다.

1 과거에 나는 삶의 여러 현상이 어디에서 오고 무엇 때문에 그것을 내가 보고 있는지 생각하지 않은 채 현상을 바라보곤 했다.

만물의 근본적 원인에 대해 생각하기 시작했을 때 나는 모든 것의 원천이 오성悟性의 빛이라는 확신에 도달했고, 그것으로 모든 것을 설명했다. 그리고 만물은 오성에서 비롯된다며 만족해했다.

그러나 그후 나는 오성이란 반투명 유리 같은 것을 통해 우리에게 도달하는 빛임을 알게 되었다. 나는 빛은 볼 수 있지만, 그 빛을 발하는 것이 무엇인지 모른다. 그것이 확실히 존재한다는 것만 알 뿐이다.

나는 나를 비추는 빛의 원천을 모르지만 그것이 존재한다는 것만큼은 확실히 안다. 그것은 신이다.

2 신성의 본질을 꿰뚫어보려 하지 마라. 신이 계시하지 않은 것까지 아는 것은 신을 모독하는 것이다.

메난드로스

3 신을 믿고 섬겨라. 그러나 신의 본질을 알려고 하지 마라. 헛된 노력 때문에 낙담하고 지치기만 할 것이다.

신이 존재하는지 존재하지 않는지 알려고 하지도 마라. 신은 존재하고, 어디에나 존재한다. 우리는 믿으면 된다. 그 밖에는 아무것도 필요하지 않다.　　　　　　　　　　　　　　　　　　　　　　필레몬

4　지금까지 아무도 위대한 근원의 비밀을 꿰뚫지 못했다. 아무도 자신 밖으로 한 발짝도 내딛지 못했다. 오, 그대여, 온 세상은 그대를 찾아 헤매고 있다! 성인이든 악인이든, 빈자든 부자든 아직은 누구도 그대에게 닿을 수 없다. 그대의 이름이 모든 존재와 함께 울리고 있지만 사람들은 귀가 멀었다. 그대는 모든 이의 눈앞에 있지만 사람들은 눈이 멀었다.　　　　　　　　　　　　　　　오마르 하이얌(11세기 페르시아)

5　우리는 이성이 아니라 신에 대한 의존감을 통해 신의 존재를 인식하는데, 이는 갓난아이가 어머니의 품에 안겨 어머니의 존재를 느끼는 것과 같다.

　갓난아이는 누가 자신을 보호하고 따뜻하게 안아 젖을 먹여주는지 모르지만, 그 누군가가 존재한다는 것뿐만 아니라 자신이 그 누군가를 사랑한다는 것도 안다.

6　인간은 신과 비슷해지고자 했다. 그래서 신관이 신을 인간과 비슷한 모습으로 만들자, 경박한 인간들은 그 이미지에 만족했다.　　마리 다구

✎ 신의 개념을 명료하게 알 수 없다고 해서 초조해하지 마라. 오히려 그것이 명료해질수록 너는 진리에서 멀어져 더욱 신에게 기댈 수 없게 될 것이다.

9월 4일

진정한 행복은 단번에 얻을 수 있는 것이 아니라 끊임없는 노력으로 얻는 것이다. 진정한 행복은 나날이 이루어지는 자기완성 속에 있기 때문이다.

1 글을 배우면 읽고 쓸 수 있게 된다. 그러나 글을 배웠다고 해서 친구에게 편지를 써야 하는지 쓰지 않아야 하는지는 알 수 없다. 마찬가지로 음악을 배우면 노래를 부르고 악기를 연주할 수 있지만, 언제 노래하고 연주해야 하는지는 알 수 없다.

오직 이성만이 우리가 해야 할 일과 하지 말아야 할 일을 가르쳐줄 수 있다.

신은 우리에게 가장 필요하고, 우리가 스스로 사용할 수 있는 이성이라는 것을 주었다.

지금과 같은 나를 창조한 신은 나에게 이렇게 말했을지도 모른다. "에픽테토스! 나는 네 보잘것없는 육체와 운명에 훨씬 더 많은 것을 줄 수도 있었다. 그렇게 하지 않았다고 나를 원망하지는 마라. 나는 너에게 뭐든 하고 싶은 것을 다 할 수 있는 완전한 자유 대신, 네 안에 내 신성의 일부를 불어넣었다. 나는 너에게 선을 향해 나아가고 악을 피할 수 있는 힘을 주었다. 너에게 자유로운 이성을 주었다. 네가 너에게 일어나는 모든 일에 이성으로 응한다면, 내가 너에게 내린 운명의 길을 가는 데 세상 어떤 것도 너를 방해하거나 억압하지 못할 것이다. 너는 결코 네 운명이나 사람들에 대해 탄식하지 않을 것이고, 사람들을 비난하거나 그들에게 아부하지도 않을 것이다. 그것으로는 부족하다고 생각하지 마라. 이성으로 평생을 조용하고 기쁘게 살아갈 수 있는데 뭐가 부족하겠느냐? 만족하라!" 에픽테토스

2 탕왕_{기원전 1600년경 상나라의 건국자}의 욕조에는 다음과 같은 말이 새겨져 있
었다. "날마다 완전히 새롭게 태어나라. 새롭게, 또 새롭게, 몇 번이고
새롭게 태어나라."   중국의 격언

3 현자의 덕행은 먼 나라로 여행하거나 높은 산을 오르는 것과 같다.
먼 나라로 여행하는 것도 첫 한 걸음에서 시작되고, 높은 산을 오르
는 것도 산기슭의 첫 한 걸음에서 시작된다.   공자

4 어떤 일을 바르게 하려면 그 일을 어떻게 해야 하는지부터 배워야
한다. 마찬가지로 착하고 바르게 살려면 그 방법부터 배워야 한다.
                                                                에픽테토스

5 쟁기를 잡고 뒤를 자꾸 돌아다보는 사람은 하느님 나라에 들어갈 자
격이 없다.   「누가복음」 9:62

6 자신에게 주어진 일을 마지막까지 심혈을 기울여 했다고 말할 수 있
을 때 인간은 비로소 진정한 행복을 느낄 수 있다. 그렇지 않으면 어
떤 일을 끝내더라도 기쁨이나 안도감을 느끼지 못할 것이다.   에머슨

✒ 선을 향한 노력을 하면서 눈에 띄는 결실에 안달해서는 안 된다. 네
가 앞으로 나아간 만큼 네가 지향하는 완전성의 목적지도 앞으로 나

아가기 때문에, 너는 결코 노력의 결실을 보지 못한다. 노력은 행복을 얻는 수단이 아니라 노력하는 과정 자체가 행복이다.

9월 5일

러시아어로 처벌하다наказывать라는 동사는 가르치다를 뜻하기도 한다. 가르치는 것은 모범을 보이는 것으로만 가능하다. 악을 악으로 갚는 것은 가르치는 것이 아니라 타락시키는 것이다.

1 그때 베드로가 예수께 와서 "주님, 제 형제가 저에게 잘못을 저지르면 몇 번이나 용서해주어야 합니까? 일곱 번이면 되겠습니까?" 하고 묻자 예수께서는 이렇게 대답하셨다. "일곱 번뿐 아니라 일곱 번씩 일흔 번이라도 용서하여라." 「마태복음」18:21~22

2 인간이 인간을 처벌하는 권리, 원래 허용될 수 없는 이 권리를 인정한다 해도 대체 어떤 인간이 이 권리를 행사할 수 있을까? 자기 죄를 인식하지 못하고 잊어버릴 정도로 타락한 인간뿐일 것이다.

3 그때 율법학자들과 바리새파 사람들이 간음하다 잡힌 여자 한 사람을 데리고 와서 앞에 내세우고 "선생님, 이 여자가 간음하다가 현장에서 잡혔습니다. 우리의 모세 법에는 이런 죄를 범한 여자는 돌로 쳐죽이라고 하였는데 선생님 생각은 어떻습니까?" 하고 물었다. 그들은

예수께 올가미를 씌워 고발할 구실을 찾으려고 이런 말을 했던 것이다. 그러나 예수께서는 몸을 굽혀 손가락으로 땅바닥에 무엇인가 쓰고 계셨다. 그들이 하도 대답을 재촉하므로 예수께서는 고개를 드시고 "너희 중에 누구든지 죄 없는 사람이 먼저 저 여자를 돌로 쳐라" 하시고 다시 몸을 굽혀 계속해서 땅바닥에 무엇인가 쓰셨다. 그들은 이 말씀을 듣자 나이 많은 사람부터 하나하나 가버리고 마침내 예수 앞에는 그 한가운데 서 있던 여자만 남아 있었다. 예수께서 고개를 드시고 그 여자에게 "그들은 다 어디 있느냐? 너의 죄를 묻던 사람은 아무도 없느냐?" 하고 물으셨다. "아무도 없습니다, 주님." 그 여자가 이렇게 대답하자 예수께서는 "나도 네 죄를 묻지 않겠다. 어서 돌아가라. 그리고 이제부터 다시는 죄짓지 마라" 하고 말씀하셨다.

「요한복음」 8:3~11

4 대부분의 불행은 자신도 죄가 있으면서 다른 이를 처벌할 권리가 자신에게 있다고 생각하는 데서 비롯된다. "원수 갚는 것은 내가 할 일이니 내가 갚아주겠다." 「로마서」 12:19

5 너에게 죄지은 자를 잊고 용서하라. 전에 그런 적이 없었다면 용서라는 새로운 기쁨을 알게 될 것이다.

6 진정한 벌은 죄인의 영혼 안에서 이루어지며, 그것은 삶의 행복을 누릴 수 있는 힘이 줄어드는 것이다. 외적인 형벌은 죄인을 반발하게 할 뿐이다.

7 형벌은 언제나 잔인하고 괴롭다. 잔인하고 괴롭지 않다면 벌로 정해지지도 않았을 것이다. 오늘날의 징역형은 백 년 전의 태형만큼 잔인하고 괴로운 것이다.

8 아메리칸인디언들은 어떤 법률, 어떤 권력, 어떤 정부에도 종속된 적이 없다. 그들의 유일한 지도자는 관습, 그리고 미각과 촉각처럼 인간 안에 있는 천성의 일부인, 선악에 대한 도덕적 의식이다. 그들이 의무로 여기는 것을 위반하는 사람은 모멸과 함께 공동체적 따돌림이라는 처벌을 받고, 강도나 살인 같은 무거운 죄의 처벌은 피해자에게 맡겨진다. 이 방법은 엉성해 보이지만 실제 그들 사회에서는 범죄가 극히 드물다.

아메리칸인디언 사회처럼 법이 결여된 상태와 유럽의 문명국가처럼 법이 과잉된 상태 중 과연 어느 쪽 인간들이 더 죄를 짓는가 묻는다면, 양쪽의 생활을 모두 본 사람은 분명 법의 과잉 쪽이라고 대답할 것이다. 양들끼리 사는 것이 늑대의 보호를 받는 것보다 행복하다.

제퍼슨

/ 형벌학, 즉 가장 낮은 발전 단계의 유아나 야만인에게나 필요할지 모르는 가장 우매한 행위에 대한 학문이 존재한다는 사실은 '학문'이라는 것 속에 지극히 쓸모없고 해로운 가르침이 비일비재하다는 명백한 증거다.

9월 6일

인간은 미망에 빠지기 쉽다. 미망은 특히 일정한 시대, 일정한 사회 계층에서 널리 퍼지곤 한다. 고귀한 삶의 법칙을 모르거나 알면서도 실천하지 않는 사람들의 사회는 미망에 빠질 수밖에 없는데 오늘날 우리 그리스도교 사회가 그러하다.

1 많이 배운 사람이 저지르는 죄가 가장 무섭다. 무지하고 방탕한 민중이 방종한 학자보다 낫다. 민중은 눈이 멀어 길을 잃지만 학자는 눈을 뜨고도 우물에 빠지기 때문이다. 　　　　　　　　　　　사디

　　그리스도교에 의해 계몽되고, 일찍이 없었던 교통수단에 의해 결속하게 된 현대인들의 죄가 바로 그러하다.

2 인간은 영혼을 잃어버렸다. 세월이 흐르자, 이제 다시 그것을 갈망하고 있다. 영혼의 상실은 곧 우리의 환부로서, 현대의 모든 현상을 위협하고 무서운 죽음이 닥칠 거라고 경고하는, 전 세계의 사회가 앓고 있는 괴저다. 이제 우리에게는 신도 없고 종교도 없다. 인간은 영혼을 잃어버리고 헛되이 치료법을 찾고 있다. 그러나 잠시 기세가 꺾인 나병은 이내 다시 더 맹렬하고 무섭게 기승을 부릴 것이다. 　　칼라일

3 우리는 고기가 차려진 아침상으로는 부족하다는 듯이 온갖 범죄와 참사로 가득한 신문을 게걸스럽게 읽는다. 영혼과 육체에 온갖 해로운 영향을 끼친 사람들이 다툼과 전쟁과 자살을 한다는 것이 뭐 그리 놀랄 일인가? 그렇게 하루를 시작한 사람들이 행복하다는 것이

오히려 이상하지 않은가? 해로운 것으로 정신과 육체를 약화시키는 한 그들은 불안과 고뇌와 절망으로 계속 끌려들어갈 수밖에 없다.

루시 맬러리

4 사람들은 삶의 공허함을 느끼기 때문에 만족을 찾아 사방을 뛰어다니지만, 자신을 끌어당기는 새로운 위안 역시 공허하다는 것을 아직 깨닫지 못하고 있다.

파스칼

5 자신의 삶을 보장하기 위해 우리가 하는 일들은 타조가 자신이 죽는 것을 보지 않으려고 머리를 숨기는 것과 똑같다. 아니, 우리의 행위가 타조의 행위보다 훨씬 나쁘다. 우리는 불확실한 미래의 불확실한 삶을 불확실하게 지키려고, 확실한 현재의 확실한 삶을 확실하게 파멸시키고 있기 때문이다.

6 오늘날 유산계급의 삶을 옆에서 지켜보면, 그들이 삶의 안전을 지키기 위해 하는 모든 일은 실제로 그것을 위해서가 아니라, 삶의 안전은 결코 보장되지 않고 보장받을 수 없다는 것을 잊기 위해 자신을 속이고 있을 뿐이라는 것을 알 수 있다.

7 극소수의 사람이 터무니없이 거대한 부를 차지하고 빈곤한 다수가 그들에게 선망과 증오를 느끼는 세상에 사는 우리는 폭력과 무장과 전쟁이 난무하는 삶의 무의미함과 잔혹함이 누구의 눈에도 보이지

않고 또 아무도 우리가 그렇게 사는 것을 방해하지 않는다고 필사적으로 믿으려 한다.

/ 사람들 대다수가 똑같은 미망에 빠져 있다고 해서 그것이 미망이 아닌 것은 아니다.

9월 7일

삶이 행복이라면 삶을 구성하는 필연적 조건인 죽음도 행복이다.

1 죽음은 개별적 자아로서의 자신에게서 해방되는 것이다. 죽은 자들의 얼굴이 대부분 평화와 안도의 표정을 띠는 것은 아마도 그 때문일 것이다. 선한 사람의 죽음은 대개 조용하고 수월하다. 그러나 각오를 하고 죽는 것, 스스로 기꺼이 죽는 것은 자기를 부정하는 자, 살려는 의지를 거부하고 그것을 포기한 자의 특권이다. 왜냐하면 그런 사람만이 진실로 죽기를 원하고 그렇기 때문에 자아의 존속을 더이상 필요로 하지 않고 요구하지도 않기 때문이다. 쇼펜하우어

2 죽은 자들은 어디에 있는가? 아직 태어나지 않은 자들이 있는 곳에 있다.

세네카

3 죽음이 무섭다면 그 원인은 죽음이 아니라 우리 안에 있는 것이다. 선한 사람일수록 죽음을 두려워하지 않는다.

   성자에게는 이미 죽음이 존재하지 않는다.

4 육체의 죽음은 나와 육체를 결합시키고 있는 것, 즉 순간적인 생명의 의식을 소멸시킨다. 그러나 그것은 우리가 매일 밤 잠들 때마다 일어나는 일이다. 문제는 내 연쇄적인 의식을 하나로 결합시키는 것, 다시 말해 세계와 나의 독자적인 관계를 육체의 죽음이 무너뜨리느냐 그렇지 않느냐다. 그것을 긍정하려면 나의 연쇄적인 모든 의식을 통합시키는 것, 세계와 나의 독자적인 관계가 내 육체적 존재와 함께 태어나고 함께 죽는다는 것을 먼저 입증해야 한다. 하지만 그런 것은 없다.

   나 자신의 의식을 바탕으로 생각해보면, 나의 모든 의식을 하나로 결합하는 것은, 어떤 것에 대한 특정한 수용력 또는 냉담함이다. 그 결과 하나는 내 안에 남고 다른 하나는 사라진다. 여기서 선에 대한 사랑과 악에 대한 미움의 정도가 나타난다. 그러므로 독자적인 나를 구성하는, 세계와 나의 독자적인 관계는 외적 원인의 산물이 아니라 내 삶의 모든 현상의 근본적 원인인 것이다.

   나의 관찰을 바탕으로 고찰한다면, **자아**가 가진 독자성의 원인은 나의 부모, 그리고 나와 그들에게 영향을 준 여러 조건의 독자성에 있다. 그러나 이런 방식으로 더 깊이 고찰하면 나는 다음과 같은 결론에 이르게 된다. 즉 만일 나의 독자적인 **자아**가 내 부모의 독자성, 그리고 그들에게 영향을 준 여러 조건의 독자성에 있다면 그것은 나의 모든 조상의 독자성에도, 그들의 생활조건에도 있는 것이다. 그것도 무한히, 즉 시간과 공간을 초월해 존재하는 것이다. 그러므로 나의 독자적인 **자**아는 시공을 초월해 생겨났으며, 내가 실제로 의식하는 나 자체다.

5 노년에 이르기까지 착하게 살려고 노력했다. 노년이 된 나는 착하게 죽으려고 노력한다. 착하게 죽는 것은 기쁜 마음으로 죽는 것이다.

세네카

6 삶을 이해하지 못하면 죽음이 두렵지 않을 수 없다.

✒ 너는 죽음을 두려워한다. 그러나 만일 네가 언제나 똑같은 자아 속에 영원히 갇힌 운명이라면 어떨지 생각해보라.

9월 8일

어린아이에게는 가장 크고 많은 가능성이 있다.

1 나는 분명히 말한다. 너희가 생각을 바꾸어 어린이와 같이 되지 않으면 결코 하늘나라에 들어가지 못할 것이다. 그리고 하늘나라에서 가장 위대한 사람은 자신을 낮추어 이 어린이와 같이 되는 사람이다. 그러나 나를 믿는 이 보잘것없는 사람들 가운데 누구 하나라도 죄짓게 하는 사람은 그 목에 연자맷돌을 달고 깊은 바다에 던져져 죽는

편이 오히려 나을 것이다. 「마태복음」18:3~4, 6

2 하늘과 땅의 주인이신 아버지, 안다는 사람들과 똑똑하다는 사람들에게는 이 모든 것을 감추시고 오히려 철부지 어린아이들에게 나타내 보이시니 감사합니다. 그렇습니다. 아버지! 이것이 아버지께서 원하신 뜻이었습니다. 「마태복음」11:25~26

3 왜 아이들은 대부분의 어른들보다 도덕적일까? 그들의 이성은 미신과 유혹, 죄에 의해 아직 일그러지지 않았기 때문이다. 자기완성으로 가는 길 위에서 그들을 가로막는 장애는 없다. 그런데 어른들 앞에는 죄와 유혹과 미신이 가로막고 있다.

아이들은 그냥 살면 되지만 어른들은 싸우지 않으면 안 된다.

4 순수함과 완전함의 가능성을 지닌 아이들이 끊임없이 태어나지 않는다면 세계는 얼마나 무서운 곳이 될까! 러스킨

5 이 잔인한 세상에서 조금이나마 천국을 엿볼 수 있는 유년 시절을 축복하라. 통계가 보여주듯 매일 태어나는 약 8만 명의 아기는 종의 절멸을 막을 뿐만 아니라 인간의 타락과 죄악의 오염에 맞서는 순수함과 생기를 내뿜는다. 요람과 유년 시절의 주변에서 피어나는 모든 선한 감정은 위대한 섭리의 비밀 중 하나다. 너희가 이 회생의 이슬을 없앤다면 이기적 욕망의 회오리바람은 불처럼 인간사회를 불살

라버릴 것이다.

인간이 늘지도 줄지도 않는 10억의 불멸하는 존재로 이루어졌다고 가정한다면, 위대한 신이여, 우리는 지금 어디에 있고 어떻게 되었겠습니까! 우리는 의심할 나위 없이 천 곱절 더 똑똑해졌을 테지만 천 곱절 더 악해졌을 것이다. 지식은 쌓였겠지만 수난과 헌신에서 태어나는 모든 선—가족과 사회는 사멸했을 것이다. 아무런 이득이 없었을 것이다.

유년 시절은 그 자체로 행복을 주고, 또 스스로 알지 못하고 바라지 않아도 오직 사랑을 불러일으키며 선을 낳기에 복되도다. 오직 그 덕분에 우리는 지상에서 천국의 일부를 엿볼 수 있는 것이다. 죽음 또한 복되도다. 천사는 본디 탄생도 죽음도 필요하지 않다. 그러나 인간에게 죽음과 탄생은 반드시 필요하고, 거부할 수도 없다.

아미엘

6 어린이, 젖먹이들이 노래합니다. 이로써 원수들과 반역자들을 꺾으시고 당신께 맞서는 자들을 무색게 하셨습니다.   「시편」 8:2

7 아이들은 고사리 같은 손가락 안에, 어른들이 마디 굵은 두 손으로도 붙잡지 못하고 만년에 발견했다고 자랑하는 진리를 쥐고 있다.

러스킨

8 아이들은 눈꺼풀이 눈을 보호하듯 자신의 영혼을 보호하며 사랑의 열쇠 없이는 누구도 그 안으로 들이지 않는다.

9   말은 못해도 외국어를 아는 어른들처럼 아이들은 진리를 안다. 선이
    어디에 있는지 우리에게 말해주지는 못하지만 아이들은 선이 아닌
    것을 어김없이 피한다. 가장 영리하고 총명한 어른도 종종 허위에 속
    지만, 아이는 지식이 없어도 허위에 속지 않고 교묘하게 숨겨진 허위
    까지 알아보고 피한다.

10 이 세계에 막 들어선 아이들에게 다른 세계에 대해 말하는 것만큼
    어리석은 일이 또 있을까?   칸트

11 순진무구한 쾌활함과 사랑의 요구라는 두 가지 뛰어난 덕이 삶의 유
    일한 동기인 유년 시절만큼 멋진 시절이 또 있을까.

✔ 모든 사람을 존중하라. 아이는 특히 더 존중하고 그 순수한 영혼을
    더럽히지 않도록 조심하라.

도망자

먼 길이었다. 파시카와 어머니는 비를 맞으며 풀이 베어진 들판을 계속 걸었다. 누런 나뭇잎이 장화에 달라붙는 숲의 오솔길도 걷고 새벽녘까지 걷기도 했다. 그러고서 어두운 현관 앞에 서서 문이 열리기를 두 시간이나 기다렸다. 물론 현관은 바깥보다는 덜 춥고 덜 젖었지만 살을 에는 듯한 바람이 불어들고 비도 사정없이 들이쳤다. 현관이 차츰 사람들로 가득차자 파시카는 사람들 속을 비집고 들어가 소금 절인 생선냄새가 강하게 나는 누군가의 양가죽 윗도리에 얼굴을 묻고는 어느새 깊은 잠이 들었다. 얼마 후 빗장 열리는 소리가 나더니 뒷방 문이 열렸고 파시카와 어머니는 대기실로 들어갔다. 그러나 또다시 한참을 기다려야 했다. 환자들은 모두 벤치에 걸터앉아 꼼짝도 하지 않았고 아무도 입을 열지 않았다. 파시카는 찬찬히 그들을 바라보며 잠자코 있었다. 괴상하고 우스꽝스러운 것들이 눈에 띄었지만 아무 말도 하지 않았다. 하지만 한 소년이 외발로 깡충거리며 들어오자 파시카는 팔꿈치로 어머니의 옆구리를 콕 찌르고는 옷소매 뒤에서 씩 웃으며 말했다.

"엄마, 저기 봐요. 참새!"

"쉿, 애야, 쉿!" 어머니가 말했다.

작은 창문으로 남자 간호사의 졸린 듯한 얼굴이 보였다.

"이름을 적어야 하니까 이쪽으로 오세요!" 그가 낮은 목소리로 말했다.

우스꽝스럽게 깡충거리던 소년까지 모두 창구로 몰려갔다. 남자 간호사는 한 사람 한 사람에게 이름과 부칭, 나이, 주소, 발병한 날짜와 그 밖에도 여러 가지를 물었다. 파시카는 어머니의 대답을 듣고 자기 이름이 파시카가 아니라 파벨 갈락티오노프이고, 나이는 일곱 살이고, 글을 모르고, 병은 부활절 시기에 시작됐다는 것을 알았다.

이름을 적은 뒤에도 다시 잠시 기다렸다. 이윽고 하얀 앞치마를 두르고 수건을 허리띠처럼 졸라맨 의사가 대기실을 지나갔다. 그는 깡충거리던 소년 앞을 지날 때 어깨를 으쓱하더니 노래하는 듯한 높은 목소리로 말했다.

"바보 같은 녀석! 엉, 너 바보야? 내가 일껏 월요일이라고 했는데 금요일에 오다니. 그래도 내가 봐주면 별일은 없겠지만 이 바보야, 알아서 명심하지 않으면 남은 한 다리까지 없어질 거야!"

소년은 눈을 깜빡거리며 마치 구걸이라도 하듯 애처롭게 찡그리며 말했다.

"이반 미콜라이치, 용서해주세요!"

"뭐가 이반 미콜라이치야!" 의사가 놀리듯이 말했다. "내가 월요일이라고 했으면 말을 들었어야지. 바보 녀석……"

진찰이 시작됐다. 의사는 자기 방에 들어가 자리잡고는 순서대로 환자를 들어오게 했다. 이따금 그 방에서 귀청을 찢을 듯한 고함소리, 아이들의 울음소리에 섞여 의사의 성난 목소리가 들려왔다.

"소린 왜 질러? 내가 죽이기라도 해? 가만히 앉아 있어!"

마침내 파시카 차례가 왔다.

"파벨 갈락티오노프!" 의사가 외쳤다.

어머니는 마치 예상 못한 사람처럼 이름이 불리자 현기증을 느꼈지만 곧 정신을 차리고 파시카의 손을 잡고 진찰실로 들어갔다. 의사는 책상 앞에 걸터앉아 진료용 망치로 두꺼운 책을 기계적으로 두드리고 있었다.

"어디가 안 좋아?" 그는 들어온 사람들 쪽은 보지도 않고 물었다.

"아이 팔꿈치에 종기가 나서요, 선생님⋯⋯" 파시카의 어머니가 대답했다. 그 얼굴에 파시카의 종기 때문에 자신도 몹시 괴롭다는 표정이 어렸다.

"옷을 벗어봐!"

파시카는 숨을 헐떡이면서 목에 맨 수건을 풀고 옷소매로 콧물을 쓱 닦고는 윗옷 단추를 풀기 시작했다.

"아주머니! 당신은 손님으로 왔어?" 의사가 화를 내며 말했다. "왜 이렇게 꾸물거려? 기다리는 사람이 한둘이 아니라고."

당황한 파시카는 윗옷을 벗어 바닥에 던졌고 어머니의 도움을 받아 셔츠를 벗었다⋯⋯ 의사는 나른하게 파시카를 건너다보더니 벌거벗은 배를 톡톡 두드렸다.

"보자! 파시카, 배가 많이 나왔는데!" 그는 말하고 한숨을 쉬었다. "팔꿈치 좀 볼까."

파시카는 핏물이 담긴 대야와 의사의 앞치마를 보자 울음을 터뜨렸다.

"메-에!" 의사는 장난을 쳤다. "장가가도 될 만큼 다 큰 녀석이 울긴! 바보!"

파시카는 눈물을 참으며 어머니를 바라보았다. 아이의 눈은 이렇게 말하고 있었다. '병원에서 울었다고 집에 가서 말하지 마! 응!'

의사는 팔꿈치를 자세히 살피고 만져보더니 한숨을 쉬고 혀를 차면서 다시 팔꿈치를 만졌다.

"당신은 맞아도 싸, 아주머니," 그는 말했다. "왜 더 일찍 데려오지 않았어? 이 아이 팔은 이젠 틀렸어. 이걸 봐, 관절이 엉망이잖아!"

"선생님이 더 잘 아시겠죠, 선생님⋯⋯" 파시카의 어머니가 말했다.

"선생님은 무슨⋯⋯ 자식의 팔이 다 썩어가는데 이제 와서 선생님인가! 팔도 없이 어떻게 일꾼이 돼? 어머니가 평생 먹여 살려야지! 자기는 콧잔등에 여드름 하나만 나도 달려오면서 자식새끼는 반년을 그냥 두다니. 다 똑같아."

의사는 궐련에 불을 붙여 물고 태우는 동안 파시카의 어머니를 꾸짖기도 하고 콧노래를 흥얼거리기도 하고 고개를 저으며 뭔가를 생각하기도 했다. 벌거벗은 파시카는 그 앞에서 그의 콧노래에 귀기울이다 담배연기를 지켜보다 했다. 궐련이 다 타자 의사는 훌쩍 일어서서 나직한 목소리로 말했다.

"이봐요, 아주머니. 고약도 물약도 소용없어. 이 아이는 병원에 두어야 해."

"그래야 한다면 선생님, 제발 그렇게 해주세요."

"수술을 해야겠어. 그러니까 파시카 너는 여기 남는 거다." 의사는 파시카의 어깨를 토닥이며 말했다. "엄마는 집에 가라고 하고 넌 나하고 여기 있자. 여긴 나쁜 데도 아니고 재미있을 거야! 그래, 파시카, 너랑 나랑, 응, 파시카, 다 나으면 방울새 잡으러 갈까. 여우도 보여줄게! 우리 둘이 여우한테 손님으로 가는 거야! 응? 여기 있을 거지? 엄마는 내일 또 올 테니까! 응?"

파시카는 어떻게 해야 하는지 묻는 눈으로 어머니를 쳐다보았다.

"여기 남아 있어야 해, 아가!" 그녀가 말했다.

"물론 그래야 하고말고!" 의사는 유쾌하게 말했다. "다른 말 할 것도 없어! 내가 살아 있는 여우 보여준다니까. 같이 시장에 가서 사탕도 사줄게, 마리야 데니소브나, 이 아이를 이층으로 데려가게!"

의사는 분명 유쾌하고 온순한 성격에 사람들과 어울리길 좋아하는 사람 같았다. 파시카는 시장에 가본 적도 없는데다 살아 있는 여우를 보여준다는 말에 마음이 끌렸다. 하지만 정말 엄마가 없어도 될까? 잠시 생각해본 파시카는 엄마도 병원에 남으면 안 되느냐고 의사에게 물어보려 했지만 미처 입을 떼기도 전에 여자 간호사가 와서 계단을 걸어 이층으로 데려갔다. 아이는 간호사를 따라가며 입을 벌린 채 주위를 둘러보았다. 계단도 마루도 문설주도 모두 크고 반반하고 선명했고 노란색으로 곱게 칠이 되어 있었다. 사방에서 향긋한 식물성 기름냄새가 풍겼다. 곳곳에 램프가 걸려 있고 융단이 깔려 있고 벽에는 구리 수도꼭지들이 튀어나와 있었다. 그중에서도 가장 파시카의 눈길을 끈 것은 보풀보풀한 회색 이부자리가 깔린 침대였다. 파시카는 베개와 이불을 만져보고는 아까 그 의사가 꽤 좋은 집을 갖고 있다는 결론에 도달했다.

병실은 작고 침대는 세 개밖에 없었다. 하나는 비어 있고, 하나는 파시카가 쓸 침대이고, 나머지 하나에는 눈매가 매서운 노인이 걸터앉아 연신 기침을 하고 타구에 가래를 뱉었다. 파시카의 침대에서는 문 너머로 옆방 일부가 보였다. 그 방에는 침대가 두 개 있었는데 하나에는 얼굴이 아주 하얗고 야윈 남자가 이마에 고무 얼음주머니를 얹은 채 누워 있었다. 다른 하나에는 농부가 팔을 벌린 채 앉아 있었는데 머리에 붕대를 감은 모습이 꼭 여자 같아 보였다.

여자 간호사는 파시카를 침대에 앉히고 나가더니 곧 옷을 한아름 안고 들어왔다.

"이게 다 네 거야." 그녀는 말했다. "자, 입어."

파시카는 헌옷을 벗고 기쁜 듯 새 옷으로 갈아입었다. 셔츠와 바지와 작은 회색 가운을 입고는 만족스러운 듯이 자기 모습을 둘러보았고, 이런 옷을 입고 마을을 돌아다니면 얼마나 좋을까 하고 생각했다. 파시카는 엄마 심부름으로 냇가 남새밭으로 새끼돼지에게 줄 양배추 잎을 뜯으러 갈 때 마을 사내아이들과 계집아이들이 앞뒤로 몰려와 부러움에 입을 쩍 벌리고는 자신의 가운을 구경하는 광경을 즐겁게 상상했다.

간병인은 주석 대접 두 개와 빵 두 조각과 숟가락 두 개를 들고 병실에 들어왔다. 그녀는 대접 하나를 옆 침대의 노인에게 주고 하나는 파시카에게 주었다.

"먹으렴!" 그녀가 말했다.

파시카는 대접에 기름진 양배추수프가 가득하고 바닥에 고깃덩어리가 한 조각 잠겨 있는 것을 보았다. 그래서 파시카는 또다시 의사가 정말 부자이고, 처음 보았던 것과는 달리 화가 난 것도 아니라고 생각했다. 파시카는 수프를 한 숟가락씩 입안에서 이리저리 굴리면서 한참 맛을 즐기다가 삼키곤 했다. 이윽고 고깃덩어리만 남자 노인의 것을 힐끗 쳐다보며 퍽 부럽게 생각했다. 아이는 한숨을 쉬고 고기를 먹기 시작했고 되도록 오래 씹으려고 했다. 그러나 고기는 곧 없어졌고, 빵 조각만 남아 있었다. 전혀 간을 하지 않아 맛이 없었지만 어쩔 수 없었다. 파시카는 잠시 생각하다가 빵도 먹어치웠다. 그때 간병인이 다시 대접 두 개를 들고 들어왔다. 이번에는 구운 고기와 삶은 감자였다.

"너, 빵은 어떻게 했어?" 간병인이 물었다.

파시카는 대답 대신 두 볼을 부풀렸다가는 훅 하고 바람을 내뿜었다.

"다 먹어버렸구나?" 간병인이 나무라듯 말했다. "그럼 구운 고기는 뭐랑 먹지?"

그녀는 방을 나가더니 다시 빵을 가지고 돌아왔다.

파시카는 난생처음 구운 고기를 먹어보는 것이었다. 조금 먹어보니 아주 맛있었다. 구운 고기를 눈 깜짝할 새 먹어치우고 다시 빵만 남았다. 남은 빵은 아까 수프와 나왔던 빵보다 컸다. 노인은 식사를 마치자 나머지 빵을 서랍에 넣었다. 파시카도 그럴까 잠시 생각했지만 결국 먹어버렸다.

파시카는 배부르게 먹은 뒤 바람을 쐬러 나갔다. 옆 병실에는 아까 본 사람들 외에도 네 사람이 더 있었다. 그중 유독 한 사람이 파시카의 눈길을 끌었다. 키가 크고 깡마른 농부였다. 그는 수염이 무성하게 자라 있고, 인상을 잔뜩 찌푸린 채 침대에 앉아 시계추처럼 쉴새없이 머리를 흔들며 오른팔을 내젓고 있었다. 파시카는 그 농부에게서 눈을 뗄 수 없었다. 처음에는 농부가 시계추처럼 리드미컬하게 팔을 내젓는 것이 보는 사람을 웃기려고 장난치는 거라고 생각했는데, 가만히 얼굴을 보니 참을 수 없는 고통 때문인 것 같았고, 그러자 갑자기 가엾다는 생각이 들었다. 세번째 병실에는 마치 진흙이라도 개어 붙인 듯이 얼굴이 검붉은 두 남자가 앉아 있었다. 그들은 침대 위에서 꼼짝도 하지 않았다. 윤곽이 무너져 알아보기 힘든 그들의 기묘한 얼굴은 이교異敎의 신을 닮은 것 같았다.

"아주머니, 저 사람들은 왜 저러고 있어요?" 파시카는 간병인에게 물었다.

"저 사람들은 천연두 환자란다."

파시카는 자기 병실로 돌아와 침대에 앉은 채 의사가 방울새를 잡으러 가고 시장에 데려가주기를 기다렸다. 그러나 의사는 오지 않았다. 옆 병실 문가에 남자 간호사가 잠시 모습을 드러냈다. 그는 얼음주머니를 이마에 댄 환자 위로 허리를 구부리더니 소리쳤다.

"미하일로!"

잠이 든 미하일로는 듣지 못했다. 남자 간호사는 손을 내젓더니 방을 나갔다. 파시카는 의사를 기다리는 동안 옆 침대의 노인을 보았다. 노인은 연신 기침을 하고 타구에 가래를 뱉었고 기침을 길게 끌며 쇳소리를 냈다. 그런데 한 가지 파시카를 무척 재미나게 한 것은 노인이 기침을 하고 숨을 깊게 들이쉬면, 그 가슴에서 여러 목소리가 노래를 하는 것이었다.

"할아버지, 그 뱃속에서 무슨 소리가 나는 거예요?" 파시카가 물어보았다.

노인은 대답하지 않았다. 파시카는 참지 못하고 한참 뒤에 다시 물었다.

"할아버지, 여우는 어디 있어요?"

"무슨 여우 말이냐?"

"살아 있는 여우요."

"어딨긴? 숲속에 있지!"

시간이 꽤 흘렀지만 의사는 나타나지 않았다. 그동안 간병인이 차를 들고 와 파시카가 차와 함께 먹을 빵을 다 먹어버린 것을 나무랐다. 남자 간호사가 다시 와서 미하일로를 깨우려 했다. 창밖은 푸르스름해지며 어두워졌고 병실에 램프가 켜졌다. 의사는 아직도 오지 않았다. 시장에 가고 방울새를 잡기에는 이미 너무 늦어버렸다. 파시카는 침대 위에서 몸을 죽 뻗고 누워 생각에 잠겼다. 의사가 약속한 사탕, 엄마 얼굴과 목소리, 너무 어두운 자기 집, 페치카, 늘 불평만 하는 예고로브나 할머니를 생각했…… 그러자 갑자기 못 견디게 가슴이 답답해지면서 슬픔이 몰려왔다. 그래도 아침이 되면 엄마가 올 거라 생각하고는 빙긋 웃고 눈을 감았다.

파시카는 바스락거리는 소리에 잠에서 깼다. 누군가 옆 병실에 들어와 작은 목소리로 말했다. 램프의 어두운 불빛이 미하일로의 침대 옆에서 움직이는 세 사람의 그림자를 비췄다.

"침대째 옮길까, 아니면 그냥 옮길까?" 그중 한 사람이 물었다.

"그냥 옮기자. 침대째로는 못 가. 에잇! 이런 때 죽긴, 부디 천국에 가길!"

한 사람이 미하일로의 어깨를 들고 다른 사람은 그의 다리를 들고 일어섰다. 그러자 미하일로의 두 팔과 가운 자락이 공중에서 힘없이

처졌다. 또 한 사람, 여자 같아 보이던 농부는 성호를 그었다. 세 사람은 미하일로의 옷자락을 밟으며 요란하게 발소리를 울리면서 나가 버렸다.

잠든 노인의 가슴에서 가르랑가르랑 노랫소리가 들렸다. 파시카는 그 소리를 들으면서 캄캄한 창문을 쳐다보다가 무서워져 침대에서 벌떡 일어났다.

"엄-마-아!" 파시카는 낮은 목소리로 신음했다.

그리고 대답도 기다리지 않고 옆 병실로 뛰어들어갔다. 램프와 야 간등의 희미한 불빛이 가까스로 어둠을 물리치고 있었다. 미하일로 의 죽음으로 불안해진 환자들은 각자의 침대 위에 앉아 있었다. 그들의 검은 그림자들이 헝클어진 머리털과 합쳐져 한층 크고 높아 보이고 점점 더 커지는 것 같았다. 멀찌감치 구석 침대에서는 농부가 앉아 계속 고개와 팔을 내젓고 있었다.

파시카는 문에서 떨어져 천연두 환자들의 병실을 지나고 복도를 통과해 머리가 길고 주름이 자글자글한 할머니 같은 괴물들이 침대 위에 눕거나 앉아 있는 넓은 방으로 들어갔다. 부인 병실을 지나쳐 다시 복도로 나온 파시카는 눈에 익은 계단 난간이 보이자 쏜살같이 아래층으로 달려내려갔다. 오늘 아침에 앉아 있던 대기실이었다. 파시카는 나가는 문을 찾기 시작했다.

빗장이 짤깍 소리를 내고 차가운 바람이 뺨을 스쳤다. 파시카는 몇 번이나 넘어질 뻔하면서 마당으로 달려갔다. 머릿속에는 도망치자, 도망치자! 하는 생각뿐이었다. 길은 잘 모르지만 쉬지 않고 달리면 반드시 엄마와 함께 집에 있게 되리라 생각했다. 음산한 밤이지만 구름 뒤에서 달빛이 비쳤다. 파시카는 정면 계단에서 앞으로 내달리다가 곳간 같은 곳을 돌아 잎이 다 떨어져버린 덤불에 부딪혔다. 잠시 서 있다가 병원 쪽으로 도로 달리기 시작했다. 병원 주위를 빙빙

돌다가 어떻게 하면 좋을까 하고 발을 멈췄다. 병원의 부속건물 뒤로 무덤의 십자가가 희끄무레하게 보였기 때문이다.

"엄-마-아!" 파시카는 외치고 다시 발길을 돌렸다.

무서운 건물 앞을 지날 때 불이 켜져 있는 거무스름한 창문이 보였다.

캄캄한 어둠 속에 비치는 붉은 얼룩은 더 큰 두려움을 불러일으켰다. 무서워서 미칠 것만 같은 파시카는 어디로 가야 할지 몰라 일단 그쪽으로 갔다. 창문 옆에는 단이 있는 정면 계단과 흰 게시판이 붙어 있는 현관문이 있었다. 파시카는 단 위로 달려올라가 창문 안을 들여다보았다. 갑자기 벅찬 기쁨이 밀려왔다. 유쾌하고 온순한 그 의사가 책상에 앉아 책을 읽고 있었기 때문이다. 파시카는 행복한 미소를 지으며 낯익은 그에게 두 손을 내밀며 소리치려 했다. 하지만 뭔가 알 수 없는 힘이 숨통을 조이고 발을 휘청거리게 했다. 파시카는 비틀거리다가 정신을 잃고 계단 위에 쓰러졌다.

제정신이 들었을 때는 이미 날이 환히 밝아 있었다. 그리고 어제 시장과 방울새와 여우를 약속했던 의사의 무척 귀에 익은 목소리가 머리맡에서 속삭이는 것이 들렸다.

"바보구나, 파시카! 너 바보 아니야? 너 좀 맞아야겠어."

안톤 체호프

어린이의 힘

"죽여라!…… 쏴버려!…… 저놈을 당장 쏴 죽여!…… 죽여라!…… 살인자의 목을 베어라!…… 죽여, 죽여버려!……" 군중 속에서 남녀의 목소리가 일제히 외쳤다.

수많은 사람들이 포박된 한 사내를 에워싼 채 끌고 가고 있었다.

키가 큰 사내는 당당하게 고개를 쳐들고 씩씩하게 걸어갔다. 잘생기고 사내다운 그 얼굴에는 자신을 에워싼 사람들에 대한 경멸과 증오가 서려 있었다.

그는 권력에 저항하는 민중의 투쟁에서 권력 편에 서서 싸운 사람들 중 하나였다. 그는 지금 붙잡혀 형장으로 끌려가고 있었다.

'어쩔 수 없지! 힘이 언제나 우리 편에 있는 건 아니니까. 어쩌겠어? 지금은 저들에게 권력이 있어. 죽어야 한다면 죽어야지 별수 있나.' 사내는 생각했다. 그는 어깨를 으쓱하고는 군중 속에서 들려오는 외침에 차가운 미소를 지었다.

"저놈은 순경이었어, 오늘 아침까지 우리에게 총을 쏘았던 놈이야!" 군중 속 누군가가 외쳤다.

군중은 걸음을 멈추지 않고 그를 앞세워 나아갔다. 어제 군대에 의해 살해된 사람들의 시체가 아직 그대로 길바닥에 나뒹굴고 있는 포장도로에 이르자 군중은 더욱 흥분해 소리쳤다.

"뭘 우물쭈물해! 당장 여기서 쏴버리지 않고 자꾸 어디로 끌고 가는 거야!" 사람들이 외쳤다.

잡혀가는 사내는 눈살을 찌푸리며 더욱 꼿꼿이 고개를 쳐들었다. 그는 자신을 증오하는 군중보다 더 그들을 증오하는 것 같았다.

"모조리 죽여라! 스파이도! 왕족도! 사제들도! 이런 놈들도! 죽여, 당장 죽여!" 여자들이 외쳤다.

그러나 군중을 이끄는 몇몇은 그 사내를 광장까지 데려가서 처치하려 했다.

광장까지 얼마 남지 않았고 잠시 조용해진 순간, 군중 뒤쪽에서 어린아이가 울먹이는 소리가 들려왔다.

"아빠! 아빠!" 여섯 살쯤 된 사내아이가 잡혀가는 사내에게 다가가려고 군중 사이를 헤치며 계속 울부짖었다.

"아빠! 아빠에게 뭘 하려는 거예요? 잠깐만요, 잠깐만요, 나도 데려가요, 나도 데려가요!……"

어린아이가 끼어든 군중 속에서는 외침소리가 멈췄다. 군중은 마치 어떤 힘에 떠밀리듯 그 아이에게 길을 터주며 아버지에게 가게 해주었다.

"웬 아이일까!" 한 여자가 말했다.

"애야, 누구를 찾고 있니?" 다른 여자가 어린아이에게 허리를 숙이며 물었다.

"우리 아빠예요! 아빠한테 가게 해줘요!" 어린아이가 소리쳤다.

"애, 너 몇 살이니?"

"우리 아빠에게 뭘 하려는 거예요?" 어린아이가 물었다.

"집에 돌아가거라. 애야, 엄마한테 가." 한 남자가 어린아이에게 말했다.

붙잡힌 사내는 아이 목소리를 들었고, 사람들이 아이에게 하는 말도 듣고 있었다. 그의 얼굴이 점점 어두워졌다.

"그 아이에겐 엄마가 없습니다!" 누군가 아이에게 엄마한테 가라고 하자, 사내는 이렇게 외쳤다.

어린아이는 마침내 군중 속을 헤치고 나와 아버지에게 다가가 품에 뛰어들었다.

군중 속에서는 여전히 "죽여라, 목을 매달아라. 그놈을 총살하라!" 하고 외치는 소리가 일어났다.

"왜 집에 있지 않고 나왔어?" 아버지가 아들에게 말했다.

"사람들이 아빠한테 왜 그래요?" 아이가 말했다.

"아버지가 말하는 대로 해." 아버지가 말했다.

"뭘요?"

"카튜샤 아주머니 알지?"

"이웃집 아주머니요? 알고말고요."

"그래, 그 아주머니한테 가 있어, 아버지는…… 아버지도 갈 테 니까."

"아빠가 함께 가지 않으면 싫어요." 아이는 울음을 터뜨렸다.

"왜 싫어?"

"사람들이 아빠를 괴롭히잖아."

"아니야, 사람들은 아무 짓도 하지 않아, 괜찮아."

붙잡힌 사내는 아이를 떼어놓고 군중을 지휘하는 남자에게 다가 갔다.

"한 가지 부탁이 있소." 그는 말했다. "어디서 어떻게 죽여도 상관 없지만, 아이가 없는 데서 해주시오." 그는 아이를 가리키며 말했다. "이 분 동안만 이 포승을 풀고 내 손을 잡아주시오. 나는 아이에게 당 신들은 내 친구들이고 지금 함께 산책을 하고 있다고 말하겠소. 그 러면 저 녀석은 집으로 돌아갈 겁니다. 그때…… 그때 마음대로 하 시오."

지휘하는 남자는 끄덕였다.

붙잡힌 사내는 다시 아이를 안으며 말했다.

"내 말 잘 들을 거지, 카튜샤 아주머니한테 가."

"아빠는요?"

"자 봐, 아빠는 친구들하고 산책하고 있잖아. 조금만 더 있을 테니 까 너 먼저 집에 가 있어. 나도 곧 따라갈게. 자 어서, 착하지."

아이는 아버지를 똑바로 쳐다보고는 잠시 고개를 갸웃하며 생각 에 잠겼다.

"어서 가거라, 얘야, 아빠도 곧 간다니까."

"꼭 올 거죠?"

아이는 아버지 말을 믿었다. 한 여자가 아이를 군중 속에서 데리고 나갔다.

아이의 모습이 보이지 않자 붙잡힌 사내가 말했다.

"이제 됐소, 죽이시오."

그 순간 갑자기 전혀 이해할 수 없고 예기치 않았던 일이 일어났다. 그때까지 그렇게 잔인하고 무자비한 증오심으로 들끓었던 사람들의 마음이 일제히 똑같이 움직인 것이다. 한 여자가 말했다.

"그 사람은 풀어주는 게 좋겠어요."

"그래요, 풀어줍시다." 누군가 또 말했다. "풀어줘라."

"풀어줘라, 풀어줘라!" 이윽고 모두가 일제히 외치기 시작했다.

그러자 조금 전까지 군중을 증오했던 오만하고 냉혹한 사내는 흐느껴 울면서, 두 손으로 얼굴을 가리고 마치 죄인처럼 군중들 사이로 빠져나갔다. 아무도 그를 제지하지 않았다.

빅토르 위고 원작에 따라 레프 톨스토이 씀

9월 9일

오늘날 과학이라 불리는 지식은 삶을 행복하게 하기보다 오히려 해친다.

1 천문학, 역학, 물리학, 화학을 비롯한 모든 과학은 함께 또는 따로 각 분야에서 삶의 측면을 연구하고 있지만, 삶의 일반에 대한 어떠한 결론에도 이르지 못하고 있다. 과학이 아직 발전하지 않았던 시대, 모든 것이 막연하고 불명확하던 시대에 몇몇 과학자가 각 관점에서 삶의 모든 현상을 파악하려고 시도하며 새로운 개념과 언어를 만들어내려다 오히려 혼란에 빠지고 말았다. 점성술이었던 천문학이 그랬고, 연금술이었던 화학이 그랬다. 오늘날의 경험적 진화론도 마찬가지로 단순히 삶의 한 측면 또는 몇몇 측면만 관찰하면서 삶 전체를 연구하고 있다고 주장한다.

2 과학은 태양의 흑점이 나타나는 원인이 아니라 우리 삶의 법칙과 그 법칙을 어길 때 생기는 결과를 밝혀야만 맡은 바를 다할 수 있다.

러스킨

3 자연에 관한 한 경험은 우리에게 규칙을 주는 진리의 원천이지만, 도덕적 법칙에서 경험은 유감스럽게도 미망의 어머니다. 그러므로 무엇을 해야 하는가에 대한 법칙을 자연계에서 일어나고 있는 일과 역사상 일어났던 일에서 끌어내거나 그것에 한정하는 것은 지극히 무가치하다.

칸트

4 지식은 위대한 사람을 겸손하게 하고, 보통 사람을 놀라게 하며, 보잘것없는 사람을 우쭐거리게 한다.

5 과학은 지성의 양식이다. 음식을 지나치게 섭취하면 육체에 해롭듯 지성의 양식도 지나치면 해롭고 육체의 양식과 마찬가지로 꼭 필요할 때 필요한 만큼 섭취해야 한다.

러스킨에 의함

6 지식이 중요한 것이 되려면 사람들의 행복, 즉 결합에 이바지해야 한다. 사람들은 모두에게 유일한 진리를 인식할 때 서로 하나가 된다. 그 진리의 표현은 명료하고 알기 쉬워야 한다. 오늘날 과학적 표현은 명료하지 않고 어렵기만 하다.

7 소크라테스는 더 나은 사람이 되는 것 외에 바라는 것이 없는 사람에게는 어떤 학문도 어렵지 않다고 말했다. 그런 사람은 어떤 분야에서든 모두에게 꼭 필요한 것만 알려고 하기 때문이다.

8 소크라테스의 지혜는 자신이 모르는 것을 안다고 생각하지 않았다는 데 있다.

키케로

✓ 아무리 위대한 지식이라도 삶에서 가장 중요한 목적인 도덕적 자기 완성을 도와주지는 않는다.

9월 10일

양심이 우리에게 동물적 본성을 시인하지 말고 그것을 희생시키라고 요구한다 해도 결코 잘못된 것이 아니다.

1 생명을 주는 성령, 하느님이 아낌없이 주시는 성령(「요한복음」 3:34)이 어디서 불어와서 어디로 가는지 모르는(「요한복음」 3:8) 그리스도교도는 삶의 외적인 목적을 정할 수 없다.

목적의 관념은 지상의 일과 계획이라는 관습에서 차용된 것이다. 세계 창조의 목적은 인간이 이해할 수 없으므로, 인간은 삶의 외적인 목적이 아니라 자기 안에서 인식되는 신의 의지를 따라야 한다.

배가 나아갈 올바른 방향을 택하는 사공은 강을 건널 때처럼 연안이 보일 때만 눈에 보이는 대로 따라가고 대양에서는 나침반의 지침을 따르듯, 삶의 올바른 길을 택하는 그리스도교도도 속세의 문제에서만 외적인 목적에 따르고 삶의 보편적 의미를 탐구하는 문제에서는 **양심**의 내적 목소리에 따라야 한다. 그 목소리는 인간이 진리의 길을 일탈하거나 일탈하려는 순간 언제나 분명하게 인간에게 경고한다.

스트라호프

2 사욕이 없는 행위를 할 때마다 우리가 경험하는 만족감은 그런 행위를 통해 다른 사람 안에 있는 나 자신을 직접적으로 인식할 수 있기 때문에 생긴다. 그때 우리는 진정한 '나'는 하나의 고립된 현상인 자아뿐만 아니라 살아 있는 모든 것 안에 존재한다고 인식한 것이 옳았음을 확인하게 된다. 이 인식은 사욕이 우리의 마음을 편협하게 하는 것과는 반대로 마음을 여유롭게 해준다. 실제로 사욕은 모든 관심

을 자아에 집중시켜 자아를 끊임없이 위협하는 수많은 위험을 머릿속에 그리게 하기 때문에 우리는 불안과 걱정으로 가득차게 된다. 그러나 살아 있는 모든 것이 우리의 자아와 마찬가지로 바로 우리 자신이라는 인식은 그 자체로 우리의 관심을 살아 있는 모든 존재로 향하게 하기 때문에 마음을 여유롭게 해준다. 또한 자기 자신에 대한 관심이 줄어들어 불안과 걱정이 근본적으로 진정되고 해소된다. 바로 여기서 선을 베풀고 싶은 기분과 깨끗한 양심이 주는 조용하면서도 확신에 찬 기쁨, 선행을 할 때마다 더욱 생생하게 느껴지는 기쁨, 그러한 감정의 근거를 우리에게 밝혀주는 기쁨의 감정이 생겨난다. 이기주의자는 적대적인 타자들 사이에서 고독을 느끼고, 오직 자신만의 행복만을 바란다. 선량한 사람은 우애로 가득한 존재들의 세계에 살고, 그 모든 존재의 행복이 그 자신의 행복이 된다.　　쇼펜하우어

3　우리와 사물들 사이에는 얼마나 많은 장벽이 있는가! 기분, 건강, 눈의 조직, 방안의 유리창, 안개, 연기, 비, 혹은 먼지, 심지어 빛까지, 이 모든 것은 끊임없이 변한다. 헤라클레이토스는 "똑같은 강물에서 두 번 목욕할 수 없다"고 말했지만, 나는 똑같은 풍경은 두 번 볼 수 없다고 말하고 싶다. 보는 자도 보이는 풍경도 끊임없이 변하기 때문이다.

그러므로 지혜는 **일반적인 환상을 좇으면서 그것에 속지 않는 것**이다.

나는 **모든 물질적인 것은 꿈속의 꿈일 뿐**이고 우리의 이성이 그것을 일깨워준다고 생각한다. 오직 의무감과 도덕적 요구만이 우리를 미망의 꿈나라에서 끌어낸다. **양심만이 우리를 마야**환영, 허위로 충만한 물질계를 뜻하는 고대인도의 용어의 주문에서 풀려나게 한다. 양심은 안일과 무위의 안개와 아편의 환각과 방관자적 무관심을 소멸시킨다. 양심은 인간의 책임

의식을 일깨운다.

양심은 자명종이고, 유령을 몰아내는 수탉의 외침이며, 인간을 거짓 천국에서 내쫓는 칼로 무장한 대천사다. 아미엘에 의함

4 육체를 위해 사는 인간은 사변적 혹은 감정적 삶의 복잡한 미로에서 길을 잃을 수 있지만, 영혼은 언제나 정확하게 진리를 알고 있다.

루시 맬러리

5 욕망은 양심보다 강하고 그 목소리도 더 클지 모른다. 그러나 그 외침은 양심의 외침과는 전혀 다르다. 욕망의 외침에는 양심의 목소리가 지닌 힘이 없다. 욕망은 이겼을 때도 양심의 조용하고 깊고 위엄 있는 목소리에 겁을 먹는다. 채닝

✒ 양심의 목소리는 이득을 가져오지도 않고 감지하기도 어렵지만 우리의 노력에 의해서만 얻을 수 있는 아름다운 무언가를 늘 요구한다는 점에서 다른 모든 심적 동기와 구별된다.

그 점에서 양심의 목소리는 자주 그것과 혼동되는 명예욕과도 구별된다.

9월 11일

진정한 신앙은 믿는 사람에게 행복을 약속해서라기보다 삶의 온갖 불행과 재해뿐만 아니라 죽음의 공포로부터도 달아날 수 있는 유일

한 피난처를 제공한다는 점에서 사람의 마음을 끈다.

1 신앙이 없다는 것은 세상을 살면서 닥칠 수 있는 가장 위험한 상태에 빠졌다
  는 뜻이다.

2 언제라도 기꺼이 목숨을 내놓을 수 있는 대상이 없다면 참으로 불행
  한 사람이다.

3 이익을 숭배하는 사람에게는 이익의 도덕 외에 어떠한 도덕도 없고,
  물질숭배 외에 어떠한 종교도 없다. 그들은 빈곤이 육체적 불구나 장
  애를 가져온다고 보고 그런 사람을 보면 사려 없이 떠든다. "저 몸을
  낫게 해주십시오. 몸이 튼튼해지고 잘 먹고 살이 오르면 영혼도 되돌
  아올 것입니다." 그러나 나는 영혼이 나아야 비로소 육체도 나을 수
  있다고 말하고 싶다. 병의 뿌리는 영혼에 있으며, 육체의 질병은 영
  혼의 병이 밖으로 드러난 것에 불과하다. 지금의 인류는 하늘과 땅,
  신과 우주를 하나로 결합하는 보편적 신앙이 없기 때문에 멸망해가
  고 있다. 영혼의 종교는 공허한 말과 생명 없는 형식만 남긴 채 사라
  졌고, 의무에 대한 의식과 자기희생의 능력도 완전히 사라졌기 때문
  에 사람들은 야만스러워지고 극도로 타락해 '이익'이라는 우상을 공
  허한 제단에 높이 모셨다. 세상의 폭군들과 제후들이 그 제사장이 되
  었고 그들의 입에서는 "개인은 오직 자신의 이익을 위해, 자신을 위
  해서만 존재한다!"는 역겨운 가르침이 흘러나오고 있다.   마치니

4 사람들을 괴롭히는 온갖 불행의 원인을 가장 가까운 것에서부터 거슬러올라가며 검토하다보면 결국 근본적 원인에 도달하게 된다. 그것은 신앙의 결여 또는 약화, 즉 세계와 그 근원에 대한 불명료하고 잘못된 관계다.

5 외적인 법칙을 신봉하는 사람은 기둥에 매단 등불 아래 서 있는 것과 같다. 그는 밝은 등불빛을 받고 있으니 어디로 나아갈 필요가 없다.

　그러나 신앙이 있는 사람은 기다란 막대 끝에 등불을 달고 있는 것과 같다. 그 등불은 언제나 앞장서서 나아가 새로운 공간을 밝히며 그를 인도한다.

／ 구원은 특정한 종교에 대한 믿음이나 의식이나 성사聖事가 아니라, 자기 삶의 의미를 확실히 깨닫는 데 있다.

9월 12일

신과 맘몬재물의 신을 함께 섬길 수 없다. 부를 증대시키려는 노력은 참된 정신적 삶의 요구와 양립할 수 없다.

1 한번은 어떤 사람이 예수께 와서 "선생님, 제가 무슨 선한 일을 해야 영원한 생명을 얻겠습니까?" 하고 물었다. 예수께서는 "네가 완전한

사람이 되려거든 가서 너의 재산을 다 팔아 가난한 사람들에게 나누어주어라. 그러면 하늘에서 보화를 얻게 될 것이다. 그러니 내가 시키는 대로 하고 나서 나를 따라오너라" 하셨다.　　　　「마태복음」19:16, 21

2　예수께서는 제자들에게 이렇게 말씀하셨다. "나는 분명히 말한다. 부자는 하늘나라에 들어가기가 어렵다. 거듭 말하지만 부자가 하느님 나라에 들어가는 것보다는 낙타가 바늘귀로 빠져나가는 것이 더 쉬울 것이다."　　　　「마태복음」19:23~24

3　부가 행복을 가져다준다는 낡은 미신은 이미 무너지고 있다.

4　바울은 금전욕을 우상숭배라 일컬었다. 왜냐하면 부를 가진 사람들 대부분이 그것을 이용할 줄 모르고 성물로 여기며 감히 손도 대지 못한 채 그대로 자손에게 물려주기 때문이다. 그들은 부에 손을 댈 수밖에 없을 때는 마치 죄라도 짓는 것처럼 동요한다. 이교도가 우상을 귀하게 지키듯 그들 역시 문과 빗장으로 황금을 지키며 신전 대신 금고를 만들어 황금을 은그릇에 넣어 보관한다. 이교도는 우상을 빼앗기느니 차라리 자신의 눈과 목숨을 내놓는데, 황금을 숭배하는 사람들도 그렇다. 네가 아무리 황금을 숭배하지 않는다고 말해도, 네가 황금을 보고 욕망을 느낀다면, 네 영혼에 기어든 악마를 숭배하는 것이다. 금전욕은 악마보다 더 나쁘다. 대부분의 사람들은 다른 어떤 우상들보다 금전이라는 우상에 굴종한다. 오늘날에는 우상을 숭배하지 않는 사람들이 많다고 하지만, 금전욕에는 전적으로 굴종하고 그

것이 명령하면 무엇이든 한다. 금전욕은 우리에게 무엇을 명령할까? 모든 사람의 원수가 되고 적이 되라고, 본성을 잊고 신을 모독하라고, 너를 나에게 바치라고 명령한다. 사람들은 그 명령에 따른다. 우상은 소와 양을 산 제물로 바치라고 말하지만, 금전욕은 영혼을 제물로 바치라고 말한다. 사람들은 그렇게 한다. 크리소스토모스

5 두꺼운 옷은 육체의 활동을 방해한다. 부는 영혼의 활동을 방해한다. 데모필로스

6 부에 대한 욕망은 결코 채워지지 않는다. 가진 사람은 더 가지려고, 또한 지금 가진 것을 잃어버릴까봐 끊임없이 괴로워한다. 키케로

7 가난이 아니라 부를 두려워하라.

╱ 사람들은 부를 찾는다. 그러나 그것 때문에 자신들이 잃는 것이 무엇인지 확실히 알게 된다면 지금 부를 얻기 위해 쏟는 노력을 부에서 벗어나기 위해 쏟을 것이다.

9월 13일

지혜로운 사람은 현재의 처지를 바꾸려 하지 않는다. 신의 법칙, 즉

사랑의 법칙은 어떤 처지에서도 실천할 수 있기 때문이다.

1 지혜로운 자는 모든 것을 자기에게서 찾고, 어리석은 자는 모든 것을 남에게서 찾는다.
공자

2 나는 내 운명을 한탄하거나 불평하지 않았다. 그런데 딱 한 번, 신발이 없는데 그것을 살 돈이 없자 나도 모르게 불평을 했다. 그때 나는 무거운 마음으로 쿠파의 어느 커다란 회당에 들어갔다. 그리고 거기서 발이 없는 사람을 보았다. 나는 신을 신발이 없을 뿐 멀쩡한 두 발을 가진 것을 신에게 감사드렸다.
사디

3 지혜로운 자는 문밖에 나가지 않고도 창밖을 내다보지 않고도 하늘의 도를 볼 수 있다. 멀리 나갈수록 아는 것은 적다. 그러므로 지혜로운 자는 돌아다니지 않고도 알고, 보지 않고도 판단하며, 하지 않아도 큰일을 이룬다.
노자

4 자신이 도울 수 있는 일과 도울 수 없는 일, 이 두 가지 일에 대해서는 결코 걱정하지 마라.
『모든 이를 위한 속담과 격언』

5 자신의 처지에 불만이 있다면 두 가지 방법으로 바꿀 수 있다. 삶의 조건을 개선하는 것과 마음가짐을 바꾸는 것이다. 첫번째 방법은 언

제나 가능하다고 말할 수 없지만, 두번째 방법은 언제나 가능하다.

6 자신의 생각은 손님처럼 대하고 욕망은 어린아이처럼 대하라.

중국의 속담

7 인간은 자기 안에 아무리 애써도 잠시도 감춰둘 수 없는 영원한 것
이 있기 때문에 불행할 때가 있다. 칼라일

8 자신의 불완전한 생각과 헛된 판단에는 더이상 마음을 쓰지 말고, 신
은 우리 안에서 이야기하고 우리는 침묵 속에서 순결한 마음으로 오
직 신의 의지를 수행하기 위해 그 의지의 표현에 귀기울일 수 있도
록, 입과 마음으로 완전히 침묵하면서 내면의 정적을 지켜라. 롱펠로

／ 다른 사람이나 주위의 상황에 불만을 느낄수록, 자신에게 만족할수
록 인간은 지혜에서 멀어진다.

9월 14일

폭력은 언제나 외적으로는 위대함이라는 옷을 걸치고 있지만 오
직 혐오감을 불러일으킬 뿐이면서 존경을 강요하기 때문에 특히 해
롭다.

1 우리는 폭력으로 우리를 강제하는 자를 우리의 권리를 빼앗는 자로서 증오한다. 반대로 우리를 설득하는 자는 은인으로서 사랑한다. 어리석고 거칠고 무지한 자일수록 폭력에 기댄다. 폭력을 행사하려면 많은 협력자가 필요하지만, 설득에는 협력자가 필요하지 않다. 자신의 지혜로 충분히 설득할 자신이 있는 사람은 폭력에 기대지 않는다. 이해관계에서도, 자신과 다른 견해를 가진 사람을 부드러운 설득으로 자기편으로 끌어들일 수 있다면 왜 그 사람을 배제하겠는가.

플라톤 『대화편』

2 권력을 가진 사람들은 폭력을 통해서만 사람들을 이끌고 움직일 수 있다고 확신하면서 기존의 사회체제를 유지하기 위해 무모하게 폭력을 휘두른다. 그러나 사회체제는 폭력이 아니라 여론에 의해 유지되며, 폭력은 여론의 작용을 파괴한다. 따라서 폭력의 행사는 그것이 유지하고자 하는 것을 약화시키고 파괴할 뿐이다.

3 인간은 타인에게 굴종하기 위해 창조된 존재도, 타인을 강제하기 위해 창조된 존재도 아니다. 이 두 가지 습관은 서로를 타락시킨다. 한쪽에는 어리석음이 군림하고, 다른 한쪽에는 오만이 날뛸 뿐 어느 쪽에서도 진정한 인간의 존엄성은 볼 수 없다.

콩시데랑

4 우리가 삶의 비천함을 이해하기만 한다면, 삶은 참으로 멋진 것이 될 수 있다.

소로

5 폭력으로 사람들을 정의에 따르게 할 수 있다 하더라도 사람을 폭력으로 복종시키는 것을 정의라고 할 수는 없다. 　　　　　파스칼

6 폭력으로 일을 도모하는 사람은 올바른 사람이 아니다. 정의와 부정, 두 개의 길을 판별할 수 있는 사람, 폭력이 아니라 정의로 다른 사람들을 이끌고 진실과 이성에 충실한 사람만이 진정 정의로운 사람이다.

　또한 미사여구를 늘어놓는 사람은 지혜로운 사람이 아니다. 인내할 줄 알고, 증오심과 두려움에서 해방된 사람만이 진정 지혜로운 사람이다. 　　　　　부처의 금언

／ 모든 폭력은 이성과 사랑에 반한다. 절대 폭력에 가담하지 마라.

9월 15일
진리를 인식하는 데 가장 큰 장애는 허위가 아니라 진리의 모방이다.

1 현실의 삶에서 환상은 어느 한순간만 현실을 왜곡하는 반면, 관념적 영역에서의 미망은 몇천 년이나 위세를 떨치며 수많은 사람들에게 철 멍에를 지우고, 가장 고귀한 인간 정신의 발로를 억누르고, 그들에게 속은 노예들을 시켜 아직 속일 수 없었던 사람들을 쇠사슬로 묶는다. 미망은 모든 시대 최고의 현자들이 힘겹게 싸워온 적이며,

그들이 싸워서 되찾은 것만이 인류의 진정한 자산이 되었다. 심지어 아무런 이득이 없다 해도 진리는 끝까지 추구되어야 한다. 왜냐하면 전혀 예상하지 못했던 곳에서 진리의 효용이 드러날 수 있기 때문이다. 여기에는 이 말을 덧붙여야 할 것이다. 미망은 아직 어떤 해악도 예상되지 않는다 해도 진리를 찾는 열정으로 모두 찾아 뿌리 뽑아야 한다. 미망의 해악은 전혀 예상하지 못했던 곳에서 불쑥 나타날 수 있으며 모든 미망은 해악을 숨기고 있기 때문이다. 진리와 예지가 인간을 지상의 지배자로 만든 이상 무해한 미망은, 더욱이 존경스럽고 신성한 미망은 있을 수 없다.

자신의 삶과 모든 힘을 미망과의 힘겹지만 고귀한 싸움에 바친 사람들에게 감히 위로의 말을 하자면, 진리가 나타나기 전까지 밤의 올빼미와 박쥐처럼 미망이 아무리 제멋대로 날뛴다 해도, 이미 철저하게 인식된 진리를 그때까지의 미망이 압박하거나 원래의 자리로 몰아내지는 못할 것이다. 진리를 원래의 자리로 몰아내는 것은 이미 떠오른 태양을 올빼미와 박쥐가 위협해 다시 가라앉게 하는 일만큼이나 불가능하다. 진리의 힘은 그런 것이다. 그 승리는 힘겹고 고통스럽지만, 일단 자리를 차지하면 결코 물러서지 않는다. 　　　쇼펜하우어

2　폭로된 거짓 또한 명백히 표명된 진리와 마찬가지로 인류의 행복을 위한 소중한 자산이다.

3　인간을 미망에서 벗어나게 하는 것은 무언가를 빼앗는 것이 아니라 주는 것이다. 거짓에서 해방시키는 것이 진리의 설교다. 진리로 여겼던 것이 거짓임을 아는 것이 곧 진리다. 미망은 언제나 해로우며, 그

것을 진리라 생각했던 자에게 언젠가 반드시 해악을 끼친다.

쇼펜하우어

／ 인식의 분야에서 인류의 진보는 진리를 가린 모든 덮개를 벗기는 것
　이다.

페트르 헬치츠키

450여 년 전 헬치차 마을에 살던 페트르라는 교육받지 못한 사람이 쓴 거의 알려지지 않은 책이 있다.

『신앙의 그물』이라는 책이다. 이 책에서 그는 사람들이 진정한 그리스도교와는 거리가 먼 가르침을 믿으면서 그리스도교를 믿고 있다고 생각하는 무서운 기만에 빠져 살았고, 지금도 여전히 그렇다는 것을 솔직하고 간명하고 강력하고 정확하게 지적할 뿐만 아니라, 그리스도가 계시한 유일하고 행복한 삶의 길을 분명하게 제시한다.

사람들의 행동에 지침이 될 만한 삶의 진리는 성자들의 의식 속에서는 종종 나타날지 모르지만, 대부분의 사람들에게는 알아차릴 수 없을 정도로 서서히 나타나 때로는 완전히 사라졌다가 출산의 고통과도 같은 새로운 노력을 통해 다시 나타나기도 한다.

그러한 일이 그리스도교에 일어났고, 지금도 일어나고 있다. 그리스도교의 진리는 비천하고 가난한 소수의 사람들에게 온전한 의미로 받아들여졌다. 그러던 것이 다수에게, 특히 부유하고 신분이 높은 사람들에게 확산되며 차츰 왜곡되기 시작했고, 교회가 세워졌을 때는(헬치츠키에 의하면 콘스탄티누스대제 때) 완전히 왜곡되어 참되고 생생한 의미는 완전히 가려지고 그리스도교의 본질과는 거리가 먼 외적인 형식으로 바뀌고 말았다.

그러나 한번 사람들의 의식에 들어온 진리는 결코 시들지 않는다. 교회 밖에, 즉 교회 사람들이 이단이라고 불렀던 사람들 사이에는 그리스도교의 가르침을 올바로 이해하고 실천하는 사람들이 언제나 남아 있었다. 그리고 그리스도교의 새로운 부활을 위한 진통이 여러 번 있었다. 그때마다 더 많은 사람이 진정한 의미의 그리스도교 진리를 받아들였다.

헬치츠키는 그런 그리스도교의 진리를 올바로 이해하고 부흥시킨 사람이다. 헬치츠키의 대표 저작인 『신앙의 그물』은 그리스도교 사회는 창시자의 가르침을 좇아 어떻해야 했는지, 그리고 그 가르침을 왜곡하며 어떻게 되었는지 제시하고 있다.

책의 머리말에는 다음과 같이 쓰여 있다.

『신앙의 그물』은 헬치차 마을 출신 페트르가 저술했다. 그는 로키차니 교구장의 동시대인으로 그와 잘 아는 사이였으며 자주 담소를 나누었다. 그는 반그리스도와 그 유혹에 대한 싸움에서 교회가 성공할 수 있도록 신의 법칙에 따르는 유익한 책을 많이 썼다. 이 책이 오늘날까지 세상에 널리 알려지지 못한 원인은 페트르 헬치츠키의 책들은 음란하고 이단적이라는 비방을 민중에게 퍼뜨린 성직자계급에게 있다. 헬치츠키는 성직자계급의 생활을 비난했기 때문이다. 그러나 모든 계급의 수많은 사람들이 페트르 헬치츠키가 속인인데다 라틴어도 배우지 않았다는 사실에도 불구하고 이 책을 비롯한 그의 책들을 읽고 있다. 그는 일곱 개의 자유과自由科, 고대 그리스에서 교양으로 가르쳤던 문법, 수사학 등의 과목를 깨친 사람은 아니었지만 예수그리스도가 가르친 아홉 가지 행복과 모든 계율을 실제로 실천한 보헤미아의 진정한 학자였기 때문이다. 이 책에서 헬치츠키는 황제, 왕후, 귀족, 지주, 기사, 소시민, 수공업자를 비롯해 농민에 이르기까지 모든 계급에 대해 논한다. 그는 특별히 성직자계급, 즉 교황, 추기경, 주교, 대주교, 수도원장, 여러 교단의 수사, 신학교장, 교구장, 주교대리 등에 주목한다. 책의 1부에서 그는 어떤 경로와 방법으로 신성한 교회가 무섭게 타락하게 되었는지 기술하고 인간이 생각해낸 모든 것을 교회에서 제거해야만 교회의 참된 기초, 즉 예수그리스도에 다다를 수 있다고 논증

한다. 2부에서는 교회 안에 생겨나고 늘어난 갖가지 계급은 그리스도의 참된 인식을 방해할 뿐인데, 왜냐하면 그들은 오만불손하기 그지없는데다 겸손하고 온화한 그리스도를 필사적으로 반대하고 있기 때문이라고 말한다."

사실 헬치츠키는 이 책과 다른 책들에서 그의 선구자인 후스, 그보다 뒤에 활동한 루터, 멜란히톤, 칼뱅처럼 교황의 교회법과 교의를 공격하지는 않았다. 그는 다만 스스로를 그리스도교도라고 자처한 사람들의 생활이 그리스도교적이지 않다는 것, 그리스도교도는 권력을 잡아서는 안 된다는 것, 토지와 노예를 소유해서는 안 된다는 것, 사치를 하거나 방탕한 생활을 해서는 안 된다는 것, 남에게 형벌을 가해서는 안 된다는 것, 특히 사람을 죽이거나 전쟁을 해서는 안 된다고 썼을 뿐이다.

헬치츠키는 인간의 행위 혹은 신앙을 통한 구원, 그리고 예정된 섭리와 교의 전반에 대해서는 다루지 않았다. 그는 교의가 민중이 이해할 수 있는 것이어야 한다고 요구했을 뿐이다. 그는 교의를 부정하지는 않았지만, 지상의 권력자, 군대, 재판, 귀족 계층은 그리스도교적일 수 없다고(심지어 시민계급도), 특히 형벌과 전쟁은 그리스도교도에게 생각도 할 수 없는 것이라고 피력한다. 그리고 오늘날 이루어진 그리스도교와 국가의 결합이 그리스도교를 멸망시키고 파괴했으며, 오히려 그리스도교는 국가와 결합해 국가를 파괴해야 한다고 설파한다.

그는 그것이 가능하며 국가권력이 없어도 삶의 질서는 파괴되지 않을 뿐만 아니라 반대로 사람들을 괴롭히는 무질서와 악이 소멸될 거라고 쓰고 있다.

바로 여기에 헬치츠키의 저서와 활동이 세상에 알려지지 않은 이유가 있다. 그리스도교 사회에서 헬치츠키의 저서와 활동은 그리스도교가 모든 인류에게서 차지한 것과 똑같은 위치를 차지하고 있다. 그의 책은 너무 이른 시기에 세상에 나왔다. 그의 책이 결실을 맺을 시기는 아직 오지 않았다. 루터가 주장한 교황의 권위와 면죄부의 폐지, 그 밖의 많은 것은 동시대 사람들에게 받아들여졌으나 헬치츠키가 말한 것은 받아들여지지 않았다. 그의 주장이 명료하지 않거나 올바르지 않아서가 아니라 오히려 너무 명료하고 올바른 것이었기 때문이다. 또한 너무 이른 시기에 쓰여졌기 때문이다.

헬치츠키가 요구한 것은 오늘날에도 받아들여지기 어려운 것으로 하물며 그의 시대에는 더욱 받아들여질 수 없었다. 헬치츠키가 말한 것을 반박할 수도 없었다. 적어도 당시 사람들은 아직 정직해서 그리스도가 가르친 것, 즉 너희를 사랑하는 이들뿐만 아니라 원수도 사랑하라, 모욕을 참아라, 악을 선으로 갚아라, 모든 사람을 형제로 여기라는 가르침을 부정할 수 없다고, 또 그러한 가르침은 현재의 생활제도와는 양립할 수 없다고 생각했다. 그래서 피할 수 없는 의문이 생겼던 것이다. 무엇을 지지해야 하는가? 그리스도교인가 현존하는 제도인가?

그리스도교를 지지한다면, 권력을 가진 자는 권력을 거부해야 하고, 부유한 자는 부를 거부해야 하며, 중간계급은 자신의 삶을 보장하기 위한 폭력을 거부해야 하고, 가난한 자와 피지배자는 그리스도교의 법칙에 반한 자에게 복종하기를 거부해야 한다(국가의 모든 사회적 활동은 그리스도교 법칙에 위배된다). 그러므로 자신을 박해할 수밖에 없게 된다. 이것은 모두 무서운 일이다.

현존하는 제도가 비그리스도교적이라는 것을 알면서도 지지한다면 그리스도교를 부정하는 것이 된다. 이 또한 무서운 일이다. 그러면 무엇을 해야 하는가? 그것은 그리스도가 말한 것, 헬치츠키가 말한 것, 양심이 말한 것을 잊고 생각하지도 말하지도 않는 것뿐이었다.

바로 여기에 헬치츠키와 그의 저서가 세상에 알려지지 않은 이유가 있다.

사람들은 책에 대해 침묵하고 그를 잊었다. 열 명의 학자가 알고 있었다 하더라도 그들은 그것을 다만 역사적, 문학적 기념비로 보았을 뿐이다.

그러나 인류의 정신적 자산은 결코 소멸하지 않고 단단한 열매처럼 영글어갈 뿐이다. 그 정신적 자산이 자신의 때를 오래 기다릴수록 가치는 더욱 빛난다. 헬치츠키와 그의 저서도 마찬가지다.

그의 저서는 최근에 처음으로 러시아과학아카데미에서 출판되었다. 아카데미가 정성과 많은 비용을 들여 출판했는데도 아무도 이 책을 읽지도 듣지도 못했다. 니체, 졸라, 베를렌의 저서는 수십 판, 수십만 부가 인쇄된다. 심지어 이들 생활의 사소한 부분까지도 널리 알려졌지만 헬치츠키의 저서는 영국과 프랑스는 말할 것도 없고 심지어 보헤미아와 독일에서도 오늘날까지 출판되지 않았다.

헬치츠키에 대해서도 세상에 알려진 것이 거의 없다. 그는 1390년 경 태어나 1450년경 사망한 것으로 추정된다. 어떤 사람들은 그가 귀족이었다고 하고, 어떤 사람들은 그가 농민이나 제화공 아니면 농부였다고 말한다. 나는 그가 농부였다고 생각한다.

그가 농부였다고 단정하는 이유는 다음과 같다. 첫째, 그의 문체는 강력하고 단순하고 분명하다. 둘째, 이 책에는 지혜가 가득해 저자는 언제나 무엇이 중요하고 덜 중요한지 알고 있으며 언제나 첫머리에 중요한 것을 놓는다. 셋째, 이 책은 성실하고 순수한데 저자는 영혼을 아프게 하는 것, 가슴을 아프게 하는 것에 대해 때로는 농부처럼 거칠고 힘차고 분노에 차서, 때로는 신랄할 만큼 익살스럽게 이야기한다.

『신앙의 그물』은 시대적으로는 오래된 책이지만 그 의미와 내용은 참으로 새로워서 현대인들조차도 이 책을 이해하려면 아직 더 계몽되어야 한다고 생각될 정도다.

그러나 이 책의 시대는 올 것이며 또 오고 있다.

사실 그리스도교란 인간이 생각해낸 것도 아니고 인간사회를 이루는 일시적 형식들 중 하나도 아니다. 그리스도교는 진리, 즉 설령 시나이산 석판 위에 나타나지 않았다 하더라도 돌보다 더욱 단단하게 모든 사람의 마음에 새겨져 있는 진리다. 이 진리가 토로되기만 하면 어떠한 것도 그것을 사람들의 의식에서 빼앗을 수 없다. 이 진리는 언제나 때가 오기를 기다렸고 앞으로도 기다릴 것이나 바로 그렇기 때문에 진리는 더욱더 분명해질 것이고 진리를 실천하라며 더 집요하게 요구할 것이다.

헬치츠키가 썼듯 그리스도교도는 "세속적인 일에 참여해서도 안 되고 관리, 재판관, 군인이 되어서도 안 된다". 그리고 그리스도교도는 악을 악으로써 갚지 않고 불평하지 않으며 복수하지 않고 온갖 부정을 조용히 인내해야 한다. 이러한 것들은 결코 그리스도교에서 빠져서는 안 될 것들이다. 이 진리를 아무리 단념하려고 애쓰더라도 진리는 언제까지나 진리다. 이 진리는 그것을 은폐하기 위해 수세기에 걸쳐 등장했던 온갖 궤변을 깨부수고 계속해서 사람들의 마음을 사로잡을 것이다.

그렇다면 어떻게 해야 할 것인가? 오늘까지는 그리스도교를 묵살하거나 극심하게 왜곡해 국가를 유지해가는 방법으로 그 딜레마를 해결해왔다.

하지만 국가를 부정하고 그리스도교에 귀의함으로써 이 딜레마를 반대의 방식으로 해결하려는 사람들이 있다는 것도 지나칠 수 없다.

오늘날까지 폭력적 구조 위에 성립된 모든 국가들은 약속한 행복을 주기는커녕 오히려 사람들의 불행을 증폭시켰고 사람들은 더욱더 국가를 믿지 않게 되었다. 그래서 반대 방식의 해결은 더욱더 필요해질 것이다.

그 축복받은 새로운 해결법에 큰 도움을 주는 것이 바로 헬치츠키의 현명하고 열정에 찬 이 책이다.

본서 '이주의 독서'에도 그의 책에서 발췌한 글들을 인용했다.

레프 톨스토이

9월 16일

의심은 신앙을 파괴하는 것이 아니라 오히려 견고하게 한다.

1 나는 신과 우리 사이에 넘을 수 없는 경계를 긋지 않는다. 의사결정
은 확실히 우리가 하는 것이지만 지고의 영역에서는, 자유로운 생각
과 감정의 영역에서는 신의 존재를 인정하지 않을 수 없다. 우리 안
에 있는 가장 심오한 모든 것은 그의 반영에 지나지 않는다.

　신은 끊임없이 우리를 고무한다. 우리가 그가 바라는 것을 바라
고, 그가 바라는 것을 행해야 한다고 수긍하는 한, 그는 절대로 우리
를 통해서 작용하기를 멈추지 않는다. 그는 우리의 도덕적 노력에 협
력하고, 우리를 진실 안에서 받쳐주며, 우리와 함께 악에 맞서주고,
우리가 말로 표현할 수 있도록 너무도 많은 아름다운 사물들을 펼쳐
보여준다.

　그러나 그에 대해 작은 불신이라도 보이는 날에는 우리를 가차없
이 저버린다.
　　　　　　　　　　　　　　　　　　　　　　　　　　　마티노

2 불신앙은 무엇을 믿느냐 안 믿느냐의 문제가 아니라 자신이 믿지 않는 것을
믿고 있다는 뜻이다.
　　　　　　　　　　　　　　　　　　　　　　　　　　　마티노

3 정신적 삶에 대한 믿음이 사라지는 순간이 있다.

　그것은 불신앙이 아니다. 그때 우리는 육체적 삶을 믿는 것이다.

　인간의 삶이 영적이라는 것을 알면서도 갑자기 죽음이 두려워지
는 순간이 있다. 이것은 인간이 뭔가에 현혹돼 다시 육체적 삶이 진

짜 삶이라고 믿게 될 때마다 일어나는 일이다. 마치 연극을 보다가 무대에서 일어나는 일이 실제로 일어나고 있다고 믿고 놀라는 것과 같다.

삶에서도 똑같은 일이 일어난다.

그러나 그런 착각의 순간에도 신앙이 있는 인간은 육체적 삶의 일이 진정한 삶의 행복을 빼앗을 수 없다는 것을 안다.

영혼이 침체하는 시기에는 동요하지 말고 자신이 잠시 아프다고 생각하라.

4 지혜로운 사람은 가장 좋은 순간에도 의심을 품곤 한다. 방해받지 않는 의심은 자기확신의 바탕이 된다. 진정한 신앙에는 언제나 회의가 따른다. 의심할 수 없었다면 나는 신앙을 갖지 않았을 것이다.　　소로

✐ 신의 존재를 의심하고 괴로워하는 사람보다 말만으로 그 존재를 믿고 의심을 품지 않는 사람이 신에게서 더 멀다.

9월 17일

토지 사유제도는 인간을 사유하는 노예제도보다 오히려 더 정의에 어긋난다.

1 지금과 같은 시민사회는 누군가 맨 처음 한 뙈기 땅에 울타리를 두

르고 '이 땅은 내 것'이라고 말했을 때 그 말을 믿어준 순박한 사람들에 의해 시작되었다. 그때 경계를 지어놓은 말뚝을 뽑고 도랑을 메워버리고 "조심하시오, 이 사기꾼을 믿지 맙시다. 땅은 누구의 소유물이 될 수 없고, 거기서 나는 것이 모두의 것임을 잊으면 우리는 파멸할 것입니다"라고 말하는 사람이 있었다면, 인류는 그 많은 범죄와 전쟁과 살인과 불행과 공포를 겪지 않았을 것이다.   루소

2 단순히 공정성의 측면에서만 봐도 토지의 사유는 허용되어서는 안 된다. 지표면의 일부가 사유물이 되고 소유권이 있는 물건처럼 한 사람의 이익을 위해, 그 한 사람이 사용하도록 점유되는 것이 공정한 거라면, 나머지 부분들도 역시 사유물이 될 수 있고, 결국은 지표면 전체가, 나아가 지구 전체가 온통 사유물이 될 것이다.   스펜서

3 당연한 일이지만, 어떤 지배자나 지주가 토지에 대한 어떤 특권을 샀거나 조상에게서 물려받았다고 해서 그 토지에 대한 도덕적 권리까지 갖는 것은 아니다. 문제는 그의 권리 요구 자체가 정의로운가, 합리적인가 하는 것이다. 왜냐하면 부정과 악은 계속될수록 더 커지기 때문이다.   앨런

4 현재의 토지 사유권이 합법적이라고 단정해서는 안 된다. 그 역사를 보라. 폭력, 기만, 권력, 간계야말로 그 권리의 원천이다.   스펜서

5 토지를 사유한 사람들은 언론이나 법정에서 누군가가 자기 재산을 훔쳤다고 비난한다.

그들은 사람들에게서 결코 빼앗아서는 안 되는 재산을 계속해서 빼앗고 있는 자신들이야말로 **절도**라는 말에 바로 얼굴을 붉혀야 한다는 것을 왜 모를까? 그들은 자신들도 끊임없이 죄를 짓고 있으면서 같은 죄를 지은 남을 비난하고 공격하는 것이 당치않은 일임을 왜 모르는 걸까?

6 땅이 없는 사람, 즉 땅을 이용할 능력과 가능성을 가지고 있고 또 땅을 이용할 필요까지 있는데도 땅에 대한 권리를 완전히 빼앗긴 사람을 자연을 관찰하듯 살펴보라. 마치 하늘을 빼앗긴 새나 물이 없는 물고기처럼 부자연스럽다.   헨리 조지

7 사람들의 자연적 관계에 의해서가 아니라 항상 침략과 약탈의 결과로 생긴 토지의 사유는 극도의 부조리이자 터무니없는 불의, 명백한 생산력 허비, 자연의 부를 효과적으로 이용할 수 없도록 가로막는 장애물이다. 또한 건전한 사회정책에 정면으로 대립되고 삶의 진정한 개선을 방해한다. 토지의 사유가 오늘날에도 유지되고 있는 것은 대부분의 사람들이 이 문제를 생각하지도 않고 어떻게 논의되고 있는지 듣지도 못하기 때문이다.   헨리 조지

8 도덕적 발달이 동일한 수준이라고 할 때, 두 가지 노예제도 중 인간을 사유하는 제도가 토지를 사유하는 제도보다는 인도적이다. 토지

가 사유물이 되면 사람들은 노동과 기아에 시달리며 삶의 기쁨과 즐거움을 빼앗기고 무지한 짐승 같은 존재로 전락해 급기야 범죄와 자살행위로까지 내몰리지만, 그것은 누군가의 의지에 의한 것이 아니라 필연적 운명인 것으로, 누구에게도 책임이 없는 것으로 인식된다.

헨리 조지

/ 토지 사유제도라는 불의도 다른 모든 불의와 마찬가지로 유지되기 위해 필요한 온갖 부정과 악행과 불가분의 관계를 맺고 있다.

9월 18일

생명의 본질은 육체가 아니라 정신에 있다.

1 나에게 뼈와 근육 같은 것들이 없다면 나는 내가 옳다고 생각한 일을 분명 실행할 수 없을 것이다. 그러나 내가 그 일을 할 수 있었던 원인을 선에 대한 사랑이 아니라 뼈와 근육이라고 말하는 것은 큰 오류다. 그것은 원인과 그 원인에 밀접한 관계로 맺어진 것을 구별하지 못하는 것이다. 어둠 속에서 손을 더듬으며 걸어가는 사람들 대부분이 바로 그렇다. 그들은 원인에 뒤따르는 부수적인 것을 원인이라고 말한다.

소크라테스

2 인간의 삶은 정신의 힘이 아니라 물질의 힘으로 유지된다고 설명하

거나 정신적 삶은 육체의 물질적 도움 없이는(음식물과 공기 등) 발현될 수 없으므로 삶은 두 가지 힘의 협동작용이라고 설명하는 것은 옳지 않다. 그것은 기관차가 움직이는 것은 증기의 힘이 아니라 증기를 수시로 실린더 속으로 방사하는 판의 작용 때문이라고 설명하는 것과 마찬가지로 잘못이다.

물론 밸브가 적절히 조절되지 않으면 증기도 증기관에서 실린더로 적절하게 들어갈 수 없다. 그러나 그 밸브 또한 증기의 힘으로 축이 회전해 개폐되지 않으면 작동하지 않는다.

정신과 육체의 관계를 피상적으로 판단하는 사람들이 쉽게 빠지는 주술의 고리는 그런 것이다. 그들은 그 주술의 고리에서 꼼짝하지 못하고 이원론에 빠지거나, 물질을 생명의 유일한 근거로 인정함으로써 그 고리에서 벗어났다고 생각한다.

스트라호프

3 신성은 우리 안에 살아 있으며 쉬지 않고 그 근원을 향해 나아간다.

세네카

4 이성적 삶이란 원인이 없는 영적 근원을 자기 행위의 원인으로 인정하고 그 근원을 지침으로 삼는 삶을 말한다.

영적 근원을 인정하지 않는 사람들은 물리적 인과율을 행위의 지침으로 삼는다. 그러나 모든 결과가 다른 결과의 결과라고 주장하는 인과율은 너무도 복잡해 우리는 결코 알 수 없다. 그렇기 때문에 그들은 자기 행위에 대한 확고한 근거를 절대로 갖지 못하는 것이다.

5   스스로 독립적인 생명을 가지고 있고 인간을 정신적인 삶으로 나아가도록 고무하는 근원을 나는 인간의 영혼이라고 부른다.　　　　　아우렐리우스

6   우주 만물이 한 모습으로 머물지 않는다는 것을 깨달을 때, 영원하고 변하지 않는 그것을 발견할 것이다.　　　　　『법구경』

7   영혼은 눈에 보이지 않지만 오직 영혼만이 모든 것을 본다.　　『탈무드』

8   인간은 이성으로 살아간다. 생명의 본질을 이성이라는 내면의 힘을 담는 그릇인 육체에 돌리지 마라. 인간을 에워싼 육체는 오직 이성의 힘으로 살아 있을 뿐이며, 이성이 없다면 육체는 빈 베틀의 북이고, 아무도 쓰지 않는 펜과 같다.　　　　　아우렐리우스

✐ 정신이 육체를 인도하는 것이지 결코 그 반대가 아니다. 그러므로 자신을 개조하려면 정신을 수양해야 한다.

9월 19일

거짓 신앙이 빚어냈고 지금도 빚어내고 있는 해악은 헤아릴 수 없을 정도다.

　신앙은 신과 우주에 대한 인간의 관계를 확립하고 그 관계에서 생

기는 인간의 사명과 활동을 결정한다. 그 관계와 거기서 결정되는 사명이 거짓이라면 인간의 삶은 어떻게 되겠는가?

1 **종교적 불신과 신성모독은 큰 악이지만, 미신은 그보다 더 큰 악이다.**

플루타르코스

2 그리스도가 인류를 어떤 큰 악에서 구원했는지 그리스도교도들에게 물으면, 그들은 지옥에서, 영원한 불구덩이에서, 내세에 받을 형벌에서 구원해주었다고 대답할 것이다. 여기서도 알 수 있듯이 그들은 다른 사람이 자신들에게 뭔가 해주는 것을 구원이라고 생각한다. 사람들은 진정 가장 두려워해야 할 지옥을 자기 안에 품고 살면서 외적인 지옥에서 벗어나려고 한다. 인간에게 가장 필요한 구원은, 인간을 해방하는 구원은, 자신의 영혼 안에 있는 악으로부터의 구원이다. 외적인 벌 따위보다 훨씬 나쁜 것은 신에 맞서 요동치는 영혼의 상태, 신성을 받았으면서도 동물적 욕망에 자신을 맡기는 영혼의 상태, 신이 보는 곳에 살면서도 인간적 위협이나 분노를 두려워하고 조용히 선행을 의식하기보다는 개인적 영예를 추구하는 영혼의 상태. 이보다 무서운 파멸은 없다.

그런 영혼의 상태야말로 뉘우칠 줄 모르는 인간이 무덤까지 가져가는 것이고 우리는 그것을 두려워해야 한다.

구원의 참된 의미는 타락한 영혼을 끌어올리고 병든 영혼을 치유해 사상과 양심과 사랑의 자유를 되찾는 것이다. 오직 그런 상태에 그리스도가 가르친 참된 구원이 있다.

그리스도의 참된 가르침은 모두 그런 구원을 향하고 있다. 채닝

3 '영혼을 잃는다'는 것은 교회가 말하는 영원한 지옥에 떨어지는 것이 아니라 온갖 욕정 속에서 자신을 잃고 미망에 빠져 숲속에서 길을 잃은 사람이 같은 장소를 빙빙 도는 것처럼 자기애의 좁은 원 안에서 빙빙 도는 것을 뜻한다. 〈세계의 선진 사상〉

4 신은 교회와 어떤 관계를 맺어야 할지 정해두었다. 교회와 철학은 서로 담을 쌓아 서로 방해하지 않고 저마다 제 길을 나아갈 수 있었다. 그런데 지금은 어떠한가? 사람들은 이 둘을 갈라놓은 담을 부수어 우리를 이성적인 그리스도교도로 만든다는 구실 아래 가장 어리석은 철학자로 만들려 하고 있다. 레싱

5 사람들이 타락한 삶을 사는 것은 진리가 아니라 거짓을 믿기 때문이다.

6 성직자들의 위계로 교회를 관리하는 것은 군주제적이든 귀족제적이든 민주제적이든 교회의 외적 제도일 뿐이다. 그런데 교회 자체는 어떠한 형식을 띠든 언제나 전제적이다. 신앙의 계율이 근본적 법칙으로 여겨지는 곳에는 언제나 성직자가 군림한다. 그곳에서 성직자는 자신은 눈에 보이지 않는 신의 의지의 유일한 수호자이자 해설의 권리를 가진 존재이기 때문에 이성도 학문도 전혀 필요하지 않고 굳이 사람들을 설득할 필요도 없이 지시만 하면 된다고 생각한다. 칸트

거짓 신앙을 버리는 것, 즉 세계에 대한 그릇된 관계를 버리는 것만으로는 충분하지 않다. 세계와 참된 관계를 수립해야 한다.

9월 20일

선은 노력을 통해서만 얻을 수 있다.

1 공부하지 않는 사람들, 공부해도 진전이 없는 사람들을 절망시키거나 멈추게 하지 마라. 자신이 모르는 것을 지식을 가진 사람에게 묻지 않거나, 묻더라도 이해하지 못하는 사람들을 절망시키지 마라. 사유하지 않거나, 사유해도 삶의 의미를 깨닫지 못하는 사람들도 절망시키지 마라. 선악을 가리지 못하거나, 가리더라도 아직 그 개념이 확고하지 못한 사람들도 절망시키지 마라. 선을 행하지 않거나, 행하더라도 온 힘을 쏟지 않는 사람들도 절망시키지 마라. 다른 사람들이 한 번 하는 것을 열 번 하면 된다. 다른 사람들이 백 번 하는 것을 천 번 하면 된다.

　이 불굴의 법칙을 따르면 아무리 무지한 사람도 언젠가는 반드시 깨우친 사람이 되며, 아무리 약한 사람도 언젠가는 반드시 강한 사람이 된다. 중국의 격언

2 좁은 문으로 들어가거라. 멸망에 이르는 문은 크고 또 그 길이 넓어서 그리로 가는 사람이 많지만 생명에 이르는 문은 좁고 또 그 길이 험해서 그리로 찾아드는 사람이 적다. 「마태복음」 7:13~14

3 나쁜 일이나 불행을 부르는 일은 하기 쉽다. 우리에게 선이자 행복이 되는 일
   은 고생과 노력을 통해서만 이루어진다.   『법구경』

4 선한 지혜에 이르는 길은 백합꽃이 가득하고 비단같이 부드러운 잔
   디밭 사이에 있지 않다. 그 길에 이르려면 벌거숭이 낭떠러지를 기어
   올라야 한다.   러스킨

5 진리 탐구에는 즐거움이 아니라 언제나 동요와 불안이 따른다. 그렇
   더라도 멈춰서는 안 된다. 진리를 찾지 않고 사랑하지 않으면 인간은
   파멸하기 때문이다. 너는 진리 쪽에서 먼저 너를 찾아주고 사랑해주
   길 원하며 나타나면 되지 않느냐고 말할 것이다. 그렇다, 진리는 너
   에게 모습을 드러냈지만, 네가 진리에 주의를 기울이지 않는 것이다.
   진리를 찾아라. 진리는 네가 찾아주길 바라고 있다.   파스칼

6 선한 삶에 대해 끊임없이 생각하는 사람만이 선한 삶을 살 수 있다.

┃ 통증은 한창 일을 하고 있을 때는 알아채지 못하다가 일을 놓으면
  비명이 터질 만큼 느껴진다. 마찬가지로 자신의 내적 세계에 대한 정
  신적 노력을 하지 않는 사람은, 삶의 의미가 도덕적 자기완성에 있다
  고 생각하는 사람들은 알아채지 못하는 작은 불행에도 극심한 통증
  을 느낀다.

9월 21일

인간의 자유가 가장 쉽고 사소하게 발현되는 경우는 어느 쪽을 선택하든 차이가 없는 하나를 선택할 때다. 이를테면 오른쪽으로 갈지 왼쪽으로 갈지, 아니면 그냥 그 자리에 서 있을지 하는 선택이 그렇다. 자유가 보다 어렵고 수준 높게 발현되는 경우는 감정에 따를지, 자제할지를 선택할 때다. 가장 중요하고 필요한 자유의 발현은 자신의 생각을 어떤 방향으로 이끌 것인가를 선택하는 것이다.

1 생각을 정화하라. 악한 생각이 없다면 악행도 없다. 　　　공자

2 나쁘다고 생각되는 것은 생각하지 않도록 노력하라. 　　　에픽테토스

3 신 또는 자기 자신을 섬기려는 소망 외에는 모두 하늘의 권능 안에 있다.

　새가 우리 머리 위로 날아다니는 것은 막을 수 없지만, 새가 우리 머리에 둥지를 트는 것은 막을 수 있다. 마찬가지로 나쁜 생각이 우리 머릿속을 스치는 것은 막을 수 없지만, 그것이 둥지를 짓고 들어앉아 악행을 낳는 것은 막을 수 있다. 　　　루터

4 지식을 얻고 평화롭게 살고 일을 성공시키는 데 자신의 생각을 다스리는 능력만큼 필요한 것이 또 있을까. 　　　로크

5 생각은 손님 같다. 그가 처음에 찾아왔을 때는 우리의 책임이 아니다. 그러나 우리가 어떻게 맞아들였느냐에 따라 그는 다시 오거나 자주 온다. 그래서 우리는 오늘 생각한 것을 다음날 행동에 옮긴다.

6 '그는 나를 욕하고 억눌렀다. 나를 이기고 모욕했다.' 이런 생각을 품는 사람에게 증오는 사라지지 않는다.

'그는 나를 욕하고 억눌렀다. 나를 이기고 모욕했다.' 이런 생각을 품지 않을 때 마침내 증오는 사라진다.

증오는 증오에 의해서는 결코 사라지지 않는다. 증오는 사랑에 의해서만 사라진다. 이것은 영원한 진리다.   『법구경』

7 사물을 보는 눈이 정확해지면 앎을 얻는다. 앎을 얻으면 의지는 진실을 향한다. 그 의지가 충족되면 마음이 선해진다.   공자

8 자신의 생각을 감시하라. 자신의 말을 감시하라. 모든 악에서 자신의 행위를 지켜라. 이 세 가지 길을 닦으면 진리의 길로 들어설 것이다.

부처의 금언

9 나쁜 짓을 하는 것만이 죄가 아니라 그것을 생각하는 것도 죄다.

조로아스터

✒ 감정은 인간의 의지와 관계없이 고개를 든다. 그러나 그 감정을 인정하는 것도 인정하지 않는 것도 모두 생각에 달려 있다. 따라서 인간은 감정을 고무하거나 누를 수 있다.

9월 22일

불멸에 대한 믿음은 인간에게 고유한 것이다.

1 누구나 자신은 무無가 아니며, 누군가에 의해 이 세상에 부름을 받은 존재라고 믿는다. 죽음이 생명을 끝낼 수는 있지만 존재를 끝낼 수는 없다는 믿음도 여기서 온 것이다.   쇼펜하우어

2 육체는 영혼에게 집이 아니라 잠시 머무는 거처다.   『티루쿠랄』

3 얼마나 많은 나라가 우리에 대해 알지 못하는가! 이 무한한 공간의 영원한 침묵은 나를 겁먹게 한다. 무한한 과거와 무한한 미래 사이에 나의 삶은 얼마나 찰나인가, 내가 차지한 공간은 얼마나 협소한가, 내가 눈으로 볼 수 있는 이 공간, 내가 모르고 나를 알지 못하는 다른 공간의 한없는 무량함 속으로 사라져가는 이 공간이 얼마나 협소한가를 생각할 때면 나는 공포에 사로잡혀 내가 지금 왜 여기 있고 다른 데 있지 않은 건지 놀라게 된다. 과거나 미래가 아니라 바로 이 순간 저기가 아니라 꼭 여기에 있어야 한다는 어떤 근거도 나에게는

없기 때문이다. 대체 누가 나를 여기 있게 했을까? 누구의 명령, 누구의 지시로 나는 바로 지금 여기 있게 되었을까?

삶, 그것은 손님으로 지낸 찰나의 하루에 대한 회상이리라.　파스칼

4 언젠가 죽어야 하는 존재여, 우리의 삶은 길지 않다. 우리에게는 순간이 주어져 있을 뿐이다. 그러나 우리의 영혼은 늙지 않고 영원히 살 것이다.　포킬리데스

5 경험을 통해 우리는 많은 사람들이 무덤 저편의 삶이 있다고 믿으면서도 온갖 죄악에 빠지고, 저열한 행위를 하면서도 내세에서 그 행위의 대가를 어떻게든 모면하려고 온갖 궁리를 한다는 것을 안다. 또한 진정으로 도덕적인 사람들은 모두 마음 깊은 곳에서 언제나 자신의 삶이 죽음과 함께 끝나는 것이 아님을 알고 있다는 것도 안다. 나는 내세의 보상을 기대하는 마음 위에 선하고 도덕적인 삶을 쌓기보다, 고귀한 정신과 선한 삶을 구하는 마음 위에 내세에 대한 신앙을 쌓는 것이 훨씬 인간의 본성에 맞는다고 생각한다. 그러한 신앙이 진정 도덕적인 신앙이다. 그 순수함은 온갖 잔꾀와 허세보다 훨씬 고결하고 우리를 멀리 돌아가는 길이 아니라 곧장 참된 목적으로 가는 길로 인도하기 때문에 어떤 처지의 인간에게도 가장 온전한 신앙이다.　칸트

6 죽음에 대한 공포는 삶의 아주 작은 일부를 삶 자체로 생각하는 잘못된 관념에서 비롯된다.

7 죽음은 내가 이 세상에서 세계를 내 눈에 보이는 형태 그대로 받아
   들이게 해주는 육체기관들이 파괴된 것이다. 즉 내가 세계를 바라보
   던 유리가 파괴된 것이다. 유리는 파괴되지만 두 눈이 파멸한 것은
   아니다.

/ 불멸에 대한 우리의 의식은 우리 안에 살고 있는 신의 목소리다.

멕시코 왕의 유서

지상에 있는 모든 것에는 한계가 있고 무소불위의 힘을 휘두르며 기뻐하는 자도 그 위세와 기쁨 속에서 쓰러져 재가 된다. 지구 전체가 하나의 커다란 무덤이고, 이 지상에 무덤의 흙속으로 사라지지 않는 것은 없다. 바닷물도 강물도, 물은 흐르고 흐를 뿐 결코 깨끗했던 원천으로 돌아가지 못한다. 우주의 만물은 모두 가없는 대양의 깊은 바닥에 자신을 묻기 위해 끊임없이 서둘러 나아간다.

어제 있었던 것은 오늘 없다. 오늘 있는 것은 내일 없을 것이다. 묘지는 지난날 생명을 누렸던 자들, 황제가 되어 백성을 다스리고, 무리의 우두머리로 군대를 지휘하고, 새로운 나라들을 정복해 복종시키고, 헛된 영화와 사치와 권력을 누렸던 자들의 주검으로 가득하다.

그러나 모든 영화는 화산에서 치솟는 검은 연기처럼 허공에 사라지고 연대기에 몇 줄 글귀로만 남는다.

위대했던 사람들, 총명했던 사람들, 용감했던 사람들, 아름다웠던 사람들, 아이! 그들은 지금 어디에 있는가? 그들은 모두 흙으로 돌아갔고 그들을 덮친 것이 우리를 덮칠 것이고 우리 뒤에 오는 자들에게도 덮칠 것이다.

그러나 용기를 내어라. 높은 우두머리여, 진실한 친구여, 충성스러운 백성이여, 우리 다 함께 모든 것이 영원하고 썩지 않으며 멸망도 없는 저 하늘을 향해 나아가자.

어둠은 태양의 요람이고, 별이 반짝이려면 밤의 어둠이 필요하다.

테츠코코의 왕 네사왈코요틀(기원전 1460년경)

소크라테스의 죽음

소크라테스가 세상을 떠나고 얼마 후 그의 제자 에케크라테스는 스승의 임종을 지켜본 또다른 제자 파이돈을 만나 그날 어떤 일이 있었는지, 스승의 주변에서 무슨 이야기가 오갔는지, 또 스승은 무슨 말을 하고 어떤 행동을 하고 어떻게 죽어갔는지 상세히 말해달라고 부탁했다.

파이돈이 말했다.

"우리는 그날도 여느 날과 마찬가지로 감옥 옆에 있는 법정으로 갔어. 그러자 늘 우리를 감옥까지 안내해주던 수위가 나와 지금 소크라테스에게 재판관들이 와 있으니 잠시 기다리라고 하더군. 재판관들이 선생님의 족쇄를 풀어주고 오늘 안으로 독약을 마시라는 명령을 하고 있을 거라고. 얼마 후 수위가 와서 들어가도 좋다고 말했어. 우리가 들어갔을 때 선생님의 부인 크산티페가 갓난아이를 안고 침대 위에 선생님과 나란히 앉아 있었네.

그녀는 우리를 보자마자 울음을 터뜨리면서, 그럴 때 여자들이 으레 하는 애처로운 푸념을 시작했어. '당신 친구들이 세상을 떠날 당신과 마지막 대화를 나누겠군요' 같은 말들.

선생님은 부인을 달래고는 잠시 우리끼리 있게 해달라고 하셨어. 그녀가 방에서 나가자 선생님은 한쪽 다리를 구부리고 손으로 문지르면서 이렇게 말씀하셨네. '다정한 벗들이여, 쾌락과 고통은 정말 기가 막힌 짝이지 않나! 족쇄에 매여 있을 때는 그렇게도 고통스럽더니 풀려난 지금은 이렇게도 기분이 좋으니 말이야. 아마도 신은 고통과 쾌락이라는 상반된 두 가지를 화해시키려고 한 사슬에 묶어 한쪽을 경험하지 않고는 다른 쪽도 경험할 수 없도록 하신 것 같아.' 선생님은 말을 계속하시려다가 크리톤이 문밖에서 누군가와 속삭이는 것을 알아채고 그가 무슨 이야기를 하고 있느냐고 물으셨어.

'실은 선생님의 독약을 준비하는 사람이 말하길, 되도록 말을 하지 않으셔야 한다고 합니다. 독약을 마시기 전에 말을 많이 해서 흥분하면 약효가 떨어져 두 번 세 번 다시 마셔야 한다고요.' 크리톤이 말했어.

'그게 뭐 어려운 일인가! 그래야 한다면 두 번이고 세 번이고 다시 마시면 되지. 나는 자네들과, 특히 지금 이 순간 자네들과 마음껏 이야기를 나누면서, 참된 지혜를 얻기 위해 평생 정진했던 사람이 죽음이 눈앞에 다가온 것을 탄식은커녕 기쁨으로 맞는다는 것을 분명하게 보여줄 기회를 놓치고 싶지 않네.' 선생님이 말씀하셨네.

'저희를 남겨두고 가시는 것을 어찌 기쁘다고 하십니까?' 우리 중 한 사람이 물었네.

'그야 그렇지. 죽는 사람 입장에서 말해 불행한 일이라고 생각하는 게 상식이겠지. 하지만 만약 자네들이 내 입장이 된다면 자네들은 아마 일생을 통해 온갖 번뇌를 진정시키기 위해 육체와 계속 투쟁해온 사람이 마침내 육체로부터 해방되는 순간이 온 것을 기뻐하지 않을 수 없다는 것을 이해할 걸세. 죽음이란 두말할 것 없이 육체로부터의 해방이야. 우리가 자주 토론했던 바로 그 완성이란 되도록 영혼을 육체에서 분리해 육체 밖에서 자신의 세계에 집중할 수 있도록 영혼을 훈련하는 일일세. 그러니까 죽음은 해방이지. 평생토록 죽음을 가까이하는 삶을 살려고 애쓰던 사람이 드디어 죽음에 가까워지는 순간에 불만을 느낀다면 그게 오히려 이상한 일 아닌가? 따라서 자네들과 이별하며 슬픔을 안겨주는 것은 나로서도 매우 괴로운 일이지만 나는 내가 평생 얻으려고 했던 것이 실현된다는 의미에서 죽음을 반기지 않을 수 없네. 벗들이여, 이것이 자네들을 남겨두고 떠나면서 내가 슬퍼하지 않는 것에 대한 변명이라네. 그리고 이 변명이 내가 법정에서 시도한 변명보다 더 옳다고 생각된다면 나는 정말 기쁘겠어.' 선생님은 미소지으며 이렇게 말씀하셨지.

'하지만 그러기 위해서는 영혼이 육체를 벗어난 뒤에도 수증기나 연기처럼 파괴되거나 소멸되지 않는다는 확신이 필요합니다. 정말로 그렇다는 것을 알 수 있다면, 그것을 믿을 수 있다면 얼마나 좋을까요. 그런데 불행하게도 확신이 들지 않습니다.' 케베스가 말했어.

'그렇지. 완전히 확신할 수는 없지만, 그럴 가능성은 충분하지 않나. 전설에 따르면 죽은 사람의 영혼은 저승에 갔다가 다시 세상으로 돌아와서 되살아나기까지 저승에서도 계속 존재한다고 하지. 전설은 믿어도 안 믿어도 그만이지만 동물도 식물도 다 죽었다가 다시 살아나지 않나. 그러니 사람도 죽어서 다시 태어난다는 건 무척 가능한 일이지. 그렇다면 살아 있는 자는 죽음을 두려워할 필요가 없고, 죽음은 다만 새로운 삶의 탄생인 걸세. 그것은 또 이승에 사는 우리 모두가 자기 안에 전생의 기억을 가지고 있기 때문이기도 하지. 만약 영혼이 전생에 살아 있지 않았다면 그런 기억이 존재할 리 없어. 그러니 인간의 육체는 죽더라도 지각하는 힘이나 회상하는 힘을 지닌 영혼은 육체와 함께 죽지 않는 걸세. 그리고 우리의 지식은 영혼이 전생에 경험한 삶의 기억에 불과하고, 우리 안에는 육체와 독립된 불멸의 영혼이라는 것이 엄연히 존재한다네. 미와 선과 정의와 진실의 영원한 이데아가 우리 영혼에 선천적으로 깃들어 있을 뿐 아니라 영혼의 본질을 형성하고 있다는 사실이 그 증거일세. 그런데 그 이데아들은 사라지는 일이 없으니 우리의 영혼도 영원히 죽지 않는 것이지.'

선생님은 말을 마친 후 침묵하셨고 우리도 입을 다물었네. 다만 케베스와 심미아스 두 사람만 낮은 목소리로 속삭였지. 그러자 선생님이 물으셨네.

'자네들은 무슨 얘기를 하고 있지? 지금 말한 문제에 대해서라면 자네들 생각을 말해보게. 내 견해에 동의하지 않거나 더 좋은 설명을 할 수 있다면 서슴지 말고 해보게.'

'솔직히 말씀드리자면 저는 선생님의 견해에 전혀 동의할 수가 없어서 여쭙고 싶습니다만, 지금 같은 상황에서 그런 질문을 했다가 선생님 마음을 언짢게 해드릴까봐 망설이고 있습니다.' 심미아스가 말했네.

'아니야, 하지만 정말 어렵군.' 선생님이 미소지으며 말씀하셨네. '내가 나에게 닥친 일을 불행이라고 생각하면 안 된다는 것을 사람들에게 납득시키기가 이렇게 어려울 줄이야. 자네들에게도 어려운데 하물며 다른 사람들을 어떻게 납득시키겠나? 자네는 내 정신 상태가 평소와 다르다고 생각하는 모양인데, 전혀 그렇지 않아. 그런 염려는 하지 말게. 그럼 말해보게, 자네는 어떤 의문을 가지고 있지?'

'그렇다면, 어떤 점이 의문인지 솔직히 말씀드리겠습니다.' 심미아스가 말했네. '선생님이 영혼에 대해 하신 말씀은 아직 증명이 부족하다는 생각이 듭니다.'

'어떤 점이?'

'영혼에 대해 선생님이 하신 말씀을 리라의 가락에 적용해서 말할 수 있다고 생각합니다만, 선생님 말씀대로라면, 현으로 된 리라는 육체와 마찬가지로 얼마 동안 이승에 존재하다 지나가는 물체에 불과하지만 리라의 가락은 육체의 제한을 받지 않고 죽음에도 사로잡히지 않는 것이고, 따라서 리라가 부서지고 현이 끊어진다 해도 그 가락은 결코 죽지 않고 반드시 어디엔가 존재한다는 것 아닙니까. 그런데 저희가 알기로는 리라의 가락이 리라에 달린 현들의 다양한 진동에서 생기는 것과 마찬가지로, 우리의 영혼도 육체의 여러 요소의 상호작용에 의해 생기는 것입니다. 따라서 리라의 가락이 리라를 형성하는 각 부분이 파괴되면 사라지는 것과 마찬가지로 영혼 또한 우리의 육체를 형성하는 요소들이 파괴되면 사라지는 것이 아닐까요. 육체의 소멸은 온갖 질병이나 육체의 부분적 쇠약이나 긴장에서 오는 것이고요.'

심미아스가 말을 끝마쳤을 때, 우리는 나중에 우리끼리 말하기도 했지만, 참으로 불쾌한 기분을 느꼈네. 우리가 선생님의 말씀을 듣고 영혼의 불멸을 믿게 되자마자, 강력한 반론이 제기되어 우리를 혼란에 빠뜨렸고, 단순히 그때까지 논의된 문제는 물론이고 그 문제에서 파생되는 모든 것에 의혹과 불신이 생기는 것 같았거든.

우리는 선생님에게 늘 감탄했지만, 그때처럼 크게 감탄한 적이 없었네. 선생님의 답변이 전혀 군색하지 않았다는 것은 그리 놀라운 일도 아니지만, 무엇보다 선생님이 심미아스가 늘어놓는 말을 오히려 기쁜 듯이 너그럽게 조용히 듣고 계셨다는 것, 그리고 심미아스의 주장 때문에 우리가 혼란스러워하는 것을 알아차리고 절묘하게 우리의 의혹을 풀어주신 것에 참으로 감탄하지 않을 수 없었네.

그때 나는 선생님의 침대 오른쪽에 있는 낮은 의자에 앉아 있었고 선생님은 침대에 앉아 나를 내려다보고 계셨네. 선생님은 평소 내 머리를 버릇처럼 쓰다듬곤 하셨는데, 그때도 한 손으로 내 머리를 쓰다듬고 목덜미의 머리카락을 잡으며 이렇게 말씀하셨네.

'파이돈, 자네는 내일 이 아름다운 머리를 깎아버리겠지.'

'예.' 나는 대답했네.

'아니, 너무 서두르지 말고 내가 하라는 대로 하게.'

'어떻게 하면 되겠습니까?' 나는 물었어.

'자네는 내일, 나는 오늘 깎기로 약속하지. 다만 우리가 각자의 주장을 논증하지 못할 때라는 단서를 붙여서.'

나는 반쯤 장난삼아 그렇게 하겠다고 약속했고, 선생님은 심미아스에게 말씀하셨네.

'좋아, 심미아스, 영혼은 악기의 화음과 비슷해. 화음이 리라와 현들의 올바른 관계에서 나오는 것처럼 영혼도 육체의 여러 요소와의 일정한 관계에서 나오는 것이니까. 그렇다면 우리가 지금 말한 것과 자네도 수긍할 만한 것, 즉 우리의 모든 지식은 우리가 이전에 존재할 때 알았던 것에 대한 기억이라는 것을 양립시켜보면 어떨까? 영혼이라는 것이 지금 깃들어 있는 육체보다 먼저 존재했다면 영혼이 육체 각 부분의 일정한 관계의 산물일 수 있을까? 따라서 만약 우리가 모든 지식은 이전에 존재할 때 알았던 것에 대한 기억이라는 사실을 인정한다면, 영혼이라는 것은 육체적 조건들로부터 독립된 존재라는 사실도 당연히 인정해야 할 걸세. 뿐만 아니라 화음은 스스로를 의식할 수 없지만 영혼은 자신의 삶을 의식할 뿐 아니라 스스로 삶을 이끈다는 것도 다르지. 화음은 리라의 상태를 바꾸지 못하고 어디까지나 리라에 종속되어 있지만, 영혼은 육체로부터 독립적이며 육체의 상태를 바꿀 수가 있거든. 이를테면 지금 내 육체의 모든 요소는 어제와 마찬가지로 올바른 상호관계에 놓여 있는데 나의 영혼은 이 관계를 파괴하기로 결정했네. 자네들도 아는 바와 같이 만약 내가 크리톤의 권고를 받아들여 감옥에서 도망쳤다면 나는 지금 먼 곳에 있고 여기서 자네들과 대화하며 형 집행을 기다리고 있지 않았을 거야. 내가 크리톤의 권고를 받아들이지 않은 것은 공화국의 결정에 따르는 것이 기피하는 것보다 옳다고 생각했기 때문이라네.

결국 내 경우는 화음이 리라의 죽음을 선고한 것이지. 다시 말해 내 안에 불멸의 근원을 의식하는 무언가가 존재한다는 얘기가 되는 걸세.

물론 그것을 확실하게 증명할 수는 없지만, 나는 내 안에 육체의 외피보다 우월하고 자유롭고 이성적인 어떤 근원이 있다는 것을 의식하기 때문에 내 영혼이 불멸이라는 것을 믿지 않을 수가 없어.

영혼이 불멸이라면, 우리는 단순히 이승을 위해서가 아니라 육체가 소멸하면 영혼이 건너가는 저승을 위해서라도 영혼을 소중히 해야 한다고 생각하네.

만약 영혼이 불멸이고 이승에서 얻은 것을 저승까지 가지고 간다면, 당연히 영혼을 바르고 훌륭한 것으로 만들기 위해 노력해야 하지 않겠나!'

선생님은 잠시 침묵한 뒤 덧붙이셨네.

'그건 그렇고, 나의 벗들이여, 이제 목욕할 시간이 된 것 같네. 시체를 닦는 아낙들의 수고를 덜어주기 위해서라도 목욕을 하고 독약을 마시는 게 좋겠어.'

선생님이 이렇게 말씀하셨을 때, 크리톤이 선생님의 자제들을 어떻게 도우면 좋겠냐고 물었네.

'크리톤, 내가 평상시에 말하던 대로 하면 충분해,' 선생님이 말씀하셨어. '새삼스럽게 따로 할 일은 없네. 자기 자신을 생각하고 자신의 영혼을 생각하기만 하면 자네들은 내게 별다른 약속을 하지 않아도 나를 위해서도 내 자식들을 위해서도, 또 자네들 자신을 위해서도 최선을 다하는 것이 되니까.'

'그럼 그렇게 하겠습니다.' 크리톤이 대답했어. '그건 그렇고, 선생님의 장례식은 어떻게 할까요?'

'원하는 대로 하게.' 선생님은 말하고 빙그레 웃으며 덧붙이셨지. '나의 벗들이여, 나는 아직도 크리톤에게 지금 이렇게 자네들과 이야기를 하는 소크라테스라는 사람이야말로 나이고, 곧 싸늘하게 식어 움직이지 않을 주검은 내가 아니라는 것을 이해시키지 못한 것 같군.'

이렇게 말하고 선생님은 일어나서 목욕을 하기 위해 옆방으로 가셨어. 크리톤은 우리에게 기다리라고 하고는 선생님의 뒤를 따라갔네. 우리는 지금까지의 논의에 대해, 우리의 벗이자 스승이요 지도자인 그분을 우리에게서 빼앗아가는 이번 불행에 대해 이야기하면서 기다렸네.

선생님이 목욕을 마치고 나오시자, 선생님 댁 여자들이 아이들을 데리고 들어왔네. 선생님에게는 아직 나이 어린 아이가 둘 있고, 장성한 아들이 하나 있는데, 선생님은 그들과 잠시 얘기를 나눈 뒤 여자들과 아이들을 내보내고 다시 우리에게 오셨네. 어느덧 해질녘이 다 되었더군. 그뒤 곧 죽음의 시간을 알리기 위해 간수가 들어와 선생님에게 다가가서 말했네.

'소크라테스님, 제가 윗사람의 명령에 따라 당신에게 독약을 내밀 때, 사형수들이 으레 그러는 것처럼 저를 비난하거나 욕하지 않으시 겠죠. 저는 당신이 여기 계시는 동안 당신의 참다운 모습을 알게 되었고, 저는 당신이 이 감옥에 들어왔던 사람들 중에서 가장 고귀하고 온화하고 훌륭한 분이라고 생각합니다. 그리고 이번 일의 책임이 제가 아니라 누구에게 있는지 잘 아시니까 그 사람들에게 화를 내실 거라고 생각합니다. 저는 당신에게 독배를 마실 시간이 되었다는 것을 알리기 위해 왔을 뿐입니다. 그럼 안녕히. 어차피 피할 수 없는 일이니 부디 평온한 마음으로 맞이하시길 바랍니다.'

간수는 이렇게 말하고는 울음을 터뜨렸고 얼굴을 돌린 채 나갔네.

'잘 계시오.' 선생님이 말씀하셨네. '우리는 우리가 해야 할 일을 할 테니까.' 그리고 우리에게 덧붙이셨지. '정말 좋은 사람이야! 내가 여기 있는 동안 저 사람은 늘 나를 찾아와주었고 나와 이야기도 자주 나눴지. 나는 저 사람이 정말 선한 사람이라는 것을 알았네. 지금도 정말 진심으로 내 일을 슬퍼해주지 않던가! 그럼 크리톤, 저 사람이 전달한 일을 하지. 준비가 됐다면 독배를 가져오라고 일러주게.'

'하지만 선생님. 해가 아직도 높이 걸려 있습니다. 대부분은 이럴 때 최대한 그 시간을 미루고 한밤중까지 떠들썩하게 보낸다고 합니다. 심지어 여자와 쾌락을 즐기는 경우도 있고요. 서두르실 필요 없습니다. 아직 시간이 있으니까요.' 크리톤이 항변했네.

'사랑하는 크리톤, 자네가 지금 말한 그들은,' 선생님이 말씀하셨지. '아마 그렇게 하는 것이 자신에게 좋다고 생각한 근거가 있었을 거야. 하지만 나는 그렇게 생각하지 않네. 시간을 늦춰봤자 나 자신이 우스꽝스럽기만 할 뿐, 아무 의미도 없다고 생각하네. 자, 가서 독배를 가져오라고 일러주게.'

크리톤은 그 말을 듣자 문 뒤에 서 있던 하인에게 신호했고, 밖으로 나간 하인은 이내 선생님에게 독배를 줄 임무를 맡은 간수를 데려왔네.

'자네는 이 약에 대해서 잘 알 테니, 어떻게 하면 되는지 가르쳐주겠나.' 선생님이 그에게 말씀하셨네.

'간단합니다.' 그가 대답했네. '쭉 마시고 다리가 무거워질 때까지 걸어다니시면 됩니다. 다리가 무거워지면 침대에 누우십시오. 나머지는 독약이 알아서 할 겁니다.'

이렇게 말한 뒤 그는 선생님에게 독배를 내밀었네. 선생님은 그것을 받아드셨지. 평온하게, 두려운 기색 없이, 안색도 변하지 않고, 다만 평소의 습관처럼 간수의 얼굴을 뚫어져라 쳐다보며 물으셨어.

'이 독약을 신들의 영예를 위해 조금 땅에다 쏟고 싶은데 그래도 괜찮을까?'

'소크라테스님,' 그가 대답했네. '우리는 꼭 필요한 분량만 준비했습니다.'

'알았네. 그래도 어쨌든 내가 이승에서 저승으로 무사히 옮겨갈 수 있도록 신에게 빌어야겠지. 지금 기도를 드리겠네.'

선생님은 이렇게 말씀하시더니 독배를 입으로 들어올려 무서워하지도 주저하지도 않고, 한 번도 입을 떼지 않고 단번에 들이켜셨네. 그때까지 우리는 억지로 눈물을 참고 있었는데, 마침내 선생님이 독배를 모두 마신 것을 보자 더이상은 참을 수 없었네. 나는 아무리 참으려 해도 눈물이 멈추지 않아 망토로 머리를 덮고 울었네. 선생님의 불행 때문이 아니라 좋은 벗을 잃은 나 자신이 가여워서 울었던 걸세. 크리톤은 나보다 더 눈물을 참지 못해 먼저 울음을 터뜨렸고 결국 방에서 뛰쳐나갔지. 아까부터 울고 있던 아폴로도로스는 그 순간 아예 목놓아 통곡하다 주저앉았지.

　'왜들 이러나? 정말 이상한 친구들이군.' 선생님이 말씀하셨네. '이런 일이 있을 것 같아서 여자들을 내보냈던 거야. 죽음은 경건한 침묵 속에 맞아야 하는 걸세. 모두 마음을 가라앉히고 남자답게 있어주게.'

　우리는 간신히 울음을 그쳤네. 선생님은 얼마 동안 말없이 방안을 거닐다가 이윽고 침대로 다가가 다리가 무거워졌다고 말하면서 독배를 가져왔던 간수가 가르쳐준 대로 침대에 등을 대고 가만히 누우셨어. 간수는 이따금 선생님의 발목과 정강이를 만져보더군. 그러다가 선생님의 한쪽 발을 꼭 누르면서 감각이 있느냐고 물었네. '없군.' 선생님이 대답하셨어. 그러자 간수는 선생님의 정강이와 허벅지를 눌러보더니 우리에게 선생님의 몸이 차갑게 굳기 시작했다고 알려주었네.

　'심장까지 차가워지면, 그것이 마지막입니다.' 그가 말했네.

　아랫배까지 차가워졌을 무렵 선생님은 온몸을 덮고 있던 홑이불을 갑자기 젖혀 얼굴을 내밀고 마지막으로 말씀하셨네.

　'아스클레피오스의 제단에 수탉 한 마리를 잊지 말고 바쳐주게.'

　아마도 선생님은 독약의 힘으로 자신을 이승의 삶에서 해방시켜

준 의술의 신에게 고마우셨던 모양일세.

'알겠습니다. 그 밖에 더 하실 말씀은 없습니까?' 크리톤이 말했네.

선생님은 아무 말씀도 하지 않으셨고, 잠시 뒤 몸이 경련을 일으키자 간수가 덮어두었던 홑이불을 젖혔네. 선생님의 눈은 이미 움직이지 않았네. 크리톤이 다가가 뜬 채로 굳어버린 눈을 감겨드렸네."

플라톤 『대화편』에서

9월 23일

무지했던 과거에 비해 오늘날 사람들의 지식이 아무리 위대해 보인다 해도, 그것 역시 세상 모든 지식의 무한히 작은 일부에 불과하다.

1 소크라테스는 학자들처럼 존재하는 모든 것에 대해 해설하려 하지도 않았고, 자연이라고 부르는 것의 기원을 탐구하거나 천체가 발생한 근본 원인까지 알아내려고 하는 소피스트들의 흔한 결점도 가지고 있지 않았다. 그는 이렇게 말했다. "그들은 인간이 알아야 할 모든 것을 이해했다고 여기기 때문에 인간과 거의 관계없는 일에 그토록 전념하는 것이다. 아니면 우리가 탐구하는 것들은 얕잡아보고, 우리가 탐구하지 않는 신비 속으로 깊이 파고들어야 한다고 생각하는 것이다."

특히 그는 인간의 지혜로는 풀 수 없는 신비가 있다는 것을 깨닫지 못하는 사이비 학자들의 맹목성에 경악했다. "그러한 신비를 해설할 수 있다고 생각하는 사람들의 견해는 너무나 제각각이어서, 그들이 말하는 것을 동시에 듣는다면 미치광이들 사이에 있는 것 같을 것이다. 광기에 사로잡힌 사람들의 특징이 그렇지 않은가? 그들은 조금도 두렵지 않은 것을 두려워하고 정말로 위험한 것은 두려워하지 않는다."

크세노폰

2 언젠가 과학이 종교의 적이 될 것이라는 생각은 잘못됐다. 공허한 과학은 종교뿐만 아니라 진리에게도 적이다. 그러나 진정한 과학은 종교의 적이 아니라 협력자다.

러스킨

180

3 우리보다 높은 것과 낮은 것, 또 우리 앞에 있었던 것과 우리 뒤에 올
   것의 비밀을 모두 알려는 자는 차라리 태어나지 않은 편이 낫다.

『탈무드』

4 지식이란 무한해서 대학자라는 사람도 글을 모르는 농부와 마찬가
   지로 참된 지식에서 한없이 멀다.   러스킨

5 장님이 눈을 뜨지 않는 한 어둠을 상상할 수 없는 것처럼, 우리도 학
   문의 힘 없이는 자신의 무지를 깨달을 수 없다.   칸트

✎ 필요 이상 많은 것을 아는 것보다 가능한 한 적게 아는 것이 낫다. 모
   르는 것을 두려워하지 마라. 오히려 쓸데없고 짐이 되는 지식, 허영
   을 위한 지식을 두려워하라.

9월 24일

인간이 육식을 해야 하는 특별한 이유가 있었다면 육식은 얼마든지
용인되었을 것이다. 그러나 결코 그렇지 않다. 우리 시대에 육식은
어떤 변명의 여지도 없는 명백한 악습이다.

1 어떤 생존경쟁 때문에, 어떤 억누를 수 없는 광기 때문에 너희는 동물을 먹기

위해 손을 피로 물들이는가? 생존을 위해 부족한 것이 없으면서 무엇 때문에 그런 짓을 하는가? 동물의 살 없이는 대지가 너희를 먹여살릴 수 없다는 듯이 왜 대지를 비방하는가? 플루타르코스

2 악습에 맹목적으로 복종하지 않으며 조금이라도 민감한 사람이라면 누구나 다음과 같이 반문할 것이다. 자비로운 대지가 귀중한 식물들을 다양하게 베푸는데 우리는 왜 먹기 위해 날마다 많은 동물을 죽이는가. 맨더빌

3 너희는 피타고라스가 왜 육식을 삼갔느냐고 나에게 묻는다. 그러나 나는 오히려 맨 처음 자기 입을 피로 더럽히면서 살육당한 동물의 고기에 입을 갖다댄 인간이 대체 어떤 감정과 생각으로, 어떤 이유로 그랬는지 이해할 수 없다. 자기 밥상에 죽은 동물의 끔찍한 몰골을 올리고 바로 조금 전까지 움직이고 느끼고 소리를 내던 존재를 매일의 양식으로 원하는 사람들이 나는 경악스러울 뿐이다. 플루타르코스

4 맨 처음 육식을 한 가엾은 사람들은 양식이 없거나 부족했기 때문에 이해할 수 있다. 그들(원시시대 사람들)은 필요한 것이 넘쳐나는데도 자신들의 변덕스러운 요구를 채우거나 비정상적인 미식을 즐기기 위해서가 아니라 필요에 쫓겨 그런 잔인한 습성을 갖게 되었기 때문이다. 그러나 우리 시대에 육식은 어떤 변명도 불가능하다. 플루타르코스에 의함

5 어린아이가 육식보다는 채소나 우유로 만든 음식, 빵과 과일 같은 것을 더 좋아한다는 것은 육식이 본래 인간에게 맞지 않는다는 증거 중 하나다.

루소

6 인간이 호랑이에게 잡아먹혀서는 안 되는 만큼이나 양도 인간에게 잡아먹혀서는 안 된다. 게다가 호랑이는 육식동물이지만 인간은 육식동물이 아니다.

릿슨

/ 고기 외에는 먹을 것이 없거나 육식이 죄악인지 모른 채 육식을 허용하는 구약성서의 가르침을 소박하게 믿는 사람들과, 채소와 우유가 있는 나라에 살면서 육식을 반대한 선현들의 가르침을 알고 있는 오늘날 문명인들 사이에는 커다란 차이가 있다. 오늘날 문명인이라는 사람들은 육식이 악습인 줄 알면서도 계속 큰 죄를 범하고 있다.

9월 25일

노동은 선은 아니지만 선한 삶의 필수조건이다.

1 네가 가지고 있는 것은 다른 어느 누구도 가질 수 없고, 네가 이용하는 모든 물질은 입자 하나하나까지 인간 생명의 일부분이라는 위대하고 변하지 않는 진리를 잊지 마라.

러스킨

2 불필요하고 쓸모없는데도 남을 힘들게 하면서 이목을 끄는 짜증스러운 노동이 있다. 그러한 노동은 무위보다 나쁘다. 참된 노동은 언제나 조용하고 한결같이 눈에 띄지 않는다.

3 스스로 할 수 있는 일을 남에게 떠넘기지 마라. 자기 집 앞은 자기가 쓸어라. 모두가 그러면 온 거리가 깨끗해질 것이다.

4 부를 얻을 수 있는 방법은 오직 세 가지다. 노동, 구걸, 도둑질이다. 노동자의 몫이 아주 적은 까닭은 거지와 도둑의 몫이 너무 많기 때문이다.

헨리 조지

5 혼자 살면서 자연과 싸우는 의무를 소홀히 하면 당장 육체의 멸망이라는 벌을 받는다. 또한 자신의 의무를 소홀히 하면서 남에게 떠넘기면 당장 인간 본성에 따른 자기완성에의 정진이 정체되는 벌을 받는다.

6 근면한 것만으로는 충분하지 않다! 문제는 어떤 일을 하느냐다!

소로

7 누군가 놀고먹는다면 다른 누군가는 한 사람 이상의 노동을 하고 있다는 것이다. 누군가 포식을 한다면 다른 누군가는 굶주리고 있다는 것이다.

／무위도식하는 사람들이 노동이라고 부르는 일의 대부분은 다른 사람들의 노동을 줄이기는커녕 오히려 늘리는 유희에 지나지 않는다. 모든 사치스러운 오락이 그렇다.

9월 26일

도덕률은 참된 지혜, 참된 믿음을 통해 명료하게 밝혀진다.

1 선한 의지를 실현하기 위해 어떻게 해야 하는지 이해하는 데 대단히 심오한 사상은 필요하지 않다. 전 세계의 일을 알 수도 없고 일어나는 모든 일을 이해하고 분석할 능력도 없는 나는 오직 하나만을 스스로에게 묻는다. 내 행위의 동기가 되는 규칙이 모든 사람에게 보편타당한 법칙이 될 수 있는가? 그렇지 않다면 그 규칙은 바르지 않은 것이다. 왜냐하면 그 규칙으로 인해 나나 다른 사람들에게 해악이 생길지 모르기 때문이 아니라 그것이 만인에게 보편타당한 근본적 법칙이 되기에 부적합하기 때문이다. 그런데 이성은 나에게 그러한 규칙을 존중하라고 요구한다. 왜 존중해야 하는지는 모르지만, 나는 내가 그 규칙 속에 있는, 나의 성향들이 귀띔하는 모든 것보다 가치 있는 무언가를 존중하고 있다는 것을 안다. 그런 도덕률에 대한 존중에서 나오는 행위만이 그 밖의 모든 동기에 앞서는 의무라는 것을 안다.　　칸트

2 그들 중 한 율법교사가 예수의 속을 떠보려고 "선생님, 율법서에서 어느 계명이 가장 큰 계명입니까?" 하고 물었다. 예수께서 이렇게 대

답하셨다. "'네 마음을 다하고 목숨을 다하고 뜻을 다하여 주님이신 너희 하느님을 사랑하여라.' 이것이 가장 크고 첫째가는 계명이고, '네 이웃을 네 몸같이 사랑하라' 한 둘째 계명도 이에 못지않게 중요하다. 이 두 계명이 모든 율법과 예언서의 골자다." 「마태복음」22:35~40

3 전 세계는 하나의 법칙을 따르고, 모든 이성적 존재들 속에는 하나의 이성이 있다. 그러므로 이성적인 사람에게 자기완성에 대한 개념은 하나뿐이다.   아우렐리우스

4 신은 자신을 닮은 모습으로 창조한 사람들에게서 찬미와 영광을 바라지 않고, 사람들이 신에게 받은 이성을 토대로 하는 행위에서 자신을 닮기를 바란다. 무화과도 때가 되면 영글고, 개와 벌도 자신의 할 일을 알고 있다. 하물며 인간이 어찌 자신의 사명을 다하지 않을 수 있겠는가. 그러나 이 위대하고 거룩한 진리는 인간의 머릿속을 스쳐 지날 뿐 일상의 번뇌와 이유 없는 두려움, 나약한 정신력, 그리고 오랜 노예근성이 이내 사명을 지워버린다.   아우렐리우스

5 더 자주 더 오래 생각할수록 늘 새롭고 끊임없이 내 마음을 놀라움과 경외감으로 채워주는 두 가지가 있다. 그것은 내 머리 위로 별이 빛나는 밤하늘과 내 안의 도덕률이다.   칸트

6 너희는 남에게서 바라는 대로 남에게 해주어라. 이것이 율법과 예언서의 정

신이다. 「마태복음」7:12

／ 도덕률은 참으로 명백해서 모른다고 핑계 댈 수 없다. 이성을 부정하는 것 말고는 다른 방법이 없을 때, 사람들은 이성을 버린다.

9월 27일

남의 험담을 하는 것은 너무 재미있어서 그 해악을 깨닫지 못하면 자제하기가 쉽지 않다. 그러나 그 해악을 잘 알면서 그저 재미로 계속 험담하는 것은 죄악이다.

1 누군가의 생각만 듣고는 그의 실제 행동을 판단할 수 없다. 마찬가지로 그의 행위만 보고 그가 무엇 때문에 그랬는지, 그의 생각과 동기를 판단하기도 아주 어렵다. 가령 어떤 사람이 지칠 줄 모르고 밤낮으로 뛰어다니거나, 책을 읽고, 글을 쓰고, 바쁘게 일하고, 며칠 밤을 지새우면서까지 일하는 모습을 본다 해도 대체 무엇 때문에 그런 일을 하고 있는지 모르는 한, 나는 그 사람이 일을 사랑한다거나 타인의 이익을 위해 일한다고 말하지 않을 것이다. 두말할 것도 없이 우리는 환락가에서 며칠 밤을 새우며 방탕하게 노는 사람에게 유익한 사람이라거나 일을 사랑하는 사람이라고 말하지 않는다. 가벼운 악행뿐만 아니라 얼핏 보기에 훌륭한 행위도 돈이나 명예라는 비열한 목적을 위한 것일 경우가 있으므로, 그가 아무리 정력적으로 일하고, 또 아무리 큰일을 해냈다 해도 그가 일을 사랑하는 유익한 인물이라

고 말할 수 없다. 그가 자신의 영혼을 위해, 신을 위해 일한다는 것을 알아야 비로소 그에 대해 일을 사랑하는 유익한 인물이라 말할 수 있을 것이다.

다른 사람의 마음속은 어둠처럼 쉽게 꿰뚫어볼 수 없다. 그 사람만이 아는 내적 동기를 내가 어떻게 헤아릴 수 있겠는가?

따라서 인간은 인간을 심판할 수 없다. 비난하거나 변호할 수도, 칭찬하거나 폄하할 수도 없다.　　　　　　　　　　　　　　　에픽테토스

2 나를 심판하려거든 내 앞에 서 있지 말고 내 마음속으로 들어오라.

　　　　　　　　　　　　　　　　　　　　　　　　　　미츠키에비치

3 선한 사람들은 남에게서 악을 찾지 못하고, 악한 사람은 남에게서 선을 찾지 못한다.

4 말다툼할 때 진리는 잊혀버린다. 그럴 때 현명한 사람은 말다툼을 멈춘다.

5 우리에게 가장 부족한 것은 내적인 눈이다. 남의 나쁜 점을 알아볼 때는 눈이 밝으면서 자신의 나쁜 점은 보지 못한다.　　　　　브라운

6 남의 잘못에는 관대하면서도 자기 자신은 한 번도 용서해본 적 없는 듯 악행을 두려워하는 사람이야말로 진정 고귀하다.　　　소小플리니우스

누군가를 비난하려는 마음이 들 때, 그 사람의 나쁜 점을 분명히 알고 있다 하더라도 나쁘게 말해서는 안 된다. 특히 남이 하는 말을 듣고 알았다면 더욱 그렇다.

9월 28일

인간의 행위는 이성이나 감정이 아니라 대부분 무의식적 모방과 암시에 의해 이루어진다.

1 암시에 의해 이루어지는 행위에는 선행과 악행이 있지만, 양심의 요구를 의식적으로 따르는 행위에는 악행이 있을 수 없다. 그러나 암시에 의해 이루어지는 수천의 행위 중에서 양심의 요구를 의식적으로 따르는 행위는 겨우 하나가 있을까 말까다.

2 계몽은 타인에게 사고와 판단을 맡기고 따르려는 경향에서 스스로 벗어나는 것을 말한다. 계몽되지 않은 인간은 자신의 이성을 사용하지 못한다. 그것은 이성이 부족해서가 아니라 타인의 지도 없이 이성을 사용할 용기가 없기 때문이다. 용기와 결단력이 부족하다면 그 책임은 오롯이 본인에게 있다.　　　　　　　　　　　　　　칸트

3 이성을 활용할 용기를 가져라. 그것이 계몽의 기본이다.　　　　칸트

4 자기 안에서 속삭이는 수많은 목소리 가운데 어느 것이 영원하고 참
   된 **자아**의 목소리인지 정확하게 가릴 수 있다면 인간은 과오도 악도
   행하지 않을 것이다. 그러기 위해서는 자기 자신을 알아야 한다.

5 대중이 어리석은 원인을 주의깊게 살펴보면, 흔히 생각하듯 학교나
   도서관이 부족해서가 아니라 대중에게 미신을 불어넣어 그것으로
   이득을 얻으려는 사람들이 끊임없이 퍼뜨리는 온갖 미신 때문이라
   는 것을 알 수 있다.

6 진정한 계몽은 오직 도덕적 삶의 모범을 통해 널리 퍼진다. 학교나
   책, 신문, 잡지, 연극 등을 통한 이른바 계몽활동이라는 것은 실제로
   는 계몽과 아무 상관이 없을 뿐만 아니라 대부분은 계몽에 완전히
   반대된다.

/ 이성의 판단이나 내적 동기와는 무관하게 외부의 영향에 따라 행동
   하고 싶을 때는, 잠시 멈춰 자신을 끌어들이려는 외부의 영향이 선한
   지 악한지 판단해보아야 한다.

9월 29일

전쟁이 야기하는 온갖 참화와 공포는 접어두더라도, 전쟁은 인간의
이성을 왜곡시킨다는 점에서 무엇보다 해롭다. 군대나 군비 같은 것

의 명분은 결코 이성적으로 설명되지 않는다. 결국 이성을 왜곡시켜야만 가능해진다.

1 볼테르가 쓴 우화 가운데 다른 별에서 온 미크로메가스라는 우주인이 지구 사람들과 나눈 이야기가 있다.

"오, 여러분, 영원한 존재가 기술과 힘을 발휘해 창조한 이성적 원자인 여러분은 분명 이 지구에서 순수한 기쁨을 누리고 있을 것입니다. 왜냐하면 사랑과 사유의 삶이야말로 진정으로 정신적인 존재들이 누리는 삶이고, 물질적인 요소가 적은 당신들은 정신적으로 이미 고도로 발달했으니 분명 사랑하고 사유하며 살고 있겠죠."

이 말에 철학자들은 모두 고개를 저었고, 그중 가장 솔직한 한 사람이 나서서, 그다지 존경받지 못하는 소수의 활동가를 제외하면 지구는 광인과 악인과 불행한 사람으로 꽉 차 있다고 말했다.

"만일 악이 육체적인 요소에서 나오는 것이라면 우리 인간에게는 육체적인 요소가 너무 많은 것이고, 만일 악이 정신적인 요소에서 나오는 것이라면 우리 인간에게는 정신적인 요소가 너무 많은 것이오." 그는 말했다. "이를테면 지금 이 순간에도 모자를 쓴 수천 명의 광인들이 터번을 두른 수천 명의 생물과 함께 서로를 죽이는 싸움을 하고 있고, 이것은 우리가 기억하지도 못하는 태고 때부터 지구 곳곳에서 일어나고 있는 현상입니다."

"그 작은 생물들은 대체 무엇 때문에 싸우는 것입니까?"

"당신 발꿈치만한 흙덩이 때문에 싸우는 것입니다." 철학자는 말했다. "그러나 서로 죽고 죽이는 그들은 그 작은 흙덩이에 관심조차 없습니다. 그 한줌의 흙덩이가 술탄이라는 자의 것이 되느냐, 카이사르라는 자의 것이 되느냐는 것이 중요할 뿐이지요. 술탄이건 카이사르건 그 한줌의 흙덩이를 제대로 본 적이 없고, 전쟁에서 서로를 죽이고 있는 그 짐승들도 그들을 그렇게 만든 존재들을 한 번도 보지 못했습니다."

"불행한 자들이여," 시리우스별의 주민이 말했다. "그런 어리석고 미친 짓이 대체 가당키나 합니까! 오 정말이지 나는 몇 발짝 나아가 그 우스꽝스러운 살인자들의 개미집을 다 밟아버리고 싶군요."

"그럴 필요 없습니다." 사람들이 그에게 대답했다. "그들이 스스로 그렇게 할 겁니다. 벌해야 할 것은 그들이 아니라 궁전에 들어앉아 그들에게 살인을 지시하고 그것에 대해 신에게 엄숙히 감사하라고 명령하는 야만인들이죠."

볼테르

2 강 너머에 사는 그는 나와 다투지도 않았는데 그의 군주가 나의 군주와 싸우고 있다는 이유만으로 우리에게는 서로를 죽일 권리가 생겼다. 이것보다 더 한 불합리가 있을까?

파스칼

3 사람들은 언젠가 반드시 전쟁의 어리석음을 깨닫게 될 것이다.

4세기 전, 피사의 주민들과 루카의 주민들은 서로 맹렬한 적개심을 품었다. 그 적개심은 영원할 것 같았고, 비천한 피사의 짐꾼까지도 루카의 신분 높은 사람에게 뭔가 도움받는 것을 수치스러운 배신이라고 여겼다. 그들의 증오는 오늘날 무엇을 남겼을까? 현재 프랑스인에 대한 프로이센인의 어리석은 증오는 훗날 무엇을 남길까? 우리 후손들에게는 스파르타인에 대한 아테네인의 증오나 루카 주민에 대한 피사 주민의 증오가 분명 똑같아 보일 것이다. 사람들은 머지않아 서로를 공격하는 것보다 더 중요한 일이 있다는 것을 깨달을 것이다. 즉 사람들의 공통된 적은 빈곤과 무지와 질병이고, 지금 서로를 증오하는 데 쏟아붓는 노력을 그 무서운 불행과 싸우는 데로 돌려야 한다는 것을, 불행에 빠진 인류 형제들과 결코 싸워서는 안 된다는 것을 깨닫게 될 것이다. 리세

4 유럽 여러 나라 정부들은 1300억의 빚을 안고 있고, 그중 약 1100억 은 지난 1세기 동안 진 것이다. 그 막대한 빚은 오로지 군사비 때문 이다. 유럽 여러 나라 정부들은 평시에도 400만 명 규모 이상의 군대 를 거느리고, 전시에는 1900만 명까지 끌어올릴 수 있다. 정부 예산 의 3분의 2는 이자 지불과 육해군 유지에 지출되고 있다. 몰리나리

5 만일 여행자가 어느 외딴섬에 갔는데 사람들이 자기 집을 탄환이 장 전된 무기를 들고 지키고 파수꾼들이 밤낮없이 그 주위를 오가며 경 비하고 있는 것을 본다면, 그는 그 섬에 사는 모두가 도둑이라고 생 각하지 않을 수 없을 것이다. 유럽의 나라들도 이와 마찬가지가 아닐 까?

종교가 사람들에게 미치는 영향력이 이처럼 미미하단 말인가! 우 리는 종교에서 얼마나 멀어진 걸까! 리히텐베르크

✒ 전쟁 또는 군인계급의 존재는 인정하지도 부정하지도 마라. 명백히 사악한 일에 이성의 논리를 적용하는 것은 우리의 지성과 감정을 왜 곡시킬 뿐이다.

무엇 때문에?

1

1830년 봄, 가문의 영지인 로잔카에 있는 판 야체프스키의 집에 죽은 친구의 외아들인 젊은 이오시프^{폴란드 이름 '유제프'를 러시아어식으로 읽은 것} 미구르스키가 찾아왔다. 야체프스키는 올해 예순다섯 살의 노인인데, 이마가 넓고 딱 바라진 어깨에 몸집이 크고 둥글둥글하고 구릿빛 얼굴에 흰 콧수염을 길게 기른, 2차 폴란드 분할 시대의 애국자였다. 그는 젊을 때 아버지 미구르스키와 함께 코시치유슈코 군대에서 복무했고 지극한 애국심으로 그가 묵시록의 탕녀라고 불렀던 예카테리나 2세와, 욕지기를 치밀게 하는 배신자인 그녀의 정부^{情夫} 포니아토프스키를 증오했다. 그리고 밤이 지나 아침이 되면 반드시 해가 떠오른다는 것을 믿듯 폴란드-리투아니아 연방의 재건을 믿었다. 1812년에는 그가 숭배하는 나폴레옹의 군대에 가담해 연대를 지휘했다. 나폴레옹의 실각으로 비탄에 빠지기는 했지만, 기형적 형태로라도 왕국 폴란드의 재건을 기대하며 절망하지 않았다. 알렉산드르 1세에 의해 바르샤바에 국회가 개설되자 그의 희망은 되살아났지만 신성동맹과 전 유럽에서의 반동화^{反動化}, 콘스탄틴^{러시아 대공}의 우매함이 그의 숙원을 꺾어버렸다. 야체프스키는 1825년 이래 시골에 내려가 영지 로잔카에서 농사를 짓고 사냥을 하며 칩거했고, 신문이나 편지를 통해 여전히 조국의 정치적 사건을 열심히 좇고 있었다. 그는 가난한 폴란드 소귀족 출신의 아름다운 처녀에게 두번째 장가를 들었는데, 이 결혼은 불행했다. 그는 두번째 아내를 사랑하지도 존중하지도 않고 오히려 짐으로 느꼈고, 재혼의 잘못이 마치 그녀 탓이라는 듯 모질게 대했다. 두 사람 사이에 자식은 없었고, 첫번째 아내가 낳은 딸이 둘 있었다. 굉장한 미인인 큰딸 반다는 스스로도 그 미모를 의식하고 시골생활에 염증을 느끼고 있었고, 아버지가 특히 귀여워하는 작은딸 알비나는 생기 있는 가냘픈 몸매를 가진 아가씨로 곱슬곱슬한 금발에 아버지를 닮아 미간이 넓고 크고 반짝이는 푸른 눈을 가지고 있었다.

이오시프 미구르스키가 야체프스키를 찾아왔을 때 알비나는 열다섯 살이었다. 미구르스키는 전에 학생이었을 때 야체프스키 일가가 겨울을 나고 있던 빌나의 집에도 곧잘 찾아왔고, 반다를 쫓아다니기도 했다. 자유로운 성인이 되어 시골의 그들을 방문한 것은 이번이 처음이었다. 젊은 미구르스키의 방문은 로잔카 주민 모두에게 즐거움을 주었다. 노인에게 이오죠^{유제프의 애칭} 미구르스키는 젊은 시절 친구인 그의 아버지를 떠올리게 했고, 외국에서 막 도착한 미구르스키가 폴란드 국내외에서 일어나고 있는 혁명의 기운에 대해 장밋빛 희망을 품고 열렬히 이야기해주는 것도 즐거웠다. 한편 파니 야체프스카야는 미구르스키를 접대하느라 야체프스키 노인이 평소처럼 자신에게 마구 욕지거리를 퍼부어대지 않아서 즐거웠다. 반다는 미구르스키가 찾아온 것은 자신 때문이고 그가 청혼할 거라 믿었기 때문에 즐거웠다. 그녀는 청혼을 승낙할 마음의 준비를 하면서도, *내 자유를 값지게 팔아야지* 하고 생각했다. 알비나는 모두가 기뻐하는 것이 기뻤다. 미구르스키가 청혼을 하려고 찾아왔다고 믿은 건 반다만이 아니었다. 야체프스키 노인을 비롯해 유모 루드비카까지 집안사람 모두가 말은 하지 않았지만 그렇게 생각했다.

그것은 사실이었다. 미구르스키는 그럴 생각으로 찾아왔다. 하지만 일주일 지낸 뒤 뭔가에 당황한 듯 허둥대며 청혼도 하지 않고 돌아가버렸다. 모두가 이 예기치 못한 작별에 놀랐지만, 알비나 외에는 아무도 그 이유를 알지 못했다. 알비나는 그가 그렇게 갑작스럽게 떠난 이유가 자신에게 있다는 것을 알았다. 그녀는 미구르스키가 로잔카에서 지내는 내내 자신과 있을 때 유독 들뜨고 즐거워한다는 것을 눈치챘다. 그는 마치 어린아이 대하듯 그녀에게 장난을 치고 놀려대곤 했지만, 그녀는 곧 여자의 직감으로 그것이 어른이 어린아이를 대하는 태도가 아니라 남자가 여자를 대하는 태도라는 것을 알아챘다. 그녀가 방에 들어설 때 맞이하고 방에서 나갈 때 배웅하는 그의 사랑에 찬 눈빛과 상냥한 미소 속에서 그것을 느꼈다. 그녀는 그것이 무엇인지 명확히 알지 못했지만 그의 태도가 기분좋았고 자기도 모르는 사이에 그의 마음에 드는 행동을 하려고 애쓰게 되었다. 그는 그녀가 어떤 행동을 하든 좋아했다. 그래서 그녀는 그가 있는 자리에서 무엇을 하든 유난히 가슴이 설렜다. 그는 그녀에게 뛰어올라 상기된 환한 뺨을 핥는 예쁜 호르트(보르조이종 개)와 함께 뛰어다니는 그녀를 보는 것이 좋았다. 또 그녀가 아주 작은 일에도 전염성 있는 카랑카랑한 웃음소리로 귀엽게 웃는 것도 좋았다. 또 신부님이 따분한 설교를 할 때 그녀가 눈으로는 계속 웃으면서 새침을 떼고 있는 것도 좋았다. 또 그녀가 늙은 유모나 술 취한 이웃이나 미구르스키 자신을 순간순간 묘사하며 놀랄 만큼 비슷하고 웃기게 흉내내는 것도 좋았다. 무엇보다 그의 마음을 사로잡았던 것은 그녀가 이제 막 삶의 아름다움을 깨닫고 서둘러 그것을 즐기려 한다는 것이었다. 그는 그녀의 그 유별난 낙천성이 좋았고, 그녀도 그것이 그를 매혹한다는 것을 알자 더 고무되었다. 그랬기 때문에 알비나만이 반다에게 청혼하기 위해 찾아왔던 미구르스키가 청혼도 하지 않고 왜 떠나버렸는지 알았다. 그녀는 그것을 누구에게도 말하지 않고 스스로도 모른 척했지만, 그가 반다의 동생인 자신을 사랑하고 있다는 것을 마음속 깊이 느끼고 있었다. 알비나는 똑똑하고 교양 있고 아름다운 반다에 비해 자신은 너무 보잘것없다고 생각했기 때문에 그 사실에 무척 놀랐지만, 그래도 그것을 모를 수가 없었고, 또 기쁘지 않을 수가 없었다. 그녀 자신도 미구르스키를 온 마음을 다해 평생의 처음이자 마지막 연인인 듯 사랑했기 때문이다.

2

여름이 끝나갈 무렵, 신문에 파리혁명 소식이 실렸다. 이어서 바르샤바에서 혁명의 조짐이 있다는 소식이 전해졌다. 야체프스키는 두려움과 희망이 섞인 마음으로 콘스탄틴 암살과 혁명 발발 소식이 실렸을 우편물을 기다렸다. 마침내 11월 말, 망루 습격사건과 콘스탄틴 파블로비치의 도피에 관한 첫 소식이 로잔카에도 전해지고 그후 국회가 로마노프 일가의 폴란드 통치권 박탈을 선언했고 흐워피스키 장군이 독재관이 되며 폴란드 국민이 자유를 되찾았다는 소식이 전해졌다. 혁명은 아직 로잔카에까지는 미치지 않았지만 주민들은 모두 그 추이를 지켜보며 대비하고 있었다. 야체프스키 노인은 혁명의 주동자 중 한 사람인 옛친구와 편지를 주고받으며 농사가 아니라 혁명사업을 위해 유대인 혁명가들을 비밀리에 고용해 때가 되면 자신도 혁명에 합류하려고 준비했다. 파니 야체프스카야는 늘 그랬듯, 아니 평소보다 더 남편을 물심양면 챙겨주어야 했고, 늘 그랬듯 그로 인해 남편을 더욱 화나게 했다. 반다는 바르샤바에 있는 친구에게 돈으로 바꿔 혁명위원회에 헌금해달라고 자신이 아끼던 다이아몬드 등의 귀금속들을 부쳤다. 알비나는 오로지 미구르스키에게만 관심이 있었다. 그녀는 아버지를 통해 그가 드베르니츠키 부대에 입대했다는 것을 알았고, 그 부대에 관한 모든 정보를 수집하려고 애썼다. 미구르스키는 두 차례 편지를 보냈다. 첫 편지는 입대 소식을 알리는 것이었고, 2월 중순에 쓴 것은 러시아군 대포 여섯 문을 노획하고 포로들을 생포한 스토체크 근교의 폴란드군 승전 소식을 알리는 기쁨에 찬 편지였다. 이 편지에서 그는 *폴란드인의 승리와 러시아인의 패배를! 만세!*라는 글로 끝맺고 있었다. 알비나는 더없이 기뻤다. 그녀는 지도를 살펴보며 언제 어디서 러시아인들이 결정적으로 격파될지 예상하곤 했다. 그리고 아버지가 우체국에서 가져온 소포를 천천히 뜯고 있을 때는 얼굴이 창백해지며 몸을 떨었다. 어느 날 계모는 알비나의 방에 들어갔다가 그녀가 바지와 로가티프카^{폴란드 전통 군모} 차림으로 거울 앞에 서 있는 것을 보았다. 알비나는 폴란드 군대에 입대하기 위해 남장을 한 것이었다. 계모는 그녀의 아버지에게 이 사실을 알렸다. 아버지는 내심 공감되고 기특하면서도 전쟁에 나가겠다는 딸에게는 그 마음을 숨긴 채, 그런 어리석은 생각은 머리에서 싹지우라며 엄히 나무랐다. "여자에게는 여자가 할 일이 있다. 조국을 위해 자신을 희생하는 사람들을 사랑하고 위로하는 것이다." 그는 그녀에게 말했다. 지금은 그의 딸이 그에게 기쁨과 위안을 주는 필요한 존재이지만, 언젠가는 한 남자의 아내로 필요한 존재가 될 것이었다. 그는 어떻게 해야 딸의 마음을 돌릴 수 있는지 알고 있었다. 그는 자신이 외롭고 불행하다고 암시하며 딸에게 입을 맞추었고, 눈물을 감추려 아버지 가슴에 얼굴을 묻었지만 딸의 눈물은 아버지의 가운 소매를 적셨고, 딸은 아버지의 승낙 없이는 어떤 일도 계획하지 않겠다고 약속했다.

3

결국 폴란드는 분할되어 일부는 가증스러운 독일의 지배하에, 또 일부는 더욱 가증스러운 러시아의 지배하에 들어갔고, 그때 폴란드인이 경험한 고통을 겪어보지 않은 사람은 비록 실패로 끝났지만 1830년에서 1831년 사이에 일어난 몇 번의 해방운동 이후 해방의 희망이 보인다고 생각하며 그들이 느꼈던 환희를 이해할 수 없을 것이다. 그러나 그 희망은 오래가지 않았다. 극심한 세력 불균형 때문에 혁명은 또 좌절되었다. 또다시 무의미하게 권력에 복종하는 수만의 러시아인이 폴란드로 몰려왔고, 그들은 디비치와 파스케비치, 최고사령관인 니콜라이 1세니콜라이 파블로비치. 강력한 전제주의 실현을 지향함의 지휘 아래 무엇 때문에 그런 짓을 하는지도 모른 채 자신들의 피와 형제인 폴란드인들의 피로 땅을 적시고는, 그들의 자유 또는 지배가 아니라 탐욕과 유치한 허영심의 만족만을 원하는 나약하고 보잘것없는 사람들 손아귀에 그 땅을 맡겼다.

바르샤바는 점령되고 독립군도 격파되었다. 수백 수천 명이 총살당하거나 태형을 당하거나 유형 보내졌다. 유형지로 쫓겨난 사람들 중에는 젊은 미구르스키도 있었다. 그는 영지를 몰수당하고 일개 병졸로 우랄스크 상비군에 배속됐다.

1832년 겨울, 야체프스키 일가는 1831년부터 심장병으로 고생하던 노인의 요양을 위해 빌나에서 지냈다. 요새 지대에 있던 미구르스키가 보낸 편지가 그들에게 도착했다. 편지에는 지금까지 그가 겪은 일들과, 앞으로 닥칠 고난이 아무리 괴롭더라도 자신은 조국을 위해 헌신할 것이고, 자기 인생의 일부를 기꺼이 바쳤고 남은 인생마저 바칠 각오가 되어 있는 성스러운 혁명사업에 결코 절망하지 않으며, 당장 내일이라도 새로운 가능성이 보이면 똑같은 행동을 할 거라고 쓰여 있었다. 소리 내어 편지를 읽어내려가던 노인은 이 대목에서 눈물이 앞을 가려 더이상 읽을 수 없었다. 다시 소리 내어 읽은 편지 뒷부분에서 미구르스키는 지난번 그의 집을 방문한 것이 자기 평생에 가장 즐거운 추억이며, 그때 자신에게 **어떤 계획과 소망이 있었다 해도** 지금은 그것에 대해 말할 수 없고 말하고 싶지도 않다고 썼다.

반다와 알비나는 각자 나름대로 그 뜻을 이해했지만 그것에 대해서는 아무에게도 말하지 않았다. 편지 끝에서 미구르스키는 모든 사람의 안부를 물었는데, 특히 알비나에게는 지난번의 그 장난기 어린 말투로 알비나는 호르트와 지금도 그렇게 신나게 뛰어다니는지, 지금도 그렇게 다른 사람 흉내를 잘 내는지 물었다. 그리고 노인에게는 건강하기를, 아주머니에게는 집안이 평안하기를, 반다에게는 훌륭한 남편감을 얻기를, 알비나에게는 변함없이 낙천적으로 살기를 빌었다.

4

야체프스키 노인의 건강이 갈수록 나빠지자 1833년 그의 가족은 외국으로 이주했다. 반다는 바덴에서 부유한 폴란드인 망명자를 만나 결혼했다. 노인은 병세가 급속히 악화돼 1833년 초 이국의 하늘 아래 알비나의 품에서 숨을 거뒀다. 그는 끝내 아내에게 자기 곁을 주지 않았는데, 임종의 순간까지도 자신의 실패한 재혼에 대해 아내를 용서하지 않았던 것이다. 파니 야체프스카야는 알비나와 함께 고향 마을로 돌아왔다. 알비나의 최대 관심사는 미구르스키였다. 그녀의 눈에 그는 위대한 영웅이자 수난자였고 그녀는 그에게 한평생을 바치기로 마음먹었다. 그녀는 외국에서 돌아오기 전까지는 아버지를

대신해서, 나중에는 직접 그와 편지를 주고받았다. 아버지가 죽은 뒤 러시아로 돌아와 열여덟 살이 되자 그녀는 계모에게 우랄스크에 가서 미구르스키와 결혼하겠다고 자신의 결심을 알렸다. 계모는 미구르스키가 부유한 집 처녀를 꾀어 자신의 불행을 나눠 지게 하고 궁지에서 벗어나려고 한다고 비난하기 시작했다. 화가 난 알비나는 조국을 위해 전부를 희생한 사람을 그렇게 비열하게 매도하는 것은 어머니뿐일 거라고, 미구르스키는 자신이 돕겠다는 것도 오히려 거절했다고, 자신은 기필코 그를 찾아가 그가 자신에게 그럴 수 있는 행복만 준다면 기꺼이 결혼할 거라고 말했다. 알비나는 이제 성인이었고, 고인이 된 큰아버지가 두 조카딸에게 남긴 30만 즈워티^{폴란드의 화}를 가지고 있었기 때문에 어떤 것도 그녀를 붙들어놓을 수 없었다.

1833년 11월, 알비나는 멀고 낯선 곳, 야만적인 모스크바 사람들이 사는 러시아를 향해, 마치 그녀가 죽으러 가기라도 하는 것처럼 눈물로 배웅하는 집안 식구들과 작별하고 긴 여정을 위해 새로 수리한 아버지의 보조크^{썰매마차의 일종}에 늙고 충실한 유모 루드비카와 함께 올라타 먼길을 떠났다.

5

미구르스키는 병영에서 살지 않고 혼자 하숙하고 있었다. 니콜라이 파블로비치는 강등당한 폴란드인들에게 엄격한 군대생활의 고통뿐만 아니라 당시 일반 병사들이 겪고 있던 굴욕도 모두 감내하라고 요구했다. 그러나 그의 명령에 복종해야 하는 대다수의 보통 사람들은 강등병의 괴로운 처지를 이해해, 명령 불복종으로 처벌받을 위험이 있는데도 가능한 한 엄격한 조치는 취하지 않았다. 미구르스키가 속한 대대의 대장은 병사에서 지금의 자리까지 진급한 사람으로 반쯤 문맹이었는데, 전에 부유했지만 지금은 모든 것을 빼앗긴 교양 있는 젊은이의 처지를 십분 이해하고 동정하며 존경하는 마음으로 모든 일에서 그의 편의를 봐주고 있었다. 미구르스키도 마치 병사처럼 푸석한 얼굴에 구레나룻을 기른 육군 중령의 친절을 고마워하며 그 보답으로 견습사관학교 시험을 준비하는 그의 아들들에게 수학과 프랑스어를 가르쳐주었다.

벌써 일곱 달이 넘은 우랄스크에서의 생활은 단조롭고 우울하고 지루할 뿐만 아니라 힘들었다. 아는 사람이라고는 그가 가능하면 거리를 두려고 애쓰는 대대장 외에, 그와 마찬가지로 유형 와서 생선장사를 하고 있는 배운 것 없고 교활하고 불쾌한 폴란드인 한 사람뿐이었다. 미구르스키에게 가장 괴로운 것은 아무리 해도 가난에 익숙해지지 않는 것이었다. 재산을 몰수당해 무일푼이 된 그는 몸에 지니고 있던 금붙이를 팔아 근근이 살아가고 있었다.

유형 온 뒤로 그의 유일한 낙은 알비나와의 편지 왕래와, 로잔카에 방문했을 때부터 그의 머릿속에 새겨져 유형생활 속에서 시간이 흐를수록 멋진 기억이 되어가는 그녀의 시적이고 사랑스러운 모습이었다. 그녀는 그에게 보낸 첫 편지에서 예전에 그가 "어떤 계획과 소망이 있었다 해도"라고 했던 것이 무슨 뜻이냐고 물었다. 그는 자신의 소망은 그녀를 아내로 맞이하는 것이었다고 고백했다. 그 고백에 그녀는 그를 사랑한다고 답해왔다. 그러자 그는 그런 말은 하지 말아달라고, 이제 자신은 그 가능성을 생각하는 것조차 두렵다고 답했다. 그러나 그녀는 그것은 가능한 일이며 반드시 그렇게 될 거라고 답했다. 그는 그녀의 희생을 받아들일 수 없으며 더욱이 현재 자신의 상황으로는 불가능하다고 답했다. 그 편지를 보내고 얼마 뒤 그는 2천

즈워티의 송금수표를 받았다. 봉투의 스탬프와 필적으로 알비나가 부친 것임을 안 그는 자신이 초기에 보낸 편지에, 생활에 필요한 차나 담배 같은 것들, 심지어 책까지도 가정교사 일을 해 번 돈으로 산다며 농담 비슷하게 썼던 기억이 떠올랐다. 그는 그 돈을 다른 봉투에 옮겨 담은 뒤, 우리의 신성한 관계를 돈으로 망치지 말아달라고 쓴 편지와 함께 돌려보냈다. 내 생활에는 부족함이 없다, 당신 같은 친구가 있다는 것만으로도 더없이 행복하다고 그는 썼다. 두 사람의 편지 왕래는 그것이 끝이었다.

11월 어느 날, 미구르스키가 육군 중령의 집에서 아이들의 공부를 봐주고 있을 때 우편마차의 방울소리가 들리고 얼어붙은 눈 위에서 썰매의 활목이 삐걱거리는 소리가 들리더니 우편마차가 현관 앞에 멈춰 섰다. 아이들은 누가 왔는지 보러 달려나갔다. 미구르스키는 문쪽을 보며 아이들이 돌아오기를 기다렸다. 그러나 방안으로 들어선 것은 중령의 부인이었다.

"그런데 '선생님', 어떤 여자분 둘이 당신을 찾아요." 그녀는 말했다. "어쩌면 당신 고국에서 왔을 수도 있어요. 폴란드인들 같던데요."

만일 누군가 미구르스키에게 알비나가 찾아왔을 것 같은가 하고 물었다면, 그는 상상도 할 수 없는 일이라고 대답했을 것이다. 그러나 마음속 깊은 곳에서는 그녀를 기다리고 있었다. 그는 온몸의 피가 심장으로 몰리고 호흡이 빨라지는 것을 느끼며 현관방으로 달려나갔다. 현관방에서는 얼굴이 얽은 뚱뚱한 여자가 머리에 두른 스카프를 풀고 있었다. 또 한 여자는 중령의 방으로 막 들어서고 있었다. 그녀는 등뒤에서 발소리가 들리자 돌아보았다. 챙 넓은 보닛 아래 서리로 덮인 알비나의 눈썹 밑으로 넓은 미간과 삶의 기쁨으로 반짝거리는 푸른 두 눈동자가 보였다. 그는 순간 어떻게 맞이하고 뭐라 인사해야 할지 멍해졌다. "유죠^{유제프의 애칭}!" 그녀는 그녀의 아버지가 그를 불렀고 또 자신도 남몰래 부르던 이름을 외쳤다. 그리고 두 팔로 그의 목을 끌어안고 그의 얼굴에 새빨갛게 얼어버린 자신의 얼굴을 비비며 웃다 울다 했다.

알비나가 어떤 사람이고 무엇 때문에 찾아왔는지 알게 되자 친절한 중령 부인은 그들이 결혼할 때까지 그녀를 그 집에서 지내게 해주었다.

6

마음씨 좋은 중령이 애쓴 덕분에 그들은 상급관청에서 결혼 허가를 받을 수 있었다. 오렌부르크에서 초빙한 폴란드인 가톨릭 신부가 결혼식을 주재했다. 대대장의 아내가 결혼식 대모가 되었고, 그가 가르친 아이들 중 하나가 성상을 들었으며, 같은 유형자인 폴란드인 브르조조프스키가 들러리를 섰다.

좀 이상하게 여겨지겠지만, 알비나는 남편을 열렬하게 사랑하면서도 그에 대해 아는 것이 별로 없었다. 결혼을 하고 나서야 그에 대해 알게 되었다. 당연한 일이지만, 그녀는 피와 육체를 가진 살아 있는 인간인 미구르스키에게서 그녀가 상상 속에서 간직하며 키워온 이미지에는 없던 속되고 현실적인 점들을 발견했다. 그러나 피와 육체를 가진 살아 있는 인간이라는 바로 그 이유 때문에 전에 그녀의 추상적인 이미지에는 없던 그의 솔직하고 좋은 점도 많이 발견했다. 그녀는 지인들과 친구들에게서 전장에서 그가 발휘했던 용기에 대해 들었고, 재산과 자유를 잃었을 때 그가 보여준 의연함도 알았기 때문에 언제나 숭고한 삶을 추구하는 한 영웅으로서 그를 머릿속에 그리고 있었다. 그러나 비범한 체력과 용기를 지닌 그도 현실에서는 부드럽고 겸손한 어린양 같은 남자였다. 또한 악의 없는 농담을 즐기고, 금발 수염에 둘러싸인 감상적인 입가에 로잔카에서부터 그녀를 사로잡았던 천진난만한 미소를 지으며 줄기차게 파이프담배를 피워 임신중인 아내를 괴롭히는 지극히 평범한 사람이기도 했다.

미구르스키도 이제야 알비나에 대해 알기 시작했고, 알비나를 통해 처음으로 여자를 알았다. 결혼하기 전 그가 알던 여자들에게서는 그것을 알 수 없었다. 여자로서의 알비나를 알게 된 것은 그에게 놀라움을 주었는데, 알비나에게 그토록 부드러운 애정과 감사하는 마음을 느끼지 않았다면, 어쩌면 여자에게 가질 수도 있는 환멸을 느꼈을지도 모른다. 그는 여자로서의 알비나에게는 상냥하고 약간 아이러니하기까지 한 겸손을 느꼈고, 알비나로서의 알비나에게는 단순히 부드러운 애정뿐만 아니라 환희에 찬 감정을, 자신에게 과분한 행복을 안겨준 그녀의 헌신에 부채감까지 느끼고 있었다.

미구르스키 부부는 서로에게 모든 애정을 쏟아부을 수 있어서 행복했다. 낯선 사람들 속에 있었지만 그들은 서로에게 한겨울에 길을 잃은 사람들이 꽁꽁 얼어붙은 몸을 기대 서로를 온기로 덥혀주는 듯한 감정을 느끼고 있었다. 주인에게 성실하게 헌신하고 유머러스하고, 악의 없는 잔소리를 늘어놓고, 남자라면 누구나 자신에게 반한다고 생각하는 유모 루드비카도 미구르스키 부부의 기쁜 삶에 한몫하고 있었다. 미구르스키 부부는 아이들 덕분에도 행복했다. 일 년 뒤 아들이 태어났고, 그 일 년 반 뒤에는 딸이 태어났다. 아들은 눈이며 장난기며 우아한 모습까지 어머니를 쏙 빼닮았고, 딸은 건강하고 예뻤다.

불행이 있다면 미구르스키 일가가 조국에서 멀리 떠나 있다는 것, 그리고 굴욕스러운 처지에 익숙해지지 않는 데서 오는 괴로움이었다. 알비나는 특히 그런 처지에 힘들어했다. 그녀의 영웅이자 인간의 귀감인 유죠가 장교 앞에서 늘 부동자세를 취해야 하고 받들어총을 하고 보초를 서면서 절대 복종해야 했기 때문이다.

게다가 폴란드에서 들려오는 소식은 하나같이 암울했다. 일가친척과 친구들 거의 대부분이 유형을 당하거나 재산을 몰수당하고 외국으로 피신했다. 미구르스키 부부도 현재와 같은 상황이 언제 끝날지 예상할 수 없었다. 사면이나 현재의 처지를 개선해보려는 시도도, 장교 진급을 위한 모든 노력도 허사로 끝나고 말았다. 니콜라이 파블로비치는 열병과 행진, 훈련을 계속 시켰고, 자신은 가면무도회에 드나들고, 할일도 없으면서 추구예프에서 노보로시스크로, 페테르부르크로, 모스크바로 온 러시아를 말을 타고 종횡무진하면서 민중을 놀라게 했다. 언젠가 한 사람이 용기 내어 나서서, 그가 언제나 찬양하는 애국심 때문에 고난에 빠진 데카브리스트들이나 폴란드인 유형자들의 형을 경감해달라고 청원하자, 황제는 가슴을 쭉 펴고 그 초점이 흐릿한 눈으로 한 곳을 응시하며 "지금은 아니다. 아직 이르다" 하고 마치 언제가 이르고 언제가 적당한 때인지 자신은 안다는 듯이 말했다. 그러자 그의 주위에 빌붙어 사는 장군이며 시종이며 그의 부인 등 측근들이 모두 이 위대한 인간의 비범한 통찰력과 지혜에 감동했다.

그러나 대체로 미구르스키 부부의 생활은 불행보다 행복한 일이 더 많았다.

그렇게 오 년의 세월이 흘렀다. 그러던 어느 날 예기치 않았던 큰 불행이 갑자기 그들을 덮쳤다. 처음에는 딸아이가 시름시름하더니 이틀 뒤 아들아이가 병에 걸려 사흘 동안 신음하다가 의사의 도움도 받지 못하고(의사라고는 찾으려야 찾을 수도 없었다) 나흘째 되던 날 죽고 말았다. 그 이틀 뒤 딸아이마저 죽었다.

알비나는 자신이 자살하면 남편이 얼마나 상심할지 두려워 우랄

강에 몸을 던지고 싶은 마음을 억눌렀다. 그녀는 사는 것이 고통스러웠다. 전에는 언제나 활동적이고 부지런했지만 지금은 집안일을 모두 루드비카에게 맡겨버리고 아무 일도 하지 않으며 몇 시간이고 말없이 눈앞만 응시하며 앉아 있었다. 그러다가 별안간 훌쩍 일어나 자기 방으로 달려가서는 남편과 루드비카가 아무리 달래도 고개를 젓고 혼자 있을 테니 나가달라며 말없이 흐느끼기만 했다. 여름이 되자 그녀는 아이들 무덤을 찾아가 이제는 돌이킬 수 없는 과거를 떠올리고 어쩌면 그때 살릴 수 있었을지도 모른다는 생각에 가슴을 치며 앉아 있곤 했다. 만일 의술의 혜택을 받을 수 있는 도시에 살았다면 아이들을 살릴 수 있었을지 모른다는 생각이 특히 그녀를 괴롭혔다. '대체 왜, 대체 왜?' 그녀는 생각했다. '유죠도 나도 태어난 대로 살았잖아, 그는 조부와 증조부가 살았던 그대로의 삶을 살았고, 나도 그를 사랑하며 함께 자식들을 사랑으로 키우는 것 말고는 아무것도 바라지 않았어. 그런데 유조는 갑자기 체포되어 유형당하고, 나는 빛보다 더 소중한 아이들을 빼앗기고 말았어. 대체 왜? 무엇 때문에?' 그녀는 사람들을 향해, 신을 향해 물음을 던졌다. 그러나 어떤 대답도 떠올릴 수 없었다.

그녀는 그 대답 없이는 살아갈 수 없었다. 그녀의 삶은 멈춰버렸다. 그녀의 여성적 취향과 우아함으로 꾸밀 수 있었던 유형지의 불행한 삶은 이제 그녀뿐만 아니라 그녀가 안타깝고 그녀를 어떻게 도와야 할지 알 수 없는 미구르스키에게도 견딜 수 없는 것이 되었다.

7

미구르스키 부부에게 가장 고통스러웠던 이 시기, 당시 시베리아에서 폴란드인 가톨릭 신부 시로친스키가 주동한 대규모 반란과 탈주 계획에 동참했던 폴란드인 로솔로프스키가 우랄스크로 유형을 왔다.

로솔로프스키는 미구르스키처럼 태어난 그대로, 즉 폴란드인으로 살려고 했던 것뿐인데 시베리아로 유형당한 수천 명과 마찬가지로 그 일에 관여했다가 태형을 받고 미구르스키와 같은 대대의 병사가 된 것이었다. 전직 수학교사인 로솔로프스키는 두 뺨이 움푹 들어가고 주름투성이 이마에 키는 크지만 곱사등이인 깡마른 남자였다.

도착한 첫날 저녁 로솔로프스키는 미구르스키의 집에 앉아 차를 마시면서 느릿하고 침착한 저음으로 자신이 겪었던 그 비참했던 사건에 대해 자연스레 말문을 열었다. 그 사건이란 시로친스키가 시베리아 전역에 비밀결사를 조직하고, 카자크러시아 남부 변경 군영지대에서 농사를 지으면서 군무에 종사하던 사람들 부대와 상비 부대에 소속된 폴란드인들의 협조 아래 병사들과 죄수들의 폭동을 선동하고, 시베리아 유형수들의 봉기를 일으켜 옴스크에서 대포를 빼앗고 모든 사람을 해방시키는 것이었다.

"그런데 그런 일이 정말 가능했습니까?" 미구르스키가 물었다.

"가능했고말고요, 모든 게 준비되어 있었으니까요." 로솔로프스키는 음울하게 미간을 찌푸리며 느리고 침착한 목소리로 해방 계획의 전모와 성공을 위해 취한 모든 수단, 그리고 실패할 경우 공모자들을 구출하기 위해 고안해둔 방법들까지 들려주었다. 그는 두 명의 배신자만 없었다면 분명 성공했을 거라고 말했다. 그리고 시로친스키는 천재이고 위대한 정신력의 소유자라고 말했다. 그의 말에 의하면 시로친스키는 영웅으로서 순교자처럼 죽었다. 로솔로프스키는 이 사건으로 재판에 부쳐졌던 모든 사람과 함께 자신이 관청의 명령 아래 입회해야 했던 체형에 대해 시종 차분한 저음으로 자세히 들려주었다.

"2개 대대 병사들이 두 줄로 길게 늘어서 있고, 모든 병사의 손에는 총구에 딱 세 개가 들어갈 정도의 굵기로 된 낭창낭창한 회초리가 들려 있었습니다. 맨 먼저 의사 샤칼스키가 끌려왔습니다. 두 병사가 그를 앞세우고 나아가면, 회초리를 든 병사들이 그가 자기 앞에 왔을 때 그의 벗은 등짝을 사정없이 내리치는 식이었습니다. 나는 그가 내가 서 있는 곳으로 다가왔을 때 겨우 그를 보았습니다. 북 치는 소리밖에 들리지 않았는데, 회초리가 획 하고 몸뚱이를 치는 소리가 들리자 나는 그가 가까이 왔다는 것을 알았습니다. 총을 든 병사들이 다시 그를 뒤쪽으로 끌고 가고 그는 벌벌 떨며 고개를 두리번거렸습니다. 내 앞을 지날 때 나는 그 러시아인 의사가 병사들에게 '제발 아프게 치지 말아주시오'라고 말하는 것을 들었죠. 그러나 그들은 무자비하게 내리쳤습니다. 내 앞을 두번째 지나갔을 때 그는 이미 걷지 못하고 질질 끌려가고 있었습니다. 그의 등은 차마 눈뜨고 보기 힘들 정도였습니다. 나는 눈살을 찌푸렸죠. 그는 쓰러져 들려나갔습니다. 다음 사람이 끌려왔습니다. 그리고 그다음, 또 그다음 네번째 사람이 끌려왔습니다. 모두 쓰러졌고 누구는 실신한 채, 또 누구는 간신히 살아서 들려나갔습니다. 우리 모두 그것을 서서 지켜보고 있어야 했습니다. 그 광경이 이른 아침부터 오후 두시까지, 그러니까 여섯 시간 동안이나 계속됐습니다. 마지막으로 시로친스키가 끌려왔습니다. 오랫동안 못 본 사이에 그는 몰라볼 정도로 늙었더군요. 면도를 했지만 주름투성이 얼굴은 창백했습니다. 발가벗겨진 몸은 누렇고 너무 깡말라서 움푹 꺼진 배 위로 갈비뼈가 툭툭 불거져나와 있었습니다. 그도 다른 사람들과 마찬가지로 걸어가면서 회초리를 맞을 때마다 몸을 떨고 고개를 이쪽저쪽으로 돌렸지만 신음하지 않고 큰 소리로 기도문을 외었습니다. '주여, 당신의 자비로 나를 불쌍히 여겨주소서.'"

"나는 직접 들었습니다." 로솔로프스키는 갈라진 목소리로 빠르게 말하고 입을 다물더니 코웃음을 쳤다.

창가에 앉아 있던 루드비카는 손수건으로 얼굴을 가리고 흐느 꼈다.

"당신은 과장을 좋아하는군요! 짐승 같은 놈들, 짐승 같은 놈들!" 미구르스키는 이렇게 외치며 파이프담배를 내던지더니 의자에서 벌 떡 일어나 캄캄한 침실로 성큼성큼 가버렸다. 알비나는 캄캄한 방 한 구석에 시선을 못박은 채 돌처럼 가만히 앉아 있었다.

8

다음날 군사훈련을 마치고 돌아온 미구르스키는 아내가 예전처럼 밝은 얼굴을 하고 가벼운 걸음걸이로 걸어와 그를 맞고 침실로 이끌 자 깜짝 놀랐다.

"저, 유죠, 좀 들어봐요."

"말해봐요, 뭔데?"

"로솔로프스키가 한 얘기를 밤새 생각했어요. 그리고 난 결심했어 요. 여기서 이렇게 살 수 없다, 이런 곳에서 살 수 없다고요. 더는 못 참겠어요! 차라리 죽을지언정 더는 여기서 살지 않겠어요."

"그럼 어떡하자는 거지?"

"도망가요."

"도망가자고? 어떻게?"

"밤새 궁리했어요. 들어봐요."

그녀는 어제 밤새 궁리한 계획을 그에게 이야기했다. 계획은 다음 과 같았다. 우선 미구르스키는 저녁에 우랄강 언덕으로 가서 외투를 벗어놓고 그 위에 자살한다는 유서를 올려둔다. 사람들은 그가 투신 자살했다고 생각하고 시체를 수색하고 보고서를 올릴 것이다. 그동안 그는 숨어 지낸다. 그녀는 그동안 그를 아무도 발견하지 못할 곳에 숨긴다. 한 달은 숨어 살 수 있을 것이다. 모든 것이 잠잠해지면 함께 달아난다.

그녀의 계획을 처음 들었을 때 미구르스키는 불가능하다고 생각했다. 그러나 하루종일 그녀가 확신에 차서 열렬히 설득하자 결국 그 계획에 찬성하고 말았다. 물론 탈주에 실패하면 로솔로프스키가 이야기했던 형벌을 받게 되겠지만, 성공하면 그녀를 자유롭게 해줄 수 있다는 생각에 마음이 기운 것이었다. 그는 아이들이 죽은 뒤 이곳에서의 삶이 그녀에게 얼마나 괴로운 것이 되었는지 너무 잘 알고 있었다.

로솔로프스키와 루드비카에게도 이 계획을 털어놓았다. 오랫동안 논의하며 변경과 수정을 거치며 탈주 계획이 완성되었다. 처음의 안은, 미구르스키가 자신이 투신자살한 것으로 인정되면 혼자 걸어서 도망가고, 알비나는 마차를 타고 가 약속한 장소에서 그를 만나는 것이었다. 그러나 로솔로프스키가 최근 오 년 동안 시베리아에서 도주하려다 실패한 온갖 사례를 말하자(그 오 년 동안 도주에 성공한 운 좋은 사람은 딱 한 명뿐이었다), 알비나는 유죠가 마차에 숨어 그녀와 루드비카와 함께 사라토프^{러시아의 도시}까지 간다는 새로운 계획을 내놓았다. 그는 사라토프에서 옷을 갈아입고 볼가강을 따라 걸어내려가 약속한 장소에서 알비나가 사라토프에 빌려놓은 배를 타고 세 사람이 함께 볼가강을 따라 아스트라한과 카스피해를 거쳐 페르시아로 가는 것이다. 이 계획은 모두에게, 특히 주요 계획을 세운 로솔로프스키에게 찬성을 얻었지만 마차 안에 사람이 들어가 숨을 수 있으면서도 관헌의 눈을 끌지 않는 공간을 마련하기가 어렵다는 문제가 제기되었다. 알비나가 아이들의 무덤에 다녀와서 로솔로프스키에게 낯선 땅에 어린 자식들의 뼈를 남겨놓고 가는 것이 얼마나 가슴 아픈 일인지 말했을 때, 그는 잠시 생각하더니 이렇게 말했다.

"당국에 아이들의 관을 가지고 가게 해달라고 청원해봐요. 허가해줄 겁니다."

"아니요, 난 싫어요, 그러기는 싫어요!" 알비나는 말했다.

"청원해보세요. 거기에 방법이 있습니다. 관을 넣지 말고 커다란 궤짝을 짜 그 안에 유제프를 숨기는 겁니다."

처음에 알비나는 이 제안을 거절했다. 아이들에 대한 추억에 그런 속임수가 끼어드는 것이 불쾌했기 때문이다. 그러나 미구르스키가 이 제안에 기쁘게 동의하자 그녀도 결국 찬성했다.

최종적인 계획은 그렇게 완성되었다. 미구르스키는 강물에 투신자살했다고 당국이 믿도록 모든 조치를 취한다. 그의 죽음이 인정되면, 알비나는 남편이 죽었으니 아이들의 유골을 가지고 고국으로 돌아가고 싶다고 청원한다. 허가가 나면 무덤을 파고 관을 꺼내는 시늉을 한 뒤 관은 그대로 두고 준비한 궤짝에 미구르스키를 숨긴다. 궤짝을 여행마차에 싣고 사라토프까지 간다. 사라토프에서 배를 탄다. 배를 탄 뒤 유죠는 궤짝에서 나와 그들은 함께 카스피해까지 간다. 거기서는 페르시아든 터키든 어디로 가도 자유를 얻을 수 있다.

9

먼저 미구르스키 부부는 루드비카를 고국으로 보낸다는 구실로 여행마차를 샀다. 그런 다음 마차 안에 넣을, 공기가 통하고 몸을 좀 오그리면 누울 수도 있고 쉽게 눈에 띄지 않게 드나들 수도 있는 궤짝을 만들었다. 알비나와 로솔로프스키와 미구르스키, 이 세 사람이 궤짝을 설계하고 준비했다. 특히 뛰어난 목수 기술을 가진 로솔로프스키가 도움이 되었다. 궤짝은 차체 뒤쪽 나무대에 고정하자 딱 들어맞았고, 차체와 궤짝 사이 칸막이를 움직일 수 있게 해서 그것을 움직이면 몸의 반은 궤짝에, 또 반은 여행마차 바닥에 늴 수 있게 만들어졌다. 뿐만 아니라 궤짝에 공기가 통하게 구멍을 뚫고 궤짝 위와 옆을 거적으로 덮은 뒤 끈으로 묶었다. 마차 좌석 아래를 통해서만 궤짝에 들어가거나 나올 수 있었다.

여행마차와 궤짝이 마련되자 알비나는 남편이 실종되기 전 필요한 사전작업을 해두기 위해 육군 중령에게 가서 남편이 우울증에 시달리다 자살을 기도했고, 그가 걱정되니 당분간 휴가를 주었으면 좋겠다고 말했다. 그녀의 연기는 효과가 있었다. 남편에 대해 걱정하고 불안해하는 그녀의 자연스러운 연기에 완전히 감동한 중령은 가능한 한 배려하겠다고 약속했다. 그뒤 미구르스키는 유서를 써서 우랄강 언덕에 벗어놓을 외투의 접힌 소맷부리 뒤에 넣었다. 계획한 날 저녁, 그는 우랄강으로 나가 어두워지기를 기다렸다가 강 언덕 위에 유서가 든 외투를 벗어놓고 몰래 집으로 돌아왔다. 자물쇠를 채운 다락방에 그의 은신처가 마련되어 있었다. 밤이 되자 알비나는 루드비카를 육군 중령에게 보내 남편이 스무 시간 전에 집에서 나가 아직도 돌아오지 않고 있다고 알렸다. 아침에 그녀에게 남편의 유서가 전달되었고, 그녀는 절망한 표정으로 눈물을 흘리면서 육군 중령에게 가지고 갔다. 일주일 뒤 알비나는 고국으로 떠나겠다고 청원을 냈다. 미구르스카야 부인의 슬픔은 그녀를 본 모든 사람의 마음을 움직였다. 불행한 어머니이자 아내인 그녀를 모두가 불쌍히 여겼다. 귀국 허가가 나자 그녀는 아이들의 유골을 가지고 갈 수 있도록 허락해달라고 청원을 냈다. 당국은 그 감상적인 생각에 놀랐지만 그것도 허가

해주었다.

허가가 난 다음날 저녁, 로솔로프스키는 알비나와 루드비카가 함께 임대한 짐마차에 아이들의 관이 들어갈 궤짝을 싣고 무덤으로 갔다. 알비나는 어린아이들의 무덤 앞에서 잠시 무릎을 꿇고 기도를 올린 뒤 얼른 일어나 미간을 찡그리며 로솔로프스키에게 돌아서서 말했다.

"알아서 해주세요, 나는 못하겠어요." 알비나는 이렇게 말하고 옆으로 물러섰다.

로솔로프스키와 루드비카는 묘석을 치우고 삽으로 무덤 윗부분을 파헤친 것처럼 보이도록 흙을 파냈다. 모든 것이 끝나자 그들은 알비나를 불러 흙이 담긴 상자와 함께 집으로 돌아왔다.

출발하는 날이 되었다. 로솔로프스키는 계획이 거의 성공한 것을 기뻐했다. 루드비카는 여행중에 먹을 과자와 파이를 굽기도 하고 "엄마를 사랑하듯이" 하고 좋아하는 속담을 중얼거리기도 하면서 두려움과 기쁨에 심장이 터질 것 같다고 말했다. 미구르스키는 한 달 이상 틀어박혀 있던 다락방에서 나오게 된 것이, 그리고 무엇보다 알비나가 활기와 낙천성을 되찾은 것이 기뻤다. 그녀는 지난날의 슬픔과 지금의 위험을 다 잊고 마치 다시 아가씨 시절로 돌아간 듯 기쁨에 벅찬 얼굴로 다락방에 있는 그에게 달려왔다.

새벽 세시쯤 그들을 호송할 카자크 한 명이 카자크 마부와 세 필의 말을 끌고 왔다. 알비나는 루드비카와 함께 강아지를 데리고 마차에 올라 융단 쿠션이 깔린 좌석에 앉았다. 카자크와 마부는 마부석에 앉았다. 농부 옷으로 갈아입은 미구르스키는 여행마차 궤짝 속에 누워 있었다.

도시를 빠져나온 훌륭한 세 필의 말은 작년의 은빛 나래새가 아직도 무성한 초원 사이로, 돌처럼 단단하게 다져져 가래도 들어가지 않을 것 같은 길을 따라 마차를 달려 갔다.

10

알비나는 희망과 기쁨으로 심장이 터질 것 같았다. 그 기분을 나누기 위해 이따금 가볍게 미소지으며 루드비카를 향해 고갯짓으로 마부석에 앉아 있는 카자크의 넓은 등을 가리키기도 하고 마차 바닥을 가리키기도 했다. 루드비카는 정색한 표정으로 꼼짝도 하지 않고 앞만 바라보며 그저 입술만 살짝살짝 달싹거렸다. 날씨는 쾌청했다. 아침햇살에 은빛으로 반짝이는 나래새가 뒤덮인 초원이 광활하게 펼쳐져 있었다. 편자를 박지 않은 바시키르^{우랄산맥 남서쪽 지명이자, 이 지역 고유의 조랑말 품종명}들이 아스팔트 위를 달리는 듯 딸각딸각 소리 내며 빠르게 달리는 단단한 길 양쪽으로 시베리아 들쥐들이 만들어놓은 흙무덤이 보였다. 그 흙무덤 뒤에서 들쥐 한 마리가 망을 보고 있다가 찢어지는 듯한 소리로 위험을 알리며 재빨리 구멍 속으로 숨어들었다. 가끔 마차와 마주치기도 했다. 짐마차로 밀을 나르는 카자크들이나 말 탄 바시키르인들이었다. 카자크들은 타타르말로 유쾌하게 그들과 얘기를 주고받았다. 어느 역참에나 말들은 생기 있고 살이 올라 있었다. 알비나가 준 술값 덕분에 신난 마부들은 그들이 말하듯 전령처럼 전속력으로 달렸다.

첫번째 역참에 도착해 첫 마부는 돌아가고, 아직 새 마부가 오지 않고 카자크도 밖에 나가고 없자, 알비나는 허리를 숙이고는 남편에게 기분이 어떤지 필요한 건 없는지 물었다.

"좋아, 편안해요. 필요한 건 없어. 이틀 밤이라도 누워 갈 수 있겠는데."

저녁 무렵 데르가치의 큰 마을에 도착했다. 알비나는 남편이 팔다리를 펴고 기운을 차릴 수 있도록 역참이 아니라 여관 앞에 여행마차를 세우게 했다. 곧바로 카자크에게 돈을 주어 달걀과 우유를 사다 달라고 했다. 여행마차는 처마끝 쪽에 세워져 있었고 마당은 어두웠다. 그녀는 루드비카에게 카자크가 오는지 망을 보라 하고 남편을 나오게 해 먹을 것을 주었다. 카자크가 돌아오기 전 그는 다시 비밀 공간으로 들어갔다. 새 말들이 준비되었고 여행은 다시 계속되었다. 알비나는 점점 더 기분이 좋아지는 것을 느꼈고 흥겹고 즐거운 기분을 억누를 수 없었다. 루드비카와 카자크, 개 트레조르카 외에는 말 붙일 상대도 없었지만 그녀는 그들과 함께여서 즐거웠다.

루드비카는 예쁘지도 않으면서 남자만 만나면 늘 그가 자신에게 반했다고 의심하곤 했는데, 지금도 그녀는 순박하고 선량하고 친절해서 두 여자를 무척 유쾌하게 하는데다 유난히 밝고 선하고 푸른 눈을 가진 듬직하고 건강한 우랄 출신 카자크에게 그런 의심을 품고 있었다. 알비나는 트레조르카가 의자 밑에 코를 대고 킁킁거리지 않도록 단속하면서 내심 조금 불안했지만, 지금 그녀는 즐거웠다. 카자크는 루드비카가 자신을 어떻게 생각하고 있는지는 꿈에도 모른 채 그녀가 무슨 말을 할 때마다 사람 좋은 웃음을 지었다. 알비나는 루드비카가 이 카자크에게 우스꽝스럽게 교태를 부리는 모습을 보는 것도 즐거웠다. 아직은 위험하지만 계획이 곧 성공하리란 기대감, 훌륭한 날씨, 초원의 공기에 한껏 흥분되어 그녀는 오랫동안 경험하지 못했던 아이 같은 기쁨과 즐거움을 느꼈다. 미구르스키 또한 그녀의 명랑한 목소리를 들으며 자신의 상황상 드러낼 수 없는 신체적 고통(무엇보다 덥고 갈증이 나서 괴로웠다)도 잊은 채 그녀의 기쁨을 자신의 기쁨처럼 느꼈다.

이틀째 저녁 무렵에는 안개 속으로 뭔가가 보이기 시작했다. 사라토프와 볼가강이었다. 카자크는 초원생활에 익숙한 좋은 눈으로 멀리 볼가강 위의 돛대를 알아보고 루드비카에게 가리켜 보였다. 루드비카도 보인다고 말했다. 알비나의 눈에는 아무것도 보이지 않았지만, 남편이 알아들을 수 있게 일부러 큰 소리로 말했다.

"사라토프, 볼가강이군요."

알비나는 트레조르카에게 말하는 척하면서 눈에 보이는 모든 것을 남편에게 말해주었다.

11

알비나 일행은 사라토프에 들어가지 않고 볼가강 왼쪽, 즉 사라토프 맞은편에 있는 포크롭스카야 마을에 여행마차를 세웠다. 그녀는 밤중에 남편과 대화도 나누고 가능하면 궤짝에서 나오게 해줄 생각이었다. 그러나 카자크는 짧은 봄밤 내내 옆을 떠나지 않고 처마밑에 세운 여행마차 옆의 빈 달구지 안에 앉아 있었다. 알비나의 지시로 여행마차 안에 앉아 있던 루드비카는 카자크가 마차 옆에서 떠나지 않는 것이 자기 때문이라고 확신한 듯 윙크하며 웃기도 하고 주근깨 투성이 얼굴을 손수건으로 가리기도 했다. 그러나 이미 유쾌할 수 없게 된 알비나는 카자크가 무엇 때문에 그렇게 자리를 뜨지 않고 여행마차 옆에 끈질기게 붙어 있는지 알 수 없어 점점 불안해지기 시작했다.

아침놀과 저녁놀이 뒤섞인 듯한 짧은 5월의 그 밤에 알비나는 몇번이나 여관방에서 나와 퀴퀴한 냄새가 나는 복도를 지나 뒷문으로 나가보았다. 카자크는 여전히 자지 않고 여행마차 옆에 세워진 빈 달구지 위에서 다리를 뻗고 앉아 있었다. 수탉들이 잠에서 깨어 마당

여기저기에서 홰를 치며 울기 시작한 새벽녘이 되어서야 알비나는 아래로 내려가 남편과 대화를 나눌 시간을 얻었다. 카자크는 달구지 안에서 쭉 뻗고 코를 골고 있었다. 그녀는 여행마차 옆으로 조심스럽게 다가가 궤짝을 툭툭 두드렸다.

"유죠!" 대답이 없었다.

"유죠, 유죠!" 그녀는 놀라 큰 소리로 말했다.

"왜 그래요, 여보! 무슨 일이야!"

미구르스키가 졸린 목소리로 궤짝 속에서 대답했다.

"왜 대답이 없었어요?"

"자고 있었어." 그녀는 남편의 목소리를 듣고 그가 웃고 있다는 것을 알았다. "어때요, 나가도 될까?" 그는 말했다.

"안 돼요, 여기 카자크가 있어요." 그녀는 달구지 위에서 자고 있는 카자크를 돌아다보았다.

그런데 놀랍게도 카자크는 코를 골면서도 그 선량한 푸른 눈을 뜨고 있었다. 그는 그녀 쪽을 보다가 그녀와 시선이 마주치자마자 얼른 눈을 감았다.

'그렇게 보인 걸까, 아니면 정말로 깨어 있었던 걸까?' 알비나는 자문했다. '그렇게 보인 걸 거야.' 그녀는 이렇게 생각하고 다시 남편에게로 몸을 돌렸다.

"조금만 더 참아요." 그녀는 말했다. "뭐 좀 먹고 싶어요?"

"아니, 담배가 피우고 싶어."

알비나는 다시 카자크를 돌아보았다. 그는 눈을 감고 있었다. '그래, 아까는 그렇게 보인 것뿐이야.' 그녀는 생각했다.

"나는 이제 이곳 도지사를 찾아갈 거예요."

"응, 잘 다녀와요……"

알비나는 트렁크에서 옷을 꺼내 갈아입으려고 여관방으로 갔다.

홀륭한 상복으로 갈아입은 알비나는 볼가강을 건너갔다. 그녀는 강변길에서 삯마차를 잡아타고 도지사를 찾아갔다. 도지사는 그녀를 맞아들였다. 미인에 사랑스러운 미소를 짓고 유창한 프랑스어를 구사하는 폴란드인 과부는 젊음에 관심이 많은 늙은 도지사의 마음에 쏙 들었다. 그는 그녀의 청원을 모두 허락하고, 차리친 시장에게 보내는 명령서를 내줄 테니 내일 다시 자신을 찾아오라고 말했다. 그녀는 좋은 결과를 얻은 것과, 도지사의 태도로 보아 자신의 매력도 얼마쯤 작용한 것 같아 행복한 기대에 부푼 채 삯마차를 타고 부두를 향해 산기슭의 소박한 한길을 내려왔다. 해는 벌써 숲 위로 높이 떠올랐고 햇살은 잔물결을 만들며 도도하게 흐르는 물 위에서 뛰놀고 있었다. 언덕길 양쪽에 흰 구름같이 향긋한 꽃들로 덮인 사과나무가 보였다. 돛대들이 이룬 숲이 강 언덕 가장자리에 보이고, 미풍에 잔물결을 일으키며 햇살과 장난치는 넓은 수면에도 하얀 돛들이 보였다. 부두에 도착한 알비나가 마부에게 아스트라한까지 배를 빌릴 수 있느냐고 묻자 수십 명의 수다스럽고 명랑한 선주들이 앞다투어 자기 배를 빌리라고 제안했다. 그녀는 그중 마음에 드는 한 사람과 흥정하고 부둣가에 빽빽이 정박된 다른 배들 속에 있는 그의 배를 살피러 갔다. 작은 돛이 달린 범선이라 바람을 타고 갈 수 있었다. 또 바람이 없을 경우를 대비한 노도 준비되어 있었고, 배 안에는 건장하고 명랑한 사공 두 명이 햇볕을 쬐며 앉아 있었다. 명랑하고 친절해 보이는 선주는 여행마차를 남겨두지 말고 바퀴만 떼어내 배에 실으라고 조언했다. "마차를 실으면 편히 앉아 갈 수 있죠. 날씨만 좋다면 닷새면 아스트라한에 도착할 겁니다."

알비나는 흥정을 마치고 선주에게 마차도 보고 선금도 받을 겸 포크롭스카야 마을에 있는 로기노프 여관으로 함께 가자고 말했다. 모든 것이 예상보다 잘 풀리고 있었다. 알비나는 더없이 기쁘고 행복한 기분으로 볼가강을 건넜고, 삯마차 마부에게 돈을 지불한 다음 서둘러 여관으로 향했다.

12

카자크 다닐로 리파노프는 옵시 시르트에 있는 스트렐레츠키 우묘트 출신으로, 올해 서른넷이고 카자크 군무 연한의 마지막 달에 접어들어 있었다. 가족으로는 아직도 푸가초프를 기억하고 있는 아흔 살의 할아버지, 두 동생, 구교도라는 이유로 시베리아로 유형당한 형수, 그리고 그의 아내와 두 딸, 두 아들이 있었다. 그의 아버지는 프랑스군과의 전투에서 죽었다. 그는 집안의 가장이었다. 그의 집에는 말 열여섯 마리와 황소 두 마리, 밀을 경작하는 15소텐니크^{러시아의 면적 단위. 1소텐니크는 100제곱사젠}의 밭이 있었다. 다닐로는 오렌부르크와 카잔에서 복무했고 군무 연한이 거의 끝나가고 있었다. 그는 독실한 구교도이고, 술과 담배도 하지 않고, 일반 사람들과 밥도 같이 먹지 않으며, 계율을 엄격히 지켰다. 행동은 언제나 느긋하지만 빈틈없고 섬세했다. 상사가 지시한 일에는 전력을 다하고 사명을 완수할 때까지 한순간도 잊지 않았다. 그는 두 폴란드 여자가 관과 함께 무사히 여행할 수 있도록 하고, 또 그들이 도중에 수상한 짓을 하지 않는지 지켜보면서 사라토프까지 가서 규정대로 당국에 인도하는 임무를 맡았다. 그래서 개와 관과 여자들을 사라토프까지 호송하게 된 것이었다. 두 여자는 폴란드인들이긴 하지만 얌전하고 상냥했고, 수상한 짓은 전혀 하지 않았다. 그런데 이곳 포크롭스카야 마을에서 저녁에 여행마차 옆을 걸어가다가 그는 개가 여행마차 안에 뛰어들어 꼬리를 흔들며 짖는 것을 보았다. 마차 좌석 밑에서 사람 목소리가 들린 것 같았다. 두 폴란드 여자 중 늙은 여자가 여행마차 안에 들어간 개를 보고 소스라치게 놀라더니 끌어냈다.

'저기 뭔가 있어.' 카자크는 이렇게 생각하고 살피기 시작했다. 젊은 폴란드 여자가 밤에 여행마차로 다가왔을 때 그는 자는 척하고 있다가 궤짝에 숨은 남자의 목소리를 분명히 들었다. 그는 아침 일찍 경찰서에 가서 자신이 호송중인 폴란드 여자들이 수상하며, 궤짝에 유골 대신 산 사람이 타고 있다고 보고했다.

알비나는 기쁘고 활기찬 기분으로 이제 모든 것이 끝나고 며칠 후면 자유로운 몸이 될 거라 생각하며 여관에 돌아왔다. 그런데 웬일인지 대문 옆에 부마가 딸린 멋진 쌍두마차와 카자크 두 명이 보였다. 사람들이 문 앞에 몰려들어 마당을 기웃거리고 있었다.

하지만 그녀는 희망과 열정으로 가득차 있었기 때문에 그 말들과 모여 있는 사람들이 자신들과 관계 있을 거라고는 전혀 생각하지 못했다. 여관 마당에 들어선 그녀는 사람들이 처마밑에 모여 바로 자신들이 타고 온 여행마차를 빙 둘러싼 채 보고 있다는 것을 알았다. 그 순간 트레조르카가 맹렬하게 짖는 소리가 들렸다. 일어날 수 있는 가장 무서운 일이 일어난 것이었다. 여행마차 앞에는 단추와 견장이 달린 단정한 제복을 입고 윤을 낸 장화가 햇빛에 반짝이는, 검은 구레나룻을 기른 건장한 남자가 서서 우렁차고 갈라진 목소리로 무언가 명령을 내리고 있었다. 그 남자 앞의 두 병사 사이에는 머리가 헝클어지고 건초가 달라붙은 채 농부 옷을 입은 그녀의 유죠가 서 있었다. 그는 어리둥절한 듯 넓은 어깨만 올렸다 내렸다 하고 있었다. 트레조르카는 이 모든 불행의 원인이 자기인 줄도 모르고 경찰서장을 향해 헛되이 털을 곤두세우고 앙칼지게 짖어댔다. 알비나를 보자 미구르스키는 몸을 부르르 떨며 그녀에게 다가가려 했지만 병사들이 제지했다.

"아무것도 아니야, 알비나, 아무것도 아니야!" 미구르스키는 온화한 미소를 지으며 말했다.

"아, 당신이 부인이군!" 경찰서장이 말했다. "이쪽으로 오시오, 그래 이게 당신 아이들의 관이오? 엉?" 그는 미구르스키를 눈짓으로 가리키며 말했다.

알비나는 대답하지 않고 가슴을 움켜쥐고 입을 벌린 채 두려움에 찬 눈으로 남편의 얼굴을 바라보았다.

죽음이 닥친 순간이나 삶의 결정적인 순간에 그렇듯 그녀는 한순간 수많은 감정이 뒤얽히고 머릿속에서 만감이 교차하는 것을 느꼈다. 그러나 그녀는 아직도 자신의 불행을 이해할 수도 믿을 수도 없었다. 처음에 느낀 감정은 그녀에게 오래전부터 익숙했던 자긍심을 능욕당한 듯한, 그녀의 영웅인 남편이 자신을 손아귀에 쥔 난폭하고 거친 사람들 앞에서 한없이 낮아지는 모습을 봤을 때의 굴욕감이었다. '이자들이 어떻게 감히 세상에서 가장 훌륭한 이 **사람**을 체포할 수 있지?' 동시에 그녀를 붙든 또다른 감정은 불행감이었다. 이 감정은 그녀의 삶에서 가장 큰 불행이었던 아이들의 죽음을 떠올리게 했다. 그러자 무엇 때문에, 대체 무엇 때문에 자식들을 빼앗겼는가라는 의문이 일어났다. 그리고 그 의문은 무엇 때문에 지금 세상에서 가장 훌륭한 그녀의 남편이 쓰러져 괴로워하는 것인가 하는 의문을 불러왔다. 그때 그녀의 머릿속에 남편에게는 무서운 형벌이 기다리고 있고, 그 모든 것이 자신의 잘못 때문이라는 생각이 떠올랐다.

"이자와 무슨 관계입니까? 당신 남편이오?" 시 경찰서장은 되풀이했다.

"대체 왜요, 대체 왜요?" 그녀는 외쳤고 갑자기 신경질적인 웃음을 터뜨리며 지금은 밖으로 꺼내져 여행마차 옆에 있던 궤짝 위로 쓰러졌다. 눈물범벅이 된 루드비카가 온몸을 떨며 그녀에게 다가갔다.

"아씨, 가엾은 우리 아씨! 하느님이 보살펴주실 거예요. 염려 마세요, 괜찮을 거예요." 루드비카는 그녀의 손을 하릴없이 어루만지며 말했다.

미구르스키는 수갑이 채워져 마당에서 끌려나갔다. 알비나는 그의 뒤를 쫓아갔다.

"용서해줘요, 나를 용서해줘요." 그녀는 말했다. "모두 다 내 잘못이야! 나 한 사람의 잘못이에요."

"누구에게 죄가 있는지는 조사하면 가려질 거요. 당신도 무사하진 못하겠지." 시 경찰서장은 이렇게 말하고 그녀를 옆으로 밀쳤다.

미구르스키는 부두 쪽으로 끌려갔고, 알비나는 붙잡는 루드비카를 뿌리치고 정신없이 그의 뒤를 따라갔다.

카자크 다닐로 리파노프는 그 일이 벌어지는 내내 여행마차 바퀴 옆에 서서 우울한 눈으로 시 경찰서장과 알비나를 번갈아 보다가 발밑으로 눈길을 내렸다.

미구르스키가 끌려나가자 혼자 남은 트레조르카는 꼬리를 흔들면서 카자크에게 재롱을 부리기 시작했다. 개도 여행하는 동안 그와 친숙해졌던 것이다. 카자크는 갑자기 마차에서 물러나더니 모자를 벗어 바닥에 내팽개쳤다. 그리고 트레조르카를 발로 걷어차고는 술집으로 들어갔다. 그는 보드카를 주문해 대낮부터 한밤중까지 계속 마셨고, 가지고 있던 돈 전부와 입고 있던 옷까지 술값으로 치러야 했다. 다음날 밤에야 그는 도랑에 처박혀 자다가 겨우 깨어났고, 폴란드 여자가 궤짝에 숨긴 남편을 경찰에 신고한 것이 잘한 일인지 못한 일인지 하는 괴로운 문제는 더이상 생각하지 않기로 했다.

미구르스키는 재판에 회부됐고 탈주죄로 천 명의 병사 사이를 지나는 태형을 선고받았다. 그러나 페테르부르크에 연줄이 있는 일가친척과 반다가 감형을 위한 청원을 올려 결국 시베리아 종신유형에 처해졌다. 알비나도 그를 따라 시베리아로 갔다.

니콜라이 파블로비치는 폴란드뿐만 아니라 유럽 전역에서 날뛰던 혁명의 히드라^{그리스신화에 나오는 아홉 개의 대가리를 가진 뱀}를 제압했다는 사실에 기뻐하며, 자신이 러시아 전제정치의 전통을 깨지 않고 러시아 국민의 이익을 위해 폴란드를 수중에 붙잡아둔 것을 자랑스러워했다. 또한 가슴에 온갖 별을 달고 금실이 번쩍이는 제복을 입은 사람들이 칭송하자, 그는 자신이 위대한 인간이며 자신의 생애는 인류에게, 특히 러시아인들에게 큰 축복이라고 진심으로 믿었으며, 자신이 러시아인들을 타락과 몽매로 이끄는 데 온 힘을 쏟았다는 것은 전혀 의식하지 못했다.

레프 톨스토이

9월 30일

인간은 고독할수록 자신을 부르는 신의 목소리를 잘 듣는다.

1 *침묵하라!*

침묵하라, 비밀로 감추어라
너의 감정, 꿈까지도!
네 영혼 깊은 곳에
그것을 떠오르게 하라,
밤하늘의 빛나는 별들처럼.
그것에 도취되어 침묵하라!

어떻게 마음에게 자신을 터놓을 수 있을까?
다른 사람이 어떻게 너를 알 수 있을까?
네가 무엇으로 사는지 어떻게 알 수 있을까?
말로 내뱉은 생각은 거짓이다.
휘저으면 샘물은 흐려진다.
샘물을 마시고 침묵하라!

오직 자기 안에서만 살아라.
네 영혼 안에는 신비롭고 마법 같은
생각의 온전한 세계가 있다.
바깥의 소음은 생각을 억누르고
한낮의 빛은 눈을 멀게 한다.
그 노래를 들으며 침묵하라.

튜체프

2 아무리 좋은 의도가 있다 해도 말로 내뱉는 순간 이미 그것을 실행하고자 하는 마음이 약해진다. 그러나 젊은 시절 차오르는 자기만족적인 고귀한 격정을 어찌 말로 하지 않고 참을 수 있겠는가? 아직 피지도 않은 꽃을 기다리지 못하고 꺾어 결국 땅 위에서 시들고 짓밟히게 하는 것처럼, 우리는 먼 훗날에 가서야 헛되이 입으로 쏟아놓은 격정을 떠올리며 아쉬워한다.

3 삶의 중대한 문제에서 우리는 언제나 고독하다. 누구도 타인의 진정한 삶의 역사를 이해할 수 없다. 우리의 영혼 속에서 펼쳐지는 드라마의 가장 훌륭한 장면은 독백이다. 또는 신과 우리, 신과 우리의 양심이 나누는 진실한 대화다.   아미엘

4 파스칼은 인간은 혼자 죽어야 한다고 말했다. 이와 마찬가지로 인간은 혼자 살아야 한다. 삶의 중대한 문제에서 인간은 언제나 고독하다. 그때 인간은 사람들이 아니라 신과 함께 있는 것이다.

5 남들에게는 필요한 존재이면서 정작 자신은 남들을 필요로 하지 않는 사람이 행복한 사람이다.

6 죄가 있는 사람은 사람들과 관계를 맺고 살아도 고독하며, 죄가 클수록 더 고독하다. 반대로 선하고 이성적인 사람은 사람들 속에서 고독을 느끼지만, 고독 속에서도 언제나 인류와의 결합을 의식한다.

／ 세속의 모든 것에서 잠시 벗어나 자신의 신적 본성을 의식하는 것은,
육체에 양식이 필요하듯 삶에 꼭 필요한 영혼의 양식이다.

10
월

10월 1일

지혜로운 자는 무지를 두려워하지 않고, 의심을 두려워하지 않고, 노동과 탐구를 두려워하지 않는다. 그는 자기가 모르는 것을 안다고 확신하는 것만 두려워한다.

1 자신의 지식이 보잘것없다는 것을 알려면 많이 배워야 한다.   몽테뉴

2 모르는 것을 물어보는 것을 부끄러워하지 마라.
   진실을 말하는 것이 괴롭더라도 항상 진실만을 말하라.
   배운 것을 사용하지 않는 사람은 밭을 갈아놓고 씨앗을 뿌리지 않는 사람과 같다.   아라비아의 격언(앨비티스의 책에서)

3 철학과 자연과학의 역사를 살펴보면, 모든 위대한 발견은 사람들이 확실하다고 믿는 것을 단순히 그럴 수도 있을 뿐이라고 생각한 사람들에 의해 이루어졌다.   리히텐베르크

4 모든 것을 시험해보고 좋은 것을 꼭 붙드십시오.   「데살로니가전서」 5:21

5 영혼의 양식은 부족한 법이 없다. 그것을 섭취할 능력이 부족할 뿐이다. 죽어가는 사람이 숨을 못 쉬는 것은 공기가 부족해서가 아니라 공기를 들이마실 힘이 부족하기 때문이다. 과거에 존재했거나 앞으로 언젠가 존재할 모든 육체적, 지성적, 정신적 요소는 지금도 우리 인간 안에 존재한다. 그 요소들을 다스리는 법을 아는 것이 지혜다.

루시 맬러리

6 참된 지혜는 무엇이 좋은 것이고 무엇을 해야 하는지 **아는** 것이 아니라, 무엇이 가장 좋은 것이고 무엇이 그보다 덜 좋은 것인지, 그래서 무엇을 먼저 하고 무엇을 나중에 해야 하는지 아는 것이다.

/ 지혜의 내용은 긍정적인 것보다 부정적인 것이 많다. 무엇이 비이성적인지, 무엇이 불의인지, 무엇이 해선 안 되는 일인지 아는 것이 지혜다.

10월 2일

종교는 우리가 어떤 존재이고 우리가 사는 이 세계는 어떤 것인지 말해준다. 도덕적 가르침은 삶에 대한 종교적 이해에서 비롯되는 행동 지침이다.

1 무엇을 먹고 마시며 살아갈까, 또 몸에는 무엇을 걸칠까 하고 걱정하

지 마라. 목숨이 음식보다 소중하지 않느냐? 또 몸이 옷보다 소중하지 않느냐?

공중의 새들을 보아라. 그것들은 씨를 뿌리거나 거두거나 곳간에 모아들이지 않아도 하늘에 계신 너희의 아버지께서 먹여주신다. 너희는 새보다 훨씬 귀하지 않느냐?

너희 가운데 누가 걱정한다고 목숨을 한 시간인들 더 늘일 수 있겠느냐?

그러므로 무엇을 먹을까 무엇을 마실까, 또 무엇을 입을까 하고 걱정하지 마라.

너희는 먼저 하느님의 나라와 하느님께서 의롭게 여기시는 것을 구하여라.

그러면 이 모든 것도 곁들여 받게 될 것이다. 그러므로 내일 일은 걱정하지 마라. 내일 걱정은 내일에 맡겨라. 하루의 괴로움은 그날에 겪는 것만으로 족하다.　　　　　　　「마태복음」6:25~27, 31, 33~34

2　바구니에 빵이 있는데도 내일 무얼 먹을지 묻는 자는 믿음이 부족한 자다.　　　　　　　『탈무드』

3　신에 대한 최선의 숭배는 목적 없는 행위를 하는 것이다. 신에 대한 최악의 숭배는 목적을 위한 행위를 하는 것이다.

지고한 존재를 믿는 자는 모든 피조물 속에서 신의 모습을 본다.

『아그니 푸라나』

4 특정 종교의 교리를 가르치는 것은 일종의 폭력행위이고 그리스도가 말했듯이 어린아이를 현혹하는 일이다. 대다수의 사람들이 부정하는 삼위일체니 부처니 마호메트니 그리스도의 기적 같은 것을 설교할 권리가 과연 누구에게 있단 말인가? 우리가 어린아이들에게 가르칠 수 있고 가르쳐야 하는 것은 오직 하나, 모든 종교에 공통되고 모든 사람이 이해할 수 있는 도덕적 가르침, 즉 사랑과 합일뿐이다.

5 부처가 말했다. 세상에는 어려운 일이 참으로 많다. 가난하지만 자비로운 사람이 되는 것, 부와 명예를 가졌지만 종교적인 사람이 되는 것, 색욕과 번뇌를 억제하는 것, 좋은 것을 보고도 탐내지 않는 것, 모욕받아도 화내지 않고 참는 것, 사물의 근본을 탐구하는 것, 무지한 사람을 멸시하지 않는 것, 말다툼하지 않는 것, 자기애에서 벗어나 마음으로나 행동으로나 모든 사람을 평등하게 대하는 것이 그런 일이다. 중국의 불교도

6 사람들은 신의 가르침대로 살지 않으면서 숭배하기만 한다. 신의 가르침대로 살아라.

7 언제나 깨어 있어라. 영원히 살 사람처럼 일하고, 당장 죽을 사람처럼 사람들을 대하라.

8 우리의 모든 의무를 신의 법칙으로 인식하는 것이 종교의 본질이다.

칸트

✔ 종교적이지 않은 도덕적 가르침은, 즉 필연적 의무가 따르지 않는 가르침은 완전하지 않다. 인간을 도덕적이고 선한 삶으로 인도하지 않는 종교는 필요하지 않다.

10월 3일

부는 결코 만족을 주지 못한다. 부가 늘어나면 욕망도 늘어난다. 부가 늘어날수록 욕망은 더욱 충족되지 않는다.

1 재물욕에 이성적 한계를 두는 것은 불가능하지는 않지만 무척 어려운 일이다. 실제로 인간의 만족은 절대적이 아니라 상대적인 크기, 즉 그 사람의 욕망과 재산의 관계에 좌우된다. 따라서 재산 그 자체는 분모가 없는 분자처럼 의미가 크지 않다. 인간은 원하지 않는 물건, 자신에게 필요하지 않은 물건은 없어도 만족한다. 그러나 어마어마한 재산을 가진 인간도 원하는 것을 갖지 못하면 불행하다고 느낀다.

쇼펜하우어

2 지금 가진 것보다 더 갖고 싶을 때는 지금도 너무 많다고 생각하라.

리히텐베르크

3 적게 가진 사람이 아니라 많은 것을 바라는 사람이 가난한 사람이다.   세네카

4 적은 것에 만족하는 삶, 온갖 수단으로 얻으려 하지 않고 먼저 주는 삶보다 '훌륭한' 삶은 없다.

사치스럽게 남의 봉사를 받는 삶보다 자신에게 필요한 일을 직접 하는 삶이 훨씬 '훌륭하다'. 아직 소수의 사람들에게는 그런 삶이 훌륭해 보이지 않을지도 모르지만, 오직 그런 삶이야말로 언제나 누구에게나 '훌륭한' 삶이다.   에머슨

5 재물을 땅에 쌓아두지 마라. 땅에서는 좀먹거나 녹이 슬어 못쓰게 되며 도둑이 뚫고 들어와 훔쳐간다. 그러므로 재물을 하늘에 쌓아두어라. 거기서는 좀먹거나 녹슬어 못쓰게 되는 일도 없고 도둑이 뚫고 들어와 훔쳐가지도 못한다. 너희의 재물이 있는 곳에 너희의 마음도 있다.   「마태복음」 6:19~21

6 도둑이 훔쳐가지도 못하고 힘있는 자가 건드리지도 못하고 죽은 뒤에도 네 손에 남아 절대로 줄지도 썩지도 않는 부를 쌓아라. 그 부는 네 영혼이다.   인도의 속담

✔ 가난으로 고통받지 않기 위한 두 가지 방법이 있다. 부를 늘리는 것과 욕망을 줄이는 것이다. 첫번째 방법은 자기 힘으로 하기 어렵지만, 두번째 방법은 충분히 자기 힘으로 할 수 있다.

10월 4일

사랑은 정신적이고 내적인 기쁨을 줄 뿐만 아니라 세상을 즐겁게 살아가게 한다.

1 진정한 사랑은 한 사람이 아니라 모든 사람을 사랑하려는 영혼의 상태다. 오직 이 상태에서만 우리는 영혼의 신적 근원을 의식한다.

2 사람들에게 베푸는 선의를 그들에게 주는 선물이라고 생각하지 마라. 그것은 네가 스스로에게 주는 선물이다.

3 남에게 사랑받으려고 애쓰지 말고 네가 먼저 사랑하라. 『성현의 사상』

4 인생의 쓴맛을 선한 마음으로, 감사할 줄 모르는 마음을 선행으로, 굴욕을 용서로 변화시키는 것이야말로 고귀한 영혼의 거룩한 연금술이다. 이 연금술은 사람들이 아주 자연스럽게, 또한 사람들의 격려가 필요하지 않을 정도로 아주 쉽고 빈번하게 일어나야 한다. 아미엘

5 사랑한다는 것은 사랑하는 사람의 삶을 사는 것이다.

6 성인은 자신의 감정을 갖지 않으며, 모든 사람의 감정이 그의 감정이

다. 그는 선한 감정도 선한 마음으로, 악한 감정도 선한 마음으로 맞는다. 믿는 자는 믿음으로 맞는다. 믿지 않는 자도 믿음으로 맞는다.

성인은 세상을 살아가면서 마음을 다해 사람들을 대한다. 그는 모든 사람을 대신해 느끼고, 모든 사람은 그에게 눈과 귀를 기울인다.

노자

7 사랑은 우리에게 은혜로운 비밀을 계시한다. 자기 자신, 그리고 모든 사람과 화합할 수 있는 비밀을 계시한다. 『성현의 사상』

8 사랑이 없으면 어떤 일도 이익을 가져다주지 않고, 사랑이 있으면 아무리 보잘것없는 일도 커다란 결실을 가져다준다. 『성현의 사상』

9 종교는 사랑의 최고 형식이다. 파커

／ 더 많이 사랑할수록 더 큰 사랑을 받는다. 더 큰 사랑을 받을수록 더 쉽게 사람들을 사랑하게 된다. 그래서 사랑은 무한하다.

10월 5일

육체는 유지되기 위해 끊임없이 스스로 노력하기 때문에 정신도 그만큼 노력해야 한다.

정신을 단련하는 노력을 그치는 순간 육체의 지배를 받게 된다.

1 미망으로 가득차 있는 사람들에게 진리를 깨우치는 것은 쉽지 않은 일이다. 온갖 나쁜 영향들이 어마어마한 힘으로 그들을 장악하려고 노리고 있기 때문이다. 그러므로 굴하지 말고 진리를 탐구하고 그것을 붙들어야 한다.

루시 맬러리

2 모호한 것은 끝까지 밝혀내야 한다. 어려운 일은 끝까지 해내야 한다.

공자

3 육욕을 온전히 버리지 않는 한, 너의 마음은 젖먹이 송아지가 어미 소의 품에 매달리는 것처럼 지상의 것들에 매달릴 것이다.

　육욕에 사로잡힌 사람들은 덫에 걸린 토끼처럼 몸부림친다. 육욕의 족쇄에 묶여 오랫동안 괴로움을 겪는다.

『법구경』

4 자기개선은 참으로 어려운 일이지만 고행은 아니다. 자기개선이 어려운 것은 너무 오랫동안 죄악에 빠져 있었기 때문이다. 그 죄악이 개선을 어렵게 만든다. 죄악이 우리 안에 얼마나 깊게 뿌리내리고 있는가에 따라 그만큼 괴로운 싸움을 하게 된다. 그런 싸움을 해야 하는 것이 신 때문은 아니다. 왜냐하면 우리 안에 죄악이 없다면 싸움도 필요 없을 것이기 때문이다. 즉 싸움의 원인은 우리 자신이 언제나 불완전하기 때문이다. 그러나 바로 이 싸움에 우리의 구원이 있

다. 만일 신이 우리가 이 싸움을 하지 않아도 되게 했다면 우리는 영원히 죄악과 함께 살았을 것이다.

파스칼

5 우리가 지닌 고귀한 감정에 대해 우리가 지닌 다양한 능력과 함께 이야기할 수 있다. 고귀한 감정을 연마하지 않는 사람은 자신에게 그런 감정이 있다는 것조차 느끼지 못한다. 자신의 능력을 연마하지 않는 사람은 자신에게 그런 능력이 있다는 것조차 잊어버린다.

루시 맬러리

6 선행은 언제나 노력으로 이루어진다. 그 노력이 반복되면 선행은 습관이 된다.

✓ 선을 행하라고 가르치는 것은 모두 소중히 여겨라. 악을 행하지 말라고 가르치는 것은 더욱 소중히 여겨라.

10월 6일

질병은 자연의 현상이므로 인간에게 고유한 자연적 삶의 조건으로 여겨야 한다.

1 육체의 건강을 소홀히 하면 봉사하는 삶을 살 수 없다. 건강을 지나

치게 신경쓰는 것도 마찬가지다. 봉사하는 데 방해되지 않을 만큼, 봉사하는 데 거스르지 않을 만큼 육체의 건강을 돌보는 것이 중요하다.

2 병에 걸렸을 때 모든 일상을 중단하고 치료에 전념하는 것보다는, 치료가 되는 병이든 안 되는 병이든 평소대로 생활하는 것이 나을 수 있다. 혹 그 병으로 생명이 단축된다 하더라도(과연 그럴지 의문이지만), 그렇게 사는 것이 육체에 대해 끊임없이 고민하고 두려워하며 사는 것보다 낫다.

3 인간으로서 해야 할 일을 방해하는 병은 없다. 사람들에게 노동으로 봉사할 수 없다면, 사랑으로 가득한 인내의 모범을 보이는 것으로 봉사하라.

4 마음의 병은 육체의 병보다 더 위험하고 더 흔하다.　키케로

5 치료의 근본 원칙은 육체에 해를 주지 않는 것이라고 했던 히포크라테스의 말은, 육체가 병들었을 때도 자주 무시되지만 영혼이 병들었을 때는 언제나 무시된다.

육체에 해를 주지 않는다는 원칙은 과거 사혈 치료에서도 무시되었고, 오늘날에도 수술 혹은 독성이 있는 약의 복용 등 많은 경우에 무시되고 있다. 모든 치료는 언제나 영혼에 해악을 끼치지만, 아무도 그것을 깨닫지 못하고 있다. 치료를 핑계로, 즉 자신은 봉사하지 않

으면서 남에게는 봉사할 것을 요구하는 가장 야만적인 이기주의를 정당화하는 데 사용된다는 것이 치료의 가장 큰 해악이다.

/ 병이 아니라 치료를 두려워하라. 해로운 약을 복용하는 것 때문에 치료를 두려워하는 것이 아니라, 병을 핑계로 자신이 도덕적 요구에서 해방되었다고 생각하게 되는 것을 두려워해야 한다.

산송장

오랜 세월을 견뎌온 조국이여—

러시아 백성의 땅이여!……

튜체프

다음날 나는 일찍 잠에서 깼다. 해가 막 떠오르고 있었다. 하늘에는 구름 한 점 없었다. 온 사방이 상쾌한 아침햇살과 어젯밤 내린 소나기에 두 배로 찬란하게 빛나고 있었다. 나는 마차가 준비되는 동안 전에는 작은 과수원이었으나 돌보지 않아 황폐해진 정원을 산책했는데 향기로운 풀숲이 내가 묵은 별채를 둘러싸고 있었다. 아, 상쾌한 대기 속에서 은구슬을 굴리는 듯한 종달새의 노랫소리가 쏟아져 내리는 맑은 하늘 아래를 걸으니 얼마나 좋던지! 종달새들은 날개에 이슬방울을 싣고 나는 듯 노랫소리까지 이슬에 젖은 것 같았다. 나는 모자를 벗고 기쁜 마음으로 가슴 한가득 공기를 들이마셨다…… 바자울 바로 옆 낮은 골짜기 비탈에 벌집이 보였다. 키 큰 풀과 쐐기풀이 벽처럼 두껍게 자란 사이로 뱀처럼 구불구불하게 오솔길이 이어지고, 풀들 위로는 어떻게 자랐는지 잎끝이 뾰족뾰족한 어두운 녹색의 삼 줄기들이 뻗쳐 있었다.

나는 구불구불한 오솔길을 걸어 벌집이 있는 데로 갔다. 그 옆에 나뭇가지로 엮은 옴샤니크가 있었다. 겨울철에 벌집을 넣어두는 오두막이다. 나는 열린 문 안을 들여다보았다. 어둡고 조용하고 건조했다. 멜리사와 민트 내음이 풍겼다. 구석 바닥에 판자가 깔려 있고 그 위에 자그마한 뭔가가 담요에 덮여 있었다…… 나는 그냥 지나가려 했다……

"나리, 나리, 표트르 페트로비치!" 마치 연못가의 갈대가 바람에 흔들리는 것처럼 힘없고 느린 목쉰 소리가 들렸다.

나는 멈췄다.

"표트르 페트로비치! 들어오세요." 그 목소리가 다시 말했다. 목소리는 구석의 판자 바닥에서 들려오고 있었다.

나는 그쪽으로 다가가다 깜짝 놀라 멈췄다. 눈앞에 살아 있는 사람이 누워 있었다. 대체 누구지?

얼굴은 완전히 말라붙고 전체가 적동색을 띠어 흡사 오래된 이콘 같았다. 날카로운 코는 날 선 칼 같고, 입술은 거의 알아볼 수가 없었으며, 오직 이와 눈만 하얗게 반짝이고, 머릿수건 밑으로 삐져나온 가늘고 누런 머리카락이 이마 위로 헝클어져 있었다. 턱 밑 담요의 주름진 끝자락에 역시 적동색을 띤 작은 두 손이 나와 있고 나뭇가지 같은 손가락이 움직이고 있었다. 나는 자세히 살펴보았다. 얼굴은 추하기는커녕 오히려 아름다웠다. 하지만 어딘가 섬뜩하고 범상치 않은 구석이 있었다. 그 얼굴이 섬뜩해 보인 것은 금속 같은 피부의 그 뺨에 어떻게든 지으려고 떠올린 애처로운 미소 때문이었다.

"저를 알아보시겠어요, 나리?" 그 사람이 다시 중얼거리듯 말했다. 움직이지 않는 입술에서 새어나오는 소리 같았다. "하긴 어떻게 알아보시겠어요! 저, 루케리야예요…… 기억나세요, 스파스코예에 있는 나리 어머니 댁에서 춤을 췄던…… 합창에서 선창도 했는데, 기억나세요?"

"루케리야라고!" 나는 외쳤다. "네가 루케리야라고? 정말이야?"

"네, 그 루케리야예요."

나는 말문이 막혔고 나를 바라보는 죽은 사람 같은 그녀의 맑은 눈동자를 망연히 바라보았다. 어떻게 이런 일이 다 있을까? 이 미라 같은 여자가 루케리야라니, 우리집에서 가장 미인이었고, 큰 키에 풍만한 몸매, 하얀 살결과 건강한 혈색, 잘 웃고 노래도 잘하고 춤도 잘 추던 그 루케리야라니! 루케리야, 우리집 그 루케리야에게 마을 청년들이 하나같이 애정 공세를 퍼부었고, 열여섯 살 소년이었던 나도 남몰래 가슴을 불태웠었다!

"아아, 루케리야!" 나는 겨우 입을 열었다. "대체 어떻게 된 거야, 왜?"

"네, 그동안 엄청난 고생을 했죠! 싫지 않으시다면 신세타령 좀 해볼까요, 거기 작은 통 위에 앉으세요. 좀더 가까이, 안 그러면 제 목소리가 들리지 않으실 거예요…… 이젠 목소리도 잘 나오지 않거든요!…… 어쨌든 이렇게 뵙다니 반가워요! 그런데 나리는 이런 알렉세옙카 같은 촌마을에 어쩐 일로 오셨어요?"

루케리야는 조용하고 힘없는 목소리로, 그러나 쉬지 않고 이야기했다.

"사냥꾼 예르몰라이가 데려왔어, 그건 그렇고, 내가 알고 싶은 건……"

"제게 일어난 일을 말해보란 말씀이죠. 물론 해드리고말고요, 벌써 오래전인데…… 육칠 년 됐으려나, 제가 바실리 폴랴코프와 막 약혼했을 때였어요. 기억하세요? 당신 어머니 댁에서 식당 일꾼으로 일하던 곱슬머리 남자요. 하긴 그때 나리는 모스크바에 공부하러 가서 시골에 안 계셨죠. 바실리와 저는 진심으로 서로를 사랑했어요. 제 머릿속에는 늘 바실리 생각밖에 없었죠. 그 일은 봄에 일어났어요. 그래요. 어느 봄밤에…… 곧 날이 밝을 즈음이었는데…… 잠이 오지 않았어요. 뜰에서 꾀꼬리가 어쩌나 아름답게 노래하던지!…… 저는 참지 못하고 그 소리를 들으러 정면 계단까지 나갔어요. 꾀꼬리는 계속 노래하고…… 그때 어디선가 저를 부르는 소리가 들렸어요. 루샤! 하고 바샤가 나직이 부른 것 같았어요. 저는 어디서 부르는지 주위를 두리번거렸죠. 그런데 잠이 덜 깨서 그랬는지 발을 헛디뎌 그만 계단에서 땅바닥으로 굴러떨어졌어요! 크게 다친 것 같진 않았어요. 금방 일어나 방으로 돌아올 수 있었으니까요. 그런데 어딘가 몸속 깊숙한 데를 다쳤던 모양이에요…… 아, 잠깐 쉬어야겠어요…… 나리, 죄송해요……"

루케리야는 말을 멈췄고 나는 감탄하는 눈으로 그녀를 바라보았다. 특히 놀라웠던 것은 그녀가 탄식하지도 않고, 한숨을 내뱉지도 않고, 운명에 대해 불평하거나 동정을 구하지도 않으면서 마치 무슨 재미나는 이야기를 들려주듯 무덤덤하게 이야기한다는 것이었다.

"그 일이 있고 나서," 루케리야는 계속했다. "몸이 점점 쇠약해지기 시작했어요. 피부가 온통 검게 변하고 걷는 것도 힘들어지더니 급기야 두 다리가 굳어 일어나지도 앉지도 못하고 늘 누워 지내게 됐어요. 아무것도 먹고 싶지 않고 갈수록 나빠지기만 했어요. 나리 어머니께서 친절하게도 의사에게 진찰을 받게 해주셨고 병원에 입원도 시켜주셨지만, 치료해봐도 나아지지 않았어요. 의사도 무슨 병인지 모르겠다고 했고요. 온갖 방법을 다 써봤죠. 달군 쇠로 등을 지져보기도 하고, 얼음을 깨고 들어가 앉아 있어보기도 했지만 아무 효과가 없었어요. 결국 온몸이 굳어버렸고…… 다들 더이상 치료할 방도가 없다고 했고, 집안에 불구자를 둘 수도 없고 해서…… 결국 저는 이리로 옮겨졌죠. 이 마을에 제 일가붙이가 살거든요. 그래서 보시는 대로 이렇게 살고 있어요."

루케리야는 다시 입을 다물고 애써 미소지으려 했다.

"아무리 그래도 이건 너무해, 이런 데서!" 나는 외쳤다. 그리고 무슨 말을 덧붙여야 할지 몰라 물었다. "그래서 바실리 폴랴코프는 어떻게 됐어?"

무척 어리석은 질문이었다.

루케리야는 슬쩍 시선을 피했다.

"폴랴코프 말인가요? 그 사람은 한동안 슬퍼하더니, 글린노예 마을 출신인 다른 아가씨와 곧 결혼했답니다. 글린노예 아세요? 여기서 별로 멀지 않은 마을이죠. 그 여자 이름은 아그라페나예요. 그 사람은 저를 무척 사랑했지만, 아직 그렇게 젊은데 혼자 살 수는 없는 노릇이잖아요. 제가 어떻게 그의 짝이 될 수 있었겠어요? 그 사람 색시는 착하고 귀여운 여자예요. 아이도 생겼고요. 그는 이 마을 옆 어느 저택에서 관리인을 하며 살고 있대요. 나리 어머니가 신분증명을 해주신 덕분에 일이 잘 풀린 모양이에요."

"그래서 계속 이렇게 여기서 누워 지냈어?" 나는 다시 물었다.

"네, 벌써 칠 년 됐어요. 여름철에는 이 오두막에 있고, 날씨가 추워지면 목욕탕 안에 자리를 마련해주니까 거기서 지내고요."

"누가 돌봐주지? 돌봐주는 사람은 있어?"

"네, 어디에나 친절한 분들이 계세요. 여기서도 전 버림받지 않았어요. 그리고 저를 돌보는 데는 손이 많이 가지 않아요. 저는 거의 먹지 않고, 깨끗한 샘물이 언제나 이 병에 가득 들어 있죠. 한쪽 팔은 아직 쓸 수 있으니까 손을 뻗기만 하면 되거든요. 그리고 고아 여자아이 하나가 이따금 저를 보러 와줘요. 아주 착한 아이예요. 좀전에도 다녀갔는데…… 혹시 못 보셨나요? 피부가 하얗고 예쁜 그 아이가 가끔 꽃을 꺾어다 주기도 해요. 저는 꽃을 참 좋아하거든요. 여기 정원에는 꽃이 없어요. 전에는 있었는데 다 시들어 죽어버렸죠. 하지만 저는 들에 피는 꽃들이 더 좋아요. 향기도 정원의 꽃보다 낫고요. 저 은방울꽃도…… 얼마나 좋은 향기가 나는지 몰라요!"

"가엾은 루케리야, 답답하거나 무섭지는 않아?"

"그래도 어쩌겠어요? 거짓 없이 말씀드리자면, 처음에는 무척 괴로웠죠. 하지만 차츰 익숙해져서 이제는 견딜 만하답니다. 저보다 더 불쌍한 사람도 있는걸요."

"그건 또 무슨 말이지?"

"어떤 사람들은 비바람을 피할 지붕도 없이 사니까요! 눈이 안 보이는 사람, 귀가 안 들리는 사람도 있어요! 그런데 저는 다행히 눈도 잘 보이고 소리도 잘 들어요. 두더지가 땅속에서 굴을 파는 소리까지 듣는다니까요. 냄새도, 아주 희미한 냄새까지 맡을 수 있고요! 밭에 메밀꽃이 피거나 정원 보리수나무에 꽃이 피면 누가 일러주지 않아도 당장 알 수 있어요. 바람만 조금 불어주면요. 왜 하느님을 탓해요? 저보다 더 불행한 사람도 많은데. 게다가 몸이 성한 사람들은 죄를 짓기 쉽지만 저는 죄를 지을 수도 없어요. 요전에 알렉세이 신부님이 성찬을 주러 오셔서 '당신은 고해할 필요가 없겠어요. 죄를 지을 수도 없는 처지 아닌가요?' 하셨는데 저는 이렇게 말씀드렸어요. '마음으로 짓는 죄는 어떻게 해요?' 그러자 신부님은 '글쎄, 그러나 뭐 대단한 죄는 아니겠죠' 하고는 웃으시더군요. 사실 저도 별다른 죄는 아니라고 생각해요." 루케리야는 계속했다. "왜냐하면 저는 아무것도 생각하지 않는 데, 특히 옛날 일을 생각하지 않는 데 익숙해졌거든요. 그러면 시간이 무척 빨리 가요."

고백하건대 나는 진심으로 감탄했다.

"루케리야, 이렇게 늘 혼자 있는데 어떻게 아무 생각도 하지 않고 있을 수 있지? 밤낮으로 잠만 잔다는 거야?"

"아니요, 그렇지 않아요, 나리! 계속 잘 수도 없어요. 대단하진 않지만 뼛골이 쑤셔서 제대로 잠을 이룰 수가 없거든요. 하지만…… 이렇게 계속 혼자 누워 있어도 저는 아무 생각도 하지 않아요. 그저 제가 살아 있고 숨쉬고 있다는 것만 느끼는 거예요. 눈을 뜨고 바라보거나 귀를 기울이면 꿀벌이 벌집 위를 윙윙거리며 날아다니고 비둘기가 지붕에 앉아 구구구 우는 것을 알 수 있어요. 암탉은 병아리들을 데리고 빵부스러기를 쪼아 먹으러 오고요. 참새가 날아들고, 나비도 날아들고, 얼마나 기분좋은데요. 재작년에는 제비가 저 구석에 둥지를 틀고 새끼를 여러 마리 낳았어요. 그게 또 얼마나 재미있었는지 몰라요! 한 마리가 둥지에 날아와 새끼한테 먹이를 주고 다시 날아가면, 금세 다른 제비가 또 날아와요. 때로는 안에 들어오지 않고 문 앞을 획 지나가는데 그러면 새끼들이 조그만 부리를 쩍 벌리고 쩍쩍대고…… 작년에도 그 제비들이 오기를 기다렸는데, 사냥꾼이 총으로 쏴서 잡았나봐요. 그런 걸 잡아서 뭘 하려는 걸까요? 제비는 딱정벌레만큼이나 자그마한데…… 사냥꾼들은 어쩜 그렇게 잔인할까요!"

"나는 제비 같은 건 쏘지 않아!" 나는 당황해서 말했다.

"한번은," 루케리야는 다시 말을 이었다. "정말 우스운 일이 있었어요! 토끼가 뛰어들어온 거예요! 사냥개한테 쫓겼던 모양이에요. 문으로 곧장 굴러들어오는 것 같았죠!…… 들어와서는 제 옆에 꽤 오래 웅크리고 있었어요. 쉴새없이 콧구멍을 벌름거리고 수염을 움직이면서요. 꼭 장교님처럼! 그리고 저를 쳐다봤어요. 제가 무서운 사람이 아니라는 걸 알았던 것 같아요. 그러더니 일어나서 슬금슬금 문 쪽으로 깡충깡충 가서 바깥을 살펴보는데, 그 모습이 정말 재밌었어요! 얼마나 우습던지!"

루케리야는 내 얼굴을 쳐다보았다…… '재미나지 않아요?' 하는 것처럼. 나는 그녀를 만족시키기 위해 웃어주었다. 그녀는 마른 입술을 축이기라도 하듯 달싹거렸다.

"그런데 겨울이 되면 아무래도 좋지가 않아요. 어두우니까요. 촛불을 켜는 게 큰일이기도 하지만 불을 켠들 무슨 소용이겠어요? 저는 글을 읽을 줄도 알고 원래 책을 좋아하지만 무슨 책을 읽겠어요? 여기엔 책도 없고 있다 하더라도 제 손으로 들 수도 없잖아요? 알렉세이 신부님이 심심풀이로 보라고 달력을 가져다주셨지만 아무 소용이 없다는 걸 알고는 도로 가져가셨어요. 하지만 어두워도 귀를 기울이면 언제나 무슨 소리가 들려요. 귀뚜라미가 울거나 쥐가 어디서 뭘 갉아먹는 소리 같은 거요. 아무 생각도 하지 않는 게 이렇게 좋답니다!"

"그리고 종종 기도문을 외워요." 루케리야는 잠시 멈췄다가 다시 말을 이었다. "기도문을 많이 알지는 못해요. 게다가 하느님을 너무 성가시게 해드리면 안 되잖아요? 이제 와서 하느님께 무슨 부탁을 드리겠어요? 하느님은 제가 뭘 필요로 하는지 저보다 더 잘 아실 텐데. 하느님이 저에게 이런 십자가를 주신 건, 저를 사랑하신다는 증거예요. 우리는 정말 그걸 알아야 해요. 그래서 저는 주기도문이나 성모송, 고뇌하는 자들을 위한 기도를 몇 번이고 외운 뒤에 다시 슬그머니 몸을 눕혀요, 아무 생각도 하지 않고요. 그렇게 하루하루를 무사히 보내고 있답니다!"

이 분쯤 흘렀다. 나는 침묵을 깨뜨리지 않았고 걸터앉은 작은 통위에서 꼼짝도 하지 않았다. 내 눈앞에 누워 있는 살아 있는 가엾은 여자의 돌 같은 정적이 나를 전염시켜 나까지 마비된 것 같았다.

"이봐, 루케리야." 나는 드디어 입을 열었다. "이러면 어떨까. 괜찮다면 병원에 가면 어떨까, 시내에 있는 좋은 병원에 널 입원시키고 싶은데, 어때? 혹시, 어쩌면 병을 고칠 수 있을지도 모르잖아, 어쨌든 이렇게 혼자 있는 것보다는……"

루케리야의 눈썹이 희미하게 움직였다.

"아니에요, 나리," 그녀는 조심스레 낮은 목소리로 말했다. "병원에 보내진 말아주세요. 이대로 내버려두세요. 그런 데 가면 오히려 더힘들 뿐이에요. 이제 와서 어떻게 고치겠어요!…… 언젠가 어떤 의사가 저를 진찰해보고 싶다며 오셨는데, 그때도 저는 제발 내버려둬달라고 부탁드렸어요. 그런데도 그 의사는 제 몸을 이리저리 돌리고 팔다리를 툭툭 건드리고 여기저기 구부리고 잡아당기면서 '나는 의학 연구를 위해 진찰하고 있어, 이게 내 사명이지, 나는 학자니까!' 하며 제 몸을 실컷 주무르고 눌러대더니 알 수 없는 어려운 병명을 말하고는 그대로 돌아가버리더군요. 그뒤로 일주일 동안 뼈마디가 쑤시고 아파서 견딜 수가 없었어요. 나리는 제가 늘 외톨이로 있다고 말씀하시지만 늘 그렇진 않아요. 마을 사람들이 보러 와요. 저는 얌전하게 누워서 별로 귀찮게 하지도 않고요. 마을 처녀들이 찾아와서 수다를 떨기도 하고 순례하는 여자가 지나가다 들러서 예루살렘이니 키예프니 성지 이야기를 들려주기도 해요. 저는 혼자 있는 것이 조금도 무섭지 않아요. 오히려 더 좋아요! 그러니까 나리, 제 걱정은 마시고 내버려두세요, 병원에 데려갈 생각도 하지 마시고요…… 저를 생각해주시는 마음은 고맙지만 부디 제 걱정은 하지 마세요!"

"그야 네가 정 그렇게 하고 싶다면 하는 수 없지. 루케리야, 나는 다만 네게 도움이 될까 해서……"

"나리, 저를 생각해주신다는 건 잘 알아요. 하지만 나리, 누가 남을 도울 수 있을까요? 누가 남의 마음속에 들어갈 수 있을까요? 사람은 누구나 스스로 자신을 도와야 해요! 나리는 믿지 않으실지 모르지만, 실은 저도 이렇게 매일 누워 있으면…… 이 세상에 저 말고는 아무도 없는 것 같은 쓸쓸한 기분이 들어요. 혼자 살아 있는 것 같은 기분이요! 그리고 문득 어떤 생각에 사로잡혀요…… 아주 놀랍도록 멋진 생각에!"

"어떤 생각인데, 루케리야?"

"그게 무척 이상해요. 말로 설명할 수가 없어요. 게다가 좀 지나면 다 잊어버리고요. 뭔가 먹구름 같은 것이 영혼을 스쳐지나가고 아주 맑고 환해진 기분이 드는데 그게 뭔지는 아무래도 모르겠거든요! 혼자 있을 때만 그래요. 누가 옆에 있으면 그런 기분은커녕 제 불행 말고는 아무것도 느끼지 못할 거 같고요."

루케리야는 고통스러운 듯 한숨을 내쉬었다. 그녀는 가슴도 수족과 마찬가지로 자유롭지 못했다.

"나리는 저를," 그녀는 다시 말을 이었다. "무척 염려하시는 것 같은데, 제발 염려하지 말아주세요! 그래서 안심하시라고 제가 이야기 하나 해드릴게요. 저는 지금도 이따금…… 나리도 제가 젊었을 때 얼마나 발랄했는지 아시죠? 정말 말괄량이였잖아요!…… 나리, 그거 아세요? 저는 지금도 노래를 불러요."

"노래를 부른다고…… 네가?"

"네, 노래요. 옛날 노래나 윤무를 출 때 부르는 노래, 점칠 때 부르는 노래, 크리스마스 노래, 온갖 노래를 다 불러요! 저는 그런 노래를 많이 알았고 지금도 잊어버리지 않았어요. 다만 춤곡은 부르지 않아요. 몸이 이래서 아무래도 어울리지 않으니까요."

"어떻게 부르지…… 혼자서 속으로?"

"혼자서 소리 내어 불러요. 소리가 크게 나오지는 않지만 남이 알아들을 수 있을 만큼은 돼요. 아까 저를 도와주러 오는 고아 소녀가 있다고 했잖아요. 아주 똑똑한 아이예요. 저는 그 아이에게 노래를 가르쳐줬어요. 벌써 네 곡쯤 배웠을걸요. 믿기지 않으세요? 잠깐만 기다리세요. 당장 불러볼 테니까……"

루케리야는 호흡을 가다듬었다…… 반쯤 죽은 것 같은 사람이 노래한다고 하자 나도 모르게 두려운 기분이 들었다. 그러나 내가 뭐라고 말하기도 전에 벌써 내 귀에 겨우 들릴 만큼 가는 목소리지만 맑고 아름다운 멜로디가 들려왔다…… 그리고 두번째, 세번째 노래가 이어졌다. 루케리야는 〈풀밭에서〉를 불렀다. 돌같이 굳은 표정 그대로, 두 눈동자 역시 굳은 채 노래했다. 가느다란 한줄기 연기처럼 떨리지만 힘이 실린 노래는 정말 감동적이었다. 그녀는 노래에 온 영혼을 담으려 했다…… 이제 나는 아무 두려움도 느끼지 않았다. 말로 할 수 없는 안쓰러움이 내 가슴에 솟구쳤다.

"아아, 더는 못하겠어요!" 루케리야가 말했다. "기운이 없어요…… 나리를 뵙고 하도 반가워서."

그녀는 눈을 감았다.

나는 그녀의 작고 차가운 손가락 위에 내 손을 얹었다…… 그녀는 나를 흘낏 쳐다보았지만, 금빛 속눈썹으로 테를 두른 듯한 우울한 눈꺼풀은 다시 닫혔다.

이윽고 두 눈이 어둠 속에서 빛났다. 눈물이 스며나오고 있었다.

"내가 왜 이럴까!" 루케리야는 별안간 힘주어 말하고 눈을 크게 뜬 채 깜빡거리면서 눈물을 떨치려 애썼다. "창피하게 왜 이럴까? 왜 이러지? 오랫동안 이런 적이 없었는데…… 작년 봄에 바샤 폴랴코프가 저를 찾아왔던 날 이후로는 한 번도 안 이랬는데. 그 사람이 옆에 앉아 얘기하는 동안은 아무렇지도 않다가 가고 난 뒤에 쓸쓸해서 하염없이 울었거든요! 지금은 또 왜 눈물이 날까요!…… 여자들은 원래 아무것도 아닌 일에 툭하면 눈물이죠. 나리," 루케리야는 덧붙였다. "손수건 있으신가요…… 괜찮다면 제 눈 좀 닦아주시겠어요."

나는 얼른 그녀의 부탁대로 해주고 손수건은 그녀에게 주었다. 그녀는 처음에 사양했다…… 이런 것이 제게 무슨 소용이겠어요? 손수건은 아주 소박하지만 하얗고 깨끗했다. 나중에는 힘없는 손가락으로 손수건을 움켜쥐더니 다시 놓지 않았다. 이윽고 나는 우리가 있는 이곳의 어둠에 익숙해져 그녀의 모습을 똑똑히 볼 수 있었고, 적동색 피부 속에 감도는 희미한 홍조도 보였고—적어도 내게는 보이는 것 같았다—아름답던 지난날의 자취까지 느낄 수 있었다.

"나리, 아까 제게 잠을 잘 수 있느냐고 물으셨죠?" 루케리야는 다시 말을 시작했다. "저는 거의 잠을 자지 않지만, 잠이 들면 매번 꿈을 꿰요. 아주 좋은 꿈이죠! 꿈에서 저는 이렇게 병든 몸이 아니라 언제나 건강하고 젊어요…… 하지만 슬프게도 잠에서 깨어나 몸을 편하게 뻗으려고 하면 쇠사슬에 묶인 것처럼 꼼짝할 수가 없어요. 한번은 정말 멋진 꿈을 꿨어요! 그 얘기를 해볼까요? 한번 들어보세요. 꿈에서 저는 큰길가의 버드나무 밑에 앉아 있었어요. 지팡이를 짚고 어깨에 배낭을 메고 머릿수건을 묶고 마치 여자 순례자 같은 행색으로요! 어딘가 먼 성지로 순례를 떠난 것 같았어요. 제 옆으로 다른 순례자들이 계속 지나가고 있었고요. 그들은 조용히 걸어와 모두 같은 방향으로 걸어갔는데 모두 무척 지쳐 보이고 또 모두 비슷한 얼굴이었어요. 그런데 그 사람들 속에서 한 여자가 서성거리고 있었는데, 다른 사람들보다 키가 머리 하나는 더 크고 러시아 옷이 아니라 유별난 옷을 입고 있었어요. 얼굴도 보통 사람과는 달리 수척하고 엄격해 보였어요. 모두 그녀를 피하는 것 같았죠. 별안간 그녀가 저를 발견하고는 급히 다가와 발을 멈추고 가만히 저를 노려봤어요. 그 커다란 눈은 꼭 매의 눈처럼 노랗고 밝고 날카로웠어요. '누구시죠?' 하고 제가 물었더니, '나는 너의 죽음이다'라고 대답하더군요. 저는 무섭기는커녕 오히려 기뻐서 성호를 그었어요! 그러자 저의 죽음이라는 그 여자가 말했어요. '미안하지만 루케리야, 지금은 너를 데려가지 못해. 안녕!' 저는 얼마나 슬펐는지 몰라요!…… 데려가줘요, 아주머니, 데려가줘요! 그러자 저의 죽음이 돌아서서 무슨 말을 했어요…… 언제 데리러 오겠다는 말 같았지만 확실히 알아들을 순 없었어요…… 페트롭키_{정교회에서 베드로축일 전에 지키는 재계 기간}가 끝나면이랬든가…… 그 순간 저는 눈을 떴고…… 그래요, 그런 멋진 꿈을 꿨어요!"

루케리야는 눈을 치떴고…… 가만히 생각에 잠겼다……

"그리고 이런 꿈도 꿨어요." 그녀는 다시 이야기했다. "어쩌면 이것은 환영이었을지도 몰라요. 그건 잘 모르겠어요. 제가 이 오두막에 누워 있는데 돌아가신 어머니 아버지가 저를 찾아오셔서 아무 말 없이 정중하게 머리를 숙이셨어요. 그래서 제가 '아버지, 어머니, 왜 절을 하시는 거예요?' 하고 물었죠. 그러자 두 분이 말했어요. '네가 이 세상에서 큰 고난을 겪고 있기 때문에 너는 네 영혼을 구했을 뿐만 아니라 우리의 고통까지 없애주었다. 그래서 저승에 있는 우리도 많은 것을 할 수 있게 되었단다. 너는 네 죄를 씻었을 뿐 아니라 우리의 죄까지 씻어줬어.' 그러고서 부모님은 다시 한번 절을 하고 사라지셨어요. 벽밖에 보이지 않았어요. 그후 저는 이 꿈이 아주 마음에 걸려 고해성사 때 신부님에게 말했어요. 신부님은 '환영은 아닐 겁니다. 환영은 성직자들에게만 나타나는 거니까' 하셨죠. 다만 괴로운 것은, 가끔 일주일쯤 전혀 잠을 자지 못하기도 한다는 거예요. 작년에 한 마님이 지나가시다가 저를 보시고 수면제를 한 병 주시더군요. 한 번에 열 방울씩 먹으라고 하셨고요. 그 덕분에 잘 잤지만 지금은 그 약도 다 떨어지고 말았어요…… 나리는 그 약이 무슨 약인지, 어떻게 구할 수 있는지 아시나요?"

지나가던 부인이 그녀에게 준 것은 분명 아편 같았다. 나는 그녀에게 그것을 한 병 구해주겠다고 약속했고, 그녀의 강한 인내심에 새삼 경탄했다고 말했다.

"아유, 나리!" 그녀는 부정했다. "무슨 말씀이세요? 이 정도 인내심이 뭐가 대단해요? 기둥 성자 시메온의 인내심이야말로 정말 위대하죠! 삼십 년 동안이나 기둥 위에서 사셨으니까요! 또 어떤 성자는 자신을 땅속에 가슴까지 파묻게 하고 개미들이 얼굴을 뜯어먹어도 참고……"

잠시 침묵하던 나는 루케리야에게 몇 살이냐고 물었다.

"스물여덟인가 아홉인가…… 아직 서른은 아닐 거예요. 그런데 왜 나이를 물으시나요! 또다른 얘기를 해드릴게요……"

루케리야는 갑자기 격렬하게 기침하고 신음을 토했다……

"얘기를 너무 많이 하니까 그래," 나는 말했다. "몸에 해로울 거야."

"맞아요," 그녀는 간신히 들리는 작은 목소리로 말했다. "이제 그만 하는 게 좋겠어요. 하지만 괜찮아요! 나리가 가시면 저는 다시 실컷 침묵할 수 있으니까요. 아무튼 정말 기분이 좋아졌어요."

나는 그녀에게 작별을 고하며, 약을 구해 보내주겠다고 되풀이했고 더 필요한 게 있는지 잘 생각해서 말해보라고 했다.

"아무것도 없어요. 저는 정말로 이대로 충분해요." 그녀는 애처롭고도 감동적인 목소리로 말했다. "모두 건강하시길 빌겠습니다! 나리 어머니께 전해주실 수 있을까요. 이곳 농민들은 모두 찢어지게 가난해요. 소작료만이라도 좀 가볍게 해주셨으면! 그들은 땅이 부족해 수확이 적거든요…… 그렇게 해주시면 다들 마님과 나리를 위해 기도할 겁니다…… 하지만 저는 바라는 게 없어요. 정말 이대로 만족하니까요."

나는 루케리야의 바람이 꼭 이루어지도록 노력하겠다고 약속하고 이미 문가까지 걸어갔는데…… 그녀가 다시 나를 불렀다.

"기억하시죠, 나리," 그녀가 말했다. 그 순간 그녀의 두 눈과 입술에 신비로운 뭔가가 떠올랐다. "제 땋은 머리가 어땠는지 기억하시죠? 무릎에 닿을 만큼 길었잖아요! 저는 오랫동안 망설였어요…… 그 삼 단 같은 머리를!…… 아깝긴 하지만 빗지도 못하는데 무슨 소용이 있겠어요? 이런 몸으로는!…… 그래서 잘라버렸어요…… 네…… 그럼 나리, 죄송해요! 이젠 정말 그만 말해야겠어요……"

그날 나는 사냥을 가기 전 마을 순경과 루케리야에 대해 이야기를 나눴다. 그는 마을 사람들이 루케리야를 '산송장'이라 부른다고 했고, 그렇게 불편한 몸이면서도 그녀는 남에게 폐를 끼치지 않고 불평도 한탄도 하지 않는다고 말했다. "뭘 어떻게 해달라고 요구하는 일이 없고, 모든 걸 감사하게 받아들이죠. 정말 착한, 세상에서 보기 드물게 착한 사람이에요."

몇 주 뒤 나는 루케리야가 죽었다는 소식을 들었다. 그 죽음은…… 페트롭키 뒤에 찾아왔다. 루케리야는 그 마지막날에 내내 종소리에 귀를 기울이고 있었다고 한다. 알렉세옙카 마을에서 성당까지는 5베르스타 이상 떨어져 있는데다 그날은 일요일도 아니었다. 루케리야는 그 종소리가 성당이 아니라 어딘가 '저 위에서' 들려온다고 말했다고 한다. 차마 하늘에서 들려온다고는 말할 수 없었던 것이리라.

이반 투르게네프

10월 7일

신의 이름을 부르지 않을 수도 있고 신이라는 말을 피할 수도 있지
만 그 존재를 인식하지 않을 수는 없다. 신이 없다면 아무것도 없다.

1 지금 내가 아는 모든 것은 신이 존재하기 때문에, 또 내가 신을 알기
   때문에 아는 것이다.

   오직 이 덕분에 사람들에 대한, 나 자신에 대한, 또한 시공을 초월
한 삶에 대한 관계를 튼튼한 기초 위에 세울 수 있다. 나는 이것을 신
비로운 것으로 여기지 않는다. 오히려 이것과 정반대되는 견해를 신
비주의라고 본다. 이것만이 가장 알기 쉽고 모든 사람이 이를 수 있
는 진실이라고 생각한다. 신이란 무엇인가? 이 물음에 나는 이렇게
대답하겠다. 신은 무한한 전체인데, 나는 나 자신을 그의 일부로 인
식한다.

   신은 내가 정진하는 목표이고 신을 향해 정진하는 것이 나의 삶 자
체이기 때문에 신은 나에게 분명 존재한다. 그러나 신은 내가 이해하
거나 이름을 붙일 수 없는 존재다. 만약 내가 신을 이해한다면 이미
신에게 도달한 것이므로 정진의 목표도, 내 삶도 사라질 것이다.

   나는 신을 이해할 수 없고 이름 붙일 수도 없다. 그래도 신을 알고,
신에게로 가는 방향을 알고 있으며, 이것이야말로 가장 믿을 만한 지
식이다. 신이 없으면 나는 항상 두렵고, 신과 함께 있으면 나는 두렵
지 않다.

2 이기적인 목적에서 비롯되는 종교적 행위, 이를테면 비를 내려달라
   고 빌거나 내세에서의 보상을 바라고 제물을 바치는 것은 모두 타산

적이다. 오직 신을 인식하는 행위만이 신의 보상을 약속받는다.

모든 존재와 사물 속에서 지고의 이성을 인식하는 진정한 신앙인은 신에게 자신의 지성을 제물로 바치고 자신의 고유한 빛으로 빛나는 자의 본성에 다가간다.

모든 자연은 눈에 보이는 것이나 보이지 않는 것이나 모두 신의 예지 안에 존재한다. 신의 예지 안에 있는 무한한 세계를 주의깊게 관조하는 사람은 그릇된 생각에 빠지지 않는다. 　　『마누법전』

3　신에 대한 이야기를 금이나 은으로 만든 물체에 대해 듣는 것처럼 들어서는 안 된다. 너는 신이 네 영혼에도 있다는 것을 느낄 것이다. 그것을 느끼면서도 너는 추악한 생각과 역겨운 행위로 네 영혼 안에 있는 그 형상을 모독하고 있다. 너는 신으로 숭배하는 황금우상 앞에서는 잘못할까봐 전전긍긍하지만, 네 안에서 모든 것을 보고 듣는 신의 형상 앞에서는 아무리 추악한 생각과 행위에 빠져도 얼굴조차 붉히지 않는다.

신은 우리 안에 있고 우리의 모든 생각과 행동의 목격자라는 것을 언제나 기억하고 더이상 죄를 짓지 않는다면, 신은 언제나 우리 안에 머무를 것이다. 언제나 신을 떠올리고, 신에 대해 생각하고, 신에 대해 말하라. 　　에픽테토스

4　신은 기도를 바치고 비위를 맞춰야 하는 우상이 아니라, 인간이 일상에서 실현해야 하는 이상이다. 　　루시 맬러리

5 나는 신을 향해 나아갈 때가 아니라 신을 저버리고 신을 떠날 때 비로소 신이 존재한다는 것을 인식한다. 나는 지금 '신'이라 부르고 있지만, 그것을 그렇게 부르는 것이 옳은지 옳지 않은지 모른다. 이 말이 무슨 말인지는 누구나 알 것이다.   소로

6 어떠한 경우에도 억지로 신에게 다가가서는 안 된다. '신에게 다가가자. 신을 따르자. 지금까지는 악마를 따랐지만 이제는 신을 따라 살아보자. 나쁘지 않을지도 모른다'…… 이것은 아주 나쁘다. 결혼하지 않을 수 없는 순간이 있듯, 신에게도 가까이 가지 않을 수 없을 때 가야 한다…… 나는 사람들에게 일부러 유혹에 다가가라고 말하지는 않지만, "악마가 아니라 신에게 가면 실수하는 게 아닐까?" 하고 말하는 사람에게는 목청껏 소리칠 것이다. "가라, 악마에게 가라, 반드시 악마에게 가라!" 갈림길에서 머뭇거리거나 신에게 다가가는 척만 할 바에야 악마의 불로 깨끗이 몸을 불사르는 것이 백번 낫다.

7 평소에는 공기를 마시고 있다는 것을 잘 못 느끼지만 숨쉬기가 힘들어지면 뭔가 부족하다는 것을 알게 된다. 신을 부정하는 사람이 신을 잃었을 때도 똑같은 일이 일어난다.

／ 중요한 것은 신을 잊지 않고 사는 것이다. 입으로만 신을 기억하는 것이 아니라 신이 나의 모든 행위를 지켜보며 꾸짖거나 칭찬하고 있다는 마음가짐으로 사는 것이다. 러시아 농민들은 흔히 이렇게 말한다. 너는 신을 잊었느냐?

10월 8일

삶의 중요하고 본질적인 문제들에 대해 한 번도 생각하지 않은 사람들이 이성으로 모든 것을 다 이해할 수 있다고 생각하고 말한다.

1 인간은 세 부류로 나눌 수 있다. 분명한 말로 설명할 수 없는 것은 믿지 않는 부류, 자기가 배운 것만 믿는 부류, 마음속에서 의식하는 법칙을 믿는 부류다. 세번째 부류가 가장 이성적이고 강인하다. 배운 것만 믿는 사람들은 그들에 비해 이성도 강인함도 떨어지지만 그래도 우리에게 선한 삶을 요구하는 알 수 없고 지고한 존재를 인식하기에 인간으로서의 소질을 아직 잃지는 않은 것이다. 신을, 또는 기적을 행하는 성자 니콜라이를 지고하고 영적인 무언가라고, 자기희생과 선행을 하라고 가르치는 무언가라고 믿는 시골 아낙이야말로 이치로 설명할 수 없는 것은 아무것도 인정하지 않는 첫번째 부류보다 진리에 더 가까이 있다.

2 모든 사물의 기원은 신비다. 모든 개인과 집단의 생명의 원인은 신비, 즉 이성을 초월하는 것이고 설명할 수 없는 것이다. 한마디로 말해 모든 개개인은 풀 수 없는 수수께끼이며, 어떤 기원도 설명할 수 없다. 만들어진 모든 것은 과거를 통해 설명되지만 기원이란 결코 만들어진 것이 아니다. 기원은 언제나 창조의 근원적 기적을 전제로 한다. 그것은 다른 무엇의 결과가 아니기 때문이다. 그것은 다만 그것이 나타날 때 있었던 사물들, 상황을 이루는 사물들 사이에서 나타날 뿐이다. 그 기원이 어떻게 나타났는지 우리는 이해할 수 없다.   아미엘

3 너는 훌륭한 교육 덕택에 원형과 사각형의 면적을 재고, 별과 별 사이의 거리를 잴 수 있다. 네가 기하학으로 무엇이든 계산할 수 있는 훌륭한 기하학자라면 인간의 지혜를 한번 재보아라. 그리고 그것이 얼마나 큰지 작은지 말해보아라. 직선이 무엇인지 안다 해도 네가 삶에서 가야 할 반듯한 길을 모른다면 무슨 소용이겠는가. 지불 능력이 없는 파산자처럼 모든 자유 학문도 덕행을 가르치지는 못한다. 다른 무언가에는 도움이 되겠지만, 덕행에는 아무런 쓸모가 없다. 학문은 지성을 덕행으로 이끌지 못하며 덕행으로 가는 길을 깨끗이 쓸어줄 뿐이다. 세네카

4 식물의 생명도 우리의 생명과 똑같은 비밀을 지니고 있다. 생물학자는 자신이 만든 기계를 설명하듯 그것을 설명하려고 헛되이 노력한다. 누구도 동물과 식물의 신성한 생명에 손을 대서는 안 된다. 아무리 노력해도 표면적인 것 외에는 아무것도 밝혀내지 못할 것이다.

소로

5 현미경이나 망원경으로 보면 사물은 아주 하찮은 것이 되어버린다.

소로

6 책이 가득 쌓인 도서관은 오히려 정신을 산만하게 한다. 무턱대고 많이 읽는 것보다는 몇몇 저자를 골라 읽는 편이 낫다. 세네카

알 수 없는 것을 알려고 애쓰기보다는 알 수 있는 많은 것을 모르는 것이 낫다.

인식할 수 없는 영역에서 헤매는 것만큼 우리의 지력을 약화시키고 타락시키고 고집불통으로 만드는 것도 없다. 가장 나쁜 것은 모르는 것을 아는 척하는 것이다.

10월 9일

삶의 의식을 영적 '자아'로 옮긴 사람은 삶에서도 죽음에서도 불행하지 않다.

1 이 세계에서 진정한 삶에 대한 우리의 의식은 물질적 형태 속에서 우리를 찾아내며, 이 물질적 형태는 우리의 영적 존재를 한정짓는 경계석 같은 것이다.

물질은 영혼의 경계석이다. 진정한 삶은 이 경계석이 서서히 파괴되는 것과 같으며, 완전한 파괴와 완전한 해방, 즉 죽음으로 사라진다. 삶을 이렇게 이해하면 삶에서나 죽음에서나 더없이 평화로울 수 있다.

2 운명이 너를 어디로 내던지더라도, 너 스스로 존재의 법칙에 충실하다면 너의 본질과 너의 정신, 너의 삶과 자유와 힘의 중심은 어디서나 너와 함께 있다. 이 세상에 너와 정신의 일치를 파괴하고 그 교류를 끊으며 자기 자신과의 내적 불화로 영혼의 완전함을 깨면서까지

얻어야 할 행복이나 위대함은 없다.

그런 값비싼 희생을 치르고라도 손에 넣어야 하는 것이 있다면 말해보라. 아우렐리우스

3 우리는 때때로 자기 안에서 의식되는 무한히 위대하고 강력한 어떤 것과, 역시 자기 안에서 의식되는 왜소하고 무력한 어떤 것 사이에서 생생하게 느껴지는 무서운 대립 때문에 괴로워하기도 하고 기뻐하기도 한다.

4 육肉에서 나온 것은 육이며 영靈에서 나온 것은 영이다.

새로 나야 한다는 내 말을 이상하게 생각하지 마라.

바람은 제가 불고 싶은 대로 분다. 너는 그 소리를 듣고도 어디서 불어와서 어디로 가는지를 모른다. 성령으로 난 사람은 누구든지 이와 마찬가지다. 「요한복음」 3:6~8

5 여러 면에서 생각해보았을 때, 선한 사람들의 영혼은 신성과 영원성을 갖추고 있는 것 같다. 가장 선하고 총명한 사람들의 영혼은 모두 내세를 향하고 있고 그들의 모든 생각은 영원한 것에 집중되어 있기에 더욱 그렇다. 키케로

6 실천적이고 도덕적이며, 정신적이고 심오한 종교적 의식만이 삶에 가치와 힘을 준다. 그러한 의식 덕분에 우리는 상처받거나 정복되지

않는다. 오직 하늘의 이름으로만 대지를 정복할 수 있다. 행복은 지혜를 찾는 사람에게만 주어진다. 온전히 욕심 없는 존재가 되고 세계가 그 무엇으로도 유혹할 수 없는 자의 발밑에 엎드릴 때 비로소 인간은 무엇보다 강한 존재가 된다. 왜 그럴까? 정신은 물질을 지배하고 이 세계는 신에게 속하기 때문이다. "용기를 가져라," 하늘의 목소리는 말한다. "나는 세계를 정복했다."

신이여, 선을 열망하지만 힘이 부족한 자에게 힘을 주소서!   아미엘

7 모든 인간의 지성을 능가하는 지고의 이성이 있다. 그것은 먼 곳에 있으면서 또한 가까운 곳에 있다. 그것은 모든 세계 위에 있으면서 또한 모든 것에 침투한다.

만물이 지고의 이성 안에 있고, 지고의 이성이 모든 존재에 침투한다는 것을 아는 사람은 어떠한 존재도 경멸하지 않는다.

모든 정신적 존재가 지고의 정신과 맺어져 있다고 여기는 사람은 미망에 빠지지 않고 슬픔을 느끼지 않는다.

의례만 따지는 사람들은 캄캄한 어둠 속에 있다. 그러나 실천하지 않고 지고의 이성에 대해 생각하기만 하는 사람들은 더 큰 어둠 속에 있다.   『우파니샤드』

8 신은 자신의 경지에 오르고자 하는 사람들을 끌어당긴다. 따라서 인간이 신에게 다가가기 위해 노력하는 것은 놀라운 일이 아니다. 신은 사람들에게 다가오고 사람들 속으로 들어간다. 신이 없어도 행복한 영혼은 하나도 없다.   세네카

✦ 자신의 영성을 의식하면 모든 것으로부터 구원받는다. 자신의 영성을 의식하는 사람에게는 어떤 악도 다가오지 못한다.

10월 10일

동물로서의 인간은 죽음에 저항하지 않을 수 없다. 그러나 정신적 존재로서의 인간은 죽음을 모르므로 죽음에 저항할 수도 죽음을 바랄수도 없다.

1 죽음에 대한 관념이 우리에게 대단한 영향을 미치지 못하는 이유는 인간은 본성상 언제나 활동하는 존재라서 죽음을 생각할 수 없기 때문이다.

칸트

2 삶과 죽음은 상통하는 것이 아니다. 우리의 이성을 흐리게 하고 피할수 없는 죽음을 의심하는 막연한 희망이 끝까지 우리를 떠나지 않는것도 아마 그 때문일 것이다. 생명은 악착같이 살려고 한다. 우화 속앵무새처럼 마지막 숨이 끊어지는 순간에도 "아무것도 아냐, 아무것도 아냐!"라고 되풀이한다.

아미엘

3 죽음의 찰나에 영적 근원은 육체를 떠난다. 그것이 육체를 떠나 시공을 초월한 다른 모든 근원과 하나가 되는지, 아니면 다른 유한한 존재 속으로 옮겨가는지 우리는 알지 못한다. 다만 우리가 아는 것은 죽음 뒤 육체는 자신을 길러

왔던 것에게 버림받고 단지 관찰의 대상이 되어버린다는 것뿐이다.

4 죽음은 의식하는 대상의 변화 또는 소멸이다. 연극의 막이 바뀌었다고 관객이 사라지지 않는 것처럼 의식은 죽음 이후에도 사라지지 않는다.

5 너는 이 세상에 어떻게 왔는지 모른다. 그러나 너는 지금의 모습을 지닌 유일한 나로서 세상에 왔다는 것을 알고 있다. 너는 계속 걷고 걸어 삶의 절반에 다다랐다. 그런데 갑자기 기쁜 것도 놀란 것도 아닌데 우뚝 멈춰 서서 저멀리 앞에 무엇이 있는지 보이지 않는다며 더이상 나아가지 않으려 한다. 그러나 이 세상에 찾아올 때도 앞을 보지 못한 채 오지 않았는가. 너는 입구로 들어왔으면서 출구로 나가지 않으려 한다.

　너의 삶 전체는 육체적 존재를 관통하는 행진이다. 너는 걷고 또 걸으며 서둘렀으면서 별안간 네가 끊임없이 해온 일이 완성되는 것을 두려워한다. 너는 육체의 죽음과 함께 일어날 큰 변화를 두려워하지만, 그런 변화는 네가 태어났을 때도 일어났던 것이다. 그러나 그때 너에게 나쁜 일은 조금도 일어나지 않았다. 오히려 지금 네가 떠나고 싶어하지 않을 정도로 좋은 일이 일어나지 않았는가.

／ 우리 삶에서 일어난 모든 일이 우리의 행복을 위한 것이었다고 믿는다면, 삶의 행복한 근원을 믿는 자라면 믿지 않을 수 없는 이 사실을 믿는다면, 죽을 때 우리에게 일어날 일 역시 우리의 행복을 위한 것

임을 믿지 않을 수 없다.

10월 11일

사람들은 존경할 만한 것이 아니라 필요하지도 않고 해롭기만 한 권력과 부를 자랑한다.

1 악인은 언제 어디서든 자기보다 더 악한 악인을 찾아낸다. 그런 식으로 그는 스스로를 만족시킬 구실을 언제나 찾아낸다.

2 글을 읽지도 쓰지도 못하는 사람은 다른 사람에게 글을 가르칠 수 없다. 자신이 무엇을 해야 하는지 모르는 사람이 어떻게 사람들에게 무엇을 해야 하는지 가르칠 수 있겠는가? 아우렐리우스

3 지혜로운 가르침을 듣자마자 남에게 가르치려 드는 사람들이 있다. 그것은 병든 위장이 음식물이 들어오자마자 곧장 토해내는 것과 같다. 그런 사람을 흉내내지 마라. 귀로 섭취한 정신적 양식을 잘 소화시키기 전에 토해낸다면 누구에게도 양식이 되지 못하는 무서운 오물이 나올 뿐이다. 에픽테토스

4 자신의 인간적 존엄성에 대한 의식은 오만이 아니다. 오만은 외적 성

공에 따라 커지지만 인간적 존엄성에 대한 의식은 사람들에게 냉대 받을수록 커진다.

5 오만한 인간은 자신에 대한 남의 의견을 중요시하고, 자신의 인간적 존엄성을 의식하는 사람은 자신의 의견을 중요시한다.

6 **자신의 어리석음을 아는 사람에게는 아직 지혜가 있지만, 자신이 현명하다고 확신하는 사람에게는 아무런 지혜도 없다.** 『법구경』

7 어리석은 사람은 지혜로운 사람 옆에서 평생을 살아도 진리를 깨닫지 못한다. 숟가락이 음식의 맛을 절대로 알 수 없는 것과 같다.

『법구경』

8 자신을 사랑하고 자신에게 집중하는 사람에게는 경쟁자가 적다는 이점이 있다. 리히텐베르크

9 자만심이 강한 사람은 언제나 좁은 껍데기에 갇힌다. 자만과 좁은 껍데기는 서로의 원인이다. 자만 때문에 좁은 껍데기에 갇히고, 좁은 껍데기에 갇혀 있기 때문에 자만한다. 그는 스스로 좋은 것을 만들어 내지 못한다는 것을 의식하기 때문에 자신이 만들어내는 모든 것은 좋은 것이라고 스스로를 설득한다.

인간의 오만은 현혹하는 힘이 너무 커서 처음에는 현혹된 당사자는 물론 남들까지 그를 위대하다고 믿게 한다. 그러나 그 힘이 사라지면 오만한 인간은 곧바로 우스꽝스러운 광대가 되고 만다.

10월 12일

습관에서 벗어나려면 큰 노력이 필요하다. 자기완성을 향한 첫걸음은 언제나 습관에서 벗어나는 일에서부터 시작된다.

1 다른 사람들이 아니라 자신이 생각한 대로 행동해야 한다. 이 원칙은 실제 생활에서나 정신적인 생활에서나 언제나 필요하다. 그러나 이 원칙을 지키기란 어렵다. 세상에는 너희보다 너희의 의무를 더 잘 안다고 생각하는 사람들이 늘 있기 때문이다. 군중 속에서는 세상의 의견에 따르는 것이 쉽고, 고독 속에서는 자신의 의견을 따르는 것이 쉽다. 군중 속에서 살면서 고독할 때의 독립성을 지키는 사람이 참으로 위대한 사람이다.

에머슨

2 본질적으로 너와 아무 관계도 없는 인습에 영합하면 네 힘과 귀한 시간을 잃고 네가 가진 본래의 자족성을 망쳐버린다. 그것에 얽매여 있는 한 너는 가장 뛰어난 능력을 쓸데없는 일에 허비할 뿐만 아니라 원래 너 자신이 정말 어떤 존재인지 인식조차 못할 것이다. 그러한 삶은 영혼과 육체를 파괴한다.

에머슨

3 세상은 말한다. "우리처럼 생각하고 우리처럼 믿고 우리처럼 먹고 마시고 우리처럼 입어라. 그러지 않으면 손가락질받을 것이다." 그것을 따르지 않으면 사회는 조소와 비방, 험담, 배척, 따돌림 등으로 그 사람의 삶을 지옥으로 바꾸어놓는다. 그러나 굴하지 마라.　　루시 맬러리

4 양심의 요구에 따라 자신이 속한 계층의 인습에서 벗어나려면 자신을 아주 엄격하게 살펴야 한다. 모든 잘못과 약점은 죄처럼 비난의 대상이 될 것이며, 특히 위험한 것은 그러다보면 결심을 저버릴 수 있다는 것이다.

5 올바르게 살기에 악한 사람들에게 박해를 받고 덕행에 대한 신념 때문에 비웃음거리가 되더라도 슬퍼하거나 탄식하지 마라. 악한 사람들은 원래 덕행을 증오한다. 악한 사람들은 올바르게 살려는 사람들을 질시하고, 다른 사람들의 명예를 더럽히면서 자신을 정당화한다. 그리고 자신과 반대의 길을 가는 선한 사람들을 미워하고 그들의 삶을 욕보이려 애쓴다. 그러나 슬퍼하지 마라. 악한 사람들의 증오야말로 네 덕행의 증거이기 때문이다.　　크리소스토모스

✐ 세상 사람들이 따르는 관습을 따르지 않아 불화를 일으키는 것은 좋지 않다. 그러나 관습을 핑계로 양심과 이성의 요구를 저버리는 것은 더 좋지 않다.

10월 13일

국가의 제도는 언제나 그리스도교의 근본정신과 완전히 상반된다. 그래서 그리스도의 가르침에 완전히 상반되는 삶을 사는 사람은, 바꿔 말하면 국가적 삶을 살고 있는 것이다.

1 위대하고 지혜로운 자들이 지배할 때, 민중은 그들이 존재한다는 것도 알아채지 못한다. 그보다 조금 못한 사람들이 지배할 때, 민중은 그들을 따르고 찬양한다. 그보다 더 못한 사람들이 지배할 때, 민중은 그들을 두려워한다. 그보다 훨씬 못한 사람들이 지배할 때, 민중은 그들을 경멸한다.

노자

2 아직 깨어나지 못한 사람에게 국가권력은 인간이 살아가는 데 필수적인 육체의 여러 기관처럼 신성한 것으로 보인다. 그러나 깨어 있는 사람에게 국가의 권력자들은, 이성적인 정당성이 없는데도 스스로에게 환상적인 의의를 부여하고 폭력을 수단으로 자신들이 바라는 바를 실행하는 무서운 미망에 빠진 자들이다. 깨어 있는 사람에게 그들은 마치 돈으로 매수되어 도로에서 사람들을 습격하고 폭력을 휘두르는 강도들이다. 폭력은 그것의 역사나 규모나 조직이 어떻든 그 본질은 언제나 하나다. 깨어 있는 사람에게 국가는 존재하지 않는다. 국가라는 이름으로 자행되는 모든 폭력에는 변명이 있을 수 없기 때문에 그들은 국가에 참여할 수 없다. 국가의 폭력은 외적인 수단이 아니라 진리를 깨달은 사람들의 의식을 통해서만 사라질 수 있다.

3 힘은 사랑 속에 있고, 나약함은 적대관계 속에 있다. 사랑 속에서 하나로 맺어지며 우리는 자신을 지킨다. 그러나 사방으로 흩어지면 우리는 쓰러진다.

루시 맬러리

4 옛날에는 사람들에게 국가의 폭력이 필요했을지 모른다. 또 지금도 필요할지 모른다. 그러나 이제 사람들은 폭력이 인류의 평화로운 삶을 방해하는 상황을 이미 보았고 그 미래도 예상하고 있다. 그러므로 우리는 평화의 실현을 위해 매진해야 한다. 우리가 내면적으로 자기 완성에 힘쓰고 외면적으로 폭력에 참가하지 않을 때 세상의 질서는 실현될 것이다.

✒ 폭력이 필요하지 않은 삶을 살아라.

신의 법칙과 세상의 법칙

오직 신앙만이 세상에 살고 있는 사람들을 악마의 망상과 간계에서 보호할 수 있다. 우리에게 선악의 구별을 가르쳐주는 것은 신앙뿐이다. 우리는 오직 신앙에 의해서만 영적이고 신적인 존재들과 하나가 될 수 있다.

오늘날 사람들은 믿지 말아야 할 온갖 것을 믿는다. 참다운 그리스도교 신앙을 망상이나 이단으로 생각하고 죽은 관습을 신앙으로 받아들인다. 사람들은 분열되어 **한쪽은 다른 한쪽을 이단이라고 비난한다.** 그 결과 전쟁과 반목, 살인, 화형, 그 밖의 많은 죄악이 생겨난다. 그러므로 오늘날 진정한 신앙을 알아보기란 쉬운 일이 아니다. 왜냐하면 신앙은 모두 이단과 적의로 덮여 악취를 내뿜기 때문이다. 이런 상황에서 이성적인 사람들은 신이 예수그리스도를 통해 주시고 사도들이 해설한 진정한 신앙을 간직해야 한다. 그리고 오늘날 사람들이 끌려가는 새로운 신앙에 말려들지 않아야 한다.

사도들은 초기 그리스도교도들 사이에 평등을 수립했다. 어느 누구도 무엇으로도 서로에게 의무를 지우지 않았고 모든 사람은 서로 사랑하고 서로에게 봉사해야 했다. 그럼으로써 그리스도를 머리로 하는, 많은 지체들이 결합된 한몸이 되어야 했다. 그들 사이에 이교도적인 직위를 가진 정부 따위는 존재하지 않았다. 재판관이나 참사관 따위도 존재하지 않았다. 이교도의 권력 아래 살면서 세금을 바쳐야 했던 시대에도 그리스도교도는 이교도의 의무를 지지 않았다. **그런 상태는 300년 이상 콘스탄티누스황제 시대까지 계속되었다.** 콘스탄티누스황제는 처음으로 그리스도교도 사회에 이교도적 통치와 이교도적인 관리들을 혼입시켰다. 사도들이 그리스도교도들을 이끌던 목적은 이교도의 권력이 추구하는 목적보다 훨씬 더 숭고하고 완전한 것이었다. 왜냐하면 하나의 몸을 이루고 종교적, 도덕적 목적을 따르며 오직 신의 영의 이끎을 받는 것은 이교도의 권력이 강제적 수단으로 유지하는 지상의 정의를 지키는 것보다 훨씬 더 높은 것이기 때문이다.

법정의 재판관이 빼앗긴 재산을 백성에게 되찾아줄 때도 그리스도교도들을 여러 죄로 끌어들인다. 그리스도교도는 재판을 거부하지 않고는 그런 죄에서 벗어날 수 없다. 그리스도교도는 누구에게도 부당한 짓을 해선 안 되고 누구도 기만해서는 안 된다. 그리고 남에게 당한 **불의도 악을 악으로 갚지 말고 끈기 있게 견뎌내야 한다.**

사도들이 초기 그리스도교도들 사이에 세운 상호관계는 그리스도의 계율을 기초로 한 것이었다. 그리스도의 계율은 신앙의 적, 유혹자, 이단자에 대해 어떻게 해야 하는지 가르쳐준다. **처음에는 한 사람씩 타이르고 그것이 안 될 때는 보는 사람이 있는 데서 타이른다.** 그래도 안 될 때는 교회에 알린다. 그들이 교회도 따르지 않을 때는 이교도나 세리처럼 그들을 다룬다. 말하자면 그들과 어울리지 않는 것이다. 이런 의미에서 사도는 간음을 한 자나 그 밖에 이와 비슷한 사람들과 어울리는 것을 금했다. 복음서를 바탕으로 세워진 사회제도는 지상의 황제들이나 판관들의 힘으로 제정된 이교도의 사회제도보다 훨씬 더 빠르게 타락한 인류를 바로잡을 수 있다. 그리스도교의 사회제도에서는 죄를 범한 자라도 그 죄 때문에 상실한 신의 은총을 다시 얻을 수 있지만, 이교도의 사회제도에서 죄인은 사형을 언도받을 뿐이다.

그러므로 초기 그리스도교 공동체에는 그리스도의 계율만으로 충분했다. 그리스도의 계율에 따르며 도덕적 관계를 바로잡는 일을 조금씩 해나가고 있었다. 그런데 나중에 교황법과 민법이 섞여들게 되자 도덕성이 땅에 떨어지기 시작했다. 연대기의 필자들도 이 사실을 인정하고 있으며 우리도 두 눈으로 이 두 개의 법이 신의 법과 신앙을 어떻게 파괴하며 압박하는지 보고 있다. 우리 후대의 사람들은 이 두 개의 법의 그늘 아래 있기 때문에 신의 법과 신의 다스림에 대해서는 확신을 가지고 말하지 못한다. 이 두 개의 법은 암흑으로 우리의 눈을 가리고 있기 때문이다. 따라서 나는 암중모색을 하듯 다음과 같이 묻는다. 이곳 지상에서 그리스도의 종교를 온전히 기초 짓고 세우기 위해서는 두 가지 인간의 법을 제외하고 **오직 그리스도의 계율만으로 충분할까?** 나는 전율을 느끼며 이렇게 대답하겠다. 그렇다, 지금도 그것만으로 충분하다. 옛날에 그리스도교 사회를 세울 때도 충분했기 때문이다. 그리스도의 계율은 **온갖 저항을 받더라도,** 그리스도의 계율에 귀의하는 자가 **아무리 많더라도** 결코 약해지지 않는다. 오히려 그로부터 더 큰 힘을 얻어왔으므로 언제나 그리스도의 계율만으로 충분하다. 더 나아가 믿음이 없는 사람들을 믿음으로 **이끌 때도** 이 법만으로 **충분했다면** 생활과 풍속에서 제도를 **세울 때도** 이 법만으로 **충분하다.** 그렇게 하는 편이 한결 더 쉽기도 하다. 그리스도의 가르침에 기대어 다스리는 것이 인간적인 것에 기대어 다스리는 것보다 훨씬 낫다. 독약에 취하듯 여러 혼합물에 취하는 것보다는 신의 법을 따르는 것이 인간에게 훨씬 완전하다는 것을 어느 누가 의심하겠는가.

민법 혹은 **이교도 황제들의 법**은 인간의 육체와 물질적 재산에 관한 모든 것의 정의를 사람들 사이에 세우고자 한다. 반대로, 복음서의 법은 인간의 정신적 완성을 목적으로 한다. 이교도는 육체와 재산의 안전만을 행복으로 여기기 때문에 민법의 통치에 매달린다. 마찬가지로 이교로 전향한 그리스도교도 역시 신과 신의 법을 거부하고 오직 지상의 만족, 즉 이 세상에서의 자유와 평안, 육체적 부를 향해 돌진한다. 그들 역시 자신들의 욕망을 너그럽게 보아주는 세속의 권력을 편든다. 그들은 생명이나 재산이 위협받을 때면 무기를 들거나 재판에 호소해 잃어버린 재산을 되찾으려 한다. 세속의 권력이 심으려고 애쓰는 정의는 통치자들 그 자신에게 필요한 정의다. 가령 하나가 다른 하나를 거스르고 악을 저지른다면 왕국은 파괴될 것이다. 세속의 권력은 다른 덕행에는 조금도 마음을 쓰지 않는다. 따라서 불의와 부정 외에도 온갖 죄악이 허용된다.

그리스도의 다스림은 인간을 정신적인 덕행으로, 신의 뜻에 따라 살고 영원이라는 상을 얻을 수 있도록 순결한 삶으로 이끈다. 이러한 다스림을 받는 인간은 육체적 손실에 대해 완전히 다른 태도를 취한다. 손실에 복수하지 않고 재판으로 만족을 구하지 않고 참을성 있게 견뎌낸다.

그리스도교도들 사이에는 평등이 선포되었고 그 누구도 자신을 남보다 높은 위치에 두어서는 안 되었다. 따라서 참된 그리스도교도는 결코 그리스도교도 위에 군림하는 황제가 될 마음을 감히 가질 수 없었다. 뿐만 아니라 그리스도교도는 무거운 짐은 함께 나누라는 사도의 계율을 반드시 지켜야 했다. **선한 그리스도교도라면 어찌 감히 황제가 되어 사람들에게 무거운 짐이 되겠다고 마음먹을 수 있겠는가?**

제왕의 권력이 백성들에게는 무거운 짐이라는 것은 솔로몬이 죽은 뒤 유대인들이 그의 아들 르호보암을 찾아가 그의 아버지가 내린 모진 노역과 고통스러운 멍에에서 풀어달라고 애원했을 때 들은 대답에서도 가히 짐작할 수 있다. 그는 자기와 같은 미치광이들과 상의한 끝에 애원하는 유대인들에게 냉혹하게 대답했다. "너희에게 나의 손가락은 나의 아버지의 등뼈보다 더 무거워지리라." 가장 지혜로운 지배자였다는 솔로몬도 그의 권력 때문에 백성들에게는 무거운 짐이 되었던 것이다.

예수그리스도는 제자들에게 서로의 위에 올라서는 것을 금했다. "이 세상의 왕들은 강제로 백성을 다스린다. 그리고 백성들에게 권력을 휘두르는 사람들은 백성의 은인으로 행세한다. 그러나 너희는 그래서는 안 된다. 오히려 너희 중에서 제일 높은 사람은 제일 낮은 사람처럼 처신해야 하고 지배하는 사람은 섬기는 사람처럼 처신해야 한다."『누가복음』 22:25~26 구약에서도 기드온은 자기들 위에 올라서서 왕이 되어달라는 유대인들의 제의를 고사하면서 이렇게 대답했다. "내가 그대들을 다스릴 것도 아니요, 내 자손이 그대들을 다스릴 것도 아닙니다. 그대들을 다스리실 분은 야훼시오."『판관기』 8:23

강제적 수단으로는 인간에게서 신에 대한 사랑을 일깨울 수 없다. 신에 대한 사랑은 인간의 자유로운 의지를 바탕으로 하고 신의 말씀으로 생겨난다. 만약 왕이 신의 말씀을 설교해 악인들을 바로잡을 수 있다면, 그는 이미 성직자이므로, 악인들의 목을 매달지 않고는 인간들을 바로잡을 수 없는 권력에 의지하지 않을 것이다.

타인의 고통을 대가로 자신은 호사롭게 살려고 이교적 권력을 제멋대로 휘두르는 자들에게는 구약에 나오는 **나무에 관한 우화**를 적용할 수 있을 것이다. 나무들은 올리브나무와 무화과나무와 포도나무에게 자기들의 왕이 되어달라고 부탁한다. 올리브나무도 무화과나무도 포도나무도 그렇게 하면 자신의 좋은 점을 잃어버린다며 거절했다. 그러나 가시덤불만은 이렇게 대답했다. "너희가 정말로 나를 왕으로 모시려는가? 정녕 그렇거든 와서 내 그늘 아래 숨어라. 그러지 않았다가는 이 가시덤불이 불을 뿜어 레바논의 송백까지 삼켜버릴 것이다."『판관기』 9:15

신의 은혜를 받은 사람들은 육체와 세속의 행복에, 지배와 지위에 그 은혜를 적용하지 않는다. 그 모든 것은 형제들에 대한 잔학, 무자비, 폭력, 약탈을 부른다는 것을 알기 때문이다. 오직 날카롭고 잔인한 가시덤불 같은 자들만이 이렇게 말한다. "너희가 나를 주인으로 택했으므로 오늘부터 내가 너희의 주인이며 나는 다른 이들의 몸에는 피부 한 겹도 무사히 남지 않도록 너희를 지배하리라는 것을 알라. 나는 그들의 날개를 잘라버리고 농부들을 보리수처럼 껍질 벗길 것이다." 다른 자는 이렇게 말할 것이다. "상관없다! 농부의 껍질을 벗겨라. 물가의 버드나무처럼 싹이 날 테니까." 호화롭게 살며 비곗살이 두둑이 올라 배가 불룩한 사람들은 민중에 대한 그런 태도를 옳다고 생각한다.

그 어떤 인간의 법도 신의 법만큼 인간의 도덕적 완성에 도움이 되지 못한다. 모세의 율법은 좋은 율법이었으나 그리스도교로 다스리는 자는 이 법을 따를 수 없었다. 왜냐하면 이 율법은 이미 다른 법, 즉 그리스도의 계율로 대체되었고 그리스도의 계율은 신과 이웃에 대한 사랑을 바탕으로 세워졌기 때문이다.

두 세계의 주권자, 즉 세속의 주권자와 교회의 주권자가 그리스도의 교회로 섞여들어 사도들이 세우고 그로부터 삼백이십 년 동안이나 유지된 순결하고 소박한 상태를 파괴해버렸다. 어떤 사람들은 이러한 혼입이 신앙에 유익한 것이라고 생각하지만 이 독은 어떤 경우에도 신앙이 되지 않았고, 미래에도 신앙이 되지 않고 사람이 중독되고 신앙이 멸망하는 독으로 언제까지나 남아 있을 것이다. 그러므로 그리스도교도는 진정한 신앙을 지키기 위해서는 이교의 관습을 따라 다른 사람들 위에 군림해서는 안 된다는 것을 명심해야 한다. 그런데 적그리스도의 사도들은 이러한 세속적 권력을 교회의 세번째 부분으로 생각하고 있다.

로마교회의 교의에 따르면 세속의 권력은 성서에 근거를 두는데 특히 다음 구절에 근거를 둔다고 한다. "군인들도 '저희는 또 어떻게 해야 합니까?' 하고 물었다. 요한은 '협박하거나 속임수를 써서 남의

물건을 착취하지 말고 자신이 받는 봉급으로 만족하여라' 하고 일러주었다."(「누가복음」 3:14)

이 말 자체가 그리스도교도들도 칼을 휘둘러 사람을 피 흘리게 할 수 있도록 그들을 위해 칼을 갈아주는 것은 아니다. 그런데 교회가 무너지지 않도록 굳세게 받쳐주고 있는 로마교회의 위대한 기둥(아우구스티누스)은 성서의 이 구절에 대해 그리스도교도들에게도 날카로운 칼이 필요하다는 의미라고 설명했다. 그는 이렇게 말한다. "만약 그리스도의 가르침이 철저하게 전쟁을 부정하는 것이라면 요한은 자신에게 질문한 군인들에게 무기를 놓고 군인의 신분을 벗어나라는 구원의 충고를 해주었을 것이다. 하지만 그는 군인들에게 자신이 받는 봉급으로 만족하라고 명했다. 그는 군인의 신분과 전쟁을 부정한 것이 아니다."

로마교회가 인용하는 두번째 구절은 다음과 같다. "누구나 자신을 지배하는 권위에 복종해야 합니다. 하느님께서 주시지 않은 권위는 하나도 없고 세상의 모든 권위는 다 하느님께서 세워주신 것이기 때문입니다."(「로마서」 13:1) 학자들은 이 구절을 바탕으로 세속적 권력을 주장한다. 프라하대학의 한 박사가 나에게, 그것을 인정해야 하며, 인정하지 않는다면 이단자가 된다고 말했을 정도다.

어떤 행위에 대한 처벌을 집행하는 인간의 법이 결코 신의 법에 모순되는 것이 아님을 입증하기 위해 그 박사가 열거한 논증 중에서 서너 가지를 인용해보겠다. 1) '살인하지 말라'는 계율은 죄인을 사형에 처하는 일을 금하지 않는다. 왜냐하면 그런 경우 재판관이 사람을 죽이는 것이 아니라 그의 법이 그를 그렇게 강제하는 것이다. 2) 신은 삶과 죽음을 늘리시므로 죽이실 수도 있다. 죽이는 것도 나요 살리는 것도 나다.「신명기」 32:39 황제는 신이 정하신 자이므로 역시 그렇게 행할 수 있다. 3) 사도 바울이 말한다. "그런 모양으로 사는 자는 마땅히 죽어야 한다. 왜냐하면 그는 분별없이 칼을 차고 있기 때문이다."
「로마서」1:32, 13:4 4)복음서에 이렇게 쓰여 있다. "내가 왕이 되는 것을 반
대하던 내 원수들은 여기 끌어내다가 내 앞에서 죽여라."「누가복음」19:27
5)키프리아누스는 우상숭배자들을 죽이라는 구약의 계율에 근거해
그런 계율이 이미 그리스도가 오시기 전에 있었다면, 더욱이 그리스
도가 오신 후에도 마땅히 지켜져야 하며 "그런 모양으로 사는 자는
마땅히 죽어야 한다"라는 사도 바울의 말이 이를 뒷받침해준다고 말
했다.

아우구스티누스와 히에로니무스도 '살인하지 말라'는 계율을 이런
식으로 해석했다.

성 그레고리우스도 이 점에 대해 역시 같은 주장을 편다. 그들의
모든 논증을 종합해보면 신은 한 입으로는 '살인하지 말라'고 하고
다른 입으로는 '살인하라'고 말하는, 한 입으로 두말하는 존재인 셈
이다.

오늘날의 예수는 비참하기 짝이 없다. 세상에서 버림받은 어리석
은 자만이 진창에서 나온 파리처럼 그의 뒤를 처참하게 따를 뿐 군
중은 이제 그의 뒤를 따르지 않는다. 대신 학자들은 이 세상에서 부
귀영화를 누리며 칼을 치켜든 신의 종들을 잇달아 낳았고 전 세계
는 그들을 우러러보고 있다. 세상의 영리한 자들은 오늘날 예수가 그
처럼 사람들로부터 버림받고 가난하고 비참한 상태에 빠져 온갖 고
초를 겪는 것을 보고는 그를 저버리고 학자들에게 몰려든다. 학자들
은 자신들의 율법에 따라 커다란 집단을 이루고 교회, 전쟁, 고문, 고
문대, 온갖 국가기관, 죄수에게 씌우는 칼, 교수대 등등에서 신을 섬
기고 있다. 세상의 영리한 자는 그처럼 폭넓게 신을 섬기고 어리석은
자만이 그리스도를 따른다. 그리고 세상은 그를 헐뜯는다.

무엇보다도 칼을 휘두르는 섬김은 악을 악으로 갚는 짓이기 때문

에 그리스도의 가르침에 어긋난다. 자기 일신이 아니라 신의 일을 위해 칼을 휘두르는 거라고 변명하지만 그것이 얼마나 정직한 주장인지는 신만이 알 것이다. 만약 사람들이 신의 일을 위한다면 자기가 당한 모욕이나 부정에 대해 복수하지 않을 것이다. 그러나 실제로는 정반대다. 그들은 아주 가벼운 모욕에도 반드시 복수를 하면서 신을 욕하는 일에 대해서는 너그럽게 넘어간다. 반대로 그리스도는 원수를 사랑하고 그들의 악을 선으로 갚으라고 가르쳤다. 사마리아인들에게 받아들여지지 않은 그리스도는 사도들이 그들에게 하늘의 불을 내리는 것을 허락하지 않았다. 그리스도는 자신의 일시적인 고통보다는 원수의 영혼을 더 걱정했던 것이다. 사람들이 그리스도의 말을 믿고 그의 본보기를 따랐더라면 지상에 전쟁은 없었을 것이다. 전쟁, 살인, 온갖 적의에서 비롯되는 공격, 악을 악으로 갚는 온갖 복수, 이 모든 것은 우리가 원수를 사랑하지 않고 자신이 받은 모욕을 참지 못하기 때문에 일어난다.

칼과 칼로 하는 모든 활동, 즉 싸움을 비롯해 피를 흘리는 모든 행위는 그리스도교도의 사명과 그 사명에 걸맞은 선행에 어긋나므로 성서가 가르치는 그리스도교 사회의 참된 제도와 아무런 공통점이 없다. 그리스도교도들은 오직 그리스도의 신앙으로 하나가 되고 서로를 위해 기도한다. 우리가 우리에게 잘못한 이를 용서하듯이 우리의 잘못을 용서하시고 「마태복음」6:12 우리를 사랑과 평화의 결합으로 굳게 맺어주소서. 성자로 이름을 알린 옛 수도사들 가운데 이 모든 사실을 알고도 그리스도교도들에게 전쟁과 살인이 허용될 수 있다고 감히 그 누가 신앙으로 증명할 수 있겠는가? 전쟁을 비롯한 피 흘리는 행위를 하는 그리스도교는 이교도들을 따르는 것과 다름없다. 차이가 있다면 이교도는 참된 신을 모르기 때문에 그리스도교도가 지향하는 영적 행복을 갈구하지 않을 뿐이다. 그리고 그리스도교도들이 일으키는 전쟁과 유대교도가 일으키는 전쟁을 절대 동일시해서는 안 된다. 유대교도에게는 전쟁이 율법으로 허용되기 때문이다.

서로 싸우고 죽이는 그리스도교도는 어떠한 경우에도 그리스도가 약속한 영적 행복을 누릴 자격이 없다. 그들이 자기들은 세상일이 너무 많아 보다 높은 영적인 것을 생각하고 깨달을 여유가 없다고 변명한다면, 그들에게는 다음과 같이 간단하게 대답할 수 있다. 그들은 헛되이 그리스도를 믿고 헛되이 성호를 긋고 있을 뿐이다. 그리스도교도들이 그리스도의 수난에 동참한다고 자처하고 구원을 바라면서도 서로를 죽이며 자기 안의 그리스도를 십자가에 매단다면, 그들은 이교도보다 더 무거운 벌과 저주를 받을 것이다.

그리스도교도들 사이의 전쟁은 그리스도가 가르친 사랑의 법칙에 어긋난다. 이 사랑의 법칙에 따르면 이웃과 그의 육체, 영혼, 재산, 명예에 대해 적의에 찬 말과 행동을 하지 말아야 한다. 그리고 타인으로부터 받는 온갖 불의와 부정을 견뎌내야 한다.

그리스도교도들의 상호관계에 대해 사도는 이렇게 정의한다. "남에게 해야 할 의무를 다하십시오. 그러나 아무리 해도 다할 수 없는 의무가 한 가지 있습니다. 그것은 사랑의 의무입니다."(「로마서」13:8) 이 말에는 신앙의 일과 이교적 통치가 어떻게 다른지 드러나 있다. 이 둘은 절대 하나가 될 수 없다. 따라서 이교와 그리스도교의 결합은 처음부터 성립될 수 없었다. 어떤 사람들은 그리스도의 피를 마시는 것에서 위안을 찾았고 또 어떤 사람들은 인간을 피 흘리게 하는 것에서 위안을 찾았다. 그러다 급기야 이 둘이 신에 대한 공통의 봉사를 통해 하나가 되었다. 이제 그들은 그리스도의 피를 마시는 동시에 이웃의 피도 마시고 있다.

두 극단이 있다. 철저하게 신을 거부하고 등을 돌리거나 마음을 다해 신에게 의지하는 것이다. 그러나 인간에게는 어느 쪽도 쉬운 일이 아니다. 왜냐하면 인간은 신을 거부할 만큼 죄 많은 존재는 아니기 때문이다. 그러나 마음을 다해 신에게 깃들기를 열망하는 사람도 매우 적다. 교황법을 기초로 하는 신앙은 둘 사이의 중간에 있는 무언가를 제공하기 때문에 대부분의 사람들은 여기에서 평안을 얻는다. 그 신앙은 다양한 외적 의식으로 표현되는 거짓과 가상의 신앙행위를 명한다. 그래서 사람들은 입으로만 신을 믿고 자신의 숭배를 외적 의식을 통해 보이면서 진실한 신앙을 지키고 있다고 생각한다.

페트르 헬치츠키(15세기)

10월 14일

예술은 사람들을 하나의 감정으로 묶어주는 인간적 활동이다. 그 감정이 좋은 것이라면 예술은 유익한 활동이 되지만 반대라면 무익하다.

1 어느 시대 어느 인간사회에서나 무엇이 좋고 나쁜지를 결정하는 종교적 인식이 있다. 이 종교적 인식이 예술이 전달하는 감정의 가치도 결정한다.

2 그리스도교적 예술은 가장 훌륭한 사람들만 다다를 수 있는 이웃에 대한 사랑과 형제애가 모든 이에게 익숙한 감정, 모든 이의 본능이 되도록 하는 것이라야 한다. 그리스도교적 예술은 모든 이의 상상 속에 사랑과 형제애를 불러내고 현실에서도 똑같은 감정을 경험하도록 사람들을 가르칠 것이다. 그러한 예술은 예술로 길러진 행위가 자연스럽게 나아갈 수 있도록 인간의 영혼 안에 튼튼한 레일을 깐다.

3 그리스도교적 자각의 본질은 복음서에서 말하고 있듯(「요한복음」 17:21) 각자가 스스로 신의 아들임을 인식하고 그 인식에서 흘러나오는 인간과 신의 일치, 인간들 간의 일치를 인식하는 데 있다. 따라서 그리스도교적 예술은 인간과 신의 일치, 인간들 간의 일치에 도움이 되는 감정을 담고 있어야 한다.

4 모든 사람을 하나로 결합하는 작품, 즉 신과 이웃 앞에서 우리 모두가 평등하다는 의식을 불러일으키거나, 매우 단순하더라도 그리스도의 가르침에 반하지 않으면서 모든 사람에게 일치의 감정을 불러일으키는 것만이 그리스도교적 예술이다.

5 그리스도의 가르침은 사람들의 이상을 완전히 바꾸어놓았다. 그래서 복음서에서 말하듯 사람들 앞에서 위대했던 것이 신 앞에서는 보잘것없는 것이 되어버렸다. 이집트의 파라오나 로마 황제의 위대함, 그리스인의 아름다움이나 페니키아의 부가 아니라 겸허와 순결과 연민과 사랑이 사람들의 이상이 된 것이다.
   영웅이 된 사람은 부자가 아니라 거지 나사로다. 아름다움을 뽐내던 이집트의 마리아가 아니라 뉘우칠 때의 그녀다. 부를 얻은 자들이 아니라 부를 거부한 사람들, 궁전에 사는 사람들이 아니라 카타콤과 움막에 사는 사람들이다.

6 오늘날 예술의 사명은 사람들의 결합에 행복이 있다는 진리를 이성이 아니라 감정으로 깨닫도록 하는 것이며, 또한 지금 군림하고 있는 폭력의 자리에 신의 나라를 세우는 데 도움이 되도록 하는 것이다.

7 종교적 의식에서 생기는 감정은 언제나 다양하고 새롭다. 쾌락의 욕구에서 나오는 감정은 제한적일 뿐만 아니라 이미 옛날에 다 알려진 것인 반면, 종교적 의식은 세계에 대한 인간의 새로운 관계를 가리키기 때문이다. 그래서 유럽 상류사회의 불신앙은 내용이 지극히 빈약

한 예술을 낳은 것이다.

/ 어쩌면 미래에는 지금보다 더 새롭고 높은 이상이 발견되고, 예술은 그 이상을 실현할지도 모른다. 그러나 우리 시대 예술의 사명은 분명히 정해져 있다.

그리스도교적 예술의 임무는 형제애와 일치의 감정을 불러일으키는 것이다.

10월 15일

인간의 사명은 자신의 영혼을 돌보는 것이다. 영혼을 돌보는 것은 영혼을 키우고 넓히는 것이다. 그것은 사랑을 통해 이루어진다.

1 "나는 내 뜻을 이루려고 하늘에서 내려온 것이 아니라 나를 보내신 분의 뜻을 이루려고 왔다. 나를 보내신 분의 뜻은 내게 맡기신 사람을 하나도 잃지 않고 마지막날에 모두 살리는 일이다" 하고 「요한복음」(6:38~39)에 쓰여 있다. 이것은 곧 유모의 손에 맡겨진 갓난아이처럼 나에게 맡겨진 정신적 생명의 불꽃을 잘 지키고 키워서 가능한 한 신성의 최고 높이로 끌어올린다는 것이다. 그것을 달성하려면 무엇이 필요할까? 육욕의 만족과 세속의 영예가 아니라 복음서에서 수없이 이야기하고 있는 노동, 투쟁, 상실, 고난, 굴욕, 박해가 필요하다. 우리에게 꼭 필요한 그것은 아주 다양한 형식과 크기로 우리에게 주어진다. 다만 우리는 그것을 올바르게 받아들이기만 하면 된다. 우리

가 생명이라고 생각하는 우리의 동물적 존재를 위협하는 불쾌한 것이 아니라 우리에게 필요하고 그렇기에 기분좋은 것으로 받아들여야 하는 것이다.

2 의로운 사람들이 하는 일은 역사라는 흙속에 오랫동안 묻혀 있는 씨앗과 같다. 따뜻한 햇볕과 비를 맞고 건강한 수분과 싱싱한 생명력을 흡수하면 그 씨앗에서 싹이 트고 자라나 꽃이 피고 열매가 맺힌다. 그러나 폭력과 부정이 뿌린 씨앗은 썩거나 시들어 흔적도 없이 사라진다. 『탈무드』

3 인간은 위대한 자연을 모방해, 인간이 한 일을 다시 하고, 기만을 폭로하고, 진리와 선을 다시 세우기 위해 태어났다. 자연은 모든 인간을 포용하고 한순간도 낡은 과거 속에서 잠자는 일 없이 매일 새날과 매시간 새로운 삶을 인간에게 주고 끊임없이 스스로를 바로잡는다. 에머슨

4 개인의 사명은 개인적 자기완성과 온 세상의 모든 생명의 일에 봉사하는 것이다.
　　살아 있는 동안 인간은 자기완성을 해나가며 세계에 봉사할 수 있다. 자기완성을 통해서만 세계에 봉사할 수 있고, 세계에 대한 봉사를 통해서만 자기완성을 이룰 수 있다.

5 자기완성이란 자아를 육체적 삶에서 정신적 삶으로, 시간도 죽음도

없고 모든 것이 행복한 정신적 삶으로 옮기는 것이다.

6 다섯 살짜리 아이와 나 사이의 거리는 딱 한 걸음이다. 갓난아이와 다섯 살짜리 아이 사이에는 엄청난 거리가 있다. 태아와 갓난아이 사이에는 깊은 틈이 있다. 아직 존재하지 않는 것과 태아 사이에는 깊은 틈이 아니라 무한한 심연이 있다.

✎ 유년 시절부터 언제 닥칠지 모르는 죽음의 순간까지, 인간의 영혼은 끊임없이 성장하고 시간이 갈수록 자기 안의 영성을 깊이 의식하며 신에게로, 자기완성으로 다가간다. 그것을 알든 모르든, 또 바라든 바라지 않든 영혼의 활동은 계속된다. 신이 원하는 것을 알고 또 그것을 바라기만 한다면 삶은 자유롭고 기쁜 것이 될 것이다.

10월 16일

인간은 누구나 자기 안에서 신을 의식할 수 있다. 이 의식이 깨어나는 것이 복음서에서 말하는 부활이다.

1 열매가 자라기 시작하면 꽃잎이 떨어지듯, 네 안에서 신에 대한 의식이 자라기 시작하면 네 결점도 떨어진다.

　수천 년 동안 어둠이 천지를 뒤덮고 있었다 해도 빛이 천지를 뚫으면 이내 환해진다. 이와 마찬가지로 네 영혼이 아무리 오랫동안 어둠에 갇혀 있었다 해도 신이 네 안에서 눈을 뜨면 영혼은 곧장 밝아진다.

라마크리슈나

2 자기존중감은 자기 영혼 속에서 신성을 느끼는 것으로부터 생긴다. 자기존중의 기초는 종교에 있다. 그 좋은 예는 겸손의 위대함이다. 어떤 귀족도, 어떤 왕족도 성자만큼 자신을 존중하지 못한다. 성자는 자신을 낮추기 때문이다. 성자는 자기 안에서 느끼는 신의 위대함에 기대어 낮은 자가 되길 바라기 때문이다.

에머슨

3 인간을 아는 자는 현자이고, 자기 자신을 아는 자는 참된 현자다.
  자기 자신을 아는 자는 신을 아는 것이다.

동양의 금언

4 신은 네 가까이에 있고 너와 함께 네 안에 있다. 신의 정신은 네 안에 머무르며 언제나 너의 선행과 악행을 보고 있다. 우리가 신과 함께 행동하듯 신 또한 우리와 함께 행동한다. 인간은 신 없이는 선할 수 없다.

세네카

5 괴로울 때는 자기 안으로 깊숙이 들어가라. 어느 깊이에 이르면 신을 찾아낼 것이다. 자기 안에서 신을 인식하면 마음이 가벼워지고 사랑과 기쁨을 느끼게 된다.

✦ 인간이 자기 안에서 신의 힘을 느끼지 못하더라도 그것이 신이 없다는 증거는 아니다. 아직 신의 힘을 인식하는 법을 배우지 못한 것일 뿐이다.

10월 17일

신이 있고 인간이 있다면 신과 인간 사이의 관계가 존재하지 않을 수 없다. 과거에 존재했던 관계는 현재의 관계보다 중요하지 않고 꼭 필요하지도 않다. 현재의 관계가 한결 알기 쉽고 우리에게 더 가깝다. 따라서 현재의 관계는 과거의 관계에 바탕을 둘 필요가 없다.

1 사람들은 세상에 계시된 귀하고 많은 진리 중에서 이미 시대에 뒤처진 가장 낡은 것만을 받아들이고, 직접적이고 자주적인 사상들은 하찮은 것으로 여기며 대부분을 거부한다. 얼마나 개탄스러운 일인가.

소로

2 인류의 종교적 의식은 멈춰 있지 않고 끊임없이 변화하면서 점점 더 분명해지고 순수해지고 있다.

3 특정한 생각에 얽매이는 것은 아무리 옳은 생각이라 해도 길을 잃지 않으려고 자신을 기둥에 묶어버리는 것과 같다. 정신적 발달의 일정한 단계에서는 바람직한 것으로 여겨지는 진리도 더 높은 단계에서

는 발달을 저해하는 미망의 요인이 될 수 있다. 　　　　　루시 맬러리

4　인간에게 가장 해로운 미신은 세계는 무無에서 창조되었고 따라서 창
　조주인 신이 존재한다는 생각이다.

　　실제로 우리는 창조주로서의 신을 상정해야 할 아무런 근거도, 필
　요도 없다(중국인과 인도인에게는 그런 관념이 없다). 창조주 또는
　섭리의 주관자로서의 신은 그리스도의 아버지인 신, 영혼으로서의
　신, 즉 그 일부가 우리 각자 안에 살고 나의 삶을 이루는 신, 그것을
　드러내고 환기하는 것이 삶의 의의를 구성하는, 사랑으로서의 신의
　관념과 양립할 수 없다.

　　창조주로서의 신은 냉담하며 고뇌와 악을 허용한다. 그러나 영혼
　으로서의 신은 고뇌와 악을 면하게 하고 언제나 완전한 행복을 준다.

　　우리에게 주어진 감각을 통해 세계를 인식하는 사람은 누구나 자
　기 안의 아버지인 신을 알지만, 창조주로서의 신은 알지 못하고 또
　알 수도 없다.

/　『쿠란』이나 불경, 공자나 스토아학파의 저작들, 『성경』『우파니샤드』,
　복음서에는 좋은 말이 많다. 하지만 가장 필요하고 알기 쉬운 것은
　우리 가까이에 있는 종교 사상가들의 말이다.

10월 18일

과거는 이미 존재하지 않고 미래는 아직 오지 않았으며 존재하는 것

은 오직 현재뿐이다. 현재에서만 인간 영혼의 신적이고 자유로운 본성이 나타난다.

1 빛이 너희와 같이 있는 것도 잠시뿐이니 빛이 있는 동안 걸어가라. 그리하면 어둠이 너희를 덮치지 못할 것이다. 어둠 속을 걸어가는 사람은 자신이 어디로 가는지 모른다.   「요한복음」12:35

2 모든 습관이 반복에 의해 강화된다는 것은 누구나 안다. 잘 걸으려면 많이 걸어야 하고, 잘 달리려면 많이 달려야 하며, 잘 읽으려면 많이 읽어야 한다. 반대로 습관도 더이상 하지 않으면 조금씩 약화된다. 가령 열흘 동안 누워만 지내다가 일어서서 걸으려 하면 다리가 얼마나 약해졌는지 알 수 있다. 즉 어떤 습관을 들이고 싶다면 그것을 자주 하고 많이 해야 한다. 반대로 어떤 습관을 버리고 싶다면 그것을 하지 않으면 된다. 우리의 정신적 능력도 마찬가지다. 네가 화를 낼 때는 화를 내는 나쁜 행동으로 그치지 않고 그 습관이 밴다. 불속에 장작을 던지는 셈이다. 육체적인 유혹에 빠졌을 때도 그 죄를 짓는 것으로 그친다고 생각하면 안 된다. 색욕에 빠지는 습관을 기르는 것이기도 하기 때문이다. 이성적인 사람이라면 누구나 네게 정신적 번뇌, 나쁜 생각과 나쁜 욕망은 바로 그렇게 강화된다고 충고할 것이다. 그러므로 화내는 습관을 갖고 싶지 않다면 최대한 화를 억제해 습관이 되지 않도록 해야 한다. 그렇다면 어떻게 해야 자신의 나쁜 생각과 싸울 힘을 얻을 수 있는가?

자신을 유혹하는 나쁜 생각과 싸우기 위해서는 자신보다 덕이 뛰어난 사람들의 모임을 찾아가거나 지혜로운 선현들의 가르침을 읽고 생각하는 것이 유익하다. 진정한 투사란 죄에 물든 자신의 생각과 싸우는 사람이다. 신성한 이 투쟁은 너를 신에게 다가가게 한다. 네 삶의 평화와 행복은 이 투쟁의 승패에 달렸다. 언제나 두 가지 때를 기억하라. 하나는 네가 부도덕한 생각에 져서 육욕에 탐닉하는 지금이고, 다른 하나는 그러한 욕망을 채우고 나서 네가 뉘우치며 자신을 책망하는 미래다. 그리고 네가 자제했을 때 느낄 만족도 생각해두어라. 한번 그르친 날에는 자제하기가 어려워진다는 것도 기억하라. 그러나 네가 오늘은 나쁜 생각에 자신을 내맡기지만 내일은 기필코 극복하겠다고 자신을 설득하면서 내일도 똑같은 말만 되풀이한다면 너는 결국 자신의 과오를 깨닫지도 못하는 지경으로 타락하고 말 것이다. 설사 과오를 깨닫는다고 하더라도 너는 언제나 과오에 대한 변명을 찾을 것이다. 에픽테토스

3 선행을 할 수 있다면 지금 당장 하라. 기회는 지나가면 다시 돌아오지 않는다.

✓ 모든 뉘우침은 유익하다. 뉘우침이란 언제나 현재를 그 현재에 나타나는 힘에 걸맞게 이용하지 않았던 것에 대한 아쉬움이기 때문이다. 뉘우침은 현재 그 순간에 어떻게 행동해야 했는지에 대한 반성이다.

10월 19일

삶의 의미는 자신에게 계시되는 것을 기꺼이 받아들일 마음가짐이 되어 있는 사람에게는 바로 드러나지만, 자신이 좋아하고 익숙한 생

활이 파괴되지 않길 바라는 사람에게는 결코 드러나지 않는다.

1 "철학의 모든 것은 나는 누구인가? 나는 무엇을 해야 하는가? 나는 무엇을 믿고 무엇에 희망을 가질 수 있는가? 하는 문제에 귀착된다"고 철학자 리히텐베르크는 말했다. 여기서 가장 중요한 것은 두번째 문제다. 무엇을 해야 하는지 아는 사람은 알아야 할 모든 것을 아는 셈이다.

2 옷이 좀먹는 것을 막고 쇠가 녹스는 것을 막고 감자가 썩는 것을 막는 등의 문제에 대해 나는 다양한 의견을 듣고 가질 수 있다. 그러나 영혼이 부패되는 것을 어떻게 막을지에 대해서는 뭔가를 배우지 않아도 된다. **내가 알고 있는 것을 실천하기만 하면 된다.**   소로

3 해야 할 일을 찾은 사람은 행복하다. 그에게 다른 행복을 찾게 하지 마라. 그에게는 일이 있고 삶의 목적이 있다.   칼라일

4 **무엇을 보는지 모르면서 보고, 어디에 서 있는지 모르면서 서 있는 사람은 불행하다.**   『탈무드』

5 삶의 의미를 모르는 사람은 불행하다. 그러나 애초에 삶은 의미는 알 수 없는 거라고 확신하는 사람이 많으며 그런 생각을 마치 지혜라도 되는 양 자랑하기까지 한다.   파스칼

6 어떤 사람이 감옥에 들어갔는데 그가 자신에게 어떤 선고가 내려질지 모르고, 그것을 알기까지 불과 한 시간밖에 남지 않았다고 치자. 만일 그가 사형선고를 받았고, 그 한 시간이면 선고를 변경해달라고 탄원하는 데 충분하다고 치자. 그럴 때 그는 그 한 시간을 자신의 선고를 되돌리기 위해 쓰지 않고 카드놀이를 하는 데 쓸 수 있을까? 어떤 점에서 보더라도 불합리하다. 신과 영원에 대해 생각하지 않는 사람들이 바로 그런 불합리한 행동을 하고 있다. 파스칼

7 새는 어디에 둥지를 틀지 안다. 어디에 둥지를 틀지 안다는 것은 자기 사명을 안다는 뜻이다. 하물며 만물의 영장인 인간이 새도 아는 삶의 사명을 몰라서 되겠는가? 중국의 격언

/ 세계적 삶의 참된 의미를 찾는 것은 어렵다. 하지만 자기 삶의 의미를 찾는 것은, 즉 나는 무엇을 해야 하는지를 찾는 것은 참으로 간단해서 지혜가 부족한 사람도, 어린아이도 할 수 있다.

10월 20일

삶은 의무의 수행이고 봉사라는 것을 인식할 때, 비로소 인간의 삶은 이성적인 것이 된다.

1 우리는 죽음이 우리를 기다리고 있다는 것만큼은 확실히 안다. '인생

은 잠시 방에 들어왔다 날아가버린 제비와 같다.' 우리는 어디서 왔는지 모른 채 왔다가 어디로 가는지 모른 채 떠난다. 우리 뒤에는 끝없이 짙은 어둠이 깔려 있고 앞에는 짙은 그림자가 드리워져 있다. 마침내 가야 할 때가 왔을 때, 맛있는 것을 먹었는가 먹지 못했는가, 부드러운 옷을 입었는가 입지 못했는가, 막대한 재산을 남겼는가 남기지 못했는가, 월계관을 썼는가 멸시를 받았는가, 배운 사람으로 여겨졌는가 못 배운 사람으로 여겨졌는가 하는 것은 우리가 신에게 잠시 빌린 재능을 어떻게 사용했는가에 비해 과연 무슨 의미가 있을까.

헨리 조지

2 세상의 아주 작은 사물에서도 신의 힘이 번득이는 것을 느끼는 사람은 높은 깨달음과 높은 이상을 지닌 사람이다. 그는 자기 자신과 타인을 존중하고, 사소한 것도 가볍게 보지 않으며, 그 모든 것에서 신의 힘을 본다.

잘랄 앗던 알루미

3 선행이란 사람이 자기 자신에게 행하도록 의무를 지운 봉사다. 세계를 다스리는 하늘과 신이 없었더라도 선행은 여전히 삶의 의무였을 것이다. 무엇이 옳은지 알고 실천하는 일이야말로 인간의 의무이자 특권이다.

『라마아나』 고대인도의 서사시

4 사람을 사귈 때는 그 사람이 자신에게 유익한가를 따지지 말고 그에게 어떻게 봉사할 수 있는가를 생각하라.

5 우리는 어떻게 행동해야 하는지 확고한 법칙을 가지고 있다. 그 법칙에 따르는 행동은 어떠한 권력으로도 저지될 수 없다. 그 법칙은 감옥에서도, 고문이나 죽음의 위협 아래서도 지킬 수 있다.

6 이 세계에서의 나의 삶은 독립적으로는 의미를 지니지 않고 오직 봉사를 위할 때 의미를 지니며, 우리는 육체적 존재로서 언젠가 반드시 정복당하고 죽는다. 우리의 눈이 보고 우리의 이성이 말해주고 자연이 그것을 증명한다. 그것이 바로 이 세계에서의 삶의 법칙이고 신의 뜻에 맞는 것이다. 따라서 그것을 깨달은 사람은 그 간단한 진리를 이해할수록 육체적 삶의 행복이나 한때만 자신의 주인이지 결국은 남일 뿐인 자의 행복을 위해 사람들과 싸우고 적대하려는 욕구를 상실하게 된다.   부카

/ 오로지 자신을 위해서만 신의 뜻에 일치하는 선한 삶을 지향하라. 그것이 네게 맡겨진 봉사를 완전히 수행하는 길이다.

라므네

뛰어난 지성과 뜨거운 열정, 사후에 깊은 발자취를 남긴 위인들은 다소의 차이는 있지만 삶의 과정에서 누구나 거치는 발달단계를 특히 선명하게 보여준다.

그 단계는 이렇다. 1)유년 시절에 주어진 신앙, 권위에 대한 완전한 복종, 주위 사람들과의 조용하고 신의 있는 교류. 2)주위 사람들에 대한 신뢰 때문에 받아들였던 신앙의 본질에 대한 탐구, 그 진실성에 대한 드러낼 수 없는 의혹, 신앙의 긍정과 전도를 향한 열정, 주위 사람들의 격려와 칭찬. 3)신앙이 준 가르침에서 거짓과 미신을 도려내 정화하고 개선해 그 위에 삶을 구축하려는 시도, 그로 인해 공감하던 자들과의 불화와 그들의 증오. 4)신뢰로 받아들인 가르침에서의 탈피, 이성과 양심에 일치하는 것의 인정, 사람들 속에서 느끼는 고독감, 신과의 일체감, 소수의 가까운 사람들로부터 받는 고귀하고 강한 사랑, 다수의 사람들로부터 받는 두려움과 증오, 그리고 죽음.

사람들은 누구나 원하건 원하지 않건 정도의 차이는 있지만 의식적으로 이 단계들을 거친다. 1)완전한 신뢰, 2)아주 희미하게 스쳐지나가는 의혹, 3)때때로 매우 약하지만 어떻게든 삶에 대한 이해를 확인하려는 시도, 4)신과의 대면, 진리의 완전한 인식, 고독, 그리고 죽음이다.

누구나 이 단계들을 거치지만 라므네의 경우는 그 과정이 특히 강렬하고 풍부하게 나타났다.

라므네는 1782년에 브르타뉴에서 태어났고, 1816년에 성직자가 되었다. 어린 시절부터 종교적이었지만, 자신의 희망만으로 성직자가 된 것은 아니었다. 그가 남긴 편지에 의하면, 일가친척의 권유로 성직자가 된 것이 분명하다. 그들은 라므네의 종교적 자질을 알아보았고 그것이 교회를 위해 쓰이길 바랐다. 실제로 라므네는 성직자가 된 뒤 한 번도 그 진정성을 의심하지 않았던 가톨릭교회에 온 힘을 다해 봉사했다. 라므네는 사회와 민중 사이에서 쇠퇴하는 신앙을 살리기 위해 노력했는데, 가톨릭은 인류 대다수에게 인정받는 가장 널리 보급된 종교이고 그 사실이 바로 가톨릭이 진정한 신앙이라는 증거라고 주장했다. 또한 진리는 개인에 의해서는 도달할 수 없고 오직 집단에 의해서만 도달할 수 있다고 말했다. 대다수의 사람들이 가톨릭교회를 인정하고 있으므로 그 진실성에는 의심의 여지가 없고, 가톨릭이 최고의 진리를 제시하고 있으므로 국가도 그 진리에 복종해야 하며, 국가는 종교 없이 존재할 수 없고, 종교는 교회 없이 존재할 수 없으며, 교회는 교황 없이 존재할 수 없다고 했다.

그러한 것이 당시 라므네의 신념이었다. 그 신념을 바탕으로 초기 저작 중 하나인 『종교적 무관심에 관한 시론』을 썼다. 이때가 라므네의 정신사에서 첫번째 단계, 즉 의혹 없는 신앙의 단계였다. 라므네는 가톨릭교회 옹호자로서의 국가권력에 기대를 걸고 있었기 때문에 그 사상이 그를 극단적인 왕정 옹호자들에게 기울게 해 〈콩세르바퇴르〉보수주의자라는 뜻에 글을 발표하기 시작했다. 이 신문에서 그는 특수한 위치를 차지했고, 그의 동료들이 왕정 옹호와 그 이익을 위해 글을 쓴 데 비해 라므네는 언제나 종교를 우선시했다. 그가 왕정권력에 흥미를 갖게 된 것은 그것이 가톨릭교회의 승리에 협력할 수 있었기 때문이다. 그러나 얼마 뒤 라므네는 권력과 종교의 이익이 부합하지 않을 뿐만 아니라 대부분 상반되며 심지어 권력이 이득을 위해 종교를 압박하는 일도 종종 보게 되었다. 라므네는 자신의 견해를 바꾸고 다른 신문으로 옮겨가 국가권력에 대해 협조나 결합이 아니라 종교에 대한 완전한 자유와 불간섭을 요구했다. 그는 거기서 머무르지 않고 한 걸음 더 나아가 국가와 교회의 분리를 요구하고 국가권력을 비판하면서, 자신도 모르는 사이에 혁명주의자들 편에 서서 1830년 혁명을 옹호했다. 이것이 라므네의 정신사에서 두번째 단계였다.

1830년 혁명 시기에 라므네는 몽탈랑베르^{프랑스 가톨릭사가}, 라코르데르^{프랑스 수도사, 설교가} 등과 함께 〈라브니르〉^{'미래'라는 뜻}를 발간했다. 이 잡지는 1)교회와 국가의 분리, 2)인권 보장, 3)귀족원과 극단적 중앙집권제 폐지, 4)강제적 국세조사 폐지와 보통선거제 확립을 주장했다. 라므네는 이 잡지에서 국가권력이 교회에 간섭하면 안 되듯 교회도 국가정치에 간여해서는 안 되며, 따라서 교황은 세속적 권력을 지양하고 성직자들은 국가로부터 봉급을 받으면 안 된다고 주장했다. 그러한 의견은 로마에서 공감을 얻을 리 없었다. 이를 예견한 라므네는 로마에 가서 교황을 만나 여러 나라 국민들을 교회의 힘으로 통솔하기 위해 그런 양보가 필요하다고 설득하려 했다. 그러나 교황이 만나주지 않았고 그의 제안에 대해서도 아무런 대답을 주지 않았다. 가톨릭교회 개혁에 대한 희망이 꺾이자 크게 실망한 라므네는 파리로 돌아와 얼마 동안 잡지를 계속 발행하면서, 가톨릭교회가 민중들을 통솔하려면 현재의 형식을 바꿔야 한다는 견해를 펼쳤다. 이것이 세번째 단계다.

1832년 라므네의 모든 견해를 비난하는 취지의 로마 교황의 교서가 발표되었다. 라므네는 자신이 믿고 봉사해왔던 모든 것과의 결별이 무척 고통스러웠지만 가톨릭교회의 혁신과 교정이 불가능하다는 것을 인정하지 않을 수 없었다. 그때부터 그는 로마와의 모든 관계를 끊고 그 유명한 『어느 신자의 말』을 썼다. 라므네는 이 책에서 성서의 시편과 복음서의 우화 형식을 빌려 종교적 요구에 반하는 당대의 경제적, 정치적 제도를 비난했고, 즉각 교황의 비난을 받았다. 그 무렵 라므네는 완전히 교회에서 떠나 여생을 민중에 대한 봉사에 바쳤다. 이것이 네번째, 즉 마지막 단계다.

라므네는 만년에 모든 정치적 활동을 접고 저술활동에만 전념하며 고독과 빈곤 속에서 보냈다. 그 시기에 『철학』 초고를 탈고하고, 4대 복음서에 대한 뛰어난 주해서를 썼다.

라므네가 저서와 논문, 연설(국회의원을 지내기도 했다) 등에서 피력한 근본 사상은 민중은 스스로 자기 운명의 결정자이자 자기 삶의 설계자가 되어야 한다는 것이었다. 그는 가톨릭교회를 옹호했을 때와 마찬가지로 진리와 도덕적 완성의 담지자는 개별 인간이 아니라 집단, 즉 민중이고, 더 나아가 인류라는 원리를 제창했다. 주권은 전적으로 민중에게 있다고 하면서도 라므네는 민중이 끊임없이 도덕적 완성을 향해 정진하지 않는다면 국가기구의 어떠한 외적 개혁과 변혁도 그들의 상황을 개선시킬 수 없다고 주장했다. "정의만을 추구하라"고 그는 민중에게 말했다. "정의는 항상 승리한다. 너희의 권리를 짓밟는 자들의 권리도 존중하라. 모든 사람의 안전과 재산을 지키는 것은 누구에게도 예외 없는 너희의 성스러운 목적이다. 의무는 모든 사람에게 언제나 의무다. 의무를 어기기 시작한다면 어디서 멈추겠는가? 무질서로는 무질서를 구하지 못한다. 너희의 적들은 무엇 때문에 너희를 비난하는가? 너희가 그들의 지배권을 빼앗아 가지려 한다는 것, 그들이 권력을 악용하듯 너희도 그것을 악용하려 한다는 것, 그리고 너희가 복수심과 폭군적 의도를 품고 있다는 것 때문이다. 그래서 너희의 적들은 너희에게 막연한 두려움을 품고, 그것을 이용해 교묘하게 너희를 노예 상태로 계속 속박하려는 것이다."

"사회의 저변에서 정신활동이 이루어지지 않는다면 사회 문제는 아무것도 해결할 수 없다"고 그는 말했다.

라므네는 사회주의와 공산주의에 대해서는 언제나 부정적이었다. 그의 의견에 의하면, 그 두 가지는 인간 본성의 법칙을 무시하고 삶의 자연적 진행을 권력의 폭력으로 바꾸려 하는 것이었다. 특히 오직 물질적 목적만을 좇고 종교의 필요성을 부인하기 때문에 인정할 수 없었다. 그는 사회를 개혁하기 위해서는 물질적 목적이 아니라 욕망을 억누르는 이성과 의무의 승리로 달성되는 정신적 목적이 필요하다고 생각했다.

1850년대 초, 라므네는 병에 걸렸고, 가망이 없다는 것을 깨닫자 친구 바르베를 불러 자신이 죽은 뒤 집을 관리해주고 유언대로 해달라고 부탁했다. 그는 자신을 빈민의 한 사람으로 빈민들의 묘지에 묻어주고 묘비를 세우지 말아달라고 했고, 자신의 유해를 교회로 옮기지 말고 곧장 무덤으로 옮겨달라는 말을 남겼다. 성직자들은 그를 교회로 돌아오게 하려고 무던히 애를 썼지만, 라므네는 언제나 정중하면서도 단호하게 거절했다. 그는 의식적인 생활을 영위하는 동안 언제나 가졌던 신에 대한 생생한 신앙을 품은 채 고요하고 흐트러짐 없는 모습으로 눈을 감았다. 그는 죽기 전에 이렇게 말했다. "드디어 끝이 왔음을 느낀다. 신이 부르시니 가야겠다. 그 곁으로 갈 수 있다면 행복할 것이다." 그리고 숨을 거두기 직전에는 "지금이 가장 행복한 순간이다"라고 되풀이했다. 그는 1854년 2월 27일에 세상을 떠났다.

라므네가 했던 일, 프랑스인들이 말하는 '업적'l'œuvre은 아주 방대하고 귀중하다. 그는 뛰어난 재능과 뜨거운 열정을 가진 사람들이 그렇듯 인류가 나아가야 할 길, 이미 나아가고 있는 길을 개척했고, 삶과 단절되고 겉모습뿐인 사이비 그리스도교 신앙에서 벗어난 길, 개개인의 삶뿐 아니라 인류 사회 전체의 삶을 변화시키는 진정으로 근원적인 그리스도교를 수립하는 길을 놓았다.

레프 톨스토이

10월 21일

폭풍이 물결을 일으켜 물을 흐려놓듯 정욕과 불안과 공포도 인간의
마음을 출렁이게 해 그 본질을 의식하지 못하게 한다.

1 마음이 넓고 고우면 언제나 평화롭고 만족스럽다. 마음이 보잘것없
는 사람들은 언제나 불만스럽고 슬픔에 잠겨 있다.   만주의 속담

2 사람들은 자기 힘으로 도저히 어쩔 수 없는 외적인 일에 쫓길 때에
만 괴로워하고 불안해하고 동요한다. 그럴 때에는 고뇌하며 자신에
게 묻는다. '어떻게 해야 할까? 대체 어떻게 되는 걸까? 어떤 결말이
나올까? 엉뚱한 일이 일어나지 않으면 좋겠는데.' 자기 힘 밖에 있는
것을 줄곧 걱정하는 사람들은 언제나 그렇다.
　　반대로 자기 힘으로 할 수 있는 일을 하는 사람, 자기완성이라는
일에 일생을 건 사람은 불안하지 않다. 그가 진리를 지키고 거짓을
피할 수 있을까 불안해한다면 나는 이렇게 말할 것이다. 마음을 놓아
라. 너를 불안하게 하는 것은 네 안에 있다. 너는 너의 생각과 행동을
지켜보면서 개선에 힘쓰면 된다. '무슨 일이 일어날까?' 같은 생각은
할 필요 없다. 무슨 일이 일어나더라도 너는 그것을 가르침으로, 네
게 유익한 것으로 바꿀 수 있다.
　　"하지만 만일 내가 불행과 싸우다가 죽는다면?"
　　"그것을 왜 고민하는가? 그럴 때 너는 마땅히 해야 할 일을 하다
인간답게 훌륭하게 죽으면 된다. 어차피 너도 언젠가는 죽을 존재이
고, 언제 어떤 일을 할 때 죽음이 찾아올지 모른다. 나는 내가 인간
으로서 가치 있는 일을 할 때, 모든 사람에게 유익하고 선한 일을 할

때, 자신을 개선하려고 노력할 때 죽음이 찾아온다면 도리어 만족할 것이다. 그때 나는 신에게 두 팔 벌려 말할 것이다. '주여, 당신은 당신의 법칙을 이해하라고 저에게 주신 것을 제가 얼마만큼 이용했는지 아실 겁니다. 제가 당신을 비난한 적 있습니까? 저에게 일어난 일을 원망한 적 있습니까? 의무의 수행을 피한 적 있습니까? 저를 태어나게 해주신 것에 대해, 당신이 주신 모든 것에 대해 감사드립니다. 저는 그것을 충분히 이용했습니다. 자, 이제는 돌려드릴 테니 부디 당신의 뜻대로 하십시오. 그것은 원래 당신의 것이었습니다!'

이보다 훌륭한 죽음이 있을까? 그런 죽음에 이르기까지 너는 잃을 것이 그리 많지 않으며, 오히려 그것을 통해 더 많은 것을 얻을 것이다. 그러나 원래 네 것이 아닌 것에 집착한다면 너는 반드시 네 것까지 잃게 될 것이다.

세속적인 성공을 원하는 사람은 며칠 밤을 뜬눈으로 지새우며 걱정하고 번민하고 강자에게 아부하고 비천하게 행동한다. 그렇게 해서 그는 결국 무엇을 얻는가? 한줌 영예를 얻어 두려움의 대상이 되고 높은 자리에서 다른 사람들을 부릴 뿐이다. 모든 걱정에서 자유롭고 어떤 것도 두렵지 않고 어떤 것에도 괴로워하지 않고 마음 편히 잘 수 있는데 너는 약간의 노력도 하지 않으려는 것인가? 영혼의 평화는 아무런 노력 없이 얻어지지 않는다는 것을 기억하라."

에픽테토스

3 이성의 빛 속에서 살면서 이성에 따르는 사람에게 절망이란 없다. 그런 사람은 양심의 고통을 모르고 고독을 두려워하지 않고 시끄러운 무리를 찾지 않는다. 그런 사람은 고결한 삶을 살며 사람을 피하지도 않고 사람들 꽁무니를 쫓아다니지도 않는다. 자신의 영혼이 육체

라는 껍데기 속에 얼마나 오래 갇혀 있을까 하는 생각에 마음을 끓
이지도 않는다. 그런 사람의 행동은 죽음이 눈앞에 닥친 순간에도 변
함이 없다. 그는 오직 사람들과 평화롭게 교류하며 사는 데만 마음을
쓴다.   아우렐리우스

4 이 세계에서의 자신의 처지를 분명히 알아야 인간의 마음가짐은 확
   고해진다. 마음가짐이 확고해지면 마음의 동요가 사라진다. 마음의
   동요가 사라지면 완전한 정신적 평화가 찾아온다. 마음가짐이 확고
   하고 고요한 사람은 생각이 활발하다. 생각이 활발한 사람은 모든 진
   실한 것을 받아들이게 된다.   중국의 격언

5 인간의 진정한 힘은 격정이 아니라 흐트러지지 않는 평온에 있다.

/ 늘 평화로울 수는 없지만 정신적 평화가 찾아오면 그것을 소중히 하
   고 지속되도록 노력해야 한다. 그럴 때야말로 삶의 길을 이끌어주는
   생각이 고개를 들고 일어나 명료해지고 튼튼해진다.

10월 22일

형제를 비난하면 안 된다는 것은 분명 진리다. 형제를 비난한 것을
후회한 적은 수백 번도 넘지만, 비난하지 않은 것을 후회한 적은 한
번도 없기 때문이다.

1 누군가 잘못된 생각을 하더라도 비난하지 마라. 스스로 원해서 그러는 사람은 없다. 어느 누구도 자신의 판단력이 흐려지는 것을 바라지 않는다. 잘못된 생각을 하는 사람은 거짓을 진리라고 진지하게 믿을 뿐이다.

그러나 잘못된 생각에 빠져 있지 않으면서도 눈앞에 훤히 보이는 진리를 일부러 거부하는 사람들이 있다. 진리를 이해하지 못해서가 아니라 진리가 자신들의 악을 들추어내고 그 죄의 변명조차 허락하지 않기 때문이다. 그런 사람에게도 비난이 아니라 동정을 베풀어야 한다. 그들은 육체가 아니라 마음이 병들었기 때문이다.　에픽테토스

2 시간은 흘러 사라져도 한번 입에서 나온 말은 영원히 남는다.

3 많은 사람이 한 사람을 미워할 때는 그 한 사람을 평가하기 전에 그 이유를 주의깊게 살펴보아야 한다. 많은 사람이 한 사람을 치켜세울 때도 평가하기 전에 그 이유를 주의깊게 살펴보아야 한다.　중국의 격언

4 자신의 입에 재갈을 물리는 것은 위대한 덕행의 징표다.　『성현의 사상』

5 인간의 불안은 자기 자신을 바로잡는 것을 잊고 남을 바로잡으려고 하는 데서 생긴다.
　　　　　　　　　　　　　　　　　　　　　　　　루시 맬러리

6 인간의 영혼은 스스로 진실과 선을 외면하지 않으며 강제에 의해서만 그렇게 된다. 이것을 확실히 깨닫는다면 인간을 더욱 선의로 대하게 될 것이다. 아우렐리우스

/ 비판이 필요하다고 생각될 때는 당사자 앞에서 직접 말하되 상대가 불쾌한 감정을 느끼지 않도록 노력하라.

10월 23일

양심은 우리 안에 살고 있는 신적 근원에 대한 의식이다.

1 "양심은 유치한 망상이며 교육이 낳은 편견이다!" 나는 지혜로운 척하는 사람들이 한목소리로 외치는 것을 듣는다. "인간의 지성에는 경험으로 얻은 것 외에는 아무것도 없다"고 그들은 말한다.

심지어 그들은 모든 사람에게 놀랍도록 공통되는 선악의 판단도, 모든 민족 사이에서 명백하고 보편적으로 일치하는 것까지도 부정한다. 그들은 자신들만 아는 어떤 예를 찾아내(마치 여행자가 묘사한 야만적인 일부 사람들의 패륜을 모든 인간 본성의 말살로 여기듯이), 그것을 근거로 모든 인류의 공통적 본성 같은 것은 아무런 의미도 없다고 주장한다. 그들은 이렇게 말한다. "모든 사람이 공공의 복지에 협력한다 해도, 결국은 자신들의 이익을 위한 것일 뿐이다." 그렇다면 자신에게 분명 이롭지 않은데도 공공의 복지에 봉사하는 사람들이 있는 것은 무슨 이유인가? 그들은 어째서 죽음도 불사하는가?

물론 인간은 저마다 자신의 행복을 위해 행동한다. 만일 도덕적이고 정신적인 행복이란 것이 없다면 악한 사람들의 행동은 이익을 위한 것이라고밖에 할 수 없다. 선행을 설명하는 데 반드시 그 뒤에 숨은 추한 동기를 찾아야 한다는 논리는 얼마나 끔찍한가.

양심! 양심이야말로 선악의 확실한 심판자다. 양심은 인간을 신과 닮게 해주며, 양심만이 인간 본성이 지닌 탁월함이다. 양심이 없다면 인간은 동물보다 나은 점이 없으며, 아무 지표도 없이 망상에서 망상으로 떠다니는 가련한 특성 외에는 아무것도 없다고 해야 할 것이다.

루소

2 네 양심이 경계하는 행동을 하지 않고, 진실이 아닌 것을 말하지 않는다면, 너는 네 삶의 과제를 완수하게 될 것이다.

어느 누구도 네 의지를 강제할 수 없다. 의지에는 도둑도 강도도 있을 수 없다. 불합리한 것을 바라지 말고, 나 한 사람이 아니라 모두의 행복을 추구하라.

삶의 과제는 다수의 편에 서는 것이 아니라 네가 의식하는 내면의 법칙에 일치하는 삶을 사는 것이다.

아우렐리우스

3 외부의 수많은 목소리들이 우리를 부르며 길에서 벗어나게 한다. 내부에서 들려오는 작은 양심의 목소리만이 우리를 이끄는 믿음직한 안내자다.

루시 맬러리

4 살면서 죄를 짓지 않는 사람은 없다.

죄를 지은 뒤 얼마나 양심의 가책을 느끼는지가 다를 뿐이다.

알피에리

/ 양심의 요구는 신의 요구이므로 거역하지 말고 따라야 한다.

10월 24일

우리 모두의 생명의 근본이 같지 않다면, 누구나 자주 경험하는 연민의 감정
은 설명할 길이 없다.

1 "저 사람은 불쌍한 사람이야!"라는 말만큼 분노를 가라앉히는 데 도
   움이 되는 것은 없다. 불을 끄는 데 비만큼 좋은 것이 없듯, 동정은 분
   노를 누그러뜨리기 때문이다. 누군가에게 분노가 타올라 고통을 주
   고 싶다면, 자신이 이미 그 사람에게 고통을 줘서 그가 정신적, 육체
   적으로 힘들거나 가난에 허덕이고 있다고 상상해보라. 그리고 그 모
   습을 보며 자신이 "나 때문이야"라고 중얼거리는 장면을 상상해보라.
   다른 방법이 없다면 이런 방법으로라도 분노를 가라앉힐 수 있다.

쇼펜하우어

2 우리가 따라가야 할 똑바른 길 또는 행동 규범은 우리에게 멀리 떨
   어져 있는 것이 아니다. 만약 그것이 멀리 있다면, 다시 말해 인간의
   본성과 일치하지 않는 거라면 행동의 규범이 될 수 없다. 도끗자루를

깎는 목수는 눈앞에 견본을 놓고 깎는다. 지금 사용하고 있는 도낏자루를 이모저모 뜯어보고, 새 자루가 완성되면 옆에 나란히 놓고 비교해본다. 지혜로운 사람도 그렇다. 자신에 대해서나 타인에 대해서나 똑같은 감정을 품는 사람은 올바른 행동 규범을 찾아낸다. 그는 남이 자신에게 하지 않았으면 하는 일을 자신도 다른 사람에게도 하지 않는다.

공자

3 네가 남을 욕하거나 남과 사이가 좋지 않을 때는 인간이 모두 형제라는 것을 잊고 그들의 친구가 아니라 적이 된 것이다. 그것은 결국 너에게 해를 끼친다. 네가 맨 처음 신이 너를 창조했을 때의 선량하고 친근한 존재가 아니라 연약한 것에게 몰래 다가가 물어 죽이는 야수로 변했다면, 너는 가장 소중한 본성을 잃은 것이다. 지갑을 잃어버리면 크게 아까워하면서 왜 최고의 재산인 영혼의 선량함을 잃는 것은 아까워하지 않는가?

에픽테토스

4 **세상에는 나보다 불행한 사람이 많다.** 이 말은 살아가는 데 지붕이 되어주지는 못하지만 비를 피하기에는 충분하다.

리히텐베르크

5 너는 불행에 고통스러워한다. 그러나 다른 사람들도 똑같다고 생각하는 것만으로도 고통은 줄어든다.

솔론

✎ 진정한 연민은 괴로워하는 사람의 입장에서 자신이 그 괴로움을 겪

는다고 상상할 때 비로소 시작된다.

10월 25일

사람은 자신의 사명을 인식함으로써 자신의 인간적 가치도 인식한다. 종교적인 사람만이 자신의 사명을 인식한다.

1 황제가 성자에게 물었다. "그대는 나에 대해 생각하는가?" 성자가 대답했다. "네, 생각합니다, 신을 잊고 있을 때." 　　　　사디

2 이웃의 생명을 자신의 생명처럼 느낄 때 우리는 신을 섬기는 것이다. 　　마치니

3 지능이 부족한 사람을 대하는 태도만큼 인격을 드러내는 것도 없다. 　　　　아미엘

4 누군가가 악하거나, 어리석거나, 부정하다는 이유로 그 사람을 존중해야 할 의무를 저버리기 시작하면 타인에 대한 경멸은 끝이 없어진다.

5 인간이 자신의 참된 가치를 알아야 할 때가 드디어 왔다. 인간은 잘

못 태어난 존재일까? 숨어서 겁을 먹고 주위를 두리번거리며 살아야 하는 존재일까? 그렇지 않다. 어깨 위로 머리를 당당히 세우고 의연하라. 나의 생명은 과시하라고 주어진 것이 아니라 살라고 주어진 것이다. 나는 교차로에 서서 진실을, 완전한 진실을 말하는 것이 나의 의무라고 생각한다. 나는 사람들이 나를 어떻게 생각하느냐가 아니라, 나의 진정한 사명이 무엇이냐를 생각해야 한다.   에머슨

6 개인의 자유는 위대한 것이다. 민족의 자유도 개인의 자유 위에서만 성장할 수 있다. 이웃과 민족 전체의 자유 못지않게 개인의 자유를 소중히 해야 한다.   게르첸

／ 자신을 정신적인 존재로 생각하는 사람만이 자신과 타인의 인간적 가치를 인식할 수 있고, 인간답지 않은 행위나 몸가짐으로 자신과 이웃을 욕되게 하지 않을 수 있다.

10월 26일

도덕적 삶에서 어떤 일의 중요성은 물질적 의미나 기대되는 결과가 아니라 선의의 노력을 얼마나 기울였는가로 판단해야 한다.

1 대부분의 사람들은 자기 삶을 개선하려 할 때 여러 가지 욕망을 정화하고 지금의 처지에서 평범한 의무를 지키며 만족하기보다 훨씬 어

렵고 놀라운 일을 해내길 바란다. 그러나 전자가 훨씬 더 중요하다.

페늘롱에 의함

2 자신이 해야 하는 일이 너무 작은 일이라서 하지 않으려는 사람은 자신을 속이는 것이다. 사실은 작지만 큰일이기 때문에 하지 않으려는 것이다.

피오치

3 너는 일을 완성해야 할 의무는 없지만 회피해서는 안 된다. 너에게 일을 맡긴 존재는 신뢰할 만하다.

『탈무드』

4 자신을 이 세계에 사자使者로 와서 사명을 다해야 하는 존재로 여기지 않는 사람은 문명인이 아니다.

중국의 격언

5 사람은 생각이 아니라 행동을 통해 자신을 인식하고, 의무를 수행하려는 노력을 통해서만 자신의 진가를 알 수 있다.

괴테

6 자아를 육체적인 영역에서 정신적인 영역으로 옮긴다는 것은 의식적으로 정신적인 것만을 추구한다는 뜻이다. 내 몸은 육체적인 것을 원하겠지만 정신은 결코 육체적인 것을 원하지 않고 원하려고 하지도 않는다. 그러나 정신은 육체를 떠날 수 없다. 그것은 땅이 나를 잡아당기는 것을 내가 아무리 원하지 않아도 어디에 있건 무엇을 하건

결코 나는 땅을 떠날 수 없는 것과 같다. 그러나 땅이 계속 내 몸을 잡아당겨도 나는 땅에서 떨어져 움직이거나 걷거나 뛸 수 있고, 이런 것이 육체적 삶이고, 육체와 정신의 관계도 이와 같다. 육체는 끊임없이 나를 끌어당기지만 나는 육체에서 조금 떨어져 그것을 이용하며 정신적으로 살 수 있다. 나의 진정한 삶은 그러하다.

✎ 세속적 의미에서 중요하지 않다고 여겨지는 일을 경시하는 것은 도덕적 완성을 해친다.

10월 27일

진정한 종교는 이성과 모순될 수 없다.

1 신앙의 문제에 관해서는 이성을 믿지 않아도 된다는 말은 잘못된 것이다. 이성의 힘을 믿는 신앙이야말로 모든 신앙의 기초다. 우리가 신을 인식하는 이성의 능력을 과소평가한다면 신을 어떻게 믿겠는가. 우리가 이성의 뛰어난 능력을 성실하고 공정하게 사용해, 어떤 신앙의 가르침이 우리가 의심하지 않는 중요한 진리와 모순되거나 일치하지 않는다고 판단된다면, 그 신앙을 멀리해야 한다. 나는 어떤 책이 신의 의지를 표현하고 있다고 믿기보다는, 나의 이성이 신에게서 왔다고 굳게 믿는다.

2 신이 신앙의 대상으로서 우리의 이해력을 초월하고 우리 이성으로 파악될 수 없는 것이라 해도, 이성의 활동을 유해하다고 여기거나 무시해서는 안 된다.

신앙의 대상이 우리 이해력의 범위를 넘어 저 높은 곳에 있다 해도, 이성은 신앙에서 매우 중요한 의미를 지니며, 이성 없이 우리는 아무것도 할 수 없다.
스트라호프

3 어느 시대 어떤 초인적 존재가 우리 인류에게 이 세계의 모든 존재와 그 목적을 들려주었다고 진지하게 믿을 수 있는 사람은 아직 아이처럼 순진한 것이다. 현자들의 사상 외에 계시는 없다고 하나, 사실 그들의 사상 역시 망상일 수 있다. 그들의 사상은 인간적인 것의 운명에 따라 때때로 놀라운 알레고리와 신화의 형식으로 덧씌워져 계시라 불린다. 따라서 우리에게 계시처럼 전해지는 사상도 결국 인간의 것에 불과하기 때문에 자신의 사상에 기대든 다른 사람의 사상에 기대든 마찬가지다. 그런데도 사람들은 자신의 지성보다는 뭔가 초인적인 사상의 원천을 가진 것처럼 보이는 사람의 지성에 더 의존한다. 우리의 지력이 평등하지 않은 까닭에 한 사람의 사상이 다른 사람들에게 초자연적인 계시로 여겨지기도 하는 것이다.
쇼펜하우어

4 어릴 때부터 성직자에게 세뇌적인 교육을 받은 사람은 머리에 수레홈 같은 깊은 인식의 골이 생겨 모든 기본적인 사유가 평생 그 골에만 차곡차곡 고인다. 그들은 진리를 말하지도 전달하지도 못하도록, 진리에 대해 생각하지도 발견하지도 못하도록 스스로 애쓴 셈이다.
쇼펜하우어

5   장님이 빛을 보지 못한다 해도 빛은 빛이다.

6   빛이 있는 동안 빛을 믿고 빛의 자녀가 되어라.   「요한복음」 12:36

✎ 진리를 인식하기 위해서는 가짜 스승들이 가르치듯 이성을 억눌러서는 안 된
   다. 오히려 이성을 정화하고 긴장시켜 제시되는 모든 것을 이성으로 검토해
   야 한다.

계시와 이성

사람들이 신의 계시라고 말하는 것은 대부분 신에게 인간적인 정념을 부여함으로써 그 권위를 떨어뜨리기만 한다. 여러 가지로 날조된 교의는 위대한 존재의 개념을 밝히기는커녕 혼란스럽게 하고, 신에 대한 우리의 이해를 높이기는커녕 오히려 낮춘다. 그런 교의들은 신을 둘러싼 여러 신비에, 인간을 오만하고 잔인하고 참을성 없게 만드는 온갖 무의미한 모순을 덧붙인다. 또한 세상에 평화 대신 싸움을 끌어들인다. 나는 그 이유를 자문해보지만 답을 알 수 없다. 다만 그것이 범죄이고 인류의 불행이라는 것은 안다.

그들은 신에게 봉사하는 법을 사람들에게 가르치기 위해서는 계시라는 것이 반드시 필요했다고 말한다. 그리고 세상에 여러 종교가 있는 것이 그 증거라고 말한다. 그러나 종교들의 차이가 그 계시들 때문에 생겼다는 것은 생각하지 않는다. 모든 민족이 말을 하는 존재로서 신을 상정한 이래, 그들은 저마다 자신들이 좋아하는 말을 신이 한 것으로 만들었다. 우리가 신이 인간의 마음속에서 이야기하는 것에만 귀를 기울인다면, 지상에 종교는 하나밖에 없었을 것이다.

사람들은 예배의 형식이 오직 하나여야 한다고 말한다. 그러나 신이 우리에게 요구하는 예배는 오직 마음으로 하는 예배다. 진실한 마음에는 언제나 동일한 양식이 있다. 사제의 법의나 기도문이나 사제가 제단 앞에서 하는 동작들, 즉 무릎을 꿇는 등의 의례가 중요하다고 생각한다면, 어리석기 그지없다. 그렇다, 나의 벗이여, 아무리 단단하게 버티고 서 있더라도 인간은 지상을 벗어나지 못한다. 신은 진실한 마음으로 자신을 숭배하기를 원하며, 이것이 모든 국가, 모든 사람, 모든 종교의 의무다.

지상에 군림하며 서로의 허위와 어리석음을 비난하는 온갖 종파를 보며 나는 "이들 중 어느 종파가 진실한가?" 하고 묻는다. 그러자 모두가 "우리가 진실하다"고 답한다. 모두 한결같이 "나와 내 동료들이 생각하는 것만 옳고 다른 사람들은 모두 어둠의 골짜기를 방황하고 있다"고 말한다. 당신들 종파가 옳다는 것을 어떻게 아는가? "신이 그렇게 말씀하셨다." 신이 그렇게 말씀하셨다고 누가 당신들에게 말했는가? "우리 교회의 사제가 말했다. 우리 사제가 자신의 말을 믿어야 한다고 말했으니까 믿는다. 자신과 다른 말을 하는 사람들은 모두 거짓말쟁이라고 했기 때문에 다른 사람들이 하는 거짓말은 절대 듣지 않기로 했다."

대체 어찌된 일인가! 나는 생각한다. 진리는 오직 하나가 아니던가? 우리에게 옳은 것이 너희에게는 옳지 않단 말인가? 옳은 길을 걷는 자와 길 잃은 자가 같은 방식으로 신앙을 설파한다면 어떻게 옳고 그른 것을 구별할 수 있는가? 옳고 그른 것을 선택하는 것이 오직 우연에 달려 있단 말인가. 그렇다면 신앙의 방식에서 누군가를 비난하는 것은, 그 사람이 이 나라가 아니라 저 나라에서 태어난 것이 잘못이라고 비난하는 것과 같다.

모든 종교는 선하고 신을 기쁘게 하는가, 아니면 신이 직접 사람들에게 고하고 믿지 않는 사람들을 벌주는 유일한 종교가 있는가. 유일한 종교가 있다면 신은 그 단 하나의 진실한 종교를 알아볼 수 있는 명료하고 의심할 나위 없는 증거들도 주었을 것이다. 그리고 그 증거는 잘난 사람이나 못난 사람이나 배운 사람이나 못 배운 사람이나, 유럽인이나 인도인이나 아프리카인이나 미개인이나 누구나 할 것 없이 모두 다 알 수 있는 것이었을 것이다.

믿지 않는 사람에게 영원한 고뇌를 주는 종교가 있다면, 그리고 지상 어딘가에 그 종교의 진실을 탐구하지만 진실성을 확신하지 못하는 이가 단 한 명이라도 있다면, 그 종교의 신은 가장 잔인하고 정의롭지 못한 폭군임이 틀림없다.

사람들은 말한다. "네 이성을 복종시켜라." 그러나 그런 말을 하는 사람은 나를 기만하려는 것이다. 그러기 전에 복종시켜야 하는 이유가 필요하다.

모든 사람과 나는 같은 종(種)의 존재이므로, 인간이 자연의 방식으로 알게 되는 모든 것은 나도 알 수 있고, 내가 틀릴 수 있듯 그들도 틀릴 수 있다. 내가 사람들이 하는 말을 믿는 것은 이 사람 또는 저 사람이 하는 말이라서가 아니라 그 사람이 자기가 하는 말의 진실성을 나에게 증명해주기 때문이다. 따라서 사람들이 내놓는 증명은 본질적으로 내 이성을 증명하는 것이나 다름없으며, 신이 진리를 인식하라고 나에게 준 자연적 수단에 뭔가 특별한 것을 보탠 것이 아니다. 진리의 사도들이여, 그대들은 내가 판단할 수 없는 무엇을 말하려 하는가? "신의 계시에 귀를 기울이라고 신이 말씀하셨다. 이것은 신의 말씀이다." 위대한 말씀이지만 신은 도대체 누구에게 그런 말씀을 하셨는가? "신이 사람들에게 말씀하셨다." 그럼 나는 왜 그 말씀을 듣지 못했는가? "신은 다른 사람들을 통해 그 말씀을 전달하게 하셨다." 좋다, 그 사람들이 나에게 신의 말씀을 전해준다는 것인가? 그보다는 나에게 직접 말씀해주시는 게 더 좋지 않았을까? 그것은 신에게 어려운 일이 아니었을 것이고, 그랬다면 나도 의심하지 않았을 것이다. "하지만 신은 사도들에게 굳건한 사명을 내려 당신의 말이 진리임을 증명하신다." 어떤 식으로 증명하시는가? "기적으로 하신다." 기적은 어디에 있는가? "책 속에 있다." 누가 책을 만들었는가? "사람들이다." 누가 그 기적을 보았는가? "책을 인정하는 사람들이다." 결국 또 사람이 그렇게 말했을 뿐이라는 소리가 아닌가. 다른 사람들이 그렇게 말했다고 나에게 말하는 이도 사람이다. 신과 나 사이에는 어쩌면 이렇게도 많은 사람이 있는가! 어쨌든 계속 검토하고 비교해보자. 아아, 신이 이 부질없는 일에서 나를 벗어나게 하셨다면 나는 훨씬 더 열심히 신을 섬겼을 것이다!

보라, 오늘날 우리는 온갖 오래된 역사와 내력을 검토하고 예언과 계시와 사실과 세계 곳곳에서 발견되는 신앙의 기념물을 점검하고 비교해 그 시대와 장소와 작자와 모든 조건을 판단하기 위해 얼마나 많은 논증을 하고 있는가, 얼마나 많은 앎이 필요한가! 진짜 기념물과 가짜 기념물을 구별하고 항변과 답변을 검토하고 번역과 원전을 대조하고 증인들의 공정성과 그들의 교양 수준을 조사하고 그들이 뭔가를 첨삭하거나 바꿔치기하지 않았는지 알아내기 위해, 또한 반대자들의 침묵 또는 발언이 무슨 의미였는지, 상대방이 과연 그들의 반론을 들었는지 알아내기 위해, 또 남아 있는 모순을 해결하기 위해 대체 얼마나 정확한 비판이 필요한가.

마지막으로 그러한 기념물들을 진짜로 인정한다면, 우리는 그 기념물의 작자들이 정말 하늘의 사명을 부여받은 자들이었는지 증명하는 단계로 넘어가야 한다. 그러기 위해 우선 예언이 기적의 개입 없이 얼마나 실현될 수 있는지 알아야 하고, 어떤 것이 예언이고 어떤 것이 단순한 수사이고 무엇이 자연적 사건이고 무엇이 초자연적 사건인지 알기 위해 말의 정신을 알아야 하며, 요령 좋은 사람이 과연 어느 정도까지 단순한 사람들의 눈을 속이거나 심지어 교양 있는 사람들까지 현혹할 수 있었는지 판단해야 하고, 기적 없이 실현될 수 있는 예언의 실현 가능성을 알아야 하고, 진짜 기적의 특징과 그 기적을 사실로 인정할 수 있는 실제성의 정도를, 기적을 인정하지 않으면 처벌할 수 있는 기준이 되는 실제성의 정도를 찾기 위해 진짜 기적과 가짜 기적의 증거를 비교해보아야 하고, 이를 위해 그것을 판별할 확실한 척도를 찾아야 하며, 그리고 마지막으로 신은 왜 마치 사람들을 조롱하는 것처럼, 또 사람들을 설득할 수 있는 방법을 일부러 피한 것처럼 자신의 말의 진실성을 증명하는 데 또다시 증명이 필요한 방법을 쓰셨는가 하는 문제를 해결해야 한다.

가령 신이 그다지 위대한 존재가 아니어서 한 인간을 선택해 자신의 신성한 뜻을 위한 도구로 삼았다 하더라도, 누가 선택됐고 그 사명이 분명히 알려지지도 않았는데 모든 사람이 그의 말에 복종해야 한다는 것이 과연 이성적이고 이치에 맞는 일일까? 몇 사람이 신의 사명을 받았다고 말하며 그 증거로 어리석은 사람들 앞에서 특수한 몸짓을 하고, 다른 사람들은 모두 소문으로만 그 얘기를 들어서 안다는 것이 과연 이치에 맞는 일일까? 어리석은 자들이 봤다고 이야기하는 모든 기적을 사실로 인정한다면 자연적인 사건보다 기적이 훨씬 더 많을 것이다. 사물의 변하지 않는 질서를 보며 나는 신의 예지를 인정하지 않을 수 없다. 만약 그 질서가 그렇게 많은 예외를 허용한다면 나는 그런 질서를 어떻게 생각해야 할지 모르겠다. 나는 신을 굳게 믿지만 신에게 어울리지 않는 그토록 많은 기적은 믿을 수 없다. 무릇 그들이 말하는 기적은 캄캄한 곳이나 황야에서, 즉 뭐든 믿으려고 덤비는 구경꾼들을 쉽게 놀라게 할 수 있는 장소에서 일어나고 있다. 기적이 신용을 얻으려면 실제 얼마나 많은 사람이 그것을 목격해야 하는 것인지 누가 말할 수 있겠는가? 그들의 교의가 진실하다는 것을 증명하기 위한 기적이 다시금 증명이 필요한 것이라면, 그런 증명이 다 무슨 소용인가? 그런 증명이라면 처음부터 아예 하지 않는 편이 낫다.

그들이 소리 높여 주장하는 교의 가운데 검토해야 할 가장 큰 문제가 남아 있다. 신이 기적을 일으킨다고 말하는 사람들이, 악마도 때때로 그렇다고 말한다면, 아무리 잘 증명되었다고 하는 기적도 문제를 해결할 수 없는 것이 되고 만다. 가령 파라오의 요술사들이 모세가 보는 앞에서, 모세가 신의 뜻에 따라 행한 것과 똑같은 기적을 해보였다고 한다면, 그들이 모세가 없는 곳에서 자신들이야말로 신의 이름으로 기적을 행했다고 주장하는 것을 막을 수 없을 것이다. 따라서 악마가 한 것과 신이 한 것을 혼동하지 않기 위해 기적을 통해 가르침의 진실성을 증명했다면 이번에는 가르침을 통해 기적의 진실성을 증명해야 할 것이다.

신의 가르침은 성스러운 것이어야 한다. 신성에 대한 우리의 막연한 관념을 밝혀주어야 할 뿐만 아니라 나아가 우리가 신성에 속한다고 여기는 특질에 걸맞은 도덕적 가르침과 법칙을 제시해주어야 한다.

그러므로 그 가르침이 무의미한 규칙만을 제시한다면, 우리의 가슴에 이웃에 대한 혐오만을 일으킨다면, 걸핏하면 분노하고 질투하고 복수심에 불타고 정욕에 이끌리며 인간을 미워하는 신을, 전쟁과 싸움의 신을, 언제나 파괴하려 벼르고, 언제나 고통과 형벌로 사람들을 위협하려 벼르고, 죄 없는 자를 벌주겠다고 으박지르는 신을 우리에게 보여줄 뿐이라면 나는 그런 무서운 신에게는 마음이 끌리지 않을 것이다. 나는 그러한 종파의 사람들에게 너희의 신은 나의 신이 아니라고 말할 것이다. 뭔가를 위해 한 민족을 택하고 다른 민족들은 제외하는 신은 인류의 아버지일 수 없고, 자신이 창조한 존재의 대다수를 영겁의 고통으로 몰아넣는 존재는 나의 이성이 나에게 계시해준 자비롭고 선량한 신이 아니다.

그리고 나의 이성은 나에게 교리는 놀랄 만큼 투명하고 명료한 것이어야 한다고 말한다. 신앙은 이해를 통해 더 확고해진다. 가장 훌륭한 종교는 가장 명료한 종교다. 신을 숭배하는 방식에 비밀이나 모순이 가득한 종교는 그 사실만으로도 나에게 거부감을 일으킨다. 내가 섬기는 신은 어둠의 신이 아니며, 나에게 이성을 자유롭게 사용하라고 주신 신이다. 나에게 이성을 복종시키라고 말하는 사람에게서 나는 창조주에 대한 모욕을 본다.

장 자크 루소 『사부아 신부의 신앙고백』에서

10월 28일

통증을 느끼는 감각이 우리 육체의 보전에 필수적 조건이듯, 고뇌는 우리 영혼의 보전에 필수적 조건이다.

1 대기의 압력이 없다면 우리의 몸은 파열할 것이다. 마찬가지로 인간도 빈곤이나 가혹한 노동이나 그 밖의 여러 가지 운명의 변덕 같은 압력이 없다면 점점 오만이 커져 파열까지는 아니더라도 결국 어리석은 광란의 지경에까지 이를 것이다.　　　　　　　　　쇼펜하우어

2 의사는 이 병자에게는 이런 처방을 내리고 저 병자에게는 저런 처방을 내린다. 마찬가지로 신도 사람들에게 각기 다른 질병과 상처, 커다란 손실 같은 처방을 내린다.

　　의사의 처방이 병자의 건강 회복을 위해서인 것처럼, 신이 인간에게 시련을 주는 것도 도덕적 삶의 회복과 인류 전체의 연대 회복을 위해서다.

　　그러므로 병자가 의사에게서 약을 받듯, 네가 짊어져야 하는 모든 것을 받아들여라. 약이 입에 쓴 것은 육체의 건강을 위해서다. 병자에게 육체의 건강을 유지하는 것이 중요하듯, 보편적이고 이성적인 자연에서 하나하나의 존재가 자신의 사명을 지키는 것이 중요하다.

　　따라서 아무리 괴롭더라도 네 몸에 일어나는 모든 일을 기꺼이 받아들여라. 세계의 건강과 완전함은 바로 그런 우발적인 일의 의미에 달려 있기 때문이다. 이성으로 사는 자연은 이성적으로 작용하며, 자연에서 발생하는 모든 것은 어김없이 모든 존재자의 연대 보전을 돕는다.　　　　　　　　　아우렐리우스

3 우리는 고뇌 덕분에 깨어나 활동하게 되고 오직 고뇌 속에서만 삶을 느낀다.

칸트

4 지상의 삶에서 불행을 견뎌내는 것이야말로 진정한 행복이다. 불행은 인간을 신성한 정신적 고독으로 이끌어, 고향에서 쫓겨나 어떠한 세속적 기쁨도 기대해서는 안 되는 자신을 발견하게 하기 때문이다. 또 의도도 순수하고 행위 자체도 올바른데 사람들이 나쁘게 생각하거나 비난한다면, 그것 역시 행복이 될 수 있다. 그 일이 그를 겸손하게 만들 공허한 영예의 해독제가 되어주기 때문이다. 세상에서 멸시당하고 존경과 사랑을 잃는 그때야말로 인간은 자기 안에 살고 있는 신과 대화할 수 있기 때문이다.

토마스 아 켐피스

5 신이 우리에게, 신이 보내신 것이 확실하다고 믿을 수 있는 스승들을 주었다면, 우리는 자유롭고 기쁘게 그들에게 복종했을 것이다.

　우리에게는 이미 그런 스승들이 있다. 그것은 빈곤, 그리고 삶에서 일어나는 모든 불행한 일들이다.

파스칼

6 항해사의 솜씨는 폭풍우 속에서 온전히 드러나고, 군인의 용감함은 전장에서 시험되듯이, 인간의 용기는 삶에서 가장 어렵고 위험한 상황이 닥쳤을 때 드러난다.

대니얼

7 우리가 행복이라고 말하는 것도, 불행이라고 말하는 것도 모두 시련으로 받

아들인다면 행복도 불행도 똑같이 유익하다.

8 번영에 익숙해지지 마라. 번영은 순식간에 지나간다. 가진 자는 잃는
것을 배우고, 행복한 자는 고통을 배워라.   실러

9 세상의 삶에서 자신을 떼어놓고, 자신의 죄가 세상에 고뇌를 초래한
것에 대해서는 생각하지 않고, 아무 죄 없는 자신이 세상의 죄 때문
에 고뇌를 짊어졌다고 반발하는 사람만이 고통과 고난을 느낀다.

✎ 죽지 않고 영원히 사는 벌을 받은 유대인의 전설이 마땅하게 느껴지
는 것처럼, 아무 고뇌 없는 삶을 사는 벌을 받은 인간이 있다면, 그것
역시 마땅하게 느껴질 것이다.

10월 29일

사람들의 의식 속으로 지난날의 미망을 밀어낼 진리가 들어와 무엇
이 미망이고 무엇이 진리인지 명백해진 순간에도 사람들은 타성에
젖어 미망의 지배를 받는다. 그런 때는 진리를 해명하는 것보다 진리
와 일치하는 생활의 본보기가 필요하다.

1 나는 왕후들이 스스로 모든 것을 가졌다고 아주 쉽게 믿고, 민중은

스스로 아무것도 아니라고 믿는 것이 언제나 놀랍다.　　　몽테뉴

2　본보기처럼 전염성이 강한 것도 없다. 그것은 우리에게 그것이 없었
　　다면 절대로 하지 않을 행동을 하게 한다. 그래서 타락하고 문란하고
　　잔인한 사람과의 교류는 영혼을 파괴한다. 그 반대의 경우도 진리다.

3　**스스로 생각하지 않는 사람은 자기 대신 생각하는 다른 사람에게 예속된다.**
　　누군가에게 사상을 내맡기는 것은 육체를 파는 것보다 더 수치스러운 노예행
　　위다.

4　만일 네가 네 주변 사람들을 따라 하고 싶은 마음이 들 때는, 잠시 멈
　　춰 그런 일반적인 예를 좇는 것이 옳은지 생각해보라. 개인과 사회의
　　큰 불행과 범죄는 그렇게 밖에서 주입된 것을 생각 없이 따르는 일
　　에서 시작된다.

5　두려워하지 않아야 할 것을 두려워하고 참으로 두려워해야 할 것 앞
　　에서 두려움에 떨지 않는 사람은 그릇된 생각을 좇아 사악한 멸망의
　　길을 걸어간다.　　　『법구경』

6　사회의 일원으로서 지켜야 하는 가장 중요하고 어려운 의무는, 사회
　　의 복지를 누리면서도 그 멍에에 굴하지 않는 것이고, 다른 사람의

사상과 신념을 받아들일 준비를 갖추면서도 스스로 판단하는 신성한 권리를 굳게 지키는 것이며, 다른 사람들의 영향을 받아들이면서도 자기 영혼의 요구에 따라 행동하는 것이다. 다른 사람들과 함께 행동할 때도 양심에 따르면서 다른 사람들의 의견을 존중하고 그것과 자신의 결정을 잘 결합해야 한다.

채닝

✐ 악한 암시는 선한 영향에 의해서만 파괴될 수 있다. 선한 암시를 위한 가장 강력한 수단은 선한 삶이다.

10월 30일

과도한 자기애는 마음의 병이다. 그것이 극에 다다르면 과대망상이라는 정신병이 된다.

1 사람들은 자기부정이 자유를 침해한다고 생각한다. 그런 사람들은 자기부정만이 자신에 대한 집착과 타락한 노예 상태에서 우리를 해방시켜 진정한 자유를 준다는 것을 모른다. 우리의 육욕은 가장 잔인한 폭군이다. 그것에 굴복한다면 자유롭게 숨도 쉴 수 없는 가장 비참한 노예가 될 것이다. 오직 자기부정만이 우리를 그런 노예 상태에서 구원할 수 있다.

페늘롱

2 자기애는 개개인의 육체적 삶을 보전하기 위해서만 필요하며, 그 범

위 안에서 나타나는 자기애는 자연스럽고 정당하다. 그러나 개별성을 넘어서야 할 사명을 띤 이성이 반대로 개별성을 긍정하는 데 쓰일 때, 자기애는 해롭고 고통스러운 것이 된다.

3 완전한 자기부정의 삶은 신의 삶이고, 무엇으로도 파괴되지 않는 자기애의 삶은 동물의 삶보다 못하다. 인간의 이성적 삶은 동물의 삶에서 신의 삶으로 점차 이행하는 과정이다.

4 공평함은 정의와 마찬가지로 매우 보기 드물다. 사사로운 욕심이야말로 자기정당화를 위한 자기기만의 마르지 않는 샘이다. 정의의 실현을 바라는 사람들은 극소수다. 진리가 자신들에게 불리하게 작용할 때 그들은 진리에 두려움을 느낀다. 처세 철학에 능한 사람들은 진리를 상황에 따라 취하거나 버려도 되는 것으로 생각한다. 그렇게 자기애의 편견이 이기주의의 덫에서 생겨나는 모든 편견을 합리화한다. 인간이 바라는 유일한 진보는 향락의 증대다. 자기희생, 즉 위대한 영혼의 향락은 일찍이 사회의 법칙이 되었던 적이 한 번도 없다.

아미엘

5 향락과 자기만족에 도취되어 있는 사상가나 예술가는 필요 없다. 소명이 존재한다는 확실하고 유일한 표지는 자기부정, 그리고 남을 위해 봉사하라고 인간에게 주어진 힘을 발현하기 위해 감수하는 자기희생이다. 고통 없이 영혼은 열매를 맺지 못한다.

세상에 몇 종류의 딱정벌레가 있는지 가르치거나 태양의 흑점을 관찰하거나 소설과 오페라를 쓰는 것은 개인적 목적에 의해서도 가능하지만, 사람들에게 오로지 자기부정과 남에 대한 봉사 속에만 존재하는 행복을 가르치고 그 가르침을 강하게 설파하는 것은 자기희생 없이 불가능하다.

그리스도가 공연히 십자가에서 죽은 것이 아니다. 고난을 통한 희생 역시 공연히 모든 것을 이겨내는 것이 아니다.

/ 자기애에서 벗어나는 것은 꼭 필요하지만 아주 어려운 일이다. 자기애는 생명의 필수조건이기 때문이다. 어린 시절에는 꼭 필요하고 또 자연스러운 것이지만, 이성이 눈을 뜨고, 특히 참된 사랑이 태어나면 서서히 약해져 결국 소멸되어야 한다. 어린아이는 자기애에 대해 양심의 가책을 느끼지 않지만, 이성이 눈을 뜨고 참된 사랑이 태어나면 점차 약해져야 하고 죽음이 가까워졌을 때는 완전히 소멸되어야 한다.

10월 31일

시간이 흐르면서 신성화된 낡은 전통을 고수하는 것만큼 진리의 보급을 방해하는 것도 없다.

1 사람들은 신이 자신의 모습을 본떠 인간을 창조했다고 말한다. 그 말은 인간이 자신의 모습을 본떠 신을 창조했다는 말과 같다.

리히텐베르크

2 남이 하는 말을 믿는 경향 속에 선과 악이 있다. 그런 경향이 사회를 진보하게도 하고 그 진보를 느리고 고통스러운 것으로 만들기도 한다. 인류의 각 세대는 그 경향 덕분에 노력 없이 얻은 지식을 유산으로 물려받기도 하지만, 그 경향 때문에 선인이 남긴 과오와 미망의 노예가 되기도 한다. 헨리 조지

3 인류는 삶의 의미와 사명에 대한 진리를 밝히고, 그 밝혀진 의식에 합치되는 삶을 쌓아올리기 위해 서서히, 그러나 쉬지 않고 나아가고 있다. 따라서 사람들이 자신의 삶을 이해하는 방법과 그 삶 역시 줄 곧 변화하고 있다. 진리에 민감한 사람들은 그들에게 보이는 지고의 빛을 이해하고 그 빛을 좇으며 살아가려 하지만, 진리에 민감하지 않은 사람들은 과거의 인생관, 과거의 체제를 고집한다.

세상에는 언제나 시대를 앞선 새로운 진리를 가리키며 그것을 좇아 살려고 애쓰는 사람들과, 시대에 뒤처져 이미 쓸모없게 된 낡은 인생관과 생활방식을 고수하는 사람들이 있다.

4 신앙의 가장 잔인한 기만은 어린아이에게 거짓된 신앙을 불어넣는 것이다. 어린아이는 옛사람들의 가르침을 더 많이 알고 있을 어른들에게 이 세계와 자신의 삶은 대체 무엇인지, 그 둘은 어떤 관계인지 묻는다. 그럴 때 어른들은 자신이 생각하거나 아는 것을 말하지 않고 수천 년 전에 살았던 사람들이 생각한 것, 어른들 자신도 믿지 않고 믿을 수도 없는 것을 대답으로 내놓는다. 여기에 가장 잔인한 기만이 있다. 어린아이가 궁금해하는 정신적이고 꼭 필요한 삶을 말하는 대신, 그들의 정신적 건강을 해치는 독을 주기 때문에 나중에 아이는

엄청난 노력을 하고 고뇌를 겪어야만 그것에서 겨우 벗어날 수 있게 된다.

/ 전통을 중시하지 않는 데서 오는 해악은 오늘날 그 어떤 이성적 의의도 없는 관습, 규칙, 제도 등을 맹목적으로 따르는 데서 오는 해악의 천분의 일도 되지 않는다.

11
월

11월 1일

스스로를 자기 삶의 주인이라고 생각하는 사람은 겸허하지 않다. 자신은 누구에 대해서도 의무가 없다고 생각하기 때문이다. 그러나 신을 섬기는 일을 사명으로 삼은 사람은 언제나 의무를 다하지 못했다고 느끼기 때문에 겸허하지 않을 수 없다.

1 사도들이 주님께 "저희에게 믿음을 더하여주십시오" 했다.

　　주님께서는 "너희 가운데 누가 농사나 양 치는 일을 하는 종을 데리고 있다고 하자. 그 종이 들에서 돌아오면 '어서 와서 밥부터 먹어라' 하고 말할 사람이 어디 있겠느냐? 오히려 '내 저녁부터 준비하여라. 그리고 내가 먹고 마실 동안 허리를 동이고 시중을 들고 나서 음식을 먹어라' 하지 않겠느냐? 그 종이 명령대로 했다 해서 주인이 고마워해야 할 이유가 어디 있겠느냐? 너희도 명령대로 모든 일을 다하고 나서는 '저희는 보잘것없는 종입니다. 그저 해야 할 일을 했을 따름입니다' 하고 말하여라."　　　　　　　　「누가복음」 17:5, 7~10

2 참으로 선한 사람들의 겸손함은 망각에서 드러난다. 그들은 지금 하는 일에 열중하기 때문에 자신이 이미 한 일을 돌아보지 않고 잊는다.

중국의 속담

3 까치발을 한 사람은 오래 서 있지 못한다. 자신을 과시하는 사람은 빛날 수 없다. 자기만족에 빠진 사람은 남이 인정해주지 않는다. 자신을 자랑하는 사람은 공을 세우지 못한다. 자신을 내세우는 사람은 높아질 수 없다. 이성의 심판 앞에서 그들은 먹다 남은 음식일 뿐이며 모든 사람에게 혐오를 불러일으킨다. 그러므로 이성을 따르는 자는 자신에게 무언가를 기대하지 않는다.

노자

4 **자기 안으로 깊이 들어갈수록, 자신이 보잘것없다고 여길수록 더 높이 신에게 다가간다.**

토마스 아 켐피스

5 그리스도의 가르침을 믿는 자는 완성의 모든 단계에 도달할 때마다 더 높은 단계로 들어가려 한다. 그렇게 더 높은 단계를 끝없이 원한다. 또한 자기가 지나온 길을 돌아보지 않고 언제나 자기 앞에 놓인 아직 가지 않은 길을 보기 때문에 항상 자신을 미완성의 존재로 느낀다.

6 사람은 살아 있을 때는 부드럽고 연하지만, 죽으면 단단하고 거칠어진다.

풀과 나무 같은 만물도 살아 있을 때는 부드럽고 연하지만, 죽으면 메마르고 거칠어진다. 거칠고 단단한 것은 죽음의 벗이고, 부드럽고 연한 것은 삶의 벗이다. 그러므로 완력으로는 이기지 못하며, 나무가 딱딱하면 곧 말라 죽을 때가 온 것이다. 강하고 큰 것은 밑에 놓고, 부드럽고 연한 것은 위에 놓는다.

노자

7 학문을 찾는 자는 사람들의 눈앞에서 날마다 더하며 높아지고, 덕행
   을 찾는 자는 사람들의 눈앞에서 날마다 덜어내며 낮아진다. 그는 완
   전한 겸허에 이를 때까지 자꾸만 작아진다. 그리하여 완전한 겸허에
   이르면 마침내 자유로워져 자신은 원하지 않지만 사람들의 스승이
   된다.

                                                          노자

✎ 너에게는 어떠한 권리도 없다. 너는 너에게 생명을 준 근원의 종이므
   로 너에게는 오직 의무가 있을 뿐이다.

11월 2일

세속적 명성을 위한 행위는 결과와 상관없이 언제나 좋지 않다. 선에
대한 열망과 세속적 명성에 대한 갈망이 반반인 행위는 좋지도 나쁘
지도 않다. 오직 신의 뜻을 수행하기 위해 한 행위만이 좋다.

1 자유로운 존재도 자기 자신에게만 얽매이다보면 악마에게 몸을 맡
   기게 된다. 도덕적인 세계에는 주인 없는 땅이 없고 주인이 정해지지
   않은 땅은 모두 악마의 것이다.

                                                          아미엘

2 세상 사람들의 평가와 관심이 어떤 마음에서 비롯되는지 안다면, 너
   는 그들의 찬성과 칭찬을 더이상 구하지 않을 것이다.   아우렐리우스

3 사람들이 찬성해주기만 바라면 어떤 결단도 내리지 못한다. 사람들의 평가는 끝이 없고 다양하다. '훌륭한 사람들에게 인정받고 싶다'고 너는 말할 것이다. 그러나 너는 네 행위를 칭찬해줄 것 같은 사람들을 가리켜 훌륭한 사람들이라고 말할 뿐이다.

4 우리는 진정한 내적 삶으로는 만족하지 못하고, 다른 사람들의 생각 속에서 가공의 자신을 추구하면서 실제의 나가 아닌 다른 존재로 보이려 한다. 그리고 끊임없이 그 상상 속 존재를 꾸미면서 실제의 자신은 무시한다. 평정심과 성실함, 관대함의 미덕을 갖춘 사람이라면 그 미덕들을 당장 상상 속 존재에게도 부여하려 애쓸 것이다.

　그러한 미덕을 다른 사람들의 생각 속 자신에게 줄 수 있다면 실제로는 그것을 잃어도 좋다고 생각한다. 우리는 용감하다는 평판을 얻기 위해서라면 비겁해지는 것도 마다하지 않는다.　　　　　파스칼

5 사람들은 선행을 하면서 언제나 어느 정도는 칭찬을 바란다. 칭찬만을 바란 행위라면 좋지 않지만, 선행을 하고 싶은 마음속에 칭찬을 바라는 마음이 조금 있다 해도 선행은 역시 선행이다. 하지만 선행이 오직 신을 위한 것이라면 얼마나 좋겠는가.

✎ 사람들의 칭찬을 네 행위의 목적이 아니라 결과가 되게 하라.
　오직 신을 위해 살도록 자신을 길들이기 위해서는 아무도 모르게 행하는 것이 좋다. 그러면 더없는 기쁨을 누릴 것이다.

11월 3일

모든 사람에게 공통된 신의 법칙만이 유일하고 변하지 않는 법칙이다. 인간의 법칙은 신의 법칙과 충돌되지 않을 때에만 법칙이 될 수 있다.

1 예수께서는 그들에게 이렇게 말씀하셨다. "내가 가르치는 것은 내 것이 아니라 나를 보내신 분의 가르침이다. 하느님의 뜻을 실천하려는 사람이면 이것이 하느님으로부터 나온 가르침인지 또는 내 생각에서 나온 가르침인지를 알 것이다."

「요한복음」 7:16~17

2 네 의무를 재촉하는 목소리가 신의 암시가 아니고 무엇이겠는가?

어쩌면 상상이 내린 명령일까? 자신과 하는 대화의 명령형일까?

어쩌면 사람들의 여론일까? 그 여론의 요구에 대한 복종일까?

결코 그렇지 않다. 만약 그것이 우리가 생각해낸 법칙이라면 파괴하거나 폐기할 수도 있을 것이다. 그러나 우리는 이 법칙의 힘이 우리 힘이 미치지 않는 데 있고 도저히 그것을 무시할 수 없다는 것을 느낀다.

그것을 가리켜 여론의 요구라고 말할 수도 없다. 왜냐하면 그 목소리는 종종 우리를 여론보다 더 높이 들어올려, 군중의 불의와 싸울 힘을, 선의 이름으로 오직 홀로 싸울 힘을, 이길 가능성이 없어도 싸울 힘을 우리에게 주기 때문이다. 너희가 나에게 선에 대한 의식은 신에 대한 직접적인 의식이 아니라고 아무리 애써 말하더라도, 나는 차라리 낮의 빛은 내 눈이나 여론이 낳은 것이라고 믿을지언정 너희의 말은 믿지 않겠다.

감각이 우리 육체 외부에 있는 것을 가르쳐주듯, 신에 대한 의식은 우리의 정신적 개체성 밖에 있는 것을 가르쳐준다. 즉 정의와 선과 진리는 내 개체성의 산물이 아니라 신이 나에게 내려주신 것이다.

마티노

3 신의 법칙을 실현하려 할 때 부딪히는 가장 큰 어려움은 현존하는 인간의 법칙과 신의 법칙이 충돌한다는 것이다.

4 인간의 법칙은, 그것이 신의 법칙을 적용해 발전시킨 것이고 현실에 일치하는 것이어야 좋고 소중하다. 그러나 신의 법칙과 모순될 때는 언제나 좋지 않으며, 그때 우리에게는 인간의 법칙을 폐지할 권리와 의무가 있다.   마치니

5 삶에서 가장 중요한 문제에 대해 탐구하려면, 삶의 가장 본질적인 문제들 각각에 세워진 허위라는 건물부터 때려부숴야 한다. 허위는 수세기에 걸쳐 축적되고 온갖 교활한 지혜로 유지되어왔다.

6 정부기관의 존재는 본질적으로 인간이 사회생활에서 자신의 신성을 의식하지 못하고 외적인 권력에 의지할 수밖에 없게 되었음을 명백하게 보여준다. 신성에 대한 의식을 잃어버린 사람은 외적인 법칙에 의지하지 않을 수 없다. 그러나 외적인 법칙이란 것은 언제나 오류투성이다. 모든 사람이 자기 이웃과 똑같은 의식을 지니고 있다면 분열이란 있을 수 없다. 그러나 그 의식이 약해지면 그것을 유지하기 위

한 인위적인 수단이 필요해진다. 그리하여 모든 사람이 하나라는 의식이 약해지면서 정부라는 형식이 발생하는데, 그 정부라는 것은 모든 국민의 삶의 실제 표현이 아니라 지배계급의 외적이고 강제적인 권력의 표현에 지나지 않는다.

카펜터에 의함

신의 법칙이 인간의 법칙과 모순될 때에는 어떻게 해야 할까? 신의 법칙을 감추고 인간의 법칙을 선포해야 할까? 이미 1900년 동안이나 그렇게 해왔지만 신의 법칙은 갈수록 분명해지고, 신의 법칙과 인간의 법칙의 내적 모순은 더욱 커지며 고통이 되고 있다. 이제 남은 일은 인간의 법칙을 신의 법칙으로 대체하는 것뿐이다.

신적인 것과 인간적인 것

1

이것은 1870년대 러시아에서 혁명가들과 정부 당국의 싸움이 가장 치열했을 때의 일이다.

남쪽 어느 지방의 건장한 독일인 총독이 아래로 처진 입수염과 매서운 눈매에 무표정한 얼굴을 하고, 군복에 하얀 십자가를 목에 걸고 어느 저녁 서재 책상에 앉아 녹색 갓이 씌워진 네 개의 촛불 밑에서 비서관이 두고 간 서류를 훑어보며 '부관참모 아무개'라고 기다란 글씨체로 하나씩 서명하고 있었다.

그 서류들 중에는 반정부 음모에 가담한 혐의로 노보로시스크대학 졸업생 아나톨 스베틀로구프에게 사형을 선고한 판결문이 있었다. 총독은 유난히 얼굴을 찌푸리면서 그 서류에도 서명했다. 노령인데다 너무 자주 씻어 주름진 희고 깨끗한 손가락으로 그는 서류 끝을 가지런히 맞춰 옆으로 밀어놓았다. 다음 서류는 군대 식량 수송비지불에 관한 건이었다. 그는 그것을 자세히 읽고 계산이 틀리지 않았는지 살피다가 불현듯 스베틀로구프 사건에 관해 보좌관과 주고받은 이야기가 떠올랐다. 총독은 스베틀로구프의 소지품 중에서 다이너마이트가 발견되었다고 해도 그것만으로는 범죄 의도를 입증하기에 충분하지 않다고 생각했다. 반대로 보좌관은 다이너마이트 말고도 스베틀로구프가 일당의 우두머리라는 분명한 증거가 많다고 주장했다. 그 대화를 떠올리며 총독은 생각에 잠겼다. 골판지같이 단단하게 접힌 옷깃과 솜을 넣은 프록코트 밑에서 그의 심장이 불규칙하게 뛰기 시작했다. 그는 그에게 기쁨과 만족을 주는 큼직한 하얀 십자가가 가슴 위에서 움직일 만큼 크게 한숨을 내쉬었다. 비서관을 부를까, 사형선고를 취소할 수는 없어도 늦출 수는 있을 텐데.

'부를까? 말까?'

그의 심장은 더욱 불규칙하게 뛰었다. 그는 벨을 눌렀다. 곧 전령이 잰걸음으로 소리도 없이 들어왔다.

"이반 마트베예비치는 돌아갔나?"

"아닙니다, 각하, 아직 사무실에 있습니다."

총독의 심장박동은 느려졌다 빨라졌다 했다. 그는 며칠 전 자신의 심장을 진찰한 의사의 주의를 떠올렸다.

'심장이 급하게 뛴다 싶으면,' 의사가 말했다. '바로 일을 멈추고 쉬어야 합니다. 흥분하는 것이 가장 해롭습니다. 무슨 일이 있어도 절대 흥분하지 않도록 주의하십시오.'

"불러올까요?"

"아니, 그럴 것 없어. 그렇지." 그가 말했다. '그래,' 그는 속으로 생각했다. '고민하는 건 심장에 안 좋아. 이미 서명했으니 끝난 일이다. *잠자리를 폈으면 잠을 자야지*.' 그는 좋아하는 속담을 중얼거렸다. '게다가 나와 상관없는 일이야. 나는 가장 높으신 분의 명령을 수행하는 사람이니 그런 건 생각하면 안 돼.' 그는 마음에도 없는 냉혹함을 자기 안에서 불러일으키려고 눈썹을 찌푸리며 속으로 중얼거렸다.

그러자 이번에는 최근에 황제를 알현한 일이 떠올랐다. 황제는 근엄한 얼굴에 유리알 같은 눈으로 그를 바라보며 말했다. "나는 그대를 믿습니다. 전장에서 목숨을 아끼지 않고 싸웠던 것처럼 적색분자들과의 투쟁에서도 기만당하거나 겁먹지 말고 결단력 있게 행동해주시오. 잘 부탁하오!" 황제는 그를 껴안고 자신의 어깨에 입을 맞추라고 어깨를 내밀었다. 총독은 그 일과 자신이 황제에게 했던 맹세의 말을 상기했다. "제 유일한 소망은 폐하와 조국을 위해 목숨을 바치는 것입니다."

그는 황제에 대한 헌신적인 복종의 기분을 떠올리고 잠깐이나마 자신의 마음을 어지럽힌 생각을 몰아냈다. 그는 나머지 서류에 서명하고 또 벨을 눌렀다.

"차는 준비됐나?" 그는 물었다.

"예, 준비됐습니다, 각하."

"좋아, 가봐!"

총독은 크게 한숨을 내쉰 뒤 심장 부근을 쓰다듬으며 무거운 걸음으로 텅 비어 있는 커다란 홀로 나가, 깨끗하게 닦인 쪽나무 바닥을 지나 이야기 소리가 들리는 객실에 들어갔다.

총독 부인의 손님들이 와 있었다. 도지사 부부, 대단한 애국자인 나이든 공작영애, 총독의 막내딸과 그녀의 약혼자인 근위장교였다.

총독 부인은 얇은 입술에 차가운 얼굴을 한 무뚝뚝한 여자인데, 작은 테이블 앞에 앉아 있었다. 탁자에는 은제 찻주전자가 알코올램프 위에 얹혀 있고 찻잔들이 있었다. 슬픔을 가장한 목소리로 그녀는 젊게 차려입은 뚱뚱한 지사 부인에게 남편의 건강이 걱정된다고 말했다.

"매일같이 새로운 정보들이 들어와 음모며 끔찍한 온갖 것을 들춰내고 있어요…… 그것을 모두 우리 바질이 처리해야 하죠."

"아, 이제 그만하세요!" 공작영애가 말했다. "그 지긋지긋한 사람들을 생각하면 화가 치밀어올라요."

"맞아요, 정말로 무서운 일이에요! 여러분은 안 믿기시겠지만, 제 남편은 하루에 열두 시간씩 일을 한답니다. 심장도 안 좋은데 말이죠. 정말 걱정이에요……"

남편이 들어오는 것을 보자 그녀는 말을 멈췄다.

"네, 정말 한번 들으러 오세요. 바르비니는 아주 훌륭한 테너예요." 그녀는 지사 부인에게 즐거운 미소를 던지며 마치 그 이야기만 하고 있었다는 듯이 새로 온 가수에 대해 말했다.

귀엽고 풍만한 몸매의 총독 딸은 약혼자와 함께 멀찍이 객실 구석의 중국 병풍 뒤에 앉아 있었다. 그녀는 일어나서 아버지에게 걸어왔다.

"오, 오늘은 이제야 처음 보는구나……" 총독은 이렇게 말하고 딸에게 키스한 뒤 딸의 약혼자와 악수했다.

손님들과 인사를 주고받은 뒤 총독은 작은 테이블 앞에 앉아 지사와 최근 소식을 이야기하기 시작했다.

"안 돼요, 안 돼, 정치 이야기는 하지 말아요. 의사가 금했잖아요!" 총독 부인은 지사의 말을 가로챘다. "아, 마침 코피예프가 오시는군요. 무슨 재미난 이야기를 해주실 거예요. 안녕하세요, 코피예프."

유명한 재담꾼인 코피예프는 실제로 이런저런 최근의 일화를 들려주어 모두를 웃게 했다.

2

"아니, 그럴 리 없어요, 그럴 리가 없어요! 이거 놓으세요!" 스베틀로구프의 어머니는 자신을 붙잡는 아들의 친구인 김나지움 교사와 의사의 손을 뿌리치며 날카롭게 외쳤다.

스베틀로구프의 어머니는 희끗희끗한 고수머리에 눈언저리에 잔주름이 있지만 아직은 그리 나이가 많지 않은 인상이 좋은 부인이었다. 스베틀로구프의 친구인 교사는 사형선고장에 서명이 된 것을 전해들고 그 끔찍한 소식에 마음의 준비를 시키려고 그녀를 찾아왔는데, 그의 조심스러운 목소리와 당황한 시선만으로 그녀는 당장 자신이 걱정했던 일이 기어코 일어났다는 것을 눈치챘다.

시내에서 첫째가는 호텔의 작은 객실에서 일어난 일이었다.

"왜 붙잡는 거예요, 놓으라고요!" 그녀는 가족의 오랜 친구인 의사의 손에서 빠져나가려고 몸부림치며 외쳤다. 의사는 한 손으로는 그녀의 앙상한 팔꿈치를 붙잡고 다른 손으로는 소파 앞 타원형 테이블 위에 넘어져 있는 작은 물약병을 바로 세웠다. 그러나 그녀는 사람들이 자신을 붙잡고 있는 것을 차라리 다행으로 여겼다. 뭔가 해야 한다고 느끼면서도 막상 뭘 해야 할지 알 수 없었고 자신이 무슨 일을 저지를지 모른다는 기분이 들어 무서웠기 때문이다.

"진정하시고요. 자, 이 쥐오줌풀 물약을 조금 마셔보세요." 의사는 작은 잔에 뿌연 물약을 따랐다.

그녀는 갑자기 잠잠해지더니 움푹 꺼진 가슴 쪽으로 머리를 숙이며 몸을 반으로 접듯이 눈을 감은 채 소파에 쓰러졌다.

그녀는 아들이 석 달 전 자신에게 알 수 없는 슬픈 얼굴로 작별인사를 하던 것을 떠올렸다. 그리고 벨벳 재킷에 작은 맨발, 길고 곱슬곱슬한 금발의 여덟 살 때 아들 모습도 떠올렸다.

'그 아이에게, 귀여운 그 아이에게…… 그놈들이 대체 무슨 짓을 하려고!'

그녀는 벌떡 일어나더니 테이블을 밀쳐내고 의사의 손을 뿌리쳤다. 그러나 문 쪽으로 가다가 다시 안락의자에 주저앉았다.

"이래도 신이 있단 말인가! 신이 어떻게 이런 일을 허락할 수 있어! 그런 신은 차라리 없는 게 나아!" 그녀는 흐느껴 울다가 히스테릭하게 웃다가 하며 큰 소리로 외쳤다. "목매달아 죽인단 말이지, 모든 걸 다 바친 그애를, 자기 앞날을 바친 그애를, 전부 내던진 그애를 목매달아 죽인다 말이지." 그녀는 전에 자신이 비난했던 똑같은 그것을 지금은 자기희생의 미덕으로 떠올리며 말했다. "그애를 목매달아 죽인다고, 그애를! 이래도 신이 있단 말인가!" 그녀는 외쳤다.

"자, 아무 말 않을 테니까 제발 이 약을 좀 드세요."

"아무것도 먹고 싶지 않아요. 하, 하, 하!" 그녀는 절망적으로 외치며 흐느껴 울었다.

밤이 되자 그녀는 말을 할 수도 울 수도 없을 만큼 지쳐버렸다. 그저 초점을 잃은 광적인 눈으로 앞만 응시했다. 의사가 모르핀주사를 놓자 그녀는 잠들었다.

그녀는 꿈도 꾸지 않고 잤지만 잠에서 깨자 아까보다 더 무서웠다. 가장 무서운 것은 인간이 그렇게까지 잔인해질 수 있는가 하는 것이었다. 말끔하게 면도한 무서운 장군들과 헌병들뿐만 아니라, 평온한 얼굴로 방 청소를 하러 들어온 하녀도, 이런 상황에서 마치 아무 일도 없다는 듯이 옆방에서 즐겁게 이야기하며 떠드는 사람들도 모두 하나같이, 인간이란 인간은 죄다 잔인해 보였다.

3

스베틀로구프는 두 달째 독방에 갇혀 있는 동안 많은 경험을 했다.

어릴 때부터 그는 부유한 집 자식으로서 자신의 특권적 처지가 불합리하다고 무의식적으로 느끼고 있었다. 그 의식을 지우려고 애썼지만 민중의 가난을 목격하거나 자신이 특별한 행복과 기쁨을 누린다고 생각되면, 농부나 노인, 부녀자나 어린아이에 대해 부끄러움을 느꼈다. 그들은 그가 감사히 여기지도 않는 모든 특권을 전혀 알지도 못하고, 평생 노동과 가난에 허덕이면서 차례로 태어나 자라고 죽어갔다. 대학을 졸업한 그는 그러한 자책에서 벗어나기 위해 고향 마을에 시범학교를 세우고, 소비조합을 만들고, 의지할 데 없는 노인들을 위한 양로원을 지었다. 하지만 이상하게도 그런 일을 할수록 전에 친구들과 고급 레스토랑에서 저녁을 먹거나 승마에 큰돈을 쓰던 때 이상으로 민중에 대해 부끄러움을 느꼈다. 그는 자신이 한 그런 일이 다 옳지 않다고, 오히려 더 나쁜 일이고 어딘가 도덕적으로 어긋난다고 생각했다.

그렇게 마을에서 하던 활동에 환멸을 느끼던 무렵 그는 키예프에 갔다가 대학 시절 절친했던 한 친구를 만났다. 삼 년 뒤 그 친구는 키예프 요새의 참호에서 총살당했다.

뜨겁고 열정적이고 재능이 뛰어났던 그 친구가 스베틀로구프에게 어느 결사단체에 가입하기를 권했는데, 그 결사의 목적은 민중을 계몽해 권리를 일깨우고 그들을 지주나 정부의 지배에서 해방시키기 위해 곳곳에 모임을 조직하는 것이었다. 스베틀로구프는 친구와 그의 동료들과 나눈 대화를 통해 지금까지 막연히 생각해오던 일을 뚜렷하게 의식하게 되었다. 자신이 무엇을 해야 하는지 깨달은 것이었다. 새로운 친구들과 관계를 지속하면서 그는 자기 마을로 돌아왔고, 완전히 새로운 활동을 시작했다. 그는 직접 교사가 되어 성인들에게 수업을 했고, 농부들에게 책과 팸플릿을 읽어주고 그들의 처지에 대해 설명해주었다. 정부가 금지하는 책자나 팸플릿을 펴내기도 하고, 다른 마을에서도 단체를 결성했는데, 경비는 어머니의 도움은 전혀 받지 않고 자신이 가진 모든 것을 내놓아 마련했다.

새로운 활동을 시작하며 그는 생각지도 못했던 두 가지 장애에 부딪혔다. 우선 민중 대부분이 그의 활동에 냉담했을 뿐 아니라 그를 증오하기까지 했다(아주 드물게 그의 말을 이해하고 공감하는 사람도 있었지만 대부분은 의심쩍어했다). 다른 장애는 정부였다. 그의 학교는 폐쇄되었고, 그의 가족과 가까운 사람들은 가택수색을 당했으며, 책과 팸플릿도 전부 압수당했다.

스베틀로구프는 첫번째 장애였던 사람들의 무관심에 대해서는 그리 신경쓰지 않았다. 또다른 장애인 무의미하고 모욕적인 정부의 탄압에 너무도 분개하고 있었기 때문이다. 다른 지방에서 그와 비슷한 활동을 하는 친구들도 똑같은 일을 겪었다. 정부에 대한 분노가 점점 커지면서 급기야 결사단체의 수많은 사람들이 힘으로 정부와 맞서 싸우기로 결심하기에 이르렀다.

이 결사의 우두머리는 메제네츠키였는데, 불굴의 의지와 확고한 이론으로 무장하고 오직 혁명을 위해 모든 것을 바치는 인물로 알려져 있었다.

스베틀로구프는 그에게 무척 감화되어 농부들에게 쏟던 열정으로 테러활동에 투신했다.

위험한 일이었지만 스베틀로구프는 바로 그 위험에 매혹되었다.

그는 자신에게 말했다. '승리냐 수난이냐. 설령 수난이더라도 그것은 미래의 승리다.' 그의 마음속에 타오른 불길은 혁명운동이 계속되는 칠 년 동안 꺼지기는커녕 도리어 함께 활동하던 사람들과 나눈 사랑과 존경 덕분에 더 크게 타올랐다.

그는 아버지에게 물려받은 재산을 거의 다 내놓았지만 그런 것은 전혀 중요하지 않았다. 그 일 때문에 겪은 고통과 빈곤도 힘들지 않았다. 오직 한 가지가 그를 괴롭혔다. 그 투쟁으로 그의 어머니와 그의 집에서 어머니가 양녀처럼 돌봐주는 처녀에게, 그를 사랑하는 그녀에게 슬픔을 주고 있다는 것이었다.

그런데 얼마 전 그가 별로 좋아하지 않는 테러리스트 동지가 찾아와 경찰에 쫓기고 있어 불안하다면서 다이너마이트 몇 개를 숨겨달라고 부탁했다. 스베틀로구프는 그 남자가 싫었지만 오히려 그 이유 때문에 선뜻 승낙해버렸다. 다음날 경찰이 들이닥쳐 가택수색을 하던 중 다이너마이트를 발견했다. 그는 어디서 어떻게 다이너마이트를 입수했느냐는 질문에 한마디도 대답하지 않았다.

그렇게 그가 각오하고 있었던 수난이 시작되었다. 최근 그의 동지들이 대거 처형되거나 투옥되고 또 다수의 여성들까지 고초를 겪는 것을 봤던 그는 자신도 빨리 그런 수난을 경험하고 싶었다. 그래서 체포되어 심문을 받자 자랑스럽다못해 기쁘기까지 했다.

그 기쁨은 그들이 그의 옷을 벗기고 몸을 수색한 뒤 감방에 처넣을 때까지도 철문에 자물쇠가 채워질 때까지도 여전히 남아 있었다. 그러나 벌레들이 득실거리는 눅눅한 먼지투성이 독방에서 옆방 동지가 벽을 두드려 좋지 않은 소식을 전해주거나 동지의 죄를 캐내려는 자들의 목소리밖에 없는 강제적 무위와 고독 속에서 하루 이틀이 지나고 일주일이 지나고 이 주일이 지나자, 그의 정신력은 체력과 함께 차차 쇠약해지기 시작했다. 그는 극심한 우울감에 빠져 고통스러운 이 상황이 어떤 식으로든 빨리 끝나길 바랐다. 그 고뇌는 그가 자신의 의지력에 의문을 품게 되면서 더욱 심해졌다. 두 달째에 접어들자 그는 풀려나기 위해 사실을 자백해버릴까 하는 생각에 사로잡혔다. 그는 자신의 나약한 의지에 몸서리쳤지만, 이미 예전의 힘이 사라져버렸다는 것을 깨닫고 자신을 미워하고 꾸짖으면서도 나가고 싶은 마음은 더 강해졌다.

무엇보다 두려웠던 것은 독방에 갇히게 되자 자유의 몸이었을 때 그토록 쉽사리 내버릴 수 있었던 자신의 젊은 힘과 기쁨이 너무도 매혹적인 것으로 느껴지면서 아까운 기분이 들었고, 지금까지 좋은 일로 여겼던 일들과 때로는 지금까지 해온 혁명운동까지 후회되는 것이었다. 그는 지금 자신이 자유의 몸이고 시골이나 외국에 가서 사랑하는 사람들과 함께 산다면 얼마나 좋을까 하고 생각했다. 꼭 그녀

가 아니더라도 다른 여자와 결혼해서 소박하고 밝고 기쁨에 찬 삶을
살 수 있다면.

4

괴롭고 단조로운 독방생활이 두 달째에 접어든 어느 날, 교도소장이
늘 하는 순찰 때 갈색 표지에 금빛 십자가가 박힌 작은 책을 스베틀
로구프에게 건네며, 지사 부인이 감옥에 찾아와 죄수들에게 주라며
몇 권의 복음서를 두고 갔다고 말했다. 스베틀로구프는 고맙다고 웃
으며 인사하고, 벽에 나사로 고정한 책상 위에 내려놓았다.

교도소장이 돌아가자 스베틀로구프는 벽을 두드려 옆방에 있는
남자에게 간수가 별다른 새 소식을 가져오지는 않았지만 복음서를
주고 갔다고 말했다. 그 남자도 같은 말을 했다.

점심을 먹은 뒤 스베틀로구프는 습기로 달라붙은 책장을 넘기며
복음서를 읽었다. 그는 지금까지 한 번도 복음서를 일반 책처럼 읽어
본 적이 없었다. 복음서에서 아는 것이라곤 김나지움에서 신학 교사
가 읽어줬던 것과 교회에서 사제와 부제가 노래를 하듯 읊어주었던
것이 전부였다.

"1장. 아브라함의 후손이요, 다윗의 자손인 예수그리스도의 족보
는 다음과 같다. 아브라함은 이삭을 낳았고 이삭은 야곱을, 야곱은
유다와 그의 형제를 낳았으며……" 그는 읽어내려갔다. "스룹바벨은
아비훗을……" 그는 계속해서 읽었다. 모든 것이 그가 생각한 대로
였다. 복잡하고 쓸모없고 무의미한 것만 쓰여 있었다. 아마 이곳이
감옥이 아니라면 그는 한 쪽도 끝까지 읽지 못했겠지만, 지금은 그
저 읽어내려갔다. '고골 소설에 나오는 페트루시카 같군.' 그는 자신

을 그렇게 생각했다. 그러고는 동정녀가 잉태하여 아들을 낳을 것이고 "하느님께서 우리와 함께 계시다"라는 뜻의 임마누엘이라는 이름을 갖게 된다는 예언이 나오는 1장을 마저 읽었다. '예언자가 왜 이런 곳에 등장하지?' 하고 생각하며 계속 읽었다. 길을 안내하는 별이 나오는 2장, 메뚜기와 꿀을 먹으며 살았다는 세례자 요한의 이야기인 3장, 이어서 예수에게 높은 지붕에서 뛰어내리라고 말한 악마가 나오는 4장을 읽었다. 그는 조금도 흥미가 일지 않아 지겨워서 책을 덮어버리고는 매일 저녁마다 하던 대로 셔츠를 벗어 이를 잡기 시작했다. 그러다 문득 김나지움 5학년 때 시험에서 예수가 말한 행복의 계율 중 하나를 잊어버려 곱슬머리에 얼굴이 붉은 신부님에게 야단맞고 2점을 받았던 일이 떠올랐다. 그 계율이 기억나지 않아 찾아보았다. "옳은 일을 하다가 박해를 받는 사람은 행복하다. 하늘나라가 그들의 것이다."「마태복음」5:10 그는 읽었다. '이건 우리와 관계가 있는 내용인데.' 그는 생각했다. "나 때문에 모욕을 당하고 박해를 받으며 터무니없는 말로 갖은 비난을 다 받게 되면 너희는 행복하다. 기뻐하고 즐거워하여라. 옛 예언자들도 너희에 앞서 같은 박해를 받았다. 너희는 세상의 소금이다. 만일 소금이 짠맛을 잃으면 무엇으로 다시 짜게 만들겠느냐? 그런 소금은 아무데도 쓸데없어 밖에 내버려져 사람들에게 짓밟힐 따름이다."「마태복음」5:11~13

'이건 완전히 우리를 두고 한 말이다.' 그는 이렇게 생각하며 계속해서 읽어나갔다. 5장을 다 읽고는 생각에 잠겼다. '화내지 마라, 간음하지 마라, 앙갚음하지 마라, 원수를 사랑하라.'

'그렇다, 모두 이렇게 살아간다면 혁명도 필요 없을 것이다.' 그는 생각했다. 이렇게 읽어가는 사이 많은 부분이 더 확실히 이해되기 시작했다. 읽어갈수록 이 책에 중요한 의미가 담겨 있다는 생각이 뚜렷해졌다. 어떤 것은 곧 마음속 깊이 감명을 주었고, 어떤 것은 지금까지 한 번도 들어본 적 없는데도 이미 오래전부터 알고 있었던 느낌이 들었다.

"그리고 이렇게 말씀하셨다. '누구든지 나에게 올 때 자기 부모나 처자나 형제자매나 심지어 자기 자신마저 미워하지 않으면 내 제자가 될 수 없다. 그리고 누구든지 자기 십자가를 지고 나를 따라오지 않으면 내 제자가 될 수 없다.「누가복음」14:26~27 누구든지 제 목숨을 살리려고 하는 사람은 잃을 것이요, 나를 위하여 제 목숨을 잃는 사람은 살 것이다.「누가복음」17:33 사람이 온 세상을 얻는다 해도 제 목숨을 잃거나 망해버린다면 무슨 이익이 있겠느냐?「누가복음」9:23~25'"

"그렇다, 그렇다, 바로 이것이다!" 그는 눈물을 글썽이며 소리쳤다. "이것이 바로 내가 하고 싶었던 것이다. 그래, 바로 이것이 내가 영혼을 바쳐 구하려 했던 것이다. 가지고 있는 것을 모두 버려야 한다.「누가복음」14:33 여기에 기쁨이 있고, 여기에 삶이 있다." '나는 사람들의 행복을 위해 여러 가지 일을 해왔다.' 그는 생각했다. '하지만 그것은 일반 대중의 행복을 위한 것이 아니었다. 내가 존경하고 사랑하는 나타샤와 드미트리 셀로모프에게 잘 보이려고 그렇게 한 것이다. 그래서 의혹이 생기고 불안했던 것이다. 나는 내 영혼의 명령에 따라 행동했을 때만, 내 모든 것을 온전히 바치려 했을 때만 기쁨을 느꼈다. 내 모든 것을……'

이날부터 스베틀로구프는 대부분의 시간을 복음서를 읽고 생각하면서 보냈다. 그러는 동안 마음속에 자신을 현재의 처지에서 구원하려는 마음뿐만 아니라 자신이 지금까지 의식해보지 못한 사상이 움텄다. 그는 왜 모든 사람이 이 책에서 말하는 대로 살아가고 있지 않은지 생각했다. '그렇게 살면 그 한 사람뿐만 아니라 모든 사람에게도 좋은 일이다. 그렇게 살아간다면 슬픔도 가난도 없고 오직 행복만 있을 것이다. 감옥살이가 끝나 내가 다시 자유롭게 살아갈 수 있게 된다면,' 그는 생각했다. '언젠가는 석방해주거나 유형을 보내거나 하겠지. 어디든 상관없다. 어디서 살든 그렇게 살아갈 수 있다. 나는 그렇게 살 것이다. 그럴 수 있고 꼭 그래야 한다. 그렇게 살지 않는 건 어리석은 일이다.'

5

어느 날, 그가 기쁘고 유쾌한 기분으로 있는 것을 보고 교도소장이 순찰 시간이 아닌데도 그의 독방에 찾아와 기분이 어떠냐고, 원하는 것이 있느냐고 물었다. 스베틀로구프는 그의 변화에 놀랐지만 무슨 의미인지는 알아채지 못했다. 그래서 안 된다고 할 거라 예상하면서도 담배를 청해보았다. 뜻밖에도 교도소장은 곧 주겠다고 말했고, 정말 간수가 담배 한 갑과 성냥을 가져왔다.

'나를 잘 봐달라고 누가 부탁이라도 한 건가.' 스베틀로구프는 이렇게 생각하며 담배에 불을 붙여 물고는 갑작스러운 변화의 의미를 되씹어보며 독방 안을 서성거렸다.

다음날 그는 법정에 불려나갔다. 여러 번 나간 적 있는 법정에서 그는 그날 아무런 심문도 받지 않았다. 한 재판관이 그를 보지도 않고 일어서자 다른 재판관들도 따라 일어섰다. 먼저 일어난 재판관이 손에 서류 한 장을 들고 부자연스럽고 메마른 목소리로 크게 읽기 시작했다.

스베틀로구프는 귀를 기울이면서 재판관들의 얼굴을 쳐다보았다. 모두 그에게서 얼굴을 돌리고 어둡고 심각한 표정으로 듣고 있었다.

거기에는 이렇게 적혀 있었다. 가깝거나 먼 장래에 현정부를 전복할 목적으로 혁명운동에 가담한 죄로, 피고 아나톨 스베틀로구프의 모든 권리를 박탈하고 교수형에 처함.

스베틀로구프는 재판관의 말을 완전히 이해했다. 그리고 그 말의 모순에 주목했다. 가깝거나 먼 장래, 교수형을 선고받은 인간의 권리 박탈. 하지만 그 선고가 자신에게 어떤 의미를 갖는지는 전혀 이해하지 못했다.

퇴정 명령을 받고 헌병에게 인도되어 밖으로 나와서도 한참 후에야 그는 자신에게 사형선고가 내려졌다는 것을 또렷이 깨달았다.

'뭔가 착오가 생긴 것이다, 오해가…… 말도 안 돼. 그럴 리가 없어.' 감옥으로 돌아가는 호송마차 안에서 그는 속으로 중얼거렸다.

그는 그때 자신의 죽음을 상상할 수도 없을 만큼 자기 안에서 넘치는 생명력을 느끼고 있었다. 나라는 의식을 죽음과, 즉 나의 부재와 결부시킬 수가 없었다.

감옥에 돌아온 스베틀로구프는 독방에 앉아 눈을 감고 자신을 기다리고 있는 그것을 뚜렷이 생각해보려 했지만 그럴 수 없었다. 아무리 생각해도 자신의 존재가 없어진다는 것을 도저히 상상할 수 없었고, 또 사람들이 자신을 죽이고 싶어한다는 것도 믿을 수 없었다.

'이 나를? 젊고 선량하고 행복하고 그렇게 많은 사람에게 사랑받는 나를?' 그는 어머니와 나타샤, 친구들의 사랑을 떠올렸다. '그런 나를 죽인다고, 목을 매단다고! 누가, 대체 왜? 그리고 내가 없어진 뒤에는? 그럴 수 없다.' 그는 속으로 말했다.

교도소장이 왔다. 스베틀로구프는 그가 오는 소리를 듣지 못했다. "누구요? 뭡니까?" 스베틀로구프는 교도소장을 알아보지 못하고 물었다. "아! 당신이군요! 그래, 그게 언제입니까?" 그는 물었다.

"모르겠네," 교도소장은 이렇게 대답하고 말없이 서 있다가 갑자기 능청스럽고 부드러운 목소리로 말했다. "실은 여기 신부님이…… 저어…… 자네를 만나보고 싶다고……"

"만나지 않겠습니다. 필요 없어요, 아무것도 필요 없습니다! 돌아가세요!" 스베틀로구프는 외쳤다.

"편지를 쓰겠나? 그건 허락되네만." 교도소장이 말했다.

"아, 그래요, 주십시오. 쓰겠습니다."

교도소장은 나갔다.

'그러니까 내일 아침이란 말이군.' 스베틀로구프는 생각했다. '교수형은 언제나 아침이었지. 내일 아침이면 나는 없다…… 아니야, 그럴리 없다, 이건 꿈이야.'

그러나 곧 늘 보던 낯익은 간수가 펜 두 자루와 잉크와 편지지, 푸른색 봉투 몇 장을 건네고 책상 앞에 의자도 놔주었다. 전부 현실이고 결코 꿈이 아니었다.

'생각하지 말아야지, 생각하지 말아야 해. 그래, 어머니에게 쓰자.' 스베틀로구프는 잠시 생각하고는 의자에 앉아 쓰기 시작했다.

"사랑하는 어머니!" 이렇게 쓰고 그는 울기 시작했다. "용서해주십시오, 제가 어머니에게 준 모든 슬픔을 용서해주십시오. 제가 길을 잃은 건지도 모르지만, 제게는 그 길밖에 없었습니다. 용서해달라는 말밖에 할말이 없습니다." '용서해달라는 말만 쓰고 있군.' 그는 생각했다. '뭐, 하는 수 없지, 다시 고쳐쓸 시간이 없어.' "저에 대해서는 슬퍼하지 마십시오." 그는 계속 썼다. "조금 먼저 가든 늦게 가든…… 누구나 마찬가지 아닌가요? 저는 두려워하지도 않고 제가 한 짓을 후회하지도 않습니다. 그렇게 할 수밖에 없었으니까요. 그러니 제발 용서해주십시오. 그리고 저와 함께 일했던 사람들도, 저에게 사형을 선고한 사람들도 원망하지 말아주십시오. 그들도 모두 그렇게 하지 않을 수 없었으니까요. 그들을 용서해주십시오. 그들은 자기들이 무엇을 하고 있는지도 모릅니다. 용서해달라는 말도 더이상은 못하겠군요. 하지만 그 말이 제 마음에 용기와 위로를 줍니다. 용서해주세요, 어머니의 주름진 그리운 손에 입을 맞춥니다." 눈물이 종이 위로 뚝뚝 떨어져 번졌다. "저는 울고 있지만, 슬픔이나 두려움 때문이 아닙니다. 제 삶에서 맞은 가장 엄숙한 순간에 감동을 느끼고 있기 때문입니다. 그리고 어머니를 사랑하기 때문입니다. 제 동지들을 원망하지 마시고 사랑해주십시오. 특히 제 죽음의 원인이 된 프로호로프를 미워하지 말아주십시오. 죄가 있지 않더라도 모든 사람이 비난하고 미워하는 인간을 사랑하는 것은 정말 기쁜 일입니다. 원수를 사랑하는 것은 진정한 행복입니다. 나타샤에게는 그녀의 사랑이 제 위안이자 기쁨이었다고 전해주십시오. 저는 지금까지 그것을 잘 알지 못했지만 영혼 깊은 곳에서는 느끼고 있었습니다. 그녀가 저를 사랑한다는 것을 알고 있었기 때문에 사는 것이 좋았습니다. 이제 하고 싶은 말은 다 쓴 것 같습니다. 안녕히 계십시오!"

그는 편지를 다시 읽어보다가 끝부분에 프로호로프에 대해 쓴 부분에서, 당국이 분명 읽어볼 텐데 이렇게 이름을 밝히면 그의 신상에 좋지 않겠다는 생각이 문득 들었다.

"아아! 큰일날 뻔했군!" 그는 이렇게 외치고, 편지를 박박박 찢어 등잔불에 태워버렸다.

그는 낙담하며 다시 편지를 쓰려고 앉았는데, 이번에는 마음이 차분해지고 거의 즐겁기까지 했다.

그는 다른 종이를 집어 곧장 써내려갔다. 머릿속에 만감이 교차했다.

"사랑하는 그리운 어머니!" 하고 쓰자 그의 눈은 다시 눈물로 젖었다. 써놓은 글자를 보려고 옷소매로 눈물을 닦았다. "왜 저는 저 자신에 대해서, 언제나 제 마음속에 있었던 어머니에 대한 사랑의 힘과 고마움을 깨닫지 못했을까요! 이제야 그것을 깨닫고 느낍니다. 전에 제가 어머니와 말다툼을 하면서 했던 심한 말을 떠올리니 괴롭고 부끄럽습니다. 왜 그때 그런 말을 했는지 저도 잘 모르겠습니다. 저를 용서하시고, 만약 제게 좋은 점이 있다면, 그것만을 생각해주십시오.

저는 죽음이 두렵지 않습니다. 사실은, 죽음이 무엇인지 알 수 없고 믿을 수가 없습니다. 만약 죽음이, 소멸이라는 것이 있다면 삼십 세에 죽든, 그보다 삼십 분 전에 죽든 뒤에 죽든 마찬가지 아닐까요? 죽음이 없다면 조금도 다르지 않겠죠."

'나는 왜 이렇게 철학적인 말만 늘어놓는 걸까.' 그는 생각했다. '아까 편지에 썼던 것을 써야 한다, 끝에 뭔가 좋은 말을 썼던 것 같은데. 그렇지.' "제 동지들을 원망하지 마시고 사랑해주십시오. 그중에서도 특히 자신도 모르는 사이에 저를 죽음으로 몰아넣은 동지를 사랑해주십시오. 나타샤에게 키스를 전합니다. 그리고 제가 언제나 그녀를 사랑했다고 전해주십시오."

그는 편지를 접어 봉투에 넣고는 침대에 앉아 두 손을 무릎에 얹은 채 눈물을 삼켰다.

그는 자신이 죽어야 한다는 것이 아직도 믿어지지 않았다. 꿈을 꾸고 있는 게 아닌지 몇 번이나 자신에게 묻고 또 물으면서 꿈이라면 얼른 깨어나길 바랐다. 그 생각이 다른 상념으로 이어지면서 이 세상에서의 삶이 꿈이고 거기서 깨어나는 것이 죽음이 아닌가 하는 생각으로 그를 이끌었다. 그렇다면 이 세상에 지금 살아 있다는 의식도, 내가 기억하지 못하는 이전 삶으로부터의 깨어남이 아닐까? 그렇다면 이곳의 삶은 새로운 시작이 아니라 새로운 삶의 형식일 뿐이지 않을까. 나는 죽어서 새로운 삶의 형식으로 옮겨가는 것이다. 이 생각이 그의 마음을 사로잡았다. 그러나 이 생각에 기대려 하자마자 이 생각도, 또다른 어떤 생각도 죽음의 공포를 해소해주지는 못한다는 것을 느꼈다. 마침내 그는 생각하는 데 지치고 말았다. 더이상 뇌가 움직이지 않는 것 같았다. 그는 눈을 감고 아무 생각 없이 한참 앉아 있었다.

'그럼 어떻게 될까? 대체 어떻게 되는 걸까?' 그는 다시 생각했다. '무無가 된다고? 아니다, 무는 아니야. 그럼 대체 무엇일까?'

갑자기 그는 살아 있는 인간에게는 그 답이 없다는 것을, 있을 수 없다는 것을 똑똑히 깨달았다.

'그렇다면 왜 이렇게 자문을 하고 있지? 무엇 때문에? 도대체 무엇 때문에? 물을 필요 없는 것이다. 내가 이 편지를 쓸 때 살아 있었듯 그냥 사는 것이다. 우리 모두 이미 오래전에 죽음을 선고받았지만 이렇게 살아오지 않았는가. 우리가…… 사랑을 한다면, 선하고 기쁘게 살 수 있다. 그래, 사랑하기만 하면. 지금도 나는 편지를 쓰며 사랑했고, 그래서 행복했다. 그렇게 살아야 한다. 언제 어디서든 그렇게 살 수 있다. 자유의 몸이든 갇힌 몸이든, 오늘도 내일도, 마지막 순간까지도.'

갑자기 그는 사랑하는 마음으로 누군가와 정답게 이야기를 나누고 싶어졌다. 그가 문을 두드리자 간수가 들여다보았고, 그는 간수에게 지금 몇시냐고, 언제 교대하느냐고 물었다. 간수는 대답이 없었다. 그는 교도소장을 불러달라고 부탁했다. 이윽고 교도소장이 와서 무슨 일이냐고 물었다.

"어머니에게 보낼 편지를 썼습니다. 전해주십시오." 이렇게 말하자 다시 어머니 생각이 나 눈물이 솟구쳤다.

교도소장은 편지를 받아들고 전해주겠다고 약속하고 나가려 했지만 스베틀로구프가 불러세웠다.

"당신은 친절한 분입니다. 그런데 왜 이렇게 괴로운 일을 하십니까?" 그는 교도소장의 옷소매를 만지며 조용히 말했다.

교도소장은 어색하고 슬픈 미소를 지으며 눈을 내리깔고 말했다.

"어떻게든 살아야 하니까."

"이런 일은 그만두는 편이 낫습니다. 산 사람 입에 거미줄 치겠습니까? 게다가 당신처럼 친절한 분이. 어쩌면 제가……"

교도소장은 갑자기 울먹이더니 휙 몸을 돌려 방을 나가 문을 닫고 가버렸다.

교도소장의 동요는 스베틀로구프의 마음을 더욱 움직였고 그는 기쁨의 눈물을 삼키며 벽을 따라 독방 안을 거닐었다. 이제 두려움은 사라졌고, 세상을 초월한 어딘가로 올라가는 듯한 감동적인 기분을 느꼈다.

전에는 아무리 노력해도 풀 수 없었던 죽으면 자신이 어떻게 되는가에 대한 의문이 이제는 풀린 듯했다. 그것은 확실하고 이성적인 답이 아니라 그의 안에 있는 진정한 생명에 대한 의식이었다.

그는 복음서의 말을 떠올렸다. "정말 잘 들어두어라. 밀알 하나가 땅에 떨어져 죽지 않으면 한 알 그대로 남아 있고 죽으면 많은 열매를 맺는다."「요한복음」12:24 '나는 지금 땅에 떨어지려 하고 있다. 그래, 그렇다, 그렇다.' 그는 생각했다.

'잠을 좀 자둬야겠다,' 그는 문득 생각했다. '나중에 지쳐버리지 않게.' 그는 침대에 누워 눈을 감고 이내 잠이 들었다.

그는 아침 여섯시에 밝고 즐거운 꿈의 여운 속에서 잠에서 깼다. 꿈에서 그는 금발의 소녀와 함께 새까맣게 익은 버찌가 주렁주렁 달린 나무에 기어올라가 큼직한 구리 대야 가득 버찌를 담았다. 그런데 버찌가 대야에 들어가지 않고 땅에 떨어지자, 고양이 비슷하게 생긴 동물들이 그것을 집어 위로 던졌다가 떨어지는 것을 다시 받고 있었다. 그것을 보고 소녀가 재미있다는 듯이 큰 소리로 야단스럽게 웃는 통에 스베틀로구프도 별생각 없이 싱글거렸다. 그런데 별안간 구리 대야가 소녀의 손에서 미끄러졌고, 스베틀로구프는 잡으려다 놓치고 말았다. 대야가 나뭇가지에 부딪히고 쳇소리를 내면서 땅에 떨어졌다. 그는 여전히 웃음지은 채 그 요란한 소리를 들으며 잠에서 깼다. 그 소리는 복도에서 철문의 빗장을 여는 소리였다. 복도에서 사람들의 발소리와 소총이 찰칵거리는 소리가 들렸다. 그는 불현듯 모든 것을 깨달았다. '아아, 다시 잠들면 좋겠다!' 스베틀로구프는 이렇게 생각했지만 이미 그럴 수 없었다. 발소리가 그의 독방 앞으로 다가왔다. 자물쇠에 열쇠를 꽂는 소리가 들리고 삐걱 하고 문이 열렸다.

헌병장교와 교도소장과 호송병이 들어왔다.

'죽음인가? 그래, 그것이 뭐 어떻단 말인가? 죽자. 그래, 그러자.' 스베틀로구프는 간밤에 자신을 사로잡았던 감동적인 고양감이 되살아나는 것을 느끼며 이렇게 생각했다.

6

스베틀로구프와 같은 감옥에 자신의 지도자들을 믿지 못하고 진정한 신앙을 찾는 분리파 신자이자 무사제파인 늙은 농부도 있었다. 그는 니콘17세기 중엽 러시아정교회 대주교 이후의 교회뿐만 아니라 그가 적그리스도라고 생각하는 표트르대제의 정부도 부정하고, 교회의 권력을 '담배의 나라'라고 불렀으며, 자신의 주장을 대담하게 토로하며 사제들과 정부 관리들을 비난했다. 그 때문에 재판을 받고 수감되어 이 감옥에서 저 감옥으로 옮겨다녔다. 그는 자신이 다시는 자유의 몸이 될 수 없고 평생 감옥에 있어야 한다는 것에도, 교도소장들의 학대에도, 수갑과 족쇄에도, 동료 죄수들의 야유에도, 그 죄수들이 관리들과 마찬가지로 신을 외면하고 자기들끼리 욕을 하고 말과 행위로 자기 안의 신을 모욕하는 것에도 놀라지 않았다. 자유의 몸이었을 때도 세상의 도처에서 보던 것이었기 때문이다. 그는 그 모든 것이 인간이 참된 믿음을 잃어버려 마치 이제 막 태어나 앞도 보지 못하는 강아지들이 어미에게서 멀어져 여기저기 흩어져 있는 것과 같다고 생각했다. 그는 참된 신앙이 아직 존재하고 있다는 것을 알았다. 자기 마음속에서 그 신앙의 존재를 느끼고 있었기 때문이다. 그는 그것을 찾아다녔다. 그리고 그것을 「요한묵시록」에서 찾아보려 했다.

"불의를 행하는 자는 불의를 행하도록 내버려두고 더러운 자는 그냥 더러운 채로 내버려두어라. 올바른 사람은 그대로 올바른 일을 하게 하고 성자는 그대로 거룩한 사람이 되게 하여라. 자, 내가 곧 가겠다. 나는 너희 각 사람에게 자기 행적대로 갚아주기 위해 상을 가지고 가겠다."「요한묵시록」 22:11~12 그는 이 신비로운 책을 읽으며 언제나 자기 행적대로 갚아줄 뿐만 아니라 사람들에게 모든 신성한 진리를 계시하기 위해 '곧 나타날 자'를 기다리고 있었다.

스베틀로구프가 처형되던 날 아침, 노인은 북소리가 들리자 창문으로 기어올라가, 반짝이는 눈에 머리가 곱슬거리는 청년이 감옥에서 미소 띤 얼굴로 나와 대기하던 호송마차에 올라타는 것을 창살 너머로 보았다. 청년의 작고 하얀 손에 책이 한 권 들려 있었다. 분리파 신자는 청년이 가슴에 안은 책이 복음서라는 것을 알아보았는데, 청년은 창문에서 고개를 내밀고 보던 수감자들에게 고개를 끄덕이거나 미소로 인사했고 노인에게도 고개를 끄덕여 인사했다. 말들이 움직이기 시작했고, 천사처럼 빛나는 청년을 태운 호송마차는 호송병들에게 둘러싸인 채 포석 위를 덜컹거리며 달려 옥문 밖으로 나갔다.

분리파 신자는 창문에서 내려와 침대에 앉아 생각에 잠겼다.

'저 청년은 진리를 깨달은 것이다.' 그는 생각했다. '그래서 적그리스도의 종놈들이 그가 누구에게도 진리를 말하지 못하게 목매달아 죽이려는 것이다.'

7

음산한 가을 아침이었다. 태양은 보이지 않았다. 바다 쪽에서 후덥지 근한 바람이 불어왔다.

신선한 공기, 집들, 마을과 말들, 그리고 자기를 바라보는 사람들의 모습이 스베틀로구프의 눈을 즐겁게 했다. 마부와 등진 자리에 앉은 그는 무심하게 자신을 호위하고 있는 병사들과 길을 가는 사람들의 얼굴을 보았다.

아직 이른 시간이라 그가 지나는 길은 거의 텅 비어 있었고 가끔 노동자들만 보였다. 앞치마를 걸치고 석회를 뒤집어쓴 석공들이 바쁘게 스쳐가다 걸음을 멈추고 뒤돌아서서 호송마차를 바라보았다. 그중 한 사람이 뭐라고 말하며 손을 흔들었고, 모두 다시 돌아서서 일터로 걸어갔다. 철근을 싣고 덜컹덜컹 소리를 내며 달구지를 타고 가던 마부들이 호송마차에게 길을 비켜주려고 커다란 말들을 한쪽으로 몬 뒤 호기심에 찬 놀란 눈으로 그를 쳐다보았다. 그중 한 사람은 모자를 벗고 성호를 그었다. 하얀 실내모에 앞치마를 두른 하녀가 바구니를 들고 대문에서 나왔다가 마차를 보고는 부랴부랴 다시 안으로 들어갔고, 곧 다른 여자를 데리고 나오더니 함께 숨을 죽이고 눈을 크게 뜬 채 마차가 멀리 사라질 때까지 지켜보았다. 누더기를 걸치고 덥수룩한 수염에 머리가 희끗희끗한 남자가 스베틀로구프를 가리키며 요란한 몸짓으로 어느 저택 문지기에게 불만스러운 듯이 이야기했다. 두 소년이 뛰어와 마차를 따라잡더니 앞을 보지 않고 마차 쪽으로 고개를 돌린 채 나란히 걸었다. 나이가 더 많은 소년은 빠른 걸음으로 걸었고 모자를 쓰지 않은 그보다 어린 소년이 더 큰 소년을 붙잡고 겁먹은 얼굴로 마차를 쳐다보며 짧은 다리로 넘어질 듯 말 듯 열심히 따라왔다. 스베틀로구프는 그 소년과 눈이 마주치자 고개를 끄덕여 보였다. 마차에 실려가는 무서운 남자의 고갯짓에 당황한 소년은 눈을 동그랗게 뜨고 입을 벌리며 당장이라도 울 것 같았다. 스베틀로구프는 자기 손에 입을 맞춰 보이고 소년에게 부드럽게 미소지었다. 그러자 소년은 자기도 모르게 사랑스럽고 순진한 미소로 화답했다.

스베틀로구프는 호송되어 가는 동안 자신을 기다리고 있는 것에 대해 곰곰이 생각했지만, 평화롭고 엄숙한 마음은 흔들리지 않았다.

마침내 교수대 앞에 도착해 호송마차에서 내린 스베틀로구프는 가로대로 고정된 두 개의 기둥과 거기에 감겨 바람에 가볍게 흔들리는 밧줄을 보았을 때, 뭔가에 강하게 얻어맞은 듯한 기분을 느꼈다. 갑자기 욕지기가 치밀었다. 하지만 잠시뿐이었다. 교수대 주위에 소총을 들고 늘어선 병사들의 어두운 행렬이 보였다. 그 앞에서 장교들이 왔다갔다하고 있었다. 그가 마차에서 내리자마자 일제히 북 치는 소리가 울렸고 그는 놀라 몸을 떨었다. 병사들의 행렬 뒤에는 그의 처형을 구경하러 온 것이 분명한 신사숙녀들의 마차들이 늘어서 있었다. 그 광경에 처음에는 놀라움을 느꼈지만, 이내 그는 감옥에 들어가기 전의 자신을 떠올렸고, 그러자 자신이 지금 깨달아 알게 된 것을 알지 못하는 그들이 오히려 가엾게 느껴졌다. '하지만 저 사람들도 언젠가는 알게 될 것이다. 나는 죽지만 진리는 결코 죽지 않으니, 틀림없이 진리를 알게 되는 날이 올 것이다. 나 혼자가 아니라 모든 인간이 행복해지는 날이 반드시 올 것이다.'

그는 교수대 위로 끌려갔고, 한 장교가 뒤따랐다. 북소리가 그치자 이 장교는 부자연스러운 목소리로, 북소리가 멈춘 들판이라서 더욱 약하게 울리는 이미 재판정에서 낭독되었던 그 선고문을, 교수형을 선고받은 인간의 권리 박탈이니 가깝거나 먼 장래이니 하는 그 난폭한 사형선고문을 읽었다. '저들은 왜, 대체 왜 이런 짓을 하는 걸까?'

스베틀로구프는 생각했다. '저들이 아직 아무것도 모른다는 것이 가엾을 뿐이다. 이제 나는 그것을 저들에게 가르쳐줄 수도 없게 되었지만, 저들도 곧 알게 될 것이다. 모두가 알게 될 것이다.' 숱이 적은 긴 머리에 몸이 마른 사제가 보라색 법의를 입고 가슴에는 도금된 작은 십자가를 걸고, 검은 벨벳 소매 밑으로 보이는 힘줄이 불거진 희고 마른 손에 큰 은십자가를 든 채 스베틀로구프에게 다가왔다.

"자비로우신 주님." 그는 이렇게 말하며 왼손에서 오른손으로 십자가를 옮겨 쥐더니 스베틀로구프 앞에서 쳐들었다.

스베틀로구프는 몸을 떨며 뒤로 물러났다. 그는 자신의 처형에 가담하면서 자비로우신 주님이니 어쩌니 하는 사제에게 하마터면 욕을 퍼부을 뻔했지만, "그들은 자기가 하는 일을 모르고 있습니다"「누가복음」 23:34라는 복음서의 구절이 생각나 꾹 참고 조용히 말했다.

"미안하지만 필요 없습니다. 미안하지만 정말 필요 없습니다, 아무튼 고맙습니다."

그는 사제에게 손을 내밀었다. 사제는 십자가를 왼손에 옮겨 쥐고 스베틀로구프와 악수하고는 되도록 그를 보지 않으려 하면서 교수대에서 내려갔다. 북소리가 다른 모든 소리를 제압하듯 울렸다. 사제가 내려가자 중키에 처진 어깨와 근육질의 팔뚝을 가진, 러시아식 셔츠에 재킷을 걸친 남자가 교수대의 널빤지를 쿵쿵거리며 올라오더니 빠른 걸음으로 스베틀로구프에게 다가왔다. 그는 날카로운 눈으로 스베틀로구프를 힐끗 쳐다본 뒤 가까이 다가와 술과 땀에 전 역한 냄새를 풍기며 끈적끈적한 손으로 그의 두 팔을 잡아 아프게 죄더니 등 뒤로 꺾어 단단히 묶었다. 팔을 묶은 뒤 그는 잠시 뭔가 생각하는 듯 서서, 스베틀로구프를 보았다가, 자신이 가져와서 교수대 위에 둔 도구들을 보았다가, 가로대에 매달린 밧줄을 보았다가 했다. 그러다가 무엇을 해야 하는지 생각난 듯 밧줄에 다가가 뭔가를 했고,

그런 뒤 스베틀로구프를 밧줄에 가까운 교수대 끝 쪽으로 밀었다.

스베틀로구프는 사형선고문이 낭독되었을 때 그것이 자신에게 무슨 의미인지 온전히 이해하지 못했던 것처럼 자신에게 다가온 지금 이 순간의 의미도 이해하지 못했다. 그는 그저 놀란 눈으로 그 무서운 일을 재빠르고 신중하게 열심히 수행하려는 사형집행인을 바라보고 있었다. 사형집행인은 아주 흔한 러시아 노동자의 얼굴에, 잔인한 데라곤 없이 그저 자신에게 주어진 중요하고 어려운 일을 되도록 실수 없이 정확히 수행하려고 집중하는 표정을 짓고 있었다.

"이쪽으로 조금만 더…… 조금만 더……" 사형집행인이 그를 교수대 쪽으로 밀면서 갈라진 목소리로 말했다. 스베틀로구프는 움직였다.

"주여! 도와주소서, 자비를 베푸소서!" 스베틀로구프는 중얼거렸다.

그는 신을 믿지 않았고 심지어 신을 믿는 사람들을 곧잘 비웃었다. 지금도 그는 자신이 말로 표현할 수도 없고 생각으로 파악할 수도 없는 신을 믿지 않았다. 그러나 지금 그가 부른 존재야말로—그는 느끼고 있었다—지금까지 그가 안 모든 것 중에서 가장 확실하게 실재하는 어떤 것임을 알았다. 이 부름이 필요하고 중요하다는 것도 알았다. 이 부름이 그에게 당장 용기를 주고 마음을 굳세게 해주었기 때문이다.

그는 교수대 쪽으로 다가갔고 무심코 병사들의 행렬과 화려하게 차려입은 구경꾼들을 보며 또다시 생각했다. '왜, 대체 왜 이런 짓을 하는 걸까?' 그는 그들과 자기 자신이 가엾게 느껴지며 눈물이 핑 돌았다.

"당신은 내가 불쌍하지 않습니까?" 그는 사형집행인의 날카로운 회색 눈을 응시하며 물었다.

사형집행인은 잠시 머뭇했다. 그의 얼굴에 갑자기 흉악한 표정이 떠올랐다.

"에이! 허튼소리 마시오." 그는 이렇게 중얼거리고는 자신의 재킷과 캔버스천이 있는 바닥으로 몸을 굽혔고, 스베틀로구프의 뒤로 가 그를 그러안고 두 손을 재빠르게 움직여 머리에 마포 자루를 씌우더니 가슴에서 허리까지 끌어내렸다.

'아버지, 제 영혼을 아버지 손에 맡깁니다!'「누가복음」23:46 스베틀로구프는 복음서의 한 구절을 떠올렸다.

그의 영혼은 죽음에 저항하지 않았지만, 건강하고 젊은 그의 육체는 죽음을 거부하며 마지막까지 싸우려 했다.

그는 소리치고 뛰쳐나가고 싶었지만, 그 순간 어떤 타격, 디디고 있던 발판이 빠져나가자 목을 죄며 엄습하는 동물적 공포, 머릿속에서 울리는 소음, 그리고 모든 것의 소멸을 느꼈다.

스베틀로구프의 몸은 흔들리며 교수대에 매달려 있었다. 어깨가 두어 번 위아래로 꿈틀거렸다.

사형집행인은 이 분쯤 기다리더니 찌푸린 얼굴로 두 손을 주검의 어깨 위에 얹고 세게 눌렀다. 주검은 완전히 움직임을 멈췄다. 머리에 자루를 뒤집어쓴 인형처럼 목은 부자연스럽게 꺾이고 죄수용 양말을 신은 다리가 축 늘어진 모습으로 조용히 흔들리고만 있었다.

사형집행인은 교수대에서 내려와 지휘관에게 이제 주검에서 밧줄을 풀어 묻어도 된다고 말했다.

한 시간 뒤 주검은 교수대에서 내려져 축성을 받지 못한 죄수 묘지로 옮겨졌다.

사형집행인은 자신이 해야 할 일을 다 했다. 그러나 쉽지 않았다. "내가 불쌍하지 않습니까?" 스베틀로구프가 했던 말이 머릿속에서 떠나지 않았다. 그는 원래 살인범으로 징역형을 선고받았다가 사형집행인이 되면서 약간의 자유와 안락함을 얻었지만, 그날 이후 자신이 떠맡아 해오던 그 일을 하지 않겠다고 선언했고, 그 주에 사형을 집행하고 받은 돈을 술값으로 탕진하는 것으로도 모자라 그나마 괜찮은 옷가지까지 팔아치우며 술을 마신 끝에 결국 독방에 감금되었고, 독방에서 다시 병원으로 옮겨졌다.

8

테러단 지도자 중 한 사람으로 스베틀로구프를 조직에 끌어들였던 이그나티 메제네츠키는 어느 도에서 체포되어 페테르부르크로 이송되었다. 그가 수감된 곳에는 처형되던 날 스베틀로구프를 본 분리파 노인이 있었다. 그는 곧 시베리아로 이송될 예정이었는데 지금도 여전히 참된 신앙이 무엇이고 어디서 어떻게 그것을 배울 수 있는지를 생각하고 있었고, 이따금 기쁜 듯이 미소지으며 형장으로 끌려가던 반짝이는 눈의 그 청년을 떠올리곤 했다.

노인은 그 청년의 친구이자 같은 신념을 가진 사람이 이 감옥에 있다는 것을 알고 무척 기뻐하며 간수장에게 그를 만나게 해달라고 부탁했다.

감옥의 규칙이 엄중한데도 메제네츠키는 동지들과 끊임없이 연락을 취했고, 황제가 탄 열차를 미리 묻어놓은 지뢰로 폭파하는 계획이 언제 실행될지 하루하루 그 소식을 기다리고 있었다. 그는 동지들에게 미처 전하지 못한 것들이 생각나 그것을 전할 방법을 궁리하고 있었다. 간수장이 그의 감방에 와서 나지막한 목소리로 다른 죄수가 그를 만나고 싶어한다고 전하자, 어쩌면 그 사람을 통해 동지들과 연락할 수도 있겠다는 생각에 기뻐했다.

"누구입니까?" 그가 물었다.

"농부 출신이야."

"무슨 일인데요?"

"신앙에 대해 이야기하고 싶다는군."

메제네츠키는 빙그레 웃었다.

"데려와주십시오." 그는 말했다. '분리파 신자들도 역시 정부를 증오하고 있다. 어쩌면 쓸모가 있을지도 모른다.' 그는 생각했다.

간수장이 나가고 얼마 뒤 덥수룩하고 희끗희끗한 머리에 성긴 염소수염을 기르고 선량하지만 지쳐 보이는 푸른 눈의 왜소한 노인이 문을 열고 들어왔다.

"무슨 일이십니까?" 메제네츠키가 물었다.

노인은 그를 힐끔 쳐다보고 바로 시선을 내리면서 작지만 힘이 있는 바싹 마른 손을 내밀었다.

"무슨 일이십니까?" 메제네츠키는 다시 물었다.

"하고 싶은 얘기가 있소."

"무슨 얘기입니까?"

"신앙에 관해서요."

"어떤 신앙 말입니까?"

"당신은 적그리스도의 종놈들이 오데사에서 목매달아 죽인 청년과 같은 신앙을 가졌다고 하던데."

"어떤 청년 말입니까?"

"작년 가을 오데사에서 사형당한 청년 말이오."

"스베틀로구프 말입니까?"

"맞아요. 그가 당신 친구 맞소?" 노인은 질문할 때마다 선량한 눈으로 메제네츠키를 살피듯이 보고 이내 시선을 내렸다.

"네, 가까운 사람이었습니다."

"신앙도 같았소?"

"물론이죠." 메제네츠키는 웃으며 대답했다.

"바로 그것이오. 내가 말하고자 하는 것은."

"도대체 무슨 말인데요?"

"당신들의 신앙을 자세히 듣고 싶소."

"우리의 신앙이라…… 우선 앉으십시오." 메제네츠키는 어깨를 으쓱하며 말했다. "우리의 신앙은 이런 겁니다. 세상에는 권력으로 민중을 학대하고 기만하는 자들이 있고, 우리는 민중을 구제하기 위해 목숨을 걸고 그들과 싸워야 한다고 믿습니다." 메제네츠키는 습관적으로 쓰는 착취라는 말을 학대라고 고쳐 말했다. "그래서 그자들을 파멸시켜야 합니다. 우리를 죽이려는 그자들을 죽여야 합니다. 스스로 회개할 때까지 말입니다."

분리파 노인은 눈을 내리깐 채 한숨을 내쉬었다.

"우리의 신앙은 목숨을 걸고 전제정부를 전복시키고, 선거를 통해 자유로운 민주정부를 수립하는 것입니다."

노인은 깊은 한숨을 쉬고 일어나더니 웃옷 자락을 펼친 다음 무릎을 꿇고 더러운 바닥에 이마를 조아리며 메제네츠키의 발밑에 엎드렸다.

"왜 이러십니까?"

"이 늙은이를 속이지 말고 제발 당신들의 신앙이 어떤 건지 가르쳐주시오." 노인은 몸을 펴지도 머리도 들지 않은 채 말했다.

"저는 우리의 신앙이 무엇인지 이미 말씀드렸습니다. 자, 일어나십시오. 안 그러시면 말씀드리지 않겠습니다."

노인은 몸을 일으켰다.

"그것이 그 청년의 신앙이었소?" 메제네츠키 앞에 선 노인은 선량한 눈으로 이따금 그의 얼굴을 쳐다보다가 이내 시선을 내렸다 하면서 말했다.

"그렇습니다. 그래서 교수형을 당했습니다. 그리고 저 또한 그 신앙 때문에 이제 곧 페트로파블롭스카야 요새감옥으로 이송되는 겁니다."

노인은 머리를 깊이 숙이고 말없이 독방에서 나갔다.

'아니야! 그 청년의 신앙은 그런 게 아니었어!' 그는 생각했다. '그 청년은 진정한 신앙을 알고 있었다. 하지만 저 사람은 그와 같은 신앙이라고 떠벌리는 것이거나, 아니면 뭔가 숨기고 있다…… 좋다, 언젠가는 내가 찾아내리라. 이곳이든 시베리아든 신은 어디에도 계시고 인간도 어디에나 있으니까. 길을 떠나면 한 번은 길을 물어야 한다.' 노인은 이렇게 생각하며 다시 신약을 펼쳤는데 묵시록이었다. 그는 안경을 쓰고 창가에 앉아 읽기 시작했다.

9

그리고 칠 년이 흘렀다. 메제네츠키는 페트로파블롭스카야 요새감옥에서 금고형을 마치고 징역형을 살게 됐다.

그는 칠 년 동안 온갖 고초를 겪었지만 사상의 노선은 변하지 않았고 열정도 식지 않았다. 요새감옥 독방에 갇히기 전 심문을 받을 때도 당당하고 경멸에 찬 태도로 그의 생살권을 쥔 판사와 검사를 놀라게 했다. 마음속으로는 자신이 시작한 혁명사업이 자신의 체포 때문에 중단된 것을 고민하고 있었지만 겉으로는 내색하지 않았다. 사람들 앞에 있으면 걷잡을 수 없는 증오가 끓어올랐다. 그는 어떤 심문에도 입을 열지 않았고, 자신을 심문하는 헌병장교와 검사들을 욕할 때만 입을 열었다.

그들이 입버릇처럼 "바른대로 자백하고 형을 줄이는 게 이득일 텐데"라고 말할 때도 그는 늘 경멸하는 미소를 지으며 잠시 침묵했다가 이렇게 말했다.

"내게 이득이라고 설득하거나 나를 위협해서 동지들을 배반하게 할 생각이라면 마음대로 하시오. 여기서 당신들에게 취조당하는 내가 그런 과업을 시작하면서 최악의 사태에 대한 각오도 없었을 거라고 생각합니까? 당신들은 절대 나를 위협하지도 겁먹게 할 수도 없소. 마음대로, 하고 싶은 대로 해보시오. 나는 절대 입을 열지 않을 거니까."

메제네츠키는 그들이 난처한 얼굴로 서로를 바라보는 것이 통쾌했다.

페트로파블롭스카야 요새감옥으로 이송되어 높은 곳에 검은 유리가 끼워진 창문 하나밖에 없는 작고 축축한 감방에 갇혔을 때, 그는 그곳에서 몇 달이 아니라 몇 년이나 있어야 한다는 것을 깨닫고 공포를 느꼈다. 잘 정돈된 죽음 같은 정적이 무서웠고, 그곳에 그 혼자가 아니라 두꺼운 벽 저쪽에 십 년, 이십 년의 금고형을 받아 마침내 목매달아 죽거나 미쳐버리거나 폐병으로 차례차례 죽어가는 죄수들이 있다는 의식도 무서웠다. 여자들, 남자들. 어쩌면 그의 동료들도 있을 것이다…… '세월이 흐르면 결국 나도 미쳐버리거나 목을 매달지도 모른다. 아무도 내 존재를 모를지도 모른다.' 그는 생각했다.

그러자 그의 마음속에 모든 인간에 대한, 특히 그를 여기 갇히게 한 원인을 제공한 자들에 대한 증오가 일었다. 증오에는 대상이 필요했고, 그것을 드러낼 움직임과 소음이 필요했다. 그러나 죽음 같은 정적, 물어도 대답 없는 사람들의 조용한 발소리, 정해진 식사시간에 문이 여닫히는 소리, 말없이 오가는 사람들, 어두침침한 유리창으로 비치는 아침햇살, 어둠과 언제나 똑같은 정적, 언제나 똑같은 조용한 발소리, 조용한 움직임 소리뿐이었다. 어제도 오늘도…… 출구를 찾지 못한 증오가 계속 그의 마음을 갉아먹었다.

벽을 두드려봐도 아무 대답이 없었다. 두드리면 언제나 똑같은 조용한 발소리와 독방에 처넣겠다고 위협하는 늘 똑같은 목소리뿐이었다.

휴식과 위로가 되는 유일한 시간은 잠을 자는 시간이었다. 그러나 눈을 뜨면 끔찍했다. 꿈속에서 그는 언제나 자유로웠고, 혁명운동과는 모순된다고 여겼던 일들에 마음을 쓰고 있었다. 이상하게 생긴 바이올린을 켜고, 여자들 꽁무니를 쫓아다니고, 뱃놀이를 하고 사냥을 하고, 또 언젠가는 어떤 대단한 학문적 발견을 해서 외국의 대학에서 박사학위를 받고 축하연에서 감사연설을 했다. 꿈은 너무 생생하고 현실은 너무 단조롭고 지루했기 때문에 꿈의 기억과 현실을 구별할 수 없을 정도였다.

괴로운 것은 꿈속에서 그가 원하는 것이 거의 이루어지려는 찰나에 꼭 눈이 떠지는 것이었다. 그럴 때는 갑자기 심장이 몹시 두근거리고 모든 기쁨이 한순간에 사라져버렸다. 그리고 남는 것은 채워지지 못한 괴로운 욕망과 작은 램프에 비치는 얼룩지고 축축한 벽, 그의 몸 아래 깊이 한쪽으로 쏠려버려 딱딱한 골조를 드러낸 밀짚 침대뿐이었다.

잠자는 시간이 가장 좋았다. 그러나 금고가 길어질수록 잠마저도 잘 수 없었다. 그는 자신에게 최고의 행복인 잠을 원했지만, 원할수록 잠은 더 오지 않았다. '오늘은 잘 수 있을까?' 하는 생각만 해도 잠은 사라져버렸다.

좁은 감방 안에서 구르고 뛰어봐도 소용없었다. 지칠 대로 지쳐 신경이 더 날카로워졌다. 머리가 무거워서 눈을 감으면 어둡고 얼룩진 배경 속에서 머리가 산발인 얼굴, 대머리의 얼굴, 입을 쩍 벌린 얼굴,

기괴하게 비뚤어진 소름 끼치는 얼굴이 나타났다. 모두 다른 얼굴이지만 무시무시하고 끔찍한 표정을 짓고 있었다. 마침내 눈을 뜨고 있어도 그런 얼굴들이 보이게 되었고, 나중에는 얼굴뿐만 아니라 몸 전체가 보이더니 말을 하고 춤을 추기도 했다. 그는 무서워서 벌떡 일어나 벽에 머리를 찧으며 소리쳤다. 그러면 문에 붙은 작은 창이 열렸다.

"소리치지 마라." 언제나 똑같은 차분한 목소리가 들렸다.

"교도소장을 불러줘!" 메제네츠키는 고함을 질렀다.

아무 대답 없이 작은 창은 닫혔다.

그렇게 절망에 사로잡혀 메제네츠키는 오직 죽음만 바라게 되었다.

그런 상태에서 어느 날 그는 자살을 결심했다. 감방에 하나 있는 통풍구에 밧줄 올가미를 걸면 침대에 올라서서 목을 매달 수 있었다. 하지만 밧줄이 없었다. 홑이불을 발기발기 찢어 만들었지만 모자랐다. 그는 굶어죽으려고 이틀 동안 아무것도 먹지 않았다. 그러나 사흘째 되던 날 몸이 완전히 쇠약해져 환각이 더 빈번하게 일어났다. 간수가 식사를 가져왔을 때 그는 눈을 뜬 채 의식을 잃고 바닥에 쓰러져 있었다.

의사가 와서 그를 침대에 눕히고 소량의 브롬^{수면제의 일종}과 모르핀을 주사해주었다. 그는 잠이 들었다.

다음날 눈을 떠서 보니, 의사가 위에서 몸을 구부리고 그를 살펴보며 고개를 젓고 있었다. 그러자 오랫동안 잊고 있었던 격렬한 증오가 갑자기 치밀었다.

"이런 데서 일을 하다니," 그는 고개를 기울이고 자신의 맥박을 재고 있는 의사에게 말했다. "부끄러운 줄 아시오! 나를 또 괴롭히려고 치료하는 건가! 태형을 받는 사람을 더 맞게 하려고 치료하는 거나 마찬가지지."

"그러지 말고 반듯이 누워보게." 의사는 그의 얼굴도 보지 않고 태연하게 말하며 호주머니에서 청진기를 꺼냈다.

"나머지 5천 대를 마저 맞으라고 치료해주었군. 꺼져, 빌어먹을!" 그는 갑자기 침대에서 발을 내지르며 소리쳤다. "꺼지라고, 네놈 없어도 난 죽을 수 있어!"

"그만하게, 젊은이, 난동을 부리면 벌을 받을 걸세."

"나가라고, 꺼져!"

메제네츠키가 너무 험악했기 때문에 의사는 허둥지둥 나가버렸다.

10

약효가 있었는지, 아니면 위기가 지나갔는지, 그것도 아니면 의사에게 퍼부은 덕분인지 어쨌든 그는 그때부터 정신을 차리고 완전히 새로운 생활을 시작했다.

'나를 여기 영원히 가둬둘 수는 없을 것이고 또 그럴 리도 없을 것이다.' 그는 생각했다. '언젠가는 내보내주겠지. 아마 체제가 바뀔 수도 있을 것이다. 동지들이 지금도 활동하고 있으니까. 그러니 나가서도 계속 활동하기 위해서는 건강을 챙기고 목숨을 간수해야 한다.'

그는 그 목적에 부합하는 가장 좋은 생활방식에 대해 오랫동안 생각한 끝에 다음과 같이 하기로 마음먹었다. 아홉시에 잠자리에 들어 잠이 오든 안 오든 새벽 다섯시까지 누워 있는다. 일어나서 세수하고 체조를 한 뒤 볼일을 본다. 머릿속으로 페테르부르크 시내의 넵스키 대로에서 나데즈딘스카야 거리 쪽으로 걸으면서 도중에 만날 것 같은 모든 것을 그려본다. 가게 간판들, 집들, 경관들, 마주치는 마차들과 거리의 사람들. 나데즈딘스카야 거리에 있는 지인들과 동지들의 집에 들른다. 거기 모인 동지들과 앞으로의 계획을 의논한다. 토론이 벌어진다. 메제네츠키는 자기 의견도 말하고, 남의 말도 대신 한다. 한번은 소리 내어 떠들자 간수가 달려와 작은 문을 열고 주의를 줬는데, 메제네츠키는 들은 척도 하지 않고 페테르부르크의 하루를 다시 상상했다. 동지의 집에서 두어 시간 보낸 뒤 집에 돌아와 밥을 먹는다. 처음에는 상상 속 식사였지만 나중에는 간수가 가져온 밥을 실제로 먹었고, 남기지 않고 먹게 되었다. 그리고 집에 앉아 역사와 수학을 공부하고, 가끔 일요일에는 문학도 공부한다. 역사 공부는 특정 시대나 민족을 택해 당시 사건과 연대를 생각해내는 것이었고, 수학 공부는 암산을 하거나 기하학 문제를 푸는 것이었다(그가 좋아하는 과목이었다). 일요일에는 푸시킨, 고골, 셰익스피어 등을 생각하며 직접 글을 써보았다.

잠자리에 들기 전에는 다시 상상 속에서 산책을 했다. 남성 동지들이나 여성 동지들과 농담 섞인 즐거운 대화를 하고 때로는 진지한 이야기도 나누는데, 그 이야기란 모두 전에 실제로 있었거나 새롭게 생각한 것들이었다. 그렇게 하다보면 밤이 깊었다. 잠자리에 들기 전에는 운동 삼아 감방 안에서 2천 걸음쯤 걷는다. 그런 뒤 누우면 보통 이내 잠이 들었다.

다음날도 똑같이 반복한다. 때로는 남쪽 지방에 가서 민중을 선동해 폭동을 일으키고, 민중과 함께 지주를 몰아내고 농부들에게 땅을 나눠준다. 그러나 이 모든 것을 단숨에 끝내는 것이 아니라 상세하고 순차적으로 상상했다. 상상 속에서는 혁명당이 곳곳에서 승리를 거둬 정부의 권력은 약화되고 국민의회 소집이 불가피해졌다. 황제 일가와 민중의 억압자들이 자취를 감추고 공화국이 수립되었고 메제네츠키 자신이 초대 대통령으로 선출되었다. 때로는 너무 빨리 그 단계에 도달해버려 처음부터 다시 시작해 다른 방법으로 목적을 달성하기도 했다.

이렇게 일 년이 지나고, 이 년, 삼 년이 지났다. 가끔 그런 생활방식에서 벗어났다가도 이내 도로 돌아갔다. 그렇게 상상을 제어하게 되면서 그는 무의식적으로 생겨났던 환각에서 벗어날 수 있었다. 그러나 때때로 갑자기 불면의 발작이 일어나 온갖 무서운 얼굴이 나타나는 괴로운 환각을 겪기도 했다. 그럴 때면 통풍구를 바라보며 어떻게 밧줄을 걸고 올가미를 만들어 목을 매달 수 있을지 생각했다. 그러나 그런 발작은 오래가지 않았다. 그는 그런 생각들을 이겨냈다.

그렇게 칠 년이라는 세월을 보냈다. 외롭고 적막했던 금고 기간이 끝나 징역형으로 옮겨질 무렵 그는 무척 건강하고 생기가 넘쳤고 정신력을 완전히 회복했다.

11

그는 특별 중죄인으로서 단독으로 이송되었고 다른 죄수들과의 접촉도 허락되지 않았다. 다만 크라스노야르스크의 감옥에서 처음으로, 같은 징역형으로 온 다른 정치범들과 이야기를 할 기회를 얻었다. 그들은 여자 둘과 남자 넷, 모두 여섯 명이었다. 메제네츠키가 모르는 새로운 분파의 젊은이들로, 그를 잇는 차세대 혁명가들이자 후계자들이라는 점에서 그는 특히 흥미를 느꼈다. 메제네츠키는 그들이 자신의 발자취를 밟아오고 있고 그들이 선배들의 혁명사업을, 특히 메제네츠키가 이룬 모든 것을 높이 평가할 거라 기대했다. 그러나 불쾌하고 놀랍게도 젊은이들은 그를 선구자나 스승으로 생각하지 않을 뿐만 아니라, 마치 아랫사람에게 아량이라도 베푸는 것처럼 대했다. 그들은 메제네츠키의 시대에 뒤처진 견해를 들어주면서도 그를 피했다. 그들 새로운 혁명가들은 메제네츠키와 그의 동지들이 했던 농민 봉기 계획이나 여러 번의 테러 등 모든 일을, 그중에서도 크로폿킨 도지사와 메젠초프, 알렉산드르 2세 암살 시도를 실패의 연속이라고 보았다. 그것들이 결국 알렉산드르 3세에게 승리를 안겨주어 반동정치라는 결과를 가져왔고 농노제 시대나 다름없는 상태로 사회를 퇴보시켰다는 것이다. 민중해방의 길은 그것과는 완전히 달라야 한다는 것이 이 새로운 혁명가들의 생각이었다.

거의 이틀 동안 밤낮없이 메제네츠키와 새로운 혁명가들의 논쟁이 이어졌다. 그들의 리더인 로만이라는 남자는 자신의 견해에 강한 확신을 가지고 있었고, 메제네츠키와 동지들이 지금까지 해온 모든 활동을 얕보고 조롱하듯 부정해 메제네츠키를 무척 괴롭게 했다.

로만의 신념은 다음과 같았다. 민중은 어리석은 '가축'과 다름없고, 그러한 미발달 단계에 있는 민중을 통해서는 아무것도 할 수 없다. 러시아 농민을 궐기시키려는 모든 시도는 돌이나 얼음에 불을 붙이려는 것이나 마찬가지다. 민중을 교육하고 단결을 가르쳐야 하지만 그것은 대규모 공업의 발전과 그것을 기반으로 하는 민중의 사회주의화에 의해서만 가능하다. 토지는 민중에게 필요 없을 뿐만 아니라 오히려 민중을 보수적으로, 또는 노예로 만든다. 그것은 러시아뿐만 아니라 유럽도 마찬가지다. 그러면서 로만은 그가 아는 여러 권위자의 주장과 통계 자료를 들었다. 그러므로 민중을 토지에서 해방시켜야 한다. 그것도 빠를수록 좋다. 그들이 공장으로 유입될수록, 자본가들이 더 많은 토지를 독점할수록, 그리고 민중이 괴롭힘을 당할수록 좋다. 전제정치, 특히 그중에서도 자본주의를 타도하는 것은 오직 민중의 단결에 의해서만 가능하며, 그 단결은 동맹이나 노동조합의 결성을 통해서만, 즉 민중이 토지의 소유자가 아니라 프롤레타리아가 될 때 비로소 이루어질 수 있다.

메제네츠키는 논쟁중에 화가 나기 시작했다. 특히 그를 화나게 한 것은 제법 괜찮은 얼굴에 풍성한 갈색 머리, 창가에 걸터앉아 눈을 번쩍이면서 직접 논쟁에 끼어들지는 않지만 어쩌다 한두 마디 끼어들어 로만의 주장을 지지하거나 메제네츠키의 말에 얄보듯이 웃음 짓는 한 여자였다.

"농민을 전부 공장 노동자로 만드는 게 가능한 일인가?" 메제네츠키가 물었다.

"왜 안 된단 말입니까?" 로만은 꾸짖듯이 말했다. "그것은 경제의 일반적 법칙입니다."

"그 법칙이 어떻게 일반적이지?" 메제네츠키가 말했다.

"카우츠키독일 경제학자, 마르크스주의 이론가의 책을 읽어보세요." 갈색 머리 여자가 얄보듯이 웃으며 한마디 던졌다.

"나는 인정하지 않지만," 메제네츠키가 말했다. "설령 민중이 모두 프롤레타리아가 된다고 가정하더라도, 자네들은 무슨 근거로 민중이 자네들이 만들어놓은 형식 속으로 들어올 거라고 생각하는 거지?"

"과학적인 근거가 있어요." 갈색 머리 여자가 창가에서 몸을 돌리며 끼어들었다.

목적 달성을 위해 필요한 활동방식에 대한 논쟁이 벌어지자 양쪽의 의견 차는 더욱 커졌다. 로만과 그의 동지들은 노동자들의 군대를 조직해 농민들이 공장 노동자가 되는 것을 돕고, 또 노동자들에게 사회주의를 퍼뜨려야 할 필요가 있다고 말했다. 그리고 목적을 달성하기 위해서는 때로는 싸우지 않고 정부를 이용해야 한다고 주장했다. 이에 대해 메제네츠키는 정부와 직접 싸우고 테러행위도 해야 한다고, 정부는 우리보다 더 힘이 있고 교활하다고 말했다. "자네들이 정부를 속이기 전에 정부가 먼저 자네들을 속일 거야. 우리는 민중을 선동해 정부와 싸웠던 것이지."

"오, 정말 많은 일을 하셨군요!" 갈색 머리 여자가 비꼬았다.

"정부와 직접 싸우는 건 힘의 낭비라고 생각합니다." 로만이 말했다.

"3월 1일1881년 알렉산드르 2세가 암살당한 날이 힘의 낭비였다니!" 메제네츠키가 외쳤다. "우리는 목숨까지 내놓았네. 자네들이 집안에 편히 앉아 삶을 즐기며 입으로만 떠들 때."

"특별히 삶을 즐겼던 건 아닙니다." 로만은 차분하게 말하면서 동지들을 둘러보았고 묘한 자신감에 차서 전염성 없는 의기양양한 웃음을 껄껄거렸다.

갈색 머리 여자는 고개를 저어대며 경멸하는 듯한 미소를 지었다.

"그렇게 즐긴 것도 아니었습니다." 로만이 말했다. "우리가 지금 여기에 이렇게 앉아 있을 수밖에 없게 된 것도 그 반동 때문이니까요. 그 반동은 3월 1일의 결과입니다."

메제네츠키는 입을 다물었다. 분노로 숨이 막힐 것 같아 복도로 나가버렸다.

12

메제네츠키는 마음을 가라앉히려고 복도를 서성거렸다. 감방문은 저녁 점호 시간까지는 열어두고 있었다. 금발 머리 절반이 깎였지만 사람 좋은 얼굴은 그대로인 키가 큰 죄수가 메제네츠키에게 다가왔다.

"우리 방에 당신을 아는 사람이 있는데, 당신을 불러달라고 합니다."

"누구인데요?"

"'담배의 나라'가 그의 별명입니다, 늙은 분리파 신자죠. 그가 당신을 좀 불러와달라고 했습니다."

"어느 방입니까?"

"여깁니다. 우리 방이죠."

메제네츠키는 그 죄수와 함께 작은 방으로 들어갔다. 죄수들이 벽가의 침대에 걸터앉았거나 누워 있었다.

칠 년 전 메제네츠키를 찾아와 스베틀로구프에 대해 물었던 노인이 잿빛 죄수복을 입고 맨 끝 침대의 아무것도 깔지 않은 널빤지 위에 누워 있었다. 노인의 창백한 얼굴에는 주름살이 가득했지만 아직 머리숱이 많았고, 성긴 턱수염은 아주 하얗게 세어 있었다. 푸른 눈은 부드러우면서도 세심해 보였다. 노인은 등을 대고 똑바로 누워 있었는데, 분명 열병에 걸린 것 같았다. 두 뺨에 병자의 홍조가 있었다.

메제네츠키는 노인의 곁으로 다가갔다.

"무슨 일이십니까?" 그는 물었다.

노인은 겨우 팔꿈치를 짚고 몸을 일으켜 앙상하고 떨리는 작은 손을 내밀었다. 그는 몸을 움직거리며 자세를 바로잡더니 가쁜 호흡을 겨우 진정시키고는 조용한 목소리로 말했다.

"당신은 그때 나에게 가르쳐주지 않았지만, 고맙게도 나는 모든 것을 깨달았소."

"무엇을 깨달으셨단 말입니까?"

"하느님의 어린양에 대해…… 어린양 말이오…… 그 청년은 하느님의 어린양과 함께 있었소. 어린양은 나를 이기고 또 모든 인간을 이긴다고 하지…… 그와 같이 있는 사람들은 선택받은 사람, 믿음이 있는 사람이오."

"무슨 말씀인지 모르겠습니다." 메제네츠키가 말했다.

"영적으로 이해해야 하오. 황제들은 짐승과 함께 권력을 얻었지만 하느님의 어린양은 황제들을 이길 것이오."

"어떤 황제 말씀입니까?" 메제네츠키가 물었다.

"일곱 명의 황제가 있는데 다섯 명은 죽고 한 명은 살아 있고 또 한 명은 아직 오지 않았소. 오더라도 별수없을 거요…… 그러니까 그것이 마지막이 될 거요…… 알겠소?"

메제네츠키는 노인이 미쳐서 헛소리를 지껄인다고 생각하며 고개를 저었다. 같은 방 죄수들도 모두 그렇게 생각했다. 메제네츠키를 데리러 왔던 머리 반을 깎인 죄수가 다가와 그의 어깨를 가만히 두드리면서 노인을 눈으로 가리켰다.

"저 담배의 나라는 늘 저렇게 헛소리를 하죠." 그가 말했다. "그런데 자기도 자기가 무슨 말을 하는지 몰라요."

메제네츠키도 그 방의 죄수들도 모두 노인을 그렇게 생각했다. 그러나 노인은 자기가 무슨 말을 하는지 잘 알고 있었다. 그것은 그에게 뚜렷하고 깊은 의미가 있는 말이었다. 악이란 오래 지배하지 못한다, 하느님의 어린양은 정의와 겸손으로 모든 것을 정복할 것이다, 그 어린양이 모든 사람의 눈물을 거두어 눈물도 병도 죽음도 없게 해줄 거라는 의미였다. 그는 그것이 이미 온 세상에서 이루어지고 있다고 느끼고 있었다. 죽음에 다가가면서 밝아진 그의 영혼 속에서는 이미 그것이 성취되고 있었기 때문이다.

"그것이 어서 와주기를! 아멘. 어서 와주기를, 주 예수여!" 그는 의미심장한 미소를 지으며 이렇게 말했지만 메제네츠키에게는 실성한 미소로 보였다.

13

'저 노인이야말로 민중의 대표자다.' 메제네츠키는 노인의 감방에서 나오며 생각했다. '저 노인이야말로 가장 훌륭한 인간이다. 그런데 그들은 얼마나 어두운가! 로만과 그 동지들은 지금의 민중과는 아무것도 할 수 없다고 말하고 있다.'

메제네츠키는 한때 민중 속에서 혁명운동을 해보았으므로 이른바 러시아 농민의 '관성'을 잘 알고 있었고, 현역이나 예비역 병사들과도 접해보았기 때문에 그들이 서약이나 명령에 절대복종한다는 것도, 또 그들에게는 어떤 논리도 통하지 않는다는 것을 알고 있었다. 그런 것은 잘 알고 있었지만 거기에서 도출되는 당연한 결론은 이끌어내지 못했던 것이다. 그래서 새로운 혁명가들과 했던 대화가 그를 화나고 불쾌하게 했던 것이다.

'그들은 우리 동지들이 한 일은, 할투린이, 키발리치가, 페롭스카야가 한 일은 모두 소용없고 심지어 해로운 일이라고까지 말하고 있다. 그 때문에 알렉산드르 3세의 반동정치가 태어났고, 또 그것 때문에 민중은 모든 혁명운동이 농노제를 폐지한 것을 원망하며 황제를 죽인 지주들이 일으킨 거라고 믿고 있다고 말한다. 그 무슨 헛소리인가! 얼마나 몰상식한가, 어떻게 그런 생각을 할 수 있는가!' 그는 복도를 거닐며 생각했다.

새로운 혁명가들이 있는 감방 외에는 모든 감방문이 닫혀 있었다. 메제네츠키가 그 방으로 다가갔을 때 가증스러운 갈색 머리 여자의 웃음소리와 로만의 의기양양한 큰 목소리가 들렸다. 메제네츠키는 그들이 아무래도 자기 얘기를 하는 것 같아 걸음을 멈추고 귀를 기울였다. 로만이 말하고 있었다.

"경제 법칙을 이해하지 못하니까 자기들이 한 일이 뭐가 잘못이었는지 모르는 거야, 그래서 거기에 많은……"

많은 무엇이 있었는지 그는 더이상 듣고 싶지 않았고 또 들리지도 않았다. 사실 알 필요가 없었다. 말투만으로도 그가 자신을, 메제네츠키를, 혁명의 영웅이자 그 목적을 위해 이십 년을 바친 자신을 얼마나 멸시하는지 알 수 있었기 때문이다.

메제네츠키의 마음속에는 지금까지 한 번도 느껴보지 못한 증오가 끓어올랐다. 어린양 운운하는 노인처럼 짐승 같은 인간, 짐승이나 다름없는 사형집행인과 간수, 그리고 그 무례하고 건방진 쓸모없는 교조주의자들만이 살아갈 수 있는 이 세계의 모든 인간, 모든 것에 대한 증오였다.

당직 간수가 와서 여자 죄수를 여감방으로 데리고 갔다. 메제네츠키는 간수에게 들키지 않게 복도 맨 끝으로 돌아갔다. 간수가 돌아와 새로 들어온 정치범의 감방문에 자물쇠를 잠그고 메제네츠키에게도 감방으로 들어가라고 명령했다. 메제네츠키는 기계적으로 복종했지만, 자물쇠를 걸어 잠그지는 말아달라고 부탁했다.

메제네츠키는 감방으로 들어가 벽 쪽을 향해 침대에 드러누웠다.

'내 인생이 정말 이렇게 무익하게 파멸하는 걸까. 나의 열정과 의지와 재능(그는 자신이 정신력으로는 누구에게도 지지 않는다고 믿었다)이 정말 이렇게 헛되게 파멸하는 건가!' 그는 최근 시베리아로 이송되던 중 스베틀로구프의 어머니에게서 편지를 받았는데, 자기 아들을 테러활동에 끌어들여 죽게 했다는 그녀의 원망을 그저 여자의 어리석은 생각이라며 넘겼었다. 그 편지를 받았을 때 그는 어리석은 여자가 자신이나 스베틀로구프가 지향하던 목적에 대해 뭘 알겠느냐고 생각하며 경멸하듯 픽 웃고 말았었다. 그 편지와 온순하고 믿음직하고 활동적이었던 스베틀로구프가 기억에 떠오르자, 처음에는 스베틀로구프를 생각했지만 그러다 자기 자신에 대한 생각으로 옮아갔다. 정말 내 인생이 전부 잘못이었을까? 그는 눈을 감고 잠을 청했지만, 페트로파블롭스카야 요새감옥에 감금돼 처음 한 달 동안 사로잡혔던 그 무서운 증세가 다시 시작되는 것을 느꼈다. 머리가 쑤시고, 입을 크게 벌린 덥수룩하고 끔찍한 얼굴들이 뭔가가 반짝거리는 어둠을 배경으로 나타났고 환영은 눈을 떠도 사라지지 않았다. 머리를 깎인 죄수가 회색 바지를 입고 그의 머리 위에서 일렁거리며 걸어가는 모습까지 새로 더해졌다. 그는 또다시 꼬리에 꼬리를 무는 환상에 이끌려 밧줄을 걸 수 있는 통풍구를 찾기 시작했다.

출구를 찾지 못한 들끓는 증오가 매제네츠키의 마음을 불태웠다. 가만히 앉아 있을 수도 마음을 가라앉힐 수도 없고, 그 상념들을 뿌리칠 수도 없었다.

'어떻게 할까?' 그는 스스로에게 물었다. '동맥을 잘라버릴까? 그건 못해. 목을 맬까? 그래, 그것이 가장 간단하다.'

복도에 장작을 묶어놓은 밧줄이 있다는 것이 머릿속에 떠올랐다. '저 장작이나 의자 위로 올라서자. 간수가 복도를 지나가고 있다. 자러 가거나 밖으로 나가겠지. 기다렸다가 저 밧줄을 방으로 가져와 통풍구에 걸자.'

메제네츠키는 문가에 서서 복도를 지나가는 간수의 발소리에 귀기울였다. 간수가 복도 저쪽으로 간 것 같았을 때 문틈으로 엿보았다. 하지만 그는 좀처럼 어디로 가지 않고 자러 가지도 않았다. 메제네츠키는 발소리에 귀기울이며 기다렸다.

그때, 병든 노인이 그슬린 램프가 희미하게 비추는 어둠 속에서 숨소리와 신음소리, 코고는 소리, 기침소리에 싸여 잠들어 있던 방에서는 세상에서 가장 위대한 일이 일어나고 있었다. 늙은 분리파 신자가 죽어가고 있었고, 그의 영혼의 눈에 그가 평생 추구해오던 모든 것이 계시되고 있었다. 눈부시게 밝은 빛 속에서 그는 그 밝게 빛나던 청년의 모습을 한 하느님의 어린양을 보았고, 수많은 나라의 민족들이 흰옷을 입고 그의 앞에 서서 모두 기뻐하고 있었으며, 이제 지상에 악은 사라지고 없었다. 노인은 그것들이 모두 자신의 영혼과 세계 속에서 이루어졌다는 것을 알고 큰 기쁨과 평안을 느꼈다.

그러나 같은 방 죄수들은, 노인이 마지막 순간에 큰 소리로 목을 그르렁거리자 옆에서 자던 사람이 일어나 사람들을 깨웠고, 그 소리가 멎고 노인이 움직이지 않고 차갑게 굳어가자 다 같이 문을 두드렸을 뿐이었다.

간수가 문을 열고 들어왔다. 십 분도 채 안 되어 죄수 둘이 시체를 들어내 시체보관실로 날랐다. 간수는 감방문을 잠그고 그들 뒤를 따라갔다. 복도는 비었다.

'문을 잠가, 문을 잠가.' 메제네츠키는 문틈으로 처음부터 모든 것을 엿보면서 속으로 중얼거렸다. '내가 이 모든 어리석은 공포에서 해방되는 것을 누구도 방해할 수 없을 것이다.'

메제네츠키는 그때까지 자신을 괴롭혀온 공포를 더이상 느끼지 않았다. 오직 자신의 계획을 실행하는 데 방해물이 없기만 바라는 마음뿐이었다.

떨리는 가슴으로 그는 장작더미로 다가가 밧줄을 풀어 끌어당기고 주위를 살피면서 감방으로 가져왔다. 의자 위에 올라서서 통풍구에 밧줄을 던져 걸었다. 밧줄 끝을 묶어 매듭짓고 올가미를 만들었다. 올가미가 너무 낮았다. 그는 밧줄을 풀어 다시 올가미를 만들고는 목까지 오는지 재보고, 불안한 듯 귀를 기울이며 문 쪽을 돌아보고, 의자에 올라서서 올가미에 목을 집어넣고 조인 뒤, 의자를 발로 차버리고 허공에 매달렸다……

간수는 아침 순찰 때 메제네츠키가 옆으로 넘어진 의자 옆에 마치 무릎 꿇는 듯한 자세로 서서 죽어 있는 것을 발견했다. 간수는 그의 올가미를 풀었다. 급히 달려온 교도소장은 로만이 원래 의사라는 것을 알고 그를 불러 응급조치를 하게 했다.

모든 방법을 다 써보았지만 메제네츠키를 살릴 수 없었다.

메제네츠키의 주검은 시체보관실로 운반돼 늙은 분리파 신자의 주검과 나란히 널빤지 침상에 눕혀졌다.

레프 톨스토이

11월 4일

언쟁은 언제나 진리를 밝히기보다 오히려 가린다.

진리는 고독 속에서 성숙한다. 성숙한 진리는 명백해서 언쟁 없이
도 받아들여진다.

1 자신이 옳더라도 끝까지 침묵할 줄 아는 사람에게는 큰 힘이 있다. 　카토

2 언쟁하지 마라. 언쟁은 설득에 아무 도움도 되지 않는다. 사람들의
의견은 못과 같아서 때릴수록 깊이 들어가버릴 뿐이다. 　유베날리스

3 누군가 너에게 슬픔이나 모욕을 줄 때는, 흥분이 가시기 전까지 반박
하지 마라. 해명이 필요할 때는 정신적 동요부터 가라앉혀라.

『성현의 사상』

4 스스로 완전히 믿지도 않는 것을 주장하지 마라. 무엇을 듣든 쉽게
믿지도 마라. 　『성현의 사상』

5 당장 화를 가라앉힐 수 없다면 침묵하라. 침묵이 화를 가라앉힌다.

백스터

6 몹쓸 병에 걸린 사람에게 이성적으로 화를 낼 수 있을까. 그가 옆에 있는 것이 싫긴 하겠지만 그에게 잘못이 있는 것은 아니다. 마음의 병도 마찬가지로 생각해야 한다.

너는 말할 것이다. "하지만 인간에게는 자신의 결점을 의식할 수 있는 이성이 있다." 맞는 말이다. 그러니 역시 이성을 가진 너는 이웃이 자신의 결점을 의식할 수 있도록 이성적으로 이끌 수 있다. 이성으로 인간 안에 있는 양심을 깨워라. 분노하지도 말고, 안달하지도 말고, 오만한 마음 없이, 앞을 보지 못하는 그를 깨우쳐주어라.

아우렐리우스

7 말은 마음의 열쇠다. 말로 해도 소용없을 때는 한마디도 허비다.

중국의 격언

8 혼자 있을 때는 자신의 죄를 생각하고, 사람들과 있을 때는 남의 죄를 잊어라.

중국의 격언

✐ 하고 싶은 말이 많을수록 실언을 할 위험도 커진다.

11월 5일

사상은 진리를 밝혀주는 것이다. 따라서 잘못된 사상은 아직 무르익지 않은 생각일 뿐이다.

1 고요한 것은 계속 고요 속에 있을 수 있다. 아직 일어나지 않은 것은 쉽게 대처할 수 있다. 아직 약한 것은 쉽게 극복할 수 있다. 아직 적은 것은 쉽게 없앨 수 있다.

모든 일은 그것이 아직 모습을 드러내기 전에 대처하라. 무질서가 시작되기 전에 질서를 세워라.

큰 나무도 어린 가지에서 시작되고, 구층탑도 작은 벽돌 한 장에서 시작되며, 천릿길도 한 걸음부터 시작된다. 자신의 생각을 살펴라. 생각은 바로 행위의 시작이다.

노자에 의함

2 나는 아침에 눈을 뜨면 스스로 반성하며 이렇게 말한다. 나는 오늘도 언제 어느 때 오만하고 야비하고 무례하고 위선적이고 집요하고 성마른 사람과 만날지 모른다. 무엇이 선이고 무엇이 악인지 모르는 사람은 누구나 다 그렇기 때문이다. 그러나 내가 선과 악을 똑똑히 알고, 나에게 악이란 나 자신의 악뿐이라는 것을 인식한다면, 아무리 무례한 사람도 나에게 해를 끼치지 못할 것이다. 왜냐하면 어느 누구도 나에게 악을 억지로 행하게 할 수는 없기 때문이다. 한 걸음 더 나아가 내가 모든 사람과 피와 살을 나눠서가 아니라 신이 우리 모두에게 내려준 육체보다 고귀한 영혼, 우리의 본질을 이루는 영혼에 의해 모두가 이웃이라는 것을 인식한다면, 나는 그토록 나와 가까운 존재에게 분노를 느낄 수 없을 것이다. 왜냐하면 우리는 서로를 위하도록 만들어졌고, 마치 손과 손, 발과 발, 눈과 이가 서로 돕는 것처럼 서로 도와야 하는 사명을 받았기 때문이다. 그러므로 우리를 모욕하는 이웃을 외면하는 것은 우리의 본성을 거스르는 것이다. 모욕을 준 남을 미워하는 사람은 모두 본성을 거스르는 것이다.

아우렐리우스

3 오오, 그대, 진리를 찾는 자여, 목적을 달성하려거든 먼저 생각을 지배하라! 욕정에서 자유롭고 맑은 하나의 빛으로 영혼의 눈을 돌려라.

브라만의 지혜

4 불꽃이 고요한 빛을 내려면 바람이 불지 않는 곳에 촛대를 놓아야 한다. 바람이 불면 불꽃은 흔들려 어둡고 해괴한 그림자를 던진다. 그 그림자는 네 영혼의 흰 표면에 나쁜 생각을 던질 것이다.

브라만의 지혜

5 온갖 유혹이 손짓하는 번잡한 세상에서는 욕망과 싸울 수단을 찾을 틈이 없다.

혼자 있고 아무런 유혹이 없을 때 너의 목적을 정하라. 그러면 유혹과 싸울 수 있다.

벤담

6 깊은 생각은 불멸을 향하는 길이고, 얕은 생각은 죽음을 향하는 길이다. 깊이 생각하며 깨어 있는 사람은 결코 죽지 않고, 생각이 얕은 사람은 죽은 자와 같다.

스스로를 깨워라. 스스로를 지키고 깨어 있고 귀를 기울이면 영원 불변의 존재가 될 것이다.

『법구경』

✎ 일단 머릿속에 떠오를 나쁜 생각을 내쫓기는 어렵지만 그것이 나쁘다는 건 알 수 있고, 그런 생각을 약화시키거나 없애고자 다른 생각

을 불러일으킬 수 있다. 머릿속에 떠오른 남의 결점에 대한 생각을 내쫓기는 어렵지만 그것이 나쁜 생각이라는 것을 알면, 비난은 나쁜 것이고, 나 자신에게도 결점이 있으며, 그의 안에도 나와 똑같은 신이 살고 있으므로 그를 사랑해야 한다고 생각할 수 있다.

11월 6일

남을 비난하는 것은 이성적이지 못하다. 쓸모도 없고 자신과 남에게 해롭기만 하다.

1   야회가 끝날 즈음 한 손님이 작별인사를 하고 돌아가자, 남은 사람들이 그를 비난하며 험담하기 시작했다. 그다음에 돌아간 사람에 대해서도 마찬가지였다. 그렇게 차례차례 돌아가고 한 사람이 남았다. 마지막 손님이 말했다. "나를 하룻밤 묵게 해주십시오. 돌아간 사람들이 모두 험담을 듣는 것을 보니 나도 두렵습니다."

2   "죽은 사람에 대해서는 좋게 말하거나 침묵하라"는 속담이 있다. 하지만 나는 반대로 살아 있는 사람에 대해 나쁘게 말해서는 안 된다고 생각한다. 그것은 살아 있는 사람을 고통스럽게 하고 인간관계를 망치기 때문이다. 흔히 죽은 사람에 대해서는 마음에도 없는 치사를 늘어놓지만, 진실을 말하는 것을 막는 것은 없다.

3 뒤에서 남을 험담하는 것은 특히 나쁘다. 그 사람 앞에서 말하면 그에게 유익할 수도 있는데 뒤에서 말하면 정작 당사자의 귀에는 들어가지 않기 때문이다. 험담을 들은 사람들이 비난받는 사람에 대해 나쁜 감정을 갖게 된다는 점에서도 아주 해롭다.

4 **자기 자신에게 엄격하고 남에게 관대하면 적을 두지 않게 된다.** 중국의 격언

5 자기 자신을 극복한 사람은 남을 비난하지 않는다.

6 언제나 띄엄띄엄 천천히 말하던 노인이 있었다. 말로 죄를 짓지 않기 위해서였다.

7 우리는 모두 죄인이고, 남에 대한 비난은 모두 우리 자신에게도 해당되는 것이다. 서로를 용서하라. 세상을 평화롭게 사는 유일한 방법은 서로를 용서하는 것이다.

✕ 말은 생각의 표현이고, 생각은 신적인 힘의 현현이므로, 말은 말로 표현되는 것과 일치해야 한다. 선악과 관계없는 말도 있지만, 말은 결코 악의 표현이 될 수 없고 되어서도 안 된다.

11월 7일

삶은 꿈이고, 죽음은 깨어남일지도 모른다.

1 나는 태어나기 전에 이미 죽었고 이번 삶에서 죽게 되면 이전의 상태로 돌아간다는 생각을 떨쳐버릴 수 없다. 죽었다가 이전의 자기 존재에 대한 기억과 함께 되살아나는 것을 우리는 가사假死라고 부른다. 태어남이란 곧 새로운 육체기관을 가지고 깨어나는 것일 뿐이다.

리히텐베르크

2 내가 개나 새, 개구리, 심지어 작은 벌레 같은 생물을 의도치 않게 죽이게 되었더라도 그 행위가, 엄밀히 말해서 나의 부당하고 경솔한 행위로 인해 그 존재들이 무로 돌아가게 된다고는, 더 정확히 말해서 방금 전까지 에너지와 생의 기쁨으로 가득했던 경이로운 현상의 본원적 힘이 무로 돌아가게 된다고는 생각할 수 없다. 다른 측면에서 말하면, 시시각각 무한하고 다양한 모습으로 태어나서 생명력과 생존 의지로 가득한 온갖 생물이, 태어나기 전에는 절대 존재하지 않았고 무에서 유가 된 것이라고 생각할 수도 없다. 그러므로 한 생명이 나의 시야에서 사라지고 또 한 생명이 나타나더라도 그 두 생명은 똑같은 형태와 본질, 똑같은 성격을 지니고 있다. 그것이 존재하는 동안 쉬지 않고 신진대사를 되풀이한다는 것을 안다면 사라지는 생명도, 그 자리를 채우며 나타나는 또하나의 생명도 단순히 존재의 형태를 바꿨을 뿐 동일한 존재라고 확신할 수 있다. 개체가 속한 종種에게는 죽음인 것이 사실은 개체 자신에게는 꿈일 뿐인 것이다.

쇼펜하우어

3 우리는 꿈속에서도 거의 생시와 마찬가지로 산다. 파스칼은 만약 우리가 꿈속에서는 줄곧 일정한 상태에 있는 자신을 보고 생시에는 온갖 다양한 상태에 있는 자신을 본다면, 꿈을 현실로 여기고 오히려 현실은 꿈으로 여길 거라고 말했다.

그러나 그것은 완전히 맞는 말은 아니다.

현실의 삶은 도덕적 요구에 따라 행동할 수 있다는 점에서 꿈과 다르다. 꿈속에서는 혐오스럽고 부도덕한 행위를 한다는 것을 알면서도 제어하지 못할 때가 있다. 그래서 나는 우리가 꿈에서보다 더 많은 도덕적 요구를 충족시킬 수 있는 현실의 삶을 모른다면, 꿈을 현실로 믿게 될 거라고 생각한다.

태어나서 죽을 때까지 매일 밤 수많은 꿈을 꾸는 우리의 삶도, 역시 우리가 현실 또는 현실의 삶으로 착각하고 있는 꿈 아닐까? 단지 우리가 진정한 삶을 모르기 때문에 그 현실성을 의심치 않는 꿈 아닐까? 그러나 우리가 모르는 그 삶에서 영혼의 도덕적 요구를 따를 수 있는 우리의 자유는 우리가 지금 가지고 있는 자유보다 훨씬 클지도 모른다.

4 나는 이 세상에 태어나 삶의 일부를 보낸 것을 후회하지 않는다. 나도 이 세상에 무언가 유익한 일을 했다고 생각하기 때문이다. 마지막 순간이 찾아오면 나는 진짜 나의 집이 아니라 여관에서 나가듯 세상을 떠날 것이다. 인간은 모두 이 세상에 잠깐 머물렀다 떠나는 손님이기 때문이다.

키케로

5 영혼은 불멸이라는 나의 생각이 틀렸다 하더라도, 나는 여전히 행복

하고, 틀린 것에도 만족할 것이다. 살아 있는 동안 그토록 변함없는 평안함과 만족감을 주는 그 신념을 누구도 나에게서 빼앗을 수 없다.

키케로

/ 죽음 뒤에 무엇이 있을까 하는 물음은 잘못된 물음이다. 죽음 뒤의 세계를 이야기하는 것은 시간에 대해 이야기하는 것인데, 우리는 죽음과 함께 시간에서 벗어나기 때문이다.

11월 8일

살면서 신에 대해 의식하는 것은 우리의 감각이 세계와 사물을 느끼는 것과 같다. 감각이 없다면 우리는 세계와 사물에 대해 아무것도 몰랐을 것이다. 또한 우리 안에 삶에 대한 의식이 없다면 신에 대해 아무것도 몰랐을 것이다.

1 신을 섬기는 방법은 오직 하나다. 자신의 의무를 수행하고 이성의 법칙에 따라 행동하는 것이다. 나의 자유의지를 가지는 동시에 정의에 따라 행동해야 한다고 느끼는 것, 이는 곧 신이 존재한다는 것을 증명해준다. 대체로 우리의 마음은 신을 인식하는데, 그 인식을 이성에 전달하는 것은 불가능하지는 않지만 쉬운 일도 아니다. 과연 마음 없이 이성만으로 신에게 도달할 수 있는가 하는 문제도 있다. 마음이 신을 인식해야 비로소 이성도 신을 탐구하기 시작하기 때문이다.

리히텐베르크

2 신이라는 관념은 확실히 위대하지만, 그것은 결국 정화되고 무한히 확대된 우리의 정신적 본질에 대한 관념이다.

신성이라는 개념의 기초는 우리 안에 있다. 채닝

3 신을 두려워하는 것은 좋은 일이지만 신을 사랑하는 것은 더 좋은 일이다. 그리고 자기 안에서 신을 되살리는 것은 가장 좋은 일이다.

질레지우스

4 신은 오직 자기 안에서만 찾을 수 있다. 질레지우스

5 좋은 하인은 주인의 생활에 대해 자세히 모르고, 게으른 일꾼은 아무것도 하지 않으면서 주인에게 잘 보이려고 주인의 생활과 취향을 알아내려 애쓴다. 신과 인간도 마찬가지다. 중요한 것은 신을 주인으로 인정하고 신이 자신에게 무엇을 요구하는지 아는 것이다. 신이 무엇이고 어떻게 존재하는지는 결코 알 수 없다. 우리는 신과 동격이 아니라 그의 하인이기 때문이다.

✐ 사람들은 각기 나름대로 신을 이해하지만, 결국 같은 방식으로 신의 뜻을 실천한다.

11월 9일

자기애는 오만의 시작이다. 오만은 억누를 수 없이 터져나오는 자기
애다.

1 자기애를 혐오하지 않는 자, 자신을 세상에서 가장 높이 두려는 마음
에 혐오를 느끼지 않는 자는 눈먼 장님과 같다. 자기애는 정의와 진
리에 모순되기 때문이다. 누구나 다른 이들보다 높아지길 바라기 때
문에 정의에 반하며, 누구도 세상에서 가장 높아질 수는 없기 때문에
진리에 반한다.   파스칼

2 두 부류의 인간이 있다. 하나는 올바른데도 스스로를 죄인이라 여기
는 사람들이고, 다른 하나는 죄가 많은데도 스스로를 올바르다고 여
기는 사람들이다.   파스칼

3 인간은 분수分數다. 분자는 다른 사람들과 구별되는 외면적, 육체적,
지적 소질이고, 분모는 자기 자신에 대한 평가다. 분자, 즉 자신의 소
질을 키우는 것은 어렵지만 분모, 즉 자기 자신에 대한 평가를 낮춤
으로써 완전성에 다가가는 것은 누구나 할 수 있다.

4 물질은 가볍고 밀도가 낮을수록 넓은 장소를 차지한다. 오만한 인간
이 자신에게 부여하는 가치도 이처럼 가볍고 밀도가 낮다.

5 배움이 끝나지도 않았는데 남을 가르치는 사람이 많다.   동양의 금언

6 엉성한 바퀴는 언제나 요란하고, 빈 이삭은 고개를 쳐들고 있다. 오만도 그러하다.

7 인간의 저열한 근성은 겸손과 반대된다. 인간의 마음은 경멸과 모욕을 상상하는 것만으로도 흐려지기 때문에 다른 사람들 앞에서 자신이 경멸받을 수 있는 부분을 가능한 한 감추려 하고, 스스로에게까지 악을 숨기면서 자신을 있는 그대로 보려 하지 않는다. 이런 근성이 강할수록 더욱더 그것과 싸워야 한다.

✒ 삶의 과업은 자기완성이다. 그런데 오만에 젖어 스스로에게 만족한다면 어떻게 자신을 완성할 수 있겠는가.

11월 10일

종교회의의 초대 구성원들이 "성령과 우리의 결정입니다"「사도행전」 15:28 하고 말한 순간부터, 즉 외면적 권위를 내면적 권위 위에 놓고 보잘것없는 인간들이 의논한 결과를 인간 안에 있는 유일하고 신성한 이성과 양심보다 훨씬 중요하고 신성하다고 인정한 순간부터, 인간의 육체와 영혼을 잠재우고 수백만의 인간을 파멸시킨 그 무서운 허위가 시작되어 오늘까지도 계속되고 있다.

1 이상하게 들릴지도 모르지만, 이른바 이단이라 불리던 교의들을 통해서만 참된 그리스도교가 발현하고 진보했고, 해명되고 실현되었다고 할 수 있다. 이단들 중에는 오류도 있었지만 참된 그리스도교도 있었다. 국가가 승인하고 권력과 폭력으로 지지를 얻은 교의는 그리스도교적일 수 없었다. 왜냐하면 그 기초가 되는 폭력이 적그리스도적인 것이기 때문이다. 가톨릭교회, 정교회, 루터교회, 성공회 교의는 그리스도교적 가르침일 수 없었다. 그리스도교의 근본적 요구의 하나인 사랑의 가르침을 부정하고 그 대신 가장 적그리스도적 방법인 고문과 사형, 화형 같은 폭력행위를 썼기 때문이다. 그리스도교 분파들이 국가권력과 결탁한 교회들을 가리켜 묵시록의 음탕한 여인이라고 부르는 데는 까닭이 없지 않다. 국가권력과 결탁한 교회들은 결코 그리스도적이지 않았을 뿐만 아니라 언제나 그리스도교의 가장 악질적인 적이었고 지금도 그렇다. 왜냐하면 그 교회들은 지금도 자신들의 죄를 뉘우치지 않고 여전히 자신들의 모든 과거를 신성한 것으로 여기면서 비록 전보다 유화된 방식이긴 하지만 지금도 예전과 마찬가지로 참된 그리스도교와 싸우고 있기 때문이다. 그들은 그리스도교가 계시한 진리를 받아들이려는 사람들에게 커다란 걸림돌이 되고 있다.

2 성공회는 처음부터 압제자의 가장 열성적인 노예였고, 세속적 권력의 도움과 장엄한 의식을 통해 가톨릭교회가 유럽에서 획득했던 지위를 갖고자 노력했다. 그리고 어려움에 부딪힐 때마다 국가권력에 도움을 청했다.   레키

3 주교직에 반대하는 책을 쓴 존경받는 레이턴 박사는 1682년 영국에서 재판에 회부돼 유죄판결을 받았다. 그는 참혹하게 태형을 당하고 한쪽 귀가 잘리고 코 한쪽이 찢기고 불에 달군 쇠로 한쪽 뺨에 SS[Sower of Sedition, '선동자'라는 뜻]라고 새겨지는 형벌을 받았다. 일주일 뒤, 등의 상처가 아물기도 전에 그는 또다시 태형을 당하고 나머지 코를 찢기고 귀가 잘리고 다른 쪽 뺨에 똑같은 글자가 새겨졌다. 그 모든 일이 그리스도교의 이름으로 자행되었다.

데이비슨

4 그리스도는 어떠한 교회도 세우지 않았고, 어떠한 국가도 세우지 않았으며, 어떠한 법률도 어떠한 정부도 만들지 않았다. 그리스도는 어떠한 외적 권위도 주지 않고 사람들이 스스로를 다스릴 수 있도록 마음속에 신의 법칙을 새겨넣으려 했다.

허버트 뉴턴

5 1415년 얀 후스 주교는 무신론적 행위를 했다는 혐의로 이단자로 몰려 재판에 회부되었고, 피를 흘리지 않는 사형, 즉 화형 선고를 받았다.

형장은 성문 밖 라인강변의 정원과 정원 사이에 있었다. 형장에 끌려나온 얀 후스는 무릎을 꿇고 기도를 드리기 시작했다. 사형집행인이 장작더미 위로 올라가라고 명령했을 때 후스 주교는 똑바로 일어서서 큰 소리로 말했다.

"예수그리스도여! 당신의 말씀을 전하기 위해 저는 이 잔인하고 수치스러운 죽음을 받아들입니다. 온순하고 겸허히 받아들입니다!"

사형집행인은 후스의 옷을 벗기고 두 팔을 뒤로 돌려 기둥에 묶었다. 후스는 발판에 세워졌다. 그의 주위에 장작과 짚단이 쌓여 있었고, 장작더미는 그의 턱까지 닿았다. 마지막으로 폰-포펜하임 원수가 후스에게 이단을 버리고 목숨을 건질 것을 권유했다.

"아니," 후스는 말했다. "내게 죄가 있다고 생각하지 않습니다."

그러자 사형집행인들은 장작더미에 불을 붙였다.

후스는 찬송가를 부르기 시작했다. "그리스도여, 살아 있는 신의 아들이시여, 저를 불쌍히 여기소서!" 화염이 바람을 타고 높이 타올랐고 후스는 얼마 뒤 잠잠해졌다.

6 흔히들 참되게 믿는 자들이 교회를 세우고 있다고 말한다. 그러나 참되게 믿는 자들이 과연 있는지 우리는 알 수 없다. 우리 한 사람 한 사람은 당연히 참되게 믿는 자가 되고 싶어하고 모두 그렇게 되려고 노력한다. 그러나 그 누구도 자신에 대해, 또 자신과 똑같이 믿는 자들에 대해 우리만이 참되게 믿는 자들이라고 단언하지 못한다. 그런 말을 하는 사람은 그것만으로도 진정한 그리스도교를 부정하는 것이다.

/ 교회라는 것이 있다 해도 교회 안에 있는 자에게는 교회가 보이지 않는 법이다.

그리스도교와 사람들의 분열

그리스도교 저술가 페트르 헬치츠키는 15세기에 교회의 기만을 폭로하는 『신앙의 그물』을 썼다. 그는 이 책에서 그리스도교 신앙이 타락한 원인을 황제와 교황이 자신들을 그리스도교도로 인정함으로써 정작 진정한 그리스도교를 왜곡했다고 주장한다. 헬치츠키는 그들에 의한 신앙의 왜곡을 큰 물고기들이 그물을 찢는 것에 비유한다. 큰 물고기들이 찢어놓은 그물의 구멍으로 잡혔던 다른 물고기들이 모두 빠져나가는 것처럼, 그리스도의 그물 속에 있던 사람들도 교황과 황제가 망쳐버린 그물 때문에 신앙을 잃게 되었다는 것이다.

헬치츠키의 글을 아래에 인용한다.

사도들이 잡은 자들은 오랫동안 온전하고 손상되지 않은 그물 속에 있었다. 그런데 시간이 지나면서 모두가 평안하게 잠에 빠져 있을 때, 신앙의 적이 나타나 밀밭 사이에 잡초를 뿌렸고 억센 잡초가 밀이 자라지 못할 만큼 무성해졌다. 황제가 대주교에게 재산과 권력을 주었을 때, 그리스도교도들은 깊은 잠에 빠져 있었다. 깊은 잠에 빠져 무감각해져 있던 그들은 그리스도의 이름으로 살아오던 가난한 삶을 내던지고, 부와 권력과 황제의 명예, 아니 황제를 능가하는 명예를 선택하기에 이르렀다. 처음에 그들은 숲속이나 동굴에 숨어 지냈지만, 나중에는 황제가 직접 성직자를 흰말에 태워 로마 시내를 활보했다. 그리하여 사도가 지켜야 할 순수와 청빈의 소명은 깨져버렸다. 그렇게 제왕적 권력과 황제를 능가하는 명예를 가진 대주교와, 신앙이라는 가면을 쓰고 이교적 권력과 이교적 지배를 휘두르는 황제라는 **두 마리의 큰 고래가 들어오자**, 베드로의 그물 「요한복음」 21장 참조은 완전히 찢어지고 말았다. 두 마리의 고래가 그물 속에서 제멋대로 날뛰어 그물은 성한 데가 없을 만큼 찢어져버렸다. 그리고 이 두 마리의 고래로부터 또다시 신앙의 그물을 파괴하는 여러 부정한 계층이 나타났다. 우선 갖가지 종파와 교단의 수도사들, 이어 대학과 학교의 학자들, 이어 교구의 사제들, 이어 문장紋章으로 치장한 온갖 부류의 귀족들, 그리고 시민들이다. 이렇게 다양한 집단과 계층은 계략과 폭력 혹은 매수나 상속을 통해 토지를 차지하고 사람들 위에 군림하려 기를 썼다. 한쪽은 종교계의 지주들이고, 다른 한쪽은 세속의 지주들이다.

로마교회는 세 부류로 갈라졌다. 첫번째 부류는 세속의 왕족과 귀족으로, 그들은 투쟁으로 교회를 지켰고, 두번째 성직자 부류는 기도를 했으며, 세번째 부류는 위의 두 부류의 사람들의 육체적 요구를 충족시켜주는 일을 담당했다. 이러한 차별에서 어떻게 큰 불평등이 생기지 않겠는가! 앞의 두 부류는 태평하다. 빈둥거리면서도 배불리 먹고 흥청망청 돈을 쓰고 세번째 부류를 짓밟고 서 있지만, 세번째 부류의 사람들은 나머지 두 부류의 포식자들이 누리는 사치스러운 삶을 지탱해주기 위해 고통에 허덕일 수밖에 없다. 이러한 분업은 온 세상이 하나의 다수, 하나의 마음, 하나의 정신을 형성하는 그리스도교 정신에 반한다.

신앙의 그물을 가장 난폭하게 파괴했고 지금도 끊임없이 파괴하고 있는 두 마리의 강력한 고래는 종교계의 주권자와 세속의 주권자다. **종교계의 주권자인** 교황은 청빈한 삶과 노동, 포교활동 등을 비롯한 성직자로서의 의무를 돌아보지 않고 세속적 권력과 명예를 쓸어담고 있고 세상 사람들에게 신 앞에 무릎 꿇듯 자기 앞에 엎드리라고 요구하면서 그리스도의 계율을 깨뜨리고 있다. 그는 신의 법칙과 신앙에 반하는 자신의 법칙을 함부로 만들었고, 사람들은 신의 법칙과 신앙을 잊고 신앙이란 곧 대주교가 만든 법칙을 믿는 거라고 여기게 되었다. 성직자계급은 모든 종교활동에서 이 법칙에 따라 움직인다. 그들의 기도라는 것도 두꺼운 책에 빼곡하게 적힌, 그들의 법에 알맞게 만들어진 여러 가지 기도문을 중얼거리는 것 외에는 아무것도 아니다. 그래서 교회에서는 사람들이 보고 듣는 앞에서 한 사제가 다른 사제와 말과 노래를 주고받는 것이 곧 기도인 것처럼 여겨지고 있다. 무지한 민중은 아무 생각 없이 그것을 그리스도교 신앙으로 받아들이지만, 민중이 신앙에 대해 들은 것이 신은 교회에 계시다는 것과 일요일에는 밭에 나가 일하면 안 된다는 것뿐임을 생각한다면 그리 놀라운 일도 아니다.

신앙의 그물 속에 들어와 그물을 찢은 또 한 마리의 고래는 **이교적 지배체제**와 이교적 제도, 이교적 권력과 법을 가진 **황제**다. 콘스탄티누스대제에 의해 그리스도교가 받아들여지기까지 그리스도교도들은 교황이나 황제의 숨결이 닿지 않은 순수한 그리스도의 계율만을 따랐다. 자기들 사이에 왕을 두지 않았고, 이교도의 지배 아래서 세금을 바치거나 그 밖의 의무만 수행하면 되었다. 그런데 콘스탄티누스대제가 이교적 지배체제와 이교적 법률을 가지고 그리스도교 신앙에 귀의하자, 그리스도교도의 순수함은 상실되었다.

진정한 신앙, 진정한 예배를 오염시킨 이교적 특징을 하나하나 다 헤아릴 수는 없지만, 황제와 관계되는 몇 가지를 들어보겠다. 그리스도교도를 지배하기 위해 콘스탄티누스와 그 후계자들은 최고로 경건한 본보기를 보여야 했음에도, 그들은 그리스도교도들 사이에 살면서도 신앙을 떠나 가장 신을 거스르는 짓을 일삼았다. 또한 그들의 하인들과 추종자들도 마찬가지로 더없이 타락한 생활을 하며 그리스도교 사회에서 썩은 고기로 전락해 세상에 악취를 퍼뜨렸다. 그런데도 성직자들과 교구장들은 그것을 악마적 교회의 세번째 부류로 용인하며 "그러는 것이 그들의 지위에 어울린다. 궁정사람들은 즐겁고 자유롭고 개방적이어야 한다"고 말한다.

황제는 자신도 그리스도교도이며 그리스도교도들을 다스리고 있다는 생각은 아예 하지 않고 오만불손하게 그 이교적 권력을 누리고 있다. 황제가 백성에게 세금을 부과하면서 가하는 **육체적 압박은 그리 중대한 문제가 아니다.** 세금 때문에 재산이 축나고 고된 노동을 해야 하지만 그것을 견디기만 하면 양심의 가책은 없었다. 그보다 중대한 문제는 세속적 권력으로 사람을 죽이거나 온갖 폭력행위를 일삼는 것을 죄악시하지 않고 오히려 그리스도교도들을 서로 싸우라고 **강제해 그리스도의 계율을 어기게 한다는 점이다.**

이교도가 그리스도교도와 아무런 공통점이 없었던 초기 교회는 그리스도교도에게 가장 좋은 상태였다. 악마의 간계와 두 인물, 즉 권력에 눈이 먼 실베스테르콘스탄티누스대제에게 세례를 준 교황와 콘스탄티누스 때문에 교황의 권력과 황제의 권력이라는 독이 그리스도교에 흘러들지 않았다면 초기 교회의 상태는 지금까지 유지됐을 것이다. 그리스도교회에도 유대인에게 일어난 일과 똑같은 일이 일어났다. 약속의 땅에 찾아온 유대인들은 자신들 위에 어떤 지상의 지배자도 두지 않고 오로지 신과 그 계율의 보호 속에서 400년 이상 그곳에 살았다. 그러나 이윽고 그들은 신을 버리고 예언자 사무엘에게 왕을 바란다고 간청했다. 그들의 소망은 이루어졌지만, 그들이 지은 크나큰 죄의 증거로 신은 천둥과 비를 보냈다. 그와 같은 일이 그리스도교도들에게 일어난 것이다. 차이가 있다면 유대인은 지상의 것들에 집착하여 천상의 왕보다 지상의 왕이 있을 때 지상의 삶이 더 좋으리라 생각하고 왕을 원한 데 비해, 그리스도교도는 신을 버리지도 않았고 이교적 지배체제의 황제를 원하지도 않았다는 것이다.

그러나 결국 황제가 그리스도교를 받아들이고 **교회는 큰 은혜를 입었다는** 명분 아래 황제에 의한 이교적 지배체제가 확립되었다. 그런데 결과는 정반대였다. 전에는 황제가 아무리 그리스도교도를 박해하더라도 그들 사이에 끼어들 수 없었는데, 이번에는 그들과 같은 신앙을 가지고 그들에게 은혜를 베푼다는 구실을 내세우며 그들을 이교적인 불신앙으로 이끈 것이다. 그 점에서 우선적인 책임은 실베스테르교황과 콘스탄티누스대제에게 있지만, 그후 자신들을 가장 완벽하고 가장 현명한 신앙의 이해자로 여기며 **교회의 번영을 위해서는 지상의 권력이 반드시 필요하다고** 설득해온 후대 그리스도교도들의 책임도 그에 못지않다.

시간이 지나면서 사도들의 그물에 걸린 수많은 물고기들, 즉 천한 무리들이 난입해 신앙의 그물을 갈기갈기 찢어놓았다. 이 천한 무리는 진정한 신앙에 머무르거나 그것을 탐구하지 않고, 신앙을 자기 쪽으로 끌어와 진정한 신앙과는 거리가 먼 자기 나름의 것을 만들어놓고 그것을 깊은 신앙으로 인정받으려 했다. 이에 대해서는 우선 온갖 문장으로 치장한 계층에 대해 이야기해보자.

문장으로 치장한 온갖 귀족 계층은 신의 법칙에 어긋나는 생활을 하고 신의 아들을 욕되게 하는 일에서는 타의 추종을 불허한다. 이들 계층은 이중의 죄 속에, 즉 1)모든 사람과 마찬가지로 아담의 죄, 2)고귀한 신분으로 태어났다는 죄의식 속에서 태어났다. 그 의식 때문에 그들은 이름이니 몸가짐이니 복장, 음식, 주택, 권리, 사람에 대한 태도 같은 모든 것에서 자신들을 남들과 구별하려 한다. 그들의 모든 생활방식과 습관과 언어 속에는 허영심이 있다. 그들은 영화를 누리기 위해 육체적, 세속적 모든 행복을 가지려 애쓰고, 사람들이 그들의 죄 때문에 감수해야 하는 모든 불쾌한 일은 외면한다. 그들은 극심한 노동과 인내, 박해, 소박, 겸손, 봉사 같은 것은 자신들에게 어울리지 않는다고 생각한다. 그들에게 필요한 것은 자유롭고 여유롭고 편한 생활, 온갖 지상의 행복, 유행에 따르는 화려한 복장 같은 것이다. 그들에게는 마치 신처럼 사람들을 깜짝 놀라게 할 호사스러운 연회와 깨끗하고 부드러운 침대와 "마음에 드십니까?" 하는 달콤한 아부의 말이 필요하다. 그들은 고귀한 신분을 과시하기 위해 하인들의 도움을 받으며 신물이 날 만큼 몸단장을 한다. 고귀한 신분임을 보이려 하얀 분을 온몸에 칠하기도 한다. 마지막에 가서는 이교적인 권력을 요구하는데, 실제로 문장으로 치장한 그들은 토지를 차지하고 사람들 위에 군림하며 권력을 휘두른다. 그들은 농노와 '돌대가리 바보들'의 땀과 노고로만 자신의 고귀한 신분을 증명할 수 있을 뿐, 농노들이 일손을 놓기라도 하는 날에는 당장 힘을 잃고 양치기나 다름없는 신세로 전락할 것이다.

신분의 고귀함이라는 것은 황제나 왕에게서 문장을 얻으려는 이교적 관습에서 비롯되었다. 어떤 사람은 영웅적 행위의 대가로 문장을 얻고, 또 어떤 사람은 명예를 위해 대문이나 늑대나 개의 머리, 계단, 반신반마상, 파이프, 칼, 돼지고기 소시지 모양의 문장을 산다. 신분의 고귀함은 바로 그런 문장으로 유지되고, 그 가격이 신분의 고귀함을 결정한다. 만일 문장을 유지할 만한 돈이 없어지면 그들도 굶주림 때문에 문장을 버리고 쟁기를 잡을 것이다. 그러므로 고귀한 신분의 진정한 힘은 문장이 아니라 돈에 있으며, 돈이 없으면 지주도 농노와 다름없고, 일하는 것을 부끄러워하면 끼니를 때울 빵도 얻지 못하게 된다.

고귀한 계층의 이중적 탄생, 즉 아담의 죄와 문장에 바탕을 둔 고귀한 신분에 대한 자의식은 새로운 수많은 죄악을 낳는다. 고귀한 신분에 대한 의식은 허영을 낳고 겸허와 인내는 없앤다. 누군가 귀족을 가리켜 상놈이나 농노라고 한다면, 그 귀족은 당장 명예를 회복한답시고 그를 법정에 고발할 것이다. 같은 원천에서 태어나는 그 밖의 다른 죄악으로는 게으름과 사치, 이교적 지배에 대한 동경, 잔인성, 폭력 등이 있다. 그런데 성직자들은 그런 죄악을 보고도 외면하고 오히려 그들에게 "그런 것은 해로운 것이 아닙니다. 당신의 지체에는 당연한 일입니다"라고 말한다. 이런 말로 성직자들은 죄악이 빨리 자라도록 물을 주어 키우고 그것을 덕행으로 보이게 만들어준다.

그러한 죄악은 부모가 스스로 빠진 미망 속에서 키운 자식들에게 세습되고, 그럼으로써 신은 자신의 창조물을 빼앗긴다. 귀족들은 자신들의 고귀한 신분에 걸맞게 자식들을 독일의 귀족가에 보내려 하고, 자식들은 그들의 집에 살면서 온갖 거만하고 하찮은 습관, 예절, 정중하게 인사하는 포즈를 배우며 귀족 특유의 독에 취한다. 이것은 모두 허영심 때문이다. 그들은 세속적 위대함을 너무도 숭상하지만 집에서는 그 위대함을 얻을 수 없어서 자식들을 높은 사람한테 보내 그들을 통해 명예를 얻으려고 하며, 우리 아들은 왕 옆에서 시동 노릇을 한다든가, 우리 딸은 여왕의 치맛자락을 들거나 시중들고 있다고 자랑하는 것이다. 그렇게 문장의 귀족들은 땅이 비좁을 만큼 마구 늘어났다. 모두 부를 통해 지배하고자 하는데 다른 것으로는 아무것도 되지 않기 때문이다. 그중 많은 이가 빈곤에 허덕이면서도 노동은 하지 않는다. 그들은 노동을 부끄럽게 여기면서 큰소리만 친다. 어떤 사람들은 온갖 아부의 말을 늘어놓고 이런저런 거짓 약속으로 끝없이 돈을 빌리면서도 자신의 고귀한 신분을 더럽힐 수 없다며 끝내 일하려 들지 않는다. 귀족들은 드넓고 비옥한 땅을 차지하고 있었지만, 이제 땅은 황폐해져 늑대들이 날뛰는데도 여전히 궁정에서처럼 앉고 서고 하루종일 끊임없는 잡담으로 시간을 허비한다. 성서를 읽어보아도, 어떤 사람이 어떤 사람보다 더 고귀하게 태어났다는 말은 보이지 않는다. 솔로몬조차 자신을 보잘것없는 존재라 의식했고, 구약과 신약에 나오는 '고귀하다'는 말은 덕행과 지혜에 바탕을 둔 고귀함을 의미할 따름이다. 이처럼 고귀한 신분의 사람들의 삶이 추악한 것처럼 그들 남녀가 입고 다니는 의복도 추악하다. 대체로 이교도도 유대인도 이들만큼은, 즉 문장에 뿌리를 두고 옳지 않게 신앙에 섞여든 이러한 문장 본위의 신앙에 대해 잘못된 생각을 하는 계층만큼 그리스도의 신앙을 더럽히지는 않았다. 그들은 신을 기쁘게 하지도 못하며 세상 사람들에게 해롭고 무거운 짐이 될 뿐이다. 노동자들은 그들의 고귀함이라는 무거운 짐을 짊어지고, 그들은 노동자들의 피와 살을 먹고, 지상에 있는 모든 좋은 것을 긁어모아 집어삼키려 한다. 그들이 끼치는 커다란 해악은 악취를 풍기는 시체처럼 그들이 모든 것을 자신들 안에 가두고 그 악취를 다른 것에게 전염시킨다는 것이다. 그들은 먼저 자기 자식들과 하인들을 자기 틀에 가둬 허영과 귀족적인 품행이라는 것을 가르치고, 그다음에는 시민계급에게 그 생활방식을 퍼뜨린다.

이상과 같이 나는 문장에 집착하는 천한 무리들이야말로 사도 바울이 멸망할 운명을 지닌 악한 자라고 말한 적그리스도와 다름없다는 것을 이야기하려 했다.

11월 11일

도덕적 완성은 달성될 수 없지만, 그것을 향해 다가가는 것이 삶의 법칙이다.

1 　실천할 수 없는 것은 도덕적 법칙이 될 수 없다. 사람들은 흔히 우리가 원래 이기적이고 인색하고 음탕한 존재로 태어났기 때문에 다른 존재가 될 수 없다고 말한다.

　아니다, 우리는 다른 존재가 될 수 있다. 우선 자신이 어떤 존재가 되어야 하는지 마음으로 느껴야 한다. 그 느낌이 힘을 북돋울 것이다.

솔터

2 　너희는 자유로운 행위자이고 스스로 그렇다고 느낀다. 인간의 양심과 의식의 우렁찬 목소리에 대해 숙명론을 들먹이는 가련한 철학자의 어떤 궤변도 양심의 가책과 순교의 위대함이라는, 인간의 자유를 증명하는 이 매수할 수 없는 두 증인을 침묵시킬 수 없었다. 소크라테스에서 그리스도에 이르기까지, 그리스도 이후 수세기 동안 진리를 위해 죽은 사람들에 이르기까지 모든 순교자들은 그 노예적인 숙명론에 맞서 목소리를 드높였다. "우리도 우리의 생명을, 우리에게 기쁨을 주었던 수많은 사람들을, 우리에게 싸움을 멈추라고 호소했던 모든 사람을 사랑했다. 우리의 심장박동은 뛸 때마다 우리에게 큰 소리로 '살아가라!'고 외쳤다. 그러나 우리는 우리의 의무를 수행하기 위해 죽음을 택했다." 카인에서 시작되어 오늘날 악의 길을 선택한 가련한 첩자와 변절자와 배신자는 그들에게 한시도 마음의 평화를 주지 않고 계속해서 마음 깊은 곳에서 되풀이되는 "너희는 어

째서 진리의 길을 벗어났느냐? 너희는 자유로운 행위자이며, 따라서 자신의 행위에 책임을 져야 한다"는 비난과 질책의 목소리를 들을 것이다.

마치니

3 무엇을 해야 하는가? 하고 나에게 묻는다면, 나는 네가 지금 그대로의 너라면 아무것도 할 수 없다고 대답할 것이다. 너에게 당장 필요한 일은, 네가 세상의 이기심과 경솔함의 공허한 메아리가 되기를 그만두고 비록 위대하진 않더라도 정직한 영혼이 되는 것이다. 내면을 들여다보고 영혼의 흔적이라도 확인하라. 그런 노력조차 하지 않는다면 아무것도 할 수 없다. 오, 형제여, 있는 힘을 다해 영혼과 양심을 일깨우고, 경솔한 마음을 진심으로, 생명 없는 돌 같은 심장을 살아 뛰는 것으로 바꾸어라. 그때 비로소 너는 앞날에 줄지어 기다리는 무한한 선을 조금이나마 확실한 일관성 속에서 이해하기 시작할 것이다. 첫걸음을 내디뎌라. 두번째 걸음은 한결 가볍고 분명하고 쉬울 것이다.

칼라일

4 값진 진주를 바다에 떨어뜨린 사람이 있었다. 그는 그것을 주우려고 바가지로 물을 퍼내기 시작했다. 바다의 정령이 나타나 물었다. "언제 그만둘 것이냐?" 그러자 그는 말했다. "바닷물을 다 퍼내더라도 진주를 찾을 때까지는 그만두지 않겠습니다." 바다의 정령은 그에게 진주를 가져다주었다.

/ 외적인 결과는 우리의 뜻대로 할 수 없지만, 노력은 언제나 뜻대로 할 수 있

고, 언제나 좋은 내적 결과를 불러온다.

11월 12일

토지는 인류 공동의 균등한 자산이므로 사유되어서는 안 된다.

1   나는 이 땅 위에서 태어났는데 내 몫은 대체 어디에 있는가? 세상의
    높은 자들이여, 땔감을 구할 수 있는 내 몫의 숲을, 곡식을 심을 수
    있는 내 몫의 밭을, 집을 지을 수 있는 내 몫의 땅이 어디 있는지 제
    발 가르쳐다오. 그러나 높은 자들은 나에게 이렇게 외친다. 숲이건
    밭이건 땅이건 네가 손이라도 대면 가만두지 않겠지만, 우리 땅에 와
    서 일한다면 먹고살 만큼의 빵은 주겠다.   에머슨

2   내 이성은 나에게 땅은 사고팔 수 없는 것이라고 가르친다. 땅은 위
    대한 영혼이 자식들에게 그것을 갈아서 살아가라고 준 것이다. 그들
    이 그 땅 위에서 살고 그것을 일구는 한 땅에 대한 권리는 그들의 것
    이다.   블랙 호크

3   땅은 아주 팔아넘기는 것이 아니다. 땅은 내 것이요, 너희는 나에게 몸 붙여
    사는 식객에 불과하다.   「레위기」 25:23

4 엄밀히 말하면 땅은 전지전능한 신과 그 땅에서 일하거나 앞으로 일할 모든 사람의 자식들의 것이다.   칼라일

5 공정한 창조주여, 내 말을 듣고 누가 도둑인지 판단해주소서. 제가 태어나면서 받은 제 땅을 이용할 자유를 빼앗은 자가 도둑인지, 아니면 그 땅에서 살며 생계를 위해 그 일부를 사용한 제가 도둑인지.   윈스턴리

6 모든 사람은 태어날 때부터 법에 앞서 이미 땅을 소유하고 있다. 자연 또는 우연이 그들을 있게 한 곳에서 살 권리가 있다.   칸트

7 과연 신은 무언가를 누구에게는 주고 누구에게는 주지 않았을까? 만인의 아버지가 자식들 중 누구만 특별하게 대했을까? 신의 선물을 독점할 권리를 요구하는 자들이여, 신이 다른 형제들의 유산까지 빼앗으라고 했다는 유서를 보여다오.   라므네

8 사유재산으로 토지를 소유하는 것은 자연을 거스르는 가장 큰 범죄 중 하나다. 그 범죄의 추악함을 우리가 깨닫지 못하는 것은 이 세계에서는 그 범죄가 권리로 인정되고 있기 때문이다.

9 내가 숲에서 호두를 따고 있을 때 산림감시원이 덤불에서 나오더니

무엇을 하느냐고 물었다. 나는 호두를 따고 있다고 대답했다.

"호두를 딴다고요?" 그는 말했다. "어떻게 감히 그런 짓을 하는 거죠?"

"안 될 게 있습니까?" 나는 말했다. "원숭이도 다람쥐도 호두를 따고 있는데?"

"잘 들으시오." 그는 말했다. "이 숲은 공동의 것이 아니라 포틀랜드 공작의 소유요."

"아, 그런가요!" 나는 말했다. "공작에게 내 인사를 전하고 이렇게 말해주시오, 이 숲은 공작에 대해 아는 만큼 나에 대해서도 알고 있다고. 그리고 숲에 있는 것은 무엇이든 먼저 따는 사람이 임자라고. 그러니 포틀랜드 공작에게 호두가 필요하다면 우두커니 있지 말고 숲으로 오라고 전하시오."

스펜스

/ 토지 사유제도가 초래한 불평등은 19세기 중엽 노예제도가 초래한 불평등처럼 사람들에게 용인되고 있다.

11월 13일

자기완성은 인간의 고유한 본성이다. 올바른 인간은 결코 자기 자신에게 만족할 수 없기 때문이다.

1 인간은 자기 안에 있는 선의 자질을 발전시켜야 한다. 신은 선의 자질을 완성품으로 주지 않았다. 어디까지나 자질일 뿐이다. 선한 존재

가 되기 위해 정진하고 스스로 그것을 완성해야 한다.   칸트

2 "악의 뿌리는 진리에 대한 무지"라고 부처는 말했다.

그 뿌리에서 헤아릴 수 없이 많은 고난의 열매를 맺는 망상의 나무가 자라난다.

무지를 극복하는 유일한 방법은 지식이다. 진정한 지식은 오직 자기완성을 통해서만 얻을 수 있다. 따라서 사회악도 사람들이 더욱 높은 세계관을 갖고 더욱 선한 사람이 되어 행동할 때 비로소 바로잡을 수 있다.

인간 각자가 더욱 선한 존재가 되기 전에는 세계의 삶을 개선하려는 어떤 시도도 헛된 것이다. 개인의 개선이야말로 세계의 삶을 개선하는 가장 확실한 방법이다.   하르트만

3 내적 만족과 종교적 순종의 의미에서 자기개선을 추구하는 사람은 누구보다도 자기 삶의 사명을 끝까지 수행할 수 있다.   아미엘

4 그리스도교도는 스승만 될 수도 없고, 학생만 될 수도 없다. 그는 언제나 스승이면서 학생이다. 그러므로 항상 노력하는 그에게 완성이란 없다.

언제나 스스로를 학생이며 제자라고 생각하라. 배우기에 너무 나이가 많다거나, 이미 충분히 성숙하고 발달했다고 여기거나, 자신의 성격과 영혼은 이미 훌륭해서 더이상 훌륭해질 수 없다고 생각하지 마라. 그리스도교도에게 최종 학년이란 없다. 무덤에 들어가는 날까

지 학생이다.

5 사유하는 사람은 경우에 따라 도덕적 타락으로 이어질 수도 있는 비애를 경험하는데, 이것은 피상적인 사람은 이해하지 못하는 감정이다. 사유하는 사람은 인류를 괴롭히는 온갖 불행에 대해 깊이 생각하고 더 나아지리라는 희망이 보이지 않을 때 세계의 질서를 지배하는 섭리에 불만을 느낀다. 그러나 무엇보다 중요한 것은 섭리를 비난하지 않는 것이다(지상의 삶에 아주 어려운 길이 예정되어 있다 해도). 이는 삶에서 용기를 잃지 않기 위해서이고, 신에게 책임을 전가함으로써 모든 악의 유일한 원인일지도 모르는 우리 자신의 죄를 잊지 않기 위해서이다.

6 나쁜 습관에서 벗어날 수 있는 것처럼 이기주의에서도 벗어날 수 있고 또 그렇게 해야 한다. 자신의 만족을 키우고 싶거나, 자신을 과시하고 싶거나, 다른 사람에게 사랑받고 싶을 때는 자제하는 것이 좋다. 남을 위해 뭔가 하고 싶지 않다면 하지 않아도 좋다. 하지만 자신을 위해서는 꼭 필요한 일 외에는 아무것도 하지 마라.

7 덕행의 첫째 법칙은 남들의 칭찬을 기대하지 않고 오직 자기완성을 생각하며 행동하는 것이다.

8 악행을 선행으로 덮는 자는 구름을 벗어난 달처럼 세계를 비춘다.

온 땅을 가지는 것보다, 하늘에 올라가는 것보다, 온 세상을 지배하는 것보다 나은 것은 깨달음으로 가는 첫걸음의 기쁨이다. 『법구경』

9 또 한 사람은 "선생님, 저는 선생님을 따르겠습니다. 그러나 먼저 집에 가서 식구들과 작별인사를 나누게 해주십시오" 하고 말했다. 예수께서는 "쟁기를 잡고 자꾸 뒤를 돌아다보는 사람은 하느님 나라에 들어갈 자격이 없다" 하고 말씀하셨다. 「누가복음」 9:61~62

10 자기완성을 위해 사는 사람은 언제나 앞만 바라본다. 멈춰 선 사람만이 자신이 한 일을 돌아보는 법이다.

/ 자신에 대한 불만은 이성적인 삶의 필수조건이며, 스스로를 단련하게 하는 유일한 동기다.

11월 14일
가장 중요한 지식은 실생활에 지침이 되는 지식이다.

1 삶의 여러 법칙을 아는 것도 중요하지만, 가장 중요한 것은 우리를 자기완성으로 이끄는 지식이다. 스펜서

2 배고프지 않은데 먹는 것도 억지로 식욕을 불러일으키는 것도 모두 해롭다. 억제할 수 없이 끌리는 것도 아닌데 음욕에 빠지고 또 그것을 제 안에서 불러일으키는 것은 더욱 해롭다. 가장 해로운 것은 생각할 필요가 없는데도 생각하는 것, 즉 자신의 사회적 지위를 높이기 위해 지적 능력을 과시하듯 억지로 지적 활동을 하는 것이다.

3 풍부한 학식을 가지고 자기만족에 빠져 사는 것보다, 제 몫의 적은 상식을 가지고 겸허히 사는 것이 낫다. 학문이 꼭 나쁜 것도 아니고 지식은 그 자체로 좋은 것이지만, 선량한 양심과 덕이 있는 삶이 언제나 지식보다 앞에 놓여야 한다.   토마스 아 켐피스

4 학문의 발달은 도덕적 정화에 도움이 되지 않는다. 우리가 아는 많은 민족의 경우, 학문의 발달은 오히려 민족의 타락을 재촉했다. 만약 그 반대라고 생각한다면, 우리가 공허하고 거짓된 지식과 참되고 고귀한 지식을 혼동하기 때문이다. **추상적 의미의 학문과 일반적 의미의 학문 그 자체는 당연히 존중되어야 하지만, 오늘날 어리석은 자들이 학문이라고 부르는 것은 비웃고 경멸해야 마땅하다.**   루소

5 우리는 교사가 학생을 우선 사려 깊은 인간으로 만들고, 그다음에 이성적인 인간으로, 마지막으로 학식 있는 인간으로 만들어주길 기대한다.

   그렇게 한다면 우리가 현실에서 자주 보듯 마지막 단계까지 도달하지 못하더라도 학생은 그 배움을 통해 무언가를 얻으며 학교가 아

니라 삶을 위한 준비를 잘 갖추게 될 것이다.

그 방법을 뒤집는다면, 학생은 오성^{悟性}이 만들어지기 전에 이성 유사한 뭔가를 붙잡고 다른 데서 차용한 학문을 터득할 것이며, 그 학문은 그저 풀로 붙여놓은 것 같아서 학생에게 완전히 스며들지도 못한다. 게다가 학생의 두뇌는 여전히 불모의 상태인데 그 가상의 박식함 때문에 철저히 망가진다. 우리가 이성도 오성도 없는 것 같은 학자(정확히 말하자면 배운 사람)를 자주 보게 되는 까닭도, 다른 사회 계층보다 학계에서 쓸모없는 두뇌들이 훨씬 많이 배출되는 까닭도 여기에 있다.

칸트

6 훌륭한 행동을 하는 사람이 훌륭한 학자다.

『히토파데샤』

7 지능을 올바르게 사용하는 습관이 확립되지 않으면 올바른 의지는 생길 수 없다. 지능을 사용하는 습관이 의지에 가장 큰 영향을 끼치기 때문이다. 지능의 습관은 삶의 영원한 법칙에 바탕을 둔 것일 때 가장 좋은 것이 된다.

세네카

8 지혜로운 사람의 가르침은 그의 행위가 말과 일치하지 않더라도 귀기울여야 한다. 가르침이 벽에 쓰여 있더라도 인간은 배워야 한다.

사디

╱ 지식에서 중요한 것은 양이 아니라 그 지식에 대한 올바른 평가다.

어떤 지식이 가장 중요하고, 어떤 지식이 두번째로 중요하고, 어떤 지식이 세번째로 중요하고, 어떤 지식이 가장 덜 중요한지 아는 것이 중요하다.

11월 15일

부의 기쁨은 거짓된 것이다.

1 재물을 땅에 쌓아두지 마라. 땅에서는 좀먹거나 녹이 슬어 못 쓰게 되며 도둑이 뚫고 들어와 훔쳐간다. 그러므로 재물을 하늘에 쌓아두어라. 거기서는 좀먹거나 녹슬어 못 쓰게 되는 일도 없고 도둑이 뚫고 들어와 훔쳐가지도 못한다. 너희의 재물이 있는 곳에 너희의 마음도 있다. 「마태복음」 6:19~21

2 "네 재물이 있는 곳에 네 마음도 있다."

부를 최고의 보물로 여기는 사람의 마음은 무서운 진창 속에 있는 것이다.

3 누구나 좋은 집, 넓은 땅, 많은 하인, 은식기들, 많은 옷을 보고 남보다 더 가지려 욕심을 부린다. 그래서 가장 부유한 자는 그보다 덜 부유한 자에게, 덜 부유한 자는 그보다 덜 부유한 자에게 악의 원인이 되기도 한다. 만일 부유한 자가 부를 더 모으지도 낭비하지도 않는다

면 덜 부유한 자들과 가난한 자들에게 물욕의 스승이 되지 않을 것이다. 부에 대한 집착은 어떤 압제보다 나쁘다. 그것은 불안과 시기, 교활, 증오, 비방, 그리고 방심과 음탕, 탐욕, 음주와 같이 선행을 방해하는 수많은 악을 낳는다. 그것은 자유로운 사람들을 노예로, 심지어 노예보다 더 못한 존재, 즉 사람의 노예가 아니라 가장 무서운 욕망과 번뇌의 노예, 마음의 병의 노예로 만든다. 그렇게 노예가 된 사람은 누가 자신을 그 물적 지배의 자리에서 끌어내리지 않을까 두려워 신과 인간들 모두에게 용서받지 못할 어떤 악행도 서슴지 않는다. 이 얼마나 슬프고 노예적이고 악마적인 지배의 자리인가! 특히 파멸적인 것은 그처럼 불행한 상태에 있으면서도 자신의 쇠사슬에 입을 맞추고, 어두운 감옥에서 나오려 하지도 않고, 악착같이 악에 매달려 그 병을 즐긴다는 것이다. 그래서 우리는 자유로워지지 못하고 광산에서 일하는 사람보다 더 나쁜 상태에 있다. 그것은 우리가 어려움과 불행을 겪으면서 그 결실을 누리지 못하기 때문이다. 가장 나쁜 것은 만일 누군가가 우리를 그 괴로운 예속 상태에서 구하려고 해도, 우리가 그것을 허락하지 않을 뿐만 아니라 도리어 화를 내고 원망하며 여전히 미치광이나 다름없는, 아니 미치광이보다 더 불행한 사람이 되려 한다는 것이다. 그것은 자신의 광기와 헤어지고 싶지 않기 때문이다. 과연 우리는 단지 부를 모으기 위해 인간으로 태어난 것일까? 신이 우리를 자신과 닮은 모습으로 만든 것은 그것 때문이 아니라 우리가 그의 의지를 수행하기를 바랐기 때문이다. 　크리소스토모스

4　사람들이 애써 지키려는 부와 권력에 일말의 가치가 있다면, 이 모든 것을 미련 없이 버릴 때 기쁨을 얻을 수 있다는 것뿐이다.

5 사람들은 지혜와 마음을 기르는 일보다 부를 모으는 일에 천배의 박수갈채를 보낸다. 그러나 인간을 행복하게 하는 것은 외면이 아니라 내면에 있다.

쇼펜하우어

6 유행하는 장신구를 사면 지금 걸친 것들과 어울리도록 열 개의 물건을 더 사게 된다.

에머슨

7 왜 인간은 부유해야 하는가? 왜 값진 말과 훌륭한 옷, 아름다운 방, 공공의 오락장에 출입할 권리가 필요할까? 충분히 사유하지 않기 때문이다.

생각이라는 내면활동을 하게 되면 가장 부유한 사람보다 더 행복해질 수 있다.

에머슨

8 가난한 사람은 부유한 사람보다 훨씬 자주, 훨씬 구김 없이 웃는다.

세네카

／ 정신적 삶을 사는 사람에게 부는 오히려 번거롭기만 하다. 부는 인간의 진정한 삶을 방해하기 때문이다.

11월 16일

이성이 제기하지만 스스로 답할 수 없는 문제들에 답을 주는 것이
신앙이다.

1 그리스도는 위대한 인물이었다. 그는 참되고 보편적인 종교, 즉 신과
인간에 대한 사랑의 종교를 전파했다. 그러나 나는 미래에도 더 훌
륭한 신의 사람들이 나타나리라 믿어 의심치 않는다. 이렇게 말하는
것은 그리스도의 위대함을 낮추려는 것이 아니라 오히려 신의 전능
함을 주장하기 위해서다. 그런 사람들이 나타나면, 전과 같은 싸움이
새로이 시작되어 살아 있는 예언자는 또다시 죽임을 당할 것이고 죽
은 예언자는 또다시 숭배받을 것이다.

그러나 앞으로 어떻게 되든, 그리스도는 우리에게 일반적인 세상
의 규칙과 정반대되는 진리를 가르쳤다. 만일 그가 그 가르침을 사람
들에 대한 흔한 이야기와 일치시켰다면, 단순한 피와 살의 가르침과
일치시켰다면, 그는 한낱 가난한 유대인에 지나지 않았을 것이고, 세
계는 종교적 삶을 관통하는 가장 값진 보물을, 유일하고 보편적이고
진정한 종교의 복음을 잃었을 것이다.

그가 다른 사람들처럼 어느 누구도 모세보다 높고 올바를 수 없다
고 말했다면 어떻게 되었을까? 그랬다면 그는 하잘것없는 인물이 되
어 신은 결국 그의 영혼을 버렸을 것이다. 그러나 그는 인간이 아니
라 신과 소통했고, 공포가 아니라 희망에 귀기울였다. 그는 사람들
을 위해, 사람들과 함께, 사람들을 통해 일을 하며 신을 믿었다. 빌라
도 총독과 헤로데왕이 오직 그를 십자가에 못박기 위해서 손을 잡았
을 때도 진리 그 자체처럼 깨끗했던 그는 교회도 국가도 두려워하지
않았고 동요하지도 않았다. 나는 우리에게 다음과 같이 말하는 숭고

한 영혼의 목소리가 들리는 것 같다. "가난한 형제여, 두려워 마라, 절망하지도 마라. 내 안에 있는 선은 네 안에도 있다. 신은 그때 나에게 가까이 있었던 것처럼 너에게도 가까이 있고, 그때와 마찬가지로 진리가 가득하며, 자신을 섬기는 모든 이에게 힘을 주려 하신다." 파커

2 죽음과 침묵과 심연은 불멸과 지복과 완성을 원하는 존재에게 무서운 비밀이다. 내일, 아니 몇 시간 뒤라도 내가 숨을 쉬지 않게 된다면 나는 어디에 있을까? 내가 사랑하는 사람들은 어디에 있을까? 우리는 어디로 가게 될까? 우리는 대체 무엇일까? 영원한 수수께끼가 항상 우리 앞에 엄중히 서 있다. 사방에 비밀뿐이다. 신앙만이 이 알 수 없는 어둠 속의 유일한 별이다……

어떡하겠는가? 이 세계가 선에서 태어났기를, 의무에 대한 의식이 우리를 기만하지 않기만을 바랄 뿐이다. 행복을 가져오고 선을 행하는 것이야말로 우리의 법, 우리 구원의 닻, 우리의 등대, 우리 삶의 의미다. 이런 종교만 남는다면 다른 모든 종교는 멸망해도 상관없다. 우리에게는 이상이 있을 것이므로 살 만한 가치가 있다. 아미엘

3 **수많은 종교가 있지만 진정한 종교는 오직 하나다.** 칸트

4 오직 신앙만이 낳을 수 있는 강한 신념, 에너지, 일치가 사회를 개선시킨다. 마치니

5 우리에게는 한 번도 죄를 짓지 않은 지도자가 있다. 우리 모두를 꿰뚫고 있고, 마땅히 해야 할 일을 향해 정진해야 하는 의무를 모든 이에게 부여하는 대우주의 정신이다. 이 정신은 나무에게는 태양을 향해 뻗어가라고 명령하고, 식물에게는 씨앗을 떨어뜨리라고 명령하며, 우리에게는 신을 향해 정진하라고, 정진하며 더욱 굳게 결합하라고 명령한다.

/ 인간은 살아 있는 한 믿는다. 그 신앙이 진리에 가까울수록 그는 행복하고, 진리에서 멀수록 불행하다.

　인간은 신앙 없이는 살아갈 수 없다. 신앙이 없는 인간은 자연사하거나, 자살할 것이다.

11월 17일

우리가 지나간 일을 괴로워하느라 미래를 망치는 것은 현재를 경시하기 때문이다. 과거와 미래는 꿈이고 현재만이 실재한다.

1 현재에 집중하라. 오직 현재 속에서 우리는 영원을 인식한다.　괴테

2 가장 흔한 착각 중 하나는 현재를 가장 중요하고 결정적인 순간이라 생각하지 않는 것이다. 오늘이 일 년 중에서 가장 좋은 날이다.　에머슨

3 모든 시대 모든 인물을 존경하라. 그러나 '선인들이 더 훌륭했다'고
는 말하지 마라.   『탈무드』

4 지금 이 순간에 하고 있는 일 외에 중요한 것은 없다.

5 지금 네 그릇(육체)을 사용하라. 내일이면 깨질지도 모른다.   『탈무드』

6 너는 네가 해야 할 일을 했는가. 이것은 참으로 중요한 문제다. 네 삶
의 유일한 의미는 너에게 주어진 짧은 시간에, 네가 너를 이 세상에
보낸 존재가 바라는 일을 했느냐 하지 않았느냐에 달려 있기 때문
이다.   『탈무드』

7 과거와 미래는 없다. 대체 누가, 언제 그 유령의 나라에 가보았겠는
가. 오직 현재가 있을 뿐이다. 없는 내일을 걱정하지 마라. 오직 오늘
을 위해 오늘을 살아라. 너의 오늘이 좋으면 그것은 영원히 좋은 것
이다.   〈윕〉영국의 잡지

✒ 과거의 기억 때문에 괴롭거나 미래가 불안하게 느껴진다면 삶은 오
직 현재에 있다고 생각하고 현재에 충실하라. 과거나 미래에 대한 괴
로움과 불안이 사라지고 자유와 기쁨을 느낄 것이다.

사랑의 요구

부유한 계층의 남녀—남편, 아내, 형제, 자매, 아버지, 딸, 어머니, 아들 등—가 빈곤과 노동에 신음하는 사람들 틈에서 사치스럽고 무위한 생활을 하는 데 깊은 죄의식을 느끼고 도시를 떠나기로 했다고 가정해보자. 그들은 두 사람이 일 년 정도 살 수 있는 생활비 150루블을 남기거나, 아니면 아예 한푼도 남기지 않고 누군가에게 주든가 해서 필요 없는 재산을 처분하고, 도자기의 밑그림을 그리거나 좋은 책을 번역하는 일을 해서 돈을 번다. 또 그들은 러시아 시골로 가서 농가를 빌리거나 사서 제 손으로 채소밭과 과수원을 가꾸고 벌을 치면서, 마을 사람들에게 자신이 아는 의학 지식으로 도움을 주고 어린 아이들에게 글을 가르치고 사람들 대신 편지나 청원서 같은 것을 써주는 일을 해주며 살아간다.

이보다 더 훌륭한 생활이 있을까? 하지만 만일 그 사람들이 위선과 거짓 없이 살고자 한다면, 그 생활의 기쁨은 이내 사라질 것이다. 애초에 그들이 도시와 돈이 그들에게 준 혜택과 기쁨과 화려한 생활을 거부한 것은, 인간은 모두의 아버지인 신 앞에 평등한 형제들이라는 것을, 다시 말해 재능과 가치가 같아서 평등한 것이 아니라 삶에, 그리고 삶이 줄 수 있는 모든 것에 대한 권리에서 평등하다는 것을 인정했기 때문이다.

서로 다른 과거를 가진 성인들을 보며 그들이 평등한지 의구심이 들 때는 어린아이들을 보면 그 의구심은 곧 사라진다. 왜 어떤 아이는 육체적, 정신적 발달을 위한 모든 지적인 원조 속에 자라는데, 또 다른 사랑스러운 아이는 같은 소질 또는 더 나은 소질을 가졌는데도 곱사등이가 되고 불구로 태어나고 젖이 모자라 영양실조에 걸리며 글도 배우지 못한 채 미신에 얽매이고 막일이나 하는 노동자가 되는가?

앞서 말한 사람들이 도시를 떠나 시골 사람과 같은 삶을 살려고 그곳으로 이주한 것이라면 그들은 말로만이 아니라 진정으로 모든 사람이 형제라는 것을 믿고 그 즉시 완전히는 아니더라도 적어도 자신의 생활 속에서 형제애를 실현하려 결심했기 때문일 것이다. 그런데 그들이 그것을 진지하게 생각한다면 그 시도는 그들을 무섭고 빠져나올 수 없는 궁지로 몰아넣을 것이 분명하다.

어릴 때부터 질서 있고 안락하고 청결한 생활에 길든 그들이 시골로 이사해 농가를 빌리거나 사서 벌레를 없애고, 벽지를 직접 바르고, 가구도 사치품이 아니라 철제 침대나 책장, 책상 같은 생활에 꼭 필요한 것만 가져갔다고 하자. 그렇게 그들의 생활이 시작된다. 처음에 마을 사람들은 부유한 사람들이 으레 그렇듯 그들도 자신들이 가진 힘으로 자신들의 특권을 지키려 할 거라 생각하고 경계하며, 부탁이나 요구를 하러 찾아가는 일은 하지 않을 것이다. 그러나 조금씩 그 새로운 주민의 생각이 알려지기 시작한다. 곧 그들이 무보수 봉사를 자청하면, 마을 사람들 중에서도 대담하고 고집 센 사람들이 먼저 나서서 그들을 겪어볼 것이고, 곧 그들이 자신들을 배척하지 않고 함께 살아갈 수 있는 사람들이라는 것이 알려질 것이다.

그러면 다양한 요구가 시작되고 점점 늘어난다.

또 단순한 부탁뿐만 아니라 그들이 가진 것 중 남는 것을 바라는 요구도 당연히 시작된다. 이것은 꼭 요구라고 할 수도 없는데, 시골로 새로 이주한 그들은 마을 사람들과 가까이 살면서 극도로 빈곤한 그들의 모습을 보게 되므로 자신에게 남는 것을 나누어주지 않을 수 없다고 느끼기 때문이다. 그들은 자신들에게 남는 것이 있는 한, 즉 보통 사람들이 모두 가지고 있음직한 것이 남는 한 그것을 계속 주어야 한다고 느끼지만, 어느 정도가 적당한지, 즉 무엇을 얼마나 가지고 있어야 하는지 모른다. 게다가 그들에게는 여분이 있고 주위에는 언제나 끝없는 결핍이 있다고 해도, 얼마나 주어야 하는지 그 한계는 없다. 우유 한 잔쯤은 남겨둬야 할 것 같지만, 마트료나에게는 두 아이가 있고 모유가 나오지 않아 갓난애는 굶주리고 두 살짜리는 뼈가 앙상하다. 일을 마친 뒤 편히 잘 수 있도록 누구나 베개와 담요쯤은 가지고 있어야 할 것 같지만 마을 어느 집에서는 병자가 이가 득실거리는 카프탄을 깔고 삼베 자루를 이불 삼아 밤마다 몸을 떨며 잔다. 차와 먹을 것은 조금 남겨둬도 될 것 같지만, 쇠약한 늙은 순례자가 찾아온다. 그나마 집이라도 깨끗하게 유지하고 싶지만 구걸하러 온 아이들을 재워주면 집안에 이가 들끓는다.

정말 끝이 없는데, 대체 어디서 멈출 수 있을까?

형제애의 의식이 전혀 없는 상태로 시골에 온 사람들만이, 거짓과 진실을 구별하지 못할 만큼 거짓에 익숙한 사람들만이 자신의 것을 내주는 것을 멈출 수 있고 그렇게 하는 데도 한계가 있다고 말할 것이다. 그러나 그런 행위에는 한계가 없고, 그런 행위의 명분이 되는 감정에도 원래 한계가 있을 수 없다. 만일 있다면 처음부터 그런 감정이 없었거나 그저 위선이었을 뿐이다.

계속해서 그들에 대해 상상해보자. 그들은 하루종일 일하고 집에 돌아오지만 침대도 베개도 없어 짚단 위에서 자야 하고, 빵을 먹고 잠자리에 든다. 때는 가을이고 진눈깨비가 내린다. 누군가 문을 두드린다. 열지 않을 수 있을까? 흠뻑 젖어 열이 나는 사람이 들어온다. 어떻게 해야 할까? 마른 짚단에서 그를 재워야 할까? 마른 짚단은 여분이 없다. 그래서 병자를 내보내든가, 젖은 사람을 바닥에서 재우든가, 아니면 자신의 짚단을 내주고 옆에서 자는 수밖에 없다. 그뿐만

이 아니다. 전에도 그들이 여러 번 도와주었지만 그때마다 받은 돈으로 전부 술을 마셔버리는 주정뱅이에 방탕한 남자가 턱을 덜덜 떨며 찾아와 3루블만 달라고 사정하며, 남의 돈으로 술을 마셨기 때문에 그 돈을 갚지 않으면 감옥에 가게 될 거라고 말한다. 그들은 가진 것이 4루블뿐이고 내일 써야 한다고 말한다. 찾아온 남자가 말한다. "그래, 역시 말만 그랬지, 이런 일이 생기면 당신들도 다른 사람들과 똑같아. 말로는 형제라고 하면서 자기들이 좋으면 남은 어떻게 되든 상관없는 거야."

어떻게 해야 할까? 무엇을 해야 할까? 열이 나는 환자를 축축한 바닥에 재우고 자신은 마른 짚단 위에서 자면 마음이 불편해서 잠이 오지 않을 것이다. 그를 자기 잠자리에 재우고 함께 자면 이가 옮아 티푸스에 걸릴지도 모른다. 3루블을 구걸하는 남자에게 가진 돈을 털어주고 나면 내일 빵을 살 수 없다. 주지 않으면 그 남자가 말했듯이 전에 그들이 다짐한 삶의 명분을 부정하는 것이 된다. 여기서 한계를 그을 거라면 왜 더 일찍 긋지 못했는가? 왜 사람들을 도왔는가? 왜 재산을 나눠주고 도시에서 떠났는가? 대체 그 한계는 어디인가? 만약 그들이 하는 일에 한계가 있다면, 그 행위 전체가 무의미 또는 위선이라는 끔찍한 의미를 띤다.

어떻게 해야 할까? 무엇을 해야 할까? 한계를 두지 않으면 자신의 생활이 파괴되고, 몸에 이가 들끓어 병들어 죽고, 다 소용없어진다. 한계를 두고 멈추면 일의 명분, 그때까지 선의로 행한 모든 일의 명분을 부정하게 된다. 그러나 그것을 부정할 순 없다. 왜냐하면 우리가 모두 형제이고 서로 도와야 한다는 것은 나 개인이나 그리스도가 생각해낸 것이 아니며, 사람의 마음속에 그 의식이 들어온 다음에는 그것을 제거할 수가 없기 때문이다. 어떻게 해야 하는가? 출구는 없을까?

다시 한번 상상해보자. 그들이 자신들을 피할 도리 없는 죽음으로 몰고 가는 자기희생의 상황 앞에서 겁먹지 않고, 자신들이 지금 이런 입장에 처한 것은 민중을 돕기 위해 가져온 돈이 너무 적어서이며, 더 많이 가져왔더라면 이런 일은 없었을 것이고 더 많은 민중을 도울 수 있었을 거라는 결론에 도달했다고 해보자. 그래서 그들은 원조해줄 재원을 찾아 거액을 모금하고 민중을 돕기 시작한다. 그러나 일주일도 지나기 전에 똑같은 상태가 된다. 아무리 큰돈이라도 빈곤의 수렁에 빨려 들어가버리고 이내 똑같은 상태가 되어버리는 것이다.

그러나 어딘가 제3의 출구가 있지 않을까? 실제로 그것이 있다고 하는 사람들은, 민중의 계몽에 힘을 기울여 불평등을 사라지게 하는 것이 그 출구라고 말한다.

그러나 그것은 너무나 속이 빤히 들여다보이는 위선이다. 매 순간 굶주림의 낭떠러지로 몰리는 민중을 계몽하는 것은 불가능에 가깝기 때문이다. 계몽을 통해서라도 평등을 세우려고 노력하는 사람이라면 실생활에서 대놓고 불평등을 지지할 리 없겠지만, 이 출구를 주장하는 사람들의 진정성은 대단히 의심스럽다.

그러나 불평등을 낳는 원인을 없애는 데 도움이 되는 것, 불평등을 낳는 폭력을 없애는 데 도움이 되는 제4의 출구가 있다.

자신의 실생활을 통해 형제애를 실천해야 한다고 진실하게 믿는 사람들의 머리에는 제4의 출구가 떠오르지 않을 수 없다.

"우리가 여기서 이 사람들과 함께 살 수 없다면," 내 상상 속 사람들은 틀림없이 이렇게 말할 것이다. "우리가 병이 옮고 이가 들끓는 곳에서 서서히 죽거나 우리 삶의 유일한 도덕적 기반을 버려야 하는 궁지에 몰리게 된 것은 오직 어떤 사람들은 부유하고 어떤 사람들은 빈곤하다는 데서 비롯된 것이고, 그 불평등의 원인은 폭력이므로, 우리는 모든 것의 원인인 폭력과 싸워야 한다." 폭력과 폭력이 낳은 노예 상태를 없애야만 자신의 목숨을 희생해야 하는 입장에 몰리지 않고 민중에게 봉사할 수 있다.

그러나 폭력을 어떻게 없앨 수 있을까? 폭력은 어디에 있을까? 폭력은 군인에게도, 경관에게도, 촌장에게도, 내 문에 걸린 자물쇠에도 있다. 이 폭력과 어떻게 싸워야 할까? 어디서, 무엇으로?

폭력으로 살고 있고, 폭력으로 폭력과 싸우는 사람들처럼 싸워야 할까?

올바른 사람에게는 불가능한 일이다. 폭력으로 폭력과 싸우는 것은 낡은 폭력을 새로운 폭력으로 바꾸는 것일 뿐이다. 폭력에 바탕을 둔 계몽으로 사람들을 돕는 것도 마찬가지다. 폭력으로 모은 돈을 폭력으로 피해당한 사람들을 돕는 데 쓰는 것은 폭력으로 입은 상처를 폭력으로 치료하는 것과 같다.

폭력에 비폭력의 설교로써, 폭력의 폭로로써, 특히 비폭력과 희생의 본보기가 되어 폭력과 싸운다고 할 때, 폭력이 지배하는 세상에서 그리스도교적 삶을 사는 사람에게는 자기희생, 철저한 자기희생 외에 다른 출구는 없다.

폭력의 심연에 맞설 힘을 내지 못할 수도 있지만, 자신이 의식한 신의 법칙을 실천하기를 진심으로 바라는 사람은 자신의 의무를 돌아보지 않을 수 없다. 자기희생을 실행할 수 없더라도 어쨌든 사랑의 요구에 따르겠다는 마음이 있으면 그것을 똑똑히 인식해야 하고, 그것에 대해 말해야 하고, 자신의 생명을 포함해 모든 것을 내놓을 수 없을 때는 스스로를 죄인으로 여기며 결코 자신을 속이지 않아야 한다.

그런데 철저한 자기희생이라는 것은 그렇게 무서운 것일까. 사실 빈곤의 밑바닥은 그리 깊지 않은지도 모른다. 우리는 바닥이 반 아르

신밖에 되지 않는데 깊을 거라 지레 겁먹고 밤새 두 팔로 우물 벽에
매달려 있는 우물에 빠진 아이와 같다.

레프 톨스토이

11월 18일

선은 받는 자의 필요나 주는 자의 희생으로 헤아릴 수 없다. 오직 주는 자와 받는 자 사이에 생겨나는 신 안에서의 합일로만 헤아릴 수 있다.

1 **삶은 늘 행복한 것이 아니다. 좋은 삶만이 행복한 것이다.** 세네카

2 자신이 받은 선보다 모욕이 더 많이 생각나는 것은 자연의 이치다. 선은 잊히지만 모욕은 좀처럼 잊히지 않는다. 세네카

3 대가를 바라며 의무를 수행하는 것은 선이 아니라 선의 모조품이자 유사품일 뿐이다. 키케로

4 비방과 오명이 너를 덮치지 않도록 남을 비방하지 마라. 악령은 앞에서 덤벼들지만 비방은 언제나 뒤에서 덮친다.

분노에 사로잡히지 마라. 분노하면 의무를 잊고 선행을 놓친다.

육욕을 주의하라. 병마와 후회가 뒤따른다.

자기 존재를 해치는 시기심을 품지 마라.

치욕 때문에 죄에 빠지지 마라.

성실하고 과묵하고, 자기 노동으로 살며 가난한 이를 위해 저축하라. 이것은 가장 가치 있는 습관이다.

남의 재물을 훔치지 말고 자신의 일을 소홀히 하지 마라. 스스로

일하지 않고 남의 부양을 받는 자는 식인종과 다름없다.

교활한 자와 다투지 말고 상대하지 마라.

탐욕스러운 자와 사귀지 말고 그의 가르침을 믿지 마라.

어리석은 자와 시비를 따지지 말고, 악인과 돈거래 하지 말고, 비방을 일삼는 자와 어울리지 마라.　　　　　　　　　　　동양의 금언

5　개별 행위의 도덕적 내용을 판단하는 데 시금석이 되는 순수한 도덕성이란 무엇인가. 오직 철학자들만이 이 문제의 답을 의심할 것이다. 왜냐하면 이 문제는 인간의 상식으로 이미 해결된 것이기 때문이다. 추상적이고 일반적인 논의에 의해서가 아니라, 우리가 오른손 왼손을 의심의 여지 없이 구별하는 것처럼 선악의 구별에 따라 이미 답이 정해져 있기 때문이다.　　　　　　　　　　　칸트

6　벗들이 너를 더욱 사랑하도록 그들에게 선을 행하라. 적들도 언젠가는 네 벗이 되도록 그들에게 선을 행하라.

적에 대해 말할 때는 그도 언젠가는 네 벗이 될 수 있다는 것을 기억하라.　　　　　　　　　　　클레오불로스

7　모든 사람은 정도의 차이는 있지만 대립하는 두 경계의 어느 하나에 가까이 다가간다. 하나는 자기만을 위한 삶이고, 다른 하나는 신만을 위한 삶이다.

8 하나의 선행이 다음의 선행으로 이어지며 선행들 사이에 틈이 생기지 않는 것을 나는 행복한 삶이라고 말한다.　　　　　아우렐리우스

✒ 자기도 모르는 사이에 자기 자신을 벗어나 다른 사람 속에 살 때, 우리는 진정한 선을 행할 수 있다.

11월 19일

물질적인 악은 그것을 저지른 자에게 돌아가지 않을지도 모르지만, 악행을 야기한 나쁜 감정은 반드시 그 자신의 영혼에 흔적을 남기고 그를 괴롭힌다.

1 결백한 사람은 아무리 큰 이익을 얻을 수 있다 해도 남에게 슬픔을 주는 일은 하지 않는다.

　결백한 사람은 자신에게 악을 행한 자에게 악으로 되갚지 않는다.

　이유 없이 자신을 미워하는 사람을 같이 미워한다면 결국 지울 수 없는 슬픔만 남는다.

　악을 행한 자에 대한 벌은 그에게 커다란 선을 베풀어 그가 스스로 자신을 부끄럽게 여기게 하는 것이다.

　이웃의 고통도 자신의 것처럼 여기고 함께 극복하려 하지 않는 자는 아무리 학식이 높아도 쓸모없다.

　아침에 남에게 악한 마음을 품으면, 저녁에 악이 나를 찾아온다.

『티루쿠랄』

2 계절이 시간이 흐르면 저절로 절정에 이르듯, 사람의 행위도 저절로 나름의 처지로 이어진다.

모욕당한 사람은 잘 자고 즐겁게 잠에서 깨어 기쁘게 살 수 있지만, 남을 모욕한 자는 파멸한다.

아무리 괴롭더라도 화내지 마라. 행위로든 생각으로든 사람을 모욕하지 마라. 말로 누군가를 불쾌하게 하지 마라. 그것들은 모두 행복을 방해한다.　　　　　　　　　　　　　　　　　　　　『마누법전』

3 우리는 악과 세상이 맺어져 있다고 해서 세상에서 달아나서는 안 된다. 악은 우리가 저지른 일이며, 우리가 진정한 법칙을 알지 못한 결과다. 이러한 무지는 우리 삶을 불행하게 하고 어디를 가든 우리를 불행한 존재로 만들 것이다. 무지에서 벗어나는 것부터 시작하라. 그러면 불행도 물러갈 것이다.　　　　　　　　　　　　　　　　루시 맬러리

4 악인은 남을 해치기 전에 자기 자신부터 해친다.　　　아우구스티누스

5 하늘이 내리는 불행은 피할 수 있지만, 스스로 끌어들인 불행은 피할 수 없다.　　　　　　　　　　　　　　　　　　　　　동양의 속담

6 언제나 우울할 권리를 확보하려는 듯 의도적으로 불행한 삶의 조건 속에 머무르려는 사람들이 있다. 그런 사람들은 언제나 바쁘고 집요하게 움직인다. 그들에게 가장 큰 만족과 요구는, 삶의 기쁨을 만났

을 때 곧바로 그것에 자신의 어둡고 집요한 활동을 끼얹는 것이다. 그들은 스스로 몹시 불행하다고 생각하지만, 그 불행의 책임이 자신들에게 있다는 것을 모른다.

7 선을 행할 수 있을 때 행하지 않으면 결국 괴로움에 빠진다.　　사디

8 남에게 어떻게 되라고 가르치지만 말고 너 스스로 그렇게 되어라. 자신을 이기는 사람이 다른 사람을 이긴다. 자신을 이기는 일이 가장 어렵다.

　　우리는 모두 자기 자신의 주인이다. 악은 자신에게서 생기고 자신에게서 나오며 다이아몬드가 돌을 부수듯 어리석은 인간을 부숴버린다. 스스로 악을 행하면 스스로 더러워지고, 스스로 악을 행하지 않으면 스스로 깨끗해진다.

　　아무리 대단한 일이라도 남을 위한 일이라는 평계로 자신에 대해 소홀해서는 안 된다. 　　　　　　　　　　　　　　　　　　『법구경』

／어떤 물질적 행복도 완전한 악이 행하는 영혼의 손실을 메울 수는 없다.

11월 20일

선하게 사는 사람들은 악하게 사는 사람들에게서 박해를 받아도 자

신의 삶이 올바르다는 것을 의심하지 않는다. 오히려 자신의 삶이 바르다는 것을 더욱 확신한다.

1 너희를 법정에 넘겨주고 회당에서 매질할 사람들이 있을 터인데 그들을 조심하여라. 또 너희는 나 때문에 총독들과 왕들에게 끌려가 재판을 받으며 그들과 이방인들 앞에서 나를 증언하게 될 것이다. 그러나 잡혀갔을 때 '무슨 말을 어떻게 할까?' 하고 미리 걱정하지 마라. 때가 오면 너희가 해야 할 말을 일러주실 것이다. 말하는 이는 너희가 아니라 너희 안에서 말씀하시는 아버지의 성령이시다.

「마태복음」10:17~20

2 온 힘을 다해 정의를 위해 싸우는 자의 승리는 죽음도 방해할 수 없다. 불굴의 바른 마음이여, 그러니 싸워라, 행복과 불행을 생각하지 말고 전진하라. 네 목표인 정의의 승리를 확신하라. 오직 옳지 않은 것만이 파멸하고, 옳은 것은 절대 패배하지 않는다. 정의는 네 의지가 아니라 영원한 신의 법칙으로 이루어지기 때문이다. 칼라일

3 선의 길에서 마주친 장애물을 정신력으로 극복하면 나는 새로운 힘을 얻는다. 선을 달성하는 데 장애물로 생각되던 것도 저절로 선이 되어, 출구가 보이지 않던 곳에 갑자기 밝은 길이 열리기 시작한다.

아우렐리우스

442

4 "끝까지 참는 사람은 구원을 받을 것이다."「마태복음」24:13

   조금만 더 노력하면 목적을 달성할 수 있는데 우리는 왜 그토록 자주 절망하고, 멈추고, 심지어 뒷걸음질치는가.

5 모든 박해는 그리스도적 순종으로 참고 견딘다면 박해자가 의도하는 것과 정반대되는 작용을 낳는다. 사람들은 숲속에 불이 나면 나뭇잎, 풀, 삭정이, 장작 등을 닥치는 대로 그 불 위에 덮어 밟지만, 불은 더 거세게 타오르고 불빛은 더 멀리 퍼진다.

6 박해와 그 고뇌는 그리스도의 계율을 지키는 데 필수조건이다. 마찰과 충돌이 모든 일의 긴장된 정도를 나타내듯 외면적 고뇌의 정도는 우리가 그리스도를 얼마나 따르는지를 나타낸다.

7 박해는 온갖 인위적인 버팀목을 부러뜨리고, 살아가는 힘이 되는 진정한 신앙을 표면으로 불러낸다는 점에서 참으로 소중하다.

8 박해받는 자에게 위험한 것은 고통이 아니라, 자기연민과 박해자에 대해 악의를 품게 되는 것이다.

✍ 억지로 사랑을 구하지 말고, 사랑받지 못하더라도 흔들리지 마라. 사람들은 악인을 사랑하고 선인을 미워하기도 한다. 사람들이 아니라 신을 기쁘게 하라.

11월 21일

우리가 삶에서 이뤄야 할 특별한 위업은 없다. 우리의 삶 자체가 위업이 되어야 한다.

1 아침에 눈을 뜰 때마다 오늘은 무슨 좋은 일을 할 것인지 스스로 묻고 생각하라. 해가 기울어 사라지면, 나에게 예정된 삶의 일부도 사라진다고 생각하라. 인도의 격언

2 **인간의 덕행은 특별한 노력이 아니라 하루하루의 행위로 헤아려진다.** 파스칼

3 신을 섬기는 것이 사람을 섬기는 것보다 좋은 이유는 사람 앞에서는 자기도 모르게 잘 보이고 싶고 마음대로 되지 않으면 화가 나지만, 신 앞에서는 그럴 일이 없기 때문이다. 신은 내가 어떤 사람인지 알고 있으며, 신 앞에서는 아무도 나를 헐뜯을 수 없으므로 굳이 잘 보이려고 애쓸 것 없이 실제로 더 나은 사람이 되도록 노력하면 된다.

4 매일의 아침놀을 삶의 시작으로 여기고, 매일의 저녁놀을 삶의 마지막으로 여겨라. 짧은 삶의 마디마디에 다른 사람들에게 행한 사랑의 행적과 자신에 대한 선한 노력의 흔적을 남겨라. 러스킨

5 나는 신이 사용하는 도구이며, 나의 진정한 행복은 신의 일에 참여하

는 것이다. 나에게 주어진 도구인 내 영혼을 정돈하고, 정결히 하고, 잘 벼르고, 올바로 관리해야 그 일에 참여할 수 있다.

6 아무리 복잡하게 얽힌 일도 인간에게서 분리해 신의 심판 앞에 놓으면 모두 단순명료해진다.

7 삶의 의미는 우리를 이 세상에 보낸 힘이 요구하는 일을 잘 실천하는 데 있다. 그런 삶인지 아닌지는 언제나 알 수 있다. 양심이 알려주기 때문이다. 그러므로 양심의 소리에 귀기울이고 양심이 더욱 예민해지도록 노력해야 한다.

✒ 신을 섬길 때 우리가 하는 모든 행위는, 중요하게 여겨지는 행위든 하찮게 여겨지는 행위든 그 의미에는 아무 차이가 없다. 우리는 우리의 행위가 어떻게 쓰일지 모르며 그 행위를 해야 한다는 것만 안다.

11월 22일

스스로에게 만족하지 못해 내적인 삶을 개선하기 위해 노력하다보면 외적인 삶도 개선된다.

1 우리는 보통 사람들의 삶에 대한 결정권이 특정한 사람들에게 있다

는 생각에 너무도 길든 나머지 그것을 조금도 이상하게 여기지 않는 다. 그러나 종교적인 사람들, 그래서 자유로운 사람들은 결코 그렇게 생각하지 않는다. 우리 삶에 대한 결정권이 특정한 사람들에게 있다 는 생각은 한 사람 또는 몇 사람이 모든 사람을 지배하는 것이 당연 하다고 인정한 데서 온 결과다.

지배자들 자신도, 그들에게 지배받는 사람들도 그렇게 생각한다.

대다수의 사람들이 그들보다 훨씬 비도덕적인 소수의 의지를 따 라야 할 근거도 없거니와 그런 망상은 지극히 무의미하다. 뿐만 아니 라, 다른 사람들에게 좋은 영향을 주는 실제적이고 유일한 방법, 즉 스스로를 바로잡는 일을 필요하지 않다고 여기게 만들기 때문에 특 히 유해하다.

2 대의제는 결코 사회정의의 실현을 목적으로 하지 않는다. 오히려 사 람들을 악한 지배에 굴종하게 하고 그것에 불평할 권리를 갖지 못하 게 한다.

3 노인들(경험이 풍부한 사람들)이 너에게 '무너뜨려라'라고 말하고, 젊은이가 '지어라'라고 말하거든 무너뜨리지도 짓지도 마라. 노인에 게 무너뜨리는 것은 짓는 것이고, 젊은이에게 짓는 것은 무너뜨리는 것이기 때문이다.

4 헌법 같은 건 아무짝에도 쓸모없다. 그것은 주인과 노예의 계약서다. 우리의 과제는 노예의 지위 개선이 아니라 노예제도의 폐지다. 게르첸

446

5 한 사람이 많은 사람을 지배할 권리도 없고, 많은 사람이 한 사람을 지배할 권리도 없다. 체르트코프

6 진리란 무엇인가? 진리는 대다수가 참되다고 믿는 것이고, 찬반 투표로 결정된 것이다. 칼라일

7 다수결은 결코 정의의 척도가 될 수 없다. 실러

8 박물관의 고문도구 진열대에는 총과 칼이 전시되어 있다. 경찰조직과 투표함도 곧 그곳에 전시될 것이다. 크로즈비

9 나는 여기 바닷가에 앉아 절벽에 부딪혀 부서지는 파도 소리에 귀기울이면서 모든 의무에서 해방된 나를 느낀다. 나는 거기에 없지만, 전 세계 모든 국민이 자신들의 헌법을 개정할 수 있을 거라 믿는다. 소로

／ 땅에는 지어올리지 말고 심어라. 지어올리면 자연이 네 노동의 결과물을 파괴하겠지만, 심는다면 자연은 네가 심은 것을 자라게 도와줄 것이다. 정신의 영역도 마찬가지다. 인간이 만든 일시적인 규칙이나 네 욕망이 아니라 인간 본연의 영원한 법칙을 따르라.

11월 23일

삶의 의미는 인간이 신에게 왜 자신을 이 세상에 보냈느냐고 물을 때는 아주 난처하고 해결하기 어려운 문제가 되지만, 인간이 스스로에게 무엇을 해야 하느냐고 물을 때는 아주 간단해진다.

1 언제 어느 때 끝날지 모르는 네 삶이 웃음거리가 되지 않기 위해서는, 그 시간의 길고 짧음과는 상관없이 확고한 의미가 있어야 한다.

2 나그네는 여관방을 더럽히고 망가뜨리고는 방을 편히 쓰라고 내어준 여관 주인을 비난한다. 사람들은 세상의 악에 대해 이런 나그네처럼 신을 비난한다.

3 현명한 사람은 자기보다 높은 존재의 본성에 대해서도, 자기보다 낮은 존재의 본성에 대해서도 이러쿵저러쿵하지 않는다. 인간이 자기보다 높은 존재를 다 이해할 수 있다고 생각하는 것은 지나친 오만이며, 자기보다 낮은 존재에게 모든 관심을 기울일 수 있다고 생각하는 것은 지나친 굴욕이다. 자신의 상대적 위대함과 하찮음을 받아들이고, 자연 속에서 자신과 자신의 위치를 인식하면서 신을 이해하지는 못해도 신에게 복종하는 데 만족하는 것, 하등한 생명을 사랑과 자비로 대하고 그 동물적 욕망을 갖지도 모방하지도 않는 것이야말로 신에 대해서는 겸손하고 피조물에 대해서는 선하고 자기 자신에 대해서는 현명한 태도다.

러스킨

4 삶의 의미를 외면하며 살 수 있는 유일한 방법은 담배나 술이나 아편 등에 절어 육체의 마비 상태 또는 온갖 유흥과 환락에 빠져 감정의 마비 상태에서 사는 것이다.

5 이 세계는 농담도 아니고, 시련을 거쳐 더 나은 영원한 세계로 옮겨가기 위한 골짜기도 아니다. 이 세계는 영원한 세계 중 하나로 아름답고 즐거운 곳이며, 우리가 함께 살아가는 사람들과 우리 뒤에 살아갈 모두를 위해 더 아름답고 즐거운 곳으로 만들어야 할 곳이다.

6 영혼의 완성이 우리 삶의 유일한 목적이라는 것은, 죽음 앞에서 다른 모든 목적이 무의미해지는 것만 보아도 알 수 있다.

✒ 삶의 의미를 의심하거나, 이해하지 못하는 것을 고상하고 비극적이라고 여기지 마라. 삶의 의미를 모르는 것은 좋은 책을 읽는 모임에 참가한 사람이 느끼는 의심과 비슷하다. 사람들이 읽는 책에는 관심도 없고 그 내용을 이해하지도 못하면서 그들 사이에서 서성거리는 사람은 우스꽝스럽고 어리석고 가엾을 뿐이다.

11월 24일

이웃을 물질적으로 돕는 것보다 그를 정신적으로 지지해주는 것이 바로 자선이다. 정신적 지지는 이웃을 비난하지 않고 그의 인간적 가치를 존중하는 것이다.

1 가난 때문에 성마르고 화를 참지 못하는 사람을 가엾어하라. 네 눈앞에 잘 먹고 잘 입은 사람들이 걸어가면, 가난한 가정의 사람들이 얼마나 힘들게 불행을 견디고 있을지 생각하라.   『성현의 사상』

2 남아도는 것뿐만 아니라 자신에게 필요한 것까지 가난한 사람에게 베풀었다고 자비로운 인간이 되는 것은 아니다. 진정한 사랑은 네 마음속 한 곳을 내어주라 요구하고 있다.   『성현의 사상』

3 비방과 험담에 귀기울이지 않는 사람이 진정 자비로운 사람이다.

4 증거도 없는 남의 험담은 믿지도 말고 옮기지도 마라.   페인

5 테오프라스토스^{고대그리스 철학자}는 선한 사람은 반드시 악한 사람에게 화를 내게 된다고 말했다. 정말 그렇다면 선할수록 화를 더 잘 낸다는 것인데, 실제로는 그렇지 않다. 선한 사람은 더 온화하고, 화를 잘 내지 않고, 남을 미워하지 않는다. 현명한 사람은 미망에 빠진 사람을 미워하지 않으며, 그런 감정이 들더라도 자기 자신을 미워할 것이다. 자신이 얼마나 자주 선에 반하는 행위를 했는지, 자신의 많은 행위가 얼마나 너그러운 심판을 원하는 것이었는지 하고 자신에게 화를 낼

것이다. 올바른 재판관은 이웃과 똑같은 잣대로 자신을 심판한다. 아무도 스스로 완전무결하다고 말할 수 없으며, 남들 앞에서는 무죄라고 말해도 자기 양심 앞에서는 그럴 수 없다. 그러므로 미망에 빠져 길을 잃은 사람을 만나면 사랑으로 대하고 비난하지 않고 올바른 길로 안내해주는 것이 훨씬 인간다운 것이다. 실제로 우리는 길을 잃은 사람을 만나면 쫓아내지 않고 길을 가르쳐준다.

길을 잃은 사람에게 올바른 길을 알려주는 것은 우리의 의무이며, 나 자신과 다른 사람들을 위해 진지하게 설득하되 절대 화를 내서는 안 된다. 자기 환자에게 화내는 의사가 어디 있겠는가?   세네카

6 정직하라. 분노하지 마라. 요구하는 자에게는 내주어라. 그는 많은 것을 요구하지 않는다. 이 세 개의 길을 걷다보면 너는 성인들에게 가까워질 것이다.   『법구경』

7 죄의 구렁텅이에 빠진 이웃을 욕하고 선을 추구한다면서 이웃에게 악의를 품는다면 신에 대한 사랑에 바탕을 둔 진정한 자비심이 없는 것이다. 신에게서 태어난 모든 것에는 평안함과 공순함의 각인이 있어 우리의 눈을 자신의 결점으로 향하게 한다.   『성현의 사상』

8 자비와 온유함과 자기부정으로 너는 모든 적을 잠재울 수 있다. 장작이 부족하면 어떤 불도 꺼진다.   스리랑카의 불교

／ 네가 지은 수치스러운 죄의 기억을 어두운 구석에 숨기지 말고, 이웃을 심판하고 싶은 마음이 들 때 언제든 꺼내 쓸 수 있도록 준비하라.

미리엘 주교

1815년 샤를-프랑수아-비앙브뉘-미리엘 각하는 D교구의 주교였다.

어느 저녁 누군가 주교의 집 문을 두드렸다.

"들어오시오." 주교는 말했다.

밖에서 힘껏 떠민 듯 문은 기세 좋게 활짝 열렸다.

한 사내가 들어와 한 걸음 내딛더니 문도 닫지 않고 멈춰 섰다. 등에 바랑을 지고 두 손으로 지팡이를 짚고 있었다. 그의 얼굴은 거칠고 지쳐 보였다. 난로 불빛이 그의 모습을 비췄다.

주교는 조용히 그를 바라보았다. 무슨 일로 왔느냐고 물으려는데, 사내가 지팡이에 몸을 기댄 채 늙은 주교의 눈치를 힐끔힐끔 살피며 말했다.

"저, 저는 장 발장이라고 합니다. 죄수입니다. 십구 년 동안 갤리선_{노예나 죄수가 징역으로 탄 돛배}을 저었습니다. 석방된 지 나흘 됐고, 지금 퐁타리에로 가는 중입니다. 그곳으로 가라는 지시를 받았거든요. 툴롱을 떠난 지 벌써 나흘째인데, 오늘만 30베르스타를 걸었습니다. 여기 와서 어느 여인숙에 갔는데, 여행허가증이 노란색이라고 쫓겨났습니다. 다른 여인숙에도 가봤지만 역시 받아주지 않았습니다. '나가!' 하면서요. 그래서 감옥으로 갔는데 거기서도 수위가 넣어주지 않았습니다. 개집 앞에서는 개마저 짖어대며 저를 쫓아내더군요, 사람들처럼 제가 누구인지 아는 것 같았습니다. 들판에 가서 밤을 보내려 하다가 캄캄하고 비도 올 것 같아 어디 처마밑에서라도 잘 생각으로 거리로 돌아왔습니다. 돌벤치에 누워 자려고 하는데 한 노부인이 이

집을 가리키며 '저 집 문을 두드려봐요!' 하고 일러주길래 이렇게 찾아오게 됐습니다. 여기는 뭐하는 뎁니까? 여관입니까? 저는 열심히 징역을 해서 번 109프랑을 가지고 있습니다. 돈을 내겠습니다. 돈이 있으니까요. 저는 30베르스타나 걸었고 아무것도 먹지 못했고 피곤합니다. 여기 묵어도 됩니까?"

"마담 마글루아르," 주교는 하녀를 불렀다. "한 사람 식기를 더 내오게."

나그네는 두세 걸음 나아가 테이블 위에 있는 램프 쪽으로 다가갔다.

"저," 사내는 방금 한 이야기를 잘 알아듣지 못했다는 듯이 말했다. "제가 징역살이를 하고 나온 죄수라고 한 거, 들으셨죠? 감옥에서 이제 막 나왔습니다." 그는 호주머니에서 노란색 종이를 꺼내 펼쳤다. "이게 제 여행허가증입니다. 보십시오, 노란색이죠. 이것 때문에 저는 어딜 가나 쫓겨납니다. 읽어보시겠습니까? 저도 읽을 줄 압니다. 감옥에서 배웠습니다, 감옥에는 원하는 사람에게 글을 가르치는 학교가 있거든요. 보십시오, 이렇게 쓰여 있습니다. '장 발장, 징역을 마쳤음, 출생지는……' 하기야 이런 건 당신에게 아무래도 상관없겠죠. '징역 십구 년. 그중 오 년은 침입 및 절도 죄, 십사 년은 네 번 탈옥을 시도한 죄에 의함. 매우 위험한 인물임.' 이래서 누구나 다 저를 쫓아내는데 당신은 받아주시는 겁니까? 여기 마구간은 없습니까?"

"마담 마글루아르, 손님방 침대에 깨끗한 시트를 준비해주게."

마담 마글루아르는 시킨 일을 하기 위해 방에서 나갔다. 주교는 손님에게 말했다.

"자, 앉아서 불을 쬐시오. 우리가 저녁을 먹는 동안 당신 잠자리가 준비될 겁니다."

나그네는 비로소 상황을 이해한 듯했다. 우울하고 굳어 있던 얼굴이 놀랍고 의아하면서도 기뻐하는 표정으로 바뀌었고, 그는 어찌할 줄 몰라 중얼거렸다.

"정말입니까? 이럴 수가! 여기 있어도 된단 말입니까? 저를 쫓아내지 않으시는군요! 징역을 살고 나온 사람을 '너'라고 부르지 않고 '당신'이라고 불러주시다니! 다른 사람들처럼 개새끼, 저리 꺼져 하시지 않다니! 당신이 저를 쫓아낼 거라고 각오하고 있었습니다. 그래서 제가 어떤 사람인지 처음부터 말한 겁니다. 그런데 당신은 저녁을 먹여주고 보통 사람들에게 하듯 이부자리를 깐 침대를 준비해주시는군요! 저는 지난 십구 년 동안 침대에서 잔 일이 없었습니다! 당신은 정말 친절한 분이군요! 그런데 주인장, 당신 이름은 뭡니까! 숙박료는 달라는 대로 드리겠습니다. 당신은 정직한 분이군요. 이 여관 주인이시죠?"

"나는 신부입니다." 주교가 대답했다.

"신부라고요!" 징역살이를 하고 나온 나그네는 반문했다. "그럼 이 커다란 성당의 신부님입니까? 그러고 보니 머리에 쓰고 있는 그 모자를 제가 바보같이 몰라봤군요."

사내는 이렇게 말하면서 바랑과 지팡이를 한구석에 내려놓고 여행허가증을 호주머니에 넣은 뒤 의자에 앉았다.

그가 말하는 동안 주교는 일어나서 열려 있던 문을 닫았다.

마담 마글루아르가 돌아왔다. 그녀는 한 사람분의 식기를 테이블에 내려놓았다.

"마담 마글루아르, 식기를 좀더 불 가까이로 놔주게." 주교가 이렇게 말하고 손님에게 덧붙였다. "알프스 지방은 밤바람이 차니 당신도 몸이 꽁꽁 얼었겠죠?"

그가 '당신'이라고 침착하고 부드러운 목소리로 말할 때마다 징역살이를 하고 나온 사내의 얼굴이 밝아졌다.

죄수에게 '당신'이라고 부르는 것은 목마른 사람에게 물 한 잔을 주는 것과 같다. 굴욕은 존중을 갈망한다.

"이 램프는 너무 어두운데!" 주교가 말했다.

마담 마글루아르는 그 말뜻을 알아채고 주교의 침실에서 은촛대를 가져와 초에 불을 붙이고 테이블 위에 놓았다. 그녀는 주교가 손님이 있을 때 촛불을 켜고 싶어한다는 것을 알고 있었다.

"정말 친절하시군요," 죄수가 말했다. "저를 경멸하지 않고 받아주셨습니다. 제가 어디서 왔고 어떤 사람인지 숨김없이 말씀드렸는데도."

주교는 죄수의 손을 다정하게 잡고 말했다. "당신은 자신이 어떤 사람인지 밝힐 필요가 없었어요. 이 집은 내 집이 아니라 하느님의 집이니까. 이 집 문으로 들어오는 사람에게는 이름이 있느냐가 아니라 마음에 슬픔이 있느냐고만 묻습니다. 당신은 힘들고 굶주림과 갈증에 고통받고 있지요. 그렇다면 잘 온 겁니다. 내가 당신을 받아들인 게 아니라, 비바람을 피할 곳이 필요한 사람이 바로 이 집의 주인입니다. 여기 있는 것은 모두 당신 겁니다. 당신의 이름을 알아서 뭐 하겠습니까? 실은 당신이 이름을 말하기 전에 나는 이미 당신을 뭐라고 불러야 할지 알았습니다."

손님은 깜짝 놀라 그를 바라보았다.

"정말입니까? 제 이름을 알고 있었단 말입니까?"

"그럼요." 주교가 대답했다. "당신을 나의 형제라고 불러야 한다는 걸 알고 있었습니다."

"아, 아까 들어올 때는 배가 정말 고팠는데," 손님이 말했다. "신부님 때문에 너무 놀라선지 배고픈 줄도 모르겠습니다!"

주교가 그를 바라보며 물었다.

"고생을 많이 했습니까?"

"네, 붉은 죄수복에 발을 묶은 쇠사슬 덩어리, 침대 대신에 널빤지, 추위와 더위, 채찍질, 사소한 실수만 해도 이중 족쇄와 수갑, 말대꾸라도 하면 감금, 잠자리에서도 병원에서도 언제나 사슬에 묶여 있었습니다. 차라리 개가 더 행복할 겁니다! 그런 세월이 십구 년이었으니까요. 저는 마흔여섯 살입니다. 그런데 이제 노란색 여행허가증을 가지고 마음대로 살라는 겁니다!"

"그랬군요." 주교가 말했다. "당신은 정말 슬픈 곳에서 떠나왔네요. 하지만 내 말을 들어봐요. 하늘에는 올바른 백 사람의 때 묻지 않은 흰옷보다 한 사람 회개한 죄인의 눈물에 젖은 얼굴을 위해 더 많은 기쁨이 준비되어 있소. 만약 당신이 그 고통스러운 곳에서 세상 사람들에 대한 원한과 증오를 품고 나왔다면 당신은 가엾은 사람입니다. 하지만 온유하고 평화롭고 겸손한 마음으로 나왔다면 당신은 우리 누구보다 훌륭한 사람입니다."

그사이 마담 마글루아르는 저녁식사 준비를 끝마쳤다.

갑자기 주교의 얼굴에 손님을 대접하는 주인다운 즐거운 표정이 떠올랐다.

"이제 듭시다." 그는 손님에게 음식을 권할 때 으레 그러듯 쾌활하게 말했다.

주교는 기도를 한 뒤 접시에 수프를 직접 떠담았다. 손님은 허겁지겁 먹기 시작했다.

"아무래도 식탁에 뭔가 빠진 것 같은데." 주교가 말했다.

사실 마담 마글루아르는 식사에 필요한 세 가지 식기만 내놓았다. 하지만 손님이 왔을 때는 여섯 가지 은제 식기를 모두 내놓는 것이 이 집의 관례였다.

마담 마글루아르는 그것을 알아듣고 말없이 나갔고, 이내 주교가 원하는 식기들이 식탁보 위에 질서 있고 보기 좋게 차려져 반짝거렸다.

저녁식사를 마치자 주교는 테이블 위에서 은촛대 하나를 들고 하나는 손님에게 들려주며 말했다.

"이제 방으로 안내하겠습니다."

죄수는 그를 따라갔다. 그들이 침실을 지날 때 마담 마글루아르는 주교의 침대 머리맡에 있는 다락에 은그릇을 넣어두고 있었다. 그녀는 매일 밤 자기 전에 그렇게 했다.

주교가 손님을 데려간 침실에는 깨끗한 침대가 준비되어 있었다. 주교는 촛대를 작은 테이블에 올려놓고 잘 자라고 인사한 뒤 나갔다.

대성당의 종이 두시를 쳤을 때 장 발장은 눈을 떴다. 그가 깬 것은 너무 푹신한 잠자리 때문이었다. 그는 지난 이십 년 동안 푹신한 침대에 누워보지 못했고, 그래서 옷도 벗지 않고 누웠지만 너무 푹신한 침대가 오히려 깊은 잠을 방해했다. 그의 머릿속에서 여러 생각이 스쳤는데, 그중 하나가 끊임없이 다시 돌아와 다른 생각을 밀어냈다. 그것은 마담 마글루아르가 식탁 위에 내놓았던 여섯 가지 은제 식기들과 커다란 수프스푼들이었다. 그것들이 지금 그와 불과 몇 발짝 안되는 곳에 있었다. 아까 주교의 침실을 지날 때 나이든 하녀가 그것들을 침대 머리맡 다락에 넣고 있었다. 그는 그곳을 잘 봐두었는데 식당을 나와서 오른편에 있었다. 옛날 은으로 만든 묵직한 그 그릇들을 팔면 십구 년 징역살이에서 번 돈의 두 배는 벌 수 있을 것이었다.

그는 망설임과 내적 투쟁으로 꼬박 한 시간을 보냈다.

대성당의 종이 세시를 쳤다. 그는 눈을 뜨고 침대에서 몸을 일으켜, 방 한구석에 내던져두었던 바랑에 손을 뻗어 만져보고는, 두 다리를 바닥에 내리고 침대에 앉았다.

그 자세로 몇 분 동안 생각에 잠겼다가 이윽고 일어서서 또다시 몇 분 동안 망설이는 듯 귀를 기울였는데, 집안은 고요했다. 그는 신발을 호주머니 속에 쑤셔넣고 바랑 끈을 조여 어깨에 짊어졌다. 숨을 죽이고 조심스럽게 발을 옮겨 주교의 침실인 옆방으로 갔다. 침실문은 열려 있었는데, 주교가 문을 잠그지 않은 것이었다. 장 발장은 모자를 푹 눌러쓰고 주교 쪽은 보지 않고 재빠르게 곧장 다락으로 다가갔다. 다락문에는 열쇠가 그대로 꽂혀 있었고, 그는 그 문을 열었다. 맨 먼저 눈에 들어온 것은 은그릇을 담은 바구니였다. 그는 그것을 움켜쥐자마자 더이상 조심할 필요 없다는 듯이 발소리도 신경쓰지 않고 급히 방을 가로질러 창문으로 달려가서, 지팡이를 꼭 잡고 창문턱을 뛰어넘은 뒤 은그릇을 바랑에 집어넣고 부리나케 마당을 가로질러 울타리 너머로 사라졌다.

다음날 해가 뜰 무렵 주교는 정원을 산책하고 있었다. 마담 마글루아르가 허둥지둥 달려왔다.

"주교님! 그 사람이 은그릇을 가지고 달아났어요. 보세요, 여기로 뛰어넘어 달아났나봐요!"

주교는 한참이나 말없이 서 있더니 이윽고 생각에 잠겼던 눈을 들고 침착하게 말했다.

"우선 스스로 이렇게 물어봐야 해, 그 은그릇이 과연 우리 것이었는가? 나는 오래전부터 내가 그것을 가지고 있는 게 옳지 않다고 생각했네, 가난한 사람들의 것인데. 그는 가난한 사람이지."

잠시 뒤 주교는 전날 밤 장 발장이 저녁을 먹은 식탁에서 아침식사를 했다.

그가 식탁에서 일어나려 할 때 문을 두드리는 소리가 들렸다.

"들어오시오." 주교가 대답했다.

문이 열렸다. 세 남자가 한 남자의 목덜미를 붙잡고 있었다. 헌병 셋과 장 발장이었다.

주교는 늙은 몸이 허락하는 한 활기차고 빠른 걸음걸이로 그들에게 다가갔다.

"아, 당신은!" 그는 장 발장을 보며 말했다. "또 만나서 반갑군요. 그런데 나는 당신에게 은촛대도 선물했는데 왜 식기들과 함께 가져가지 않았소?"

장 발장은 눈을 들고 어리둥절한 표정으로 미리엘 주교를 쳐다보았다.

"그럼 이놈 주장이 사실이란 겁니까, 주교님?" 한 헌병이 물었다. "순찰을 하다가 이놈을 만났는데 꼭 탈주자 같은 행색이었습니다. 그래서 붙잡아 검문했는데 은그릇들이 나와서⋯⋯"

"그래서 이 사람이 당신들에게 말했겠죠," 주교는 미소지으며 말했다. "이건 자신을 하룻밤 재워준 늙은 신부가 준 거라고. 그런데 당신들은 이 사람을 붙잡아 여기까지 끌고 왔습니까? 오해한 겁니다."

"그럼 이놈을 놔줘도 된단 말씀입니까?"

"물론이지요." 주교가 대답했다.

헌병들은 뒷걸음치던 장 발장을 풀어주었다.

"정말로 나를 풀어주는 겁니까?" 그는 꿈결에 잠꼬대라도 하는 것처럼 가라앉은 목소리로 말했다.

"그래, 석방이다. 하시는 말씀 못 들었나?" 한 헌병이 말했다.

"형제여," 주교가 장 발장에게 말했다. "떠나기 전에 촛대를 가져가시오. 자."

그는 난로 앞에 있는 은촛대를 가져와 장 발장에게 주었다.

장 발장은 온몸을 부들부들 떨었다. 그는 얼떨결에 은촛대를 받아들고 얼빠진 사람처럼 그것을 바라보았다.

"잘 가시오!" 주교가 그에게 말했다. "그런데 형제여, 다음에 올 때는 마당을 통해 들어올 필요 없습니다. 언제든 앞문으로 들어오시오.

이 집의 문은 낮이고 밤이고 잠겨 있지 않으니까."

그러고는 헌병들을 돌아보며 이렇게 덧붙였다.

"여러분은 그만 돌아가셔도 됩니다."

헌병들은 물러갔다. 장 발장은 정신이 아득해져 까무라칠 것 같았다.

주교는 그에게 다가가 속삭이듯 말했다.

"잊지 마시오. 절대로 약속을 잊으면 안 됩니다. 당신은 그 돈을 정직한 사람이 되기 위해 쓰겠다고 약속한 겁니다."

장 발장은 자신이 무슨 약속을 했는지 알지 못했으므로 어리둥절했다. 주교는 한마디 한마디에 힘을 주어 엄숙하게 계속했다.

"장 발장, 나의 형제여, 지금부터 당신은 악을 떠나 선의 나라로 들어가는 겁니다. 나는 당신의 영혼을 샀어요. 나는 당신의 영혼 속에서 어둠을 몰아내고 당신의 영혼을 하느님에게 맡깁니다."

빅토르 위고

11월 25일

오늘날 사람들은 전쟁이 무익하다는 것뿐만 아니라 그 광기와 잔혹함도 알지만, 한 사람 한 사람의 행동이 아니라 정부의 결정으로 문제를 해결하려 하기 때문에 아직도 전쟁이 그치지 않고 있다.

1 드디어 19세기는 새로운 길을 걸어가려 한다. 이 세기의 사람들은 **국가들 간의 법률과 재판**이 필요하다는 것을, 한 국가가 다른 국가에 저지르는 대규모 범죄도 개인이 개인에게 저지르는 범죄와 똑같이 증오해야 한다는 것을 이해하기 시작했다. 케틀레

2 인간의 행위를 근본적으로 연구하다보면 다음과 같은 슬픈 생각에 이르게 된다. 지상에 악의 나라를 존속시키기 위해 얼마나 많은 생명을 희생시키고 있는가, 군대라는 존재는 얼마나 그 악을 조장하는가.
　그 모든 것이 원래 필요 없는 것인데도 대부분의 사람들이 순순히 받아들이는 것은 그들이 어리석어서 소수의 교활하고 부패한 사람들에게 기꺼이 착취당하기 때문이라는 것을 생각하면 놀라움과 슬픔을 걷잡을 수 없다. 라로크

3 지구상의 주민들은 여전히 매우 불합리하고 무지하고 아둔한 상태에 놓여 있다. 그래서 여러 문명국의 온갖 신문과 잡지에는 가상의 적국에 대항해 군사동맹을 맺으려는 각국 수뇌들의 외교 논의와 전쟁 준비에 대한 기사가 날마다 실리고, 이 전쟁에서 국민들은 자신의 목숨이 자기 소유라는 것을 잊기라도 한 듯 도살장으로 끌려가는 가

축처럼 권력자들에게 목숨을 내맡기고 있다.

이 이상한 행성의 주민들은 국가니 국경이니 국기니 하는 것이 당연히 있어야 한다는 신념을 주입당하며 자라기 때문에 인류에 대한 동포의식이 희박하고, 조국이라는 표상 앞에서 그 의식은 완전히 소멸해버린다. 의식이 있는 사람들이 마음을 합친다면 상황은 분명 바뀔 것이다. 개인적으로는 누구도 전쟁을 바라지 않기 때문이다. 그러나 세상에는 수백만의 기생충을 거느린 정치적 도당이 존재하고, 그 기생충들에게 전쟁은 꼭 필요한 것이다. 바로 그들이 사람들의 일치단결을 가로막고 있다.

플라마리옹

4 사람들은 곰을 잡을 때 튼튼한 새끼줄로 묶은 통나무를 꿀통 위에 매달아놓는다. 곰이 꿀을 먹으려고 통나무를 밀면 그 통나무가 되돌아와 곰을 때린다. 화가 난 곰이 더욱 세게 통나무를 밀면 통나무는 다시 돌아와 더욱 세게 돌아와 곰을 때린다. 이렇게 곰이 죽을 때까지 계속된다. 인간이라면 적어도 이 곰보다는 영리해야 하지 않을까?

5 전쟁은 살인이다. 살인을 하기 위해 모인 사람이 많든 적든, 그들이 어떤 변명을 하든 살인은 최악의 죄다.

/ 정부의 권력, 즉 국민을 지배하고 세금을 부과하고 재판으로 사람들을 처벌하는 권리가 인정되는 한 전쟁은 절대 사라지지 않을 것이다. 전쟁은 정부권력이 낳은 결과다.

11월 26일

한 자루의 초로 다른 초에 불을 붙여 수천 자루의 초가 타오르듯이 하나의 마음이 다른 마음에 불을 붙이면 수천 명의 마음도 하나로 타오를 수 있다.

1 어차피 자기완성은 달성될 수 없다며 선을 향해 나아가려는 너를 포기시키려는 자들을 경계하라.

네 안에서 고귀한 감정을 불러일으키는 영향력을 절대 거부하지 마라. 러스킨

2 아주 작은 악을 인간의 본성이라고 믿기보다는 너무 멀어서 도달할 수 없는 선이 인간의 본성이라고 믿어라.

3 좋은 책은 선을 불어넣는다. 좋은 예술 또한 선을 불어넣는다. 기도는 스스로에게 선을 불어넣는 일이다. 그러나 가장 강력하게 선을 불어넣는 것은 선한 삶의 모범을 접하는 것이다. 선한 삶은 그런 삶을 사는 사람들뿐만 아니라 그들의 삶을 보고 듣고 언젠가 알게 될 사람들에게도 큰 행복이다.

4 선하고 현명하고 성실한 사람이 자신이 하고 있는 일, 이를테면 전쟁이나 육식, 불로소득, 형사재판 같은 것이 불법이고 범죄나 마찬가지이고 스스로 악이라고 생각하면서도 그 일을 태연하게 계속하는 경

우를 우리는 종종 목격한다. 왜 그런 이상한 일이 생길까? 그것은 자신의 양심과 이성의 요구보다 강한 외부의 암시에 영향을 받기 때문이다. 그러한 암시에 더욱 강하게 지배받게 되면 점점 더 양심에 반하는 악을 거침없이 행하기도 하지만, 반대로 암시의 영향이 서서히 약해지고 이성의 요구가 강해지면서 동요하다가 마침내 이성이 승리를 거두기도 한다.

5 만약 남에게 선하게 살라고 설득하고 싶다면 네가 선하게 사는 모습을 보여라. 말만으로는 안 된다. 사람들은 눈으로 볼 수 있는 것을 믿는다.

소로

6 인간은 홀로 길을 잃지 않는다. 길을 잃으면 주위 사람들도 길을 잃게 만든다.

세네카

7 누군가를 선으로 이끌 때, 가르치려 들면 어렵지만 본보기를 보여주면 쉽다.

세네카

✒ 영혼에 해로운 교제는 두려워하며 피하고, 좋은 사람들과의 교제는 소중히 하며 구하라.

11월 27일

정욕에 지배받을 때는, 그 욕구가 원래 네 영혼의 것이 아니라 일시적으로 영혼의 본성을 가리는 어둠일 뿐이라고 생각하라.

1 자신의 등불이 되어라. 자신의 피난처가 되어라. 네 등불을 켜놓고 다른 피난처를 찾지 마라.

부처의 금언

2 영혼이란 자기 안의 빛으로 반짝이는 투명한 공과 같다. 그것은 영혼을 위한 모든 빛, 모든 진리의 원천일 뿐만 아니라 외부의 모든 것을 비춰 보여준다. 그럴 때 영혼은 자유롭고 행복하다. 오직 외적인 것에 대한 집착만이 그 매끄러운 표면에 동요를 일으키고 흐리게 하여 그 빛을 굴절시키고 손상시킨다.

아우렐리우스

3 모든 사람에게는 자비심과 수치심, 죄를 미워하는 감정이 있다. 우리는 수양을 통해 그 감정을 키울 수도 있고 줄일 수도 있다. 그런 감정은 수족처럼 인간의 일부이고, 그렇기에 단련할 수 있다. 우산牛山에는 일찍이 아름다운 나무들이 자랐다. 나무를 베어도 줄곧 새싹이 자랐다. 그런데 소와 양이 와서 마구 먹어치우자 벌거숭이가 되었다. 벌거숭이가 되는 것은 산의 본성이 아니다. 영혼의 타락도 마찬가지다. 우리의 천박한 욕정이 자비심과 수치심, 죄를 미워하는 감정의 싹을 다 먹어치우도록 놔두고서 인간에게는 원래 그런 감정이 없다고 말할 수 있을까? 하늘의 법칙을 알면 우리 안의 고귀한 본성을 발달시킬 수 있다.

맹자

4　네 안에는 선의 샘이 있다. 그 샘을 잘 파놓으면 그 길로 언제나 선의
샘물이 졸졸 흐른다.　　　　　　　　　　　　　　　　　아우렐리우스

5　인간의 영혼은 신의 예지를 비추는 거울이다.　　　　　　　　　러스킨

✐　정욕에 사로잡힐 때는 네 안의 신성을 불러내라. 신성이 흐려졌다면
정욕의 포로가 된 것이므로 그것과 싸워야 한다.

11월 28일

생명은 소멸되는 것이 아니라 다만 죽음으로 모습을 바꿀 뿐이다.

1　하루의 괴로움은 그날에 겪는 것만으로 족하다.「마태복음」6:34 자신의 삶
을 의혹과 공포 속에서 낭비하지 마라. 현재의 의무를 잘 수행하는
것이 앞으로 올 몇 시간, 몇 세기를 위한 최선의 준비라 확신하고 자
신의 일에 몰두하라.

　　지금의 우리에게 미래는 언제나 환상처럼 여겨진다. 중요한 것은
삶의 길이가 아니라 깊이다. 문제는 삶을 지속시키는 것이 아니라 영
혼의 모든 고귀한 행위처럼 영혼을 시간 밖으로 끌어내는 것이다. 최
선의 삶을 살 때 우리는 시간에 대해 질문하지 않는다.

　　예수는 영원한 삶에 대해 아무것도 말해주지 않았지만, 그의 가르
침 덕분에 세상 사람들은 시간을 초월해 자신들을 영원한 존재로 느

끼게 되었다. 에머슨

2 인간이 사는 집은 부서지고 사라질 수 있지만, 영혼이 순수한 사상과
선행으로 지은 집은 영원을 두려워하지 않으며, 어떤 것도 그 안에
사는 자를 해칠 수 없다. 루시 맬러리

3 내세를 믿을 수는 없지만, 현재의 삶이 사라지지 않는다는 것은 믿을
수 있고 알 수 있다.

4 **불멸에 대한 믿음은 논리가 아니라 삶을 통해 얻어지는 것이다.**

5 우리는 논리에 따라 내세의 필연성을 믿는 것이 아니다. 손을 잡고
함께 인생의 길을 걸어가던 사람이 갑자기 **아무데도 아닌 다른 곳으로**
사라져버리고 자신은 멈춰 서서 그 심연을 들여다볼 때, 우리는 내세
를 확신하게 된다.

6 죽음을 앞두고 느끼는 공포는 자신이 삶을 얼마나 참되게 이해하는
지를 나타낸다.
　죽음의 공포가 적을수록 자유와 평화, 영혼의 위력과 삶의 기쁨에
대한 의식이 커진다. 죽음의 공포에서 완전히 해방되어 현재의 삶과
진실하고 무한한 삶의 동일성을 온전히 의식했을 때 비로소 결코 파

괴되지 않는 완전한 평화가 찾아온다.

/ 불멸에 대한 의식은 인간 영혼의 본성이다. 우리는 악을 저지를 때마다 그 의식을 점점 상실한다.

11월 29일

말은 곧 행위다.

1 마음에 없는 말은 하지 마라. 거짓말로 영혼을 흐리지 마라.

『성현의 사상』

2 적은 친구보다 더 이로울 수 있다. 친구는 종종 우리의 결점을 지나치지만, 적은 언제나 결점을 지적해서 주의를 기울이게 하기 때문이다.

   적의 비판을 경시하지 마라.

3 아무리 허영심이 넘치는 사람도 자기 자신을 잘 이해하기만 한다면, 다른 사람 말에 따르는 것도 어떤 문제에 대해 스스로 확신에 차서 주장하는 것만큼이나 괜찮다고 여길 수 있다. 그렇게 한다면 그는 더 참된 명예를 얻을 수 있을 것이다. 다른 사람의 말을 잘 듣고 따르기

위해서는 더 큰 자기부정과 자기수양이 필요하기 때문이다. 　칸트

4 지혜로운 사람은 말로 사람의 가치를 판단하지 않으며, 보잘것없는 사람이 한 말이라고 무시하지 않는다. 　중국의 격언

5 인간의 혀는 생각을 전하기에 충분한 도구지만, 진실하고 깊은 감정을 전하는 데는 매우 서툴다. 　코슈트

6 어떤 말도 듣는 사람이 받아들일 수 있는 범위 안에서만 의미를 갖는다. 불성실한 사람에게 성실의 의미를 설명할 수 없고, 사랑과 거리가 먼 사람에게 사랑의 의미를 설명할 수 없다. 말의 의미를 듣는 사람의 수준으로 아무리 끌어내린다 해도 결국 성실과 사랑을 설명할 말을 찾지 못할 것이다. 　러스킨

／ 어떤 목적으로 하든 거짓말은 결코 정당화할 수 없다.

11월 30일

겸허한 사람은 자신에게서 벗어나 신과 하나가 된다.

1 세상에 물보다 부드럽고 약한 것은 없지만, 아무리 굳세고 강한 것도 물을 이기지 못한다. 부드러움이 굳셈을 이기고 약함이 강함을 이긴다. 온 세상에 이를 모르는 사람이 없지만 실천하는 사람은 아무도 없다.

노자

2 상황을 억지로 바꾸려 하면 오히려 상황에 지배당하지만, 스스로 먼저 양보하면 상황도 양보한다.

자신이 처한 상황이 좋지 않을 때도 거스르지 말고 흘러가는 대로 맡기는 편이 낫다. 상황을 거스르는 자는 상황의 노예가 되지만 상황을 따르는 자는 그 주인이 되기 때문이다.

『탈무드』

3 지혜로운 사람은 선을 행할 때 사람들 눈에 띄지 않게 하고 누가 알아주지 않아도 서운해하지 않는다.

공자

4 사디가 말했다. "나는 파르티아 지방에서 호랑이를 타고 가는 사람을 만났다. 깜짝 놀라 그 자리에서 꼼짝도 할 수 없었다. 그러자 그가 말했다. '사디여, 멍에를 채웠으니 놀라지 마라. 신의 멍에에서 네 머리를 빼지 않는다면 어떤 것도 네 멍에에서 머리를 빼지 못할 것이다.'"

5 인간은 있는 그대로의 모습으로 있으려 할 때는 아주 강하지만, 더 높이 올라가려 할 때는 참으로 힘없는 존재가 된다.

루소

6 겸손 속에서 자기완성을 향해 올라가는 사람은 원뿔의 꼭대기에서 밑변을 향해 내려가는 것과 같다. 밑으로 갈수록 정신적 삶의 원은 더욱 커진다.

7 가장 약한 것이 가장 강한 것을 이긴다. 그러므로 겸손의 덕과 침묵의 이익은 참으로 크다. 그러나 겸손의 덕을 지닌 사람이 너무 적다.

노자

/ 인간은 겸손할수록 자유롭고 강하다.

12
월

12월 1일

삶의 근본적 사명의 측면에서 여성과 남성의 사명은 다르지 않다. 그것은 신에 대한 봉사다. 차이가 있다면 봉사의 대상이 다르다는 것이다. 여성도 남성과 마찬가지로 신에 대한 봉사를 사명으로 삼고 사랑이라는 수단으로 그것을 수행하지만, 대부분의 여성에게 봉사의 대상은 남성보다 더 확실하다. 그들은 신의 일을 할 새로운 일꾼들을 사랑으로 기른다.

1 사치스러운 여인이여, 누가 네게 다음과 같이 묻는다면 어떻게 대답하겠는가. 깨끗하고 건강하고 아름다운 육체에 초라한 옷을 입겠느냐, 아니면 불구이며 병든 육체에 황금옷을 걸치고 화려한 치장을 하겠느냐. 너는 화려한 치장보다 건강하고 아름다운 육체를 바라지 않겠느냐? 그런데 너는 육체의 아름다움을 바라면서 왜 정신은 추악하게 내버려두는 것이냐? 혐오스럽고 추악하고 어두운 정신을 황금으로 장식한들 무슨 소용이 있겠느냐? 그것이야말로 어리석음의 극치가 아니겠느냐?

크리소스토모스

2 여성의 선량함은 끝이 없지만, 그 사악함도 끝이 없다.

선한 아내는 남편에게 아주 값진 선물이지만, 악한 아내는 낫지 않는 종기와 같다.

『탈무드』

3 온화한 말과 과묵함은 여성에게 최고의 장식이다.

4 대도시를 거닐며 일류 상점에서 수백만 노동자의 생명을 앗아가기도 하는 가혹한 노동의 소산인 수백만 루블의 사치품이 날개 돋친 듯 팔려나가는 모습을 보라. 여성들이 소비하는 사치품은 대부분 없어도 되는 것이다. 그들이 불필요한 사치가 얼마나 큰 해악을 낳는지 깨닫는다면 얼마나 좋을까!

5 여성은 아름다울수록 정직해야 한다. 자신의 아름다움이 낳을 수도 있는 위험한 악에는 오직 정직으로만 맞설 수 있기 때문이다.　　　　　　레싱

6 남편이 아내를 선택하는 것이 아니라 아내가 남편을 선택하는 것이다. 자신이 낳을 자식들을 위해 더 좋은 아버지를 찾으려는 여성은 무엇이 선이고 악인지 알아야 한다. 그것을 가장 먼저 배워야 한다.

7 모성애적 희생심으로 사람들을 사랑하고 신에게 봉사하는 고결한 여성이야말로 가장 아름답고 행복한 인간 존재다.

8 자기희생만큼 여성의 본성에 들어맞는 것도 없고, 자기애만큼 여성의 본성에 반대되는 것도 없다.

✒ 자기완성이란 남녀 모두에게 같은 것, 곧 사랑의 완성이다. 남성은
대개 지혜와 신의에서 여성보다 뛰어나고, 여성은 사랑에 의한 자기
희생에서 남성보다 뛰어나다.

여성

남성이나 여성이나 모든 인간의 사명은 사람들에게 봉사하는 것이다. 인간으로서의 덕성이 전혀 없지 않다면 누구나 이 보편적 논제에 동의할 것이다. 사명을 받아들이고 실천하는 데 남녀의 차이가 있다면, 그것은 사명을 실천하는 수단, 즉 무엇으로 사람들에게 봉사하느냐 하는 것뿐이다.

남성은 생활에 필요한 것을 얻기 위한 육체적 활동, 자연을 극복하기 위해 자연의 법칙을 연구하는 정신적 활동, 생활양식을 설정하고 인간관계의 규정 같은 사회적 활동을 통해 봉사한다. 남성에게 봉사의 수단은 참으로 다양하다. 출산과 보육을 제외한 모든 활동이 봉사의 수단이 될 수 있다. 한편 여성은 남성과 똑같은 수단으로 봉사할 수도 있지만, 신체 구조상 남성이 할 수 없는 유일한 것에 사명을 느끼고 끌린다.

인류에 대한 봉사는 두 가지로 나뉜다. 하나는 현재 살고 있는 사람들의 안녕과 행복을 증대시키는 것이고, 다른 하나는 인류 자체를 존속시키는 일이다. 남성은 주로 전자를 담당하며, 후자의 방법으로는 봉사할 수 없다. 후자는 여성만이 할 수 있다. 그 차이를 잊거나 무시해서는 안 되며, 만약 그런다면 죄(크나큰 오류)다. 그 점에서 남성과 여성의 의무 차이는 필연적 본성에서 비롯된 것이다. 또한 그 점에서 남녀의 선행과 악행에 대한 평가, 즉 세상이 창조된 이래 모든 시대에 존재했고 지금도 존재하고 인간에게 이성이 존재하는 한 앞으로도 절대 사라지지 않을 평가가 생긴다.

일생의 대부분을 본래의 사명인 다양한 육체적, 정신적, 사회적 활동으로 보내는 남성도, 일생의 대부분을 자신들에게만 가능한 사명인 출산과 수유, 양육 같은 활동으로 보내는 여성도 모두 마찬가지로 자신들이 해야 할 일을 하고 있다고 느낄 것이다. 그들은 존경과 사랑을 받아 마땅하다. 남녀 모두 본령에 합당한 사명을 수행하기 때문이다.

남성의 사명은 다양하고 범위가 넓고, 여성의 사명은 그보다 단순하고 범위가 좁지만 대신 깊다. 따라서 수백 가지 의무를 지닌 남성은 그중 10분의 1쯤은 저버려도 여전히 어느 정도 자신의 사명을 다한, 나쁘지 않은 유익한 인간이 되지만, 의무의 수가 적은 여성은 그중 하나만 저버려도 당장 수백 가지 중 수십 가지 의무를 저버린 남성보다 도덕적으로 낮은 평가를 받는다. 예나 지금이나 사회의 여론이 그랬고 앞으로도 그럴 것이다. 바로 그것이 자연의 본질이기 때문이다.

남성은 신의 의지를 수행하기 위해 육체노동과 사상과 도덕으로 신에게 봉사해야 한다. 그 모든 것을 구사해 남성은 자신의 사명을 수행할 수 있다. 그러나 여성으로서 신에게 봉사하는 방법은 주로, 아니 거의 예외 없이 자식을 통해서다(여성 말고는 아무도 그것을 할 수 없기 때문이다). 남성은 자기 활동의 결과를 통해서 신과 인류에게 봉사할 사명을 받았고, 여성은 자신의 아이를 통해서 봉사할 사명을 받았다.

따라서 **자신의** 아이에 대한 여성의 애정은 논리적으로 따질 수 없는 예외적 애정이며, 그것은 어느 세상에서나 어머니인 여성에게 고유한 것이고, 고유해야 하는 것이다. 어린 자식에 대한 애정은 결코 이기주의가 아니며, 노동자가 자신이 만든 물건이 아직 자기 손에 있을 때 느끼는 애정과 같다. 노동자에게 그런 애정이 없다면 어떻게 그 일을 할 수 있겠는가.

어머니의 경우도 이와 마찬가지다. 여러 가지 활동을 통해 사람들에게 봉사할 사명이 있는 남성도 자신의 일을 하는 동안 그 일을 사랑하는 법이다. 자식을 통해 사람들에게 봉사할 사명이 있는 여성 역시 아이를 낳고 먹이며 키우는 동안 그 아이를 사랑하지 않을 수 없다.

봉사의 형태는 다르지만 신과 사람들에게 봉사한다는 공통된 사명을 가지고 있다는 점에서 남성과 여성은 완전히 동등하다. 남성의 봉사와 여성의 봉사가 똑같이 중요하다는 점에서 그들은 동등하고, 한쪽 없이는 다른 한쪽을 생각할 수 없고 서로가 서로의 조건이 되기 때문에 동등하며, 실제 봉사를 위해서는 남성이나 여성이나 반드시 진리를 알아야 하고 그것 없이는 남성의 활동도 여성의 활동도 무익함을 넘어 오히려 인류에게 유해하다는 점에서도 동등하다. 남성은 다양한 활동을 해야 할 사명이 있지만, 그의 육체적, 정신적, 사회적 활동은 진리와 타인의 행복을 위해 이루어질 때에만 비로소 유익한 결실을 맺는다.

여성의 사명도 마찬가지다. 여성의 출산과 수유와 양육도 자신의 기쁨을 위해서가 아니라 미래의 인류에게 봉사할 사람을 키우기 위해 이루어질 때에만 인류에게 유익하다. 그 양육이 진리와 만인의 행복을 위해 이루어질 때, 다시 말해 여성이 아이를 인류의 가장 선한 일꾼이 되도록 마음을 다해 키울 때 비로소 인류에게 도움이 될 것이다.

'그렇다면 자식이 없는 여성, 미혼 여성과 과부는 어떻게 되는가?'
그런 여성은 남성이 하는 다양한 일을 훌륭히 할 수 있다.

아이를 다 키우고 여력이 있는 여성은 남성의 일을 도울 수 있다. 여성이 거들면 큰 도움이 될 것이다. 그러나 아이를 낳을 수 있는 여성이 남성들이 하는 일에 종사하고 있는 것을 보면 안타까운 마음이

든다. 그런 여성을 보면 연병장이나 산책로를 만들기 위해 귀한 흑토에 자갈을 덮어버리는 모습을 보는 것 같다. 아니, 그보다 훨씬 더 안타깝다. 왜냐하면 흙은 그저 곡물밖에 생산할 수 없지만, 여성은 평가의 영역을 넘어서는 것, 그 이상의 것은 아무것도 없는 것—인간을 낳을 수 있기 때문이다. 그것은 오직 여성만이 할 수 있다.

레프 톨스토이

누이들

1

1882년 5월 3일, 르아브르항에서 중국해를 향해 삼장선^{돛대를 세 개 단 배} '바람의 성모'호가 출항했다. 이 범선은 중국에서 하물을 부린 뒤 새 하물을 부에노스아이레스로 실어간 다음 거기서 다시 상품을 싣고 브라질로 갔다.

우리는 순항을 방해하는 배의 파손과 수리, 몇 개월의 무풍, 항로에서 멀리 밀어내는 바람, 돌발적 해상사고와 재난 등에 시달리며 무려 사 년이나 외항을 한 끝에 1886년 5월 8일에야 간신히 미국제 통조림이 든 생철상자들을 실은 채 마르세유항에 도착했다.

범선이 르아브르항에서 출항했을 때는 선장과 조수 등 열네 명의 선원이 승선했는데, 항해하는 동안 선원 한 명은 죽고 네 명은 갖가지 사고로 실종돼, 프랑스로 돌아왔을 때는 아홉 명만 남아 있었다. 죽거나 사라진 선원들 대신 두 명의 미국인과 한 명의 흑인, 싱가포르의 어느 술집에서 만난 스웨덴인 한 명이 고용되었다.

범선의 돛이 걷히고 삭구는 열십자로 돛대에 매어졌다. 증기 예인

선이 헐떡이는 소리를 내면서 다가와 범선을 다른 배들이 정박한 곳으로 끌고 갔다. 바다는 잔잔해서 물가에 가볍게 잔물결이 일고 있었다. 범선은 배들 사이로 들어갔다. 세계 각국에서 모여든 온갖 형태의 의장을 한 크고 작은 배들이 부둣가를 따라 뱃전이 서로 맞닿을 듯 들어차 있었다. '바람의 성모'호는 새로운 동료에게 자리를 내준 이탈리아 이장선과 영국 상선 사이로 들어갔다.

선장은 세관과 항만관리들과 입항 절차를 마친 뒤 선원들 중 절반에게 하룻밤 휴가를 주어 하선시켰다.

따뜻한 여름밤이었다. 온 시가가 밝게 불을 밝힌 마르세유의 거리를 걸어가자, 곳곳의 부엌에서 음식냄새가 풍겨오고, 사방에서 사람들이 이야기하는 소리와 바퀴 삐걱거리는 소리, 즐겁게 외치는 소리가 들려왔다.

'바람의 성모'호에서 내린 선원들은 넉 달이나 땅을 밟지 못해서 육지에 내리자 마치 도시와 인연이 멀고 도시의 습관이 낯선 사람들처럼 둘씩 짝을 지어 쭈뼛거리며 시내를 걸어갔다. 그들은 부두에서 가장 가까운 거리를 뭔가 찾는 것처럼 기웃거리며 걸었다. 넉 달 동안 여자를 보지 못해 욕정이 그들을 괴롭히고 있었다. 건강하고 날렵한 젊은이 셀레스틴 뒤클로가 앞장서서 걸었다. 그는 하선할 때마다 언제나 사람들을 이끌었다. 좋은 곳을 찾아낼 줄 알았고, 빠져야 할 때 빠지는 요령도 알았다. 선원들이 하선하면 으레 일어나기 마련인 싸움에 말려드는 일도 없었지만, 혹시 싸움에 말려들어도 동료를 두고 혼자만 달아나지 않고 자기편을 도왔다.

선원들은 지하실과 헛간의 역한 냄새가 풍기고 마치 배수로처럼 모든 것이 바다 쪽으로 향하는 어두운 거리를 오랫동안 어슬렁거리며 돌아다녔다. 마침내 셀레스틴은 문마다 각등을 밝힌 좁은 어느 골목길을 골라 들어갔다. 선원들은 농담을 하고 콧노래를 흥얼거리며 그를 따라갔다. 각등의 불투명한 유리에 커다랗게 숫자가 적혀 있었다. 현관문 나지막한 천장 밑 짚의자에 앞치마를 걸친 여자들이 앉아 있다가 선원들을 보자 골목 한복판으로 달려나와 가로막고 서서는 저마다 자기 집으로 끌어당겼다.

갑자기 어느 집 현관 안쪽에서 문이 홱 열리더니, 몸에 꼭 끼는 거친 무명 바지에 짧은 치마, 금몰로 장식한 검은 벨벳 가슴가리개를 걸친 반라의 아가씨가 나타났다. "이봐요, 미남 아저씨들, 여기로 와요!" 그녀는 저만치서 부르기도 하고, 직접 달려나와 한 선원을 붙잡고 온 힘을 다해 그를 문 쪽으로 잡아당기기도 했다. 그녀는 마치 거미가 자기보다 힘이 센 파리를 거미줄로 유인하듯 선원이 뿌리치면 다시 착 달라붙었다. 정욕에 꺾인 젊은이가 힘을 슬며시 풀자, 다른 선원들은 발을 멈추고 어떻게 되나 지켜보았는데, 셀레스틴 뒤클로는 "여기는 아니야, 들어가지 마, 더 가보자!" 하고 외쳤다. 그러자 젊은이는 그의 목소리를 듣고 아가씨를 힘껏 뿌리쳤다. 선원들은 화난 아가씨의 욕을 바가지로 들으며 다시 걸어갔다. 골목에 울려퍼지는 시끄러운 소리에 다른 아가씨들도 뛰어나와 선원들에게 달려들어 새된 소리로 환심을 사려 했다. 이렇게 그들은 자꾸 앞으로 나아갔다. 박차를 철렁거리는 군인들도 보였고, 홀로 단골집에 들어가는 상인이나 점원으로 보이는 남자와도 마주쳤다. 다른 골목에도 같은 모양의 각등이 켜져 있었지만, 선원들은 여자들로 꽉 찬 집집에서 바닥으로 흘러나오는 악취나는 구정물을 밟으며 앞으로 나아갔다. 이윽고 뒤클로는 다른 데보다 좀 나아 보이는 집 앞에서 발을 멈추고 동료들을 안으로 이끌었다.

2

선원들은 유곽의 큰 홀에 앉았다. 그리고 저마다 한 명씩 아가씨를 골라 밤새 붙어 있었는데, 그러는 것이 유곽의 관행이었다. 테이블 세 개를 붙여놓은 자리에서 선원들은 우선 아가씨들과 술부터 마셨고, 이내 자리에서 일어나 함께 위층으로 올라갔다. 열두 개의 다리가 나무계단을 오르면서 투박한 단화 소리가 한동안 요란하게 울리더니, 모두 좁은 문을 열고 각자 방으로 흩어졌다. 그러고는 방에서 나와 아래층에서 한참 술을 마시다가 또다시 위층으로 올라갔다.

모두 흥청망청했다. 반년 치 급료가 네 시간의 환락으로 홀랑 날아갔다. 열한시쯤 그들은 모두 완전히 취해 눈에 핏발이 선 채 자신들도 무슨 말인지 알지 못하는 말을 외쳐댔다. 저마다 무릎에는 아가씨를 앉혀놓고 있었다. 노래를 부르는 자도 있고, 고래고래 소리지르는 자도 있고, 테이블을 쾅쾅 내리치거나 술을 병째 들이붓는 자도 있었다. 셀레스틴 뒤클로는 그들 한가운데 있었다. 그의 무릎에는 몸집이 크고 통통하고 볼이 빨간 아가씨가 앉아 있었다. 그도 동료들 못지않게 많이 마셨지만 아직 완전히 취하지는 않았고, 머릿속에 어떤 생각이 맴돌고 있었다. 그는 감상적인 기분이 되어 자신의 짝에게 무슨 이야기를 할지 생각하고 있었다. 그러나 어떤 생각이 떠올랐다가도 이내 사라져버리는 통에 도저히 그것을 붙잡아 말로 표현할 수가 없었다.

그는 웃으며 말했다.

"음, 저어…… 저어…… 너는 여기 얼마나 있었지?"

"여섯 달." 아가씨는 대답했다.

그는 수긍한다는 듯이 고개를 끄덕였다.

"그래, 어때, 괜찮아?"

그녀는 잠시 생각했다.

"뭐 익숙해져서," 그녀는 말했다. "어쨌든 살아야 하니까. 하녀나 세탁부보다는 낫지."

이번에도 그는 수긍한다는 듯이 크게 고개를 끄덕였다.

"너 이곳 출신 아니지?"

그녀는 아니라는 뜻으로 고개를 저었다.

"먼 데서 왔어?"

그녀는 끄덕였다.

"어디서 왔는데?"

그녀는 뭔가 떠올리려는 듯 잠시 생각에 잠겼다.

"페르피냥프랑스 남부의 도시." 그녀가 대답했다.

"아, 그래." 그는 말하고 입을 다물었다.

"당신은 무슨 일 해, 선원?" 이제는 그녀가 물었다.

"응, 우린 다 선원이야."

"어디 먼 데 다녀왔어?"

"응, 아주 먼 데 갔었지. 많은 걸 봤고."

"세계를 한 바퀴 돈 거야?"

"한 바퀴가 아니라 두 바퀴는 돌았을걸."

그녀는 뭔가 기억났는데 망설이는 것 같았다.

"다른 배도 많이 만났겠지?" 그녀가 말했다.

"그럼, 그건 왜?"

"혹시 '바람의 성모'호는? 그런 배가 있는데."

그는 그녀가 자신들이 타는 배 이름을 말해서 놀랐지만, 장난이 치고 싶어졌다.

"그럼, 지난주에 만났지."

"정말, 사실이야?" 그녀는 얼굴이 창백해지며 물었다.

"정말이지."

"거짓말 아니고?"

"맹세코." 그는 맹세했다.

"그럼, 혹시 그 배에서 셀레스틴 뒤클로라는 사람 못 만났어?" 그녀는 물었다.

"셀레스틴 뒤클로?" 그는 되풀이했고, 놀라움을 넘어 두려움을 느꼈다. 이 여자는 어떻게 그의 이름을 알고 있을까?

"그 사람을 알아?" 그는 물었다. 그녀도 뭔가에 깜짝 놀란 것 같았다.

"아니, 내가 아니고 여기 그 사람을 아는 다른 여자가 있어."

"어떤 여자? 이 집에 있어?"

"아니, 이 근처."

"이 근처 어디?"

"멀지 않아."

"뭐하는 여자인데?"

"그냥 평범한 여자, 나 같은."

"그런데 그 여자가 그 사람을 왜?"

"나도 몰라. 아마 한 고향 사람일걸."

그들은 서로의 눈을 뚫어지게 바라보았다.

"그 여자 한번 만나보면 좋겠는걸." 그는 말했다.

"왜? 뭐 할말이라도 있어?"

"할말이 있지……"

"무슨 말?"

"셀레스틴 뒤클로를 만났다고."

"아, 셀레스틴 뒤클로를 만났어? 그 사람 어땠어, 건강해?"

"건강하던데. 그건 왜?"

그녀는 입을 다물고 다시 생각에 잠기더니 이윽고 조용히 말했다.

"'바람의 성모'호는 어디로 가고 있어?"

"어디냐고? 마르세유지."

"정말?" 그녀는 외쳤다.

"정말이지."

"당신도 뒤클로를 알아?"

"안다고 말했잖아."

그녀는 또다시 생각에 잠겼다.

"아, 그렇구나. 잘됐다." 그녀는 나직한 목소리로 말했다.

"근데 네가 왜?"

"그 사람 만나면 당신이 전해줘…… 아니야, 그럴 것 없겠다."

"대체 무슨 말인데?"

"아니야, 아무것도 아니야."

그는 그녀의 얼굴을 쳐다보았고 점점 더 불안해졌다.

"그럼 너도 그 사람을 아는 거야?" 그는 물었다.

"아니, 몰라."

"그런데 왜?"

여자는 대답은 하지 않고 갑자기 일어나더니 안주인이 앉아 있는 계산대로 달려가 레몬을 집어 가르더니 컵에 즙을 짜냈다. 그리고 물을 타서 셀레스틴에게 가져와 건넸다.

"자, 마셔." 그녀는 이렇게 말하고 아까처럼 그의 무릎 위에 다시 앉았다.

"이건 왜?" 그는 컵을 받아들고 물었다.

"술 깨라고. 그럼 얘기해줄게. 마셔."

그는 쭉 마시고 옷소매로 입을 닦았다.

"이제 말해봐, 들을 테니까."

"그 사람한테 나 봤다는 말 안 할 거지? 누구한테서 이 얘길 들었는지도?"

"응, 그럴게, 말 안 할게."

"맹세해!"

그는 맹세했다.

"절대로?"

"절대로."

"그럼 그 사람한테 그의 부모님 두 분이 다 돌아가셨고, 남동생도 죽었다고 전해줘. 열병이었어. 한 달 사이에 세 사람이나 죽은 거야."

뒤클로는 온몸의 피가 한꺼번에 심장으로 솟구치는 것 같았다. 그는 무슨 말을 해야 할지 몰라 한참이나 말없이 있다가 입을 열었다.

"그거 확실한 거야?"

"확실해."

"누구한테 들었는데?"

여자는 그의 어깨 위에 손을 얹고 그의 눈을 똑바로 들여다보았다.

"아무한테도 말하지 않겠다고 맹세해."

"절대로 말하지 않겠다고 아까 맹세했잖아."

"나는 그 사람 동생이야."

"프랑수아즈!" 그가 외쳤다.

그녀는 그의 얼굴을 가만히 들여다보다가 입술을 희미하게 움직이며 들릴 듯 말 듯 말했다.

"그럼 당신은, 셀레스틴!"

그들은 마치 얼어붙은 것처럼 꼼짝도 하지 않고 서로의 눈을 바라보았다.

그들 주위에서는 모두가 술에 취해 고래고래 외쳐대고 있었다. 술잔 부딪치는 소리, 손뼉 치는 소리, 구두 굽을 쿵쿵 울리는 소리, 귀청을 찌르는 여자들의 교성과 시끄러운 노랫소리가 뒤섞였다.

"대체 어떻게 이런 일이?" 그는 겨우 들릴 정도로 낮은 목소리로
말했다.

갑자기 여자의 두 눈에 눈물이 가득 고였다.

"그래, 다 죽었어, 세 사람이 모두 한 달 만에." 그녀는 계속했다.
"내가 어떻게 해야 했겠어? 나 혼자 남았어. 약값에 의사 진료비에
세 사람 장례식을 치르느라…… 모든 걸 팔고 다 정리하고 나니까
남은 건 나밖에 없었어. 그래서 카쇼 나리네 하녀로 들어갔어, 기억
할 거야, 그 절름발이 말이야. 그때 나는 열다섯 살이었어, 오빠가 떠
났을 때는 겨우 열네 살이었고. 난 그 사람과 죄를 저질렀어…… 정
말 바보 같았지. 그다음에는 공증인의 집에 유모로 들어갔어. 그 사
람도 똑같았어. 처음에는 방을 구해주며 살림을 차려줬어. 오래가진
않았지. 그 사람은 나를 버렸고, 나는 사흘 동안 아무것도 먹지 못했
고, 거들떠보는 사람 하나 없어 결국 여기까지 오게 된 거야."

그렇게 말하는 그녀의 눈에서 하염없는 눈물이 흘러 코를 타고 볼
을 적시고 입속으로 흘러들었다.

"우리가 대체 무슨 짓을 저지른 거지?"

"나는 오빠가 죽은 줄 알았어." 그녀는 눈물 속에서 말했다. "이게
내 탓이란 말이야?" 그녀는 속삭이듯 말했다.

"넌 어째서 나를 알아보지 못했어?" 그도 속삭이듯 말했다.

"어떻게 알아봐, 내 탓이 아니야." 그녀는 말하면서 한층 더 심하게
흐느꼈다.

"내가 널 어떻게 알아보겠어? 너도 내가 떠났을 때의 너와는 완전
히 딴판이 됐잖아? 하지만 너는 어떻게 날 몰라봤을까?"

그녀는 절망적으로 손을 내저었다.

"아! 나는 매일 수많은 남자들 얼굴을 보기 때문에 모두 똑같아

보여."

그는 심장이 터질 것처럼 아프게 죄어왔고 얻어맞은 아이처럼 비명을 지르며 울고 싶었다.

그는 몸을 일으켜 그녀를 떼어놓고는 선원다운 큼직한 두 손으로 그녀의 얼굴을 감싸고 가만히 응시했다.

조금씩 기억이 살아나더니 마침내 그녀가 묻어준 사람들과 함께 집에 남기고 떠났던 작고 가녀리고 명랑한 소녀가 떠올랐다.

"그래, 너는 프랑수아즈야! 내 누이!" 그는 말했다.

그러자 그의 목구멍에서 술 취한 사람의 딸꾹질 같은 통곡이, 비통한 사내의 절규가 치밀어올랐다. 그는 손을 내리고 컵이 날아가 산산조각이 되도록 강하게 테이블을 내리치고는 거친 목소리로 울부짖었다.

동료들이 놀라서 그를 돌아보았다.

"저런, 엉망이 됐네!" 그중 누군가 말했다. "뭐라고 외치는데," 다른 사람이 말했다. "어이! 뒤클로! 소리는 왜 질러? 다시 위층으로 올라가자고." 또 한 사람이 한 손으로는 셀레스틴의 소매를 붙잡고 다른 손으로는 새빨개진 얼굴에 까만 눈을 반짝이며 앞섶을 풀어헤친 장밋빛 실크 속옷 차림으로 깔깔거리는 자기 여자를 끌어안으며 말했다.

뒤클로는 갑자기 입을 다물더니 숨죽인 채 동료들을 노려보았다. 그러고는 싸움을 시작하려 할 때 짓는 예의 그 이상야릇하고 결연한 표정을 지은 채 아가씨를 끌어안고 비틀거리는 선원에게 다가가 그와 여자 사이에 손을 내리쳐 그들을 갈라놓았다.

"떨어져! 이 여자가 네 누이라는 걸 모르겠어? 이 여자들 모두가 누군가의 누이라고. 그리고 여기 이 아가씨는 내 누이 프랑수아즈고. 하하하하……" 그는 마치 웃는 것처럼 통곡했고 비틀비틀하다가 두 팔을 번쩍 치켜들면서 마룻바닥에 쿵하고 쓰러졌다. 그러고는 손발로 바닥을 치며 마치 죽어가는 사람처럼 거친 숨소리를 내며 뒹굴기 시작했다.

"재워야겠는데." 동료 한 사람이 말했다. "그래야 길가에 버려지지 않을 거야."

그들은 셀레스틴을 일으켜 위층 프랑수아즈의 방으로 질질 끌고 가 그녀의 침대에 눕혔다.

기 드 모파상 원작에 따라 레프 톨스토이 씀

12월 2일

살인하지 말라는 계율은 단순히 사람을 죽이지 말라는 것이 아니라 살아 있는 모든 것을 죽이지 말라는 것이다. 이 계율은 시나이산에서 전해지기 전부터 사람들 마음속에 새겨져 있었다.

1 아무리 설득력 있는 말로 채식을 반대하더라도 인간은 본디 양이나 닭을 죽이는 것에 연민과 혐오를 느낀다. 대다수의 사람들은 그런 살생을 하느니 차라리 육식의 만족과 이익을 포기하는 것이 낫다고 생각한다.

2 채식 반대론자들은 "양이나 토끼가 가엾다면 늑대나 쥐도 가엾게 여겨야 한다"고 말한다. 이에 대해 채식 찬성론자들은 "그렇다. 우리는 그런 동물도 가엾게 여기고 동정하려고 노력한다. 그래서 그런 동물들을 죽이지 않고도 피해를 막을 수 있는 방법을 찾고 있고, 분명 찾을 것이다"라고 대답한다. "만일 너희가 벌레에 대해서도 똑같이 말한다면, 우리는 이렇게 답할 것이다. 물론 우리는 직접적인 연민은 아니지만(리히텐베르크는 생물에 대한 우리의 연민은 동물의 크기에 비례한다고 말했다), 당연히 연민을 느낄 수 있고(실비오 펠리코^이탈리아 시인, 극작가가 거미에게 연민을 느꼈듯이) 그것들을 죽이지 않고도 피해를 막을 수 있는 방법을 찾을 수 있을 것이다."

또한 채식 반대론자들은 "식물에게도 생명이 있다. 너희는 식물의 생명을 빼앗고 있다"고 말한다. 그러나 이 말이야말로 채식주의의 본질을 잘 표현하고 있고 그 요구를 만족시킬 수 있는 방법을 알려준다. 이상적인 채식주의자는 생명을 지닌 씨를 감싼 외피, 즉 열매를 먹는다. 사과, 복숭아, 수박, 호박, 딸기 등이 그것이다. 위생학자들은 그것들을 가장 건강한 식품으로 인정하고 있고, 그런 것을 먹는 것은 생명을 죽이는 것이 아니다. 씨를 둘러싼 외피의 훌륭한 맛 덕분에 사람들은 열매를 따서 먹고 그 씨앗들이 퍼져 그 식물을 더욱 번식 시킨다는 것이 더욱 의미가 있다.

3 인구 증가와 계몽의 영향으로 사람들은 식인의 습관을 버리고 동물의 고기를 먹게 되었고, 이어 곡물과 뿌리채소를 먹게 되었고, 이어 열매를 먹는 가장 자 연에 가까운 식습관으로 이행하고 있다.

4 대규모의 토지가 사유재산으로 점유되면서 과일이 사치품이 되고 있다. 토지의 분배가 공평해질수록 과일 재배가 늘어난다.

5 많은 책을 읽고 글을 쓴다 해도 인간을 더욱 선량하게 하는 데 도움 을 주지 못한다면 진정한 교화는 있을 수 없다.   러스킨

／ 물질적, 도덕적 측면에서 육식이 얼마나 어리석고 부당하고 해로운 것인지 최근 더욱 명백해졌다. 육식은 이성의 판단이 아니라 오랜 옛 날부터 이어져온 전통과 관습에 따라 계속되고 있을 뿐이다. 우리 시 대에는 이미 모든 사람이 육식의 폐해를 알고 있으므로 굳이 설명할 필요도 없다. 때가 되면 육식은 저절로 종말을 고할 것이다.

12월 3일

예술은 자신이 경험한 감정을 다른 사람에게 일정한 외적 수단을 통해 의식적으로 전달하고, 그들이 그 감정을 경험하는 것이다.

1 진정한 예술작품은 그것을 접하는 사람의 의식 속에서 그와 예술가를 하나가 되게 하고, 더 나아가 그들과 그 예술작품을 접하는 다른 모든 사람을 하나가 되게 한다. 개인을 타자로부터의 분리와 고독에서 해방시켜 다른 사람들과 하나가 되게 하는 것이 예술이 가진 큰 매력과 선한 특성이다.

2 사상적 저술은 이미 잘 알려진 것을 되풀이하는 것이 아니라 새로운 사상을 전달하는 것이어야 한다. 마찬가지로 예술작품도 인간의 일상생활 속에 새로운 감정을 불러일으키는 것이라야 한다.

3 예술은 인류의 진보를 가져오는 두 기관 중 하나다. 인간은 언어를 통해 사상을 주고받고, 예술작품을 통해 현재뿐만 아니라 미래의 사람들과도 감정을 주고받는다.

더 진실하고 필요한 지식이 그릇되고 불필요한 지식을 몰아내고 대체하며 인간의 삶이 완성되어가듯, 인간의 감정도 더 고결하고 더 뛰어나고 인류의 행복에 더 필요한 감정이 저급하고 불필요한 감정을 몰아내며 예술을 통해 완성되어간다.

이것이 예술의 사명이다.

4 에머슨은 음악이야말로 인간의 영혼에서 가장 위대한 것을 표현한다고 말했다. 진정한 예술도 바로 그렇다.

5 예술은 모든 사회적 토양에서 피는 꽃이다. 현대 그리스도교 세계의 상류층 같은 잔인한 기생충들의 사회에 피는 꽃은 아름다울 수 없다. 그런 사회는 반드시 타락하여 추악한 꽃이 필 것이다.
   갈수록 타락하고 추악해지는 우리 사회의 예술이 그렇다.

6 좋은 예술이든 허위의 예술이든 오늘날 예술이라는 이름으로 불리는 모든 것이 없어지는 것이 우리 그리스도교 세계를 위해서는 오히려 더 낫지 않을까? 이성적이고 도덕적인 사람이라면 분명 이 문제를 플라톤이 국가론에서 제시한 방식으로, 그리스도교계와 이슬람교계의 스승들이 제시한 방식으로 해결할 것이다. 즉 "타락한 예술과 사이비 예술이 계속해서 세상을 어지럽힌다면, 예술이라는 것 자체가 없어지는 것이 낫다".

7 우리 시대에 학문과 예술에 종사하는 사람들은 자신의 사명을 완수하지 못하고 있고, 앞으로도 완수하지 못할 것이다. 그들은 자신의 의무를 권리로 착각하고 있기 때문이다.

／ 지나치게 섬세해져 타락해버린 우리 시대 예술은 민중의 노예상태 위에서만 태어날 수 있고, 그 상태가 유지되는 동안만 존재할 수 있다.

12월 4일

신과 이웃을 사랑하는 것이 율법의 전부라는 말에는 다 까닭이 있다. 이웃에 대한 사랑은 개별적 경우다. 이웃은 있을 수도 없을 수도 있지만 신은 언제나 존재한다. 따라서 인간은 홀로 광야나 감옥에 있을 때도 신만은 언제나 사랑할 수 있다. 심지어 추억과 상상과 사색 속에서도 신의 모든 발현을 느끼고 사랑의 율법을 수행할 수 있다.

1 모든 사람 안에는 신의 영혼이, 너에게 생명을 준 신의 영혼이 살고 있다. 그러므로 모든 사람의 영혼을 사랑할 뿐만 아니라 성스러운 것으로 존중하라.

2 말은 적에게서 빠르게 달아나는 능력을 타고났다. 말은 수탉처럼 울지 못할 때가 아니라 자기에게 주어진 보물, 즉 빠른 질주력을 잃을 때 불행하다.

개는 예민한 후각을 가지고 있다. 개는 새처럼 날지 못할 때가 아니라 자기의 보물, 즉 타고난 예민한 후각을 잃을 때 불행하다.

마찬가지로 인간은 곰이나 사자나 흉악한 사람을 완력으로 이기지 못할 때 불행해지는 것이 아니라 자신의 보물, 즉 선함과 분별력을 잃을 때 불행해진다. 그럴 때 인간은 진정으로 불행하고, 동정받을 존재다.

죽거나 돈과 집 같은 재산을 잃는 것은 슬퍼할 일이 아니다. 그것은 원래 인간에게 속한 것이 아니다. 진정한 재산인 인간적 존엄을 잃는 것이야말로 참으로 슬퍼해야 할 일이다.　에픽테토스

3 다른 사람에게나 자기 자신에게나 양심에 어긋나는 일을 하지 마라.

4 오늘날 사람들은 자기 안의 인간을 존중해야 한다는 것을 잊고 산다. 인간이 지닌 최고의 특성은 영혼이 균형을 이룰 때 의식이 이성의 원천과 소통하면서 무한한 정신적 삶과 융합할 수 있다는 것이다. 그러나 사람들은 이 원천에서 직접 영혼의 양식을 긷지 못하고 고인물 한 국자를 거지처럼 서로에게 구걸하고 있다.   에머슨

5 우리 중 가장 보잘것없어 보이는 존재도 어떤 재능을 가지고 있다. 아무리 평범해 보이는 재능도 우리 특성의 일부이며 올바르게 사용하면 인류에게 선물이 될 수 있다.   러스킨

✒ 우리 각자에게는 이웃에 대한 의무 외에도 신의 자식으로서의 자기 자신에 대한 의무가 있다.

12월 5일

인류는 오래 존속할수록 점차 미신에서 해방되어 삶의 법칙은 더욱 단순해질 것이다.

1 우리 시대는 그야말로 비판의 시대다.

종교와 법률은 언제나 비판에서 빠져나가려 한다. 종교는 신성함의 힘을 빌리고, 법률은 외적 위엄의 힘을 빌린다.

그러나 바로 그렇기 때문에 종교와 법률은 사람들에게 의혹을 불러일으키고 진정한 존경을 받지 못한다. 이성은 자유롭고 공개적인 판단을 거친 것만을 존중하기 때문이다.　칸트

2 선교사들은 인도에서 그리스도교를 전파하려고 노력한다. 그러나 교회 중심의 그리스도교가 과연 과거 인도가 겪었던 운명보다 더 나은 운명을 그들에게 안겨줄 수 있을까? 그들에게 지금도 있고, 아주 먼 옛날부터 있었던 지적이고 정신적인 힘 이상을 줄 수 있을까? 과연 교회 중심의 그리스도교는 브라만교 추종자들보다 전지전능하고 보편적 존재인 신에 대해 더 고결한 표상을 가지고 있기는 할까? 아담과 이브와 함께 에덴동산을 거닐면서도 그들과 조금 떨어진 곳에 있었기 때문에 그들이 말하는 것을 듣지 못하고, 사람들이 탑을 세우자 하늘의 성채를 공격한다며 놀라고, 노인들과 함께 구운 어린양고기를 먹으며 온갖 쓸데없는 일로 분노와 증오에 빠지고, 줄곧 자신이 창조한 불행한 사람들을 잘못을 저질렀다며 저주하는 신. 과연 그러한 신에 관한 표상은 우주 도처에서 그의 뜻을 나타내고 있는 전지전능하고 눈에 띄지 않는 보편적 존재로서의 신에 대한 표상보다 조금이라도 더 고결할까? 그리스도의 신성, 그의 육화, 부활, 속죄의 희생에 대한 믿음은 어떤가? 가장 높고 위대한 존재를 언젠가 죽을 자들의 문제로 끌어들이는 것이야말로 신성모독이 아닌가? 인도인이 그리스도의 육화를 믿어야 한다면 왜 크리슈나나 라마의 화신을 믿어서는 안 되는가? 왜 그들이 크리슈나와 라마가 아니라 그리스도를 믿어야 하는가? 그러나 신은 인류의 참된 성서에 쓰여 있는 것처럼

육체를 가지고 태어난 존재가 아니었다(「요한복음」 4장). 부활의 가르침은 옛날이야기일 뿐 그 이상도 이하도 아니다. 정말 죽은 자들은 무덤이 붙잡고 놓아주지 않는다. 속죄라는 가르침 자체는 정의에 대한 원초적 이해에 모순된다.

루시 맬러리

3 **모든 것을 탐구하고, 이성에 그 첫 자리를 주어라.**

피타고라스

4 삶이란 자기 사명에 대한 진리를 더 깊고 넓게 파악하고 그것을 좇아 사는 것이다. 거짓된 종교는 경전이나 전설 속에 충분하고 완전한 진리가 정확하게 실려 있고(『베다』『성경』『쿠란』), 그 진리에 따라 사는 방법(신앙, 제물, 기도, 은총)이 있다고 말한다. 따라서 새삼스레 진리를 탐구할 필요도 없고 삶의 개선을 위해 노력할 필요도 없다는 것이다. 참으로 무서운 이야기다.

✎ 이성이 사람들이 만들어낸 전설을 파괴하더라도 두려워할 필요는 없다. 이성은 오직 진리로 대체할 것이 있을 때에만 전설을 파괴한다. 그것이 이성의 특성이다.

12월 6일

우리가 미망에 빠지는 것은 올바르게 생각하지 못해서가 아니라 바르지 않게 살고 있기 때문이다.

1 무지는 악을 낳지 않는다. 가장 파멸적인 것은 미망이다. 인간이 미망에 빠지는 것은 무지해서가 아니라 스스로 유식하다고 착각하기 때문이다.　　　　　　　　　　　　　　　　　　　　　　루소

2 모든 미망은 독약이므로 해롭지 않은 미망은 있을 수 없다. 하물며 아름답고 결코 건드릴 수 없는 미망 따위는 더더욱 있을 수 없다.
　　다모클레스의 칼권력자의 긴장과 불안, 행복에 따르는 위험을 뜻하는 말이 위에서 대롱거리고 있다면 위안이 대체 무슨 소용이 있겠는가? 안전한 것은 진리뿐이다. 진리만이 견고하고, 진리만이 의지가 된다. 진리 안에만 참된 위안이 있고, 진리만이 깨지지 않는 금강석이다. 인간을 허위에서 벗어나게 하는 것은 무엇을 빼앗는 것이 아니라 무엇을 주는 것이다. 허위가 허위임을 아는 것이 곧 진리다. 미망은 언제나 해악을 끼친다. 미망에 빠진 사람은 언젠가는 반드시 해악을 입는다.
　　　　　　　　　　　　　　　　　　　　　　쇼펜하우어

3 우리는 생각을 통해 이 세계를 본다. 있는 그대로의 세계가 아니라 생각이 준 빛을 통해 세계를 보는 것이다. 증오는 검은색 안경을 쓰고 바라보는 것처럼 눈에 보이는 모든 것을 어둡고 우울한 것으로 만든다.　　　　　　　　　　　　　　　　　　　루시 맬러리

4 결코 깨지지 않는 미망이 있다. 그런 미망에 빠진 사람에게는 마음을 밝혀줄 지식을 주어 미망이 저절로 사라지도록 해야 한다.

5 인간의 악한 특성 중 하나는 자신만을 존경하고 사랑하고 자신의 행복만을 바라는 것이다. 그러나 자신만을 사랑하는 사람은 불행하다. 위대해지고 싶지만 자신의 왜소함을 보게 되고, 행복해지고 싶지만 자신의 불행을 보게 되고, 완전해지고 싶지만 자신의 불완전함을 보게 되고, 사람들의 사랑과 존경을 갈구하지만 자신의 결점들 때문에 사람들이 자신을 외면하고 경멸하는 것을 보게 된다. 그러한 바람들이 이루어지지 않을 때 사람은 극단적인 범죄에 빠지기도 한다. 그는 자신의 뜻에 반하는 진리를 미워하기 시작하고, 그런 진리를 말살하려 한다. 하지만 그것이 도저히 불가능한 일임을 알고는 자신과 다른 사람들 속에 있는 진리를 최대한 망가뜨리려 안간힘을 쓴다. 그렇게 해서라도 자신의 결점을 다른 사람들에게도, 자기 자신에게도 감추려는 것이다.

파스칼

6 누구나 영혼과 육체 사이의 투쟁을 겪고, 똑같은 미망에 빠지곤 한다. 모두가 미망에 빠지면 사람들은 그 미망을 더욱 긍정하고 다 함께 믿어버린다. 그리고 그 미망을 의심의 여지 없는 진리로 받아들인다.

✦ 굶주린 사람에게 먹을 것을 주고, 헐벗은 사람에게 옷을 주고, 병든 사람을 위로하는 것도 선행이지만, 미망에 빠진 사람들을 깨우쳐주는 것은 무엇과도 비할 수 없을 만큼 큰 선행이다.

12월 7일

잘 알아차릴 수 없지만 자세히 관찰하면 인간의 육체적 생명은 변화의 연속이다. 그러나 태어나자마자 시작되는 변화의 처음과 죽음 속에서 일어나는 변화의 끝은 관찰할 수 없다.

1 밀알 하나가 땅에 떨어져 죽지 않으면 한 알 그대로 남아 있고 죽으면 많은 열매를 맺는다. 누구든지 자기 목숨을 아끼는 사람은 잃을 것이며 이 세상에서 자기 목숨을 미워하는 사람은 목숨을 보전하며 영원히 살게 될 것이다.　　　　　　　　　　　　　「요한복음」12:24~25

2 생명은 언제나 모습을 바꾼다. 사물의 겉모습밖에 보지 못하는 무지한 자만이 생명은 하나의 형식 속에서 사라지면서 완전히 소멸한다고 생각한다. 하나의 형식 속에서 생명이 사라지는 것은 다른 형식을 갖춰 새롭게 나타나기 위해서다. 애벌레는 사라졌다가 나비의 모습으로 새롭게 나타난다. 어린아이가 사라지면 청년이 나타난다. 동물로서의 인간이 사라지면 정신적인 인간이 나타난다.　　　　루시 맬러리

3 도토리는 가지, 잎, 줄기, 뿌리, 즉 모든 외형과 고유한 형태를 잃었지만 그 속에 잃어버린 모든 것을 되찾을 수 있는 생산력을 갖춘 떡갈나무 자체가 아니고 무엇이겠는가? 외형적으로 뭔가를 잃는 것은 어디까지나 외적인 감소에 불과하다. 자신의 영원성으로 돌아가는 것은 곧 죽음을 뜻한다. 그러나 죽음은 소멸이 아니라 잠재성으로 돌아가는 것이다.　　　　　　　　　　　　　　　　　　　　아미엘

4 우리는 이미 한 번, 미래를 알 수 없는 현재보다 더 현재를 알 수 없었던 상태에서 부활한 것은 아닐까? 과거의 삶과 지금의 삶의 관계는, 지금의 삶과 미래의 삶의 관계와 같다. 리히텐베르크

5 진정 변화가 두려운가? 세상의 어떤 것도 변화 없이 이루어지지 않는다. 장작은 재로 변하지 않으면 물을 데울 수 없고, 식재료는 형태가 변하지 않으면 양분이 될 수 없다. 모든 삶은 변화무쌍하다. 너를 기다리는 변화는 사물의 본성상 필연적인 것이다. 그러므로 최선을 다해 인간의 참된 본성이 이끄는 대로 행동하라. 아우렐리우스

6 세상 만물은 자라서 꽃을 피우고 다시 뿌리로 돌아간다. 뿌리로 돌아가는 것은 자연과 하나가 되어 안정을 찾는 것이다. 자연을 따르는 것이 곧 영원한 것이다. 그러므로 육체가 소멸하는 것은 전혀 위험하지 않다. 노자

✒ 죽음은 우리 정신이 지닌 형식이 변화하는 것이다. 형식과 그 형식 속에 있는 것을 혼동하지 마라.

12월 8일

그리스도의 가르침 속에 표현된 신의 법칙을 실천하는 것은 참으로 쉬워 보인다. 그런데도 우리는 그 실천에서 얼마나 동떨어져 있는가!

1 '살인하지 마라. 살인하는 자는 누구든지 재판을 받아야 한다' 하고
옛사람들에게 하신 말씀을 너희는 들었다.(「출애굽기」 20:13)

그러나 나는 이렇게 말한다. 자기 형제에게 성을 내는 사람은 누구
나 재판을 받아야 한다.

'간음하지 마라' 하신 말씀을 너희는 들었다.(「출애굽기」 20:14)

그러나 나는 너희에게 이렇게 말한다. 누구든지 여자를 보고 음란
한 생각을 품는 사람은 벌써 마음으로 그 여자를 범했다.

'거짓 맹세를 하지 마라. 그리고 주님께 맹세한 것은 다 지켜라' 하
고 옛사람들에게 하신 말씀을 너희는 들었다.(「레위기」 19:12, 「신명
기」 23:21)

그러나 나는 이렇게 말한다. 아예 맹세를 하지 마라. 너희는 그저
'예' 할 것은 '예' 하고 '아니요' 할 것은 '아니요'만 하여라. 그 이상의
말은 악에서 나오는 것이다.

'눈은 눈으로, 이는 이로' 하신 말씀을 너희는 들었다.(「출애굽기」
21:24)

그러나 나는 이렇게 말한다. 앙갚음하지 마라. 누가 오른뺨을 치거
든 왼뺨마저 돌려 대고 또 재판에 걸어 속옷을 가지려고 하거든 겉
옷까지도 내주어라. 누가 억지로 오 리를 가자고 하거든 십 리를 같
이 가주어라. 달라는 사람에게 주고 꾸려는 사람의 청을 물리치지
마라.

'네 이웃을 사랑하고 원수를 미워하라' 하신 말씀을 너희는 들었
다.(「레위기」 19:17~18)

그러나 나는 이렇게 말한다. 원수를 사랑하고 너희를 박해하는 사
람들을 위하여 기도하여라. 그래야만 너희는 하늘에 계신 아버지의
아들이 될 것이다. 아버지께서는 악한 사람에게나 선한 사람에게나
똑같이 햇빛을 주시고 옳은 사람에게나 옳지 못한 사람에게나 똑같

이 비를 내려주신다. 너희가 자신을 사랑하는 사람들만 사랑한다면 무슨 상을 받겠느냐? 세리들도 그만큼은 하지 않느냐? 또 너희가 자기 형제들에게만 인사를 한다면 남보다 나을 것이 무엇이냐? 이방인들도 그만큼은 하지 않느냐? 하늘에 계신 아버지께서 완전하신 것같이 너희도 완전한 사람이 되어라.

「마태복음」 5:21~22, 27~28, 33~34, 37~48

2 그리스도의 다섯 계율에는 신의 법칙을 실천하기 위한 조건들과, 그 실천을 방해하는 것들이 제시되어 있다. 세상 사람들이 그 계율을 따른다면 지상에는 신의 나라가 세워질 것이다. 그리고 그 계율을 따르는 것은 우리처럼 교육으로 그르친 자에게도 어렵지 않은 일이다. 지상의 모든 아이가 그 계율에 따라 교육을 받는다면 어떻게 될까?

3 종교는 끊임없이 도덕을 향해 나아간다. 신학에 대한 견해는 바뀌어도 행위에 대한 사람들의 신념은 변하지 않는다.

에머슨

4 지혜로운 자들은 인생의 섭리를 처음에는 잘 모르지만 그것을 따를수록 점점 명료하게 알게 되고, 평범한 자들은 인생의 섭리를 잘 안다고 확신하지만 그것을 따를수록 점점 모르게 된다.

공자

5 동서고금의 모든 사람을 다스리는 영원불변의 법칙은 오직 하나다. 그 법칙을 따르지 않는 자는 자신을 부정하고 인간의 본성을 무시하

는 자다. 그는 인간의 형벌은 피할 수 있을지 모르지만 인간의 것보다 더 무거운 형벌을 받을 것이다.　　　　　　　　　　　키케로

/ 우리에게 명료한 신의 법칙을 최대한 실현하기 위해서는 노력이 필요하며, 그 노력은 인간이 하는 것이다. 느리지만 우리는 그 실현에 점점 다가가고 있다.

「열두 사도의 가르침」 서문

1883년 그리스의 대주교 브리엔니오스는 콘스탄티노플에서 고대 그리스도교의 가르침을 담고 있는 오래된 문집들 가운데서 「열두 사도의 가르침」 혹은 「열두 사도를 통해 이방인들에게 전해진 주님의 가르침」이라는 책을 찾아냈다. 몇몇 교부가 신성하게 받들었던 이 책에 대해 그때까지는 제목만 알려져 있었다.

　이 책은 그리스도교 가르침의 본질을 담고 있으며, 「마태복음」의 산상설교와 「누가복음」 6장에 기술되어 있는 위대한 진리와 가르침을 다른 말로 전하고 약간의 보충 설명을 덧붙이고 있다. 이를테면 구하는 자에게는 주라는 가르침에 대해서는 다음과 같이 덧붙였다. "계율에 따라서 베푸는 자는 행복하다. 그런 자는 외롭다. 그러나 받는 자는 불행하다. 필요해서 받는 자는 죄가 없지만, 필요도 없이 받는 자는 왜 받았는지를 밝혀야 한다." 그리고 자선은 땀흘린 손에서 나올 때에만, 즉 자기 노동으로 얻은 것을 베풀 때에만 자선이 될 수 있다는 설명이 있는데, 이는 복음서에는 없는 것이다.

　같은 내용이 4장에서 더욱 명료하게 나온다. 그리스도교도는 어떠한 것도 자신의 소유로 삼아서는 안 되고 빈곤한 자를 도울 때는 오직 자신의 노동으로만 도와야 한다.

　또 이 책에는 복음서에서는 만날 수 없는 아주 훌륭하고 중요한 가르침이 있다. 그리스도교도라면 사람들의 영혼의 상태에 따라 그들을 다르게 대해야 한다는 것이다. 그 내용은 다음과 같다. "어느 누구도 미워하지 마라. 오히려 그들을 타이르고, 그들을 위해 기도하며, 그들을 네 영혼보다 더 사랑하라."

타이르라는 충고는 무지와 욕망 때문에 길을 잃은 사람들, 타이르는 것이 선한 길로 이끄는 데 도움이 되는 사람들에 관한 것임이 분명하다. 기도하라는 충고는 타이르고 충고하는데도 듣지 않는 사람들에 관한 것이다. 이것은 복음서에서 거룩한 것을 개에게 주지 말고 진주를 돼지에게 던지지 말라「마태복음」7:6는 것과 분명 관련이 있다. 여기서는 똑같은 생각이 한결 부드럽고 선하게 표현되어 있다. 그러한 사람들을 외면하지 말고 그들을 위해 기도하라는 것이다. 즉 그들에게 끊임없이 진정한 행복을 빌어주고 그들의 마음이 부드러워질 때 그들을 도우러 갈 수 있도록 언제나 준비하라는 것이다. 자신의 영혼보다도 더 사랑하라는 것은 하나의 신앙으로 결합된 사람들에 관한 것이다.

그리스도의 가르침을 거부하는 사람들이 그리스도교에 대해 반박할 때 어떻게 대답해야 할지 이야기하는 6장의 가르침도 중요하고 새롭다. 사람들은 "실행하려거든 모든 것을 실행해야 한다"고 반박한다. "모든 것을 실행하려면 삶을 부정해야 하는데 그것은 불가능하다." 이 반박에 대한 대답은 다음과 같다.

"너를 이 가르침의 길에서 벗어나게 하려는 자를 조심하라. 그는 신의 뜻에 어긋나는 것을 가르치기 때문이다. 주의 멍에를 언제나 질 수 있다면 너는 완전해질 것이다. 그럴 수 없다면 네가 할 수 있는 것을 하라."

이와 같이 새롭고 의미심장한 여러 설명 외에도 이 책에는 어떻게 세례를 해야 하는지 적혀 있다. 세례는 다음과 같이 행해야 한다. 앞에서 말한 가르침을 세례받는 사람(따라서 성인)에게 전달하고 성부와 성자와 성령의 이름으로 세례를 주어라. 또 성찬식에 대해서는 공동의 식탁에서 식사할 때 드리는 감사 기도로서만 언급되어 있지 신비적인 의미에 대해서는 아무런 언급이 없다. 복음서에서 말하는 것과 마찬가지로 기도는 '주님의 기도'를 읽는 것이어야 한다고 적혀 있다.

또한 공동체의 선출직인 주교와 부제를 어떻게 뽑아야 하는지에 대해서는 지침이 있지만 성직 서임에 대해서는 전혀 언급하지 않는다. 또한 사도와 예언자에 관한 다른 많은 규정이 있는데 오늘날의 규정과는 전혀 다르다.

많은 학자들이 1세기 말 혹은 2세기 초의 저작으로 인정하는 이 책은 「누가복음」보다 먼저 쓰였고 「요한복음」과는 같은 시대에 쓰인 그리스도교의 기념비다. 우리가 그리스도교의 도덕적 삶에 대해 아는 전부를 확인하고 해명하고 강조하는 목소리이자, 그리스도교의 외적 측면에서는 많은 것이 본질적으로 다른 목소리다. 그런데 어쨌했는가? 이 기념비적 저서의 발견은 그리스도교 세계에 크나큰 동요를 일으켜야 마땅했다. 그리스도교도는 모두 이 기념비에 냉큼 달려들어 그 내용을 살피고 의미를 연구하며 그것과 자신이 정한 규칙을 비교하고 참고해 자신의 규칙을 수정해야 마땅했다. 그리고 이 저작을 수백만 부 인쇄해 민중과 교회에서 널리 읽히도록 보급해야 마땅했다. 그러나 그와 비슷한 어떤 움직임도 없었다. 십여 명의 학자가 이 기념비를 교회 전반의 역사적 관점에서 살폈고, 이 저서를 잘못 해석한 몇몇 성직자 출신의 전문가들은 후세의 규정이 올바르며 이 저서에 쓰여 있는 것은 올바르지 않다는 논증을 내놓았다. 그래서 「열두 사도를 통해 이방인들에게 전해진 주님의 가르침」의 발견, 즉 초기 그리스도교 성인들의 목소리, 우리가 그리스도교의 도덕적 삶에 대해 아는 모든 것을 확인하고 해명하며 강조하는 그 목소리의 발견은 뭔가를 발굴하다가 비너스상의 파편이 발견된 것보다도 그리스도교 사회에 인상을 주지 못했다.

불행한 광인이었던 니체나 베를렌의 유작이 발견되면 수십만 부가 인쇄되어 퍼진다. 그런데 우리가 믿는다는 그리스도의 목소리가 발견되면 우리는 우리의 중요한 일, 새로운 행성의 발견이라든가 종의 기원에 대한 논쟁이라든가 라듐의 특성에 관한 논의라든가 하는 따위의 아무 쓸모 없는 일을 하는 데 방해가 되지 않도록 어떻게든 서둘러 그것에서 벗어나려고 애쓴다.

정말로 다음과 같다. "너희는 듣고 또 들어도 알아듣지 못하고, 보고 또 보아도 알아보지 못하리라. 이 백성이 마음의 문을 닫고 귀를 막고 눈을 감은 탓이니, 그렇지만 않다면 그들이 눈으로 보고 귀로 듣고 마음으로 깨달아 돌아서서 마침내 나한테 온전하게 고침을 받으리라' 하고 말하지 않았더냐?"(「이사야」 6:9~10, 「마태복음」 13:15)

그러나 다행히도 기원후 100년쯤에 울려나온 이 목소리를 중요하게 여기는 사람들이 있다. 그들은 이 책에서 자신의 삶을 비추고 힘을 주는 진리에 대한 보다 깊은 가르침을 기뻐하며 찾아낼 것이다. 그들을 위해 나는 그 가르침을 여기에 옮긴다.

레프 톨스토이

「열두 사도를 통해 이방인들에게 전해진 주님의 가르침」

두 가지 길이 있다. 하나는 삶의 길이고, 다른 하나는 죽음의 길이다. 두 길에는 커다란 차이가 있다. 삶의 길은 다음과 같다.

첫째, 너를 만드신 신을 사랑하라.

둘째, 네 이웃을 네 몸처럼 사랑하라. 또 무슨 일이든 네가 바라지 않는 일은 남에게도 하지 마라.

두 가르침은 다음과 같다.

1

가르침의 첫째 계율: 너를 만드신 신을 사랑하라.

너희를 저주하는 자들을 축복하고, 너희의 적들, 박해하는 자들을 위해 기도하며, 너희를 모욕하는 자들을 위해서는 단식하라. 너희를 사랑하는 자들만 사랑하는 것은 선이 아니기 때문이다. 그것은 이교도들도 한다. 그들은 자신들을 사랑하는 자들만 사랑하고 적들을 미워한다. 너희를 미워하는 자들을 사랑하면 적이 사라질 것이다.

육체적, 세속적 욕심을 멀리하라.

누가 네 오른뺨을 때리거든 다른 쪽도 대주어라. 그러면 너는 완전해질 것이다. 누가 네게 천 걸음을 가자고 하거든 함께 이천 걸음을 가라. 누가 네 겉옷을 빼앗거든 속옷마저 내주어라. 누가 너의 것을 가져가도 돌려달라고 하지 마라. 그래서는 안 되기 때문이다. 너에게 청하는 모든 이에게 주고, 돌려달라고 하지 마라. 아버지께서는 자신의 선물들이 모든 이에게 주어지기를 바라시기 때문이다. 계율에 따라 베푸는 자는 행복하다. 그런 자는 의롭다. 그러나 받는 자는 불행하다. 필요해서 받는 자는 죄가 없지만, 필요도 없이 받는 자는 왜 받았는지를 밝혀야 하며, 맘몬_{의심스러운 재산을 의미하는 말}의 그물에 걸려 자신이 행한 것들에 대해 추궁당하고 마지막 것을 버릴 때까지 거기서 벗어나지 못할 것이다. 이에 대해서는 이런 말씀이 있다. "누구에게 줄 것인지 네가 알기 전까지는 자선금을 쥔 손에서 땀이 나게 하라."

2

가르침의 둘째 계율: 네 이웃을 네 몸처럼 사랑하라. 또 무슨 일이든

네가 바라지 않는 일은 남에게도 하지 마라.

　살인하지 마라. 간음하지 마라. 아이를 욕보이지 마라. 음행하지 마라. 도둑질하지 마라. 마술을 하지 마라. 독살하지 마라. 낙태하지 마라. 갓난아이를 죽이지 마라. 이웃의 것을 탐하지 마라. 거짓으로 맹세하지 마라. 거짓으로 증언하지 마라. 욕하지 마라. 악한 생각을 품지 마라. 두 마음을 갖거나 한 입으로 두말하지 마라. 한 입으로 두말하는 것은 죽음의 올가미이기 때문이다. 네가 한 말은 거짓되거나 헛되지 않고 언제나 실천으로 완성되어야 한다. 욕심내지 말고, 빼앗지 말고, 위선을 떨지 말고, 모질지 말고, 거드름피우지 마라. 네 이웃에게 악의를 품지 마라. 어느 누구도 미워하지 마라. 오히려 그들을 타이르고, 그들을 위해 기도하며, 그들을 네 영혼보다 더 사랑하라.

3

　내 아들아! 모든 악과 그 유사한 모든 것을 피하라. 분노하지 마라. 분노는 살인으로 이끈다. 격정에 휩싸이지 말고, 다투지 말고, 흥분하지 마라. 이로 인해 살인이 일어나기 때문이다. 내 아들아! 정욕에 불타지 마라. 정욕은 음행으로 이끈다. 음담을 하지 말고, 음흉한 눈으로 보지 마라. 이로 인해 간음이 일어나기 때문이다. 내 아들아! 점을 믿지 마라. 점은 우상숭배로 이끈다. 마술을 하지 말고, 점술을 하지 말고, 주술呪術을 하지 마라. 그 유사한 일에 끼지도 마라. 이로 인해 우상숭배가 생기기 때문이다. 내 아들아! 거짓말쟁이가 되지 마라. 거짓말은 도둑질로 이끈다. 욕심내지 말고, 허영에 사로잡히지 마라. 이로 인해 도둑질이 일어나기 때문이다. 내 아들아! 불평하지 마라. 불평은 중상모략으로 이끈다. 거만하지 말고, 비방하지 마라.

이로 인해 중상모략이 생기기 때문이다. 온유한 사람이 되어라. 온유한 사람은 땅을 상속받는다. 참을성 있고 자비롭고 겸손하고 친절하고 선량한 사람이 되어라. 이 가르침들을 늘 경외심을 지니고 떠올려라. 너 자신을 높이려 하지 말고, 불손함을 품지 마라. 지위가 높고 권세 있는 자가 아니라 의롭고 겸손한 자와 교유하라. 신 없이는 아무것도 이루어지지 않는다는 것을 생각하며, 네게 일어나는 일을 축복으로 받아들여라.

4

내 아들아! 너에게 신의 말씀을 들려주는 자를 밤낮으로 기억하고, 그를 주님처럼 존경하라. 주님이 이야기되는 그곳이 바로 주님이 계신 곳이다. 날마다 성자들을 찾아 그들의 말에서 영혼의 안정을 꾀하라. 사람들을 분열시키지 말고, 다투는 자들을 화해시켜라. 올바르게 판단하고, 죄를 심판할 때 그의 지체를 고려하지 마라. 될지 안 될지 의심하지 마라. 얻기 위해 손을 벌리지 말고, 주기 위해 손을 오므려라. 네 손으로 번 것이 있다면, 그것을 베풀어 속죄하라. 주는 것을 망설이지 말고, 주었다면 아까워하지 마라. 너의 선을 가장 값지게 쳐주는 분이 누군지 알게 될 것이기 때문이다. 빈곤한 자를 외면하지 말고, 네 모든 것을 네 형제들과 공유하고, 네 것이라 말하지 마라. 불멸하는 것이 너희 모두의 것이라면, 썩어 없어질 것은 더더욱 너희 모두의 것이어야 하기 때문이다. 네 아들과 딸을 가르치기를 소홀히 하지 말고 어릴 때부터 신에 대한 두려움을 가르쳐라. 너와 똑같은 신을 섬기는 네 하인에게 명령하여 그들이 너희 모두의 위에 계시는 신을 두려워하지 않는 일이 없게 하라. 신은 너희의 지체가 높든 낮든 영으로 준비시킨 자들을 부르러 오시기 때문이다.

모든 위선과, 신의 뜻에 맞지 않는 모든 것을 멀리하라. 주님의 계율을 저버리지 말고, 보태지도 빼지도 말고 받은 것들을 지켜라. 신자들 속에서 네 죄를 고백하고, 양심이 흐릴 때는 기도하지 마라.

이것이 삶의 길이다.

5

죽음의 길은 다음과 같다. 무엇보다 이 길은 악하고 혐오스럽다. 살인, 간음, 정욕, 음행, 도둑질, 우상숭배, 마술, 독살, 강탈, 기만, 위선, 표리부동, 교활, 오만, 증오, 자만, 탐욕, 악설惡舌, 시기, 불손, 교만, 허영, 두려워하지 않음이다. 선한 사람들을 박해하는 자, 진리를 미워하는 자, 거짓을 좋아하는 자, 정의와 보상을 모르는 자, 선과 옳은 심판을 거부하는 자, 선이 아니라 악을 위해 애태우는 자, 온유함과 인내를 모르는 자, 부질없는 것을 좋아하는 자, 세속의 보상만 좇는 자, 빈자를 불쌍히 여기지 않는 자, 억눌린 자들을 위하지 않는 자, 자신들을 만드신 분을 모르는 자, 사람을 죽이는 자, 유아를 죽이는 자, 신이 만드신 것을 파괴하는 자, 가난한 사람을 외면하는 자, 일에 짓눌린 사람을 괴롭히는 자, 부자를 옹호하는 자, 가난한 사람을 불법으로 심판하는 자, 온통 죄악에 물든 자들이다. 내 아들아, 그 모든 자들을 멀리하라!

/ 너를 이 가르침의 길에서 벗어나게 하려는 자를 조심하라.

서로 사랑하라
청년 모임에 전하는 말

우리가 헤어지는 지금(내 나이에 사람들과의 만남은 모두 헤어짐이다), 우리의 삶이 오늘날 많은 사람들이 여기는 것처럼 불행과 비애가 아니라 신과 우리가 바라는 것, 즉 행복과 환희가 되기 위해 어떻게 살아야 하는지 나의 생각을 간단히 말하려 한다.

모든 것은 인간이 자신의 삶을 어떻게 이해하는가에 달려 있다. 삶은 나의 육체 속 나에게 주어졌고, 이반에게도, 표트르에게도, 마리야에게도 주어졌다. 그러므로 삶의 목적이 나의 '자아'가, 이반이, 표트르가, 마리야가 가능한 한 많은 기쁨과 즐거움과 행복을 얻는 데 있다고 생각한다면 삶은 누구에게나 언제나 불행하고 불쾌한 것일 것이다.

삶이 불행하고 불쾌한 까닭은 내가 자신을 위해 바라는 것을 다른 사람들도 모두 바란다는 것이다. 모든 사람이 자신을 위해 가능한 한 많은 행복을 원하지만, 바라는 행복은 모두 똑같기 때문에 언제나 절대로 부족하다. 그러므로 사람들이 저마다 자신을 위해 산다면 끊임없이 싸우고 분노하게 되어 결국 모두가 불행해질 뿐이다. 때때로 바라는 것을 얻는다 해도 언제나 부족하기 때문에 모두가 더 많이 얻으려 기를 쓴다. 또한 이미 얻은 것을 누군가에게 빼앗길까봐 걱정하고, 자기에게 없는 것을 가진 다른 누군가를 부러워한다.

그렇기 때문에 삶을 자신의 육체 안에 있는 것으로 이해한다면, 삶은 불행할 수밖에 없다. 오늘날 모든 사람의 삶이 그렇다. 하지만 삶이 불행해서는 안 된다. 삶은 행복하라고 주어진 것이고, 우리는 언제나 삶을 그렇게 이해한다. 그러므로 진정한 삶은 육체에 있는 것이 아니라 육체 속에 사는 영혼에 달려 있으며, 우리의 행복은 육체가 바라는 것이 아니라 우리와 모두의 육체 속에 사는 영혼이 바라는 것을 하는 데 있음을 깨달아야 한다. 영혼은 자신을 위해 행복을 바란다. 모두의 영혼은 똑같고, 그렇기에 모든 영혼은 행복을 바라는 것이다. 모두의 행복을 바란다는 것은 사람들을 사랑한다는 것이다. 그 누구도, 그 무엇도 그 사랑을 방해할 수 없다. 삶은 더 많이 사랑할수록 더 자유로워지고 더 기쁨으로 충만해진다.

결론적으로, 인간은 아무리 애를 써도 결코 육체를 만족시킬 수 없다. 육체에 필요한 것은 언제나 얻을 수 있는 것이 아니며, 얻기 위해서는 다른 사람들과 싸워야 하기 때문이다. 그러나 영혼은 언제나 만족시킬 수 있다. 영혼에게 필요한 것은 언제나 사랑이고, 사랑은 누구와 싸울 필요 없이 할 수 있기 때문이다. 오히려 많이 사랑할수록 사람들과 더 가까워진다. 그래서 사랑은 무엇으로도 방해할 수 없다. 인간은 많이 사랑할수록 더 행복하고 유쾌해지고, 다른 사람들까지도 행복하고 유쾌하게 만든다.

사랑하는 형제들이여, 나는 우리가 헤어지는 지금, 성현들과 그리스도가 우리에게 가르친 것에 대해 말하려 한다. 삶이 불행한 까닭은 우리 자신에게 있고, 우리가 신이라고 부르는 힘은 우리에게 고통이 아니라 누구나 바라는 행복을 주기 위해 우리를 이 삶으로 보낸 것이다. 우리가 이 삶을 잘못 이해하고 마땅히 해야 할 일을 하지 않기 때문에 예정된 행복을 받아들이지 못할 뿐이다.

우리는 삶이 나쁘다고 불평하면서 우리가 중요한 일을 하지 않고 있다는 것은 생각하지 않는다. 마치 주정뱅이가 술집이 많아져서 자신이 주정뱅이가 되었다고 불평하는 것과 같다. 그러나 사실은 그런 사람이 많아졌기 때문에 술집이 많은 것이다.

삶은 행복을 위해 주어졌고, 우리는 삶을 잘 이용하면 된다. 시기가 아니라 사랑으로 살아간다면 삶은 모든 사람에게 언제나 행복이 될 것이다.

오늘날 사람들은 모든 곳에서 오직 이렇게 이야기한다. 우리의 삶이 나쁘고 불행한 것은 삶의 나쁜 구조 탓이다. 삶의 나쁜 구조를 개조해야 한다. 그러면 우리의 삶도 좋아질 것이다.

사랑하는 형제들이여, 그 말을 믿지 마라. 삶의 구조 때문에 삶이 더 나빠지거나 좋아질 거라고 믿지 마라. 구태여 말할 것도 없지만, 더 좋은 삶의 구조에 신경쓰는 사람들은 서로 다른 의견을 내세우고 언쟁을 벌인다. 이 사람들은 이 구조가 좋다고 하고, 저 사람들은 저 구조가 좋다고 한다. 또 어떤 사람들은 다 부인하고 자기들이 제안하는 것이 가장 좋다고 말한다. 가장 좋은 삶의 구조가 있고, 그것을 인정한다 해도, 사람들이 익숙해져버린 나쁜 삶을 바란다면, 어떻게 좋은 삶의 구조에 따라 살게 할 수 있을까? 그리고 그 구조는 어떻게 유지될 수 있을까? 지금의 우리는 익숙한 나쁜 삶을 사랑하기 때문에 우리가 손대는 모든 것을 더럽히게 되고 말 것이다. 그런데도 사람들은 삶의 구조가 좋아지면 삶도 좋아질 거라고 말한다. 사람들은 그대로인데 구조만 좋아질 수 있을까?

그러므로 가장 좋은 삶의 구조가 있다 하더라도 그런 구조로 개조하려면 먼저 사람들이 훌륭해져야 한다. 삶의 구조를 개선해야 한다고 외치는 사람들은 서로 싸우고 폭력을 휘둘러 사람들을 죽이고 나서야 좋은 삶이 도래할 거라고 약속한다. 지금보다 더 악한 행위를 하면서 좋은 삶이 도래할 거라고 말한다.

믿지 마라, 그것을 믿지 마라, 사랑하는 형제들이여. 삶이 좋은 것이 되려면 방법은 하나뿐이다. 사람들이 스스로 훌륭해져야 하는 것이다. 사람들이 더 훌륭해지면 좋은 사람들에게 마땅한 삶이 저절로 세워질 것이다.

모든 사람의 구원은 죄악과 폭력이 난무하는 삶의 구조가 아니라 자기 영혼의 구조에 달려 있다. 오직 영혼의 구조를 통해서만 우리가 바랄 수 있는 가장 큰 행복을 느낄 수 있고, 가장 좋은 삶의 구조를 모두가 가질 수 있다. 개개인이 구하는 진정한 행복은 폭력이 바탕이 되는 미래의 삶의 구조가 주는 것이 아니라 지금, 모든 곳에서, 삶과 죽음의 매 순간에 사랑을 통해 주어지고 있다.

행복은 오래전부터 우리에게 주어졌다. 하지만 사람들은 깨닫지도 받아들이지도 못했다. 이제야 우리는 그것을 받아들이지 않을 수 없게 되었다. 첫째, 우리의 삶이 너무 추악하고 고통스러워져 더이상 삶을 견디지 못할 지경에 이르렀기 때문이다. 둘째, 그리스도의 진정한 가르침이 갈수록 우리에게 명료해지면서 구원을 위해 그 가르침을 인정하고 받아들이지 않을 수 없게 되었기 때문이다. 이제 우리의 구원은 다음의 한 가지에 있다. 우리의 진정한 삶은 우리의 육체가 아니라 우리 안에 살고 있는 신의 영혼에 달려 있다. 그러므로 우리 개인의 육체적 삶과 사회적 삶을 개선하기 위해 기울였던 모든 노력을 이제는 인간에게 중요한 단 하나의 일에 기울여야 한다. 우리를 사랑하는 사람들뿐만 아니라 그리스도가 말했듯이 낯선 사람들, 우리를 미워하는 사람들까지도 모두 사랑하고, 그 사랑을 키우고 튼튼히 하는 일에 모든 노력을 기울일 수 있고 또 기울여야 함을 받아들여야 한다는 것이다.

오늘날 우리의 삶은 그것과 너무 멀리 떨어져 있다. 세속의 일이 아니라 눈에 보이지도 않고 익숙하지도 않은 그 일, 즉 모든 사람을 사랑하는 일에 모든 노력을 기울이는 것은 불가능하다고 느껴질 수도 있다.

그러나 다만 그렇게 느껴질 뿐이다. 모든 사람을 사랑하고, 우리를 미워하는 사람들까지도 사랑하는 것은 이웃과 다투고 미워하는 것보다 인간 영혼의 본성에 훨씬 어울리는 일이기 때문이다. 오늘날 삶의 의미에 대한 이해를 바꾸는 일은 결코 불가능하지 않다. 오히려 서로를 미워하는 삶을 이어가는 것이 불가능하다. 삶의 변화는 가능하다. 오직 그 변화로써 사람들을 암담한 불행에서 구할 수 있다. 그러므로 그 변화는 머지않아 이루어져야 한다.

사랑하는 형제들이여, 왜, 무엇 때문에 스스로를 괴롭히고 있는가? 그대들에게 가장 큰 행복이 예정되어 있다는 것을 받아들여라. 모든 것은 그대들 안에 있다. 이것은 아주 쉽고 간단하고 기쁜 일이다.

그러나 고통받고 억눌려 있는 가난한 사람들은 이렇게 말할지도 모른다. "부자나 권력자에게는 쉬울 것이다. 그들은 자기 권력 아래 있는 적을 쉽게 사랑할 수 있을 것이다. 하지만 우리같이 고통받고 억눌려 있는 사람에게는 어려운 일이다." 그렇지 않다. 사랑하는 형제들이여, 부유한 자도 권력자도, 복종하는 자도 가난한 자도 모두가 삶에 대한 이해를 바꿔야 한다. 오히려 복종하는 자와 가난한 자에게 훨씬 쉬운 일이다. 처지를 바꾸지 않아도, 그저 사랑에 반하는 일이나 폭력행위를 하지 않으면 된다. 그러면 사랑을 거스르는 삶의 모든 구조는 저절로 소멸한다. 다시 말해 새로운 폭력행위를 일으키지 않으면, 그리고 무엇보다 낡은 폭력행위에 더이상 참여하지 않으면 되는 것이다. 그러나 권력자들은 사랑의 가르침을 받아들이고 실행하기가 훨씬 어렵다. 그 가르침을 실행하려면 자신의 권력과 부를 포기해야 하는데 그들에게는 아주 어려운 일이기 때문이다.

인간이 자라듯이 인류도 자란다. 사랑의 의식은 인류 안에서 자랐고, 자라고 있고, 오늘날에는 우리가 보지 않을 수 없을 만큼, 우리를 구하고 삶의 기초가 될 수 있을 만큼 자랐다. 폭력과 악으로 가득한 삶은, 사랑이 없는 삶은, 지금 죽어가며 마지막 경련을 일으키고 있다.

오늘날 그 모든 싸움, 모든 증오, 모든 폭력의 구조는 무의미하고 끊임없이 커지는 불행만 낳는 기만일 뿐이라는 사실이 분명해졌다. 때문에 그 모든 것으로부터 가장 쉽게 벗어날 수 있기 위해서는 모두가 삶의 근원, 아무런 노력 없이도 가장 큰 악을 가장 큰 선으로 바꾸어 놓는 근원인 사랑을 의식해야 한다는 것이 명백해졌다.

전승에 따르면, 말년에 이른 사도 요한은 하나의 감정과 하나의 말에 몸과 마음을 사로잡혀 이렇게 말했다. "형제들아, 서로 사랑하라." 삶의 어느 경계에 다다른 인간의 삶이 이 한마디로 표현되었다. 일정한 경계에 다다른 인류의 삶도 바로 그렇게 표현되어야 한다.

지극히 간단명료하다. 너는 살고 있다. 즉 태어나고, 자라 성인이 되고, 늙어서 마침내 죽을 것이다. 너는 네 안에서 삶의 목적을 찾을 수 있을까? 그럴 수 없을 것이다. 그러면 너는 '나는 무엇인가'라고 스스로에게 물을 것이다. 답은 하나다. 인간은 사랑하는 존재다. 처음 한동안은 자기 자신만 사랑하는 것처럼 보인다. 그러나 다 살고 나면 언젠가 소멸할 자신만을 사랑하는 것은 불가능하고 그럴 이유도 없다. 좀더 살아보고 좀더 생각해보면 깨달을 수 있다. 나는 사랑해야 하는 존재이고, 자신을 사랑한다고 느낀다. 그러나 곧 나의 사랑을 받는 내가 사랑받을 자격이 없다는 것을 느낀다. 하지만 누구든 사랑하지 않을 수 없다. 사랑 속에 삶이 있다. 어떻게 해야 할까? 다른 사람들을, 이웃과 벗을, 나를 사랑하는 사람들을 사랑해야 할까? 처음에는 그것이 사랑의 요구를 채워주는 것 같지만, 사실은 그렇지 않다. 첫째, 사람들은 모두 완전하지 않기 때문이다. 둘째, 사람들은 모두 변화하고 언젠가는 죽기 때문이다. 그럼 대체 무엇을 사랑해야 할까? 답은 하나다. 모든 사람을 사랑해야 한다. 사랑의 근원을 사랑해야 한다. 사랑을 사랑해야 한다. 신을 사랑해야 한다. 사랑하는 사람을 위해서도 아니고 자기 자신을 위해서도 아니고 사랑을 위해 사랑해야 한다. 이것을 깨달으면 삶의 악은 사라지고 삶의 의미는 명백하고 기쁜 것이 된다.

"그렇게 되면 좋을 것이다. 무엇이 그보다 더 좋겠는가?" 하고 사람들은 말할 것이다. "모든 사람이 그렇게 산다면, 사랑을 위해 사랑하고 산다면 좋을 것이다. 하지만 나는 사랑을 위해 살고 다른 사람에게 아낌없이 베푸는데 다른 사람들은 자기 자신을 위해, 자기 육체를 위해 산다면? 나는 어떻게 되고, 나의 가족, 내가 사랑하고 사랑하지 않을 수 없는 사람들은 어떻게 될 것인가? 사랑을 실천해야 한다는 것은 오래전부터 모두 알고 있지만 아무도 실천하지 않는다. 또한 그것은 실천될 수도 없다. 자신의 삶을 사랑에 내맡기는 것은 모든 사람이 세속적이고 육체적인 삶을 영적이고 신적인 삶으로 단번에 기적처럼 바꿀 때 비로소 가능하기 때문이다. 그런 기적은 일어날 수 없고, 그렇기 때문에 모두 말로만 그칠 뿐 현실이 되지 않는다." 사람들은 익숙한 거짓된 삶 속에서 그렇게 스스로를 달랜다. 그러나 마음속으로는 자신들이 올바르지 않다는 것을 알고 있다. 자신들의 논증이 옳지 않다는 것을 이미 알고 있다. 세속적이고 육체적인 삶의 이익을 위해서는 단번에 삶의 뭔가를 바꿔야 하지만 정신적인 삶, 즉 사랑을 위해서는, 신과 사람들에 대한 사랑을 위해서는 그렇지가 않기 때문에 그 논증은 옳지 않다. 사랑은 결과가 아니라 사랑 그 자체로, 다른 사람들의 행동이나 외부 세계의 일과 상관없이 행복을 준다. 사랑을 할 때는 신과 하나가 되고, 자신을 위해서는 아무것도 원하지 않으면서 자신의 모든 것을 아낌없이 내어주고 싶어지고 그것만으로도 행복을 느끼기 때문이다. 따라서 다른 사람들의 행동이나 외부 세계의 일은 그의 행동에 영향을 미칠 수 없다. 사랑한다는 것은 곧 신에게 자신을 맡기는 것, 신이 원하는 것을 하는 것이다. 신은 사랑이다. 신은 모든 이의 행복을 원한다. 신의 법칙을 실천하는 사람의 파멸을 바라지 않는다.

사랑하는 사람은 사랑하지 않는 사람들 속에 홀로 있어도 파멸하지 않는다. 그리스도가 십자가에서 죽은 것처럼 사람들 속에서 홀로 죽더라도 그에게는 기쁜 것이고, 다른 사람들에게는 의미 있는 것이다.

사랑을 실천하는 사람의 죽음은 다른 죽음처럼 절망적이거나 무의미하지 않다.

모든 사람이 사랑을 실천하지도 않고 사람은 결국 혼자 남는다고 말하면서 사랑에 자신을 맡기지 않는 것은 옳지 않다. 그것은 마치 자신과 어린 자식들을 먹여살리기 위해 일을 해야 하는 사람이 다른 사람들도 하지 않기 때문에 자신도 일하지 않겠다고 하는 것과 같다.

사랑하는 형제들이여, 자기 안의 사랑을 키우는 데 힘쓰고 세상은 세상이 바라는 대로, 신이 정해놓은 방향으로 가도록 놔두자. 그렇게 하는 것이 우리에게 가장 큰 행복이 되고 우리가 할 수 있는 최대의 선을 이끌어내는 일임을 믿어라.

아주 단순하고 쉽고 기쁜 일이다. 모두 사랑하기만 하라. 나를 사랑해주는 사람들뿐만 아니라 그리스도가 가르쳤듯 모든 사람, 특히 나를 미워하는 사람들을 사랑하라. 그런다면 삶은 그치지 않는 기쁨이 될 것이고 길 잃은 사람들이 헛되이 폭력으로 해결하려는 문제들이 해결될 것이고 더이상의 문제는 생기지 않을 것이다. "우리는 우리의 형제들을 사랑하기 때문에 이미 죽음을 벗어나서 생명의 나라에 들어와 있는 것이 분명합니다.「요한1서」3:14~15 사랑하지 않는 사람은 영원한 생명을 얻지 못합니다. 형제를 사랑하는 사람만이 그 안에 있는 영원한 생명을 얻습니다."

사랑하는 형제들이여, 한마디만 더 하겠다.

무슨 일이든 시도해보지 않으면 좋은지 나쁜지 알 수 없다. 호밀은 밭이랑을 만들어 파종하는 것이 좋다든가, 벌통에는 틀을 만드는 것이 좋다든가 하고 말해주어도 영리한 농부와 꿀을 치는 사람은 확실히 결정하기 위해 분명 그전에 시험해볼 것이다.

삶의 일도 마찬가지다. 사랑의 가르침이 얼마나 삶에 적용되는지 확실히 알기 위해 시험해보라.

다음과 같이 시험해볼 수 있다. 일정 기간 동안 모든 일을 할 때 사랑의 요구에 따라 살아보는 것이다. 도둑이나 주정꾼도 난폭한 상관이나 부하도 모두 사랑으로 대하고 그들에게 필요한 것이 무엇인지 늘 생각하며 사는 것이다. 그렇게 보낸 뒤 스스로에게 물어보라. 그런 삶이 괴로웠는가, 네 삶을 망가뜨렸는가, 아니면 더 좋게 만들었는가. 그리고 그 결과에 따라 사랑의 실천이 삶의 행복이 된다는 것이 사실인지 말뿐인지 판단하라. 그러고는 모욕을 준 자에게 앙갚음하지 않고, 바르게 살지 않는 사람을 욕하지 않고, 악을 선으로 갚고 비방하지 않는 삶을 살아보라. 개와 가축에게도 친절과 사랑으로 대해보라. 이렇게 (시험으로) 하루 이틀 혹은 그 이상을 지내보고 마음의 상태를 전과 비교해보라. 아마 우울하고 화나고 답답한 상태가 아니라 밝고 명랑하고 기쁜 상태일 것이다. 다음주도 그다음주도 그렇게 사는 것이다. 그러다보면 영혼의 기쁨이 커지고 모든 일이 순조롭게 되어간다고 느끼게 될 것이다.

그렇게 살아간다면, 사랑하는 형제들이여, 그대들은 사랑의 가르침이 말로만 그치지 않는 사실이라는 것을, 모든 사람이 이해할 수 있는 가장 쉽고 필요한 일이라는 것을 알게 될 것이다.

레프 톨스토이

12월 9일

인간은 모든 사람에게 봉사해야 한다. 아무리 중요한 이유가 있더라도 한 사람에게 봉사하기 위해 다른 사람들에게 악을 행하는 것은 봉사가 아니다.

1 그리스도교도에게 애국심은 이웃에 대한 사랑을 실천하는 데 방해가 된다. 고대사회에서는 애국심을 위해 가족에 대한 사랑을 희생해야 했지만, 이제 그리스도교 사회에서 애국심은 이웃에 대한 사랑에 자리를 비켜줘야 한다.

2 삶의 의미를 알려 하지 않는 사람들의 맹목은 단지 자연을 거스르고 있을 뿐이다. 그러나 신을 믿는다고 하면서 악하게 살아가는 사람들의 맹목은 정말 무서운 것이다. 거의 모든 사람이 둘 중 하나에 빠져 있다.

파스칼

3 인간은 진정한 본성을 잃어버리면 아무것이나 그의 본성이 될 수 있고, 진정한 행복을 잃어버리면 아무것이나 그의 행복이 되어버린다.

파스칼

4 악인의 마지막 피난처는 애국주의다.

새뮤얼 존슨

5 애국주의는 선행이 아니다. 국가에 대한 시대착오적 미신 때문에 자기 목숨을 희생하는 것은 우리의 의무가 될 수 없다. 테오도로스

6 애국주의는 오늘날 모든 사회악과 개인의 추행을 정당화하는 구실이 되고 있다. 사람들은 조국의 안녕이라는 이름 아래 조국을 존경할 만한 것으로 만들어주는 모든 것을 거부하도록 세뇌당하고 있다. 즉 애국주의를 위해서라면 개인을 타락시키고 국민 전체를 파멸로 이끄는 온갖 파렴치한 행위도 불사해야 하는 것이다. 비처

7 사람들은 사욕을 위해 많은 악행을 저지르고, 가족을 위해서는 더 많은 악행을 저지르고, 애국주의를 위해서는 가장 무서운 악행들, 예컨대 간첩행위나 혹독한 세금 징수, 무서운 살육, 전쟁을 자행하고 심지어 그 행위를 자랑한다.

8 모든 나라 국민들이 교류하는 시대에 자기 나라만을 위하고 언제든 다른 나라와 전쟁할 수 있도록 준비해야 한다고 주장하는 것은, 지금 평화롭게 살고 있는 사람들에게 오로지 자기 마을만 위하고 각 마을에 군대를 소집하고 요새를 쌓으라고 하는 것과 같다. 전에는 조국에 대한 배타적인 사랑이 국민들을 결속시켰지만, 교통수단과 교역, 산업, 학문, 예술, 특히 도덕적인 의식으로 인류가 결합되어가는 오늘날에는 오히려 분열시킬 뿐이다.

9 애국심도 자기 가족에 대한 사랑과 마찬가지로 인간의 자연스러운
   본성이지만, 가족에 대한 사랑이 그렇듯 그 사랑이 도를 넘어 이웃에
   대한 사랑을 파괴한다면 죄악이다.

／ 현대인에게 애국주의는 너무도 부자연스러운 것이어서 세뇌를 통해
   서만 가능하다.
     그래서 정부 또는 애국주의를 이용해 이득을 취하려는 무리는 그
   런 짓을 서슴지 않는다. 그들은 애국심을 느끼지 않는 사람들과 애국
   심이 아무 득이 되지 않는 사람들에게 애국주의를 부추긴다. 속지 않
   도록 조심해야 한다.

12월 10일

큰 불행을 초래하는 흔한 유혹 중 하나는 '다들 그렇게 한다'는 말로
표현되는 유혹이다.

1 사람을 죄짓게 하는 이 세상은 참으로 불행하다. 이 세상에 죄악의
   유혹은 있기 마련이지만 남을 죄짓게 하는 사람은 참으로 불행하다.
   손이나 발이 죄를 짓게 하거든 그것을 찍어 던져버려라. 두 손과 두
   발을 가지고 영원한 불속에 던져지는 것보다는 차라리 불구의 몸
   이 되더라도 영원한 생명에 들어가는 편이 더 낫다. 또 눈이 죄를 짓
   게 하거든 그것을 빼어 던져버려라. 두 눈을 가지고 불붙는 지옥에
   던져지는 것보다는 한 눈을 잃더라도 영원한 생명에 들어가는 편이

더 낫다. 「마태복음」18:7~9

2 '사회적 처지를 생각하지 않을 수 없다'는 생각은 뭔가 좋은 일을 하려고 할 때마다 훼방을 놓는다.

그런 구실을 대는 사람들 대부분에게 삶 혹은 '섭리'에 따라 정해진 자신들의 처지를 지킨다는 것은, 능력이 닿는 한 넓은 집과 하인들, 마차 따위를 지킨다는 것이다. 섭리가 그들을 그런 처지에 있게 했다는 것도 상당히 의심스럽지만, 그렇다 하더라도 섭리는 그런 처지를 버리라고 요구했을 것이다.

레위의 직업은 세리稅吏였고. 베드로는 갈릴리호수의 어부였으며, 바울은 대사제의 문간방에 사는 처지였다. 그들은 모두 자신의 처지를 버렸고, 버리는 것을 당연하다고 여겼다. 러스킨

3 건강한 손으로는 뱀독도 만질 수 있다, 건강한 손에는 독이 위험하지 않듯, 악을 행하지 않는 사람에게는 악도 해를 끼치지 못한다.

부처의 금언

4 낡은 옷에다 새 천조각을 대고 깁는 사람은 없다. 그렇게 하면 낡은 옷이 새 천조각에 켕기어 더 찢어지게 된다. 또 낡은 가죽부대에 새 와인을 담는 사람도 없다. 그렇게 하면 부대가 터져서 와인은 쏟아지고 부대도 버리게 된다. 새 와인은 새 부대에 담아야 둘 다 보존된다.

「마태복음」9:16~17

5 벗어나기 고통스러울 정도로 죄에 얽혀 있다면 아주 위험한 상태다. 처음에는 자신의 죄를 의식하고 부끄럽게 여기지만, 곧 그것을 벗어 나기가 어려워지고, 나중에는 죄에서 벗어나면 세상 여론의 공격을 받아 파멸하게 될 거라고 생각하게 된다. 죄악의 첫 계단에서 멈추지 못한 자는 결국 마지막 계단까지 올라간다.   백스터

6 특별한 존경을 받아야 할 것처럼 여겨지는 무언가의 앞에서는, 그것 을 떠받드는 모든 말을 옷을 벗기듯이 벗겨버리고 들여다보아야 한 다. 외적인 치장은 이성을 왜곡할 수 있기 때문이다. 자신이 존경받 을 만한 일을 하고 있다고 확신할 때 가장 무섭게 속고 있는 것이다.

아우렐리우스

7 한 노인에게 악의 유혹이 있었다. 신은 왜 이 세상에 악을 존재하게 했을까 하는 생각이 노인을 괴롭혔다. 그래서 그는 신을 비난했다.

어느 날 그는 꿈을 꾸었다. 아름다운 화관을 손에 든 천사가 하늘 에서 내려와 주위를 두리번거리며 그것을 쓸 사람을 찾고 있었다. 노 인은 가슴이 두근거렸다. 그가 천사에게 말했다. "어떻게 하면 그 아 름다운 화관을 쓸 수 있습니까? 그걸 쓸 수 있다면 무엇이든 하겠습 니다."

그러자 천사가 말했다. "여기를 보아라." 그러고는 돌아서서 북쪽 을 가리켰다. 노인이 그쪽으로 눈을 돌리자 거대한 먹구름이 보였다. 먹구름은 하늘의 절반을 덮으며 땅으로 내려오고 있었다. 별안간 먹 구름이 둘로 갈라지더니 에티오피아의 흑인들로 구성된 어마어마한 군대가 노인 쪽으로 몰려왔다. 맨 뒤에는 무서운 형상을 한 거대한

에티오피아인이 거대한 두 발로 땅을 딛고 서서 사나운 눈을 번득이며 시뻘건 입을 벌리고 산발한 머리로 하늘을 떠받치고 있었다.

"저들과 싸워 이기면 이 화관은 너의 것이다."

노인은 두려움에 떨며 말했다. "어떤 자와도 싸우고 또 싸울 수 있지만 두 발로 땅을 딛고 서서 머리로 하늘을 떠받치고 있는 저 엄청나게 거대한 에티오피아인은 인간의 힘으로 어쩌지 못하는 것입니다. 저자하고는 싸울 수 없습니다."

"어리석은 자여!" 천사는 말했다. "너는 저 거대한 에티오피아인에 대한 두려움 때문에 싸우지 않겠다고 하지만, 작은 에티오피아인들은 인간의 작은 욕망들이다. 그러니 싸워서 이길 수 있다. 저 거대한 에티오피아인은 그런 작은 욕망들이 모여 만들어진 세상의 악, 네가 신을 비난했던 바로 그 악이다. 저것과는 싸울 필요가 없다. 저것은 실체가 없는 것이다. 욕망과 싸워 이기면 거대한 저 악은 저절로 사라질 것이다."

전설

8 거짓된 수치심은 악마가 즐겨 쓰는 무기다. 악마는 그것을 이용해 거짓된 교만보다 더 많은 것을 달성한다. 거짓된 교만은 그저 악을 부추길 뿐이지만, 거짓된 수치심은 선을 멈추게 한다.

러스킨

✎ 악은 외부에 있는 것이 아니라 우리의 마음속에 있기 때문에 소멸될 수 있다.

12월 11일

가장 기쁜 노동은 땅을 일구는 노동이다.

1 세상의 모든 민족은 그들의 정신적 지도자들이 이미 오래전에 깨달은 진리, 즉 인류의 가장 중요한 미덕은 자신의 불완전성을 인식하고 지고한 존재의 법칙에 따르는 것이라는 진리를 언젠가는 결국 인식하게 될 것이다. "너는 먼지이니 먼지로 돌아가리라."「창세기」3:19 이 말은 우리가 자신의 육체에 대해 인식하는 첫번째 진리다. 두번째는, 우리를 낳은 근원인 흙을 일구는 것이 우리의 중요한 의무라는 진리다. 노동을 통해 우리와 동식물 사이에 형성되는 관계 속에 인간의 뛰어난 자질과 최대의 행복을 위한 근본적 조건들이 있다. 노동을 하지 않는다면 인간은 평화도, 재능도, 정신력의 발달도 결코 기대할 수 없다. 러스킨

2 시장에서 빵을 사는 사람은 부모를 잃은 갓난아이에 비유할 수 있다. 유모들이 젖을 주어도 갓난아이는 여전히 배가 고파 운다. 그러나 자신이 경작한 곡식으로 만든 빵을 먹는 자는 어머니의 따뜻한 품에서 젖을 먹고 자라는 갓난아이와 같다. 『탈무드』

3 날품팔이들과 장인들은 성서에서 말하듯 훗날 반드시 농사를 짓는 일로 되돌아갈 것이다.
　"노 젓는 사공들이 모두 배에서 내리고, 선원들, 바다 사공들이 모두 육지에 올라."(「에제키엘」 27:29) 『탈무드』

4 가장 좋은 음식은 너희와 너희의 자식들이 일해서 얻은 음식이다.   마호메트

5 "이마에 땀을 흘려야 낟알을 얻어먹으리라."「창세기」3:19 이것은 육체에 관한 불변의 법칙이다. 여자는 자식을 낳고, 남자는 이마에 땀흘리며 일한다는 법칙. 여자는 그 법칙에서 벗어날 수 없다. 자기가 낳지 않은 아이를 양자로 삼을 수 있지만, 어디까지나 남의 자식이므로 진정한 모성의 기쁨은 얻을 수 없다. 남자의 노동도 마찬가지다. 자신이 일해서 얻은 것으로 살아가지 않는다면 진정한 노동의 기쁨을 알 수 없다.

본다레프

6 헛되이 신을 섬기는 것을 자랑하는 사람보다 스스로 일을 해서 먹고 사는 사람이 훨씬 더 존경받을 가치가 있다.

개미의 노동정신을 본받으라는 충고를 받는 것은 인간으로서 부끄러운 일이지만, 그 충고를 무시하는 것은 두 배로 부끄러운 일이다.

『탈무드』

/ 땅을 일구는 것은 그저 인간의 본성에 적합한 일들 중 하나가 아니다. 그것은 모든 인간의 본성에 맞을 뿐 아니라 가장 큰 독립성과 행복을 주는 유일한 일이다.

12월 12일

선은 모든 것을 정복하지만 무엇에게도 정복당하지 않는다.

1 모든 것에 반대할 수 있지만 선만큼은 반대할 수 없다.   루소

2 개인과 세계의 삶을 조화와 일치로 이끄는 것은, 악에 대한 비난이
  아니라 선을 찬양하는 것이다. 사람들은 악을 비난하고 악을 행하는
  자들을 비난하지만, 그런 비난은 그저 악을 더 늘어나게 할 뿐이다.
  악을 무시하고 오직 선에 대해서만 마음을 써라. 악은 절로 사라질
  것이다.   루시 맬러리

3 목적이 있는 선행은 이미 선이 아니다. 대가를 기대하는 선행 또한
  선이 아니다. 선은 인과율을 초월한 것이어야 한다.

4 횃불과 불꽃이 햇빛 아래서는 빛을 잃어 보이지 않듯이 참된 선 앞
  에서는 제아무리 뛰어난 아름다움도 지력도 빛을 잃는다.   쇼펜하우어

5 한없는 부드러움은 위대한 사람들의 재능이자 자산이다.   러스킨

6 연약한 풀은 단단한 흙을 뚫고 바위틈을 파고들며 살아갈 길을 낸다.

선행도 마찬가지다. 어떤 쐐기도, 망치도, 메도, 선하고 진실한 사람의 힘과는 견줄 수 없다. 누구도 그런 사람을 이기지 못한다.　　소로

7　인간이 있는 곳에는 언제나 선행의 기회가 있다.　　세네카

8　우리는 우리 마음에 드는 사람들, 우리를 칭찬하고 우리에게 선을 행하는 사람들을 사랑하지만, 그것은 진정한 사랑이 아니라 편애 또는 이익의 교환이다. 그가 우리를 칭찬하기 때문에 우리도 그를 칭찬하고, 우리에게 선을 베풀었기 때문에 우리도 선으로 갚는 것이다. 나쁜 것은 아니지만, 그것은 진정한 사랑도 신적인 사랑도 아니다. 누군가가 마음에 든다든가 그가 내게 선을 베풀었기 때문에 사랑하는 것이 아니라 그 사람 속에서 모든 사람 속에 있는 신의 영혼을 보기 때문에 사랑할 때, 비로소 우리는 진정한 사랑, 신적인 사랑을 하는 것이다.

　그때 비로소 우리는 그리스도가 가르친 대로, 우리를 사랑하는 사람들뿐만 아니라 우리와 이 세계에 해로움을 끼치는 악한 적들까지도 사랑할 수 있다. 그런 사랑은 사람들이 악하거나 그들이 우리를 미워할 때 오히려 더 강해지고 단단해진다. 증오에 사로잡혀 있는 사람일수록 사랑이 더 필요하기 때문이다. 그런 사랑이 우리를 사랑하는 몇몇 사람에 대한 편애보다 더 견고한 것은, 상대에게 어떤 변화가 일어나도 변함이 없는 사랑이기 때문이다.

╱　독설에 부드러운 말로 답하고, 모욕을 선으로 갚고, 오른뺨을 맞으면

왼뺨도 내미는 것은 증오를 잠재우는 가장 확실하면서도 쉬운 방법
이다.

12월 13일

삶과 일치되고 어떠한 경우에도 모순되지 않는 신앙이야말로 진정
한 신앙이다.

1 나의 형제 여러분, 어떤 사람이 믿음이 있다고 말하면서 그것을 행
동으로 나타내지 못한다면 무슨 소용이 있겠습니까? 그런 믿음이 그
사람을 구원할 수 있겠습니까? 어떤 형제나 자매가 헐벗고 그날 먹
을 양식조차 떨어졌는데 여러분 가운데 누가 그들의 몸에 필요한 것
은 아무것도 주지 않으면서 '평안히 가서 몸을 따뜻하게 녹이고 배부
르게 먹어라' 하고 말만 한다면 무슨 소용이 있겠습니까? 믿음도 이
와 같습니다. 믿음에 행동이 따르지 않으면 그런 믿음은 죽은 것입니
다. 이렇게 말하는 사람도 있을 것입니다. '당신에게는 믿음이 있지
만 나에게는 행동이 있소. 나는 내 행동으로 내 믿음을 보여줄 테니
당신은 행동이 따르지 않는 믿음이라는 것을 보여주시오.' 영혼이 없
는 몸이 죽은 몸인 것과 마찬가지로 행동이 없는 믿음도 죽은 믿음
입니다.　　　　　　　　　　　　　　　　　「야고보서」 2:14~18, 26

2 진리보다 그리스도교를 더 사랑하는 사람들은 이내 그리스도교보다
자신들의 교회 또는 종파를 더 사랑하게 되고, 결국 세상에서 자기

자신을 가장 사랑하게 된다.

콜리지

3 본질적으로 신을 섬기는 방법은 하나뿐이다. 자신의 의무를 지키고, 이성의 모든 법칙에 따라 행동하는 것이다.

리히텐베르크

4 세속적 명예나 신성함을 과시하기 위한 종교행사는 영혼의 비속한 요구에서 생겨나는 무가치한 것이며, 회개나 고행같이 사람들을 괴롭게 하는 것도 잘못된 가르침에서 생겨난 것이다. 육체의 회개는 정결함을 지키는 것이고, 말의 회개는 항상 선의로 진실을 말하는 것이며, 생각의 회개는 자신을 다스리고 영혼을 정화하고 선을 향하는 것이다.

『마하바라타』 고대인도의 서사시

5 낮에 부지런히 일하면 잠자리가 편안하다. 젊을 때 부지런히 일하면 늙어서 편안하다.

인도의 속담

6 믿음이 부족한 사람은 다른 사람들에게 믿음을 줄 수 없다.

노자

7 신앙을 부차적인 것으로 생각하는 사람은 신앙이 없는 사람이다. 사람의 마음속에서 신은 많은 것과 함께 있다. 그러나 신은 부차적인 자리를 용납하지 않는다. 신에게 부차적인 자리를 주는 사람은 전혀 자리를 주지 않는 것과 같다.

러스킨

8 인간은 세계의 삶의 궁극적인 목적이 무엇인지 알 수 없다. 그것은
　　마치 목재를 나르는 노동자가 그 목재로 지어질 건물의 형태나 용도
　　를 모르는 것과 같다. 그러나 창조에 참여하고 있는 사람은 그 일이
　　자신과 세계에게 훌륭하고 꼭 필요한 이성적인 일이라는 것을 알 수
　　있고 또 알고 있다.

/ 자신의 말도 남의 말도 믿지 마라. 오직 자신의 행위와 남의 행위를
　　믿어라.

12월 14일

인간의 영혼에는 신성이 있다.

1 인간은 자신의 마음에 신이 산다고 느끼는 만큼 신을 본다. 17세기
　　신비주의 시인 안겔루스가 말했듯, 우리가 신을 보는 눈은 곧 신이
　　우리를 보는 눈이다.　　　　　　　　　　　　　　　　　　　　아미엘

2 **인간의 영혼은 신의 촛대다.**　　　　　　　　　　　　　　　　『탈무드』

3 강에 사는 물고기들이 물고기는 물속에서만 살 수 있다고 사람들이
　　말하는 것을 들었다. 물고기들은 크게 놀라 물이 대체 뭐냐고 서로

묻기 시작했다. 그때 한 영리한 물고기가 말했다. "학식을 많이 쌓은 지혜로운 늙은 물고기가 바다에 사는데 모르는 것이 없대. 그 물고기에게 찾아가서 물어보자." 물고기들은 영리한 물고기가 사는 바다까지 헤엄쳐가서 물이 무엇이고 어떻게 물을 알아볼 수 있는지 물었다. 지혜로운 늙은 물고기가 말했다. "우리가 사는 곳이 물속이다. 너희가 물을 모르는 것은 너희가 그 속에서 그것에 의해 살고 있기 때문이다."

인간도 신 안에서 신에 의해 살면서 신을 모른다. 수피파의 금언

4 자신의 사유를 하늘 높은 데로 향하게 하는 사람에게는 매일이 화창한 날이다. 구름 위에는 언제나 태양이 빛난다.

5 신의 영혼은 우리 마음을 사로잡고 우리 안으로 들어온다. 우리가 신을 보지 못하는 것은 너무 가까이 있기 때문이다. 신이 우리에게 그처럼 가까이 있는 것은 신을 인식하게 하기 위해서일 뿐만 아니라, 우리에게 작용하고 영향을 주어 신성을 전하기 위해서다. 그것이 곧 위대한 아버지인 신의 선물이다. 채닝

6 무언가를 원하거나 무언가를 두려워한다면, 네 안에 존재하는 사랑의 신을 아직 믿지 않는 것이다. 신을 믿는다면 아무것도 원하지 않게 될 것이다. 네 안에 사는 신이 원하는 것은 모두 실현될 것이므로 너는 아무것도 원할 필요가 없다. 신에게는 두려운 것이 없으므로 너는 아무것도 두렵지 않게 될 것이다.

7 영혼의 본성은 참으로 심오해서 우리가 아무리 알려고 해도 결코 명확히 알 수 없다.

헤라클레이토스

8 인간의 힘을 자연의 힘과 비교할 때, 인간은 운명의 보잘것없는 노리개에 지나지 않는다. 그러나 물질적 피조물과 비교하지 않고 자기 안에 있는 창조주의 영혼을 인식한다면, 인간 존재는 물질적 세계와 같은 척도로 잴 수 있는 것이 아니며, 만물에 깃든 영혼과 같은 뿌리를 지닌 것임을 인식하게 될 것이다.

에머슨에 의함

/ 어떤 일이 닥치더라도 신과 자신이 하나라고 의식하는 인간은 결코 불행해지지 않는다.

12월 15일

진실 자체는 선이 아니지만, 선의 필수조건이다.

1 거짓임을 알면서도 자신에게 유리하기 때문에 하는 의식적인 거짓말이 있고, 도저히 진실을 말할 수 없을 때 본의 아니게 하게 되는 거짓말이 있다.

2 미망은 언제나 인위적인 지지를 필요로 한다. 진리는 홀로 의연히 일어선다.

3 진리의 기쁨보다 더 큰 기쁨은 없고, 진리의 감미로움보다 더 감미로운 것은 없다. 진리의 기쁨은 세상 모든 기쁨을 초월한다. 부처의 금언

4 완전한 진실을 말할 수 있는 인간은 아무도 없다. 인간 안에서는 언제나 온갖 모순적인 지향들이 싸우면서 강해지기도 하고 약해지기도 해, 그것들을 정확히 표현할 수 없기 때문이다.

5 미망은 잠시 지지를 받을 수는 있지만, 진리는 온갖 공격과 은폐, 모략, 궤변, 회피, 허위에도 영원히 진리로 머문다.

6 진실을 행하고 말하고 생각하는 기술을 끊임없이 배워라. 그것을 배우면 우리가 진리에서 얼마나 멀리 떨어져 있는지 알 수 있다.

7 거짓말은 언제나 해롭다. 헌것을 새것으로 속여 팔고, 상한 것을 성한 것으로 속여 팔고, 돌려주지 않을 생각이면서 빚을 갚겠다고 약속하는 것이 그렇다. 그러나 정신적인 문제에 관한 거짓말에 비하면 그런 거짓말은 아무것도 아니다. 신이 아닌 것을 신이라고 속이고, 영혼에게 행복을 주지 않는 것을 영혼의 구원이라고 강조하고, 올바르고 선한 것을 죄이고 악하다고 말하는 것이 그렇다. 그런 거짓말의 해악이 가장 심각하다.

／ 죄 없는 사람도 없고, 완전히 올바른 사람도 없다. 사람은 죄 하나 없는 올바른 사람과 죄가 가득한 올바르지 않은 사람으로 나뉘는 것이 아니다. 죄를 짓지 않고 올바르게 살려고 노력하는 사람과 노력하지 않는 사람이 있을 뿐이다.

해리슨과 그의 '선언'

해리슨은 그리스도교의 빛을 받은 자로서 우선 실제적인 목적인 노예제도와의 투쟁에 발을 들여놓았다. 그리고 이내 그는 노예제도의 원인이 남부 사람들이 우연히 일시적으로 수백만 흑인들을 소유하게 된 것이 아니라 어떤 사람들이 다른 사람들에게 폭력을 저지를 수 있는 권리를 용인했다는 데 있다는 것을 깨달았다. 그러한 권리는 오래전부터 광범위하게 인정되어왔지만, 그리스도의 가르침을 거스르는 것이었다. 그러한 권리를 인정하는 구실이 되었던 것은 언제나 악이었는데, 사람들은 그 악을 폭력, 즉 똑같은 악으로 근절하고 감소시킬 수 있다고 생각했다. 그것을 깨달은 해리슨은 노예제도에 반대하며 노예의 고통, 주인들의 잔학성, 평등한 시민권을 거론하지 않고 악에 악으로 맞서지 말라고 가르친 그리스도의 영원한 법, 즉 무저항주의nonresistance를 따라야 한다고 강조했다. 해리슨은 노예제도에 반대하는 가장 전위적인 투사들도 깨닫지 못했던 것을 깨달았다. 그것은 어떤 경우에도 인간은 다른 인간의 자유를 속박할 권리를 갖지 못한다는 것이었다. 이는 누구도 반박할 수 없는 노예제도 반대의 근거였다. 노예제도 폐지론자들은 노예제도가 비합법적이고 이득이 되지 않고 잔학할 뿐이어서 인간을 타락시킨다는 것을 입증하려고 애썼고, 노예제도 옹호자들은 노예제도 폐지는 시기상조이며 위험하고 오히려 해로운 결과를 가져올 수 있다고 강경하게 맞섰다. 그러나 어느 편도 상대방을 설득할 수 없었다. 해리슨은 흑인들의 노예상태가 전체적 폭력의 일부에 지나지 않는다는 것을 이해하고 보편적 원칙, 즉 누구든 어떤 이유든 간에 인간은 자신과 동등한 인간에게 권력을 휘두르며 강제를 행사할 권리를 가질 수 없다고 주장했다. 해리슨은 노예의 자유로울 권리를 주장하기보다는 힘으로 다른 사람을 강제하는 특정 인간이나 집단의 권리를 부정했다. 그는 노예제도와 싸우기 위해서는 세계의 모든 악과 싸워야 한다는 원칙을 내세웠다.

해리슨이 주장한 원칙은 반박의 여지가 없는 것이었지만 기존 질서를 뿌리째 흔들고 파괴하는 것이었다. 그래서 기득권자들은 이 원칙의 선언, 그리고 현실에 이 원칙을 적용하려는 데 깜짝 놀라 침묵을 고수하며 애써 그것을 우회했다. 그들은 생활의 온갖 편리함을 파괴하는 것처럼 보이는 무저항주의 선언을 부정하고, 현실에 적용하지 않으며 자신들의 목적을 달성하고자 했다. 노예제도를 둘러싸고 일어난 동족상잔의 전쟁은 폭력의 비합법성을 인정하지 않은 결과였다. 전쟁은 문제를 외적으로만 해결했을 뿐 전쟁에 따라다니는 온갖 새로운 악, 어쩌면 훨씬 더 클지도 모르는 악을 미국 국민의 삶에 가져왔다. 문제의 본질은 해결되지 않고 그저 형태만 바뀐 채 오늘날 합중국의 국민들 앞에 놓여 있다. 흑인들을 노예주들의 폭력에서 어떻게 해방시킬 것인가라는 당시의 문제는 오늘날 흑인들을 모든 백인들의 폭력에서, 또 백인들을 모든 흑인들의 폭력에서 어떻게 해방시켜야 할 것인가로 바뀌었을 뿐이다.

새로운 형태의 문제는 흑인들의 사형이나 미국 정치인들의 노련하고 자유주의적인 술책이 아니라 반세기 전 해리슨이 선언한 원칙을 현실생활에 적용해야만 해결될 수 있다.

사람들이 원하건 원하지 않건 오직 이 원칙의 이름으로만 사람들은 서로를 노예로 만들고 학대하는 삶에서 해방될 수 있다. 사람들이 바라건 바라지 않건 이 원칙은 사람들의 삶에서 이루어진, 또 이루어져야 할 진정한 완성의 바탕에 놓여 있다. 사람들은 무저항주의를 삶에 적용하면, 그처럼 비싼 값을 치러 가까스로 세운 삶의 구조가 단번에 와르르 무너질 거라고 생각한다. 그러나 사람들은 무저항주의는 폭력의 원칙이 아니라 일치와 사랑의 원칙이라는 것, 따라서 사람들에게 강제적인 것이 될 수 없다는 것을 간과하고 있다. 이 원칙은 누구나 자유롭게 받아들일 수밖에 없다. 그것이 사람들에게 자유로이 받아들여지고 생활에 적용되는 정도에 따라, 오직 그 정도에 따라서만 삶의 진정한 발전이 이루어질 것이기 때문이다.

해리슨은 삶의 구조적 규칙으로서 그러한 원칙을 최초로 제창했다. 여기에 그의 위대한 업적이 있다.

노예들의 평화적인 해방은 달성하지 못했지만 그는 일반적인 폭력에서 모든 사람을 벗어나게 하는 길을 제시했던 것이다.

레프 톨스토이

세계평화협회 회원들이 채택한 강령 선언

보스턴, 1838년

우리는 그 어떤 인간의 정부도 인정하지 않는다. 우리는 오직 한 사람의 황제와 입법자, 오직 한 사람의 재판관과 인류의 통치자만을 인정한다. 우리는 전 세계를 우리의 조국으로 인정하며 전 인류를 우리의 동포로 인정한다. 우리는 우리의 모국을 사랑하는 것과 마찬가지로 다른 국가들도 사랑한다. 우리는 자국민의 이익과 권리를 인류의 이익과 권리보다 앞세우지 않는다. 따라서 우리는 우리 국민을 향한 비방이나 해악에 대한 복수를 애국심으로 정당화할 수 없다.

지상의 모든 국가가 신의 찬성으로 세워졌고 합중국과 러시아와 터키에 존재하는 모든 권력은 신의 뜻과 부합한다는 교회의 주장은 신성모독이자 우매한 것이다. 그 주장은 우리 모든 존재의 창조주를 편파적으로 악을 행하고 고취하는 자로 전락시킨다. 권력이 그리스도의 가르침과 그리스도의 본보기에 따라 적들을 대한다고 믿는 사람은 없다. 권력의 활동은 신을 기쁘게 할 수 있는 것도 아니고 신이 세운 것도 아니며, 폭력이 아니라 사람들의 영적 재탄생을 통해 전복되어야 한다.

우리는 공격적 전쟁과 마찬가지로 방어적 전쟁도 비그리스도적이고 비합법적인 것으로 여긴다. 모든 전쟁 준비, 즉 병기창을 세우고 요새를 쌓고 전함을 건조하는 것도 비그리스도적이고 비합법적인 것으로 여긴다. 온갖 상비군, 온갖 군사령부, 승리 또는 쓰러진 적들을 기념해 세운 온갖 기념비, 전장에서 노획한 온갖 전리품, 전승을 축하하는 온갖 축제, 군사력으로 거머쥔 온갖 수탈을 비그리스도적이고 비합법적인 것으로 여긴다. 자국민에게 병역을 요구하는 정부의 온갖 법령을 비그리스도적이고 비합법적인 것으로 여긴다.

따라서 우리는 군에서 복무하는 것도, 구금이나 사형으로 사람들을 위협하여 강제로 훌륭한 행동을 하도록 만드는 일에 종사해서도 안 된다고 생각한다. 그러므로 우리는 우리의 의지로 모든 국가기구에서 우리 자신을 제외하며 온갖 정치, 온갖 지상의 명예와 의무도 거부한다.

우리는 정부기구의 어떤 자리를 차지하는 것도, 그 자리에 다른 인물들을 선출하는 것도 옳지 않다고 생각한다. 우리는 다른 사람들이 우리에게서 빼앗아간 것을 되돌려받기 위해 재판을 하는 것도 옳지 않다고 생각한다. 누가 속옷을 가지려고 하거든 겉옷까지도 내주어야 하며(「마태복음」 5:40), 절대 그것을 폭력으로 되찾으려 해선 안 된다고 생각한다.

우리는 "눈에는 눈으로, 이에는 이로"라는 구약의 형사법을 예수그리스도가 폐지하였고, 신약에 나오듯이 모든 추종자들에게 어떠한 경우에도 적에게 복수하지 말고 용서해야 한다고 설교했다고 믿는다. 금품을 징수하고 감옥에 가두고 유형을 보내고 사형시키는 것은 용서가 아니라 앙갚음이다.

인류의 역사를 돌이켜보면 육체적 폭력은 도덕적 재탄생에 결코 도움이 되지 않았다. 죄를 짓기 쉬운 인간의 경향은 사랑으로만 억누를 수 있으며, 악은 선에 의해서만 절멸될 수 있고, 악으로부터 자신을 지키려면 완력에 기대지 말아야 한다. 진정한 안전은 선, 인내, 자비에 있고 온화한 자들만이 땅을 물려받으며, 칼로 흥한 자는 칼로 망한다. 역사에는 그러한 실례들이 수없이 많다.

그러므로 생명, 재산, 자유, 사회적 안정, 개인의 행복을 가장 확실하게 보장하기 위해서, 그리고 모든 통치자들의 통치자인 신의 뜻을 수행하기 위해서 우리는 악에 악으로 저항하지 않는다는 기본 가르침을 온 마음으로 받아들이고, 이 가르침이 모든 경우에 적용되는 신의 뜻이며 결국 모든 악의 힘을 이겨낼 것이라고 굳게 믿는다.

우리는 혁명적인 가르침을 설교하지 않는다. 혁명적인 가르침의 정신은 복수와 폭력과 살육의 정신이다. 그 정신은 신을 두려워하지 않고 인간의 개성을 존중하지 않는다. 우리는 그리스도의 정신으로 채워지기를 원한다. 악에 악으로 저항하지 않는다는 우리의 기본 원칙에 따르면서 음모, 난동, 폭력을 저지를 수 없다. 우리는 성서의 요구에 반하는 것들을 제외하고는 정부의 모든 법령과 모든 요구에 따른다. 우리의 저항은 불복종에 대한 형벌을 순순히 받아들이는 것이다. 우리를 향한 어떠한 공격에도 맞서지 않고 참아낼 것을 결의하는 한편 우리는 세계의 악이 어디에 있을지라도, 위에 있거나 아래에 있거나 정치, 행정 혹은 종교 분야에 있을지라도 지상의 왕국들이 오직 하나뿐인 우리 주 예수그리스도의 나라와 하나가 될 수 있도록 모든 방법으로 끊임없이 정진할 것이다. 우리는 성서와 그 정신을 거스르는 것들, 그렇기 때문에 멸망해야 할 것들은 곧장 멸망하리라 믿어 의심치 않는다. 그러므로 우리가 칼을 쳐서 보습을 만들고 창을 쳐서 낫을 만들 때가 올 것이라는 예언을 믿는다면, 미래로 미루지 말고 지금 당장 실천해야 한다.

우리의 과업은 우리에게 모욕과 비방, 고난, 심지어 죽음까지 가져올 수 있다. 몰이해와 곡해와 중상모략이 우리를 기다리고 있다. 우리를 반대하는 폭풍이 휘몰아칠 것이다. 오만과 위선, 공명심과 잔학, 통치자들과 권력, 이 모든 것이 우리를 파멸시키기 위해 뭉칠 것이다. 그들은 우리가 닮고자 애쓰는 우리의 메시아도 그렇게 다루었다. 그러나 우리는 겁먹지 않을 것이다. 우리는 사람들이 아니라 전지전능한 신에게 희망을 건다. 인간의 비호를 거부한 우리가 이 세계를 이겨내는 유일한 믿음 외에 무엇에 의탁할 수 있겠는가? 우리는 우리가 겪는 시련에 굴하지 않고 그리스도의 고난을 나누는 영광을 누리게 된 것을 기뻐할 것이다.

따라서 우리는 우리의 영혼을 신에게 바친다. 또한 그리스도를 위해 가정과 형제, 누이, 부모와 아내와 자식들과 논밭을 버린 사람들은 몇백 곱절 더 많은 것을 얻으며 영원한 삶을 물려받으리라 믿는다.

그러므로 우리를 치기 위해 사람들이 무기를 들고 일어날지라도 이 '선언'이 밝힌 원칙이 모든 세계에서 반드시 승리를 거두리라 확신하는 우리는 여기에 인류의 이성과 양심, 아니 우리 자신을 의탁한 신의 힘에 희망을 걸며 서명한다.

12월 16일

사람들 사이에 사랑을 널리 퍼뜨려야만 현재의 사회구조를 개선할 수 있다.

1 생명체들은 서로를 죽이는 동시에 서로 사랑하며 돕는다. 삶은 파괴의 욕구가 아니라 우리 마음의 언어로 사랑이라고 불리는 상호부조의 감정으로 유지되는 것이다.

나는 이 세계의 삶의 발전과정에서 상호부조의 법칙을 본다. 모든 역사는 모든 생명체의 조화라는 유일한 법칙이 점점 명료해지는 현상일 뿐이다.

2 사랑은 위험한 말이다. 가족에 대한 사랑이라는 이름으로 악이 행해지고, 조국에 대한 사랑이라는 이름으로 더 큰 악이 행해지며, 인류에 대한 사랑이라는 이름으로 가장 잔학한 악이 자행된다. 사랑이 삶에 의미를 준다는 것은 아주 오래전부터 잘 알려져 있었으나 진정한 사랑은 과연 어디에 있는 것일까? 성현들은 끊임없이 그 답을 제시해왔는데, 언제나 부정적인 답이었다. 즉 사랑이라는 이름이 붙여진 것들은 진정한 사랑이 아니었다.

3 사랑은 우리가 서로를 이교도나 적처럼 대하며 살고 있는 이 피폐하고 낡은 세계를 새롭게 바라볼 수 있는 시야를 준다. 사랑은 사람들의 마음을 따뜻하게 데워, 머지않아 정치가들의 쓸모없는 외교활동과 거대한 군대와 군함과 수많은 요새 따위가 얼마나 허무하게 소멸

하는지 보여줄 것이다. 그래서 우리는 조상들이 왜 그토록 오랫동안
아무 쓸모도 없고 사악한 것을 위해 고생해왔을까 이상하게 여기게
될 것이다. 에머슨

4 사랑의 힘은 사회적 이해관계의 여러 큰 문제에 적용되면서 진부해
지고 잊혀버렸다. 역사상 한두 번 사랑의 힘이 적용되었고, 거의 유
일하게 그때 커다란 성공을 거두었을 뿐이다. 그러나 때가 되면 사랑
은 삶의 보편적 법칙이 될 것이고, 사람들이 겪는 모든 불행은 태양
의 보편적 빛 속에서 녹아 사라질 것이다. 에머슨

5 성물이라고 여겨지는 것들, 이를테면 성찬이나 성골이나 성서 같은
것에 존경심을 품게 할 수 있고 또 실제로 그렇게 한다. 그러나 아이
들이나 분별력이 부족한 사람들에게 그보다 몇 배 더 필요한 것은,
상상 속의 무언가가 아니라 가장 실제적이고 모든 사람이 이해할 수
있고 모두에게 기쁨을 주는 것, 즉 사람들 사이의 사랑에 대한 존중
심이다.
    그리스도가 애타게 기다렸던 그때가 오면, 사람들은 힘으로 타인
과 타인의 노동을 소유한 것을 자랑하지 않고, 사람들에게 두려움과
선망을 불어넣는 것에 기뻐하지 않을 것이다. 그들은 자신이 모든 사
람을 사랑한다는 것을 자랑하고, 사람들에게서 아무리 상처받더라도
모든 악에서 벗어나게 해주는 사랑의 감정을 느끼며 기뻐할 것이다.

6 중국에 묵자춘추전국시대 노나라 사상가라는 지혜로운 사람이 있었다. 그는

사람들에게 힘과 부와 권력과 위세가 아니라 사랑에 대한 존중심을 불어넣어야 한다고 권력자들에게 충고했다. "사람들은 부와 명성을 추앙하도록 교육받기 때문에 그것을 사랑합니다. 그들에게 사랑을 사랑하라고 가르쳐보십시오. 그러면 틀림없이 사랑을 사랑하게 될 것입니다." 공자의 제자 맹자가 그 말에 반박했고 묵자의 가르침은 묵살되었다. 그러나 그로부터 2천 년이 지난 오늘날, 진정한 그리스도교의 빛을 사람들에게서 가리는 것이 사라지기만 한다면 그의 가르침은 우리 그리스도교 사회에서도 실현될 것이다. 진정한 그리스도교는 그와 똑같은 것을 가르치기 때문이다.

7 인간의 행위를 선행과 악행으로 나누는 확실한 기준이 있다. 사랑과 결합을 도모하면 선행이고, 불화와 분열을 조장하면 악행이다.

불화와 전쟁과 형벌, 증오의 시대는 가고 조화와 관용, 사랑의 시대는 반드시 올 것이다. 사람들은 이미 증오는 영혼이나 육체나 또 개인에게 해로우며, 사랑은 각 개인과 모든 사람에게 내적, 외적 행복을 준다는 것을 이미 확실히 알고 있기 때문이다.

그날이 다가오고 있다. 그날이 오도록 전력을 다하는 것, 그날이 오는 것을 가로막는 모든 것을 부수는 것이 우리의 의무다.

12월 17일

자신은 다른 존재들과 분리된 존재이고, 다른 존재들 역시 각각 서로

서로 분리된 존재라는 의식은 시간과 공간이라는 생활조건에서 비롯된 표상에 지나지 않는다. 그러한 서로의 거리가 사라질수록 우리는 생명을 지닌 모든 존재와의 결합을 더욱 잘 느낄 수 있고 삶은 더 즐겁고 기쁜 것이 될 것이다.

1 몸은 한 지체로 된 것이 아니라 많은 지체로 되어 있습니다. 발이 '나는 손이 아니니까 몸에 딸리지 않았다' 하고 말한다 해서 발이 몸의 한 부분이 아니겠습니까? 또 귀가 '나는 눈이 아니니까 몸에 딸리지 않았다' 하고 말한다 해서 귀가 몸의 한 부분이 아니겠습니까? 만일 온몸이 다 눈이라면 어떻게 들을 수 있겠습니까? 또 온몸이 다 귀라면 어떻게 냄새를 맡을 수 있겠습니까? 눈이 손더러 '너는 나에게 소용이 없다' 하고 말할 수도 없고 머리가 발더러 '너는 나에게 소용이 없다' 하고 말할 수도 없습니다. 그뿐만 아니라 몸 가운데서 다른 것들보다 약하다고 여겨지는 부분이 오히려 더 요긴합니다. 한 지체가 고통을 당하면 다른 모든 지체도 함께 아파하지 않겠습니까? 또 한 지체가 영광스럽게 되면 다른 모든 지체도 함께 기뻐하지 않겠습니까?

「고린도전서」12:14~17, 21~22, 26

2 큰 가지에서 잘려나간 작은 가지는 결국 나무 전체에서 잘려나간 셈이다. 사람도 남과 불화를 일으키면 인류 전체에서 떨어져나가게 된다. 작은 가지는 다른 힘에 의해 잘려나가지만, 사람은 증오와 원한으로 스스로를 이웃에게서, 인류 전체에게서 소외시킨다. 그러나 사람들을 형제자매처럼 공동의 삶으로 부른 신은 불화 뒤에도 다시 화합할 수 있는 자유를 그들에게 주었다.

아우렐리우스

3 신은 자기 존재의 행복을 느끼지 못하는 하늘과 땅을 창조하고 나서 그러한 행복을 의식하고 사유하는, 여러 지체로 한몸을 이루는 전체적 존재를 창조하려 했다. 모든 인간은 한몸의 지체들이다. 그래서 행복한 존재가 되려면 한몸을 다스리는 보편적 뜻에 자신들의 뜻을 일치시켜야 한다. 그럼에도 인간은 종종 자신이 속한 전체적 존재를 보려 하지 않고, 자신을 전체라고 생각한다. 자신이 일부를 이루는 몸을 보지 않고 자신은 오직 자신에게만 속한 것으로 착각하며 자신을 중심적 존재로 만들려 한다. 그런 인간은 몸에서 떨어져나간 신체 일부와 같은 것으로, 이미 생명의 근원을 잃고 자기 존재의 의미를 알지 못한 채 방황하게 된다. 그러나 결국 그도 자신의 사명을 이해하게 될 것이다. 그때 비로소 그는 본래의 자신으로 돌아가서 자신은 전체가 아니라 전체적 존재의 한 지체라는 것, 지체라는 것은 곧 전체적 존재의 생명을 위해서, 그 생명을 통해서만 자기 생명을 가질 수 있다는 것, 몸에서 잘린 손발은 죽어가며 멸망할 뿐이라는 것, 전체적 존재를 위해서만 자신을 사랑해야 한다는 것, 더 정확히 말해서 진정한 생명은 전체 속에서, 전체를 통해서 얻어지므로 전체를 사랑한다는 것은 진정으로 자신을 사랑한다는 것이고, 그렇기 때문에 보편적인 전체적 존재만을 사랑해야 한다는 것을 깨닫게 된다.

자신을 어떻게 사랑해야 할지 결정하기 위해서 우리는 모두 전체적 존재의 지체이므로 사색하는 지체들로 이루어진 전체적 존재를 먼저 마음에 떠올려야 한다. 그리고 각각의 지체로서 어떻게 자신을 사랑해야 하는지 결정해야 한다.

전체로서의 몸은 손을 사랑하고, 손에도 의지가 있다면 몸이 손을 사랑하듯 손도 몸을 사랑할 것이다. 그것을 넘어서는 사랑은 부당하다. 만약 손과 발에 의지가 있다면, 몸에 순종할 때에만 비로소 정연한 질서를 가질 수 있을 것이다. 그렇지 않으면 반드시 무질서와 불행이 일어날 것이다. 그러므로 손발은 몸의 행복을 원할 때에만 자신들도 행복해질 수 있다.

우리 몸의 여러 지체는 결합과 조화의 행복을 느끼지 못하고, 자연이 그들에게 조화의 정신을 불어넣어 성장시키고 존속시키려고 얼마나 마음을 썼는지 느끼지 못한다. 지체들이 다른 여러 지체에게 습득한 이해를 전달하지 않고 얻은 양분을 자기를 위해서만 사용하는 것은 옳지 않다. 그들은 불행해지고 서로 사랑하지 않게 될 것이다. 서로 미워하게 될 것이다. 그들의 행복은 그들이 속하고 그들이 자신을 사랑하는 것 이상으로 그들을 사랑하는 전체적 영혼의 활동과의 조화에 있다.

파스칼

/ 우리가 다른 모든 존재와 하나라는 의식은 우리 안에서 사랑으로 나타난다. 사랑은 자기 삶을 확장하는 것이다. 사랑이 클수록 삶은 더 넓고 충실해지고 즐거워진다.

12월 18일

인류는 쉬지 않고 완성을 향해 나아가고 있다. 이는 개개인이 자기완성을 위해 기울이는 노력의 결과다. 신의 나라는 노력을 통해 세워진다.

1 헤로데, 그는 권력의 인간, 전횡의 인간이다. 그는 독특한 본성을 지닌 인간으로서 그 자신은 아무에게도 의무를 지니지 않지만 다른 사

람들은 모두 그에게 의무를 지닌다. 그는 미래의 왕에 밀려 왕좌에서 쫓겨날 과거의 왕이다. 이 미래의 왕이 태어났다는 첫 소식에 그는 이미 위협을 느낀다. 그는 대체 무슨 짓을 했는가? 맨 처음 그는 꾀를 부리며 자신을 속였다. 이 거짓 뒤에는 학살이 따랐다. 그는 닥치는 대로 수많은 학살을 자행했다. 아직 어머니의 젖을 빨고 있는 많은 어린아이들을 죽였다. 갓난아이가, 미지의 갓난아이가 두려웠기 때문이다. 그 아이를 확실히 없애기 위해서는 달리 방법이 없었던 것이다. 따라서 미래의 왕이 될 갓난아이만 죽일 수 있다면 모든 갓난아이가 죽어도 상관없었던 것이다. 그러나 그 아이는 죽지 않았다. 미래의 왕은 과거의 왕과 싸우기 위해 생존할 것이다. 싸움은 오래 계속될 것이고 세기에서 세기로, 한 헤로데에게서 다른 헤로데에게로, 고난과 절규로 흐르는 핏속에서, 아버지와 아들의 흐르는 핏속에서, 어머니들의 통곡과 모든 이의 고뇌 속에서 계속될 것이다. 그러나 이러한 불행은 그대들을 어지럽히지 못한다. 용기를 잃지 말고 꿋꿋하라. 두려움과 의혹에 사로잡히지 말고 절망하지 말고 끝까지 싸워라. 미래의 왕은 반드시 승리할 것이다. 라므네

2 삶을 개선하고 악을 뿌리 뽑아 정의로운 삶을 세우기 위해 하는 모든 노력은 무익하다, 모든 것은 저절로 이루어진다, 인류의 진보가 그 모든 것을 해낼 것이라는 등의 소리가 자주 들린다. 이것은 마치 사람들이 사공이 젓는 배를 타고 가다가 뭍에 이르러 노 젓던 사공들이 가버렸는데도 지금까지 움직였던 것처럼 배가 나아갈 거라 생각하고 아무도 노를 잡지 않는 것과 같다.

3 지상에 안식은 없고 또 있을 리도 없다. 삶이란 접근할 수는 있지만 도달하는 것은 생각도 할 수 없는 목적을 향한 정진이기 때문이다. 따라서 지상에 안식은 없다. 안식은 부도덕하다. 나는 감히 그 목적이 어디에 있는지 가리키지 않겠다. 그러나 무엇인가가 존재하고 있다는 것은 확실하다. 아니, 존재해야 한다. 그런 목적이 없다면 삶은 무의미하다. 삶이 무의미하다고 여기는 것은 신을 부정하는 것이다. 삶을 악하고 저열한 장난으로 여기는 것이다. 마치니

4 인류의 역사는 이성이 아니라 오직 순종에 의해서만 신을 이해할 수 있다는 진리를 증명한다. 우리가 영원한 질서에 묵묵히 순종할 때 그 질서는 비로소 명료해지고 바로 그렇게 신의 뜻을 지상에서 알 수 있다. 러스킨

5 우리 인간만이 이 세상의 삶에 정의를 가져올 수 있다. 자연도 우리가 없으면 아무것도 할 수 없다. 의식적 존재의 집합체인 인류가 아니라면 아무도 정의를 이룰 수 없다. 기치키

6 우리가 모든 사물이 지금과 다른 모습이 될 수 없다고 인정한다면, 우리는 세상을 이전의 상태에 머물게 하는 힘의 동조자가 될 것이다. 우리가 그 힘에 굴복하지 않는다면, 우리는 사물을 변화시키는 힘의 일부가 될 것이다. 솔터

7 대부분의 사람들은 사유하지 않으며 산다. 자신의 힘을 생존경쟁에

쏟느라 사유할 시간을 갖지 못하고 그런 상태를 당연한 것으로 받아들인다. 그래서 사회개혁가의 임무는 매우 무겁고 그 행로는 아주 괴로운 것이다. 그 때문에 어떤 위대한 진리를 옹호하기 위해 맨 먼저 목소리를 드높이는 사람들은 상류계급에게서는 조소를, 대중에게서는 저주를 받는다. 사람들은 그들을 추방하고 괴롭히며 수난의 옷을 입히고 가시관을 씌운다.

헨리 조지

/ 이 세상의 삶을 개선하기 위한 우리의 노력이 아무리 사소하고 보잘 것없다 해도 그것은 꼭 필요하다. 바로 그런 사소한 노력에서 우리가 누리는 행복을 위한 모든 작용이 일어나기 때문이다. 그러므로 비록 아무도 보지 않고 재촉하지 않더라도 위선적으로 행동하지 말고 고삐를 잡아당겨라.

12월 19일

진정한 행복은 언제나 우리 손에 있고 그림자가 물체를 따르듯 선한 삶을 따른다.

1 신은 우리를 더욱 선하고 행복하게 만들 수 있는 모든 것을 우리 바로 앞에, 가까이에 가져다두었다.

세네카

2 영원히 병들지 않고 건강한 몸은 없다. 영원히 사라지지 않는 무한

한 부도 없다. 영원히 함정에 걸려들지 않는 권력도 없다. 모두 썩어 없어지고 마침내 지나가버린다. 따라서 이런 것들에 삶을 맡긴 사람은 언제나 불안에 쫓기고 전전긍긍하고 슬프고 괴로워하며 살아간다. 그는 결코 원하는 것을 얻지 못하고 피하고 싶은 것에 걸려들 것이다.

오직 인간의 영혼만이 난공불락의 요새보다 안전하다. 그런데 왜 우리는 오직 하나뿐인 우리의 성채를 약화시키려고 애를 쓰는 것인가? 왜 우리에게 영혼의 기쁨을 줄 수 없는 일에 종사하고 우리 영혼에게 안정을 주는 하나의 일에는 마음을 쓰지 않는가?

우리의 양심이 깨끗하다면 아무도 우리에게 해를 끼칠 수 없다는 것을, 온갖 다툼과 적의는 보잘것없는 외적인 것을 얻으려는 욕망과 무지에서 생긴다는 것을 우리는 잊어버리고 있다.　　　　에픽테토스

3　자기완성을 위해 살아가는 사람은 부족함을 모른다. 원하는 것이 언제나 그의 손안에 있기 때문이다.　　　　파스칼

4　진정한 행복은 선행 그 자체다.　　　　스피노자

5　진정한 삶을 이해하지 못하는 사람들은 언제나 쾌락을 얻는 쪽으로, 고뇌에서 벗어나기 위한 쪽으로, 피할 수 없는 죽음을 멀리하는 쪽으로 활동한다.

그러나 쾌락에 대한 욕망은 타인과 더 격렬하게 싸우도록, 고뇌에 더 민감하게 반응하도록 하며 죽음을 끌어당긴다. 죽음이 다가오는

것을 보지 않기 위해 사람들은 더욱더 쾌락을 좇고, 이것이 그들이 아는 유일한 방법이다. 그러나 쾌락에는 한계가 있어서 선을 넘으면 쾌락은 고뇌로, 점점 다가오는 죽음에 대한 공포로 바뀐다.

진정한 삶을 이해하지 못하는 사람들이 고뇌하는 근본적 원인은 그들이 모든 사람이 공평하게 나눠 가질 수 없는 것을, 남에게서 힘으로 빼앗지 않으면 안 되는 것을 쾌락으로 생각한다는 데 있다. 내게 필요한 것을 남에게서 힘으로 빼앗다보면 모든 사람에게 호의를 느낄 수 없으며 모든 사람에게 진정한 행복을 주는 사랑의 감정을 가질 수 없다.

그러므로 쾌락을 얻는 데 활동이 집중될수록 인간이 달성할 수 있는 유일한 행복인 사랑은 점점 더 불가능해진다.

6 영혼의 행복에는 두 가지 상태가 있다. 1)영혼의 평안(결백한 양심)과 2)언제나 즐거운 마음이다. 전자는 인간이 스스로 아무런 죄의식을 느끼지 않는다는 조건과 지상의 행복이 모두 덧없다는 분명한 의식에서 생기는 상태이고, 후자는 자연의 선물이다. 칸트

7 운명의 손이 건네는 삶이 호의적이건 호의적이지 않건 우리는 삶의 매 순간을 훌륭한 것으로 만들 수 있다. 그것은 삶의 예술이기도 하고, 이성적인 존재의 진정한 우월함이기도 하다. 리히텐베르크

8 가장 확실하고 순수한 삶의 기쁨은 마음의 동요 없이, 양심의 가책 없이 떠올릴 수 있는 기쁨이다. 러스킨

／ 선을 실천하는데도 자신이 불행하다고 느끼는 사람은 신을 믿고 있지 않거나, 선으로 여기며 실천하는 일이 선이 아니거나 어느 한쪽이다.

12월 20일

교회가 그리스도교를 타락시킨 나머지 신의 나라가 실현될 날은 더욱 요원해졌다. 그러나 그리스도교의 진리는 축축한 가지들 때문에 금세 꺼질 것 같다가도 잔가지들을 바싹 말리면서 이내 타오르는 모닥불 같다. 그리스도교의 참된 의미는 이미 모든 사람에게 분명해져서, 진리를 가리는 기만보다 더 강한 영향을 미치고 있다.

1 예수가 숭배의 대상이 되는 종교에서 예수가 설교한 종교를 구해야 한다. 우리는 영원한 복음의 핵심이자 원리가 되는 의식을 인식하고 지켜나가야 한다.

시골마을의 전기장식이나 작은 촛불 행렬이 찬란한 태양 앞에서 빛을 잃는 것처럼, 무의미하고 하찮고 우연하고 수상쩍은 기적은 정신생활의 법칙과 신이 인도하는 위대한 인류 역사 앞에서 완전히 빛을 잃을 것이다. 아미엘

2 나는 인간에 대한 신뢰 위에 세워진 새로운 종교를 본다. 그 종교는 아직까지 누구도 닿아본 적 없는 우리 마음속 심연에 호소한다. 그리고 인간은 대가 없이 선을 사랑할 수 있고, 인간에게는 신적 근원이

있다고 가르친다.

솔터

3 우리 시대가 빠져 있는 이기주의와 회의와 부정의 늪에서 헤어 나오기 위해 가장 필요한 것은 신앙이다. 우리의 영혼이 개인적인 목적 때문에 방황하는 것을 멈추게 하고 우리 모두가 하나의 근원, 하나의 법칙, 하나의 목적을 인식하며 함께 나아갈 수 있도록 도와주는 신앙이. 낡은 신앙의 폐허 위에 의연히 솟아오른 강력한 신앙이 현존하는 사회제도를 변혁할 것이다. 강력한 신앙은 필연적으로 인간 활동의 모든 분야에 적용되기 때문이다.

인류는 "아버지의 뜻이 하늘에서와 같이 땅에서도 이루어지게 하소서"라는 기도문을 다양한 단계에서, 다양한 어조로 끊임없이 되풀이하고 있다.

마치니

4 자신만을 사랑하는 사람들이 있다. 그들은 미움으로 가득한 사람들이다. 자신만을 사랑하는 것은 곧 다른 사람들을 미워하는 것이기 때문이다.

오만한 사람들이 있다. 그들은 자신과 동등한 존재를 참지 못해 언제나 명령하고 지배하고 싶어한다.

탐욕스러운 사람들이 있다. 그들은 황금과 명예와 쾌락을 좇으며, 만족을 모른다.

약탈하는 사람들이 있다. 그들은 부정한 힘과 계략으로 약자를 수탈하고 과부와 고아 주변에서 서성거린다.

학살하는 사람들이 있다. 그들은 폭력적인 생각으로 가득차 있고, 사람들에게 형제라고 말하면서도 자신들의 계획에 반대하는 기미가 조금이라도 보이면, 그들을 거침없이 학살하고 그들의 피로 자신들의 법을 쓴다.

겁에 질린 사람들이 있다. 그들은 악인 앞에서 벌벌 떨고 그 손에 입을 맞춤으로써 박해를 피하려고 한다.

그런 사람들이 모두 이 지상의 평화와 안전과 자유를 파괴한다.

그러나 민중을 박해하는 자가 주변의 도움도 받지 못하고 민중의 인정도 받지 못한다면 과연 무슨 일을 할 수 있겠는가?

그들이 민중을 예속할 때, 그러는 것이 자신에게 이득이 되는 사람들의 협조밖에 얻지 못한다면, 그 소수가 수많은 민중 전체에 과연 얼마나 힘을 미칠 수 있겠는가?

민중이 이러한 전제주의에 대항할 수 있도록 세상을 창조한 것이 신의 예지이고, 민중이 그 지고한 예지를 이해하는 한 전제주의는 불가능하다.

그러나 이 세상의 지배자들은 신의 예지에 대해 이 세상의 왕, 즉 악마의 지혜로 대항했고, 민중을 박해하는 자들의 왕은 그들에게 전제주의를 유지하기 위한 지옥의 간계를 가르쳤다.

그는 그들에게 말했다. "너희는 이렇게 하라. 집집마다 힘이 센 젊은이들을 징집해 그들에게 무기를 주고 그것을 쓸 수 있도록 가르쳐라. 그러면 그들은 자기 아버지들과 형제들과 싸우려 들 것이다. 왜냐하면 그렇게 하는 것이 너희의 영광이라고 내가 그들을 세뇌할 것이기 때문이다. 나는 그들에게 명예와 충절이라는 두 가지 우상을 만들어줄 것이며, 그 우상의 법칙은 절대복종이다. 그들은 그 우상을 숭배하고 법칙에 맹종할 것이다. 나는 그들의 지혜를 일그러뜨릴 것이므로 너희는 조금도 걱정할 필요 없다."

민중의 박해자들은 악마가 시키는 대로 했고, 악마는 민중의 박해자들에게 약속한 대로 해주었다.

민중은 무기를 들고 자신의 형제를 죽이고, 아버지를 가두고, 심지어 자신을 진심으로 사랑해준 사람들을 잊어버리기 위해 그들에게도 손을 치켜들었다. 사람들이 그들에게 "모든 신성한 것의 이름을 걸고, 너희에게 내려지는 명령이 얼마나 부정하고 잔학한 것인지 생각해보아라" 하고 말했을 때 그들은 이렇게 대답했다. "우리는 생각하지 않는다, 다만 복종할 뿐이다."

또 "진정 너희에게는 아버지와 어머니, 형제에 대한 사랑도 없단 말이냐?"라고 하자, 그들은 "우리는 사랑하지 않는다, 다만 복종할 뿐이다"라고 대답했다.

또 신과 그리스도에 대해 이야기하자, 그들은 "우리의 신은 나라에 대한 명예와 충절이다"라고 대답했다.

진심으로 너희에게 말하고 싶다. 이보다 무서운 악의 유혹은 없다. 그러나 이 저주스러운 악의 유혹도 종말에 이르고 있다.

머지않아 악마는 민중의 박해자들과 함께 사라질 것이다.　　　　라므네

5 신의 나라가 도래한 것을 보려고 기대하지 마라. 그것이 도래한다는 것을 의심하지도 마라. 신의 나라는 끊임없이 다가오고 있다.

／ 사람들은 교회 중심의 그리스도교는 불완전하고 불공평하고 형식적이지만 그래도 그리스도교라고 생각한다. 그러나 교회 중심의 그리스도교는 그리스도교가 아닐 뿐만 아니라 진정한 그리스도교의 가장 흉악한 적이다. 오늘날 교회 중심의 그리스도교는 진정한 그리스도교에게 붙잡힌 현행범과 같다. 그것에게 남은 길은 오직 두 가지다. 스스로 죽느냐 다시 범죄를 저지르느냐. 그러므로 그 처지가 아

무리 절망적이라도 교회 중심의 그리스도교는 당분간 그 무서운 범죄행위를 계속할 것이다.

12월 21일

인간은 의식이 정점에 달했을 때 고독을 느낀다. 이 고독은 이상하고 낯설고 때로 고통스럽기까지 하다. 어리석은 사람들은 이 고독한 의식의 고통에서 벗어나기 위해 마음을 다른 데로 돌리고 높은 그곳에서 당장 바닥을 향해 내려가고 만다. 그러나 지혜로운 사람들은 기도를 통해 그 정점에 계속 머무른다.

1 신이 우리에게 원하는, 신에 대한 우리의 태도는 삶에서 신의 뜻을 끊임없이 실천하는 것이다. 그러나 세상의 다양한 이해관계와 수많은 욕망 때문에 우리는 끊임없이 이런 실천에서 멀어진다. 그것을 아는 우리는 신에 대한 자신의 태도를 말이라는 외적 표현, 즉 기도에 매달려 자신이 신에게 속해 있다는 생생한 의식을 불러일으키기 위해 애쓴다. 그러한 기도는 우리의 죄와 의무를 떠올리게 한다. 유혹에 이끌릴 때마다 그 기도의 심정으로 돌아간다면 유혹에서 자신을 구할 수 있다.

2 개체는 유한하다. 그러므로 사람들이 신을 어떻게 해석하든, 신은 결코 개체일 수 없다. 그런데 기도는 신을 향한 호소다.
    개체가 아닌 것에 어떻게 호소할 수 있는가?

천문학자들은 실제로 움직이는 것은 그들이 관측하는 천체가 아니라, 그들이 관측기와 망원경을 설치하고 서 있는 지구라는 것을 알고 있지만, 그래도 그들은 지구가 아니라 별자리의 움직임을 기록한다. 그렇게 할 수밖에 없기 때문이다. 기도도 마찬가지다. 신은 개체가 아니지만 개체인 나는, 신이 개체가 아니라는 것을 알면서도 나와 신의 관계를 개체와의 관계로 표현할 수밖에 없는 것이다.

3 갱도에 추락해 구출될 가망이 없는 자, 빙하에서 얼어죽어가는 자, 바다 한가운데서 굶어죽어가거나 독방에 감금된 채 죽어가는 자, 아니면 생명이 다해가는 자, 귀가 멀고 눈이 먼 자. 이들에게 기도가 없다면 남은 시간을 대체 무엇을 하며 보낼 수 있을까?

4 세속의 삶에서 헛되이 행복을 찾아 헤매다 지쳐 신에게 손을 내밀 때, 인간은 더없는 법열에 젖는다.

파스칼

／ 욕정을 완전히 지배하는 사람, 신에 대한 봉사로 자기 삶을 채우는 사람은 기도 없이도 살 수 있다. 그러나 온갖 욕정과 싸우고 있는 사람, 아직 자신의 의무를 수행하지 못하고 있는 사람에게 기도는 없어서는 안 될 삶의 조건이다.

12월 22일

외적 형식의 변화를 통해서만 사회구조를 개선할 수 있다는 생각만큼 사회구조의 개선을 방해하는 것도 없다. 그런 그릇된 생각 때문에 사람들은 사회구조의 개선에 도움이 되지 않는 활동에 몰두하고 도움이 되는 활동은 멀리한다.

1 사회적 삶은 학문이 아니라 인간의 의식에 기초한다. 문명은 무엇보다 도덕의 문제다. 성실함이 없다면, 인간의 권리와 의무에 대한 존경이 없다면, 이웃에 대한 사랑이 없다면, 다시 말해 미덕이 없다면, 모든 것이 위험해지고 무너져버릴 것이다. 학문이고 예술이고 화려한 장식이고 산업이고 수사학이고 경찰이고 세관이고 할 것 없이 주춧돌이 없는 공중누각을 받치지는 못한다. 단지 타산에 따라 공포정치로 유지되는 국가는 거대해 보이지만 추악하고 불안정한 구조물일 뿐이다. 오직 대중의 도덕성만이 모든 문명의 견고한 기초를 이루고, 그 주춧돌은 의무다. 조용히 자신의 의무를 수행하면서 좋은 모범을 보이는 사람들이야말로 그들에 대해 알지 못할 미래의 빛나는 세계를 구원하는 버팀목이다. 소돔을 구하는 데는 아홉 명의 의인이 더 필요했지만, 대중을 타락과 파멸에서 구하기 위해서는 수천 명의 선인善人이 필요하다.   아미엘

2 인류의 사상은 세속적 혹은 종교적 권력을 위한 새로운 법을 정하는 것이 아니라, 각 개인이 도덕적 존엄성을 인식하도록 이끌어야 한다. 그것은 눈먼 자가 눈먼 자들을 이끄는 가련한 시도보다, 그래서 결국 다 같이 독단과 권위의 수렁에 빠지는 것보다 인류의 진보에 비교를

허용하지 않을 만큼 커다란 공헌을 할 것이다.   예이츠

3 그리스도교와 사회주의 중 어느 한쪽을 택할 것인가 하는 것은 전혀 문제가 아니다.

　이 두 가지는 원래 비교를 할 수 없을 만큼 본질적으로 다르기 때문이다.

　그리스도교는 온 우주의 영원한 의미와 신성, 거기에 따른 우리의 영적 근원인 불멸성과 인간의 사명을 가르치고, 동시에 그 결과로서 올바른 물질적 만족의 방법을 가르친다.

　사회주의는 그리스도교와 비교할 때, 노동자계급의 물질적 결핍에 대한 다소 부차적인 문제를 다루는데, 이 문제는 삶의 의미라는 중요한 문제 바깥에 있다.

　그리스도교와 사회주의가 양립할 수 있는가라고 물을 수는 있겠지만, 그리스도교와 사회주의 중 어느 쪽을 택할 것인가라는 질문은 성립될 수 없다.   스트라호프

4 무정부주의자들이 현재의 사회구조를 부정하고 세상에서 권력자의 폭력만큼 나쁜 것은 없다고 주장하는 것은 옳다. 그러나 혁명으로 무정부사회를 수립할 수 있다고 하는 것은 아주 잘못된 생각이다. 무정부사회는 국가권력의 보호를 필요로 하지 않는 사람들이나, 권력의 행사 내지 권력에 참가하는 것을 수치스럽게 생각하는 사람들이 점점 늘어갈 때 수립될 수 있을 것이다.

5 우리는 먼저 인간이 되어야 하며, 그다음에 국민이 되어야 한다. 선을 대하듯 법에 대해 존경심을 품는 것은 바람직하지 않다. 자고로 법은 인간들을 정의롭게 만든 적이 없었고, 오히려 법을 지나치게 중시한 결과 선량한 사람들까지도 부정을 저지르게 되었다.   소로

6 인간은 모두 한 아버지의 자식이므로 지상에 하나뿐인 보편적인 율법을 지키며 살아야 한다. 모두가 자신이 아니라 남을 위해 살아야 하고, 삶의 목적은 지금보다 더 행복해지는 것이 아니라 스스로 최선을 다해 더욱 선한 사람이 되고 남들도 그렇게 되도록 돕는 것이어야 한다. 어디서나 부정과 미망에 맞서 싸우는 것은 우리의 권리일 뿐만 아니라 소홀히 하거나 외면하면 중대한 죄악이 되는 우리 삶의 의무다.   마치니

7 무정부사회란 제도가 없는 사회가 아니라, 사람들을 강제적으로 복종시키는 제도가 없는 사회를 뜻한다. 폭력을 없애지 않고는 이성적인 사회의 건설은 불가능하고 또 가능해서도 안 된다.

8 사회적 과제는 원래 한계가 없다.   위고

❮ 강제적이고 위선적인 법을 인정하고 따른다면, 정의를 확립할 수 없을 뿐만 아니라 부정을 줄일 수도 없다.

폐인

……여관에 도착했을 때 마당은 이미 후덥지근해 나는 발코니로 나가 앉았다. 눈앞에는 뙤약볕에 달아오른 길이 기다란 실처럼 구불구불하게 뻗어 있었다. 그 길은 산을 돌아 가늘고 길게 멀리 바닷가까지 이어졌다. 빨간 술 장식을 단 노새 몇 마리가 술통을 싣고 방울을 울리면서 한 발 한 발 조심스럽게 발을 떼며 가고 있었다. 갑자기 달려온 역마차 때문에 노새 행렬이 흐트러졌고, 역마차 마부가 채찍을 휘두르며 큰 소리로 외치자, 노새들이 암벽에 바싹 붙어버리는 바람에 술통을 운반하는 마부들이 욕을 퍼부었다. 뽀얗게 먼지를 뒤집어쓴 마차는 거침없이 내달려 내가 앉아 있는 발코니 아래서 멈췄다. 마부는 뛰어내려 말을 마차에서 풀기 시작했다. 국가방위군 제모를 쓴 건장한 여관 주인이 마차문을 열고 손님에게 공작 칭호를 붙이며 두 번이나 절을 했다. 그러자 그때까지 마부석에서 자고 있던 하인은 눈을 떠 기지개를 켜고는 땅 위로 내려섰다.

'마부석에서 잠을 자는 것이나 저렇게 잘 잤다는 듯이 기지개를 켜는 품을 보아하니 저 하인은 분명 러시아인이다.' 나는 이렇게 생각하며 사내의 얼굴을 자세히 살펴보았다. 먼지를 뒤집어써 뽀얘진 아마색 수염에 넓적한 코, 콧수염으로 이어져 얼굴 반을 가린 구레나룻, 그밖에도 러시아인다운 특징들을 보고 나는 그 하인이 펜자나 탐보프, 아니면 심비르스크 지방 출신일 거라 추측했다. 여하간 먼 이국에서 뜻밖에 동포를 만나자 왠지 모르게 설렜다. 그러는 동안 마차에서 서른 살 안팎의 남자가 내려섰는데, 행복하고 유쾌하고 즐거워 보이는 관대한 얼굴에 소화기능이 순조로운 듯 신경질적인 데라곤 조금도 없어 보였다. 가는 끈이 달린 안경을 콧대에 걸친 이 남자는 좌우를 둘러보고 아직 마차에서 내리지 않은 동행인에게 어린아이처럼 순진한 표정으로 말했다.

"참 좋은 곳이군요! 이탈리아입니다. 정말 이탈리아예요. 하늘이 푸른 게 꼭 청옥 같지 않습니까! 이런 게 진짜 이탈리아입니다!"

"아비뇽에서부터 자네는 벌써 여섯 번이나 같은 말을 했어." 동행인은 피곤한 듯 신경질적인 목소리로 말하며 천천히 내려섰다.

동행인은 큰 키에 말랐고, 마차에서 먼저 내린 사람보다 나이가 훨씬 많아 보였다. 몸에 걸친 밝은 녹색 코트, 먼지를 뒤집어쓴 금발과 같은 빛깔의 바래지 않은 마포 모자, 금발의 눈썹에 가려진 생기 없는 눈, 초췌하다못해 노르께한 녹색을 띠는 병색이 서린 얼굴 때문에 그는 온통 한 가지 색깔만 칠해놓은 것처럼 보였다.

침울한 모습의 동행인은 남자가 가리키는 쪽을 말없이 바라보았다. 그러나 경탄의 말을 내뱉지도, 만족스러운 빛을 보이지도 않았다.

"사방이 온통 올리브나무입니다. 올리브나무뿐이네요." 젊은 남자는 말했다.

"올리브의 녹색은 단조로워서 싫증이 나." 노르께한 녹색의 남자가 말했다. "우리의 자작나무가 훨씬 아름답지."

젊은 남자는 못 말리겠다는 듯 머리를 저었고 그대로 눈을 위로 향했다. 나는 이 남자의 얼굴을 본 적이 있는 것 같았는데, 어디서 언제 보았는지는 기억나지 않았다. 러시아인은 외국에 오면 묘하게도 알아보기가 힘들다. 러시아에서는 독일식으로 턱수염을 깎고 다니던 사람도 유럽에 오면 언제 그랬느냐는 듯 턱수염을 러시아식으로 텁수룩하게 기르기 때문이다.

그가 누구인지 애써 떠올릴 필요가 없었다. 젊은 남자는 올리브나무를 보며 기뻐하던 그 선량하고 걱정 없는 표정으로 나에게 달려와 러시아어로 소리쳤다.

"오, 참으로 뜻밖입니다. 세상 참 좁군요. 저를 몰라보시겠어요? 옛 친구를 잊으셨습니까?"

"이제야 알아보겠습니다. 모습이 너무 변해서 알아볼 수가 없었어요. 턱수염도 기르고 풍채도 이렇게 좋아졌으니 말입니다. 정말 건강해 보입니다."

"건강한 몸에 건강한 영혼이랄까요." 그가 뱃속에서 끌어내는 듯 웃으며 대답하자 늑대도 질투할 만큼 잇몸이 드러났다. "당신도 많이 변하셨군요. 나이가 드셨어요. 요새는 뭐 재미나는 일 없습니까? 헤어진 지 벌써 사 년이나 되었네요. 많은 세월이 흘렀습니다."

"그렇군요. 그런데 어떻게 이런 곳까지 오게 되었습니까?"

"환자와 함께 왔습니다……"

이 남자는 모스크바대학의 의사로 한때 해부학자로 일하기도 했다. 나는 오 년 전 해부학을 공부할 때 그를 알게 되었다. 선량하고 맡은 일에 충실한 청년이었다. 또 대단히 성실하게 공부하는 사람이라 분야를 막론하고 잘 알았다. 아직 해결되지 않은 문제에는 전혀 머리를 쓰지 않지만 이미 해결된 문제는 뭐든 정확히 외우고 있었던 것이다.

"그렇습니까! 저기 녹색 옷을 입은 분이 당신 환자로군요. 저분은 어떻게?"

"저런 환자는 이런 이탈리아 같은 데서는 결코 볼 수 없을 겁니다. 정말 기이한 사람이거든요! 기계는 좋은데 약간 망가져서(그는 손가락으로 자신의 이마를 가리켰다) 제가 고치고 있죠. 그가 이쪽으로 오길래 제가 당신을 안다고 저도 모르게 얘기했는데, 잔뜩 겁을 먹지 뭡니까. 심한 우울증인데 조증도 있습니다. 때로는 며칠 동안 한마디도 안 하다가 때로는 말을 아주 많이 합니다. 그럴 때는 머리털을 곤두세우며 흥분해서는 무엇이든 다 거부하죠. 아무튼 정신 상태가 이상합니다. 아시다시피 제가 옛날이야기를 믿는 사람은 아닙니다만 뭔가가 있긴 있나봅니다. 성질은 대체로 온순하고 선량한 사람입니다. 외국에 나가는 것을 아주 싫어했고요. 그러나 일가붙이들은 모두 저 사람을 어딘가 먼 곳으로 보내려고 했고, 결국 어렵사리 설득시켰습니다. 그들은 저 사람이 문지기나 하인들에게 무슨 말을 하지 않을까, 경찰에 가서 고발이라도 하지 않을까 두려워하고 있었습니다. 저 사람은 시골로, 그러니까 누님과 아직 제대로 분배하지 않은 영지로 가고 싶어했는데, 누님은 퍽 당황스러워했지요. 농부들에게 공산주의나 선전하고 다닐 거라고 말입니다. 게다가 미불금 문제도 있는 모양이었습니다. 그러다 결국 남부 이탈리아 *마그나 그라이키아*^{기원전 8세기경 그리스 정착민들이 식민화한 이탈리아 남부와 시칠리아 지역}로 요양 가는 것을 받아들였습니다! 그래서 칼라브리아를 향해 출발했습니다, 바로 이 당신의 옛 친구를 충실한 전의로 대동하고 말입니다. 도둑이나 신부^{神父}들만 산다는 곳이어서 도중에 마르세유에서 권총을 샀죠, 4연발짜리가 어떻게 돌아가는지 아십니까?"

"압니다. 그런데 여간한 일이 아니겠군요. 늘 그런 환자와 함께 있는 게."

"그렇다고 벽을 기어오르거나 사람을 물거나 하지는 않습니다. 겉으로 내색하지는 않습니다만, 저 사람은 나름대로 저를 마음에 들어합니다. 어쨌든 저는 만족합니다. 아주 대만족입니다. 비용은 모두 그가 부담하고, 일 년에 은화 천 루블의 보수를 받으니까요. 담배 한 개비도 제 돈으로 살 필요가 없습니다. 저 사람은 그런 일에 대해서는 여간 정확한 게 아닙니다. 아무튼 세상에는 뜻밖의 일이 참 많이 일어납니다. 여기로 데리고 올 테니 제 괴짜 양반을 한번 만나주십시오. 한시간쯤 함께 식사라도 하다보면 아주 선량하고 현명한 사람이라는 것을 아시게 될 겁니다……"

"네, 정신이상만 아니라면."

"불행한 사람이죠…… 아무튼 기분을 전환시켜주는 것이 가장 효과적입니다."

"나를 약 대용으로 쓰려는 거군요." 내가 말했지만 의사는 벌써 복도를 따라 날듯이 뛰어가버렸다.

나는 그가 하자는 대로 하고 싶지 않았고, 자기 뜻대로 남을 좌지우지하려는 러시아적인 태도에도 거부감이 들었지만 연녹색 외투를 걸친 공산주의자 지주에게 흥미를 느꼈기 때문에 그대로 기다렸다. 그는 소심하고 수줍은 듯한 얼굴로 올라와 지나칠 정도로 정중히 인사하고는 신경질적인 미소를 지었다. 그의 얼굴 근육은 기이하리만큼 잘 움직여서 표정이 바뀔 때마다 이상하고 종잡을 수가 없었는데, 슬퍼 보이다가도 웃는 얼굴이 되고, 그러다 아주 무표정한 얼굴이 되기도 했다. 아무것도 보지 않는 것 같은 눈 속에 뭔가에 온통 집중하는 습관과 예사롭지 않은 내적 번민이 엿보였고, 눈썹 위 이마를 뒤덮다시피 한 깊게 팬 주름들은 그 소산이 분명했다. 그렇게 주름살 가득한 이마뼈에 싸여 있다면 머릿골이 일 년도 배겨내지 못할 것이기에 얼굴 근육이 그렇게 잘 움직이는 것도 당연한 일이었다.

"예브게니 니콜라예비치," 의사가 말했다. "소개하겠습니다. 이런 곳에서 옛친구를 만나다니 참으로 뜻밖입니다. 그것도 개나 고양이를 함께 해부하던 친구를 말입니다."

예브게니 니콜라예비치는 미소지으며 중얼거리듯이 말했다.

"만나서 대단히 기쁩니다. 참으로 우연히…… 예기치 않게…… 실례합니다."

"기억나십니까," 의사가 말을 이었다. "수위였던 시쵸프의 개를 잡아와 함께 해부해서 미주신경을 연구했던 일, 기억나십니까?"

예브게니 니콜라예비치는 눈살을 찌푸렸고 창밖을 내다보며 두어

번 기침하고는 나에게 물었다.

"러시아를 떠나온 지 오래됐습니까?"

"오 년 됐습니다."

"그렇다면 이곳 생활에 아주 익숙하시겠군요." 예브게니 니콜라예비치는 이렇게 묻고서 얼굴을 붉혔다.

"네, 아주 익숙해졌습니다."

"하지만 외국생활이란 것이 대단히 따분하고 단조롭지 않습니까?"

"그건 러시아도 마찬가지죠." 어렴성 없는 의사가 덧붙였다.

그러자 별안간 예브게니 니콜라예비치는 크게 껄껄거렸고, 한참이나 웃음을 멈추려고 애쓰더니 띄엄띄엄 말했다.

"필리프 다닐로비치는 내가 무슨 말을 하든 간에 반대합니다. 하, 하, 하! 내가 이 지구는 실패한 유성 또는 병든 행성이라고 말하면 이 사람은 쓸데없는 소리라고 말합니다. 그렇게 면박을 주니 외국이나 고향에서 사는 건 지겹고 역겹다는 것을 어떻게 설명하겠습니까?" 이렇게 말하면서 그는 더 크게 웃었고 이마의 혈관이 벌게졌다.

의사는 나를 향해 이것 보라는 듯이 능청스럽게 눈짓했다. 의사의 표정을 보자 나는 이 환자가 몹시 안쓰럽게 느껴졌다.

"어째서 지구가 병든 행성이 아닐 수 있을까요." 예브게니 니콜라예비치는 진지하게 물었다. "병든 사람들이 살고 있는데?"

"그것은," 의사가 나를 대신해서 대답했다. "행성은 감각이 없기 때문입니다. 신경이 없는 곳에 병은 존재할 수 없으니까요."

"우리 인간은 어떤가? 병에 걸리는 데 신경 따위는 필요 없네. 포도나 감자도 병에 걸리지 않나? 머지않아 지구는 터져버리거나 궤도에서 이탈해 날아가버릴 걸세. 아주 재미있는 일이 벌어질 거야. 칼라브리아도, 니콜라이 파블로비치와 겨울궁전도, 나와 필리프 다닐로비치 자네도 모두 날아가버릴 거야. 그럼 자네의 권총도 필요 없어지겠지."

그렇게 말하고 그는 또다시 웃기 시작했지만, 곧 나를 보며 아주 진지하게 말했다.

"이대로 두어선 안 됩니다. 뭔가 하지 않으면 안 된단 말입니다. 지구는 처음부터 다시 시작되어야 합니다. 현재의 진화는 완전한 실패니까요. 이대로 가다간 반드시 무슨 일이 일어날 겁니다. 세상이 만들어질 때부터, 그러니까 달이 지구에서 떨어져나간 이래로 뭔가 잘못되어가고 있어요. 처음부터 병의 징후는 명료했습니다. 지질학적 변동이 일어날 때 얼마나 대단한 내열이 생겨났는지! 생명이 모든 것을 지배했지만 병은 흔적을 남겼죠. 균형이 깨지자 지구는 여기저기서 흔들리기 시작했습니다. 처음에는 질량의 문제가 지구를 덮쳤습니다. 이를테면 집채만한 큰 도마뱀이 있었고 잎사귀 한 잎으로 실내 연병장을 덮을 수 있는 큰 양치류가 자랐습니다. 하지만 이 모든 것도 사라졌습니다. 이처럼 잘못 만들어진 존재들이 어떻게 살아갈 수 있었겠습니까? 그러나 오늘날에는 질의 문제가 생겨났고, 이게 훨씬 고약합니다. 뇌, 뇌, 그리고 신경이 지나치게 발달한 나머지 인간의 지성은 이성의 경계를 넘어버렸습니다. 머지않아 역사가 인류를 멸망시킬 것인데, 당신들이 뭐라고 떠들어대든, 두고 보세요, 인류는 분명 멸망할 겁니다."

예브게니 니콜라예비치는 속사포로 말을 쏟아내고는 입을 다물어버렸다.

이윽고 식사 시간이 되었고, 그는 술과 음식을 아주 조금밖에 먹지 않았다. 식사중에는 "예" "아니요" 외에는 아무 말도 하지 않았다. 식사가 끝날 무렵 그는 갑자기 보르도산 와인을 잔에 가득 받더니 한 모금 마시고는 얼굴을 찌푸리며 이내 잔을 내려놓았다.

"왜 그러세요." 의사가 물었다. "맛이 없습니까?"

"맛이 없군." 환자가 대답하자 의사는 여관 주인을 불러 항의하고 보이에게도 화를 냈는데, 35퍼센트나 이문을 남기는 장사로 손님을 기만한다면서 그 탐욕과 이기심을 비난했다.

예브게니 니콜라예비치는 의사가 왜 성을 내는지 모르겠다면서, 여관 주인은 왜 기왕이면 65퍼센트의 이문을 남기지 않는지 모르겠다고, 나쁜 와인을 사서 마시는 손님이 있다면 태연하게 그것을 파는 여관 주인은 참으로 현명한 게 아니냐고 냉담한 어조로 나에게 이야기했다. 도덕적인 견해를 밝히는 그의 말을 끝으로 우리의 식사도 끝났다.

폐인인 지주와 처음으로 만나 대화를 나누었을 때부터 나는 그의 병든 지성이 매우 독창적이고 대담하다는 데 놀랐다. 그의 지성에는 확실히 '금이 간 데'가 있었다. 의사는 그가 한평생 큰 불행과 혼란을 겪은 적이 없다고 나를 설득했으나, 나는 이 선량한 해부학자의 심리학을 믿을 수 없었다.

우리는 함께 제노바로 가서 우리의 부르주아시대에 호텔로 전락한 어느 궁전에 머물렀다. 예브게니 니콜라예비치는 내가 하는 이야기에 별 흥미를 보이지 않았지만 딱히 싫은 기색도 없었다. 그는 의사와 늘 말다툼을 했다.

우울증의 순간이 오면 그는 사람들에게서 벗어나 혼자 방에 틀어박혔고, 누르께하고 창백한 얼굴로 오한이라도 난 듯 몸을 떨었으며 이따금 그의 눈은 펑펑 운 것처럼 보이기도 했다. 그럴 때마다 의사는 그가 혹시 자살이라도 할까봐 여러 가지로 어리석은 예방책을 세웠는데, 면도칼과 권총을 감춰버리기도 하고, 신경을 진정시키는 갖가지 약으로 오히려 그를 괴롭히기도 하고, 향긋한 풀을 넣은 따뜻한 목욕물에 몸을 담그게 하기도 했다. 그럴 때면 환자는 응석받이 아이처럼 짜증을 내고 저항하면서도 의사의 말에 따랐다.

그는 기분이 좋을 때는 조용하고 말수가 적지만, 그러다가도 갑자기 둑이 터진 것처럼 말을 쏟아내기도 했다. 이따금 발작적인 웃음이 터져 목구멍이 신경질적으로 압착되면 심한 기침 때문에 말을 그쳤는데, 그렇게 도중에 멈춘 말은 듣는 사람에게 늘 묘한 생각거리를 남겼다. 그의 견해는 기묘하고 역설적이지만 그 자신에게는 구구단처럼 간단한 것 같았다. 사실 그의 견해는 정확했고, 그가 마구잡이로 추출한 원리들에 충실한데다 논리정연했다.

그는 박식했지만 그 어떤 분야에서도 권위라는 것을 인정하지 않았고, 바로 이 점이 훌륭한 교육을 받은 의사를 자극했는데, 의사는 툭하면 퀴비에^{프랑스 동물학자, 고생물학자}나 훔볼트^{독일 박물학자, 탐험가}를 인용하곤 했다.

"왜 나까지," 예브게니 니콜라예비치는 반박했다. "훔볼트의 생각을 따라야 하지? 물론 훔볼트는 박식하고 널리 세상을 여행했던 사람이라 그가 보고 생각한 것을 아는 건 흥미로운 일이지만, 나까지 그와 똑같이 생각해야 할 의무는 없네. 훔볼트가 푸른색 프록코트를 입었다면 나도 입어야 하나? 아마 자네도 모세의 말을 그 정도로 믿지는 않을 텐데."

"보십시오," 모욕당한 의사가 나에게 말했다. "예브게니 니콜라예비치는 종교와 과학의 구별을 인정하지 않습니다. 어떻게 생각하십니까?"

"그 둘은 차이가 없네." 예브게니 니콜라예비치는 단호하게 덧붙였다. "종교와 과학은 서로 다른 언어로 같은 걸 말할 뿐일세."

"아니에요, 종교는 기적에 기초를 두고, 과학은 이성에 기초를 두고 있죠. 종교는 신앙을 필요로 하고, 과학은 지식을 필요로 하고."

"아니, 기적은 종교에도 있고 과학에도 있어. 다만 종교는 기적에서 출발하고, 과학은 기적에 도착하는 것일 뿐이야. 종교는 인간의 지성으로 이해할 수 없는 진리가 있고 더 지적인 또다른 지성이 우리에게 모든 것을 이야기해준다고 노골적으로 말하지. 과학은 자신이 모든 것을 **이런저런 방식으로** 다 이해했다고 착각하며 우리를 기만하고……

그러나 어느 쪽이건 실제로 인간은 모든 것을 이해할 수 없고 어떤 방식으로든 아주 조금밖에 이해하지 못한다는 것을 증명할 뿐이네. 그러나 사람들은 그걸 인정하지 않아. 바로 그런 인간으로서의 약점 때문에 누구는 모세를 믿고, 누구는 퀴비에를 믿는 걸세. 어떻게 확인할 수 있겠나? 어떤 사람은 신이 동물과 식물을 창조했다고 말하고, 또 어떤 사람은 생명력이 그것들을 창조했다고 말하는데. 그러니까 그것은 지식과 계시의 모순이 아니라 믿음과 회의 사이에 존재하는 모순이야."

"저는 지성을 통해 유기체의 법칙에서 병리학적 진리를 도출하는데, 어째서 그 지식들을 믿음으로 여겨야 한다는 겁니까?"

"법칙에서 도출해내는 경우라면 물론 그럴 필요가 없지. 하지만 누구든 법칙을 모르는 사람은 믿고 기억할 수밖에 없는 걸세."

"참으로 훌륭한 이론입니다." 나는 농담처럼 그의 두 손을 잡고 말했다. "당신이 귀국한 뒤 니콜라이 파블로비치가 당신을 교육부 장관으로 임명한다 해도 놀라지 않을 것 같은데요."

"비난하지 마시오, 제발 나를 비난하지 마시오." 그는 진심으로 반박했다. "그리고 내 사상을 비웃지 말아주시오. 물론 나도 루소를 조롱한 적이 있고, 볼테르가 루소에게 이제 와서 다시 네발로 걷기에는 늦었다고 ^{자연으로 돌아가라고 한 루소에게 볼테르는 자연으로 돌아가고 싶지만 네발로 걸어다니는 습관을 잊은 지 육십 년이라고 썼다} 편지를 쓴 것도 알고 있어요. 하지만 나는 모든 악의 근원이 어디 있는지 알기 위해 참으로 힘겹게 노력했고, 그것을 깨닫고 나서는 이렇게 겁에 질려버렸소. 나는 아무에게도 그것을 말하지 않고 입을 다물었지만, 사람들의 번민과 오열이 날이 갈수록 거세지고 악은 더욱 명백해져서 이제 진리를 세상에 알려야겠다고 결심하게 됐소. 우리는 멸망해가는 존재이자, 몇 세기에 걸친 멸망의 희생양이 되어 선인들의 죗값을 치르고 있소. 우리는 어디서 치료받을 수 있을까! 아마 다음 세대는 미망에서 깨어나겠지."

"그러니까 결국 인간의 회복은 진보 대신 퇴화를 택해 오랑우탄에 가까워질 때 시작된다는 말씀이군요." 의사는 새 담배에 불을 붙이며 말했다.

"인간이 동물에 가까워지려는 것은 인간이 천사가 되려는 것과 마찬가지로 실패할 수밖에 없는 일이야. 모든 동물에게는 각기 필요한 환경이 있고, 그 본질적인 것을 바꾸는 것은 언제나 위험한 일이니까. 강물은 바닷물보다 더 쾌적하고 깨끗할 것 같지만, 바다에 사는 연체동물을 강물에 집어넣으면 죽고 말지. 인류는 사실 생각보다 자연으로부터 많은 능력을 받지 못했어. 그러나 인류의 신경과 두뇌가 병적으로 발달한 나머지, 인간은 본성에 맞지 않은 너무나 고결한 생활에 현혹되었고 그런 생활 속에서 병들고 괴로워하며 파멸해가고 있네! 이 병을 물리쳐야 인간은 평화롭게 살 수 있어. 이를테면 몇 세기 전 인도를 생각해보게. 자연은 인도인들에게 풍요로운 선물을 줬지. 국가적, 정치적 삶의 상처는 나았고, 지성이 유기체의 활동을 지배해야 한다는 병적인 우월감도 사라졌네. 세계의 역사는 그들을 잊었고 그들은 인간으로서 가장 행복한 삶을 살아가고 있었어. 그러나 그 저주스러운 동인도회사라는 것이 출현해 그것을 파괴해버리고 말았지."

"하지만," 의사는 지적했다. "대중은 그런 건 전혀 생각하지 않고 살아가고 있습니다."

"그렇지. 바로 그 점이 내 말이 옳다는 가장 유력한 증거야. 자네가 대중이라고 부르는 것은 이 경우 인류를 가리키지. 그러나 대중은 자신들이 원하는 삶을 살 수가 없고, 바로 여기에 불행이 있네. 문명이라는 건 막대한 비용을 치러야 하는 것이지. 국가와 종교와 군대 때문에 하급계층은 굶주림에 허덕이고 있어. 국가와 종교와 군대는 그들을 완전히 파멸시키기 위해 그들 눈앞에서 자신들의 부를 과시하고, 그들을 부추겨 사악한 취미와 불필요한 욕망을 갖게 하고, 심지어 정말 필요한 것을 얻을 수 있는 수단까지 빼앗아버리고 있네. 얼마나 불행하고 슬픈 일인가! 아래쪽에서는 노역에 시달리고 기아로 고통받는 사람들이 우글거리고, 위쪽에서는 왜 대중이 이리도 굶주리고 가난한가 하고 고민하지만, 그 대답은 굶주린 자들에게 나누어줄 빵만큼이나 적지. 그런데 이 두 가지 질병 사이에, 두 가지 고통 사이에, 나쁜 생활 때문에 걸리는 열병과 미친 신경 때문에 걸리는 병 사이에, 바로 이것들 사이에 문명의 아름다운 꽃이 피고 문명의 응석받이들이 뛰놀고 모든 것을 향락할 수 있는 유일한 인간들이 존재하네. 그들이 어떤 사람들이지? 우리나라의 중간 규모 지주들과 이 지방의 상인들 정도일 걸세. 그러나 자연은 자신을 모욕하도록 놔두질 않아…… 자연은 자신을 배신하는 것에게 어떤 망나니보다 더 참혹한 낙인을 찍거든."

그는 방안을 거닐면서 말을 잇다가 갑자기 거울 앞에서 발을 멈췄다.

"보게, 이 얼굴을. 하, 하, 하! 정말 끔찍한 얼굴 아닌가. 나와 우리 농부의 얼굴을 비교해보게. 블루멘바흐^{독일 해부학자, 인류학자}가 놓친 새로운 변종, '코카서스 도시형' 변종에는 관리, 상인, 학자, 귀족, 그 밖에 교양 사회에 사는 알비노 환자들과 크레틴병 환자들, 근육도 거의 없이 류머티즘에 걸린 허약한 종족, 어리석고 사악한, 보잘것없고 추악하고 비열한 자들, 이를테면 나처럼 서른다섯 살에 이미 구제불능의 폐인이 되어 두 겹의 펠트천에 싸여 겨울에 자라는 냉이처럼 일생을 보내는 자들이 속하는 걸세. 제기랄, 참으로 역겨워! 아니, 아니, 이런 식으로 살아갈 순 없어. 너무 어리석고 너무 썩었어! 자연의…… 자연의 평화가 필요해!…… 바빌론의 탑같이 사회조직을 세우는 건 더이상 필요없어! 현재의 모든 것을 멈춰야 해, 그래! 어차피 불가능한 일을 더이상 추구하지 마라! 날개를 꿈꾸고, 더 나은 자연을, 다른 태양의 빛을 꿈꾸는 건 사랑에 빠진 소녀들이 할 일이야. 자연이 마련해준 포근한 잠자리에 들어가 신선한 공기를 마시고 스스로를 다스리는 야생의 정신을 존중하며 무정부의 자유를 만끽할 때가 도래했어!"

이렇게 말하는 예브게니 니콜라예비치의 얼굴은 붉었고 이마에는 핏발이 서렸다. 그는 갑자기 괴로운 듯이 얼굴을 일그러뜨리더니 진지한 얼굴로 돌아가 그대로 입을 꾹 다물었다.

알렉산드르 게르첸

12월 23일

삶에 적용할 수 있는 영원한 진리를 아는 것이 지혜다.

1 소크라테스는 최초로 철학을 하늘에서 끌어내려 삶에 대해, 인간의
  품성에 대해, 나아가 선행과 악행이 초래하는 결과에 대해 배워야 한
  다고 주장하며 철학을 보급한 사람이었다.   키케로

2 육체의 불결함은 깨끗하게 씻어야 사라진다. 인간사회도 마찬가지
  다. 인간사회가 정신적인 의미에서 청결하고 건강해지면, 그것에 꼬
  여들었던 교회와 정부의 기생충들도 이와 벼룩이 청결한 몸에서 떨
  어져나가듯 저절로 떨어져나간다.

3 학식과 지혜는 양립하기 어렵다. 학자는 많은 것을 알지만 대부분 쓸모없고
  애매한 것들을 안다. 지혜로운 사람은 조금 알지만 그 자신과 모든 사람에게
  필요하고 오직 확실한 것들을 안다.

4 자신의 영혼을 인식하면 자기 안의 신적 근원을 알 수 있다. 자기 안
  의 신적 근원을 알게 되면 신의 선물을 받을 자격을 갖춘 존재에 걸
  맞은 행동과 생각을 하게 된다.   키케로

5 복음서에서 무엇이 근본적이고 중요하고, 무엇이 중요하지 않고 불

필요한 것인가는 비평적 연구가 아니라 오직 마음으로 구별할 수 있다. 그것을 구별할 수 있는 사람에게는 어떠한 연구도 필요하지 않다. 원리가 아니라 삶의 지침을 찾기 위해 복음서를 읽는 사람은 중요한 것과 중요하지 않은 것을 구별할 수 있다.

6 지혜로운 자는 박학하지 않으며, 박학한 자는 지혜롭지 않다.   노자

7 오늘날 학자들은 학문이 **어떠해야 하는가**를 결정하지 않고 오직 **실제로 어떤가**를 기록하는 데 몰두한다. 실제로 어떤가는 우리도 이미 알기 때문에 누구에게도 쓸모가 없다. 사람들이 술을 마시고 담배를 피우면, 학문은 술과 담배의 소비를 생리학적으로 정당화하는 일을 맡는다. 법학과 경제학은 사람들이 서로를 죽이거나 많은 사람의 땅과 생산수단을 빼앗아 특정한 소수에게 주는 것을 정당화한다. 신학은 사람들이 황당무계한 미신을 믿는 것을 정당화한다. 학문의 사명은 어떠해야 하는가를 알리는 것이지, 지금 실제로 어떤가를 알리는 것이 아니다. 그런데 오늘날의 학문은 거꾸로 사람들의 주의를 어떠해야 하는가에서 지금 실제로 어떠한가로, 즉 아무한테도 필요하지 않은 것으로 돌리는 데 혈안이 되어 있다.

/ 사막에서는 물 한 잔이 황금보다 귀하듯 삶에서는 진정한 지혜로 얻은 행복이 어떤 지식보다 귀하다.

12월 24일

어린 시절부터 정신이 발달하는 동시에 육체는 쇠퇴하기 시작한다. 서로 반대 방향으로 겹쳐놓은 두 개의 원뿔처럼 육체의 힘이 줄어드는 동시에 정신의 힘이 성장한다.

1 조화로운 성장은 자연에서와 마찬가지로 인간에게서도 언제나 침묵과 고요 속에서 이루어진다. 시끄러운 것은 모두 파괴적이고 범죄적이고 야만적이다.

그럼에도 침묵과 고요의 삶이 진정한 정신적 성장과 발달을 위해 꼭 필요하다는 것을 아는 사람은 별로 없다. 대부분의 사람들은 번뇌와 혼잡 속에 살고, 혼자 남으면 지루함과 무료함에 괴로워한다.

고독의 고요 속에서만 사람은 생명과 성장의 강력한 기운을 느낄 수 있다. 그리스도는 이렇게 말했다. "기도할 때는 골방에 들어가 문을 닫고 보이지 않는 네 아버지께 기도하여라."「마태복음」6:6 세계 평화의 실현을 위해서는 침묵 속 성장이 절실히 필요하다. 그런데 세계를 구원할 수 있다는 양 온갖 새로운 가르침이 수많은 목소리로 구원을 약속하며 세계의 진정한 정신적 성장을 방해하고 있다.

우리는 더욱 침묵 속에 잠겨야 한다. 침묵의 목소리가 마침내 우리를 자유롭게 할 진리를 알려줄 것이다.　　　　　　　　　　루시 맬러리

2 계몽된 사람은 이성과 통찰 속에서 끊임없이 발전하고, 계몽되지 않은 사람은 끊임없이 무지와 죄악의 구렁텅이로 빠져든다.　중국의 격언

3 정신적 삶을 사는 사람은 나이가 들수록 정신적 시야가 더욱 넓어지고 의식이 선명해지지만, 세속적 삶을 사는 사람은 나이가 들수록 의식이 어두워진다.

『탈무드』

4 더욱 선한 인간이 되려면 나이가 들어야 한다. 나이가 들면 과거에 저질렀던 과오를 되풀이하지 않는다.

괴테

5 영혼의 성숙은 넘쳐흐르는 힘보다 훨씬 소중하다. 우리 안에 있는 영원한 것은 시간이 우리 안에서 일으키는 파괴작용을 이용한다.

아미엘

6 육체의 성장은 육체의 고갈과 함께 시작되는 신과 사람들에 대한 봉사, 즉 정신적 일을 위한 비축일 뿐이다.

7 만물은 무성히 자라 꽃을 피우고 뿌리로 돌아간다. 뿌리로 돌아가는 것은 자연과 조화된 안정이고, 자연과 조화된 안정은 영원을 뜻한다. 그러므로 내 몸이 파괴되어도 위태롭지 않다.

노자

8 정신적으로 성장하고 다른 사람들의 성장을 돕는 것이 삶이다.

／ 정신적 삶과 그 성장을 의식하지 못하는 사람에게 현실은 무서운 것
이다. 육체적 삶만 고집한다면 파멸의 길을 피할 수 없고 마침내 사
라진다.

영적 본성을 인식하고 그것에 기대어 살아간다면, 절망 대신 무엇
으로도 파괴되지 않고 끊임없이 늘어나는 기쁨을 알게 될 것이다.

12월 25일

진정한 자선은 사람들의 칭찬과 내세의 보상을 구하지 않는다.

1 너희는 일부러 남들이 보는 앞에서 선행을 하는 일이 없도록 하여라.
그렇지 않으면 하늘에 계신 아버지에게서 아무런 상도 받지 못한다.
자선을 베풀 때는 위선자들이 칭찬을 받으려고 회당과 거리에서 하
듯이 스스로 나팔을 불지 마라. 나는 분명히 말한다. 그들은 이미 받
을 상을 다 받았다. 자선을 베풀 때는 오른손이 하는 일을 왼손이 모
르게 하여 그 자선을 숨겨두어라. 그러면 숨은 일도 보시는 네 아버
지께서 갚아주실 것이다. 「마태복음」 6:1~4

2 가난한 과부가 기부한 한 푼은 부자의 만금과 맞먹을 뿐만 아니라
이 한 푼이야말로 진정한 자선이다.

가난해도 스스로 일하는 자만이 자선의 기쁨을 누릴 수 있으며, 무
위도식하는 부자에게는 그 기쁨이 없다.

3 자선기관은 무익할 수도 있고 유익할 수도 있지만(아주 드물게) 결코 도덕적일 수는 없다. 그런 기관은 그것을 세운 사람들이 연민과 자선의 의지에 대해 전혀 이해하지 못한다는 것을 증명할 뿐이다.

4 자선은 집에서부터 시작하라. 꼭 어딘가로 가야 할 수 있다면 진정한 자선이 아니다.

5 부자가 가난한 사람에게 공개적으로 자선행위를 하는 것은 좋게 말해 예의일 뿐 결코 자선이 아니다. 길을 묻는 사람에게는 잠시 발을 멈추고 길을 가르쳐주는 것이 예의다. 누군가 5코페이카, 5루블, 50루블을 빌려달라고 사정하고, 네 수중에 5코페이카, 5루블, 50루블의 여유가 있다면 빌려주어야 하겠지만, 이 또한 예의일 뿐 자선과는 다르다.

／ 자기 것을 희생하는 물질적인 자선이야말로 선이다. 그때 물질적 도움은 정신적 도움이기도 하다.
　아무런 희생 없이 남아도는 것을 주는 것은 받는 사람에게 모욕이 될 수도 있다.

12월 26일
유년 시절에는 외부의 암시에 쉽게 영향을 받는다. 따라서 아이에게 영향을 미치는 것을 엄밀히 선택해야 한다.

1 오늘날 대부분의 사람들은 자신들이 그리스도교를 믿으며 그리스도교의 도덕을 지키고 있다고 생각한다. 그러나 실제로는 이단의 도덕을 따르고 그것을 젊은 세대 교육의 이상으로 높이 내걸고 있다.

2 인간은 유년 시절에 가장 암시에 쉽게 영향을 받는다. 논리가 끼치는 영향은 암시의 영향에 비하면 천분의 일에도 미치지 못한다.

따라서 아이 앞에서 말과 반대로 행동하면서 어떻게 행동해야 하는지 훈계하는 것은 정말 헛되고 우스꽝스러운 일이다.

3 아이의 종교는 부모의 설교가 아니라 행동에 따라 결정된다. 부모의 삶을 움직이는 내면적이고 무의식적인 이념이 아이의 종교 선택에 영향을 미치는 것이다. 잔소리나 설교나 때로 욕설까지, 말로 가르치는 것은 모두 그때뿐이다. 아이는 부모의 종교를 본능적으로 느끼고 파악한다.

어른이 아무리 가면을 쓰고 있어도 아이는 그 실체를 본다. 아이는 관상가라는 말이 괜히 있는 것이 아니다.

그러므로 교육의 근본은 먼저 자기 자신을 교육하는 것이며, 아이의 의지를 다스리기 위해 지켜야 하는 첫번째 원칙은 자기 자신을 다스리는 것이다.

아미엘

4 어른들은 아이들에게 동물이나 그 밖의 약한 모든 존재에게 잔인해서는 안 된다고 가르친다. 그러나 아이는 자기 집 주방에서, 죽임을 당해 털이 뜯긴 닭과 거위를 본다. 도덕에 대해 아무리 그럴듯하게 설명한다고 해도 그것과 모순되는 야만적이고 잔인한 행위가 아이의 눈앞에서 벌어진다면 그 교육이 무슨 소용이 있겠는가?   스트루베

5 욕망을 줄이는 것은 젊은이가 단련해야 할 덕목이다. **욕망이 줄어들수록 행복이 커진다**는 오래된 진리를 사람들은 아직도 인정하지 않고 있다.   리히텐베르크

6 안락한 삶만 추구하는 성향만큼 인간에게 큰 불행은 없다. 그러므로 어린 시절부터 노동의 중요성을 가르치는 것이 무척 중요하다.   칸트

7 아이들에게 절제되고 검소한 삶, 노동과 자비를 가르치는 것은 아주 중요한 일이다. 그러나 아이의 부모가 사치스럽게 살고, 부를 좇고 축적하고, 노동보다 무위도식을 좋아하고, 빈곤한 사람들 틈에서 풍요롭게 산다면 어떻게 그것을 가르칠 수 있겠는가.

✎ 아이들을 위한 도덕교육의 핵심은 좋은 본보기를 보여야 한다는 것이다. 아이를 위해 선하게 살아라. 적어도 선하게 살기 위해 노력하라. 그런 삶을 산다면 아이들도 올바르게 가르칠 수 있다.

12월 27일

우리가 어떤 것을 보거나 안다고 할 때, 우리는 그 실체를 완전히 인식하지 못하고 인식능력의 한계 안에서 인식하는 것일 뿐이다.

1 위대한 하늘과 땅에는 빛깔과 형체와 크기가 있다. 그러나 인간 안에는 색도 형체도 수^빛도 크기도 없는 무언가가 존재하고, 그 무언가에게는 이성이 있다.

  세계 그 자체에 이성이 없다면, 이 세계에는 인간의 이성만 존재한다는 말이다. 그러나 세계는 무한하고 인간의 이성은 유한하기 때문에 인간의 이성이 전 세계의 이성일 리는 없다.

  따라서 세계는 이성을 통해 영혼을 부여받아야 하고 그 이성은 무한한 것이어야 한다.   공자

2 축복받은 사람들이 사는 곳으로서 천국에 대해 이야기할 때, 사람들은 보통 머리 위 끝없고 높은 어딘가를 상상한다. 그러나 그들은 우리가 사는 지구도 우주공간에서 바라보면 하늘에 뜬 수많은 별 중 하나라는 것, 따라서 그 우주의 주민들도 지구를 가리키며 "저기 저 별을 보아라. 저 별은 영원한 행복의 장소, 우리가 언젠가 가게 될 하늘의 집이다"라고 말할 수 있다는 것을 생각지 못한다. 우리의 지성이 일으키는 묘한 착각 때문에, 우리의 신앙은 항상 높은 곳으로의 상승이라는 관념과 결부되어 있다. 아무리 높이 올라가도 언젠가는 다시 아래로 내려와 또다른 세계 어딘가에 힘차게 발을 딛고 서야 한다는 것을 우리는 잊고 있다.   칸트

3 세계가 우리 안에 반영된다기보다 우리의 이성이 세계에 반영된다고 해야 맞을 것이다. 달리 생각할 수 없다. 우리는 세계 속 질서와 하늘의 섭리를 인정할 수밖에 없는데, 이것은 사유의 구조적 인식이다. 그러나 우리의 사유에 필요한 질서와 섭리 같은 것이 실제로도 그렇다는 결론을 내릴 수는 없다. 왜냐하면 우리는 외적 세계의 실제 구조에 대해 아무것도 모르기 때문이다. 리히텐베르크

4 병들고 나약한, 견고하지도 않고 영원하지도 않은, 온갖 욕망에 사로잡힌 몰골을 보라. 늙고 시든 육신은 금세라도 깨져 흩어질 듯하고, 그 안의 생명은 이미 죽음으로 넘어가고 있다…… 앙상한 뼈는 가을 들판에 버려진 호박처럼 드러나 있다…… 그런데 무엇을 사랑하겠는가? 무엇을 기뻐하겠는가?

  뼈로 쌓은 성곽에 살과 피를 덧댄 육신 속에 노쇠와 죽음과 허위와 교만이 산다…… 왕의 찬란한 수레도 닳아 없어지듯, 육신도 늙고 낡아간다. 늙고 부서지지 않는 것은 선인善人의 가르침뿐이다. 『법구경』

5 자신을 단순히 육체적인 존재로 보는 순간 인간은 풀 수 없는 수수께끼, 밝힐 수 없는 모순이 된다.

/ 사물의 진정한 의미를 이해하기 위해서는 눈에 보이는 모든 것을 보이지 않는 것으로, 육체적인 모든 것을 정신적인 것으로 바꿔서 생각해야 한다.

12월 28일

학문은 삶의 법칙을 계시할 때 인간에게 가장 중요한 일이 되지만, 무위도식하는 자들의 호기심을 자극하는 것을 연구할 때 인간을 아둔하게 만드는 가장 하찮은 일이 된다.

1 학문의 중요성을 말하기 위해서는 유익하다는 것을 증명해야 한다. 그런데 학자들은 자신들이 연구하는 것이 언젠가는, 어디선가는, 누군가에게는 도움이 될 거라고 막연하게 말한다.

2 인간의 약점들을 외면하기 위해 생겨난, 종교적 미신보다 더할 것도 덜할 것도 없이 똑같이 유해한 학문의 미신이라는 것이 있다. 사람들은 길을 잃고 악한 삶을 살아간다. 자기 삶이 올바르지 않다면 인정하고 바로잡으려고 노력하는 것이 인간의 본성인데, 여기서 '학문'이라는 것이 등장한다. 정치학, 재정학, 교회학, 형법학, 경찰학, 그 밖의 온갖 종류의 법학, 정치경제학과 역사학, 나아가 최근 유행하는 사회학 등등이다. 학자들은 악한 삶이 불변의 법칙이라고 말한다. 그래서 사람들은 자신의 약점과 싸우며 악한 삶을 선한 삶으로 바꾸려 하지 않고 학자들이 말하는 그 법칙에 따라 삶의 흐름에 순응하게 되었다. 그 미신은 너무도 명백하게 인간의 상식과 양심을 거스른다. 만약 그것이 사람들의 악한 삶을 변호하고 그들을 안심시켜주지 않았더라면 결코 받아들여지지 못했을 것이다.

종교적 미신도 그처럼 큰 악을 사람들에게 끼친 적이 없었고 끼칠 수도 없을 것이다.

3 우리에게는 인간의 육체적 생명을 이해할 수 있는 충분한 지식이 없다. 그것을 알려면 무엇이 필요한지 생각해보자. 육체에는 장소, 시간, 운동, 온도, 빛, 음식물, 물, 공기, 그 밖의 많은 것이 필요하다. 자연계에서는 삼라만상이 유기적으로 서로 밀접하게 작용하고 있기 때문에 하나를 규명하지 않고는 다른 하나를 알 수 없다. 전체를 알지 못하면 부분도 알 수 없다. 우리는 육체적 생명에 필요한 모든 것을 알았을 때 비로소 생명을 이해할 수 있다. 그러려면 우주 전체를 규명해야 한다. 그러나 우주는 무한하고, 인간은 무한을 알 수 없다. 따라서 우리는 우리의 육체적 생명을 완전히 이해할 수 없다.　파스칼

4 천문학이나 수학이나 물리학 같은 정신적 삶에 불필요한 학문을 연구하는 것은 오락과 유희, 썰매 타기, 뱃놀이, 산책과 마찬가지로 의무 수행을 방해하지 않을 때에만 허용할 수 있다. 그러나 인류의 진정한 정신적 행복에 기여하지 않는 학문에 종사하는 것은 자신의 의무를 소홀히 하고 오락에 빠지는 것처럼 부도덕한 일이다.

❧ 학문은 사람들이 일반적으로 말하는 것들이 아니라, 인간의 행복을 위해 더욱 필요하고, 더욱 높은 인식의 대상을 다루어야 한다.

12월 29일

폭력이 존재하는 한 전쟁은 사라지지 않을 것이다. 폭력에 저항하지 않고 참여하지 않을 때에만 폭력을 극복할 수 있다. 우리보다 진화한

인류는 우리가 그토록 자랑스러워하는 이른바 문명이라는 것을 어떻게 생각할까? 지금 우리가 고대 멕시코 민족과 그들의 용감무쌍하고 경건하지만 동시에 지극히 동물적이기도 한 카니발리즘에 대해 생각하는 것과 똑같이 생각하지 않을까. 　　　　　　　르투르노

1　만일 내 병사들이 생각이라는 것을 했다면, 단 한 사람도 군대에 남지 않았을 것이다. 　　　　　　　프리드리히 2세

2　전쟁에 나가 사람을 죽이는 야만적인 본능은 수천 년에 걸쳐 아주 열심히 길러지고 장려되어왔기 때문에 마침내 인간의 머릿속에 완전히 뿌리박히고 말았다. 그러나 우리 사회보다 진화한 사회가 언젠가는 그 무서운 죄악에서 벗어날 수 있을 거라는 기대를 버리면 안 된다.

3　그리하여 나는 군규라는 것을 이해했다. 병사와 하사가 이야기할 때는 하사가 언제나 옳고, 하사와 중사가 이야기할 때는 중사가 옳고, 중사와 상사가 이야기할 때는 상사가 옳고, 그런 식으로 마지막 원수까지 가서 그가 2×2는 5라고 말하더라도 맞는다고 해야 하는 것이다. 처음에는 이해하기 힘들었지만, 어느 막사에나 군규가 쓰인 고지판이 있고, 병사들이 머리를 맑게 하기 위해 아침저녁으로 그것을 읽고 외우는 것을 보면서 그런가보다 하게 되었다. 고지판에는 병사들이 하고 싶어할 만한 모든 일이 적혀 있었다. 예컨대 탈영, 병역 거부, 명령 불복종 같은 것들이다. 그리고 거기에는 사형이니 오 년 징역이

592

니 하는 처벌들이 조목조목 적혀 있었다.　　　　　　　에르크만-샤트리앙

4　내가 노예를 한 명 샀다고 하자. 노예는 내 것이고, 그는 말처럼 나를 위해 일한다. 나는 그에게 가축이나 먹는 음식을 주고, 허름한 옷을 입히고, 말을 듣지 않으면 매질을 한다. 하지만 그게 놀랄 일일까? 우리는 우리의 병사들에게 그보다 나은 대우를 하고 있을까? 차이가 있다면 병사가 훨씬 싸게 먹힌다는 것뿐이다. 일 잘하는 노예는 아무리 못해도 500에퀴16~17세기 프랑스의 은화를 줘야 하지만, 병사는 아무리 훌륭해도 50에퀴면 충분하다. 둘 다 지금 있는 곳을 벗어나면 안 되고, 사소한 실수만 해도 사정없이 두들겨맞는다. 보수도 거의 똑같다. 그러나 노예는 생명을 빼앗길 위험 없이 처자와 함께 살 수 있다는 점에서 오히려 병사보다 훨씬 낫다.　　　　　　　아나톨 프랑스

❛　사람들이 어떠한 폭력에도 가담하지 않고 그에 따른 처벌을 감수하겠다고 각오할 때 비로소 전쟁을 멈출 수 있다.

헝가리, 세르비아, 크로아티아에 퍼진 나사렛파에 대해

나사렛파 가르침의 본질은 신약, 특히 산상설교에 있다. 그들은 어떠한 위계도, 글로 쓰인 교의도, 조직도 인정하지 않는다. 그들의 가르침은 일정한 틀이 없고 가변적이며 여러 공동체의 교의들도 서로 다르다. 심지어 하나의 공동체에서도 자기 나름대로 믿는 구성원들이 있다. 그러나 도덕적인 가르침은 모두 같다. 그들은 도덕적으로 절제된 생활을 한다. 생활의 중요한 계율은 근면성실할 것, 다른 사람들에게 친절할 것, 비방을 참을 것, 폭력행위에 참가하지 않을 것 등이다. 그들은 재판을 인정하지 않고 자진해서 납세하지 않으며 맹세를 하지 않고 병역을 거부한다. 그리고 일반적으로 국가도 불필요한 것으로 여긴다.

공동체는 모두 노동하는 민중으로 구성되어 있다. 그들은 뉘우치고 새로운 삶을 살고자 하는 자만을 '부활한 영'으로서 동아리에 들인다. 그래서 나사렛파의 어린아이들은 자라서 스스로 신앙생활에 입문하기 전까지는 나사렛파의 일원으로 인정되지 않는다.

나사렛파는 병역 의무를 거부해 오스트리아 정부의 박해를 받았다. 그러나 그들은 전쟁이 그리스도 정신을 거스르는 것이라 확신하고 그리스도의 계율을 배반하지 않기 위해 어떠한 형벌도 순순히 참고 견딘다.

나사렛파는 "그러나 나는 이렇게 말한다. 앙갚음하지 마라."(「마태복음」 5:39)라는 그리스도의 말씀과 "원수를 사랑하고 너희를 박해하는 사람들을 위해 기도하여라"(「마태복음」 5:44)라는 말씀을 병역 거부의 근거로 삼는다.

나사렛파의 순박한 농부들은 어떤 고통이라도 꿋꿋이 견뎌내어 박해자들을 놀라게 한다. 신병뿐만 아니라 예비병, 즉 이미 실제적인 병역을 치르고 난 뒤에 나사렛파의 구성원이 된 사람들도 그렇게 행동한다. 훈련에 부름을 받아도 그들은 무기를 들라는 명령을 거부한다. 그 때문에 종신 금고형에 처해질 수 있음을 알기에 그들은 아내 혼자서도 농지를 경영할 수 있도록 미리 농사일을 잘해놓고 가족들과 다시 못 볼 것처럼 이별한다. 가족도 그들의 수난에 공감한다.

몇 해 전 베치바스(바치카) 출신의 이오가 라도바노프(세르비아인)는 페스트의 제6연대 6중대에 편입되었는데 자신의 신앙을 이유로 무기를 들지 않았다. 재판관은 그에게 이 년의 금고형을 선고했다. 그의 만형 역시 1894년에 금고형을 선고받고 벌써 십 년이나 갇혀 있었다. 두 형제의 어머니는 작은아들을 찾아왔으나 면회를 허가받지 못했다. 어머니는 감옥 마당에 서서 울었다. 그러다가 창문으로 아들이 내다보고 있는 것을 알아채고 당장 아들에게 소리쳤다. "사랑하는 아들아, 신을 위해 총을 들지 말거라!"

1895년 8월 말, 세게딘스키 예비연대의 예비병 소집이 있었다. 예비병들에게 총을 나눠주었는데 그중 두 사람이 나사렛파라며 총을 받지 않았다. 올치바리 대위는 신은 전쟁을 좋아하며, 지금 당장 전쟁을 하러 가는 것이 아니라 훈련하는 것일 뿐이며 피를 흘리는 것도 아니라고 그들을 타일렀다. 그러나 나사렛파 사람들은 대답했다. "사람을 죽이는 것을 배우기 위해 훈련하는 것이지 않습니까."

대위는 그들을 위협해 복종시키려 했다. 대위는 지난가을에도 똑같은 말을 한 나사렛파 교도가 결국 십칠 년의 요새 금고형에 처해졌다고 그들에게 말했다.

"우리에게 총살형을 내리십시오." 나사렛파 교도들은 조용히 대답했다. "그렇다 해도 신의 계율을 어길 수는 없습니다."

다른 예비병들이 그들의 가족에게 이를 알렸고, 아직 나사렛파에 입문하지 않았던 그들의 아내들이 찾아와 권력에 복종하라고 남편들에게 울면서 간청했다. 그러나 두 사람은 그 말을 듣지 않았다. 대위는 하는 수 없이 그들을 열흘 동안 미결감방에 넣으라고 명령했다. 두 사람은 눈물로 가족과 헤어지고 연행당했다.

"신과 함께하라," 두 사람은 말했다. "우리는 신을 위해서, 거룩하고 깨끗한 마음을 위해서 생매장당하는 것이다. 우리는 신의 어린양처럼 살아야 하기 때문이다."

프란코 노바크는 타메시바르의 연대에서 병역을 치러야 했다. 다른 신병들과 함께 처음으로 연병장에 불려나갔을 때 그는 무기를 들라는 명령을 거부했다. 노바크의 주변에서 소동이 일자 연병장에 나와 있던 한 장군이 다가와 무슨 일이냐고 물었다. 자초지종이 보고되었다. 장군은 상냥하게 노바크에게 왜 무기를 들지 않느냐고 물었다. 노바크는 호주머니에서 작은 복음서를 꺼내고는 말했다. "당국에서는 이 책의 인쇄를 허락했고 이 책에 쓰여 있는 가르침을 좇아 사는 것을 금하지 않았습니다. 이 책에는 '이웃을 네 몸처럼 사랑하라. 나는 구세주의 가르침을 따르고자 하기에 무기를 받지 않는다'라고 쓰여 있습니다."

장군은 노바크의 말을 끝까지 조용히 듣고 있다가 이윽고 말했다. "하지만 그 책 속에는 '카이사르의 것은 카이사르에게, 하느님의 것은 하느님에게'라고 쓰여 있지 않나."

노바크는 처음에는 어리둥절한 채 잠자코 있었지만 이윽고 생각이 떠오르자 군모, 군기, 군복을 모두 벗어 내려놓고 말했다. "자, 이것은 모두 카이사르의 것입니다, 그럼, 저는 그의 것을 모두 돌려주겠습니다."

1897년 벨리카야 코킨다시 공증인에게 꾀죄죄한 노인이 찾아왔다. 노인은 1848년도 상이연금증서를 가지고 있었다.

"공증인 나리, 이 연금을 거절할 절차를 밟아주십시오." 노인은 말했다.

공증인은 깜짝 놀라 노인에게 물었다.

"무슨 소립니까, 영감, 어디서 보물이라도 찾으셨습니까?"

"네, 정말로 그렇습니다, 공증인 나리," 노인이 대답했다. "보물을 찾았습니다. 공증인 나리, 나는 내 주인을 찾았습니다. 그분은 세상의 어떤 보물보다 귀하십니다. 그 주인은 자신의 종이 무기로 얻은 빵을 먹고 사는 것을 바라지 않으십니다."

정부가 아무리 엄한 형벌을 내리더라도 나사렛교도들은 결코 그들의 신앙을 버리지 않았다.

블라디미르 올홉스키 『헝가리의 나사렛파』에서

12월 30일

모든 인간이 형제이고 평등하다는 의식이 인류 사이에 점점 확산되고 있다.

1 "고생하며 무거운 짐을 지고 허덕이는 사람은 다 나에게로 오너라. 내가 편히 쉬게 하리라"^{마태복음 11:29} 하고 말한 사람은 이 말로써 모든 인류의 중심이 되었다. 모든 인류가 무거운 짐을 지고 허덕이며 살고 있었기 때문이다.

그런 무거운 짐을 지지 않고 다른 사람들에게 자기 짐을 지우는 사람, 다른 사람들의 노동과 수고를 이용하는 사람을 헤아려보라. 그런 사람들의 수가 과연 많을까? 한 사람의 주인에게 수백만의 노예, 한 사람의 행복한 사람에게 (악마적인 의미에서) 땅에 닿을 정도로 허리를 구부린 불행한 수백만의 사람들은 땀과 눈물로 땅을 적시고 있다. 그 불행한 사람들은 선한 목자의 양, 그리스도의 양이다. 그리스도가 그들을 부르고 약속의 때가 다가올수록 그들은 서서히 고개를 들고 그의 목소리에 귀기울이고, 그를 알아보고 그를 따르려 한다. 모든 양의 우리에서, 모든 민족 사이에서 이 양들이 모여든다. 그러면 한 분이신 선한 목자는 그들을 한데 모을 것이다. 사방으로 흩어졌던 그들은 행복한 목장으로 자기들을 인도할 존재를 막연히 기대하며 모여든다. 이제 행복한 목장으로 가면 그들은 늑대를 보고 이내 자기 양들을 버리고 달아나는 고용인이나, 오직 자신의 이익과 욕망의 충족만을 생각하고 양들을 제 것으로 삼아 그들의 털가죽을 입고 그들의 살을 먹는 이방인들의 손에 내맡겨지는 일도 없을 것이다. 선한 목자에게 간 모든 양은 그의 둘레에 모여들 것이고, 그때 오직 하나의 양떼, 하나의 목자만 있을 것이다.

지상에서 그리스도의 사명은 모든 사람이 형제가 되어 하나의 민족을 이루고, 서로 결합해 신과 하나가 되도록 만드는 것이었다. 즉, 살아 있는 모든 것의 영원한 생명인 사랑은 끝없이 앞으로 나아간다는 성스러운 법칙 아래서 모든 이를 하나되게 하는 것이었다.　라므네

2 우리는 우리가 영적으로 모두 한 형제라는 것을 알고 있는가? 우리는 우리가 하늘에 계신 한 아버지의 자식들이라는 것을, 우리 안에 지닌 아버지의 모상을 따라 그분의 완전성을 향해 끊임없이 다가가야 한다는 것을 알고 있는가? 우리는 우리의 영혼 속에도, 다른 모든 사람의 영혼 속에도 똑같은 신적 생명이 존재한다는 것을 인정하고 있는가? 바로 이것이야말로 참되고 자유로운 인간의 유대다.

사회구조를 개선하기 위해서는 서로를 존중하는 새로운 인간관계가 필요하다. 사람들이 지금처럼 서로를 동물처럼 노려보는 한, 그들은 사람을 동물처럼 다루는 것을 그만두지 않을 것이고, 폭력이나 간계를 이용해 인간을 자신들의 목적 달성을 위한 수단으로 삼을 것이다. 사람들이 신과 자신의 관계, 각자가 모두 한 분이신 신의 자식들이라는 것, 자신에게 주어진 사명을 깨닫지 못한다면, 형제애는 결코 존재할 수 없다. 오늘날 그런 생각은 몽상으로 간주되고, 인간이 모두 한 형제이고 신의 자식들이라는 신앙을 사람들의 마음속에서 찾으려는 스승은 몽상가로 간주된다. 그러나 우리가 그리스도교의 지극히 간단한 진리를 인정하기만 한다면, 사회 전체의 변혁과 현재의 우리가 상상도 할 수 없는 새로운 인간관계가 수립될 것이다. 우리가 서로의 영혼을 깊숙이 바라보고, 아무리 저열한 인간이라도 그 영혼에 중요한 의미가 있다는 것을 이해한다면, 서로를 지금과는 다르게 대하게 될 것이고, 정답고 유연하고 서로를 존중하는 인간관계가

형성될 것이며, 사회개선을 향한 에너지가 넘치게 될 것이다. 그러나 우리 누구도 그것을 상상하지 못하고 있다. 그때가 되면 우리가 짐 작도 못하는 모욕과 고뇌와 박해가 우리의 마음을 어지럽힐지도 모른다. 그때가 되면 모든 인간이 신성하게 보일 것이고, 인간을 모욕하는 것은 신에 대한 거역으로 간주될 것이다. 또한 그 진리를 깨닫는다면, 우리는 이웃을 조롱하지 못할 것이다. 이웃에게서 신성을 볼 것이기 때문이다. 이보다 실천적인 진리는 없다. 그렇다, 우리는 천국과 지옥이 아니라 우리 안에 사는 영혼을 새롭게 발견해야 한다.

채닝

3 네가 두려워하는 사람이나 너를 두려워하는 사람을 사랑하지 마라.   키케로

4 도덕을 설교하면서 너희의 의무를 너희 가족과 조국에 한정하는 사람들은 그 범위와 크기에 상관없이 너희와 타인에게 해로운 자기애를 가르치는 것이다. 가정과 조국은 인류라는 더 큰 원에 포함되어야할 두 개의 원이다. 가정과 조국은 넘어서야 하는, 그 위에 멈춰버려서는 안 되는 두 계단이다.

마치니

／ 모든 사람 안에 똑같이 있는 신적 근원을 인식할 때 생겨나는 인류와 자신이 하나라는 의식은, 내면적이고 개인적일 뿐만 아니라 외면적이고 사회적인 최고의 행복을 안겨준다. 그 의식에 가장 큰 방해가 되는 것은 국가적 미신, 민족적 미신, 계급적 미신, 종교적 미신이다. 오직 진정한 종교만이 그 의식을 확립한다.

12월 31일

과거는 이미 존재하지 않고, 미래는 아직 오지 않았다. 현재는 이미 존재하지 않는 과거와 아직 도래하지 않은 미래의 무한한 접점이다. 바로 그곳, 시간이 없는 그 점에서 인간의 진정한 삶이 영위된다.

1 "시간이 지나간다!"고 우리는 입버릇처럼 말한다. 그러나 시간은 원래 존재하지 않으며 우리가 움직일 뿐이다.

『탈무드』

2 시간은 우리 뒤에 있거나 앞에 있으며 **결코 우리와 함께 있지 않는다.**

3 나는 정신과 육체로 이루어져 있다. 육체에게는 모든 것이 상관없다. 물질은 뭔가를 식별할 능력이 없기 때문이다. 정신에게도 정신에서 나오지 않은 것은 어떤 것이든 상관없다. 정신은 독립적이기 때문이다. 그러나 정신적 삶은 과거와도 미래와도 아무런 관계가 없다. 중요한 것은 오직 현재에 있다.

아우렐리우스

4 시간은 가장 큰 환상이다. 시간은 우리 존재와 삶을 분해하는 프리즘이고, 초시간적인 것과 이념의 세계에 있는 것을 탐구하기 위한 형식이다. 공은 여러 측면이 동시에 존재하지만, 우리 눈은 그 전체를 일시에 보지 못한다. 전체를 보기 위해서는 공이 우리가 보는 앞에서 돌거나 우리가 공을 돌면서 보아야 한다.

첫번째 경우에서 공은 시간 속에서 회전하거나 회전하는 것처럼 보이는 세계다. 두번째 경우에 비추어보면 우리의 생각은 세계를 분석하고 새롭게 구성한다. 최고의 이성에게 시간은 존재하지 않는다. 존재해야 할 것은 존재하고 있다. 시간과 공간은 유한한 존재에게 주어진 무한한 것의 미분이다.　　　　　　　　　　　　아미엘

5 과거를 기억하기보다 미래를 더 쉽게 예상하는, 어떤 사유하는 존재를 상상해보자. 실제로 곤충들은 본능적으로 과거보다 미래에 따라 행동을 결정하는 것으로 보인다. 만약 동물이 미래를 예상하는 것만큼 과거를 기억할 줄 알았다면 우리보다 훨씬 우월한 존재였을 것이다. 그러나 사실 미래를 예상하는 힘은 과거를 기억하는 힘에 언제나 반비례한다.　　　　　　　　　　　　리히텐베르크

6 우리의 영혼은 육체에 깃들어 그 안에서 수와 시간, 차원을 발견해낸다. 영혼은 그 결과를 자연과 필연이라 부르는데, 다른 이름으로는 부를 수 없다.　　　　　　　　　　　　파스칼

／ 시간은 존재하지 않는다. 존재하는 것은 오직 무한히 작은 현재뿐이다. 바로 그 속에서 인간의 삶이 영위된다. 따라서 인간은 모든 정신력을 현재에 집중해야 한다.

위대한 러시아 사상가의 삶의 책

『인생독본(원제: 독서의 고리)』은 톨스토이가 쓴 『매일 읽어야 할 지혜로운 사람들의 사상』『오늘의 읽을거리』『인생의 길』 등과 장르상 유사하지만, 그의 모든 문학, 사상, 철학 작품 중에서도 특출한 기념비적 저작으로, 창작활동 후기의 어떤 작품보다 중요한 의미를 지닌다. 또한 20세기 위대한 철학작품들 중 하나이며 톨스토이가 만년에 집필한 일련의 도덕적 금언집들의 완결판이라 할 수 있다. 톨스토이는 이 책에서 자신의 사상과 견해뿐만 아니라 동서고금의 뛰어난 작자들과 사상가들의 저작에서 공감하는 사상을 선별해, 개인적으로 채색한 시각이기는 하지만 인간과 세계에 대한 가장 심오하고 찬란한 삶의 철학들을 독창적인 내적 연관성과 통일성으로 엮어냈다.

　톨스토이는 예술을 인간과 여러 나라 민족을 결합하는 수단으로 여겼다. 그는 세계의 문학을 결합의 한 형식으로 보았고, 이를 『인생독본』에 실을 글의 발췌 기준으로 삼았다. 그의 일기에 따르면 『인생독본』의 원형은 그가 열다섯 살 때 접한 벤저민 프랭클린의 저서였다. 미국의 계몽가이자 철학가, 학자인 벤저민 프랭클린의 윤리규준은 톨스토이의 인생에서 초기와 후기의 도덕적 탐색을 잇는 연결고리가 되었고, 저술가로서 프랭클린의 창작 도정은 많은 점에서 톨스토이의 도정과 유사했다.

　1884년 3월 6일, 톨스토이는 N. N. 게에게 여러 나라 사상가들과 작자들의 금언을 선별해 번역하고 있다고 알렸는데, 이것이 『인생독본』의 구상에 대한 최초의 증언이다. 그는 3월 15일자 일기에 이렇게 썼다. "나 자신을 위해 독서의 고리―에픽테토스에서 마르쿠스 아우렐리우스, 노자, 부처, 파스칼, 복음서에 이르기까지―를 만들 것이다. 이것은 모든 사람에게 필요한 것이기도 하다." 이 시기 톨스토이는 고대중국 철학자들의 글을 읽으며 훗날 오랜 시간과 정력을 쏟게 될 새로운 작업을 구상했다. 1885년에 출판업자 V. G. 체르트코프에게 보낸 편지에는 이렇게 썼다. "나는 소크라테스, 에픽테토스, 아널드, 파커와 같은 영혼과 소통하는 일이 나에게 얼마나 큰 힘과 평온함과 행복감을 주는지 알고 있습니다…… 나는 위대한 책들과 그 책들에서 발췌한 글로 한 권의 독서의 고리를 구성할 생각입니다. 이 책은 인간에게 가장 필요한 것이 무엇인지, 인간의 삶과 행복이 무엇인지에 대한 책이 될 겁니다."

이처럼 철학작품으로서의 『인생독본』은 1880년대 중반에 구상되었지만, 톨스토이의 초기 일기와 작품들에서 알 수 있듯 그의 도덕적 진리 추구와 삶의 의미에 대한 탐색은 평생에 걸쳐 계속된 것이었다. 그렇기 때문에 톨스토이의 도덕적, 종교적 작품 경향이 창작활동 후기의 특징이라는 상당히 널리 퍼져 있는 견해는 잘못된 것이다. 더구나 예술가로서의 톨스토이와 도덕주의자 또는 사상가로서의 톨스토이를 대비하는 것은 부당하다.

러시아의 기존 관습에 대한 톨스토이의 저항은 무엇보다 종교에 대한 강한 비판에서 드러난다. 톨스토이의 종교 개념은 부정적이다. 우선 톨스토이는 농노해방 후와 혁명 전 자본주의적 사회의 정신생활 양식을 비판했다. 톨스토이는 신에 대한 긍정적 개념을 밝히거나 논거를 제시하기보다는, 동시대 사회구성원들이 삶의 이성적 의미를 지각하지 못하는 것이 사회의 정신생활 양식 때문이라 보고 비난하며 규탄했다.

또 한편으로는 신의 개념을 자각하고 정의하려고 시도했다. 1906년 여름, 그는 수첩에 이렇게 썼다. "신은 있는가? 나는 모른다. 하지만 영혼의 본질적 법칙이 있다는 것은 안다. 이 법칙의 원인, 그 근원을 나는 신이라 부른다." 그리고 1908년 10월 16일의 메모에서는 이 생각이 좀더 구체화되었다. "나는 내 안에 있는 한정된 어떤 의식을 내 일체성 속에서 신이라 부른다."

그러나 이것은 문제의 일면에 지나지 않는다. 신앙(종교적인 것뿐만 아니라)은 톨스토이의 세계관 전체를 통틀어 가장 중요한 원리다. 신앙은 톨스토이 사상의 근저에 있는 선과 정의의 이상에 대한 열렬한 신념이고, 이것은 『인생독본』에서 지극히 명료하게 표현된다. "오늘날 이른바 학자라는 사람들 대다수가 믿는 가장 어리석은 미신 중 하나는 신앙 없이도 살아갈 수 있다는 믿음이다."

주제별로, 일 년 열두 달 삼백육십오 일 날짜별로 동서고금 성현들의 사상을 선별 수록하고 있는 『인생독본』이 지식과 진정한 양서의 필요에 대한 신앙의 선언으로 시작되는 것은 우연이 아니다. "사소하고 불필요한 것을 많이 아는 것보다 정말 좋고 필요한 것을 조금 아는 것이 낫다." 여기에 스위스 철학자 앙리 아미엘과 미국 사상가 헨리 소로의 글을 엮은 중개자출판사의 『자연적 삶의 철학』(1903)을 읽으며 톨스토이가 밑줄을 쳤던 좋은 구절도 소개된다. "좋은 책부터 읽어야 한다. 안 그러면 영영 읽지 못한다."(소로)

톨스토이에게 '신앙'은 또한 신을 통해 삶의 의미를 인식하는 것이었다. "어느 시대에나 사람들은 자신을 이 땅으로 보낸 존재가 누구인지, 그 궁극의 목적이 무엇인지 알고 싶어했고 적어도 그것에 대해 나름대로 이해하길 바라왔다. 종교는 그런 요구를 만족시키기 위해, 모든 사람을 하나의 기원과 공통된 삶의 과제와 공통된 궁극의 목적을 가진 형제로 묶어주는 연결이 무엇인지 밝히기 위해 등장했다."

그리스도교는 러시아문화의 기초였으며 지금도 여전히 기초다. 비록 톨스토이가 그리스도교 문학뿐만 아니라 이슬람교, 유대교, 불교, 중국

철학자들의 정신적 유산을 다루고 있지만 『인생독본』의 중심에는 그리스도교 사상이 자리잡고 있다.

톨스토이는 자기 삶에서 가장 중요한 책으로 『인생독본』을 꼽았다. 그는 자신의 작품들 중 어떤 것들은 없어도 별로 상관없이 살아갈 수 있지만, 『인생독본』 없이는 살아갈 수 없다고 말하기도 했다. 1908년 5월 16일 그의 비서 N. N. 구세프는 이렇게 썼다. "어제 톨스토이가 나에게 말했다. '사람들이 왜 『인생독본』을 읽지 않는지 이해할 수 없군. 날마다 세상에서 가장 지혜로운 사람들과 교류하는 것보다 더 소중한 일이 또 있을까?'" 그는 『인생독본』이 모든 사람에게 읽히지 않는 것을 유감스러워했다. "정말 훌륭한 책일세! 내가 엮었지만 나 자신도 이 책을 읽을 때마다 언제나 정신적으로 고양되는 것을 느끼네." 원제 '독서의 고리'에서 '고리'의 러시아어 '크루크ᵏᵖʸᵉ'는 반복, 순환, 원 등을 뜻한다. 또한 이 단어는 서로 관련되어 있거나 어떤 상황에서 통일된 총체를 이루는 현상과 개념과 문제 등의 나열, 목록을 뜻하기도 한다. 톨스토이가 지은 제목이라고 알려져 있지만 그의 또다른 비서 V. F. 불가코프는 이렇게 썼다. "톨스토이는 오늘(1910년 4월 10일) 자신의 책 제목과 그 책의 사상을 러시아정교회의 서적인 『독서의 고리』에서 차용했노라고 우연히 밝혔다." 톨스토이는 샤모르디노에서 자신이 숨을 거두게 될 아스타포보역으로 가는 마지막 길에, 샤모르디노 옵티나수도원의 수녀였던 여동생 마리야에게서 『인생독본』을 받아서 가지고 갔다. 이 책은 그가 읽은 마지막 책이 분명하다.

『인생독본』 원본의 역사는 세 단계로 구분된다. 최초의 이본異本은 1903년에 간행된 『매일 읽어야 할 지혜로운 사람들의 사상』이다. 그다음 이본은 1906년에 완간된 『인생독본』의 초판본이며, 마지막은 저자 톨스토이가 죽은 뒤 검열에 의해 많은 부분이 왜곡된 채 세상의 빛을 보게 된 재판본(1908)이다. 이 재판본이 온전한 상태로 복구된 것은 소비에트 시기 러시아에서 톨스토이 탄생 백주년이 되는 1928년을 맞아 1925년과 1934년, 1939년 소비에트인민위원회의의 결정에 따라 5천 질 한정판으로 간행되기 시작한 톨스토이 탄생 백주년 기념 톨스토이저작전집 전 90권 중 1957년에 간행된 41권과 42권인데, 지금은 구하기 어려운 희귀본이 되었다. 그후 소비에트체제가 붕괴된 후인 1991년에야 비로소 모스크바의 정치문헌출판사에서 두 권의 단행본으로 출판되었다.

1886년 톨스토이는『속담이 있는 1887년도 달력』을 1887년 1월 중개자출판사에서 출간했다. 이 책에서 이미 톨스토이는 자신의 철학적, 사회적, 정치적 비평사상과 더불어『인생독본』의 주요한 특징인 동서고금의 금언과 격언에 대한 관심을 드러냈다.

1902년 12월 중병으로 건강이 악화되었을 때, 톨스토이는 오랜 생각 끝에 1903년 1월부터 하루하루의 삶을 위한 금언 달력을 만들기 시작했다. 그 결과가 바로 1903년에 중개자출판사에서 일흔다섯번째 생일(8월 28일)을 맞은 톨스토이에게 증정한『매일 읽어야 할 지혜로운 사람들의 사상』이다. 소설가 이반 부닌은『톨스토이의 해방』이라는 책에서『매일 읽어야 할 지혜로운 사람들의 사상』에 대해 이렇게 말했다. "이 책에는 톨스토이 자신의 글을 포함해 그가 가장 감동하고 그의 머리와 가슴에 가장 훌륭한 대답을 준 여러 민족, 여러 시대 지혜로운 사람들의 사상이 망라되어 있다." 만년에는 이 책의 증보판이 몇 차례 나왔다. 1906년 1월, 톨스토이는 이에 만족하지 않고 다시 새롭게 글을 가다듬기 시작하지만, 당시『인생독본』의 작업에 매진하느라 결국 끝내지는 못했다.

『매일 읽어야 할 지혜로운 사람들의 사상』을『인생독본』, 특히 그것에 뒤이어 나온『오늘의 읽을거리』『인생의 길』과 견주어보면 톨스토이는 과거의 지혜로운 사람들의 금언에서부터 때때로 자신의 일기나 편지에 피력해놓은 사상에 관심을 돌리며 차츰 자신의 견해로 옮아갔던 것을 알 수 있다.

『매일 읽어야 할 지혜로운 사람들의 사상』에는 톨스토이 자신의 사상이 많지 않지만, 이 장르의 작업 마지막 단계인 『인생의 길』은 완전히 그 반대다. 다른 작가들의 금언은 조금뿐이고 나머지는 전부 톨스토이의 것이다. 실제로 분책되어 출간된 『인생의 길』 머리말에서 톨스토이는 이렇게 썼다. "사상적 글을 번역하거나 개작할 때 원저자의 이름을 밝히는 것이 과연 옳은가 하고 생각될 만큼 나의 사상을 담았다. 그러나 출처를 밝히지 않은 글들 중 가장 훌륭한 것은 내 것이 아니라 가장 지혜로운 그들의 것이다." 누구의 사상인지 명확하지 않은 것은 톨스토이가 『인생독본』이나 『인생의 길』 등을 작업할 때, 자신의 사상과 차용한 사상의 유기적 통합을 지향했고, 구전되는 민중문학과 마찬가지로 저자성^{著者性} 상실을 지향하는 경향이 있었기 때문이다. 『오늘의 읽을거리』 머리말에서 그는 이렇게 썼다. "다른 사상가에게서 차용한 글에는 출처를 적었지만, 대부분은 내가 이해한 대로 쓰기 위해 줄이기도 하고 바꾸기도 했다."

『매일 읽어야 할 지혜로운 사람들의 사상』을 확대하려는 구상은 이미 1904년 1월부터 있었다. 그렇게 『인생독본』 작업이 시작되었다. 1904년 9월 24일 톨스토이는 과학자 G. A. 루사노프에게 이렇게 썼다. "나는 요즘 '달력'이 아니라 가장 훌륭한 작가들의 가장 위대한 사상으로 엮은 매일의 삶을 위한 책을 쓰느라 바쁩니다. 두 달째 신문도 잡지도 보지 않으면서, 마르쿠스 아우렐리우스, 에픽테토스, 크세노폰, 소크라테스는 물론이고 브라만교, 중국철학, 불교의 지혜, 세네카, 플루타르코스, 키케로를, 몽테스키외와 루소, 볼테르, 레싱, 칸트, 리히텐베르크, 쇼펜하우어, 에머슨, 채닝, 파커, 러스킨, 아미엘과 같은 새로운 사상가들의 글을 읽으면서 나는 더더욱 우리 사회가 잠겨 있는 무지와는 다른 어떤 문화적 황량함에 놀라움과 두려움을 느끼고 있습니다. 계몽이나 교육은 선인들이 우리에게 남겨놓은 정신유산을 이용해 동화하는 것이 아닌가요. 그렇게 우리는 졸라나 메테를링크, 입센, 로자노프 같은 인물을 알게 되는 것입니다."

톨스토이는 『인생독본』 원고작업에 열중했고, 『매일 읽어야 할 지혜로운 사람들의 사상』을 손보았다. 그는 1906년 1월 16일자 일기에 이 일을 "기쁜 작업"이라고 썼다. N. N. 구세프는 『인생독본』 작업이 한창일 때 톨스토이가 아침식사를 하러 나와 "오늘 소크라테스, 루소, 칸트, 아미엘이라는 훌륭한 벗들과 시간을 함께했다"고 말한 것을 회상했다.

톨스토이는 가능한 한 독자들에게 쉽고 유익한 책을 만들기 위해 노력하면서 그의 조수들이 작업한 원고와 발췌문 중 일부의 출처를 삭제했다. 『인생독본』의 초고는 우리에게 다수의 원문 출처를 분명하게 제시하지만, 전부는 아니다.

두 권으로 이루어진 『인생독본』의 초판본은 1905년 2월, 그리고 7월과 10월에 서점에 등장했다. 그리고 1907년 8월, 톨스토이는 퇴고 작업에 착수했고, 1908년 1월부터 부분적이나마 퇴고한 것으로 출판하기 위해 원고를 V. G. 체르트코프를 통해 I. D. 시틴에게 보냈다. 1908년 한 해 동안 톨스토이는 퇴고의 교정쇄 전부를 검토했지만, 안타깝게도 그것은 세상의 빛을 보지 못했다. N. N. 구세프는 출판사에서 수정을 원하지 않았던 이유를 다음과 같이 설명했다. "시틴은 두 가지 이유로 『인생독본』의 중쇄를 늦추었다. 그는 형사재판을 두려워했고, 더군다나 그는 교회 옹호론자이자 크렘린대성당의 장로로서 톨스토이의 반교회적 견해에 동의하지 않았다." 톨스토이는 끝내 최종적 『인생독본』이 세상의 빛을 보는 것을 기다리지 못했다. 1910년 12월, 중개자출판사가 『인생독본』의 초판본을 재발행하기 위해 인쇄에 들어갔을 때, 출판사 대표이던 I. I. 고르부노프-포사도프는 재판에 회부되어 일 년의 요새감옥 금고형을 선고받았다. 1911년 4월 4일, 예심판사가 심문하는 자리에서 그는 "톨스토이의 가장 훌륭한 저작이자 최후의 저작인 『인생독본』이 있어야 할 곳은 피고석이 아니라, 인류에게 유익하고 위대한 세계문학작품의 판테온뿐이라고 깊이 확신한다"고 진술했다.

법정의 지시로 열두 군데가 삭제되는 검열을 거친 『인생독본』은 1911년
V. M. 사블린이 발행한 톨스토이저작전집 14~17권으로 출판되었다. 그
리고 톨스토이 생전에 세상의 빛을 보지 못한 수정된 『인생독본』은 1911
~1912년 다시 검열을 거쳐 수많은 부분이 삭제된 채 출판되었다. 심지
어 검열을 통과했던 1906년 초판본마저 일부 내용이 삭제되고 말았다.

1907년 9월 톨스토이는 새로운 『인생독본』, 즉 『오늘의 읽을거리』의 편
찬에 착수했다. 한 달의 내용을 날짜별로 배열하고 달별로 같은 날짜이
면 같은 내용을 배치하는 식으로 조금씩 변주하며 자신의 세계관을 조리
있게 서술했다. 1910년 3월 31일에 쓴 머리말에서 톨스토이는 이렇게 밝
혔다. "이 책은 첫번째 『인생독본』과 마찬가지로 하루하루의 삶을 위한
사상의 모음이다. 다만 차이가 있다면 그 책처럼 사상이 어지럽게 배치
되지 않았다는 점이다. 이 책에서는 매달, 매일의 사상의 의미는 전달, 전
날의 사상에서 이어진다. 1908년 말, 『오늘의 읽을거리』 작업이 끝났고,
1909년에는 분책으로 출간되기 시작했다. 1910년 1월, 톨스토이는 『오
늘의 읽을거리』를 채 끝내기 전에 『인생의 길』을 쓰기 시작했다. 이 작업
은 죽음을 채 한 달도 남겨두지 않았을 때 끝나 1911년 30권의 분책 형
태로 중개자출판사에서 출간되었다. 고르부노프-포사도프는 톨스토이
가 분책된 『인생의 길』을 더욱 간결하고 쉽게 만들려는 기획을 갖고 있
었다고 회상했다. 그러나 톨스토이의 죽음으로 이 '기쁜 작업'은 계속될
수 없었다.

　1904년 8월 28일에 쓴 『인생독본』 머리말 초고에서 톨스토이는 이 저
작에 선별된 글은 주로 영국에서 출판된 책들에서 발췌했다고 강조하며
이렇게 고백했다. "나는 독일이나 프랑스, 이탈리아 사상가들의 사상을
영어판으로 보고 번역했다. 따라서 나의 번역은 원전에 충실하지 않을 수
있다." 외국어 원문을 번역하며 톨스토이는 원전을 엄격히 따르지 않았

고 때때로 내용을 축약했다. 또한 더 인상적인 문체를 만들기 위해 단어와 어구 등을 삭제하고 심지어 보다 정확한 이해를 위해 문장 전체를 바꾸기까지 했다. 이러한 접근은 톨스토이의 번역 원칙이었다. 1886년 2월 22일, V. G. 체르트코프에게 보낸 편지에서도 톨스토이는 원문을 그대로 옮기지 않는 자신의 번역관에 대해 "원전은 가능한 한 대담하게 다루어야 한다고 생각하며, 작가의 권위보다 신의 진리를 더 높은 곳에 두어야 한다"고 썼다.

톨스토이는 『인생독본』 머리말 초고에서도 자유로운 번역의 필요성에 대해 다음과 같이 논쟁적으로 표현했다. "나는 고전 원전에 대한 나의 번역 태도를 받아들일 수 없고 범죄적이라고 생각하는 사람들이 있다는 것을 잘 알고 있다. 그러나 그러한 인식이 수많은 폐해를 낳았고, 지금도 그렇다. 나는 그러한 인식이 지극히 해로운 선입견이라고 생각하며, 이 자리를 빌려 나의 의견을 표명하려 한다." 톨스토이는 머리말 초고를 다음과 같은 희망의 말로 끝맺었다. "만일 이 책을 다른 나라 말로 옮기기를 원하는 사람들이 있다면, 나는 그들에게 영국인 콜리지, 독일인 칸트, 프랑스인 루소의 원전을 사상가들의 말에서 찾아내려 하지 말고 나의 언어에서 번역하라고 권하고 싶다." 실제로 1907년 드레스덴에서 『인생독본』의 최초 독일어역본이 나왔다. 어떤 저서에서 사상을 발췌했는지 밝히지 않았던 톨스토이는 이런 식으로 『인생독본』의 출처 문제를 해결했다. 이러한 문제는 한 작가의 창작 실험실을 꿰뚫어보고 만년의 위대한 작품을 철저히 연구하기를 바라는 오늘날의 연구자들에게 특별한 의미를 갖는다. 톨스토이는 세계문학과 고전철학의 텍스트를 문헌학적으로 정확히 복원하는 것이 아니라, 『인생독본』이라는 독창적인 예술적 사회적 정치적 평론을 통해 그 텍스트를 창조적으로 풍부하게 만드는 데 주의를 기울였다는 것을 잊지 말아야 한다.

일제 식민지배 아래서 일본어로 교육을 받으며 청소년 시절을 보낸 우리 국민으로서 예술과 삶과 종교에 대해 사유했던 사람이라면, 어떤 기회를 통해서라도 톨스토이의『인생독본』을 접했을 것이다. 그것은 일제에게 나라를 강점당하고 역사적 시련을 겪던 우리 젊은이들에게 구도자 톨스토이는 메시아처럼 다가왔고 그의 가르침은 복음처럼 들렸기 때문일 것이다. 그러나 오늘날 우리나라의 정치, 경제, 사회, 문화, 교육, 종교 전반에 걸친 도덕 및 윤리의 파괴는 악서의 범람으로 양서가 설 자리를 잃는 기이한 문화적 현상을 낳았다. 그 결과 오늘날 우리 독자들은 러시아 사상과 문학의 금자탑인『인생독본』을 잊어버리고 말았다. 발전이라는 논리 때문에 동서고금의 위대한 문학가, 예술가, 사상가들을 상실한 것이다. 그러나 우리나라의 정신문화는 결코 황폐화되지 않았다. 우리에게는 민족 고유의 정신문화 유산이 남아 있다. 더욱이 오늘날 우리 민족의 정신문화는 세계문화와 활발히 접촉하고 있다. 우리나라와 세계의 문학 및 철학 고전들을 새로이 접한다면 우리는 인간에 대한 신뢰, 선과 정의에 대한 믿음을 재건할 수 있을 것이다. 그럼으로써 우리는 오늘날 우리가 처한 역사적 상황과 문화적 환경에 맞추어 인류의 보물인 톨스토이의 윤리철학에 다가갈 수 있을 것이다.

독자들은『인생독본』에서 자신에게 특히 공감되고 이해되는 것을 골라 자신만의『인생독본』을 엮을 수 있다. 바로 그렇기에 톨스토이의 이 책은 누구에게나 필요하다.

『인생독본』은 남녀노소 할 것 없이 모든 연령층 누구나 읽을 수 있는 톨스토이뿐만 아니라 동서고금의 성현, 철인, 사상가, 작가들의 사상이 무한히 넘치는 보고다. 그러므로 독자들은 누구나 자신의 이해 수준에서 이 책을 읽을 수 있고 개인적 삶의 경험을 톨스토이의 글과 연관지을 수 있다. 바로 여기에 민중문학의 특수성이 있다.

톨스토이 탄생 백주년을 기념해 모스크바 국립예술문학출판사에서 간행한 톨스토이저작전집 전90권 중 41~42권(1957)에 수록된『독서의 고리: 레프 톨스토이가 수집하고 날짜별로 배열한 진리와 삶과 행동에 관한 저술가들의 사상』을 참조하고, 1991년 모스크바 정치문헌출판사에서 새롭게 간행한 두 권의 단행본을 대본으로 삼아 번역하고 가다듬었다. 책의 제목은 내용과 형식, 구성을 감안해 그동안 우리 독자에게 익숙하게 불려온『인생독본』으로 정했다.

세계의 양심이라 불렸던 톨스토이는『인생독본』머리말에서 이 책의 목적을 "여러 작자가 쓴 위대하고 유익한 사상을 통해 넓은 독자층에게 훌륭한 사고와 감정을 일깨우는, 접근하기 쉬운 나날의 읽을거리를 제공하는 것"이라 밝히면서 "나는 독자들이 매일 이 책을 읽으며 내가 이것을 편찬할 때 경험했던 감정을, 지금도 매일 읽으면서 느끼고 재판의 개정 작업을 하면서도 느끼고 있는 유익하고 고귀한 감정을 부디 경험하길 바란다"고 썼다. 독자들이 이 책을 통해 그런 경험을 하고, 이 책이 밝고 아름다운 내일의 빛나는 삶에 조금이나마 보탬이 된다면 역자로서 그보다 큰 기쁨은 없을 것이다.

박형규

ㄱ

개리슨Garrison, William Lloyd, 1805~1879 미국 사회운동가, 정치가, 저술가. 〈전면적 노예해방의 정신〉 발간. 노예제도 폐지를 주장함.

게Ge, Nikolai Nikolayevich, 1831~1894 러시아 화가. '이동파' 창시자 중 한 사람.

게르첸Gertsen, Aleksandr Ivanovich, 1812~1870 러시아 사상가, 소설가, 사회주의 혁명가. 『종』『누구의 죄인가』『대안에서』등을 씀.

고골Gogol, Nikolai Vasilievich, 1809~1852 우크라이나 태생의 러시아 작가. 러시아 자연주의문학의 창시자. 『검찰관』『외투』『죽은 혼』등을 씀.

고리키Goriki, Maksim, 1868~1936 러시아 작가. 프롤레타리아문학운동에 참가함. 제1회 소비에트작가동맹 의장(1931). 『밑바닥에서』『어머니』등을 씀.

골드시테인Goldshtein, Mikhail Yulevich, 1853~1905 우크라이나 태생의 러시아 화학박사, 대학교수.

괴테Goethe, Johann Wolfgang von, 1749~1832 독일 소설가, 시인. 『파우스트』『빌헬름 마이스터의 수업시대』등을 씀.

구세프Gusev, Nikolai Ivanovich, 1882~1962 러시아 문학사가. 톨스토이의 비서. 『L. N. 톨스토이의 생활과 창작 연대기』를 씀.

기치키Gizycki, Georg von, 1851~1895 독일 철학자, 대학교수. 『도덕의 기초』등을 씀.

ㄴ

뉴먼Newman, John Henry, 1801~1890 영국 종교가. 고교회高敎會주의를 강조하며 '옥스퍼드운동' 전개. 가톨릭으로 개종해 추기경이 됨.

니체Nietzsche, Friedrich Wilhelm, 1844~1900 독일 철학자, 시인. 『비극의 탄생』『차라

투스트라는 이렇게 말했다』『선악의 저편』 등을 씀.

ㄷ

다비덴코Davidenko, Iosif Jakovlevich, 1856~1879 러시아 혁명가, 인민주의자.

다우드Dawud 『쿠란』에 등장하는 예언자.

달랑베르d'Alembert, Jean Le Rond, 1717~1783 프랑스 수학자, 물리학자, 철학자.

대니얼Daniel, Samuel, 1562~1619 영국 시인, 역사가, 극작가.『클레오파트라의 비극』『무소필러스』등을 씀.

데르벨로d'Herbelot, Barthélemy, 1625~1695 프랑스 동방학자.

데모크리토스Democritos, 기원전 ?460~?370 고대그리스 철학자. '웃는 철인'이라고도 불림.

데모필로스Demopilos, ? 고대그리스 극작가.

데셰르니d'Escherny, François, 1733~1815 프랑스 비평가.『평등』『철학의 결함』등을 씀.

데이비드 토머스David Thomas, 1813~1894 영국 종교저술가.

데이비슨Davidson, John Morrison, 1843~1906 영국 변호사, 신문기자, 톨스토이와 서신을 교환함.

데카르트Descartes, René, 1596~1650 프랑스 철학자, 수학자. 근대 합리주의 철학의 시조.

도스토옙스키Dostoevskii, Fyodor Mikhailovich, 1821~1881 러시아 소설가.『죄와 벌』『카라마조프가의 형제들』등을 씀.

뒤마Dumas, Alexandre, 1802~1870 프랑스 극작가, 소설가.『삼총사』『몬테크리스토 백작』등을 씀.

뒤클로Duclos, Charles Pinot, 1704~1772 프랑스 작가, 역사학자.『루이 11세의 역사』『이 세기의 관습 고찰』등을 씀.

디오게네스Diogenes, 기원전 404~323 고대그리스 철학자, 극단적 금욕주의자.

ㄹ

라로슈푸코La Rochéfoucauld, François de, 1613~1680 프랑스 작가, 모럴리스트.『잠언집』등을 씀.

라로크Larroque, Patrice, 1801~1879 프랑스 철학자.『노예제도』등을 씀.

라마르틴Lamartine, Alphonse de, 1790~1869 프랑스 시인, 정치가.『명상시집』등을 씀.

라마크리슈나Ramakrishna, 1834~1886 인도 종교철학자, 사상가.

라메Ramée, Pierre de La, 1515~1572 프랑스 철학자, 논리학자.『변증론적 분할법』『변증법』등을 씀.

라므네Lamennais, Félicité Robert de, 1782~1854 프랑스 성직자, 종교철학자.『종교적 무관심에 관한 시론』등을 씀.

라바터Lavater, Johann Karpar, 1714~1801 스위스 시인, 신비주의자, 신학자.

라보에티La Boétie, Étienne de, 1530~1563 프랑스 법률가, 철학자.『자발적 예속』등을 씀.

라브뤼예르La Bruyere, Jean de, 1645~1696 프랑스 풍자작가, 모럴리스트.『인간은 가지가지』등을 씀.

라블레Laveleye, Émile Louis Victor de, 1822~1892 벨기에 경제학자, 법학자.『소유권과 그 원시 상태론』등을 씀.

라코르데르Lacordaire, Jean Bastiste Henri, 1802~1861 프랑스 도미니크수도회 수사, 신학자.

러스킨Ruskin, John, 1819~1900 영국 미술평론가, 사회사상가.『건축의 칠등七燈』『참깨와 백합』등을 씀.

레스코프Leskov, Nikolai Semyonovich, 1831~1895 러시아 소설가.『성직자들』『왼손잡

이』 등을 씀.

레싱Lessing, Gotthold Ephraim, 1729~1781 독일 극작가, 예술비평가, 계몽사상가. 『함
부르크 연극론』 등을 씀.

레이턴Leighton, Alexandre, 1570~1649 스코틀랜드 의사, 저술가. 장로제를 주창하고
가톨릭교회에 반대함.

레키Lecky, William Edward Hartpole, 1838~1903 아일랜드 역사가, 수필가.

로드Laud, William, 1573~1645 영국 성직자. 왕정을 도와 신교도들을 탄압함. 『신학
론』 등을 씀.

로디Lodi, Ibrahim, ?~1526 델리 술탄국을 통치한 로디왕조 제3대 술탄(1517~1526).

로버트슨Robertson, Frederik William, 1816~1853 영국성공회 신부.

로자노프Rozanov, Vasilii Vasilievich, 1856~1919 러시아 작가, 종교사상가, 역사학자, 비
평가, 철학자. 『고독』 등을 씀.

로즈Rhodes, Cecil John, 1853~1902 영국 식민지정치가. 보어전쟁 주도자 중 한
사람.

로크Locke, John, 1632~1704 영국 철학자, 정치사상가, 의학자. 『인간 오성론』 등
을 씀.

롱펠로Longfellow, Henry Wadsworth, 1807~1882 미국 시인. 『해외로』 『밀물과 썰물』 등
을 씀.

루소Rousseau, Jean Jacques, 1712~1778 프랑스 사상가, 소설가. 『에밀』 『사회계약
론』 『인간 불평등 기원론』 『신엘로이즈』 등을 씀.

루시 맬러리Lucie Mallory, 1843~1920 미국 여성 작가, 편집자, 〈세계의 선진 사상〉
발행자. 톨스토이와 서신을 교환함.

루시페르Lucifer, ?~?371 이탈리아 사르데냐섬 칼리아리 주교. 예수의 신성을 부
인한 아리우스파에 강력히 반대함.

루터Luther, Martin, 1483~1546 독일 종교개혁가, 신학자. 『독일의 그리스도교 귀족
들에게』 『그리스도교도의 자유』 등을 씀.

르시뉴Lecigne, Ernest, 1850~1928 프랑스 언론인, 역사가, 저술가.『두 가지 사회주의』『국가사회주의와 무정부주의』 등을 씀.

르투르노Letourneau, Charles Jean Marie, 1831~1902 프랑스 인류학자.『윤리학의 발전』 등을 씀.

리셰Richet, Charles Robert, 1850~1935 프랑스 생리학자. 혈청요법을 창시함. 1913년 노벨의학생리학상 수상.

리조구브Lizogub, Dmitry Andreevic, 1849~1879 러시아 혁명가, 나로드니키(인민주의자). 오데사에서 교수형을 당함.

리히텐베르크Lichtenberg, Georg Christoph, 1742~1799 독일 물리학자, 사상가, 저술가.『괴팅겐 포켓연감』『영국 소식』『잠언집』 등을 씀.

릿슨Ritson, Joseph, 1752~1803 영국 골동품 수집가.

ㅁ

마르몽텔Marmontel, Jean-François, 1723~1799 프랑스 시인, 극작가.『잉카족』『폭군 드니스』『회상록』 등을 씀.

마르켈리누스Marcellinus, ?~304 로마 교황296~304. 디오클레티아누스황제의 박해를 받음.

마리 다구Marie d'Agoult, 1805~1876 프랑스 여성 작가.『1848년 혁명사』 등을 씀.

마이모니데스Maimonides, Moses, 1135~1204 스페인 태생의 유대교 사상가, 의사.

마치니Mazzini, Giuseppe, 1805~1872 이탈리아 정치혁명가, 통일운동 지도자. 비밀단체 '젊은 이탈리아'를 조직함.

마코비츠키Makovitski, Douchan Petrovich, 1866~1921 러시아 의사. 톨스토이의 벗.

마콥스키Makovski, Sergei Konstaninovich, 1877~1962 러시아 시인, 평론가, 편집자, 신문기자.

마티노Martineau, Harriet, 1802~1876 영국 여성 작가, 소설가, 사회학자. 노예제도 폐지를 주장한 『미국의 사회』 등을 씀.

마호메트Mahomet, ?570~632 이슬람교 창시자. 『쿠란』을 쓰고 유일신 알라에 대한 숭배를 가르침.

마흐무트 파샤 Mahmud Pasha, 1420~1474 오스만제국 재상(1456~1466).

막시모프Maksimov, Sergei Vasilevich, 1831~1901 러시아 작가, 민족학자.

매닝Manning, Henry Edward, 1808~1892 영국 로마가톨릭 추기경. 교회조직 개혁을 주장함.

맨더빌Mandeville, Bernard, 1670~1733 네덜란드 태생의 영국 사상가, 풍자작가, 의사.

메난드로스Menandros, 기원전 ?343~?292 고대그리스 극작가, 시인.

메네데모스Menedemos, 기원전 ?345~?261 고대그리스 철학자, 에레트리아학파 창시자.

메스트르Maistre, Joseph Marie de, 1753~1821 프랑스 정치가, 종교철학자, 소설가. 반계몽주의의 대표적 사상가.

메젠초프Mezentsov, Nikolai Vladimirovich, 1827~1878 러시아 정치가, 헌병대장.

메타스타지오Metastasio, Pietro Antonio, 1698~1782 이탈리아 상징주의 시인, 극작가. 『버림받은 디도』 등을 씀.

메테를링크Maeterlinck, Maurice Polydore Marie Bernard, 1862~1949 벨기에 극작가, 시인, 수필가. 『온실』 『빈자의 보물』 『파랑새』 등을 씀. 1911년 노벨문학상 수상.

멘시코프Menshikov, Mikhail Osipovich, 1859~1918 러시아 사회정치평론가.

멜란히톤Melanchthon, Philipp, 1497~1560 독일 신학자, 종교개혁가, 마르틴 루터와 함께 복음주의 확립을 위해 투쟁함.

모리스Morris, William, 1834~1896 영국 시인, 공예가. 『지상의 낙원』 등을 씀.

모어More, Thomas, 1478~1535 영국 인문주의자, 정치가, 작가, 성인. '유토피아'라는 단어를 만듦. 『리처드 3세의 역사』 『유토피아』 등을 씀.

모크Moch, Gaston, 1859~1935　프랑스 사회운동가, 저술가. 에스페란토 확산에 힘
씀.『폭력 없는 시대』『민주주의 군대』등을 씀.

모파상Maupassant, Guy de, 1850~1893　프랑스 소설가.『여자의 일생』『우리의 마음』
등을 씀.

몰나르Molnar, Ferenc, 1878~1952　헝가리 극작가, 소설가.『릴리옴』『근위병』『팔 거
리의 아이들』등을 씀.

몰랭빌Molainville, Barthélemy d'Herbelot de, 1625~1695　프랑스 동양학자.

몰리나리Molinari, Gustave de, 1819~1912　벨기에 경제학자.

몽탈랑베르Montalembert, Charles-Forbes René de, 1810~1870　영국 태생의 프랑스 정치
가, 가톨릭사가.『영국의회의 인도에 관한 논쟁』등을 씀.

몽테뉴Montaigne, Michel Eyguem de, 1553~1592　프랑스 철학자, 사상가, 모럴리스트.
『수상록』등을 씀.

몽테스키외Montesquieu, Charles-Louis de Secondat, 1689~1755　프랑스 철학자, 법학자.
『페르시아인의 편지』『법의 정신』등을 씀.

무어Moore, Thomas, 1779~1852　아일랜드 시인.『랄라 루크』『천사의 연애』등을 씀.

뮈세Musset, Alfred de, 1810~1857　프랑스 시인, 소설가, 극작가.『세기아의 고백』
『밤』등을 씀.

미츠키에비치Mickiewicz, Adam Bernard, 1798~1855　폴란드 낭만주의 시인, 극작가, 수
필가. 민족해방운동에 참가함. 러시아 데카브리스트들과 교류함.『폴란드 국
민과 그 순례의 책』등을 씀.

밀턴Milton, John, 1608~1674　영국 시인. 종교개혁과 공화제를 지지함.『실낙원』
『복낙원』『그리스도 강탄의 아침에』등을 씀.

ㅂ

바르비에Barbier, Henri Auguste, 1805~1882　프랑스 풍자시인, 극작가.『강약격』등
을 씀.

백스터Baxter, Richard, 1615~1691 영국 신학자, 저술가. 청교도혁명에 참가함. 『성
도의 영원한 평안』 등을 씀.

밸로Ballou, Adin, 1803~1890 미국 성직자, 사회정치평론가, 무저항주의자.

버크Bourke, John Gregory, 1843~1896 미국 군인, 아마추어 인류학자, 저술가, 남북전
쟁에 참가함. 『애리조나의 호피족』 『아파치족 치료사』 등을 씀.

버클리Berkley, George, 1685~1753 아일랜드 철학자, 성공회 주교. 경험론 철학에 영
향을 끼침. 『인간 지식의 원리론』 등을 씀.

베르댜예프Berdyaev, Nikolai Alexandrovich, 1874~1948 러시아 사상가, 종교철학자. 『나
와 객체의 세계』 등을 씀.

베르시에Berthier, Eugénie, 1805~1890 프랑스 설교가.

베를렌Verlaine, Paul, 1844~1896 프랑스 상징주의 시인. 『옛날과 요즘』 『나의 감옥』
등을 씀.

베이컨Bacon, Francis, 1561~1626 영국 철학자, 정치가, 법률가. 『신기관』 『학문의
진보』 등을 씀.

벤담Bentham, Jeremy, 1748~1832 영국 법학자, 사회학자, 철학자, 법률가. 『입법론』
『정부소론』 등을 씀.

벤저민 존슨Benjamin Johnson, 1572~1637 영국 극작가, 시인. 『연금술사』 『십인십
색』 등을 씀.

벨츠키나Velchkina, Vera Mikhailovna, 1868~1918 러시아 여성 의사, 볼셰비키혁명에 참
가함.

보브나르그Vauvenargues, Luc de Clapiers, 1715~1747 프랑스 수필가, 모럴리스트. 『성
찰과 잠언』 등을 씀.

본다레프Bondarev, Timofei Mikhailovich, 1820~1898 러시아 농민. 『근면과 기식, 혹은
농부의 승리』 등을 씀.

볼테르Voltaire, François-Marie Aroue, 1694~1778 프랑스 계몽주의 사상가, 시인, 소설
가, 극작가, 철학자, 역사가, 비평가. 『외디프』 『캉디드』 『관용론』 『철학편지』

등을 씀.

부아스트Boiste, Pierre-Claude-Victor, 1765~1824 프랑스 사전편집자.『프랑스어 대사전』을 편집함.

부카Buka 러시아 평론가 아르한겔스키의 예명(아르한겔스키 항목 참조).

브라운Browne, Harold, 1811~1891 영국 성직자, 신학자, 저술가.『정통과 이단』등을 씀.

블래키Blackie, John Stuart, 1809~1895 스코틀랜드 신학자, 민족주의자, 저술가.『그리스의 현자』등을 씀.

블랙 호크Black Hawk, 1767~1838 아메리칸인디언 소크(색)족 부족장. 1832년 블랙 호크전쟁을 이끎.

비글로Bigelow, Herbert Seeley, 1870~1951 미국 정치가, 저술가.『종교혁명』등을 씀.

비니Vigny, Alfred-Victor Comte de, 1797~1863 프랑스 낭만주의 시인, 극작가, 소설가.『고금시집』『앙크르 원수부인』『채터턴』『군대의 복종과 위대함』등을 씀.

비스마르크Bismarck, Otto Edward Leopold von, 1815~1898 독일(프로이센) 정치가, 독일 제국 초대 총리(1861~1888). '철혈 재상'이라 불림.『회상록』등을 씀.

비처Beecher, Henry Ward, 1813~1887 미국 성직자, 사회개혁가. 노예제도 폐지를 주장함.

빌멩Villemain, Abel-François, 1790~1870 프랑스 비평가, 역사가, 정치가.『프랑스 문학론』등을 씀.

ㅅ

사디Sadi, ?1209~1291 페르시아 시인, 신비주의자. 중세 이래 최고의 실천도덕서로 평가되는『굴리스탄』등을 씀.

새뮤얼 존슨Samuel Johnson, 1709~1784 영국 시인, 평론가. 현대 옥스퍼드사전의 기초가 된『영어사전』을 편찬함.『런던』『아이린』『영국 시인전』등을 씀.

생피에르Saint-Pierre, Jacques-Henri Bernardin de, 1737~1814 프랑스 소설가, 저술가, 박물학자. 루소의 제자.『자연 연구』『폴과 비르지니』『영구 평화론』등을 씀.

성 바실리우스Sanctus Basilius, 329~379 그리스도교 교부, 신학자. 동방교회 수도원의 규칙을 제정함.

성 프란체스코San Francesco d'Assisi, 1182~1226 이탈리아 아시시의 성자. 프란체스코수도회를 세움.

세네카Seneca, 기원전 ?4~기원후 65 고대로마 스토아학파 철학자. 네로의 스승.『자비에 대하여』『자연 탐구』등을 씀.

세이프 알물루크Sayf al-Muluk 『아라비안나이트』에 등장하는 왕자.

셰익스피어Shakespeare, William, 1564~1616 영국 극작가, 시인.『한여름밤의 꿈』『로미오와 줄리엣』『햄릿』등을 씀.

셸리Shelley, Percy Bysshe, 1792~1822 영국 낭만주의 시인.『고독한 영혼』『서풍의 노래』『아도나이스』『시의 옹호』등을 씀.

소로Thoreau, Henry David, 1817~1862 미국 수필가, 문명비평가, 시인.『월든』『시민불복종』등을 씀.

소小플리니우스Gaius Plinius Caecilius Secundus, 61~113 고대로마 법률가, 정치가. 플리니우스23~79의 조카이자 양자.『서한집』등을 씀.

소크라테스Sokrates, 기원전 469~399 고대그리스 철학자. 아테네 정치문제에 연루되어 신성모독과 청년들을 현혹한다는 죄목으로 사형을 당함.

솔론Solon, 기원전 ?640~?560 고대그리스 아테네의 정치가, 시인.

솔즈베리Salisbury, Robert Arthu Talbot, 1830~1903 영국 정치가, 1878년 보수당 당수로서 외상이 된 후 '영광스러운 고립' 정책을 펼침.

솔터Salter, Samuel, 1680~1756 영국 성직자, 저술가.『도덕적이고 종교적인 격언』등을 씀.

쇼펜하우어Schopenhauer, Arthur, 1788~1860 독일 철학자. 칸트의 인식론과 플라톤의 이데아론, 인도철학의 범신론과 염세관을 아우르는 철학체계를 세움.『의지와 표상으로서의 세계』『윤리학의 두 가지 근본 문제』 등을 씀.

술라이만Sulayman, 8세기   에스파냐 그라나다 의사, 유대인 사상가 마이모니데스의 저서를 고대 유대어로 번역함.

스마일스Smiles, Samuel, 1812~1904   영국 저술가, 사회운동가.『자조론』『인격론』『의무론』 등을 씀.

스위프트Swift, Jonathan, 1667~1745   영국 소설가, 성직자.『걸리버 여행기』 등을 씀.

스코로보다Skovoroda, Grigorii Savvich, 1722~1794   우크라이나 사상가, 철학자, 시인, 작곡가.

스텝냐크-크랍친스키 Stepnyak-Kravchinski, Sergey Mikhaylovich, 1851~1895   러시아 혁명가, 인민주의자.

스트라호프Strakhov, Fyodor Alexeyevich, 1861~1923   러시아 철학자, 비평가.

스트루베Strube, Gustav, 1805~1870   독일 정치운동가. 1848년 바덴봉기를 주도함.

스펜서Spencer, Herbert, 1820~1903   영국 철학자, 〈이코노미스트〉 편집자.『종합철학체계』(전10권)등을 씀.

스펜스Spence, Thomas, 1750~1814   영국 초기 사회주의자. 교구에 의한 토지 공유를 주장함.

스프링필드Springfield, George, 1816~?   영국 작가.

스피노자Spinoza, Baruch, 1632~1677   네덜란드 철학자. 데카르트 합리주의에 입각해 물심평행론과 범신론을 제창함.『신학정치론』『윤리학』 등을 씀.

실러Schiller, Johann Christoph Friedrich von, 1759~1805   독일 시인, 극작가. 독일 고전주의 예술이론을 확립함.『돈 카를로스』『오를레앙의 처녀』『빌헬름 텔』 등을 씀.

ㅇ

아나톨 프랑스 Anatole France, 1844~1924 프랑스 시인, 소설가.『황금시집』『실베스트르 보나르의 죄』『코린트의 결혼』 등을 씀. 1921년 노벨문학상 수상.

아널드Arnold, Matthew, 1822~1888　영국 시인, 평론가, 대학교수.『켈트문학연구』
『비평시론집』『교양과 무질서』『문학과 도그마』 등을 씀.

아르두앙Hardouin, ?　러일전쟁 당시 〈파리 마탱〉 종군기자.

아르치바셰프Artsybashev, Mikhail Petrovich, 1878~1927　러시아 소설가, 극작가. 냉소주
의 대표 작가. 혁명 후 폴란드로 망명함.『사닌』『최후의 일선』 등을 씀.

아르한겔스키Arkhangelsky, Alexander Ivanovich, 1857~1906　러시아 사회정치평론가, 수
의사. 예명은 '부카'. 톨스토이 추종자.

아마드 칸Sayyid Ahmad Khan, 1817~1898　인도 정치가, 교육개혁가, 저술가, 이슬람
근대화 지도자. 〈도덕의 순화〉를 펴냄.

아미엘Amiel, Henri-Frédéric, 1821~1881　스위스 미학자, 철학자, 대학교수. 사후에 공
개된『내면 일기』 등을 씀.

아빌로바Avilova, Lydia Alexeyevna, 1864~1943　러시아 여성 작가.『내 인생의 안톤 체
호프』 등을 씀.

아우구스티누스Augustinus, 354~430　초기 그리스도교 교부 신학자, 철학자.『고백
록』『삼위일체론』『신국론』 등을 씀.

아우렐리우스Aurelius, Marcus, 121~180　고대로마 황제(161~180), 스토아 철학자.
『명상록』을 씀.

아타르Attar, Fariduddin, ?1136~?1230　페르시아 신비주의 시인.『새의 말』『신의 서』
등을 씀.

알피에리Alfieri, Vittorio, 1749~1803　이탈리아 극작가.『클레오파트라』『사울』『미르
라』 등을 씀.

앙팡탱Enfantin, Barthélemy Prosper, 1796~1864　프랑스 공상적 사회주의자, 생시몽교
단 교부.『경제학과 정치』 등을 씀.

앨런Allen, Grant, 1848~1899　영국 작가, 소설가, 자연과학자.『생리학적 미학』『블
레셋』 등을 씀.

앨비티스Albitis, F., 19세기　영국 작가.『모든 민족의 도덕』을 씀.

에두아르 로드Edouard Rod, 1857~1910　스위스 소설가, 비평가, 모럴리스트.『죽음에의 질주』『비교문학에 관하여』등을 씀.

에라스뮈스Erasmus, Desiderius, ?1466~1536　네덜란드 성직자, 인문학자, 문헌학자.『격언집』『우신예찬愚神禮讚』『대화집』등을 씀.

에르크만-샤트리앙Erckman-Chatrian　프랑스 작가 에밀 에르크만Émile Erckmann, 1822~1899과 알렉상드르 샤트리앙Alexandre Chatrian, 1826~1890의 공동 필명. 민족주의 소설을 씀.

에머슨Emerson, Ralph Waldo, 1803~1882　미국 사상가, 시인, 청교도주의자.『자연론』『에세이집』『위인론』등을 씀.

에피쿠로스Epicuros, 기원전 ?341~270　고대그리스 유물론 철학자. 에피쿠로스학파의 시조.

에픽테토스?50~?138　로마 스토아학파 철학자. 마르쿠스 아우렐리우스의『명상록』에 큰 영향을 끼친『담화록』등을 씀.

예이츠Yeats, Peter James, 1789~1871　영국 신학자.

예카테리나 2세Ekamerina II, 1729~1796　독일 태생의 러시아 여성 황제(1762~1796). 계몽전제군주로 알려짐.

오리게네스Origenes, ?185?~?254　알렉산드리아 태생 신학자, 철학자, 문헌학자, 저술가.『헥사플라』『원리론』『켈수스에 대한 반론』등을 씀.

오마르 하이얌Omar Khayyam, 1048~1131　페르시아 수학자, 천문학자, 철학자, 시인.『루바이야트』등을 씀.

오비디우스Ovidius, 기원전 43~기원후 17　고대로마 시인.『변신 이야기』『사랑도 가지가지』등을 씀.

오언Owen, Robert, 1771~1858　영국 산업혁명기 사상가, 공상적 사회주의자, 협동조합 창시자.『사회에 관한 새 견해』『새 도덕세계의 서』등을 씀.

올콥스키Olkhovski, Vladimir, 1873~1955　러시아 문학자, 역사학자, 정치가.

울슬리Wolseley, Charles, ?1630~1714 영국 정치가, 신학자.

워버턴Warburton, William, 1698~1779 영국 신학자, 글로스터 주교.

웨슬리Wesley, John, 1703~1791 영국 신학자, 목사. 영국감리교 창시자.『일기』『산문집』등을 씀.

위고Hugo, Victor Marie, 1802~1885 프랑스 시인, 소설가, 극작가, 진보주의사상가.『동방의 시집』『노트르담의 꼽추』『레미제라블』등을 씀.

윈스턴리Winstanley, Gerrard, 1609~1676 영국 공상적 사회주의자, 종교개혁가.

윌킨스Wilkins, George, 1785~1865 영국 작가, 목사.

유베날리스Juvenalis, Decimus Junius, ?50?~?130 고대로마 풍자시인, 법률가.『풍자시집』등을 씀.

ㅈ

잘랄 앗딘 알루미Jalal ad-Din al-Rum, 1207~1273 페르시아 서정시인, 신비주의자.『정신적인 마트나미』『타브리즈의 태양시집』등을 씀.

장 파울Jean Paul, 1763~1825 독일 소설가. 본명은 요한 파울 프리드리히 리히터.『거인』『미학입문』등을 씀.

제네비오 랜? 미국 작가.

제퍼슨Jefferson, Thomas, 1743~1826 미국 제3대 대통령(1801~1809). 1776년 독립선언서를 기초함.

조로아스터Zoroaster, 기원전 ?628~?551 고대페르시아 종교가, 예언자. 차라투스트라 Zarathustra의 영어명. 조로아스터교의 창시자.

조이메Seume, Johann Gottfried, 1763~1810 독일 작가, 비평가, 시인, 계몽운동가. 봉건적 전제주의를 날카롭게 비판함.『시라쿠스 도보여행』등을 씀.

조지 엘리엇George Eliot, 1819~1880 영국 여성 소설가, 시인, 언론인, 번역가.『아담 비드』『플로스 강변의 물방앗간』『미들마치』등을 씀.

졸라Zola, Émile, 1840~1902　프랑스 소설가, 모럴리스트, 이상적 사회주의자. 프랑스 자연주의문학을 확립함.『테레즈 라캥』『목로주점』『나나』『제르미날』등을 씀.

질레지우스Silesius, Angelus, 1624~1677　독일 가톨릭 성직자, 물리학자, 종교학자, 시인, 신비주의자. 본명은 요한 셰플러. 프로테스탄트파에서 가톨릭으로 개종함.『방랑하는 천사』『성스러운 환희』등을 씀.

ㅊ

차다예프Chaadaev, Peter Yakovlevich, 1794~1856　러시아 철학자, 사상가, 계몽주의자.『철학서한』『광인의 변명』등을 씀.

채닝Channing, William Ellery, 1780~1842　미국 종교가. 유니테리언파 신학자.『노예』『미국철학』등을 씀.

체르트코프Chertkov, Vladimir Grigoryevich, 1854~1936　러시아 출판인. 톨스토이의 많은 책을 펴냄.

체호프Chekhov, Anton Pavlovich, 1860~1904　러시아 극작가, 소설가.『귀여운 여인』『세 자매』『갈매기』『벚꽃 동산』『바냐 아저씨』등을 씀.

초케Zschokke, Johann Heinrich Daniel, 1771~1848　독일 작가, 계몽주의자.『연금사의 마을』등을 씀.

츄바로프Chubarov, Sergei Fedorovich, 1845~1879　러시아 혁명가, 인민주의자.

치머만Zimmermann, Wilhelm, 1807~1878　독일 신학자, 역사가, 의사, 독일 채식주의 창시자.『천국으로 가는 길』등을 씀.

ㅋ

카토Cato, Marcus Porcius, 기원전 234~149　고대로마 정치가, 장군. 라틴 산문문학의 시조.『기원론』『농업론』등을 씀.

카펜터Carpenter, Edward, 1844~1929　영국 시인, 사상가, 평론가.『영국의 사상』『문

명의 기원과 구제책』『민주주의를 향하여』 등을 씀.

칸트Kant, Immanuel, 1724~1804 독일 철학자.『순수이성 비판』『실천이성 비판』『판단력 비판』『도덕의 형이상학』 등을 씀.

칼라일Carlyle, Thomas, 1795~1881 영국 비평가, 역사가, 사상가. 영국 공리주의를 비판함.『프랑스혁명』『영웅과 영웅숭배』『차티즘』『과거와 현재』 등을 씀.

칼뱅Calvin, Jean, 1509~1564 프랑스 신학자, 종교개혁가. 본명은 장 코뱅. 로마가톨릭교회를 떠나 프로테스탄트교회 개척자로서 개혁주의 신앙과 신학을 수립, 칼뱅주의를 이룩함.『그리스도교 강요』『그리스도교 교정』 등을 씀.

케틀레Quetelet, Lambert Adolph Jacques, 1796~1874 벨기에 천문학자, 통계학자, 사회학자.『인간과 능력 개발에 대해』『사회물리학론』『사회 체계』 등을 씀.

켈수스Celsus, Aulus Cornelius, 기원전 ?30~기원후 ?45 이탈리아 로마제국 의학저술가.『의학에 관하여』 등을 씀.

코슈트Kossuth, Lajos, 1802~1894 헝가리 정치가, 사회개혁가. 1848년 헝가리혁명 주도. 망명 후 미국과 영국에서 민족해방운동에 헌신함.

코시치우슈코Kosciuszko, Tadeusz Andrzej Bonawentura, 1746~1817 폴란드 군인, 정치가, 독립운동 지도자.

코틀랴렙스키Kotlyarevski, Sergey Andreyevich, 1873~1939 러시아 역사가.

콘스탄티누스 1세 Constantinus I, 274~337 고대로마 황제(306~337). 선대 황제가 탄압한 그리스도교를 받아들임.

콘스탄틴Konstantin, Pavlovich, 1779~1831 러시아 대공, 파벨 1세의 차남.

콜리지Coleridge, Samuel Taylor, 1772~1834 영국 낭만주의 시인, 평론가. 독일 관념론 철학을 소개함.『서정가요집』『늙은 선원의 노래』,『쿠빌라이 칸』『문학평전』 등을 씀.

콤브Combe, Abram, 1785~1827 영국 공상적 사회주의자. 로버트 오언의 추종자.

콩시데랑Considérant, Victor-Prosper, 1809~1893 프랑스 공상적 사회주의자. 푸리에가 주장한 사회개혁철학을 지지하는 기관지 〈팔랑주(공동체)〉를 발간함.

콩트Comte, Auguste, 1798~1897 프랑스 철학자, 사회학자, 교육가. 실증주의 창시자. '사회학'이라는 용어를 만듦. 만년에는 실증주의를 신비화해 인류교^{人類教}를 창시함.『실증철학강의』등을 씀.

크로이소스Kroisos, 기원전 ?595~?547 리디아 최후의 왕. 엄청난 부를 일궈 '크로이소스'는 곧 '부자'와 같은 뜻이 됨. 기원전 547년 페르시아제국에 전쟁을 일으키나 패함.

크로즈비Crosby, Ernest Howard, 1856~1907 미국 정치가, 저술가, 사회개혁가, 반군국주의자. 미국에서 톨스토이즘을 알리는 데 노력함.『톨스토이와 그의 메시지』『노동과 이웃』등을 씀.

크로폿킨Kropotkin, Dmitry Nikolaevich, 1836~1878 러시아 정치가, 인민그리스도교파 당원.

크리소스토모스Chrysostomos, 349~407 그리스 초대 교부, 성서해석학자, 설교가. 본명은 요한네스. 호소력 있는 설교로 '황금의 입'이라는 뜻의 '크리소스토모스'로 불림.

크세노폰Xenophon, 기원전 430~355 그리스 역사가. 소크라테스의 제자. 『아나바시스』『소크라테스의 추억』등을 씀.

클레멘스Clemens Alexandrinus, ?150~?215 알렉산드리아 신학자.『그리스인에 대한 연설』『어떤 부자가 구원받는가?』등을 씀.

클레오불로스Cleobulos, 기원전 6세기 고대그리스 서정시인, 일곱 현자 중 한 사람.

클리퍼드Clifford, Artur, 1778~1830 영국 고미술품 전문가, 저술가.

키발치치Kibalchich, Nikolai Ivanovich, 1853~1881 러시아 인민의지파 당원, 알렉산드르 2세 암살에 참가함.

키케로Cicero, Marius Tullius, 기원전 106~43 고대로마 공화정 말기 정치가, 철학자, 저술가, 웅변가. 집정관이 되어 국부의 칭호를 받으나 암살됨.『국가론』『법률론』『의무론』등을 씀.

ㅌ

타우베Taube, Mikhail Alexandrovich, 1869~1961 러시아 정치가, 역사가, 법학교수.

테오그니스Theognis, 기원전 6세기 고대그리스 엘레게이아(엘레지) 시인.

테오도로스Theodoros, 759~826 동방교회 수사, 콘스탄티노플 대수도원장.

토마스 아 켐피스Thomas a Kempis, 1380~1471 독일 성직자, 신비주의 사상가, 저술가. 네덜란드 아우구스티누스수도원에서 성서 연구에 전념함. 그리스도교의 경전이라 불리는 『그리스도를 본받아』 등을 씀.

토크빌Tocqueville, Alexis de, 1805~1859 프랑스 정치학자, 역사가, 정치가, 자유주의 사상가. 『미국의 민주주의』 『구제도와 프랑스혁명』 등을 씀.

투르게네프Turgenyev, Ivan Sergeevich, 1818~1883 러시아 소설가. 러시아 3대 문호 중 한 사람. 『루딘』 『귀족의 집』 『첫사랑』 『아버지와 아들』 『처녀지』 등을 씀.

튜체프Tyutchev, Fyodor Ivanovich, 1803~1873 러시아 시인. 『낮과 밤』 『키케로』 『최후의 꿈』 등을 씀.

ㅍ

파스칼Pascal, Blaise, 1623~1662 프랑스 사상가, 수학자, 철학자, 발명가, 신학자. '파스칼의 원리'를 발견함. 『수삼각형 이론』 『팡세』 『그리스도교의 변증론』 등을 씀.

파스케비치Paskevich, Ivan Fedorovich, 1782~1856 러시아 육군 원수. 1831년 이후 폴란드제국 총독.

파커Parker, Theodore, 1810~1860 미국 유니테리언파 목사, 신학자, 사회운동가. 노예제도 폐지를 주장함. 『종교 문제에 관한 담론』 등을 씀.

패러Farrar, Frederic William, 1831~1903 영국 신학자, 저술가, 영국 성공회 목사. 『그리스도의 생애』 『자비와 심판』 등을 씀.

페늘롱Fénelon, François, 1651~1715 프랑스 종교사상가, 소설가. 『텔레마크의 모험』 『아카데미에 보내는 편지』 『신의 존재 증명』 등을 씀.

페롭스카야Perovskaya, Sophia Lvovna, 1853~1881 러시아 인민의지파 여성 당원, 알렉산드르 2세 암살에 참가함.

페인Paine, Thomas, 1737~1809 영국 태생의 미국 정치평론가, 혁명이론가, 저술가. 『인간의 권리』『이성의 시대』『상식』『위기』 등을 씀.

페일리Paley, William, 1743~1805 영국 신학자, 공리주의철학자. 『자연신학』 등을 씀.

펜Penn, William, 1644~1718 영국 신대륙 개척자, 정치가, 쿼이커교도. 찰스 2세에게 북아메리카의 델라웨어강 서안의 땅을 받고 펜실베이니아라 명명한 뒤 쿼이커교도를 중심으로 하는 신앙의 신천지로 만듦. 이후 총독이 되어 필라델피아를 건설함.

펠리코Pellico, Silvio, 1789~1854 이탈리아 낭만주의 작가, 반정부적 비밀결사 카르보나리당 당원. 『나의 옥중기』『프란체스카 다 리미니』 등을 씀.

포니아토프스키Poniatowski, Stanislaw Antoni, 1732~1798 폴란드 마지막 왕(1764~1795).

포셀랴닌Poselyanin, Evgeny Nikolayevich, 1870~1931 러시아 종교저술가, 언론인.

포킬리데스Phokylides, 기원전 540년경 고대그리스 시인. 격언시를 씀.

포포프Popov, Evgeny Ivanovich, 1864~1938 러시아 교육자, 번역가.

포프Pope, Alexander, 1688~1744 영국 시인, 비평가. 『우인열전』『윈저의 숲』『비평시론』 등을 씀.

푸블릴리우스 시루스Publilius Syrus, 기원전 85~43 고대로마 작가, 풍자시인.

푸시킨Pushkin, Aleksandr Sergeevich, 1799~1837 러시아 시인, 소설가, 극작가. 『루슬란과 류드밀라』『캅카스의 포로』『대위의 딸』『예브게니 오네긴』 등을 씀.

퓌지외Puisieux, Madeleine de, 1720~1798 프랑스 여성 작가, 교육개혁가. 『성격론』 등을 씀.

프랭클린Franklin, Benjamin, 1706~1790 미국 정치가, 과학자, 철학자. 미국독립선언문 기초위원. 『자서전』『가난한 리처드의 달력』 등을 씀.

프뤼돔Prudhomme, Sully, 1839~1907 프랑스 시인, 철학자, 문학평론가. 『스탕스와 시』『정의』『행복』 등을 씀. 1901년 노벨문학상 수상.

프리드리히 2세 Friedrich II, 1712~1786 프로이센 왕(1740~1786). 전형적인 계몽·전제 군주로, '프리드리히대왕'으로 불림.

플라마리옹Flammarion, Camille, 1842~1925 프랑스 천문학자. 프랑스천문학회 창립(1887). 『대중 천문학』 등을 씀.

플라톤Platon, 기원전 427~347 고대그리스 철학자. 소크라테스의 제자. 객관적 관념론을 창시하고 '이데아설'을 제창함. 『소크라테스의 변명』 『크리톤』 『메논』 『파이돈』 『향연』 『국가』 등을 씀.

플레처Fletcher, John, 1579~1625 영국 극작가. 셰익스피어 미완성작 『헨리 8세』의 보완자. 『처녀의 비극』 『충실한 여자 양치기』 등을 씀.

플로베르Flaubert, Gustave, 1821~1880 프랑스 소설가. 자연주의문학의 원류. 『보바리 부인』 『감정교육』 『세 가지 이야기』 등을 씀.

플루타르코스Plutarchos, ?46~?120 고대로마의 그리스인 철학자, 정치가, 시인, 작가. 『모랄리아』 『영웅전』 등을 씀.

플뤼겔Flugel, Moritz, 1883~1958 독일 저술가.

피오치Piozzi, Edward, 1800~1882 영국 교육자, 저술가. 영국교회를 옹호함. 『시간의 길』 등을 씀.

피타고라스Pythagoras, 기원전 ?580~?493 고대그리스 철학자, 수학자, 정치가. 수數를 만물의 기원으로 보았으며, 기하학과 천문학 발달에 공헌함.

피타코스Pittacos, 기원전 ?650~?570 고대그리스 미틸레네의 정치인, 철학자. 그리스 7대 현인 중 한 사람.

피히테Fichte, Johann Gottlieb, 1762~1814 독일 고전철학의 대표자. 관념철학 및 민족주의철학, 주관적 관념론을 전개함. 『전 지식학의 기초』 등을 씀.

필레몬Philemon, 기원전 ?361~?263 고대그리스 극작가, 시인. 『상인』 『필레몬의 보물』 등을 씀.

ㅎ

하르트만Hartman, Johannes Franz, 1865~1936 독일 천문학자, 물리학자, 분광학자.

하이네Heine, Heinrich, 1797~1856 독일 시인.『노래의 책』『겨울 나그네』『하르츠 기행』등을 씀.

할투린Halturin, Stepan Nicolaeevich, 1856~1882 러시아 노동자 혁명가, '러시아노동자북방동맹'을 조직함. 인민의지파 당원.

해리슨Harrison, Frederic, 1831~1923 영국 사회학자, 철학자.『실증주의』『상식의 철학』등을 씀.

허버트 경Sir Herbert, Edward, 1583~1648 영국 철학자, 외교관.『헨리 8세의 생애』등을 씀.

허버트 뉴턴Hubert Newton, 1830~1896 미국 천문학자, 수학자.

헤라클레이토스Herakleitos, 기원전 544~484 고대그리스 철학자, 사상가. 만물의 근원을 물이라 주장함.『정치학』『만물에 대하여』등을 씀.

헨리 조지Henry George, 1839~1897 미국 경제학자, 정치가. 단일토지세를 주장하고 사회개량을 주장하며 뉴욕에서 '조지주의운동'을 일으킴.『진보와 빈곤』『토지 문제』『사회 문제』등을 씀.

헬치츠키Helchitski, Petr, 1390~1460 체코 종교인, 저술가. '보헤미안형제단'을 설립하고, 비폭력과 자유와 평등을 설파함.

홈스Holmes, Oliver Wendell, 1809~1894 미국 수필가, 의학자, 해부학자.『아침상의 독재자』『수호천사』등을 씀. 탐험가 알렉산더 폰 훔볼트의 형.

후스Hus, Jan, 1372~1415 체코 종교개혁가, 설교가, 순교자. 성직자의 삶을 공격하는 맹렬한 설교로 강한 반발을 삼.『그리스도의 영광스러운 성혈』『교회론』등을 씀.

훔볼트Humboldt, Wilhelm von, 1767~1835 독일 언어학자, 교육학자, 정치가. 베를린대학 공동설립자.『카위어 서론』등을 씀.

흄Hume, David, 1711~1776 영국 공리주의 철학자.『인성론』등을 씀.

흐워피스키Chlopicki, Jozef, 1771~1854 폴란드 장군. 1830년 폴란드봉기 당시 총독.

히에로니무스Hieronymus, Eusebius, ?347~420 그리스도교 성인. 암브로시우스, 그레고리우스, 아우구스티누스와 함께 4대 교부.

힐스Hills, Arnold Frank, 1857~1927 영국 사회운동가. 〈채식주의자〉 창간. 런던채식주의협회 초대 회장(1888).

1828년 8월 28일, 툴라의 야스나야 폴랴나에서 니콜라이 일리치 톨스토이 백작과 마리야 니콜라예브나 톨스타야의 넷째아들(레프)로 태어남. 형은 니콜라이, 세르게이, 드미트리.

1830년 8월, 어머니가 막내딸 마리야를 낳고 곧 사망.

1833년 형 니콜라이에게서 모든 이에게 행복을 주는 비밀의 '푸른 지팡이'가 숲에 묻혀 있다는 이야기를 들음. 푸시킨의 시들을 암송해 아버지가 감동함.

1837년 1월, 가족이 모스크바로 이주함. 6월, 아버지가 툴라로 가던 도중 뇌졸중으로 사망. 고모가 후견인이 됨.

1841년 8월, 후견인 고모 사망. 세 형과 함께 또다른 고모의 집이 있는 카잔으로 이주함.

1844년 9월, 카잔대학교 동양학부 아랍-터키문학과 입학. 사교계에 출입하며 방탕한 생활을 이어감. 이듬해 진급 시험에 떨어져 법학과로 전과.

1847년 일기를 쓰기 시작함. 루소, 고골, 괴테를 읽고, 몽테스키외의 『법의 정신』과 예카테리나 여제의 「훈령」을 비교 연구함. 4월, 대학 중퇴. 고향 야스나야 폴랴나로 돌아와 진보적 지주로서 새로운 농사 경영에 몰두하고, 농민계몽과 생활개선에 노력하지만 농노제 사회에서 이상을 실현하지 못함.

1848년   10월부터 이듬해 1월까지 모스크바에서 방탕한 생활을 이어감.

1849년   4월, 페테르부르크대학교에서 법학사자격 검정시험을 치러 두 과목
         에 합격했지만 중도 포기하고 귀향함.

1850년   6월, '방탕하게 지낸 3년'을 반성함.

1851년   3월, 맏형 니콜라이가 있는 캅카스로 가서 입대함.

1852년   1월, 현역 편입. 9월, 네크라소프 추천으로 잡지 〈동시대인〉에 중편
         「유년 시절」 게재, 작가로서 출발함.

1853년   체첸인 토벌 참가. 전쟁의 부정과 죄악에 대해 일기에서 비판. 3월
         〈동시대인〉에 「습격」 발표.

1854년   1월, 소위보로 임관. 3월, 다뉴브로 파견, 크림 방면 군대로 전속.
         10월, 〈동시대인〉에 「소년 시절」 발표. 11월, 세바스토폴 도착.

1855년   6월, 〈동시대인〉에 단편 「12월의 세바스토폴」 발표. 9월, 〈동시대
         인〉에 「삼림 벌채」 발표. 11월, 페테르부르크로 돌아옴.

1856년   1월, 셋째형 드미트리 사망. 퇴역. 5월, 〈동시대인〉에 「1855년 8월
         의 세바스토폴」 「눈보라」 「두 경기병」 발표.

1857년   1월, 〈동시대인〉에 「청년 시절」 발표, 첫 유럽여행을 떠남. 7월, 야스
         나야 폴랴나로 돌아와 농사 경영. 〈동시대인〉에 「루체른」 발표.

1859년   잡지 〈독서를 위한 도서관〉에 「세 죽음」 발표. 러시아문학애호가협
         회 회원이 됨. 야스나야 폴랴나에 학교를 세우고 농민의 아이들을
         교육함.

1860년 3월, 최초의 교육 논문 「아동교육에 관한 메모와 자료」 집필. 7월, 외국의 민중교육 제도를 돌아보기 위해 서유럽여행을 떠남. 9월, 맏형 니콜라이 결핵으로 사망.

1861년 4월, 약 9개월간 유럽 교육시설을 돌아보고 귀국. 교육잡지 〈야스나야 폴랴나〉 간행. 5월, 투르게네프와 불화가 심해짐. 이듬해까지 농지조정원으로 활동, 지주들의 반감을 사 사임함.

1862년 1월, 톨스토이의 교육사업에 대해 관헌의 비밀 조사가 시작됨. 5월, 바시키르의 초원에서 마유주(馬乳酒)로 요양. 7월, 부재중 가택수색을 당함. 소피야 안드레예브나(당시 18세)와 결혼.

1863년 2~3월, 〈러시아통보〉에 「카자크들」 「폴리쿠시카」 발표. 6월, 맏아들 세르게이 출생.

1864년 8월, 『L. N. 톨스토이 백작 전집』 1권 간행. 9월, 맏딸 타티야나 출생. 사냥중 낙마로 오른손을 다쳐 모스크바에서 수술받음.

1865년 1~2월, 『전쟁과 평화』 1부가 「천팔백오년1805 год」이라는 제목으로 〈러시아통보〉에 실림.

1866년 5월, 둘째아들 일리야 출생. 봄, 「천팔백오년」 2부 발표.

1867년 3월, M. N. 카트코프와 자비출판 계약 체결. 이때 처음으로 '전쟁과 평화'라는 제목을 사용함.

1868년 3월, 〈러시아문서고〉에 「『전쟁과 평화』에 대한 몇 마디」 발표.

1869년 셋째아들 레프 출생.

1871년   2월, 둘째딸 마리야 출생. 『알파벳』(초등교과서) 1부 출판.

1872년   넷째아들 표트르 출생.

1873년   7월, 아내와 함께 사마라 지방에서 빈민구제 활동. 읽고 쓰기 교육
         법, 사마라 지방 기근에 대한 글을 〈모스크바통보〉에 기고. 11월,
         『L. N. 톨스토이 백작 전집』 전8권 간행. 넷째아들 표트르 사망.
         12월, 과학아카데미 준회원이 됨.

1874년   4월, 다섯째아들 니콜라이 출생. 6월, 맏딸 타티야나 사망.

1875년   1월, 〈러시아통보〉에 『안나 카레니나』 연재 시작. 2월, 다섯째아들
         니콜라이 사망. 6월, 『새 알파벳』 간행. 10월, 딸(바르바라) 태어나자
         마자 사망. 『러시아어 읽기』 전4권 출판.

1876년   아동교육에 전념. 12월, 차이콥스키와 알게 됨.

1877년   5월, 〈러시아통보〉에 『안나 카레니나』 8부 단독 발표. 12월, 여섯째
         아들 안드레이 출생.

1878년   1월, 『안나 카레니나』 단행본 출판. 데카브리스트 연구를 위해 모스
         크바와 페테르부르크에 감.

1879년   7월, 일곱째아들 미하일 출생.

1881년   2월, 도스토옙스키의 부고를 접하고 슬퍼함. 4월, 「요약복음서」 완
         성. 7월, 「사람은 무엇으로 사는가」 어린이 잡지에 발표. 9월, 가족
         과 모스크바로 이주. 10월, 여덟째아들 알렉세이 출생.

1882년   모스크바의 인구조사 참가. 논문 「그러면 우리는 무엇을 해야 하는

가?」 기고. 5월, 「참회록」을 완성해 〈러시아사상〉에 발표하나 발행 금지됨. 7월, 돌고하모브니체스키 골목의 주택 구매(후에 톨스토이박물관). 10월, 히브리어를 배워 구약성경을 읽음. 12월, 톨스토이의 종교적 저작을 위험시하는 포베도노스체프의 검열 강화. 중편 「이반 일리치의 죽음」 기고.

1883년 4월, 야스나야 폴랴나 저택 화재. 5월, 아내에게 재산 관리를 맡김. 7월, 파리의 잡지에 「요약복음서」 게재. 10월, 죽을 때까지 가까운 벗이자 사상의 동지로 남게 되는 V. G. 체르트코프와 알게 됨.

1884년 1월, 「나의 신앙은 무엇인가」을 탈고함. 화가 게가 이 책에 쓸 초상을 그림. 당국에 압수당하지만, 사고로 유통됨. 2월, 공자와 노자를 읽음. 3월, 「한 미치광이의 수기」 기고. 5월, 금연함. 6월, 아내와 불화로 가출을 시도함. 셋째딸 알렉산드라 출생. 11월, 비류코프가 찾아와 체르트코프와 함께 민중을 위한 출판사 '중개자' 설립.

1885년 1월, 〈러시아사상〉 제1호에 게재된 「그러면 우리는 무엇을 해야 하는가」가 검열로 발매 금지됨. 2월, 키시뇨프에서 톨스토이의 사상에 촉발된 최초의 병역 거부자 나옴. 헨리 조지의 『진보와 빈곤』에 감명받아 사유재산을 부정하며 아내와 불화가 심해짐. 이후 모든 저작권을 아내에게 양도함. 2월 말, 「두 형제와 황금」 「소녀는 노인보다 지혜롭다」 「불을 놓아두면 끄지 못한다」 「사랑이 있는 곳에 신이 있다」 「촛불」 「두 노인」 「바보 이반」 「사람에게는 많은 땅이 필요한가?」 「캅카스의 포로」 등 다수의 민화 집필. 10월, 「참회록」 「요약복음서」 「나의 신앙은 무엇인가」 체르트코프 영역으로 런던에서 출판. 11월, 중편 「홀스토메르」 발표. 12월, 아내와 불화가 심해지자 헤어지기로 결심.

1886년 1월, 아들 알렉세이 사망. 2월, 코롤렌코가 찾아옴. 5월, 희곡 『최초의 양조자』 발표.

1887년 1월, 동서고금 성현의 금언을 모은 『일력』 발행, 수백만 부 판매됨. 이후 『인생독본(원제:독서의 고리)』의 토대가 됨. 중개자출판사에서 희곡 『어둠의 힘』 간행. 3월부터 육식을 금함. 4월, 로맹 롤랑의 첫 편지 도착. 레스코프가 찾아옴. 9월, 은혼식 올림.

1888년 2월, 막내아들 이반 출생. 파리의 극장에서 『어둠의 힘』 첫 상연. 4월, 종무원 『인생에 대하여』 발행 금지. 『최초의 양조자』 상연 금지. 5월, 『일력』 판매 금지.

1889년 3월, 『인생에 대하여』 프랑스어판 출판. 11월, 중편 「악마」 기고. 야스나야 폴랴나 저택에서 『계몽의 열매』 상연.

1890년 1월, 연극 애호가의 노력으로 『어둠의 힘』 러시아 초연, 베를린 초연. 10월, 「빛이 있는 동안 빛 속을 걸어라」 영어판 출판.

1891년 1월, 저작권 포기 문제로 아내와 대립. 4월, 「니콜라이 팔킨」 제네바에서 출판. 6월, 재산 문제로 처자와 대립, 가출을 고려함. 7월, 1881년 이후의 저작권 포기를 톨스토이가 신문에 공표하려 하자 아내가 철도에서 자살 기도. 9월, 중부와 동남부 21개 도에서 기근이 일어나자 농민 구제활동에 참가함.

1892년 1월, 〈데일리 텔레그래프〉에 「기근에 대하여」 기고. 5월, 「첫 단계」 발표. 7월, 아내와 자식들의 재산 분쟁.

1893년 1월, 『계몽의 열매』로 러시아극작가상 수상, 상금은 구제기금으로 기부.

1894년 1월, 모스크바심리학회 명예회원으로 추대. 헨리 조지의 「당혹한 철학자」를 읽고 토지 사유제도의 악을 깨달음. 슬로베니아 의사 마코비츠키와 알게 됨. 12월, 「종교와 도덕」 완성. 「복음서 해석」 발표.

두호보르교도와 처음 알게 됨.

1895년 2월, 아홉째아들 이반 사망. 3월, 〈북방 수기〉에 「주인과 머슴」 발표. 6월, 4천 명 두호보르교도의 병역거부운동이 일어나자 그 지도자로 지목되어 당국의 탄압이 심해짐. 8월, 체호프에게 『부활』 초고를 건 넴. 농민 체벌에 반대하는 논문 「부끄러워라」 발표.

1896년 10월, 두호보르교도에게 원조금을 보냄.

1897년 여전히 가출과 죽음을 바람. 2월, 호소문 「도와주시오!」 때문에 국 외로 추방된 V. G. 체르트코프, P. I. 비류코프, I. M. 트레구보프를 배웅하기 위해 페테르부르크로 감. 3월, 병상에 있는 모스크바의 체 호프를 방문. 6월, 시베리아에 유형되는 두호보르교도를 모스크바 이송 감옥으로 찾아감. 8월, 스위스의 신문에 편지를 보내 병역을 거부하는 두호보르교도의 투쟁에 노벨평화상을 줄 것을 제안.

1898년 1월, 중개자출판사에서 『예술이란 무엇인가』 출판. 7월, 두호보르교 도의 해외 이주 자금을 얻기 위해 『부활』 탈고에 전념. 8월 28일, 일 흔번째 생일을 맞음. 10월, 〈니바〉에 『부활』을 연재하기로 함. 12월 19일, 모스크바 코르시 극장에서 톨스토이 탄생 70주년 기념회가 열림.

1899년 3월, 〈니바〉에 『부활』 연재 시작.

1900년 1월, 학술원 문학 부문 명예회원이 됨. 논문 「우리 시대의 노예」 기고.

1901년 정교회에서 파문당함. 광범한 대중의 분노를 삼. 4월, 파문 명령에 대한 「종무원 결정에 대한 대답」 집필, 발행 금지. 9월, 크림으로 요 양을 떠남.

1902년 1~4월 폐렴과 장티푸스로 건강 악화. 정부는 톨스토이가 죽더라도 보도하지 말라는 통제 명령을 언론사에 전달함. 6월, 야스나야 폴랴나로 돌아옴.

1903년 심부전과 심근경색으로 쇠약해짐. 8월 28일, 톨스토이 탄생 75주년 기념회가 열림.

1904년 러일전쟁 반대론「깊이 생각하라!」기고. 둘째형 세르게이 사망. 10월, 『하지 무라트』 완성, 유작으로 출판(1912). 12월, 마코비츠키가 주치의로 입주.

1905년 1월, 체호프「귀여운 여인」후기 집필. 2월,『인생독본』 출판.

1906년 11월, 딸 마리야 사망.

1907년 2월, 야스나야 폴랴나 학교를 다시 엶.

1908년 7월, 사형 반대를 주장한「침묵할 수 없다!」를 국내외에서 발표. 9월, 『어린이를 위해 쓴 그리스도의 가르침』 출판. 톨스토이 탄생 80주년이 되어 연초부터 축전을 조직하는 발기인회가 생겼으나 정부, 종무원, 시당국이 방해. 그러나 9개월에 걸쳐 세계 각국 단체들, 개인들, 심지어 블라디보스토크 감옥의 죄수들까지 축하 편지, 전보를 보내옴. 검열을 거친『인생독본』 출판.

1909년 탄생 80주년 기념 톨스토이 박람회 페테르부르크에서 개최. 1월, 툴라의 사제가 교회와 경찰의 요청으로 소피야 부인을 찾아와, 톨스토이가 죽기 전 참회했다고 민중에게 거짓으로 알리기 위해 그의 죽음이 임박하면 알려줄 것을 강요. 3월,「고골에 대하여」 발표.

1910년 1월, 문집『인생의 길』 편집, 완성. 2월 28일, 새벽에 마코비츠키를 데리고 가출, 수녀인 여동생이 있는 샤모르디노의 옵티나수도원에 머묾. 31일, 샤모르디노에서 기차로 남쪽으로 향함. 도중 오한으로 아스타포보역에 하차, 역장의 숙사에 누움. 11월, 자식들이 찾아옴. 폐렴 진단. 7일(신력 20일) 오전 6시 5분 영면. 9일 이른 아침 야스나야 폴랴나로 운구되어 고별식 뒤 형 니콜라이가 '푸른 지팡이' 이야기를 지어냈던 숲에 묻힘.

지은이 레프 톨스토이

1828년 러시아 툴라 지방의 야스나야 폴랴나에서 태어났다. 1852년 「유년 시절」을 발표하면서 작가로서의 첫발을 내디뎠다. 1862년 결혼한 뒤, 『전쟁과 평화』『안나 카레니나』『부활』 등 대작을 집필하며 세계적인 작가로서 명성을 얻었다. 1910년 방랑길에 나섰다가 아스타포보역(현재 톨스토이역)에서 숨을 거두었다.

옮긴이 박형규

고려대학교 노어노문학과 교수, 한국러시아문학회 초대회장, 러시아연방 주도 국제러시아어문학교원협회(MAPRYAL) 상임위원을 역임했고, 한국러시아문학회 고문, 러시아연방 국립톨스토이박물관 '벗들의 모임' 명예회원으로 활동했다. 국제러시아어문학교원협회에서 푸시킨 메달을 수상하고 러시아연방국가훈장 우호훈장(학술 부문)을 수훈했다. 지은 책으로 『러시아문학의 세계』『러시아문학의 이해』(공저) 등이 있고, 옮긴 책으로 『전쟁과 평화』『안나 카레니나』『부활』『닥터 지바고』『죄와 벌』『백치』 외 다수가 있다.

인생독본 2
ⓒ 박형규 2020

1판 1쇄 2020년 11월 5일
1판 9쇄 2024년 1월 5일

지은이 레프 톨스토이 | 옮긴이 박형규
책임편집 김혜정 | 편집 이종현 이희연 오동규 | 디자인 김현우 최미영
저작권 박지영 형소진 최은진 서연주 오서영
마케팅 정민호 서지화 한민아 이민경 안남영 왕지경 황승현 김혜원 김하연 김예진
브랜딩 함유지 함근아 고보미 박민재 김희숙 박다솔 조다현 정승민 배진성
제작 강신은 김동욱 이순호 | 제작처 한영문화사(인쇄) 신안제책(제본)

펴낸곳 (주)문학동네 | 펴낸이 김소영
출판등록 1993년 10월 22일 제2003-000045호
주소 10881 경기도 파주시 회동길 210
전자우편 foret@munhak.com
대표전화 031) 955-8888 | 팩스 031) 955-8855
문의전화 031) 955-2696(마케팅) 031) 955-1904(편집)
문학동네카페 http://cafe.naver.com/mhdn | 트위터 @munhakdongne
북클럽문학동네 http://bookclubmunhak.com

ISBN 978-89-546-7526-0 04890
        978-89-546-7524-6 (세트)

* 잘못된 책은 구입하신 서점에서 교환해드립니다.
   기타 교환 문의 031) 955-2661, 3580

www.munhak.com